〔法国〕马丁·杜·加尔◎著
胡菊丽　邢洁◎译

蒂博一家

（三）

北京理工大学出版社
BEIJING INSTITUTE OF TECHNOLOGY PRESS

第七卷　一九一四年夏天

1

雅克觉得很累，为了保持原有的姿势不变，他挺直了脖子。除了转动一下眼珠，他哪都不敢动。他用充满怨恨的眼神死死地盯着那个折磨他的人。

帕泰尔松一手拿着调色板，一手拿着画笔，猛地向后退至墙根。他前面三米之外放着一个画架，他正摇头晃脑地端详着放在上面的画布。雅克心里想："他这样的人也会画画，真是运气好啊。"他用余光扫了一眼手上的手表："天黑以前我就得把我的文章写好。不过，这个家伙到现在竟然还是一副不紧不慢的样子，真让人着急啊！"

天气闷热得令人喘不过气。火辣辣的阳光从玻璃窗户射了进来。这间旧房子位于顶层，以前是厨房。这栋楼的旁边是一座大教堂。站在这里能将全城尽收眼底，但无法看到日内瓦湖和阿尔卑斯山。只能看到一片耀眼的六月蓝天。

在房间的一个角落里，两张草垫并排铺在一个倾斜的天花板下面。旁边的墙上有几根钉子，上面挂着几串肉，生锈的炉子旁、背篼的上面和洗碗槽里都堆满了乱七八糟的东西：一个搪瓷脸盆、一双破旧的鞋、一个装满空颜料管的烟盒、一把带有青苔并发硬的刷子、一只插着两朵已经凋谢的玫瑰的玻璃杯、一只烟斗。墙边的地板上放着卷着的画布。

那个英国人光着膀子，双唇紧闭，呼吸急促，似乎是刚跑完步。

“真是不容易……”他喃喃自语地说着，头也不回地走了。

他那北欧人般白皙的上身汗珠闪闪发光。肌肉在细腻的皮肤下跳动。精瘦的胸腔下面有一块倒三角形的腹肌。他穿着快被磨破的旧长裤，大腿肌肉因过于紧张而在颤抖。

“没有香烟了。”他轻声叹息道。

雅克走过来，从口袋里掏出三根香烟递给他，画家就一边画画一边抽烟，不一会儿烟就抽完了。从昨天晚上起，他就没有吃东西了，胃在一阵阵地抽搐着，但他早已习惯了这样。他在想：“额头这么闪亮，这白色的颜料够用吗？”他看了看扔在地上的白色颜料管，管子已经被挤得像铁皮一样又扁又平了。他的颜料都是从纪兰那购买来的，他已经欠他一百多法郎了，这也幸亏以前是无政府主义者现在是社会主义者的纪兰是一个好同志。

帕泰尔松朝他画好的肖像画做了个鬼脸，沉浸在自己的世界里，仿佛这里只有一个人似的。他拿着画笔在空中比画着。突然，他的蓝眸向他同伴雅克的额头投去急切的目光，因为激动，他的目光像看见猎物的老虎，令人害怕。

雅克心里觉得有趣，心想：“他瞧我的模样就像瞧盘里的苹果一样。要不是今天我必须在天黑之前写好这篇文章……”

当初，帕泰尔松没什么底气地说要给他画幅肖像时，雅克真不忍心拒绝。画家已经好几个月没钱去请模特了，但又不能总是天天闲着不画画，因此他才开始画一些像苹果之类的静止物体。帕泰尔松当初说最多画四五次就可以完成。然而，今天已经是星期天了，雅克已经连续被画九天了。雅克强忍着烦躁的心情，每天在将近中午时分来到这个老城高处的房子里，按照老规矩摆好姿势，每次一摆就是两个多小时！

帕泰尔松显得非常兴奋，他先用画笔蘸了蘸调色板上的颜料。然后，屈膝弯腿，就像跳水运动员在试跳板的弹性一样，他一动不动地盯着雅克看了好一会儿，不放过每一个细微的表情。突然，他伸直手臂，像击剑运动员一样对准画布上某一点冲去，非常准确地在画布中画出一个亮点。画完之后他又重新退回墙脚，眯着眼睛，歪着头端详着刚刚画完的画，喘着粗气，活像一只被惹怒的猫。他看向还在当模特的雅克，终于开心地说：

“亲爱的，我在你的鬓角和额头上多画了些头发使你眉宇之间显得更有力量！效果非常棒……”

他将调色板和画笔拿到洗碗槽里洗了洗，然后转身走到角落里的草垫旁，直挺挺地躺到了一张草垫上。

“今儿中午就画到这吧！”

雅克长嘘了口气，终于解脱了啊，他站起来活动一下僵硬的身体。

“我可以看看今天的画吗？……啊！你今天进展得不错啊！”

雅克端详着这幅已经画好四分之三的肖像画，画里面他正坐在椅子上，只画了从头到膝盖的部分。他的左肩向后仰逐渐消失在背景里，右肩、右臂和右手肘有力地倾向前方。骨骼分明的手张开放在腿上，在画的下面形成了一个生动的亮点。他的头侧向左肩迎着光微微仰起，像被额角和满头长发拉过去似的。从左边射过来光线，让半边脸都处在阴影中，但由于头微微向左倾斜，整个脑门都被照亮了。一头棕色闪亮的头发从左向右梳得整整齐齐，衬托着皮肤越发白皙明亮。帕泰尔松特意把头发画得很低很密，好像杂草一样又硬又密。坚挺的下颌紧贴着半敞开的白色衣领。嘴角一丝若有若无的苦笑衬托出了脸部粗犷而严峻的神情，使得那张大嘴非常突出，但嘴唇似乎画得不是特别令人满意。双眉紧锁显得忧心忡忡，深邃的目光像一湾潭水隐藏在半明半暗之中，但却恰到好处地显露出他坦率、坚毅的性格。但画中人的目光过于大胆放肆，这点跟现实中的雅克不太相符。帕泰尔松似乎也意识到这点。从总体上来说，这幅画很好地表现出了脑门、肩部和颌骨的强有力，但令他失望的是，这幅画没有画出那种顾视流盼中浮现的思索、忧伤和大胆的细腻神情。

“你明天还可以再来吗？”

“来就来吧，也不差这几天了。”雅克不情愿地回答。

床上方挂着一件雨衣，帕泰尔松坐起来，伸手去掏了掏雨衣的口袋。随后，他爽朗地大笑道：

“米特尔格现在都有戒心了；香烟都不放在这个口袋里了。”

帕泰尔松只要一笑，便马上露出了一副只有伙计才有的狡猾模样。在五六年前，他跟清教徒的家里断绝来往，独自一人从牛津来到瑞士生活，应该那个时候当过伙计吧。

他幽默地轻声说：“亲爱的，对不住啊，本为了感谢你今天能来，想请你抽一支烟的呢……”

他是宁可不吃饭却不能不吸烟的人，但为了能省钱买颜料却不吸烟了。不过话说回来，无论是颜料、香烟还是食物，他都从来没有长时间缺少过。

在日内瓦，有一大批生活没着落的年轻革命者，他们没有工作，只是随意地加入了当时的一些组织。那他们都是以什么为生呢？谁也说不清，反正他们就是活下来了。有一些像雅克一样有才能的知识分子，他们靠给报纸杂志撰稿来生活。还有一些来自世界各地的技术工人、印刷工人、画匠、钟表匠，他们都有一些谋生的手段，有工作的就救济那些没工作的。这些人大多数是没有固定职业的，经常会做一些比较累工资却不高的低贱工作。一般情况，他们只要挣到一些钱就马上甩手走人。他们当中还有一些是衣衫褴褛的大学生，这些人以教课、在图书馆兼职或实验室打零工为生。相对而言这些人还是比较幸运，只要他们不是同时一分钱都没有就好。只要任何一个人有钱，就能保证那些身无分文、流浪街头的同伴能吃上几片面包和几块肉，喝上一杯热咖啡，抽上一根香烟。这种互助互惠的行为都是每个人自发去做的。这些人已经习惯每天只吃一顿饭，从不挑食，有的吃就行。这些年轻人生活在一起，有着相同的兴趣爱好，有着共同的理想抱负，有着同样的激情和信念。他们有的像帕泰尔松那样，乐观开朗，即使饿得头脑发晕，还常常开玩笑地说，这样更能促进大脑的活动。这也许并不仅仅是一句玩笑话。他们缺衣少食的生活状态使得他们思维、精神极度亢奋，他们经常聚集在街心公园、咖啡馆，或者在那带家具出租的房间里，举行秘密会议。尤其在总部，秘密会议会更多。他们在那里相互交流由外国革命者带来的消息，交换彼此的观点和学习经验，以便怀有共同的激情和信念，为建设未来美好社会而努力奋斗；他们能够这样随时随地进行无休止的秘密会议，这就得益于他们缺衣少食的生活状态。

雅克站在用来刮胡子的镜子前，整理了一下衣领和领带。

帕泰尔松小声嘀咕着："亲爱的，你这么急急忙忙是准备去哪啊？"

他双臂张开半裸着上身斜躺在床上。他的手腕和脚踝很细，像女孩一样，但手和脚却很粗大。他的头很小，一头暗金色的头发因汗水打湿而粘在了一起，在玻璃窗的映衬下，像古老的镀金银器般发出闪亮红光。他的眼睛非常清澈明亮，这样反倒不能表达丰富的情感，天真无邪的眼神中仿佛总夹杂着一丝苦恼。

"今天我有很多事需要跟你说，"他懒洋洋地道，"首先，你昨晚离开会议地点太早了……"

"大家说来说去都是那么几件事，没什么新意，我有点累，就回来休息了。"

"也对……不过，讨论到最后还真是蛮精彩的，亲爱的……你错过了真是太可惜了。讨论最终以飞行员回答布瓦索尼的提问而结束。虽然只有短短的几句话，但这几句话能让人浑身起鸡皮疙瘩。"

他说话的语气泄露了他心中的厌恶。经过多次观察，雅克注意到这个英国人对被大家称为"飞行员"的梅奈斯特雷尔有种又爱又恨的感觉。在对"飞行员"看法的这一问题上，雅克从未跟画家表明过自己的观点。他对梅奈斯特雷尔的印象很好，不仅仅把他当作一个值得交的好朋友，更把他当作一个令人尊敬的老师。

他激动地转过身来：

"他都说了些什么？"

帕泰尔松并没有马上回答。他抬头看着天花板，嘴角露出了一丝古怪的微笑。

“那时已经接近会议的尾声了，很多人都像你一样提前走了……他让布瓦索尼先说，但你知道，他给人的感觉并不像在倾听……突然，他对依旧坐在他旁边的阿尔弗蕾达弯下腰，不看任何人，飞快地说道……等一等，让我想想他说了什么……他大致是这样说的：‘尼采，他以人的概念代替了上帝的概念。这没什么大不了的，这才是第一步而已。现在我们应该推动无神论继续向前发展：把人的概念也取消。”

“那后来又发生了什么事呢？”雅克耸了耸肩，问道。

“‘等一等……’布瓦索尼问道：‘那用什么来代替呢？’飞行员听后笑了，你知道吗，他笑的模样让人感觉很可怕……他大声说道：‘不需要任何东西代替！’”

雅克听完不说话，只是微微笑了笑。天气很热，之前摆姿势又摆得很累，现在又急着想回去工作，他一点都不想跟这个正直的帕泰尔松讨论这个深奥的话题。他收起笑容，淡淡地说道：

“帕泰尔松，他思想很高尚，没什么可评价的！”

英国人用手肘撑起上身，直勾勾地盯着雅克说：

“不需要任何东西代替！你不觉得这有点太不可思议了吗？”

雅克不搭理他，他只好又重新躺了下去。

“亲爱的，我总在思考一个问题，这个飞行员曾经经历过什么才让他变成这样没有生气呢？我想他大概是有过一段痛苦的经历吧，难道是呼吸过有毒的空气？”他连语气都没有变，紧接着转身又对雅克说道，“我一直想请教你一个问题，阿尔弗蕾达跟飞行员你都很熟悉，你对他俩在一起有什么看法，觉得满意吗？”

雅克发现他自己从来没有思考过这个问题。从整体来看，这个问题也不是问得毫无道理，但回答起来却非常棘手；出于本能，他马上意识到不能再与这个英国人在这个问题上继续纠缠了。他打好领带，耸耸肩，谨慎得什么都没有说。

帕泰尔松似乎并不觉得这种沉默有什么难堪。他重新躺好，接着问道：

“今天晚上有雅诺特的讲座，你去听吗？”

雅克赶紧抓住这个转移话题的机会：

“现在还不能确定……我今天得赶一篇《信号灯》的稿子……如果能顺利写完，我大约六点会到。”他戴上帽子，说，“晚上见，帕泰尔松！”

“你还没有告诉我对阿尔弗蕾达这件事有什么看法呢。”帕泰尔松急忙坐起来喊道。

雅克走到门边打开门，然后转过身来说道：

“我不清楚。”他顿了一下，接着说道，“她有什么理由不开心呢？”

2

时间已经是下午一点半了，日内瓦人还在吃午饭，因为在星期天他们吃饭比较晚。骄阳照射在福尔堡广场上，房屋的影子投射在墙角形成一个阴影。

雅克斜穿过广场。了无人烟的广场上只有喷泉的潺潺声。雅克低着头快速往前走，热辣辣的太阳照射在后颈上，眼睛被柏油马路的反光闪得发花。日内瓦的夏天非常炎热，但不用太担心，虽暑气逼人却有益健康，从来不会让人觉得闷热潮湿，也不会让人觉得酷暑难耐。但像今天这样闷热的天气是非常罕见的，所以当雅克发现沿着狭窄的拉封丹路的棚铺往前走有一丝阴凉时，他还是感到非常开心的。

他一边走一边想着自己的文章。这篇文章是为《信号灯》的书刊栏写的，主要是评论弗里契的最新著作。文章除去开头需要重写的部分，差不多已经完成了三分之二。也许需要引用一段他前天晚上从图书馆抄下来的拉马丁[①]的话作为文章的开端，这段话是这样说的：

“爱国主义有两种。一种是由各种各样的人性黑暗组成，比如仇恨、偏见、憎恶。政府处心积虑地想分裂、愚弄人民，使人民接受这种扭曲的爱国主义，让他们互相猜忌攻击……相反，另一种是由人性的真善美组成的，包含着各族人民共同拥有的真理和权力。”这是一种正确的、崇高而伟大的思想，但表达形式上……他微笑着想：“嘿，这也许还是一八四八年的那种古老的表达方式……但和我们今天的说法不也差不多吗？……除了和个别人的表达有点不同，”他脑海里立马浮现出一个人，“比如，飞行员。他是绝对不会这样说的……”想到梅奈斯特雷尔，他就马上联想到帕泰尔松刚刚的提问。阿尔弗蕾达快乐吗？女人心海底针，谁也猜不透，他不敢回答是与否。……他的脑海里浮现出同索菲亚·卡梅辛交往时的情形。自从他离开洛桑，离开卡梅辛老爹的公寓之后，就很少再想起她了。刚开始，她还来日内瓦看过他几次。后来，她就不再来了。也许她终于明白了，即使每次他都很开心地接待她，但他们已经回不到从前了。对于这样的结果，他还是感到有点遗憾……真是个奇怪的女人……这么多年，他还是没能忘记她，在他的心里没有人能取代她。

①拉马丁，19世纪法国的诗人兼历史学家。

他加快了前进的步伐。他得走到罗纳河岸才能到家。他住在河对岸的格勒尼斯广场。那是一个贫民区，到处都是狭窄的小巷和破旧的房屋。广场中心有个公共厕所，广场的一角有一座四层的寰球公寓。这座公寓是带家具出租的，破旧不堪的门面被隐藏在暗处。低矮的门上挂着一只半圆形的玻璃球，每晚发光作为公寓的招牌。跟这里其他公寓不同的是，这里不租给妓女。这座公寓的所有者是韦赛利尼兄弟，他们还没有成家。几年前兄弟俩加入了社会党，几乎所有的房间都租给了革命者。这些革命者能付得起房租的很少，却从来没有任何一个房客因付不起房租而被韦赛利尼兄弟赶走的，但他们曾经有过把形迹可疑的人扫地出门的事。因为这地方鱼龙混杂，吸引着好人的同时，也同样引来了坏人。

雅克住在公寓的顶层，房间不大却很整洁。唯一美中不足的是房间只有一扇窗，却还对着楼梯口。房间里充满了各种从楼梯间传来的噪声和气味。只能窗户紧闭，打开吊灯，才能安安静静地工作。房间里摆放着一些基本的家具：一张单人床，一个大柜子，一张桌子和一把椅子；洗漱的地方设在墙边。桌子很小，总是堆满了各种东西。因此，雅克要想写文章，就会拿一本地图册放在膝盖上当书桌用，坐在床上写。

他大约工作了半小时，就听见有人在敲门。

“进来。”他对门喊道。

虚掩着的门口出现一个头发蓬松的小脑袋。这是小个子范赫德，他患有白化病。去年他是跟雅克一起离开洛桑到日内瓦的，现在也住在寰球公寓。

“不好意思，蒂博先生，我有打扰到您吗？”虽然自从父亲死后，雅克都用真名来签署自己的文章，但还有很多人像范赫德一样，仍旧用他以前的笔名来称呼他。

“我今天去了‘朗多尔咖啡馆’，正好莫尼埃先生也在那里。他让我帮忙转告您，飞行员让他转达您两件事。第一件，飞行员让您在五点钟之前去他家里见他。第二件，《信号灯》这星期不刊登您的文章，所以今晚您不必把稿子给他了。”

雅克头靠着墙，双手按在前面凌乱的稿纸上，松了口气说：

“太好了，不用赶稿了！”但随即又有点遗憾，“这星期二十五法郎的稿费又拿不到了……”虽然稿费很低，但也够他生活了。

范赫德一边微笑着，一边往床边走去：

“您在写什么，很难写吗？”

“是对《国际主义》这本书的评论，他的作者是弗里契。”

“那这本书是关于什么的呢？”

“其实，我自己也不是特别明白它写的是什么，该怎么评论……”

“是评论这本书吗？”

“评论这本书以及书中所说的国际主义。”

范赫德听后，稀疏的眉毛拧成了一个疙瘩。

“弗里契不是个共产主义者而是个宗派主义者，”雅克接着说，“而且，我觉得他把几个概念完全不同的东西混淆了，比如，民族概念、国家概念以及祖国概念。因此，我在怀疑他的想法是不是对的，即使那些想法从表面上看起来是正确的。”

范赫德眯着眼听得津津有味。透明的睫毛挡住了他的眼神，他嘴角向下，正噘着嘴。他挪到旁边的桌子旁，把桌子上的卷宗、盥洗用具和书往边上稍微推了推，然后就坐下来了。

雅克的语气中带着一丝迟疑，继续说道：

“对和弗里契持有相同观点的一些人来说，国际主义的首要目标就是要取消祖国这个概念。难道这是发展的必然趋势，不可避免的吗？……不能说得这么肯定！”

范赫德举起他那瘦弱的小手说道：

“我认为爱国主义无论如何都得取消掉！你想想，革命怎么能在一个国家这么狭隘的范围内进行呢？真正的革命，我们的革命，它是一项国际事业！它应该由各国工人共同实现！”

“对，是这样的。但你回过头想想，你不也把爱国主义和祖国的概念分得很清楚吗？”

范赫德固执地摇着他那长满白发的小脑袋。

“这本来就是一回事。你想想看，十九世纪的时候，人们大肆宣扬爱国主义和对祖国的热爱之情，利用这种感情来巩固本民族国家的地位，从而在其他各民族中埋下仇恨的种子，酝酿新的战争！”

“我同意你的看法。但这都是那些民族主义者在每个国家扭曲了祖国的概念的结果，跟爱国主义者没什么关系。他们用盲目崇拜、好战的情绪替代了理智的、合情合理的、不伤害他人的情绪。这种民族主义应该被批判是毫无疑问的！但像弗里契那样，把对祖国的感情也舍弃掉的做法，就应该赞成吗？革命就要舍弃人类一切精神上、物质上、情感上的东西吗？”

“对！一个真正的革命者就应该斩断一切羁绊，无欲无求，一切只为革命……”

“等等。”雅克插话道，“你所说的那种革命者是理想状态的，是你所向往的，现实生活中的一般人是做不到的。再说，情感上的爱国主义，真的说取消就能取消的吗？我看不尽然。有时候人也是无能为力的。爱国主义会受当地的风土人情的影响，在不同的国家，不同的地域，爱国主义的内涵也就不同，它有它独有的民族特性，它永远不会舍弃造就它的文明形式。无论何时何地，人都不会忘记自己的语言。注意！这一点尤为重要：祖国的问题归根结底也许就是语言问题！无论身处何地，人们总是习惯性地保持着他本国语言的表达习惯……就拿我们周围的一些朋友来说吧！我们在日内瓦所结交的朋友都是自愿离开故土，流亡到这儿的。他们自以为已经抛弃了他们的祖国，成为一个真正的国际移民者了。但你发现了没有，他们哪一个不是出于本能地相互寻觅、相互会合，然后聚集形成一个个意大利、奥地利或俄国的小集团……他们在这里跟手足同胞形成了一个爱国主义小团体。你自己不也是跟比利时的那些人在一起吗？”

范赫德听到这不寒而栗。他那夜鸟般的瞳仁带着不甘死死地盯着雅克，随后这种不甘消失在睫毛后面。他丑陋的外表使得他的行为显得更加猥琐。他习惯用沉默来对抗一切动摇信念的行为。他虽然看起来很胆小懦弱，但这个信念却出人意料地坚不可摧，甚至比他的思想更为坚定。没有人能够动摇，即使雅克和飞行员也不行。

“不，不，”雅克接着说，“一个人可以背井离乡离开祖国，但祖国在他心中也是不可磨灭的。而且这种爱国主义和我们所主张的国际主义革命者的思想并没有相违背！……因此，我想像弗里契那样抨击所有人类固有的，代表着力量的因素，是不是有点不太谨慎。我甚至在想，这样的舍弃对人类未来的发展会不会有害。”他微微停顿了下，接着用一种没底气的语气，迟疑不定地说，“我想是这样想的，却不敢在这短短的几页书评中这样写。只有写整整一本书才能把整个事情描述清楚，避免引起不必要的误会。”他沉思了一会儿，接着说，“我也不知道这本书该怎么写。也没有确切的把握！谁也说不好，毕竟抛弃了祖国也不是不可能的，一切皆有可能……”

范赫德情不自禁地从桌子旁走向雅克。他那黯然的脸上此时浮现出欢快的神情。

“人类都是有舍才会有得的！”

雅克看着小个子范赫德笑了。他喜欢他正是因为他有着这样的激情。

“现在我必须得走了。”范赫德说。

雅克面带微笑，看着范赫德连蹦带跳地走到门口，一句话都没有说，摆了摆手，离开了。

虽然今晚他已经没有必要再赶稿子了，但他还是干劲十足地写了起来。

他一直写到听见前厅敲响四点的钟声。他突然想起梅奈斯特雷尔五点之前在家等他。他赶紧收拾收拾从床上起来，刚起身，肚子就发出咕咕的叫声，很明显他饿了。可是，时间已经来不及了，甚至连吃饭的时间都没有了。他想起抽屉里还有两袋可以用来充饥的可可粉，用开水泡一泡就可以吃了。昨晚已经灌满酒精的酒精灯刚好用来烧水。当他洗完手洗完脸，锅里的水也就开了。他喝了一碗烫嘴的可可粉，就急匆匆地出门了。

3

梅奈斯特雷尔和很多革命者一样住在卡卢日区，那里离格勒尼斯广场非常远，大多数俄国的逃亡者都住在那里。那个郊区坐落于阿尔弗河边，需要穿过普兰帕莱平原才能到达，没有什么特点，很不显眼。那里需要企业来投资建设，需要卖木材的、挖煤炭的、打铁的、卖车的、铺地板的以及房屋装潢的来建设厂房。宽阔的街道上空气很清新，街道两旁的车棚紧挨着破旧不堪的老房子、废弃的花园和一段还没有开发的地皮。

飞行员住在沙尔帕日码头和卡卢日路交叉处的一座公寓里。那是一排淡黄色四层破旧的老房子，没阳台，楼的外墙在夏日阳光的照耀下，呈现出意大利灰泥所特有的古老气息。经常有海鸥从窗前掠过，飞到阿尔弗河滩上嬉戏。阿尔弗河的水不是很深，但很湍急，击打在岩石上水花四溅，形成一堆泡沫，使它看起来像一条急流。

梅奈斯特雷尔和阿尔弗蕾达住在走廊尽头的一间套房里，这间套房有两间房间，中间有一个狭窄的入口将其分开。其中稍小的一间用来做厨房，另一间就用来做卧室兼书房。

窗外的阳光照在紧闭的百叶窗上，窗前放着一张轻便的桌子，梅奈斯特雷尔正在上面一边工作一边等着雅克。他的字体刚劲有力，就是有点细小、狂乱，而且缩写比较多。现在他正在几页薄纸上写着简单的注释，阿尔弗蕾达的工作就是负责这些注释的辨识，然后再把这些注释用一架旧打字机打出来。

阿尔弗蕾达似乎刚离开房间了，因为房间里现在只有飞行员一个人，她经常紧挨着坐在梅奈斯特雷尔旁边的那张矮椅上。她是趁工作间隙，到厨房装了满满一瓶凉水。厨房的煤气炉上有一罐糖煮桃子正用小火煨着，酸滋滋的味道弥漫着整个房间；他们除了奶制品、蔬菜和煮熟的水果，几乎不吃别的东西。

“弗蕾达！”

她刚把咖啡过滤器洗完擦干，就听见屋外有人喊她，她急忙擦干手上的水就走了出来。

“弗蕾达！”

“马上就来……”

她赶紧又坐到他身边的矮椅子上。

“你去干什么了，小姑娘？”梅奈斯特雷尔一边轻声地问，一边抚摸着她因低垂而露出的一截棕色的颈子。他并没有想得到什么回答，只是想用梦幻般的嗓音问一问罢了，甚至连手上的工作都没有停。

她笑着抬起头，目光坚定、忠实而又平静。眼睛睁得大大的，似乎想要看清一切、了解一切，而又爱一切，但却又不会让人觉得被窥视和被追问的感觉。她静静欣赏和等待的习惯似乎是与生俱来的。每当梅奈斯特雷尔喋喋不休的时候，她就仰起头看着他，好像要用眼睛来倾听一样。有时候他的思想特别奇妙，她便眨眨眼睛表示赞同。梅奈斯特雷尔所需要的正是这种安静地听他说话、默默地陪在他身边的人，如今她对他来说就像空气一样必不可少。

她比他小十五岁，算算她也就二十二岁吧。没有人知道他们是怎么相遇的，更没有人知道在共同生活的表面下是什么让他们在一起的。一年前，他们一起来到了日内瓦。梅奈斯特雷尔是瑞士人。阿尔弗蕾达虽然从来不提任何关于她家庭和童年的情况，但是大家都知道她是南美人。

梅奈斯特雷尔一直在写东西。他留着短而尖的黑胡子，使他消瘦的脸显得更长了。头微微向前低着，使他那窄脑门看起来像压在太阳穴上似的，凸出来的部分被光线照亮了。他的左手一直没有拿下来，还在抚摸阿尔弗蕾达的颈子。阿尔弗蕾达低着头，一动不动地任由他抚摸，像一只慵懒的小猫，在接受主人的爱抚一样。

梅奈斯特雷尔手没有动，只是停住不写了，茫然地抬起头看了看，摇摇头说：

“丹东曾经这样说过：‘我们想来个翻天覆地的变化。’小姑娘，这是政客所说的话，并不是社会主义革命者说的。像路易·布朗[1]、蒲鲁东[2]、傅立叶[3]以及马克思这样的革命者是不可能说这样的话的。”

她转过头看看他，但他并没看她。他抬起头面无表情地看着窗户，一丝阳光从百叶窗的缝里透了进来。他的五官长得非常端正，但让人想不通的是看起来死气沉沉的，没有什么生气。脸色暗黄，却不是病态的原因，就像血液里都没了颜色一样；在剃得很短的黑色胡须下面，是一张没有血色的嘴唇。他所有的生气似乎都集中在他的眼睛里。他两只眼睛小而且靠得很近，看起来有点奇怪；黑色的眼珠几乎占满了整个眼睛，只有一点点眼白。犀利的目光没有一丝感情，让人不敢直视。明亮而冷漠的眼睛，始终睁到最大，凝视着前方，似乎不像是人的眼睛了：它让人害怕的同时，也让人恼怒，使人不自觉地就联想到猴子那深邃、孤僻、神秘的眼神。

“……个人主义思想三段论。”他似乎结束了内心的思考，又继续自言自语地说道。

声音连贯却显得有些有气无力。他说话简短而又晦涩难懂，语

①路易·布朗，出生于1811年，死于1882年，是19世纪法国空想社会主义代表人物之一。

②蒲鲁东，1809年出生于法国，是小资产阶级社会主义学家以及经济学家，主张无政府主义。

③傅立叶，法国人，著名的哲学家，空想社会主义代表人物之一。

气急促却不间断。他像放连珠炮似的一股脑地说出来，就像说“个人主义思想三段论”那样，听起来让人觉得就像技艺精湛的小提琴手，弹一下便能奏出行云流水般十六分音符。

“有阶级存在的社会主义就不能说是社会主义。”他继续说道，“颠倒阶级秩序，只不过是以一种恶来代替另一种恶，以一种压迫来代替另一种压迫而已。一切阶级都还生活在水深火热之中。追求暴利、残酷竞争以及极端个人主义，也同时折磨着资本家。只不过他们并没有意识到。”他中间有两次因咳嗽，胸口不舒服而被打断，接着他又快速说道，“将一切健康因素，通过新的劳动组织，无差别地融入社会中，建立无产阶级社会。这就是我们工作的目标，小姑娘……”

说完他又开始写了起来。

梅奈斯特雷尔与航空事业的开创有关。他曾经工作在瑞士航空公司的苏黎世分公司。那时他既是飞行员，又是机械工程师，至今那个公司还有很多在使用的装置，都是以他的名字命名的。他曾经多次尝试飞越阿尔卑斯山，在公众中引起轰动。一次在从苏黎世飞到都灵的途中，他飞机失事了（他在这次事故中差点就死了）。由于腿部受伤严重，从此以后就不能再开飞机了。后来，瑞士航空公司出现了一次工人罢工运动，他借着这次的运动，毅然决然地离开了技术员办公室。随后，他就突然从瑞士消失了。没有人知道他去了哪。也许是去了东欧吧？从他有几次的表现来看，他对俄国的情况非常熟悉，他能听懂斯拉夫的俄国方言；他对小亚细亚和西班牙的情况也很了解。毫无疑问他跟欧洲各国有影响的革命者都有或多或少的交往，甚至现在还可能跟他们中部分人保持联系。但他有着什么样的际遇，才会和他们交往的呢？又有什么目的呢？当别人问起他这段经历时，他总是转移话题，一笔带过，不愿深谈。有时候他会说一些他听过的比较有哲理的话或者是看见过的事情，但他从来不会告诉你他与这些事的关系，也从来不告诉你事情的重点是什么。他会很严肃地跟你讨论事实、学说和人物，甚至在讨论的过程中引用一些例子，可是一问到他本人情况，他就回答得模棱两可，甚至一笑带过。

虽然如此，他给人的印象就是哪里有事就在哪里，他似乎可以预见什么地方会发生什么事，而且他对事情总有独到的见解，往往得出的结论出人意料却又在情理之中，让人无可反驳。

人们经常问他为什么来日内瓦？有一次他回答说："这里清静。"刚来这里的头几个月，他几乎不跟人交往，连逃亡者和瑞士党党员都避而不见，整天跟阿尔弗蕾达在图书馆阅读大量有关大革命的著作，并做好摘录，看起来貌似只是为了提高自身的革命修养，没有别的意图。

某一天，一位叫里沙德莱的日内瓦青年革命者设法将他带到了聚会地点。那里是形形色色的瑞士或外国革命家每晚聚集的地方。他没有告诉任何人，他是不是喜欢这地方。但第二天，他自发地就来了。没过多久，他那爽朗的个性就深得人心了。在这群整天纸上谈兵、无所事事的理论家当中，他有着一针见血的批判精神，有着不局限于书本知识从实践总结出来的见识，仿佛一切都在他的掌控之中，善于抽丝剥茧找到事情的本质，把复杂的问题具体化、简单化。所有人都被他的能力所折服。短短几个月，这一群人便以他为核心，以他为"领袖"，他几乎成了这群人的灵魂。每次聚会他都来，但是他身上的谜团却一直没有被解开；也许是他为了保存实力，刻意隐瞒的。

“先来这里吧，他还在工作。”阿尔弗蕾达一边说着，一边将雅克带进厨房。

雅克擦了擦额角的汗水。

“你要喝点水吗？”她指着放在洗碗槽里用冷水冰着的大肚玻璃瓶，问道。

“给我来一杯吧！”

她听后便给他倒了满满一杯，玻璃杯在倒满之后马上就蒙上了一层水汽。她拿着玻璃瓶谦卑恭顺地站在他面前，这是她习惯性的行为。她的脸上微微扑了点粉来提亮光泽，鼻子并不挺，像小孩一样嘟囔着嘴，紧闭的双唇像长熟了的草莓红通通的，眼角向上吊起，乌黑发亮的刘海跟眉毛齐平，这样的她看起来就像欧洲版的日本娃娃似的。雅克心里想：“也许是因为她穿蓝色和服的原因吧。”他一边喝水，一边想起了帕特上次问的问题，“阿尔弗蕾达跟飞行员在一起快乐吗？”他这才意识到，他对她似乎没什么了解，虽然每次跟梅奈斯特雷尔谈话的时候，她也在一旁站着。但他似乎已经惯常于把她当作梅奈斯特雷尔的附属品，而不是一个独立的个人。他第一次发现，单独跟阿尔弗蕾达相处有点尴尬。

“需要再来一杯吗？”

“嗯，好。”

刚好喝了可可之后，他感到有点口渴。他心里在想：“没有吃午饭，这点东西不挡饿啊。”突然，他脑海里闪过一个可怕的念头：“我走之前有没有把酒精灯灭了？”他努力回想，仍一无所获。

飞行员的声音从隔板那边传了出来：

“弗蕾达！”

“来啦。”

她朝雅克调皮地眨了眨眼，狡黠地笑着，仿佛在说：“这家伙怎么这么任性呢，像个大孩子似的！”

“进去吧。”她对雅克说道。

梅奈斯特雷尔背着光站在窗前，一柱阳光从打开的百叶窗射进屋里，把房间照得亮堂堂的。光秃秃的墙上什么都没有；屋子中间放着一张低矮的大床；窗户旁边有一张桌子，上面除了钢笔和几张纸，什么都没有。

梅奈斯特雷尔穿着灰色的睡衣站在那里，让人看起来非常高大。事实上他非常瘦弱，胸部狭窄，肩部有点向下塌。他犀利的目光紧紧地盯着雅克，并伸出手跟雅克问好。

“麻烦你跑这一趟，但这里比较安静，聚会的地方人多嘴杂……喂，小姑娘，你的工作来啦。”

他一边说着，一边把一本插着书签的书递给阿尔弗蕾达。

她听话地接过书，搬出旧打印机，背靠着床，就在地板上噼里啪啦地打起字来。

梅奈斯特雷尔脸色凝重地和雅克在桌边坐下。他伸直双腿靠在椅背上（他的膝盖自那次事故之后就不能弯曲了，走路稍微有点瘸）。

“我们似乎有麻烦了。”他开口说道，“我收到一封匿名信。似乎想让我们提防两个人。第一个叫基特贝格。”

“基特贝格！”雅克吃惊地喊道。

“第二个叫托布勒。”

这回雅克似乎惊得已经说不出话了。

“让人难以接受是吗？”

“基特贝格！”雅克自言自语地重复了一遍。

梅奈斯特雷尔从睡衣口袋里掏出一封信，递给雅克，说道：“你自己看看吧。”

“真的是这样啊。”雅克冷静地看完信，轻声说道。这封信没有署名，整篇都是冷冰冰的控诉。

“基特贝格在克罗地亚运动中有着非凡的地位，托布勒也是，这些你是知道的。他们马上要参加在维也纳举行的代表大会。因此，目前至关重要的就是先要弄清楚，我们在多大程度上可以相信他们。事关重大，没确切的消息之前，我不想惊动任何人。”

“好的，我知道了。”雅克很想问一下“对于这件事，你有什么计划？”但最终他还是忍住了。从表面看来他跟梅奈斯特雷尔的关系似乎非常好，但事实上他们都本能地保持着一定的距离。

梅奈斯特雷尔仿佛知道雅克心里想什么似的，接着说道：

“第一……”（他为了让大家更容易听明白，养成了一种习惯：常常以“第一”开始说话，不过后面有没有“第二”就说不定了）“第一，最可靠的证实方法就是实地调查。我们可以派人潜入维也纳，私下里偷偷地调查。为了不让人认出来，这个人最好是没参加任何党派……但是，”他凝视着雅克，继续说道，“这个人必须可靠。我的意思是，他的调查结果必须是真实可信的。”

“确实是这样！”雅克心里感到高兴的同时也有点意外。他相当愉快地想道：“终于有借口不用去给帕特尔松当模特啦，他画不成像了啊。”他的脑海里再一次浮现了他的酒精灯。

接下来谁都没有说话，只听见打字机打字的声音和远处洗碗槽里水流的声音。

“你愿意去吗？”梅奈斯特雷尔问。

雅克点点头表示答应了。

“出发的时间定在两天后。”梅奈斯特雷尔又说，“为了能充分收集情报，在那边待多长时间，就视具体情况而定吧。需要的话，待上半个月也是可以的。”

阿尔弗蕾达抬起头看了一眼一直不说话的雅克，又低下头继续她的工作。

梅奈斯特雷尔接着说：

“霍斯梅会在维也纳给你提供帮助。”

他听见有人敲门就停住不说话了。

“小姑娘，去看看门外谁在敲门……”接着他又转身对雅克说道，“要是托布勒真的受贿了，霍斯梅应该会比较了解情况。”

霍斯梅是住在维也纳的奥地利人，是梅奈斯特雷尔的朋友。雅克和他去年在洛桑碰见过，那时候霍斯梅只是到洛桑小住几天。那次见面的情形，雅克现在还历历在目。那是他第一次有机会接触到这类投机取巧、厚颜无耻、不择手段的革命家，不管用什么手段，只要能达到目标就行。只要是为了革命事业，他们可以做一切偷鸡摸狗的事，并以此感到光荣。

阿尔弗蕾达看完回来说：

“是米特尔格来了。”

梅奈斯特雷尔轻声对雅克说：

“我们到聚会的地方再继续聊吧……”接着向门外大喊道，“进来吧，米特尔格。”

米特尔格的眉毛弯弯的像弓，始终戴着一副圆形的大眼镜，使他的神情看起来似乎总是很谨慎。脸似乎有点浮肿，线条很软，看起来胖嘟嘟的，就像梦游没有睡好觉似的。

梅奈斯特雷尔站起来朝米特尔格说道：

“什么风把你给吹来了？”

米特尔格进屋环视一圈，首先看了看飞行员和雅克，最后目光落在了阿尔弗蕾达身上。

“雅诺特刚刚到聚会的地方来了。”他解释说道。

“不好。”雅克心里想，“我真的不敢肯定有没有灭灯。碗倒满以后，我很可能又把小锅放回了酒精灯上去烧，并没有去把它吹灭……那碗可可喝完之后，我就急忙出门了……酒精灯说不定一直还在烧……”他呆呆地想着，不说话。

米特尔格继续说：“雅诺特想在演讲之前跟您见一面。可他旅途中累坏了……而且他似乎很怕热……”

“那是他头发太长太多了……”阿尔弗蕾达轻声嘀咕着。

“所以他要去休息一下……特意让我来向您问候一下。”

“非常好，非常好……”梅奈斯特雷尔用出人意料的尖嗓门说道，“我的小米特尔格，对于这样的雅诺特我们有说不出的鄙视啊……是不是这样，小姑娘？”他一边说着，一边将胳臂搁搭在阿尔弗蕾达的肩上，手不停地抚摸着她的头发。

“你跟他很熟吗？”阿尔弗蕾达看向雅克那边，狡黠地问道。

雅克根本没有在听他们说话。他妄想能回忆起某个细节，能使自己安心。他确定他将锅放在了地上。那后来应该也将火吹灭了并盖上灯罩了吧。他不确定地想着……

“他满头乱糟糟的白发，看起来就像一只老狮子。”阿尔弗蕾达笑嘻嘻地说，“这位反教权主义的大英雄，怎么弄得像个教堂的管风琴手！”

“不得无礼，小姑娘……”梅奈斯特雷尔轻轻地斥责道。

米特尔格有点尴尬地苦笑着。他那头乱糟糟的头发，确实让人看起来就像要发火似的。何况，他确实经常发怒。

米特尔格是奥地利人，以前在萨尔茨堡学过药物学。五年前，为了逃避兵役，他离开了那里来到了瑞士。刚开始他住在洛桑，后来又来到了日内瓦。毕业以后，他就按规定在一个实验室每周工作四天。但他对社会学似乎更感兴趣。他的记忆力非常好，东西看一遍就能全部记住，不论多少东西，都不会混乱，都能清晰地记在脑袋里。你可以把他当成一本移动的百科全书。他的朋友，尤其是梅奈斯特雷尔经常向他咨询东西，他们都少不了他。他是一个主张武力解决问题的理论家。总而言之，他敏感、胆小且多愁善感。

他若无其事地说：“雅诺特在好多地方都发表过演讲。他刚从米拉诺回来。在奥地利，他还和托洛茨基在一起住过两天。我想他对欧洲的情况应该非常了解。他讲的东西都很有意思。在他做完演讲之后，我们准备将他带到‘朗多尔咖啡馆’，再了解一些情况。你们会去的，对吗？”他看了看梅奈斯特雷尔，又瞅了瞅阿尔弗蕾达。接着，他转身看着雅克说：“你会去吗？”

“在‘朗多尔咖啡馆’是吧，也许会去吧。”雅克说，“那今晚的演讲会我就不去了！”酒精灯的问题还一直纠缠着他，这使他感到很烦躁；虽然他很久以前就没什么宗教信仰了，但别人的反教会言论还是会使他感到恼火的。“一看题目就觉得幼稚可笑：《上帝不存在的证明》！”他从口袋里掏出一张绿色的广告单。“让我们看看他的提纲都讲了些什么！”他耸耸肩，然后夸张地大声念道，“我向大家推荐一个宇宙体系，它能使一切求助于精神本原的假设彻底归于无用……”

“嘲笑别人的文风是很不道德的。”米特尔格瞪着双眼，生气地打断了他的话（他一激动，唾液就会分泌过多，说话就会唾液四溅）。“我同意这些观点可能只是优秀的理性哲学。但重复宣讲也不是一无是处的。多少世纪以来，教会都是通过迷信来统治人们的，使人们逆来顺受，不会反抗。如果没有了宗教，人们应该在很早之前就会起来反抗了吧，自由也应该早就获得了吧！”

“也许是吧。”雅克退一步说道。他将广告单揉成一团，孩子气地从百叶窗缝隙中扔了出去。“说不定今晚的演讲也会像在维也纳、米兰那样赢得一片喝彩呢。……我能理解这种寻求领悟和解脱的心情，不然这几百个男女，也不会放弃坐在湖边，仰望黑夜和星空的大好机会，来到这烟雾腾腾、闷热得令人窒息的会场里，这其中也不缺乏某些令人感动的东西吧……但是，我没有那个耐心花一晚时间去听这玩意儿。啊……我受不了啦！”

他说最后几个字时嗓音突然变得有点颤抖。他仿佛看见火焰正在吞噬着桌子上散乱的纸张，点燃了窗帘，他的喉咙似乎被什么东西掐住了。梅奈斯特雷尔、阿尔弗蕾达和米特尔格都不知道发生了什么事，吃惊地看着他。

“我先走了。”他简短地说道。

“你不跟我们一起去聚会的地方吗？”梅奈斯特雷尔问。

雅克已经拉开门了，一边往外走，一边说。

“我要先回趟家。”

一到卡卢日街道上，他就飞奔起来。他看到普兰帕莱圆形广场上有一辆有轨电车正要开动，他马上冲了上去。车到站之后，他就急不可待地跳了下来，飞快地跑向桥头。

一直跑到埃杜维街，看到熟悉的格勒尼斯广场、厕所以及完好无损的寰球旅馆大门时，这种惊慌失措的梦魇才消失得无影无踪。

“我真笨啊！”他心里想。

他这才记起他出门之前用铜帽盖住了火焰，当时还烧到了手指。现在还能感觉到拇指在隐隐作痛呢。他瞧瞧手指，想找到被烫的痕迹。这回他的记忆十分清晰肯定，因此用不着再爬回四层楼看看了。他转身又朝罗纳河走去。

站在桥上，可以清楚地看到整个老城，层层叠叠地向远去延伸。从倒映在水中的草木，到圣彼得教堂，再到郁郁葱葱的阿尔卑斯山，都清晰地展现在他面前。他在心里重复道：“真是大笨蛋！”

心中的恐慌似乎与事情的微不足道不相符，他觉得无法解释。他又想起曾经类似的经历。他已经不是第一次被自己的幻想所吓到了。他心里想：“为什么每次遇到这样的事，就失去判断力了呢？我为什么会变得这么奇怪呢，是不是陷入了一种病态的不安呢？而且不仅仅只是不安，简直是到了无法自拔的地步……”

他气喘吁吁，满头大汗，不自觉地就沿着这条熟悉小巷往前走，这里非常清凉舒服，时不时会看见几级台阶和几根柱子。两旁木头搭建的老屋，一直延伸到市区。

他并没有刻意想往什么地方去，信步来到了加尔文街[1]，这条街

①加尔文，著名的法国宗教改革家，创建了加尔文宗，在日内瓦建立过教会。

沿着老城的脊线向前延伸，肃穆而庄严，跟它的名字很相符。这里没有店铺，墙壁清一色是由灰色石块堆砌而成，可以预见，在这高高的窗户后面，人们是怎样刻板地生活着，这一切不禁令人想到衣食富裕的清教徒生活。这条街的尽头是阳光灿烂的圣彼得广场，那些三角楣、柱子和老菩提树，似乎给那庄严肃穆的景色增添了几分生气。

4

“今天是星期天，”雅克站在大教堂前的广场上，一边看着妇女和孩子，一边在心里思忖着：“星期天也就意味着今天已经是六月二十八日了……虽然我到奥地利去调查只要十天半个月，……但在代表大会召开之前应该还有很多事情要准备吧！”

一九一四年夏天，所有的革命者都跟雅克一样，期盼着定于八月二十三日在维也纳召开的各国社会党代表大会，这次会议主要是对关于“国际工人协会”的重大问题做出决议。

他一想到飞行员刚才交给他的任务，就非常开心。他热爱活动，因为这是一种可以随意挥霍而又无须后悔的生活方式。何况离开几天，就不用参加这些无休无止的会议，就能避开这些没有意义的争论了。

自从来到日内瓦，他几乎每天傍晚都来聚会地点消磨时光。有几次，他只是进去跟几个朋友握握手就又出来了。有时候，他从一个小组溜达到另一个小组，最后跟梅奈斯特雷尔缩到最里面的那间房间里，这是他最开心的时候（很多人都羡慕他能跟梅奈斯特雷尔亲密相处，因为那些经历过多年战斗，“从事过革命行动”的人，都无法理解飞行员为何更喜欢跟雅克在一起，而不是他们这些一起工作的伙伴)。他待在同志们中间的大多数时候都是一言不发，淡漠而又疏离地坐在那里，不参加讨论。但一旦他参加讨论，他那独到的见解、渊博的知识马上就使他成为被关注的焦点。在讨论的过程中，他会了解大家的想法，乐于与别人分享自己的见解，这样的精神品质使讨论立即出现了不一样的效果。

和其他社会集会一样，在这小却具有国际性的聚会中，也同样存在两类革命者：宣传家和实干家。

他本能地倾向于宣传家——不管社会主义者还是无政府主义者。每当跟这些人在一起时，会发自内心地觉得很舒服；他们跟他有同样的反抗根源：对不公正有着与生俱来的敏感。大家都有着同样的梦想，盼望在当今这个废墟的世界上建立一个公平正义的社会。他们在对未来设想的细枝末节上可能存在差异，但他们的大体方向是相同的：建立和平友爱的新秩序。正是因为这样，雅克才觉得与他们非常亲近——他们对自己高尚的内心感到十分自豪；一种被激发的潜力，一种崇高而又伟大的意识，推动他们不断超越自我，凌驾于自身之上。总而言之，革命理想给予了他们生活前进的动力。正因为如此，这些宣传家不知不觉中都释放了自己的个性，虽然他们将自己的全都奉献给了革命事业，为革命事业的胜利而奋斗。但他们在这充满希望的美好战斗氛围中，他们的能力和力量也在不知不觉中提高了十倍以上，在献身于伟大革命事业的同时也使自己的个性得到释放。

雅克虽然对理想主义者比较偏爱，但这并不影响他看清事实的本质。这些人往往都是仅凭一腔热血投身于革命事业的，他们所做的一切最后说不定都是无用功。真正能引起发酵的因素，即让革命这块面团发酵的酵母，是掌握在少数人手中的，也就是在那些实干家的手中。这些人提出具体要求、制订详细的实施方案。他们的革命知识非常渊博，而且会不断从外界吸收新的知识。他们的精力会按照事情的轻重缓急程度合理地分配，而不是在那凭空想象地安排。当宣传家还在进行激烈的思想探讨时，这些实干家则已经把思想信念积极地付诸实际行动了。

雅克并没有把自己归入这两类人中的任何一类。他可能跟宣传家更为相似，但他思维清晰，至少有良好的分辨能力，他很清楚地知道自己该做什么，对当今世界的形势、各方面的人物关系都有着正确的判断。这些特点又使他更有可能成为一个实干家。但具体谁又知道呢？时势造英雄，说不定他能成为一个优秀的人民领袖也说不定呢。领袖与常人的不同之处在于他们能把宣传家的热忱和实干家的政治素质集于一身。从他接触的少数革命领袖身上，可以看出他们具有这双重特点：第一，能力很强（说得更准确点，就是他们能全局把握问题，对问题有着细致入微的观察和独到的见解。遇到任何突发情况，都能立即采取应对措施，控制事态的发展）。第二，有威望（一种向心力，在遇到事情的时候，人们能马上相信你，并且能了解到事情的经过，使人们能按你说的去做）。雅克一不缺乏洞察力，二不缺乏威望，而且他身上似乎有种与生俱来的亲和力，能吸引着人们围着他转。但他从未想过运用这种能力，除了特殊情况之外，他很讨厌左右他人的思想和行为。

他有时候会思考自己在这群日内瓦人中处于什么地位。从集体和个人两个不同方面来考察，得出的结论也是不同的。

从集体方面来看，他对这群人的态度是消极的。这样的态度是不是说明他在这个集体中毫无作为呢？肯定不是，他恰恰在这个集体担任了一个很重要的职务。可能由于环境的影响，他所起到的作用、效果并不明显；他的职责就是解释、证明某些社会准则、某些人道主义成果、某些艺术形式以及某些生活方式的合理性及其存在的必要性。而这些东西通常被他周围的人称之为“资产阶级的”，他们并不会去其糟粕、取其精华而是直接就全盘否定。他认同大家所说的，在历史的长河中，资产阶级终有一天会完成它的使命，走向灭亡。但他无法接受已经渗透到人们生活中资产阶级文化也随之完全消失。他深信某些优秀的文化应当被保留，他要让这种文化的精华得以传承，形成一种法国所独有的杰出知识成果。这种看法深深激怒了与他交谈的人，虽然短时间内，可能没有办法彻底改变他们的思想，但至少在某种程度上可以引起他们的思考，改变他们专断的态度。也许有这样的一个叛逆者在他们的队伍里，可以使他们的内心得到满足；他和他们有着完全相同的社会理想，这是毋庸置疑的。而这也正说明大家是认可这个观点：革命是历史发展的必然结果，是不可避免的。

从个人方面来看，在私下交流的时候，他的行为表现是完全不同的。刚开始，人们对他还有些疑虑，但后来，他对那些杰出的革命者的思想都有着深远的影响。他外冷内热，他用他与众不同的情感和举止，融化了他们僵硬的态度，温暖了他们的心，使他们对生活重新燃起了希望。他们跟雅克的关系并不完全像小组成员之间的关系。他们之间的关系似乎更为亲密。无论有什么想法他们都会跟雅克说。有时候，他们会跟他推心置腹，把隐藏在心里的秘密告诉他：比如，他们自私自利的想法、见不得人的事情以及他们的弱点。跟他交谈，他们能更好地自我反省，使心灵得到洗礼，让自己的精神境界得到提高。他们遇到事情经常会问他怎么办，好像他无所不能似的，只要他出马所有的问题都能迎刃而解，事实上他自己也还在四处寻求所谓的真理。毫无疑问，他们这样做无形中给他带来了强大的压力：他们对他所说的话从来都是深信不疑，把他当作神一般存在，这就使他不断告诫自己不能说错话，不能让大家对自己感到失望、不能让大家看到自己缺乏信心和泄气的一面；他们把他推向了一定的高度，使人们不敢轻易地接近他，无情地使他陷入了孤独的境地。有时候，他为此感到近乎绝望的痛苦。他心里想："这种名不副实的威信是从何而来的？"于是，他想起了昂图瓦纳曾经说过的话："我们蒂博家的人与生俱来就有一种令人敬畏的东西……"但他很快就把这种自我感觉良好的想法抛弃了：他有什么样的弱点，他自己很清楚。他不能让那种隐藏的潜力发挥出来。

5

被梅奈斯特雷尔称为聚会地点的总部选址非常谨慎，坐落于巴里埃尔老街的上城[①]中心，旁边有一座大教堂。

从外表看，这座楼房似乎已经变了样。外墙的灰泥已经斑斑点点地脱落了，在这繁华的街区还有好几幢跟这一样的老房子。这栋四层的楼房正面曾经被重新刷上了粉红的灰泥，可是经过硝石的侵

①上城，指地势很高的日内瓦旧城。

蚀，现在又布满了裂口。房间里没有百叶窗，只有拉窗。窗户的玻璃上布满了灰尘，让人觉得这里是一幢没有人居住的房子。一个狭窄的小院子将房子与街道隔开了，院子里堆满垃圾、废铜烂铁和石灰渣，院子中间有一棵粗大的接骨木。院门已经没有了，有一块铁皮挂在两个石柱之间，用来做招牌，上面依稀写着几个字“铜铁厂”。虽然厂早搬迁了，但产品还堆放在这幢楼里。

碰头的地点就设在这幢没有人住的楼房后面。那是一幢两层的楼房，由于位于后院，从街上是看不见的，穿过一条旧铜厂的拱形通道才能到达。楼房的一层是个旧车库。莫尼埃就住在这里面，他是做杂物的。第二层有四个房间一字排开，中间是一条比较黑的走廊。走廊的尽头是一间最小的房间，那是飞行员的个人办公室，是阿尔弗蕾达特意给他准备的。剩下三间比较宽敞的用来做会议室。每间屋子里都放着十几张椅子、几条长凳和几张桌子。桌上放着各种可以翻阅的报纸杂志；在这里不但能找到全欧洲有关社会主义的报纸，还能找到不定期出版的革命期刊，这类期刊有时能接二连三地出好几期，有时候又一年半载都看不见一期。可能是因为没有钱了，也可能是编辑被抓了。

雅克刚过拱形通道，来到后院，就听见一阵喧闹的讨论声从二楼传来，这就告诉他今天这里来了不少人。

在楼梯下面，站着三个正在激烈争辩的人，他们说的既不是西班牙语，也不是意大利语。他们信奉的是世界语。其中一位是特地赶来听雅诺特演讲的沙邦蒂埃教授，他任职于洛桑，是一份著名革命杂志的主编：《莱蒙湖世界语学者》。他从不放过任何能宣传世界语的机会，他认为全世界迫切需要一种国际通用语言即世界语，世界语可以作为所有民族沟通交流的桥梁，可以促进各民族之间的物质交流和精神文化交流。他经常引用比较有权威性的笛卡尔的话作为依据，笛卡尔曾在一封私人信件中这样明确地说过："创造一种易学、易说、易写的世界性语言是必要的，最重要的是这种语言有利于判断……"

雅克分别跟这三个人握过手之后，就上楼去了。

莫尼埃正蹲在楼梯口，整理着《前进报》。他在咖啡馆上班，是个伙计。事实上，他虽然一年四季都在赛璐珞的护胸外面套一件低领背心，但他却很少以当伙计这个职业为生：每个月他都只做一个星期的啤酒店临时工，这就保证他有足够多的时间投身到革命事业中。他无论是做家务、跑腿、油印还是整理期刊，他都有着同样的热情。

楼梯口第一间房间的门是开着的，里面只站着阿尔弗蕾达和帕泰尔松，他们正在窗边聊天。雅克注意到，只有同这个英国人在一起时，阿尔弗蕾达才不自觉地变得活跃起来，好像在他身边找回了自己的人格似的，而在别的场合，或许是因为胆怯，她把这种人格掩盖了起来。阿尔弗蕾达腋下还夹着梅奈斯特雷尔的公事包，手里拿着一本小册子，正轻声地给帕泰尔松念其中的一段话。帕泰尔松叼着烟斗，漫不经心地听着。他在端详着那张低垂着的小脸，乌黑的刘海散在额头上，长长的睫毛隐藏在脸颊上的阴影里，暗色的皮肤正散发着奇异的光芒，他肯定在想："把这画面画下来……"雅克从门前走过，他俩都没发觉。

第二个房间里坐着的都是熟人。挺着个大肚子坐在门边的是布瓦索尼老爹。米特尔格、纪兰和沙肖夫斯基依次站在他旁边。

布瓦索尼一边跟雅克握手，一边还在说：

“可是……可是……这又能说明什么呢？一直都是这样：为什么没有起义的理由呢？缺乏思考！”他双手放在膝盖上，向后一靠，然后露出了笑容。

每天，他都是最早一批来到这里的。他是个法国人，酷爱与人辩论，曾是波尔多大学医学系自然科学专业的教授，刚开始是研究人类学的，后来又改研究人类社会学了；他过于大胆的教学风格使他成了大学里的可疑人物，于是，他来到了日内瓦并在这里定居了。他长得很奇怪：脑袋奇大无比，脸却很小，脑门秃而宽，脸颊肥而厚，下巴有好几层，使这张脸看起来就像一个肉团。在这堆肉的中间，五官挤在了一起。眼睛炯炯有神，闪烁着狡黠和善意的光芒。嗅觉灵敏的短鼻子将鼻孔张得大大的，贪婪地呼吸着；嘴唇非常厚，似乎总在笑。这张小脸似乎聚集了他整个生命，犹如一块绿洲隐藏在多血肥肉的沙漠里。

“我再重申一遍我说过的话，”他津津有味地舐了一下嘴唇，继续说道，“战争，应该首先在哲学领域里爆发！”

米特尔格眼镜后面的眼睛骨碌骨碌地转着不停，闪耀着不赞同的目光。他头发乱糟糟的，摇着脑袋说：

“思想和实践需要同时进行！”

“请大家回想下德国在十九世纪发生的情形……”沙肖夫斯基开口道。

布瓦索尼老头高兴地拍着大腿说道：

“正是这个道理……”他笑得非常开心，觉得自己说的有了依据。“我们就拿德国做例子来分析下吧……”

他们接下来要说的话，雅克已经猜得七七八八了。无非就是变换了下议论和反驳的次序，就像小卒在棋盘上的作用一样。

兹拉夫斯基、佩里内、萨弗里奥和斯卡达站在屋子中间热烈地讨论着。雅克朝他们走了过去。

“资本主义制度下，一切都相互联系相互制约，有条不紊地进行着！”兹拉夫斯基大声说道，他是个俄国人，留着大麻色的长髭须。

“所以我们才需要等待，亲爱的谢尔盖·巴甫洛维奇。”犹太人斯卡达坚定而温柔地轻声说道，“资本主义世界终究会走向灭亡。”

斯卡达是个五十多岁的小亚细亚以色列人。他近视得非常厉害，厚厚的眼镜架在橄榄色的鹰钩鼻上。他长得很丑：卷而短的头发贴在椭圆形的脑壳上，耳朵很大，若有所思的目光里总是带着无限的温柔。他的生活像苦行僧一样。梅奈斯特雷尔管他叫“善于思考的亚洲人”。

“你好！”一个低沉的声音从背后传来，同时一只粗糙的大手搭在了雅克的肩上。“很热，对吧？”

基勒夫刚到。他跟大家一一拍肩握手问候：“你好！”他不等别人回答“你好”！就又问：“热吗？”无论是冬天还是夏天，他都抢先说：“很热，对吧？”（至少等到街上堆满雪，他才有可能改变问候的方式）

“离灭亡也许还很远，但灭亡的命运是不可改变的。”斯卡达又说了一遍，“即使我们死了也没有什么遗憾的，因为时间的齿轮还在一刻不停地转着，时间会让资本主义走向灭亡……”他眼皮松弛耷拉了下来，嘴角的微笑只是为了证明他心中对此深信不疑。厚厚的大嘴唇如同两条水蛇一样相互击打。

佩里内一直点头表示赞同：

“是的，时间会一刻不停地工作！……任何地方都是这样，包括法国。”

他说话速度很快而且声音很大，他的嗓音清亮。凡是脑袋里闪过的念头，他都不经思考就直接说了出来。他那带着浓重巴黎口音的话语在这种场合听起来显得非常有趣。他在二十八岁到三十岁之间，是典型的法兰西岛上年轻工人的长相：眼神中总带着一丝警觉，留着一撮小胡须，长着一只憨态可掬的鼻子，神情纯朴而正直。他的父亲是圣安东尼郊区卖家具的。年轻的时候因为一个女人而离开了家，饱经沧桑，尝尽苦头。因为与无政府主义者混在一起，还坐过牢。一次因为与人打架，被里昂警察局通缉，最后他越过了边境逃到了这里。雅克非常喜欢他。而其他外国人都跟他保持一定距离，因为他喜欢拿他们开玩笑，使他们很尴尬，尤其是他那令人生气的说话方式，深深伤害了他们。一说到外国人，他总是喊：“英国佬……”“意大利佬……”“德国佬……”他不知道这种喊法很令人讨厌吗？他怎么不喊他自己“巴黎佬”呢？

他转向雅克，好像要雅克证明他说的是对的似的：

“在法国，无论新一代的企业家还是地主，他们都嗅到了一丝不寻常的气息。他们已经感觉到他们的好日子快到尽头了，他们的金饭碗已经快保不住了。用不了多久，他们的土地、矿山、工厂、大公司、运输工具，所有的一切，都不可避免地要回到群众手里，归劳动者共同所有了……年轻人都知道这一点。是这样的对吧，蒂博？”

兹拉夫斯基和斯卡达倏地把征询的目光投向了雅克，急迫地想要知道答案，好像等着雅克的答案来做重大决定似的。雅克微微一笑，并不是他不看重这些社会变革的迹象，只是他不相信这样的谈话有什么作用。

“对的。”他退一步说道，“我认为，现在法国很多年轻的资产阶级已经对资本主义的未来产生了怀疑。可他们仍然在挣扎，他们希望在他们有生之年这个制度不会灭亡，因此他们抛弃了他们的‘良知’……如此而已。我们不要过早地认为他们已准备缴械投降了。相反，他们会不惜一切代价来捍卫他们的特权。他们地位还稳固着呢！首先，他们会采取一切手段来剥削人们，而大多数被剥削的人都采取沉默的态度！”

“另外，”佩里内说，“很多重要的领导岗位还掌握在他们手里。”

“他们不仅现在掌控着这些岗位，”雅克接着说，“以后很有可能因为某种原因只能让他们掌控着……因为，我们一时哪能找到……”

“《一个无产者的童年回忆》。”基勒夫突然大声叫道。他快速跑到房间尽头的桌子前，桌子上摆着的是报纸、期刊和最新出版的书籍。这些通常都是由旧书商沙肖夫斯基负责管理的。只能看见基勒夫因低头而露出的颈背和冷笑时耸动的双肩。

雅克继续说完他前面说的话：

“我们一时哪能找到那么多有教养、受过专门训练的人去胜任这些岗位呢？你笑什么，谢尔盖？”

兹拉夫斯基用含笑的友好目光注视着雅克好一会儿了。

他摇摇头说：“每个法国人身上都存在质疑感，但一般情况下都是一眨眼就不见了……”

基勒夫扭过头，瞅了瞅房间里的几堆人，然后摇晃着手里崭新的精装书向雅克走了过来，说道：

“这本爱弥儿·蒲沙的《一个无产者的童年回忆》说的是什么啊，嗯？”

他眨巴着眼睛，笑着问。他那和蔼可亲的脸往前伸了伸，带着滑稽可笑的表情依次扫过每个人的脸，他表情有点夸张，应该是想逗大家笑吧。

“又是个不正常的同志，嗯？……一个只会空想？……一个想把文学和无产阶级结合起来的不入流作家？”

有人管基勒夫叫“民政官”，也有人叫他“鞋匠”。他在普罗旺斯出生。曾跟商船队出海航行多年，还在地中海大小港口干过各种职业，最后在日内瓦开了个鞋店。没有工作的革命者总是挤满了他的鞋店。总部关门以后，他们冬天可以在这儿找到火炉取暖，夏天在这儿可以喝到清凉的可可饮料，一年四季这儿都有香烟，都有演讲。

他那动听的南方人嗓音深深地诱惑着人们，他在不知不觉中将这个特点运用得很好。每次在公开会议上，他都在凳子上不厌其烦地来回扭动两小时。等会议快结束，他会突然跳上讲台，虽然他可能讲不出什么有新意的话，只简单地用自己通俗的语言把别人的思想抽取出来。有一段时期，他的这种行为却得到了大家的鼎力支持，甚至比会议上公认的演说家的支持者还多。这时候，最大的困难就是怎么让他停止这滔滔不绝的讲话：因为只要他激情澎湃地开始讲话，就会犹如滔滔江水，绵延不绝。他觉得他洪亮的嗓音，高昂的激情可以感染坐在这里的所有人，这让他感到一种强烈的肉体享受，这种感觉让他欲罢不能。

他快速地浏览着每一章的标题，用粗大的食指指着每一行的字，像小学生那样一字一句地拼读：

“‘天伦之乐……家庭温暖……’啊，妈的，这都说的什么啊！”

他合上书，像玩滚球一样，弯腿屈膝，摆动手臂，将书准确地扔回了桌上。

他转身对雅克说：“哼……为什么我不来写本回忆录呢？天伦之乐、童年回忆我也有啊，我也可以写给那些没有过的人看啊！”

其他人都被他这哇哇叫的声音吸引了过来，在这死气沉沉的讨论气氛中，民政官的俏皮话，无疑是注入了一股新鲜的空气。

他眯起眼睛看着周围的众人，压低嗓音，真诚地说起来：

“大家都知道马赛的埃斯塔克区吧？嗯，我们家六口人就住在那里的一条小巷深处，两间房子加起来还没有这间房子的一半大。其中有一间连窗户都没有……每天天不亮，父亲就得起床，有时候天很冷，他也顾不上多睡会儿。我跟我兄弟睡在一起，一堆破布被当作被子盖在身上。父亲点亮蜡烛，就来把我拉了起来。他不睡觉也就不让别人睡觉。每晚他都喝得烂醉如泥，很晚才回家。可怜的他每天都在港口码头滚一天的木桶，已经筋疲力尽了。母亲身体不好，总是病恹恹的，都能把一个钱掰成两半花。她跟我们一样，一看见父亲就害怕。不知道她整天在外面干什么活，或许是在城里给人当保姆吧……我比较幸运，是家里的大儿子，三个弟弟都归我管。他们要不听我的话，我就打他们。真不知道他们为啥总是哭哭啼啼的，还又流鼻涕又流口水的，看着我就生气。我们有时候一连好几天都吃不上一顿热饭，经常都是一大块面包、一个蒜头、十几只橄榄，偶尔会有一块肥肉。我们没有吃过一顿饱饭，没有听过一句好话，没有一丝娱乐，什么都没有。我们在街上从早晃到晚，有时候仅仅为了水沟里的一个烂橙子，相互扭打成一团……运气好的人，有可能会捡到海胆，捡到之后就在人行道上就着一杯白葡萄酒美美地吃一顿，而我们这些没捡到的就只能闻一闻他扔下的壳了……十三岁的时候，我就开始追小姑娘了。经常在野地里、树丛里偷偷约会……啊，妈的！我的天伦之乐就只有寒冷、饥饿、不公平、羡慕、反抗组成……家里送我到铁匠铺当学徒，老板狠狠地踢我屁股一脚，就当是付给我的工钱。手经常会被烧红的铁烫伤，炼铁炉的木炭都快把脑袋烤熟了，胳膊拉风箱拉得快要断了！”他声音变得尖锐，嗓音因痛苦而变得颤抖。他快速扫了众人一眼：“我还有很多童年回忆要说呢！”

雅克与兹拉夫斯基彼此交换了一个别有深意的眼神。俄国人略微抬了抬手，向基勒夫问道：

“那你又是怎么加入党的呢？”

“这就说来话长了。”基勒夫说，“在服兵役的时候，我是个水手。我很幸运跟两个有学问的人在同一个船舱工作，他们经常跟我说一些关于党的知识。后来我通过阅读一些书籍，有了进一步的了解。那里有很多跟我一样的人，我们相互传阅书籍，然后一起讨论、交流……就这样，大约过了半年，我们的人数就相当可观了，我们成立了一个小组……等到我离开部队的时候，我已经懂得了很多，已经成了一个顶天立地的七尺男儿了……”

说到这他就顿住了，迷茫地看着前方。

“我们那时候在一起的那些人都是好汉，也不知道他们后来怎么样了，有没有去写回忆录。你们听得还满意吗，我的朋友？”有两个年轻的女人朝他们走了过来，基勒夫谄媚地向她们问道，“热吗？”

围着的人让开了点，给走过来的两个瑞士女同志腾出了位置。她们一个叫阿娜伊丝·儒连，是个老师。另一个叫爱米莉·卡蒂埃，在红十字会当护工。她们住的地方离得很近，经常一起过来参加会议。

女教师阿娜伊丝擅长多国语言，曾翻译过外国革命家的文章，并发表在报纸上。

她们从长相看起来差别很大。爱米莉长得有点矮，但是很年轻，看起来有点婴儿肥，一头棕褐色的头发与她脸上戴着的蓝色面纱很般配。她皮肤很好，白里透红，看起来像英国的洋娃娃。她的性格很活泼，回答问题的时候总喜欢手舞足蹈的，说话俏皮却不会让人觉得难堪。大家都很喜欢她。基勒夫总喜欢像父亲一样逗弄她，摆出一副认真的模样说："虽然她长得不漂亮，但很有气质。"

阿娜伊丝虽然也是棕褐色的头发、面色红润，但是颧骨凸出，长着一张马脸，而且脾气有点暴躁。但她们给人的印象都是沉着冷静，由内而外地散发着一种自信的光芒，让人不敢亵渎。

待两个人站定，讨论又继续开始了。

一直沉默不说话的斯卡达谈起了正义：

"人与人能和谐相处重要的是培养他们的正义感。"他温和地发表着自己的观点。

"切，"基勒夫不以为然地说道，"你要培养你自己的正义感，那是你的事，我没有什么意见。……但如果指望这个来建造和谐社会那就算了。那些自认为有正义感的人，往往最喜欢到处惹是生非。"

"只有大家相亲相爱，世界才能一直和平。"刚来到雅克身边的矮个子范赫德轻声说道。"和平是需要全世界人民共同努力才能完成的事业，需要信念和仁爱来支持。"说完这些他就不再说什么了，站了一会儿就默默地走开了，似乎很开心的样子。

雅克还在跟大家交谈的时候，就看见帕泰尔松和阿尔弗蕾达从门口走了过去。他们大概是去另一个房间找梅奈斯特雷尔了吧。在人高马大的帕泰尔松的衬托下阿尔弗蕾达显得越发娇小。他嘴里叼着烟斗，边走边弯着腰跟她交谈着。他长相英俊，打扮整洁。衣服虽旧却洗得干干净净，得体的装扮使得他看起来不像别人那样不修边幅。阿尔弗蕾达从门口经过时，用深沉的目光看了雅克他们一眼。她眼底闪烁着一簇火焰，似乎她要去完成一项伟大的事业似的。

帕泰尔松似乎很开心，整个人都显得年轻了不少。他朝雅克笑了笑：

“里沙德莱对我可是言听计从的哦。”他朝众人眨了眨眼，顽皮地喊道。他从口袋里拿出半包香烟，递了一根给雅克。“蒂博，来支烟吧！……不抽？……你真不会享受啊……”他深深地吸了一口烟，舒服地眯着眼，“亲爱的，我告诉你哦，这可是好东西哦……”

雅克微笑着目送他们走进另一间房间。然后，他不由自主地就跟了过去。当他刚想打开门走进去的时候，梅奈斯特雷尔那生硬霸道的声音就从门里传了出来，声音里带着点讥讽意味。

“原则上，我并不反对所谓的‘改革’！在有些国家，改革就是他们的战斗目标。工人阶级的生活得到了改善，在一定程度上也能提高他们的思想觉悟。但你们不能认为改革是达到目标的唯一途径，这只是其中的一种方法而已。那些提倡改革的人，认为只要工人阶级的利益得到了满足就能提高他们的战斗热情……事实是不是这样，还有待考证。他们想当然地以为仅仅通过改革，无产阶级就可以最终掌握国家的政权。会有这样的情况吗？就像孕妇生孩子，不经历分娩的痛苦，是不可能生出孩子来的。”

“温和的改革是不可能推动革命的，新政权的产生需要激烈的危机、强大的旋风来推动。”突然有个声音响起说道（雅克根据口音听出来是米特尔格的声音)。

“你们改革主义者有点错得离谱，”梅奈斯特雷尔接着说，“你们犯了两个不可饶恕的错误，第一，你们太高估了无产阶级的能力；第二，你们又过于低估了资产阶级的生命力。无产阶级还处在初级阶段，并没有你们想象得那么成熟，既不团结也没有高的觉悟……目前是不可能让资产阶级乖乖地交出政权的！而你们改革主义者简单地认为，只要通过改革就能一步一步地把资产阶级蚕食光，最终被无产阶级取代。真是荒谬的想法！虽然资产阶级渐渐地走向没落，但瘦死的骆驼比马大，他们的反革命意志和反革命力量依然存在。他们随时随地准备奋起反抗。你们难道傻到认为他们同意改革来分解他们的政权吗？他们只是想通过这种方法赢取民心，从而削弱工人阶级的力量而已……当然，资产阶级内部矛盾是深刻存在的，尽管表面看起来没有什么，事实上已经到了不可调和的地步了。但是在被灭亡之前，他们会通过各种手段垂死挣扎的。资产阶级是最希望爆发战争的。因为战争会还给他们被剥夺的一切，可以削弱无产阶级的力量，甚至让无产阶级灭亡。……首先是瓦解：因为无产阶级者还没有办法对战争无动于衷，有着麻木的爱国热情。无产阶级中的一些民族主义者会和国际工人协会的人产生对立……其次是消灭：只要有战争就有死亡，而大多数战士都是劳苦大众。结果不论是战败还是战胜，对无产阶级都不利。战败国会因失败从此心灰意冷、一蹶不振。而战胜国，会被胜利冲昏头脑，从此纸迷金醉、不思进取……”

6

“这个基勒夫真是有意思！”兹拉夫斯基走到雅克身边说。

他在人群里没有找到雅克，便出来找他了。

“童年的事现在再想起来似乎蛮好玩的……是吗？”他心不在焉地问道，“蒂博，你又是怎么成为……（正当要称呼雅克为‘革命者’时，他迟疑了）你是怎么来到我们中间的呢？”

“嗯……至于我嘛！”雅克笑了笑，向后退了一步，对这个问题避而不答。

“我嘛……”兹拉夫斯基马上接着说。经过基勒夫刚才的谈论，他似乎也想找个人说说自己成为革命者的经历。“我嘛，我记得很清楚，自从我从中学辍学以后，事情就自然而然地相继发生了，环环相扣……但后来我想想，似乎一切都是冥冥之中注定的。在我很小的时候就接触过革命……”

他低着头，望着自己捏了又松、松了又捏的双手。他的手很白，但又短又粗，指甲被修得方方正正的。仔细看，他的鬓角和眼圈周围布满了皱纹。长长的鹰钩鼻子，鼻翼向下弯去。下斜的眉毛和下塌的额头使得鼻尖看起来更为显眼。金黄色的髭须又长又密，像由毛茸茸的绸缎、丝玻璃又或者是人们不知道的材料织成的，极其致密，像丝巾一样随风飘起，柔软得像远东某些鱼类轻烟般的胡须。

他轻轻地将雅克推到一张放满期刊的桌子后面，桌子在房间的尽头，这里只有他俩。

他没看雅克，继续说：“我父亲在一家大工厂工作，是个经理。工厂就建在离罗德尼亚六俄里自家领地上。你知道吗，虽然这些我记得很清楚，但我从没有想过，”他抬起头，温柔地看着雅克，“不知道为啥今晚就想起了……”

雅克很有耐心地倾听着，态度认真而谨慎。让人感觉很真诚，很愿意敞开心扉。兹拉夫斯基绽开笑容：

“这些听起来很有趣，对吧？一切好像发生在昨天，我记得家里的房子很大，有个园丁叫福玛，有个工人住在树林旁边的小村子里……我还记得小时跟母亲一起参加一年一度的宴会——好像是为了庆祝父亲生日的？宴会就在工厂的院子里举行，我父亲用托盘装着一堆卢布，一个人站在桌前。所有工人弯腰曲背地站好队，默默地从他面前走过。每个人都从我父亲那领到一个卢布，然后亲吻一下他的手……对，那时我们俄国的习俗就是这样的；我敢肯定，现在俄国有些地方还是这样的。我父亲长得很魁梧，虎背熊腰的，他总是很严肃，我很怕他。也许那些工人也怕他吧……我记得，每天十点钟的时候，父亲在前厅吃过饭就要去工厂，他穿戴整齐之后总是把放在抽屉里的手枪塞进口袋里！他出门一定要拿着那根铅做的粗大手杖。很沉，我要费好大的劲才能举起，而他毫不费力地用两根手指头就能拿起来……”兹拉夫斯基说到这些，很开心地笑了起来，“我父亲是个真正的男子汉，”他停顿了一下，继续说，“我住在乌克兰的小城的那会儿，对他简直是又爱又害怕啊。所有工人应该也和我有同样的感受吧，害怕是因为他做事严厉、霸道，必要时毫不手软。爱他是因为敬佩他的能力。虽然他对人严酷无情，却从不偏袒，很公正！”

他说着说着就停了下来，好像在考虑事情能不能说，但看见雅克专注的神情，他打消了顾虑，又继续说道：

“突然有一天，家里来了一些穿军装的人。从那时起，家里的一切都变了。中午，父亲没回来和我们一起吃饭。房门被关得砰砰乱响。母亲似乎很担心，也没什么心情吃饭，靠在二楼的窗口，看着回廊上来回奔跑的仆人……我隐隐约约听到大家说什么罢工、打架、警察进驻……楼下突然传来一声大喊。我从楼梯的栏杆向楼下看去，看到一个浑身沾满泥和血的人躺在一个长担架上。原来那就是我父亲，他的帽子已经不知道去哪了，皮大衣也被撕开了……一只胳膊似乎是断了，悬在外面。他痛苦地蜷缩成一团……我害怕得大叫起来。这时有人用皮包挡住了我的视线，将我推到老妈子那里。她们跪在圣像前叽叽喳喳地说个不停，似乎在祈求上帝保佑……最后我终于懂了……这就是那些曾经弯腰曲背列队从我父亲面前走过并亲吻他的手的工人。也许他们受够了父亲的压迫，终于奋起反抗了。工人们把机器狠狠地砸了，变成比父亲更强悍的强者！”

他脸上一丝笑容都没有，很严肃，捋了捋长髭须，偷偷地看了看雅克的表情：

“亲爱的，就从那一天起，我的思想就转变了：我从支持父亲转而开始拥戴工人了……正是这一天，让我第一次明白，被压迫的工人一旦奋起反抗，力量是相当可怕的啊！”

“你的父亲就是在这次暴乱中被打死的？”雅克问。

兹拉夫斯基听了却孩子气地笑了起来：

“不，不……我父亲只是被打得很惨，受了点皮肉苦而已，几乎没什么事……只不过经过这件事之后，我父亲就再也不能回工厂工作了。他整天在家里借酒消愁，喝醉了就对母亲、仆人、农民拳打脚踢……自从我被送进城里上中学之后，就再也没有回过家……就这样过了两三年，有一天，我接到了母亲的一封信，信中说我父亲已经去世了。”兹拉夫斯基又变得有点悲伤，但很快就恢复了，自言自语地说，“而我听到这个噩耗似乎并没有特别难过，仿佛对他已经没有感情了……不久，我就从中学里跑了出来……”

说完这些，他们谁都没有再说话。

雅克低着头，似乎也想起了自己小时候的事。他似乎又看到了大学街上那套破旧的老房子，又闻到了屋子里的霉味和书房里特殊的气味……仿佛又看到了迈着小碎步快步行走在人行道上年迈的韦兹小姐和可爱顽皮的吉丝小姑娘……好像又回到了曾经上课的教室、学习看书的自习室以及和同学玩耍的地方……他想起了和好朋友达尼埃尔一起疯狂的行为，由于老师的不信任，他们冲动地跑到马赛去了，最后被昂图瓦纳找到带回了家里，回来的时候父亲还没有休息，正坐在大厅等他们……后来就被送进了教养院，一人一间房，每天只能在小范围里散步，四周都有人监视着，简直过着非人般的生活……他不由自主地打了个冷战。他深呼吸，抬起头环顾四周。

“看，普勒泽尔来了。”他边抖了抖身体从所站的角落里走出来，边说道。

吕德维格·普勒泽尔和他的妹妹格西莉亚从门口走了进来。他们似乎对这里不熟悉，站在门口扫视了一圈屋里的人。在看到雅克之后，他们兄妹俩扬了扬手，就一起径直朝他走了过去。

这兄妹俩长得有点相像，一般高的个子，同样的棕褐色头发。脖子很粗，上面顶着个圆圆的脑袋。脸上没有什么表情，五官却很深刻，好像刻出来的雕像似的。鼻梁直通脑门，即使在眼睛周围也没什么弯曲。似乎没有什么事能让这张脸变得激动。相比于妹妹永远平淡无波的眼神，吕德维格的眼神就显得有生气多了。

“昨天，我们才从外地回来的。”格西莉亚解释说。

“是从慕尼黑那边回来的？”雅克一边握手一边问道。

“从明森出发的，之后又经过了汉堡、柏林。”

“一个月之前，我们还去了意大利的米兰。”普勒泽尔在边上补充道。

有个矮个子褐发男子走了过来，他两边肩膀似乎不一样高。满脸兴奋地问道：“是米兰吗？”他笑得很开心，露出了一口雪白的牙齿，“那你有见过《先锋报》的同志们吗？”

“肯定见到啦……”

“你是从那边来的？”格西莉亚问道。

褐发男子开心地点点头。

这时雅克在旁边介绍道：

“这位是萨弗里奥同志。”

萨弗里奥四十多岁，又矮又胖，长得有点畸形。两只眼睛却很漂亮，炯炯有神，使整张脸都显得熠熠生辉。

普勒泽尔说道：“在一九一〇年之前我就接触过意大利党，那时候它还很弱小。可是自从上次红色周大罢工①之后，人们就意识到它不再是一个微不足道的小党派了，它的发展速度快得令人难以相信！”

“对呀！现在它的势力多么强大啊！”萨弗里奥自豪地说。

普勒泽尔又用一副说教的口气说：“很显然，意大利党很多方面都效仿了德国社会民主党的做法。所以，现在的意大利工人阶级很

①指从意大利安科纳爆发的，之后蔓延到各个城市的工人罢工，持续时间是1914年6月7日到18日。

有纪律地被联合起来了，随时准备为国捐躯！尤其是在那农民阶级比任何国家都要强大的地方。”

萨弗里奥笑得很开心：

“我们有五十九个议会的议员。《先锋报》是我们的机关报，每期都要印上万份，销量非常好！对了，你是什么时候去意大利的？”

“在四五月时吧。那时候正举行安科纳的代表大会，我去参加了。”

“那你有没有碰见过赛拉蒂和维拉？”

“当然，我还认识了巴奇、莫斯卡莱格罗、马拉泰斯塔……”

“那认识杜拉蒂吗？个子很高的那个。”

“那个啊！他是属于改革派的吧！”

“那墨索里尼呢？他是一个真正的革命者，你认识吗？”

“嗯，认识。”普勒泽尔暗地里撇了撇嘴，回答道。

萨弗里奥继续说：

“贝尼托在等待回意大利的那段时间和我一起住在洛桑。所以他一来瑞士就会去看我。就拿今年冬天来说吧，他还……”

“一个冒险家。”格西莉亚嘀咕道。

“他和我都是罗马涅人，”萨弗里奥充满自豪地继续说，“我们是从小穿着一条裤子长大的好兄弟……他父亲是一家离我家大约六公里远的酒店老板……我知道很多关于他父亲的事…他是一个国际主义者，是罗马涅最早的一批！你们真应该去他的酒店看看，听听他是怎么批判教士和狭隘的爱国主义者的！他为他的儿子感到骄傲，他曾跟我说过：‘只要我们愿意，我们就可以打破一切旧制度。’他在说这些的时候，他的眼里闪耀着跟贝尼托一样的光芒……贝尼托的眼睛里充满了力量和自信！是不是？”

“墨索里尼就是个只会出风头，不做实事的人。”格西莉亚朝微笑着的雅克转过身来，嘀咕道。

萨弗里奥脸拉得老长，很不开心：

“她说了贝尼托什么坏话？”

“不是的，她只是说墨索里尼有点喜欢装腔作势，到处迷惑小姑娘。”雅克解释说。

“是说墨索里尼吗？他不是这样的人。”萨弗里奥生气地喊道。他愤怒地看着萨弗里奥。“他是一个纯粹的人,是一个真正的革命者！他一直反对保皇派、教条主义分子以及狭隘的爱国主义者。同时，他还是一个优秀的革命领导者。他始终积极地参与革命事业，一切从实际出发，让理论与实际相结合……在弗尔利罢工期间，到处可以看见他的身影，无论是在街上还是在会场，他都热情洋溢地演说着！没有什么华丽的词汇，只是直接地告诉人们该做什么、需要做什么。比如让大家一起去阻止火车开过来等。无论在报纸上还是他本人，他都大声呼吁大家站起来，一起抵御黎波里对意大利的进攻，正因为有他的努力，意大利才能取得最终的胜利。他为我们斗争指明了方向，是他每天在《先锋报》上向大家宣传革命的热情！在意大利，没有人是他的对手！也许是他让社会主义在意大利得到了迅速的发展和壮大。在那个大罢工期间，他准确地抓住了每个时机。他说的话很有影响力，只要他在报纸上说，人们就会去做。不出几天，全意大利就处于一片水深火热之中。如果劳动联合会没有采取措施，阻止了这场罢工，内战也许就这样爆发了，君主制度就直接被工人推翻了！意大利就彻底地进行了一场大革命！……某一天晚上，在意大利的罗马涅，他们都宣布共和国成立了！”他转过身背对着那兄妹俩，只看着雅克说话。他朝雅克温和地笑着，认真地说："蒂博，不要轻信传言！"

他耸了耸肩，看都没看那兄妹俩，就径直走了。

大家都站着没说话。

阿尔弗蕾达和帕泰尔松打开房门，从梅奈斯特雷尔那间房里走了出来，虽然看不到梅奈斯特雷尔，但是能隐隐约约地听到他说话的声音。

"德国的事情进行得还顺利吗？"兹拉夫斯基向普勒泽尔问道。

"德国？嗯，一直都很顺利！"

格西莉亚说："德国在二十五年前仅仅只有一百万革命者，发展了十几年之后达到了两百万。而到今天已经达到四百万了！"

她说话有条不紊，几乎看不到她嘴唇动，但是她看雅克和俄国人的目光充满了挑衅。雅克看着她就会想起《荷马史诗》里的朱诺女神和赫拉天后。

雅克冷静地说道："毫无疑问，社会民主党在这二十五年来所取得的成就是有目共睹的，这是毋庸置疑的。它的领袖们有着惊人的组织能力……这就让我们不得不怀疑，德国是否还存在革命精神，换句话来说，德国的革命精神正在逐渐消失……正是因为这样，他们的努力只是单纯地为了发展……"

普勒泽尔打断了雅克的话，接着说道：

"革命精神逐渐减弱？……不会，不会。这点您放心！革命者已经事先被我们组织了起来，形成了一股力量！……德国拥有最好的革命精神，它是意识形态和求实精神相结合的产物。……是谁让欧洲在一九一一年到一九一二年保持和平稳定的呢？众所周知，是德国的无产阶级者！事实上，社会民主党所取得的成就远比你知道的要多，几乎是革命的里程碑。差不多形成了国中之国。为什么能取得这么大的成就？这多半都要归功于我们议会的深远影响。我们对德意志帝国国会的影响还在与日俱增。如果有一天，泛日耳曼主义者再敢有像阿加第这样的行动，那么引起的就不仅仅是特雷普特洛夫公园的二十万人起来游行示威了，而是德国整个社会党议员再加上整个左派！”

兹拉夫斯基听得很认真：

“但是在通过新的军备法案时，你们的议员都投了赞成票哦。”

“不好意思，我打断下。”格西莉亚举起手说道。

她的哥哥却打断了她接下来要说的话。

“有些时候不懂就不要乱说，兹拉夫斯基！”普勒泽尔抬着头微笑着，像什么都知道一样，很高傲。“你说的根本就不是同一个东西：军备法案是“dieMUiMnroHage”，而“dieWehrsteuer”是实现这军备法案的预算法案。社会民主党人对军备法案是投反对票的，但最终还是被议会通过了。因此再投军备法案的预算法案时，他们就投了赞成票。为什么要这么做呢？……因为在这个法案里有一个新条款对我们很有利，那就是地主、富豪必须向国家纳税。这对我们来说是一个机会，因为我们无产阶级才是真正的受益者。……现在你明白了吗？议员是一直反对军备法案的。事实也可以证明这一点，那就是，只要他们有机会反对首相的帝国主义外交政策，他们都会一致反对！”

“这么说是没错，”雅克承认道，“但是……”

他停顿了一下。

“但是什么？”兹拉夫斯基兴致勃勃地问。

“但是什么啊？”格西莉亚也接着问道。

“这要怎么说好呢？……我曾经有幸接触过你们的社会党议员；他们给我的印象就是虽然一直和军国主义做斗争，但成效甚微……我说的当然不是李卜克内西，而是另有其人。很明显，大部分议员都不愿意与恶势力彻底决裂，不想直接抨击德国人在面对武装力量时的软弱无能。我是这样想的——从某种意义上说，他们始终都是德国人……他们深信无产阶级的历史使命，这点是毋庸置疑的。然而，他们也仅仅停留在相信德国无产阶级历史使命的阶段。他们对国际主义和反军国主义的相信程度远远没有达到法国那种程度。”

“那是肯定的了。”格西莉亚说，她低着头，让人不知道她在想什么。

“那是肯定的了。”普勒泽尔用一副高高在上的语气重复了一遍。

兹拉夫斯基赶紧出来打圆场，巧妙地说：“议会里有社会党人的存在，这就说明资产阶级民主人士已经明白了，能够进入政府的社会党人，已经不再是危险分子了……”

米特尔格、沙肖夫斯基、布瓦索尼老头纷纷从房间的另一边向这边走了过来。

他们都跟普勒泽尔和格西莉亚握手示意。

兹拉夫斯基微笑着摇摇头看着雅克说：

“你想知道我心里是怎么想的吗？我在想，你们为了愚弄群众，使群众能够听从你们的指挥，你们所谓的民主制度、共和国、设议会的君主制会不会就是我们沙皇制的翻版，换汤不换药而已。或许可能更可怕，只是表面看不出来罢了。”

“所以，”在旁边站着的米特尔格，突然插话道，“飞行员曾经说得很对：‘革命的首要任务就是要和民主做殊死搏斗！’”

“不好意思，我打断下，这样说是不对的。”雅克反驳道，“第一，飞行员所说的只是俄国主义革命道路，只适合俄国现在的国情。他说，俄国革命可以跳过资产阶级民主这一步，直接进行无产阶级革命……第二，我们要实事求是，不能夸大：某种程度上，民主制还是可以做些有益的工作的。……例如若莱斯[1]这样的……社会党人在法国已经取得了胜利，那么接下来，德国的……”

“不可以这么说的，”米特尔格说，“革命是革命，民主制内部的解放是民主制内部的解放，这两个并不是一回事！法国的革命领导者已经被资产阶级同化了。他们已经不是真正的革命者了！”

“我们去隔壁听听他们在讨论什么。”布瓦索尼一边打断他们的说话，一边看着打开的房门狡黠地眨了眨眼。

“那房间里有梅奈斯特雷尔吗？”普勒泽尔问道。

“你仔细听听，这是不是他说话的声音？”米特尔格说。

大家都屏气凝神，认真聆听。梅奈斯特雷尔独有的嗓音就清晰地传了过来。

兹拉夫斯基拉着雅克的胳膊：

“快点，我们也去隔壁看看他们在说什么……”

7

雅克走进来站到正在闭目养神的范赫德旁边。范赫德双手交叉放在脑后，靠在书架上，像要睡着似的。书架貌似很久没有人打扫了，

①若莱斯，法国议员。社会党的领导人之一。《先锋报》的创始人。

上面布满了灰尘，莫尼埃把一堆旧传单堆在了上面。

这时候正在说话的是特劳坦巴赫，他说："无论如何我都不相信，你们能够通过合法的方式把事情做好，那些所谓的合法手段只不过是聪明人用来迷惑人们的说法。"特劳坦巴赫是德国犹太人，长着一头黄褐色卷发。他一般都住在柏林，不过时不时地会来日内瓦。

他说完转身看着梅奈斯特雷尔，希望能得到他的赞同。飞行员坐在一堆人当中，旁边站着阿尔弗蕾达，此时正摇晃着椅子，眼睛看着远方，似乎在想什么心思。

"我们不能说得这么绝对，也要具体问题具体分析！"一个高个子的小伙子说道。他叫里沙德莱，头发被剃成了平头（在梅奈斯特雷尔加入这里之前，他就是这里的领导者。虽然他也很优秀，但还是比不上飞行员。因此，三年前，梅奈斯特雷尔加入之后，他就自动地把位子让给了他，自己心甘情愿地担任了配角）。"不同的国家情况是不一样……在像英国、法国这样的民主国家，我们必须承认，他们正通过合法的手段让革命运动得以快速发展，尽管可能是暂时的！"他的下巴很坚毅，说话的时候总喜欢高高地扬起。胡子被刮得干干净净，一撮乌黑的头发盖在白皙的额头上，让人第一眼看上去觉得他还是蛮帅的。但他那黑玉般的眼睛里充满了冷酷，没有一丝温柔。嘴唇很薄，嘴角很尖，像被割开似的，让人看起来觉得很无情。他的嗓音沙哑，听起来觉得很不舒服。

沙肖夫斯基也说着自己的看法："我们最大的难点就是怎么确定什么时候该从合法行动转入暴力行动或起义。"

斯卡达耸了耸他那鹰钩鼻：

"茶壶里的蒸汽足够多了，壶盖自然就会被顶飞出去！"

大家听后，爆发出一阵哄堂大笑。范赫德称这种粗犷的笑声为“令人毛骨悚然的笑声”。

“真是说得太贴切了，亚洲人！”基勒夫愉悦地叫道。

“只要资本主义的经济基础还在，人民所要求的民主自由就不能真正地推动革命前进……”布瓦索尼一边说着，一边舔着红唇。

“当然！”梅奈斯特雷尔看都没有看正在说话的老教授，突然之间迸出了这么一句。

大家都被这突如其来的一句话吓了一跳，都停住了不说话。

布瓦索尼想接着刚刚没说完的话说下去：

“回望历史教训……看看过去的例子……”

他正说得起劲，又被里沙德莱打断了：

“是的，历史！难道历史可以预测未来，可以让我们事先知道什么时候该爆发革命吗？答案是否定的！蒸汽足够了，壶盖才会被顶飞……谁也不知道人们的革命热情什么时候会全面爆发。”

“这要看具体情况了！”梅奈斯特雷尔用不容置疑的口气说道。

说完他又停下来了，但熟悉他的人都知道，这时他正在思考该怎么说。

每次在开会的时候，他总是静静地坐在旁边思考，不参与大家的讨论。只是时不时地会冒出一句大家都听不懂的话，“这要看情况”又或者来一句意思不清楚的“当然”打断别人的讲话。如果是别人突然冒出这两句话，大家准会觉得这人是不是有病。但从他嘴里说出来，大家都觉得是那么理所当然。他那犀利的目光、不容置疑的语气以及从身上散发出的坚强意志和睿智，让人觉得他就应该这样。连那些不喜欢他说话方式的人都不得不提起了注意力。

“我们不应该把所有的东西混为一谈……”他忽然说，“预见？谁能预见革命吗？为什么这么说呢？”

每个人都在认真地聆听。他把那条受伤的退伸直，轻轻咳嗽了一声。他的手经常像抓着一只球那样半拢着，看起来像一只爪子。他捋了捋胡须，然后双手环抱放在胸前：“革命和起义不是同一概念，革命和革命形势也是不一样的。……革命并不是革命形势的必然结果，即使爆发了起义……就拿一九〇五年俄国的情况来说吧，一开始就有革命形势，随后就爆发了起义，但最终都没有引起革命。”他停顿了一下，又说道，“里沙德莱所说的‘预测’又是什么意思呢？要想准确地预测一种形势什么时候能引发革命，这是非常困难的。虽然，无产阶级在革命前夕进行的革命活动可以加速革命形势的发展，但促使革命爆发需要一个导火索。一般都是出乎意料的事件。我的意思是，谁都无法预测革命什么时候爆发。”

他将手支在阿尔弗蕾达正在看的一堆卷宗上，托着脸。过了一会儿，他清晰的目光逐渐变得虚幻，落在远处的某一个点上。

“问题在于怎么在现实中、在实践中正确地看待事物。”（他在说到“实践”这个词时，声音非常尖锐，就像铙钹相碰发出的声音一样，非常刺耳）“我们平时总是说例如俄国这样的话……这时我们就在引用例子，引用事实，来让我们知道该怎么做。革命不是做算术，从某种程度来说它就像行医：先有理论，再有实践。或许还有艺术……先不说这个……（他停下来朝阿尔弗蕾达会心一笑，似乎觉得只有她才能懂他一样）我们接着说在一九〇四年，俄国在未爆发满洲里战争①时，就存在着可以，而且必然导致革命形势的革命前的形势。

①是指1904年爆发的日俄战争。

可是谁又知道它会如何发展呢？又能够预见什么吗？答案是不能。有很多的影响因素，比如存在的土地问题、犹太人问题以及日俄在东方的对抗。另外还有芬兰事件和波兰事件。种种因素让你难以预测什么因素会使革命前的形势转变成革命形势……这种转变因素往往是突然发生的、出人意料的。就像有一群投机取巧的冒险家可能说服沙皇，让他违反既定的外交政策，加入远东战争。事实上谁又能想到一群这样的家伙能劝服沙皇呢。"

"那时，人们只知道，在满洲里的角逐中，俄国跟日本爆发战争是不可避免的。"兹拉夫斯基温柔地说。

"谁都不知道这场战争会在什么时候爆发，爆发的导火索是什么。是因为满洲里，还是因为朝鲜？这个例子正好证明了一点：使革命前的形势转变成革命形势的因素是无法预测的……俄国由此发生了战争并失败了……这个时候才转变成了革命形势，并引发了起义……为什么是起义，而不是无产阶级革命呢？因为起义与革命不是同一回事……是这样吗，小姑娘？"他轻声问道。

在说话的过程中，他有好几次低下头看看阿尔弗蕾达的脸色。他说完话，没有看任何人。从表面看起来，他似乎并不是在考虑他刚刚说的话，而是单纯地在考虑这整个理论。他喜欢把这样的理论运用到实践中，在不忽视理论本身的同时，又会注重它与现实、革命理想和各种特定形势之间的复杂关系。这时候，他目光呆滞，似乎所有的活力都集中在那阴沉的眼神中。这种眼神看起来不像是人的眼神，就像他的身体内有一团火焰，在燃烧着他的内心、他的肉体，甚至整个灵魂。

布瓦索尼老头打破了沉默，他对这种革命理论非常感兴趣。

“说得真是太好啦！我也同意哦！没有办法预测什么时候从革命前的形势过渡到革命形势……但是，如果……我是说如果，如果我们制造出了革命形势，那是不是就可以预测革命了呢？”

“预测、预测，就知道预测！”梅奈斯特雷尔生气地打断了他的说话，“我们最重要的任务不是预测，而是做好一切准备……从而加速革命形势向革命的转变过程！一切都取决于主观因素：革命领导人以及领导人的革命行动能力。而我们这些革命先锋者应该不遗余力地将这种能力发挥到极致。一旦这种能力积累到一定程度，便能加速革命的爆发。到时候就能引导事情朝我们想要的方向发展。按照你们的说法就是能够预测了。”

他一口气把话说完了。声音低而快，很多外国人都没有听懂。他说完之后笑了笑，就靠在椅背上闭目养神了。

雅克之前一直站着，看到窗子旁边的椅子没人坐，就走了过去坐下（他既不跟大家走得太近，又不至于跟大家断绝联系，只有这样，他才能保持自我独立，才能更好地融入这样的聚会中：这种时候，他感受到的不仅仅是团结一致而更多的是相互关爱）。他抱着上臂在椅子上坐好，头靠着墙，扫视了一圈屋子里的人。大家放松了一会儿，又再一次回到了梅奈斯特雷尔周围。虽然他们的形态各异，但都很专注认真。他很欣赏这些人，他们都有过一段痛苦的经历，而现在他们把整个生命都献给了革命！虽然有时候他与这些人会因观点的不同，有些争吵，但这些人仍然很尊敬他。他们都是纯粹的革命者，不会因为讨论时观点的分歧而引起生活上的隔阂。……突然，雅克觉得很感动，眼睛骤然变得有点模糊。一时间，他分不清他们谁是谁，这些来自四面八方的流浪者聚在一起，在他心里形成了一幅人民受苦受难的画面。他们终于受够了被奴役剥削，要奋起反抗了，他们为重建新的社会秩序，而聚集一切力量。

在一片寂静中，飞行员的声音又突然响起来：

“我们再来说说俄国革命的伟大经验吧。我们应该时时以俄国革命来指引我们前行。必须要牢记这一点……在一九〇四年，人们能知道第二年远东战争会失败，然后革命前的形势就转变为革命形势吗？不能！在一九〇五年革命形势形成之后，人们能知道无产阶级革命即将爆发吗？不能！更别说知道革命能否成功了……虽然革命成功的客观条件已经成熟了，特点也很明显，但主观因素不足……当时由于俄国在战场上失利，国内政治出现危机，导致经济下滑，出现供应不足。人们生活在水深火热之中，很快就引起了工人大罢工，人民暴动以及‘波将金号’起义和莫斯科十二月起义……但为什么最终没有爆发革命呢？这是由于主观因素不充分，布瓦索尼！人们的思想没有达到革命的高度，没有一个完整的革命指导思想来指引人们前进。在领导者的思想里没有一个明确的方向，彼此之间没有交流，没有融会贯通，更没有一个纪律来约束。更重要的是没有充分发动群众，使工人农民紧密团结起来。在农民中缺乏革命思想意识。”

“但是俄国农民……”兹拉夫斯基斗胆打断讲话，插了一句。

“俄国农民？对，他们确实在乡村爆发了起义，占领了地主土地，烧毁了地主房屋，但是，后来又是谁对工人进行攻击的呢？是农民！那些在莫斯科的街道上，对无产阶级进行烧杀抢掠的又是谁？还是农民！这就是主观条件不足！”他又严肃地说了一遍，“当人们经过一九〇五年十二月发生的暴动之后；当人们看到社会民主党内部一直争论不休却不进行实际行动时；当人们看到革命领导者关于达成何种目标，提出何种纲领无法达成一致意见时；当莫斯科爆发起义，彼得堡的罢工却悄无声息地停止时；当交通运输停止使得政府处于瘫痪状态，无法派遣军队阻止莫斯科起义，所有工人却在这时候停止了罢工时——人们这时候才清楚地意识到，俄国为什么会在一九〇五年爆发革命……”他停顿了一下，低头看着阿尔弗蕾达，快速轻声说，“革命的成功是要经历无数次失败的，这场革命一开始就注定了要失败！”

里沙德莱双肘支在膝上托着下巴，坐在椅子上拨弄着手指，听到这吃惊地抬起头：

“一开始就注定是失败的命运？”

“对！”梅奈斯特雷尔斩钉截铁地说。

全场静得连一根针掉到地上都能听得见。

雅克坐在窗边的椅子上，试探性地说：

“与其最后走到无法挽回的局面，还不如……”

梅奈斯特雷尔微笑地看着阿尔弗蕾达，并没有给雅克一个眼神。斯卡达、布瓦索尼、特劳坦巴赫、兹拉夫斯基、普勒泽尔都点头表示同意。

雅克继续说：

“既然宪法已经被沙皇认可了，那么我们就可以……”

“……暂时向资产阶级政党妥协。”布瓦索尔说得更准确。

“……这样利于我们接下来更好地组织俄国的社会民主党。”普勒泽尔补充道。

“我不同意这样的说法，”兹拉夫斯基温柔地轻声说，“俄国是俄国，德国是德国，情况不一样，不能混为一谈。我觉得列宁说得对！”

“错，他说得绝不对！”雅克大声反驳道，“普列汉诺夫说的才是正确的！在十月革命取得暂时性的胜利之后，我们应该停下来巩固获得的成果，而不是继续战斗。”

“他们白白地牺牲了很多人，已经失去了民心。”斯卡达说。

“对，”雅克愤怒地接着说，“很多牺牲本来是可以避免的，结果却白白地流了很多血！”

“这要就实际情况而论！”梅奈斯特雷尔突然插话道。

他严肃的脸上没有一丝笑容。

大家都全神贯注地等着他继续说。

“开始就注定失败吗？”他顿了一下，“对！从十月开始就注定要失败！……那么在这过程中所流的血真的就白流了吗？当然不会！”

他站起来走到窗前——他讲话过程中几乎从来不会站起来。他漫不经心地向外面看了看，马上就又回到阿尔弗蕾达身边。

“十二月起义是没有成功夺取政权。难道就因为知道可能失败，我们就不去朝能够夺取政权的方向行动吗？肯定不能！首先，只有在战斗的过程中才能知道革命力量的强弱。普列汉诺夫说得并不对，继十月革命之后，应该拿起武器继续战斗。……一九〇五年是革命必然经历的一个历史阶段。这是继巴黎公社以后，又一次大规模地试图将帝国主义战争转变为社会革命的行动。血不会白流的。在一九〇五年以前，包括无产阶级在内的所有俄国人民都是相信沙皇的。人们把沙皇当成神一样来信奉。但自从沙皇让军队把枪口对向人民时，无产阶级和部分农民便开始明白，不能再对沙皇抱任何幻想了，更不能指望统治阶级。要提高一个落后国家人民的阶级觉悟，流血牺牲是必不可少的……但光流血还是不够的。从技术、革命艺术这方面来看，以往的经验作用非凡。领导者可以从中学到前所未有的知识，也许一觉醒来思想觉悟就得到了空前的提高。”

他是站着说完这些话的，眼睛里闪耀着灿烂的光彩，每说一句话都伴随着一个手势。他的手腕很柔软，看起来像女人的手，优美地打着各种手势，使人不禁联想到东方人、柬埔寨的舞女和驯蛇的印度人。

他的手搭在阿尔弗蕾达的肩膀上，坐回椅子上：

“也许一觉醒来思想觉悟就得到了空前的提高，”他又说了一遍，“欧洲现在的情况就跟一九〇五年俄国的情况一样，明显处在革命前的形势阶段。欧洲因资本主义矛盾处于动荡不安的状态。是不可能再繁荣了……但什么时候、以什么方式出现怎样的新状况呢？是经济危机还是政治危机抑或是战争呢？是国内的革命还是国际革命呢？革命形势又是何时以何种方式形成的呢？……除非是上帝，不然谁又能把这些情况都能预见到呢。……能不能预见并不重要，因为新因素终会出现！重要的是在那一天到来之前我们要做好准备！俄国在一九〇五年革命失败了，就是因为无产阶级在之前没有做好充分的准备！那么，现在欧洲的无产阶级做好准备了吗？领导者的觉悟足够高了吗？……答案是没有！国际工人各协会之间足够团结吗？无产阶级领导者之间的联盟够坚固吗？答案是不够！……是不是可以这样认为，在没有团结一切可团结的力量之前，革命就不可能取得胜利？那么这个集中各国革命力量建立的‘国际执行局’是什么机构呢？事实上只不过是一个情报机构罢了。甚至连无产阶级革命团体的萌芽都算不上。但如果没有这个机构，很多行动决议都将无法实现。……国际工人协会是无产阶级精神上团结一致的产物，是必不可少的，但还有待完善。国际工人协会是怎么进行决议的呢？是通过代表大会！……不是我想诋毁代表大会，虽然八月二十三日我也去维也纳参加代表大会……但事实上，并不能对它抱有任何期望。……例如一九一二年在巴尔举行的代表大会。大会主要是对巴尔干战争进行讨论——结果是怎么样的呢。他们满怀热情，通过投票的方式决策了一系列优秀的策略，解决问题的灵活性尤其突出，甚至出现了'总罢工'的字眼！但请你们仔细回想下当时的辩论情形。他们是否有将罢工问题结合各国实际情况加以考虑呢？不同国家的无产阶级在面对战争可能爆发的不同情况，该以什么样的积极态度来面对呢？……无论是战争还是无产阶级，都是一个抽象概念。而我们的领导者对这些抽象概念，总是解释过来解释过去，就像牧师在宣讲善恶关系一样。因此，国际工人协会还处在初级阶段，无论是理论还是意识，无论是力量还是群众的革命激情都还没有成熟！"

"一切都要开始着手准备了！"他停了一下，然后若有所思地轻声说道，"所有的都需要大家一起齐心努力才能完成，才能为无产阶级做好思想准备，而这一切似乎才刚刚开始。这次在维也纳我也要提出这个问题。一切都要开始着手准备了。"他又轻声说了一遍，"是这样吧，小姑娘？"

他说完笑了起来，环视了一圈周围的听众，随之皱起了眉头。

"国际工人协会是怎么回事呢，别说月刊了，到现在连周刊都还没有。真应该创办一个《欧洲简报》，出版不同的语言版本，然后给各国的所有工人组织阅读。我要在这次的代表大会上提议一下……对领导者们来说，创办一个这样的期刊无疑是他们同时回答几百万无产者疑问的最佳途径，因为各国的无产者所提出的问题很相似。通过这种方式，可以让所有的劳动者对世界的政治经济状况有一个正确的了解。根据现在的状况，这是在工人中，扩大国际影响的最好方法之一。一定要让在莫塔拉冶金的工人或者在利物浦码头工作的工人，知道汉堡、旧金山或第比利斯爆发了罢工，让他们感同身受。在每个星期六的晚上，所有工人和农民下班回家，都能看到一份这样的报纸，都能了解世界发生的大事。与此同时，世界各个角落的无产者也同样能看到。全世界的人民都在同时阅读。只是这样就可以产生无法估量的教育力量！更别说对政府产生的影响了……"

说到最后几个字时，他说得非常快，让人很难听清。当他看到来做演讲的雅诺特走进来时，就猛然不说话了。雅诺特带着几个朋友一起走进了房间。

常来这边的人心里都知道，今晚飞行员恐怕不会再开口说话了。

8

雅克没有见过雅诺特。他跟阿尔弗蕾达所描述的差不多。又矮又胖，穿着老式的黑色衣服，看起来很奇怪。他踮着脚朝这边走过来，像圣器室管理人一样，一直点头哈腰，这样的行为跟他脸上严肃的表情很不相称，顶着一头浓密的白发。

雅克站了起来，趁大家不注意的时候溜进了最里面的那间小书房等着梅奈斯特雷尔。

梅奈斯特雷尔随后就进来了，身边依然跟着阿尔弗蕾达。

梅奈斯特雷尔进门用几分钟简短地寒暄了几句，就抽出了五六张纸，上面记载着别人对基特贝格和托布勒攻击的罪状。他把这些连带一封给霍斯梅的信一起交给了雅克。然后对雅克说 ：“到那边霍斯梅会帮助你的。”

“该去吃饭了，小姑娘！”

阿尔弗蕾达快速地将散乱的文件整理好放进皮包里。

梅奈斯特雷尔站在雅克的旁边，看了他一会儿，小心翼翼地问道：

“你今天是不是有点不舒服啊？”

雅克觉得有点奇怪，笑着说 ：

“没有啊，我挺好的啊！”

“是不是不太愿意去维也纳呢？”

“没有啊，我很乐意去，怎么会这样问？”

“我觉得你刚刚有点不太开心……”

“没有啊。”

“就像独自一人流落他乡的感觉……”

雅克笑得更开心了 ：“流落他乡。”他又说了一遍，他疲惫地耸耸肩，随之收敛了笑容，“有时候，就觉得特别孤单，就像流落他乡的感觉，你大概深有体会吧，飞行员？”

梅奈斯特雷尔不说话，到门口等着阿尔弗蕾达准备好，然后打开门，让阿尔弗蕾达先走出去。

梅奈斯特雷尔站在门边快速说道 ：“这是肯定的，深有体会啊！”

聚会的地点已经人去楼空了。莫尼埃把这里打扫整理了一下。平常周末的时候这里的会议会持续到深夜一点才结束。但是今天晚上来这里的都是常客，所以大家吃过晚饭，就一起去听雅诺特的演讲了。

梅奈斯特雷尔让阿尔弗蕾达走在前面。他上前挽住雅克的胳臂，慢慢拖着腿下楼。

“人，生来就是孤独的。老弟啊，我们应该学着接受它。”他看着阿尔弗蕾达轻声快速地说。“一直都是孤独的。”他又嘟囔道。他的语气听起来就像在陈述一个事实，没有丝毫的个人感情。但雅克敢肯定，他今天晚上想起了一些私人的事。

“这个道理我懂。”雅克放慢脚步叹息道。他每走一步就像有千斤重似的，最后他索性就站着不走了。“有一种人就像受了巴别塔诅咒[①]似的，他们有着相同的年龄、经历以及信念。可以无拘无束地在一起，可以是无话不谈的好朋友，但却互不了解对方，根本不知道对方的真实想法！……我们就是这样的，一直在一起，却摸不透彼此的想法。……我一直在思考，语言是不是给了我们一种错觉，让我们觉得彼此很亲近，事实上我们一直很疏远。”

雅克说完这些抬起头。梅奈斯特雷尔也在楼梯下面停住了脚步，安静地听着这回响在前厅略带点悲伤的声音。

“唉！有时候，我特别讨厌谈话，你能明白我这种心理感受吗？”雅克突然有点生气地说，“我受够了这种夸夸其谈，也受够了这种没有意义的思想争论……”

梅奈斯特雷尔听到雅克这么说，有点着急地摆摆手。

“大家都知道，说话只是一种交流方式……在进行实际行动之前，谈论可以让大家交流彼此的想法。”

他看了看站在院子里的帕泰尔松和米特尔格。此时他们正在院

---

①据《圣经·创世记》第一章记载，上帝为阻止挪亚的子孙后代在示拿平原上建立城和塔，便把他们的语言扰乱了。从此，就叫这里为巴别。

子里走来走去，还手舞足蹈的。一看就是在那争论一些乱七八糟的事儿。接着，他向雅克投去了一个严肃的目光：

“要淡定！……思想争论是一个必须经历的准备阶段……革命理论是在争论的过程中建立的。革命运动是要革命理论来支持的，没有革命理论，就不可能有革命先锋队，也不可能有革命领导者。……你受够了我们的‘思想争论’……诚然，在后人看来，我们的讨论无疑是在浪费精力……但这能怪我们吗？”他小声快速说道，“行动的时机还没有成熟。”

雅克全神贯注地听着，像要让他进一步说清楚似的。

梅奈斯特雷尔继续说：

“资本主义经济虽然在衰落，但还是十分强大的。无产阶级虽然生活在水深火热中，但还没有达到激发他们毫无顾忌地去反抗的程度。在这个要死不活的世界中，你让那些革命先驱者怎么办，他们还没有能力去发动大家起义，他们除了进行一些思想争论别无选择。我们还没有强大到能掌控全局。”

“什么意思，”雅克说，“掌控全局？”

“要耐心等待啊，老弟。随着时间的推移，一切都会好起来的。资产阶级矛盾已经到了无法调和的地步。国与国之间的斗争也将一触即发，市场的竞争、争夺也愈演愈烈。为了生存，他们无休止地向外扩张，当扩张到一定程度，危机就是不可避免的了……我们现在能做的只能是等待！等待世界的经济瓦解……等待资产阶级无法满足人们的基本生存……等待随着资产阶级工厂的破产、倒闭，越来越多的工人失去工作……等待资本主义经济处于濒临灭亡的边缘，所有人都遭受灭顶之灾的那一天……到那时……”

“到那时？”

“对，到那时，我们就不会只是空谈了。理论准备的时期已经过去，付诸行动的时刻已经到来，因为无产阶级革命的时机已经成熟了。这时候我们就可以大展拳脚，各展所长了！”他脸上的光辉一闪而过。他又重复一遍，“所以我们要耐心等待这个时刻的到来！”说完这些，他就转身寻找阿尔弗蕾达的身影。虽然她站得很远，听不见他们的谈话，但他还是习惯性地问道：“是这样的吧，小姑娘？”

阿尔弗蕾达朝帕泰尔松和米特尔格走过去，说道：

“我们正准备去地下酒吧吃点东西，跟我们一起去吧。”她看着米特尔格提议道，似乎忽视了帕泰尔松的存在。“可以和我们一起去吧，飞行员？”她开心地对梅奈斯特雷尔问道（这很明显是想告诉大家，这顿饭是飞行员请客）。

梅奈斯特雷尔眨了眨眼睛，表示没意见。她接着说：

“吃完饭以后，我们再一起去费雷尔大厅吧。”

“吃完饭我就不跟着去了。”雅克说。

他们要去的地方是一个位于圣乌尔斯路的素食小酒吧，那是一个地下室，因为离大学区很近，就在棱堡空场地的后面，所以社会党的大学生经常去光顾。如果晚上不用回去工作，飞行员和阿尔弗蕾达就会去那里解决晚饭。

他们几个人并没有走在一起，走在前面的是梅奈斯特雷尔和雅克。其他几个人落后几步，跟在后面。

飞行员又用他招牌式的说话方式突然开口说道：

“你应该明白，我们处在新事物产生的准备阶段，是有很多机会的。……你对大家的要求太高了！应该像我这样，包容他们的一切，甚至连他们的夸夸其谈也包容在内。因为他们还太年轻，经验不足。”

雅克的脸上闪过一丝不易察觉的忧郁。梅奈斯特雷尔转过身看看阿尔弗蕾达他们有没有跟上来。

雅克固执地并不同意他的说法。他感到失望没有信心的时候，的确经常狠狠地批评那些年轻人。他认为大多数年轻人考虑问题并不成熟，把问题想得太过简单、狭隘。而且喜欢好大喜功、排斥异己、睚眦必报。他们的聪明才智都用来牟取私利了，而且故步自封，思想不能与时俱进。他们之中的大多数人与其说是革命者，还不如说是反叛者，他们爱自己胜过爱人民。

虽然他对那些年轻的同志有一肚子意见，但是在飞行员面前还是克制住了。只是说道：

“原谅他们的年轻不懂事？可我觉得他们已经不再年轻了！”

“不再年轻？”

“对，不再年轻！尤其是他们那种仇恨的心态，这是历尽沧桑的老人才应该有的。小个子范赫德有句话说得很有道理：真正的青年应该心中充满爱而不是仇恨。”

“理想家！”米特尔格从后面赶上来跟雅克他们走在一起，认真地说道。隔着厚厚的镜片，他瞥了一眼梅奈斯特雷尔。“恨是你达到目标的动力。”他目光飘向远处，停了一下，又用高高在上的语气说道，“同样，如果你想取得胜利，就必须进行屠杀。事实就是这样！”

“不是这样的。”雅克毫不让步地说道，“仇恨、暴力这些统统都不要！在这个问题上，我永远不会赞同你的看法！”

米特尔格盯着他的目光有点让人害怕。

雅克在继续说之前，向梅奈斯特雷尔投去了目光，希望他能说些什么，但梅奈斯特雷尔始终没有说任何话。因此，他近乎愤怒地继续说道：

“就知道仇恨！就知道屠杀！……真不知道你想的都是什么？如果有一个伟大的革命家能只靠精神力量就能取得胜利，那么你的那些暴力革命就会不攻自破了！”

奥地利人沉重地向前走去，板着脸没有再接话。

“在以往的革命中，由于领导者欠缺考虑准备不足，让革命流了太多的血。”雅克又瞅了一眼梅奈斯特雷尔，“从某种意义上来说，革命是由我们这些人临时起意发起的，然后由那些暴力教条主义分子推波助澜发展下去的。他们自认为是在进行革命活动，但事实上只是在内战罢了……我希望这种暴力活动只是暂时的，随着革命活动的进行，可以有一种比较文明的方式。我不觉得若莱斯主张的缓慢地、耐心地进行革命有什么不合理之处：这都是那些受过人道思想熏陶的人，经过深思熟虑提出的详细行动计划。他们通过一系列的周密准备，利用一切可以利用的条件，有条不紊地通过议会、市政机构、工会、工人运动、罢工等措施慢慢地夺取政权，是真正意义上的机会主义者。他们既是革命者，也是政治家。他们广泛地发动群众，所说的、所做的都有一定的权威性，清晰明了地坚持实施着他们的计划，井然有序地进行着，一切尽在掌握之中。”

“控制事态的发展！”米特尔格手舞足蹈，火大地说道，“真是愚蠢，人们只有在遭受灭顶之灾，无法生存的时候，才会群雄奋起，推翻旧制度建立新制度……”（他法语虽然说得很好，但带有浓重的日耳曼人口音）“没有仇恨的推动，就没有动力去创造一种真正的新制度。只有先摧毁一切，铲平一切，让一切化为乌有，这样才能进行重新建设！”他耷拉着脑袋，冷漠的话让人听起来有点毛骨悚然。他抬起来接着说道：“摧毁一切，摧毁一切。”他急切地挥着手，像要把前面的障碍扫平一样。

雅克向前走了几步，努力让自己平静下来，回道：

“对。你包括我们所有的人都信奉着一个格言：革命和秩序是不能同时兼顾的。那种嗜血的英雄浪漫主义的毒已经侵入骨髓了……怎么说呢，米特尔格，有时我在想这样一个问题，我们信奉的暴力理论的立足点在哪呢……难道只是因为暴力能达到目的，我们就一直信奉吗？如果不是这样……那是不是因为这种理论最能迎合我们身上黑暗、卑劣的原始本能呢？……让我们拿镜子照一照……我们的目光是多么凶狠，笑得是多么狰狞，我们的快乐是多么残忍无情，我们振振有词地说暴力是必需的，事实上只是在为一己私利找借口而已，我们内心深处充满了仇恨，我们需要通过报复来发泄……为了能使报复的行为合法化，没有比这种方法再好的方法了。”

米特尔格被惹怒了，他猛地转过身反驳道：

“我不是这样的，我……”

雅克不给他打断的机会：

“等等……我没有针对任何人。我说的是‘我们’。我只是说出一个事实。我们毁灭的欲望比重建的欲望要强烈得多……在我们中间，有很大一部分人并没有把革命当成改造社会的事业在进行，反而觉得革命是一个满足复仇欲望的好机会，在殴斗、暴动、内战和暴力夺取政权中得到复仇的快感。一旦我们通过暴力的手段取得胜利，那么接下来实施暴力的就是我们自己了——那些我们所谓的正义暴政。到那时候，我们将会多疯狂地进行报复！……从某种程度上来说，所有革命者都是混乱的制造者。米特尔格，你不要急着否认……我们之中有谁敢说他已经完全摆脱了这种毁灭性的报复情绪？我曾经看到过一个最优秀、最宽容、最有献身精神的人在这疯狂的报复氛围失去了自我……”

“你说得有道理！”梅奈斯特雷尔插话道，“但问题真的是这样吗？”

雅克急忙转过身，想和他的目光相遇，结果还是错过了。雅克似乎觉得梅奈斯特雷尔在笑。他也笑了，他不是笑别人是在笑自己：他想起几分钟前自己所说的一句话：“我受够了这种夸夸其谈！”

米特尔格眉毛皱在一起，显然不愿意再继续这个话题。

他们沉默地穿过福尔堡广场。晚霞染红了老房子的屋顶。他们的面前是一条狭窄的圣莱热街，像一道走廊，有点黑暗。帕泰尔松和那个姑娘在他们身后不知在交流着什么，显得很愉快，时不时地传来他们的笑声。梅奈斯特雷尔已经回头看他们好几次了。

雅克也不再说自己的想法，只是嘀咕道：

“……如果一个人不加入集体之中，他似乎就失去了他自身的价值……”

“什么价值？”奥地利人问道。他重复了一遍雅克的话，意在表明他不知道雅克现在说的这句话跟之前的争论有什么关系。

雅克迟疑了下，说道：

“作为一个人该有的价值。”他最终还是模糊不清地嘀咕道。好像害怕在这个问题上又引发争论一样。

大家愣是一时没有反应过来，谁都没有说话。突然，响起了梅奈斯特雷尔那刺耳的声音：

“什么叫作为一个人该有的价值？”

他的语气中带着一丝让人捉摸不透的调侃意味。但雅克还是从他的语气中觉察到了一丝激动。他曾经有好几次都发现，在梅奈斯特雷尔冷漠的外表下其实掩藏着一个脆弱的心。让人觉得他刻意将心中的脆弱掩藏在冷漠的外衣下，他似乎已经看透了人性，不再对他人抱有任何幻想。

米特尔格用拇指敲着牙齿嘚嘚地响，他似乎只觉得飞行员在开玩笑，他笑着说：

“蒂博，你缺乏政治敏锐性！”他似乎在做一个总结性发言。

雅克不禁有些气愤：

“这也能叫政治敏锐性……”

他们的谈话突然被梅奈斯特雷尔打断了：

“米特尔格，你认为什么叫有政治敏锐性的人呢？……就是那些在社会竞争中使用一些卑鄙的手段，令人不齿的人吗？……是这样的人吗？”

他刚开始还带着一些玩笑的语气，说着说着，就变得很严肃了。说完之后他又抿着嘴无声地笑起来了，用鼻孔轻轻地呼吸着。

雅克很想就梅奈斯特雷尔的话说出自己的观点。但飞行员却不给他任何机会，马上又对着米特尔格说道：

“所谓货真价实的革命……”

“最正统的革命，”米特尔格激动地喊道，“就是为了拯救人民而爆发的革命。不管他的手段多么残暴，只要他是为了拯救人民，他就是真正的革命，不需要任何理由！”

“是吗？用什么手段都没有关系吗？”

“正是这样！”米特尔格马上打断他的话说道，“思维跟行动往往是两码事。行动就是要狠狠地掐住敌人的喉咙，行动的目的只有一个，那就是战胜敌人并取得胜利。……我不知道你是怎么想的，反正我认为，报仇不是目的！最终的目的是要解放全人类。做大事者要不拘小节，为了达到这个目的，牺牲是在所难免的。如果必要甚至可以开枪或者上断头台。你想一下，如果你要救一个落水的人，是不是要先把他敲晕，然后再救起来呢，这样做是不是就容易救多了呢。……战争一旦爆发，对我来说就只有一个目的：打倒资本主义的残暴统治。资本主义不惜一切手段奴役人民、剥削人民，我不会天真地认为在推翻它的时候还需要挑三拣四地去选择方法。只要能推翻资本主义残暴统治的手段都是好手段，哪怕是以暴制暴。如果这场战争需要不义和凶狠，那我为什么不能不义、凶狠呢！对我来说，只要能让我变得强大的武器都是好武器。在这场战争中，一切手段都是被允许的，除了被打败！”

“不是的。”雅克愤怒地说，“不是这样的！”

他想看看梅奈斯特雷尔的想法。但飞行员已经走开了，他正背着双手，垂着肩，自顾自地沿着楼房往前走。

“不是这样的！”雅克重复道。（他差点脱口而出：“对于这种革命我没有任何兴趣。如果一个人以正义之名做出这么惨无人道的行为，即使最后获得了胜利，他也永远不会变得纯洁、有尊严，也永远学不会对人性的尊重、对公正的热情以及思想的开放。我们革命并不是为了把这种人推向执政的地位……”）最终他还是把这些话吞进肚子里了，只是说道：

“不是这样的！因为我认为你所宣传的暴力行为对精神领域也有

着同样的影响。”

“不要顾及那么多！我们不能因顾及对知识分子的影响，就放弃行动。如果你所说的那些精神领域的东西注定要消失五十年，那就随他去吧！对此，我同样感到遗憾。但我还是说，随他去吧！如果我只有变成一个瞎子，才能让一切行动起来，那我一定会说：来吧，把我的眼珠剜掉吧！”

雅克不同意地反对道：

“不能这么说！不能说随去吧！……你没有明白我的意思，米特尔格……”（他表面上是在对奥地利人说话，但事实上是在对梅奈斯特雷尔说，是想让他能明白自己的想法）“我也同你一样非常想取得最终的胜利。我参加起义就是为了实现这个目标。但也不能为了实现这个目标，就让革命在不义、谎言和残暴中完成，这对整个人类来说不是取得真正的胜利而只是一个胜利的假象。通过这样的手段取得的成果，总有一天会再次被推翻，这样的革命从一开始就注定会失败。……暴力是统治者用来压迫人民的武器！它不会让人民得到真正意义上的解放。它只是让新压迫代替旧的压迫而已！”他看见米特尔格又想打断他的说话，生气地大声说，“让我把话说完！虽然我不会像你们那样，利用这种不堪入目的理论。但是，如果这种方法是有效的，也许我会抛弃个人的观点，赞成你们去运用。可结果是你们无法让我看到它的作用。我深信，卑劣的手段是无法真正促进社会进步的。企图在鼓动暴力和仇恨的基础上建立一个充满正义和博爱的王国，这是不可能的。这种异想天开的行动，从开始就违背了我们想在全世界建立一个正义、博爱的王国的初衷……你就往这方面想想你的所作所为吧。不过，在我的概念里，真正的革命就是那些值得人们毫无保留地为之贡献的革命，它绝不会在没有精神价值中实现！”

米特尔格刚想进行反驳，梅奈斯特雷尔就阴阳怪气地冒出了一句话：

“真是无药可救的小雅克！”他用的是假嗓子，让人听着很不舒服。

他总是以一个旁观者的态度来看这场争论，但两种不同领域观点的冲突让他提起了兴趣。他认为讨论这些精神和物质的区别、暴力和非暴力的不同，是没有意义的。这些根本就不是什么问题，就没必要拿来讨论。

雅克和米特尔格都尴尬地站在那不知道说什么。

米特尔格本来想转身跟飞行员来个会心一笑，但看到他那高深莫测的脸时，笑容就生生地凝结在了嘴角，脸也随之拉了下来。他感到很窝火，他不喜欢雅克所说的话，他在生雅克的气，也在生飞行员和自己的气。

片刻沉默之后，他故意落后几步跟他们拉开距离，同走在后面的帕泰尔松和阿尔弗蕾达走在一块。

梅奈斯特雷尔看米特尔格不在身边，就凑近雅克说：

“我知道你的意思是想先把革命纯洁化，然后再爆发革命。可是过早地这样，会阻止革命的诞生。”

他停下来看了一下雅克的表情，似乎要确认一下他的话有没有触犯到雅克的底线。他深深地瞥了雅克一眼，紧接着说道：

“但我非常理解你的想法。”

他俩静静地走着，谁也没有说话。

雅克冷静地反省着自身的对错。他想起了自己曾受过的教育。

“传统资产阶级文化的学习……这对我今后的思想产生了深远的影响……我一直以为我是一个天生的小说家，事实上，不久之前我还是这么想的。我擅长的是观察现象并记录下来，而不是判断事物的对错和得出结论……很明显，这对一个革命者来说，并不是一个优点！”他有些担心地想着。他从来不自欺欺人，最起码不会明知是错的还去做。他并没有觉得自己高人一等，可是总觉得有些不一样。用一句话来说，估计就是不能像他们一样成为“革命的好工具”吧。他在心里问自己，他可以跟他们一样，没有自己的思想主见，把自己的思想和意志消融在党的抽象学说中和共同行动中吗？

他突然嘀咕道：

“难道要适应共同行动，就必须放弃自己精神的独立吗？飞行员，你又是怎么做到两者平衡的呢？”

梅奈斯特雷尔并没有马上回答，像没听见似的。在雅克以为他不回答的时候，他才自顾自地说道：

“你认为个人价值与人的价值是什么关系，它们的意思是相近的吗？”

雅克只是面带疑惑，静静地看着他并不说话，好像在等着飞行员做解释一样。

飞行员似乎有点不情愿地接着说道：

“跟我们一样奋起反抗的人都在发生着翻天覆地的变化，随着时间的推移，改变的不仅仅是人与人之间的关系，还有人的本身——直到让人发生本质性的变化。”

他像陷入沉思一样，又沉默了。

9

米特尔格落后他们几步，但并没有加入帕泰尔松和阿尔弗蕾达的聊天，只是静静地走在他们的旁边。

帕泰尔松腿长脚长，他迈一步，娇小的阿尔弗蕾达就要走好几步才能赶上。因此她一边侃侃而谈，一边小跑着跟在帕泰尔松身旁，帕泰尔松的胳膊偶尔会碰到她的肩头。

她说："我是在大罢工的时候遇见飞行员的。那时刚好有几个苏黎世的朋友硬拉着我去参加一个会议。那个会议的发言人就是他。我们几个坐得挺靠前面的，我正对着他，看着他的眼、他的手……人们在会议结束后就打了起来。我不顾我的朋友阻拦，径自跑到了他的身边……"（她有点不敢置信地被勾起了这段回忆）"自此以后，我就一直跟在他身边，一分一秒都没有离开过……"

帕泰尔松瞅了瞅旁边的米特尔格，顿了下，阴阳怪气地小声嘀咕道：

"你就是他的福星哦……"

她开心地笑了：

"飞行员可比你说得好听多了……他说我不是他的福星，而是他的'守护天使'。"

米特尔格走在旁边漫不经心地听着，心里一直在琢磨着刚刚跟雅克的争论。他觉得自己并没有错。他很尊敬雅克这个同志，也很想跟他成为好朋友，但他无法认同他的主张。现在他对雅克隐隐带着一股敌意："我本来当时就想把他顶回去的！……可偏偏飞行员也在场！"雅克和梅奈斯特雷尔的关系非常好。这点认知让米特尔格感到很不开心，他并不是嫉妒，而是他觉得自己受到了不公正的待遇。他敢肯定飞行员刚刚是赞成他的观点的，但飞行员却什么都没有说，这引起了他强烈的不满。他心里有个强烈的声音在叫嚣，非常想找机会澄清一下。

梅奈斯特雷尔和雅克一直走在前面，已经到了棱堡空场地的入口，现在正停下来等着后面的人（从这斜穿过去，就到了圣乌尔斯街）。

太阳已经快要下山了。栅门后面的草坪上飘浮着一片金色的雾霭。星期天傍晚，广场上迎来了很多散步的人，就像日内瓦大学的卢森堡公园一样，所有的长椅都座无虚席。大学生三五成群地凑在一起，有的在一起嬉闹着，有的漫步在笔直的小径上。两旁高耸的树木让这条小径保留有一丝清凉。

米特尔格扔下旁边的两个人，快速走到等在入口处的两个人身边。

这时雅克正在说着："……毕竟生活的观点还是有点粗俗的，还存在着拜金主义！"

米特尔格看了他一眼，虽然不知道他们在谈什么，但这并不影响他贸然插进来：

"现在又说什么呢？啊，我敢肯定，他又在批判革命者的'物质欲望'了！"他充满挑衅地嘟囔道。

雅克大吃一惊，却还是友好地打量着他。面对米特尔格的挑衅，他总是再三忍让。他认为米特尔格是一个经受住考验的同志，虽然不善于表达感情，但对友谊是绝对忠诚的。他知道，米特尔格之所以这么蛮横，完全是由于他太孤独，童年的不幸让他变得非常敏感，他自尊心很强，把内心的挣扎和某些缺点都掩盖在骄傲的外表下（雅克想的是对的。其实这个多愁善感的日耳曼人心中一直很苦恼：他认为自己已经丑得无可救药了，以至于他有时候对一切都失去了信心）。

雅克友好地对他解释道：

“我刚刚是在跟飞行员讨论，在我们中间大部分人的思想、感觉和盼望幸福的方式都还是资本主义的方式……难道你不是这么认为的吗？要想成为一个真正的革命者，难道不是先要进行自我革命，把资本主义的思想习惯清除掉，然后建立内在的无产阶级革命态度吗？”

梅奈斯特雷尔快速地瞅了一眼雅克。他有点想笑，心里想：“清除，小雅克的想法真是很独特的啊……把资产阶级非资产阶级化，的确……需要先从思想上把根深蒂固的旧思想清除。对！这些旧思想包括最基本的资产阶级习惯和以自我为中心的基础的习惯！”

雅克接着说：

“但是，我们经常还是看到很多人本能地比较看重物质财产……”

“对于那些快要饿死而奋起反抗的穷人，他们的目的就是填饱肚子，跟他们谈什么物质主义，是不是有点不合理！”米特尔格打断他的话说道：

“说得很对。”梅奈斯特雷尔插了一句。

雅克听见梅奈斯特雷尔这么说，就退一步说道：

“其实这种反抗是很合理的，米特尔格……只是我们大家都单纯地以为只要剥夺了资本家的财产，然后让无产阶级取而代之，这样革命就算成功了……以一个剥削者去取代另一个剥削者，这不是资本主义的灭亡，而只是改变了资本主义的领导阶级而已。真正的革命不是取得阶级的胜利，哪怕这个阶级是人数最多、压迫最深的阶级。

我心目中的革命是应该建立普遍秩序，广施仁政，取得全世界范围的胜利……”

“这是肯定的。”梅奈斯特雷尔说。

米特尔格嘀嘀咕咕地说道：

“利益是祸害的根源！……只要我们一天没有把它连根拔起，它就一天是我们所有人唯一战斗的动力！”

“这跟我的想法就不谋而合了，”雅克接过话头，“但是你认为怎么才能做到连根拔除呢？你也看到了，即使像我们这样的革命者也无法做到完全清除！”

事实上米特尔格也同意这个说法，只是他不肯承认罢了。他不禁想要伤害他的朋友。他讽刺地说道：

“像我们这样的革命者？你是革命者吗？”

这样尖锐的说法，让雅克无从招架，他本能地向梅奈斯特雷尔寻求帮助。但飞行员除了笑笑，并没有任何想帮他的意思。

“你今天吃错药啦，见人就蜇得满头包？”他嗫嚅着说。

米特尔格冒火地说：“革命者应该是有信仰的！你的想法总是飘忽不定，你有很多见解，但是唯独没有信仰！信仰是上帝赐予人的一种美德！但是这种美德的拥有者却不包括你。据我对你的了解，你永远都不会有这种美德。摇摆不定会使你更开心……资产者总喜欢叼着个烟斗，心安理得地坐在沙发上权衡利弊！心满意足地享受着自己的精心策划。你就像这种人，同志！你整天寻求这个、寻求那个，净想些有的没的。一天到晚纠结一些你凭空想象出来的问题！你对自己的聪明才智感到很满意！……可你就是没有信仰！”他边大声说，边往梅奈斯特雷尔身边走去，“是不是这样的，飞行员？他不应该说像我们这样的革命者。”

梅奈斯特雷尔没有回答，只是有点深不可测地笑了笑。

雅克几乎失控地说道：“米特尔格，你想指责我什么？指责我没有信仰吗？不。”（他的尴尬已经被愤怒取代了，这让他觉得有一丝快感）他冷冰冰地说：“很抱歉地告诉你，这一点我刚刚已经跟飞行员解释过了。实话告诉你，我真心不想再重复一遍。”

“这位同志，你就是个业余的！”米特尔格恨恨地嚷道。（通常他一激动就唾沫横飞，口齿不清）“你就是个业余的理想主义者，完全是个新教徒[①]！思想和意识都比较散漫，等等……你不是因为跟我们有同样的目标才跟我们在一起的，你是出于同情才加入我们的！我想，党内让你这样的害群之马存在真是一大错误！党就是被你们这样立场不坚定、胆小怕事的理想主义者给败坏了！让你加入我们本身就是个错误！对于一件事，你喜欢先从理论上讨论一番，这种爱好就像病毒一样迅速传播，影响着每个人。慢慢地，大家都变得猜疑，摇摆不定，不会再勇往直前地奔向革命！……或许你有能力独立完成一件大事。但是，这叫个人英雄主义，这样的行为又有什么意义呢？毫无意义！一个真正的革命者必须放弃他的个人英雄主义，融入集体之中。他应该一切服从集体指挥，跟随大家的脚步一起前进……唉，像你这样的哲学家能够服从别人的指挥吗？但是，我想说的是，能够做到这样服从的人，肯定拥有更强健、更忠诚、更高尚的心灵，完全超越了一个只讲理论的业余者！只有真正的革命者才拥有这种力量，因为他们的信仰给予了他们这种力量，他们无条件地相信着这个信仰，无须去争辩什么！……对了，我的同志！

①是抗议者的意思。

你可以问问飞行员是怎么想的。虽然他一直没有说话，但我敢肯定，他跟我的想法是一致的……”

正在这时，帕泰尔松飞快地冲到米特尔格和雅克之间：

“你们快听他们在喊什么？”

“发生什么事了？”梅奈斯特雷尔向阿尔弗蕾达问道。

他们已经穿过了广场，走到了冈多尔街上。迎面走来的是三个来回奔跑的报童，他们一边奔跑一边高声叫喊：“号外，号外！奥地利政治谋杀！新鲜出炉的报纸，赶紧来一份！”

米特尔格听见大吃一惊：

“奥地利政治谋杀？”

帕泰尔松急匆匆地朝最近的一个报童冲过去。可是一会儿他又折回来了，手随意地放在口袋里，可怜兮兮地说：

“我没带够钱……”其实他已经身无分文了，对他这委婉的说法，连他自己都感到好笑。

大家说话这会儿，米特尔格已经把报纸买回来粗略地看了一遍了。大家见状都围了上去。

“真让人难以相信！”他目瞪口呆地说道。

接着，他把报纸递给飞行员。

梅奈斯特雷尔接过报纸，平静地念了一下头版头条的内容：

“奥匈帝国储君弗朗索瓦·费迪南王子及其夫人，于今天早上，在举行官方仪式之际双双被刺身亡。事情发生在萨拉热窝，是一个刚被奥地利合并的省份——波斯尼亚的首府，凶手据说是波斯尼亚一年轻的革命者……”

“真让人难以相信……”米特尔格又说了一遍。

10

半个月之后的某一天，雅克坐白天的火车火速从维也纳赶了回来，随同的是一个叫伯赫姆的奥地利人。

昨天，霍斯梅偷偷告诉了他一个重要的消息，这个令人不安的消息使他立即决定终止调查，马上赶回瑞士把这个消息告诉梅奈斯特雷尔。

七月十二日这天是星期天，尽管雅克很担心面对米特尔格时会感到尴尬，但还是紧急通知了米特尔格见面。下午六点左右，米特尔格来到了碰头地点。他飞奔上楼，顾不上跟朋友打招呼，就急忙穿过挤满人的两个房间，来到第三个房间，他猜飞行员应该在那里。

不出所料，梅奈斯特雷尔坐在他的老位置上，旁边依然还是阿尔弗蕾达，下面坐着十二个人，正在全神贯注地听着他说话。他貌似正在跟坐在前排的普勒泽尔说话：

“反教权主义？这可真是个愚蠢的方法。俾斯麦曾经发起过‘文化斗争’。但结果呢，他的斗争不仅没有起到作用，反而助长了德国教权主义的火焰……”

米特尔格非常着急，拼命地朝阿尔弗蕾达使眼色。终于，她看懂了他的示意，起身离开会议，来到窗边。

普勒泽尔似乎要反驳什么，但米特尔格并没有注意听。大家七嘴八舌地发表着看法，三三两两地聚集在了一起。趁这空当，阿尔弗蕾达来到了奥地利人身边。

屋内又响起了梅奈斯特雷尔那毫无感情的声音：

“十九世纪，资产阶级主张思想自由，他们非常器重反教权主义，在我看来这是愚蠢的行为，是不能把人们从宗教的枷锁中解救出来的。这是一个社会性的问题，因为宗教的根基带有一定的社会性。在任何时代，劳苦大众的痛苦生活一直都是宗教赖以生存的力量。宗教自始至终都是利用贫困的。如果某一天它失去了这个立脚点，那么它也就失去了生命力。宗教现在是无法控制那些生活幸福的人的……”

“你有什么事？”阿尔弗蕾达小声问着米特尔格。

“蒂博从维也纳回来了……他有急事想跟飞行员说。”

“那他为什么不直接来这里找飞行员呢？”

“维也纳那边好像出了点问题。”米特尔格避开阿尔弗蕾达的问题，自顾自地说道。

“出什么事了？”

她马上想起雅克到维也纳的任务，看着奥地利人的脸紧张地问道。

米特尔格摊开双手，表示具体的不知道；他紧锁着眉站在那里了，睁得圆圆的双眼在眼镜后面骨碌骨碌地转着，像小熊一样摇头晃脑的。

“同蒂博一起回来的是我的一个同胞，他叫伯赫姆，他明天就要动身去巴黎了。所以今晚飞行员一定要去见一见他们。”

“今天晚上？”阿尔弗蕾达想了想说道，“那最好的办法就是你们去我家见面。”

“行……那回头我再喊上里沙德莱。”

“那把帕特顺便也叫上。”她急忙补充道。

米特尔格有点不待见帕特，差点就脱口而出：“为什么还要叫帕特呢？”但最终，他还是忍住了，眨了眨眼表示知道了。

“九点钟可以吗？”

“嗯，好。就九点。”

阿尔弗蕾达又悄悄地坐回椅子上。

这时，梅奈斯特雷尔刚用一句“当然”，将普勒泽尔讲话打断了，他说得斩钉截铁，让大家无可反驳。他继续说：

“变革是不可能一蹴而就的，也不可能由某一代人就能单独完成的。新的统治者会寻找一个替代品来代替宗教，从而满足统治社会的需要。宗教的神秘色彩将被社会神秘主义取代。从而这个问题就具有了社会性质。”

米特尔格又跟阿尔弗蕾达对视了一眼，就离开了。

经过三小时的路程，雅克终于在卡卢日路下了地铁，同伯赫姆和米特尔格一起飞快地来到梅奈斯特雷尔的家。

天已经黑透了，狭小的楼梯里没有一丝光亮。

出来开门的依然是阿尔弗蕾达。

屋里面开着灯，梅奈斯特雷尔影子像皮影一样投射在房间的门上。他看见雅克进来，就快速地走过去，低声问道：

“有消息？”

“对。”

“那些指控已经被证实了？”

“指控很严重，”雅克轻声说，“特别是关于托布勒的……这个等会儿我再跟您慢慢说……眼下有更重要的事要跟您报告……马上就要发生大事情了……”他指着跟他一起来的奥地利人，向大家介绍道，“这位是伯赫姆同志。”

梅奈斯特雷尔跟他握手问好。

“那么，同志，你给我们的消息可靠吗？”他不太信任地问道。

伯赫姆不慌不忙地看着他说：

“百分之百可靠。”

伯赫姆生活在蒂罗尔[1]的山里，他身材矮小，看起来很可靠。三十岁左右，喜欢戴顶鸭舌帽。尽管天气非常热，他结实的肩上仍然披了件鹅黄色的旧风衣。

“赶紧进来吧。”梅奈斯特雷尔一边说，一边把人让进屋，房间里已经坐着两个人了，是帕泰尔松和里沙德莱。

梅奈斯特雷尔将他们相互介绍认识了一下。这时，伯赫姆发现鸭舌帽还戴在头上，他有点手忙脚乱地摘了下来。他穿了双半筒靴，上面有很多铆钉，显得很笨重。由于地板上打着蜡，他走起来很不稳定，像要滑倒似的。

阿尔弗蕾达在帕特的协助下，把椅子从厨房搬到了房间。然后她把椅子围着床摆了一圈，摆好之后她就拿着本子和笔坐在了床上。

帕泰尔松面对着她，成半躺的姿势坐在她旁边，用一只手撑在长靠垫上，向她问道：

“是什么事啊，把我们都叫来了，你知道吗？”

阿尔弗蕾达敷衍地摆了摆手。以往的经验告诉她，对于他们所密谋的事情不要太较真。这些革命家终日盼望有一个大显身手的机会，可结果往往都是一场空。注定他们无所事事。

“你往里挪一挪。”里沙德莱友好地坐在她旁边说道。他的眼睛里总是闪烁着快乐的光芒，永远显得那么自信，但这种自信中似乎夹杂着一些人为因素，仿佛在告诉自己，无论发生什么事，都要不惜一切手段保持这种坚强、心满意足的状态。

---

①蒂罗尔是奥地利、意大利和瑞士接壤地方的山区。

大家坐好以后，雅克就从口袋掏出一大一小两个信封，信口是密封的，然后就递给梅奈斯特雷尔。

“一封是霍斯梅让我给你的信，另一封是复印出来的材料。”

房间里只有一盏灯，散发着微弱的光。飞行员拿着信走到灯旁拆开看了一遍，看完之后，习惯性地看向阿尔弗蕾达，然后向雅克投去锐利、疑惑的目光。为了让自己看起来显得沉着，他把两封信放在桌上，然后坐了下来。

这里一共坐了七个人，梅奈斯特雷尔向雅克问道：“具体什么情况？”

雅克看了看伯赫姆，用手捋了捋头发，回答道：

“霍斯梅的信您也看到了，就像信中说的那样……在半个月之前，奥匈帝国储君弗朗索瓦·费迪南王子及其夫人在萨拉热窝被谋杀……在谋杀后的半个月，欧洲发生了一系列秘密事件，尤其在奥地利……情况不容乐观，霍斯梅认为有必要让欧洲所有的社会党中心提高警惕。彼得堡、罗马那边也派人去通知了……柏林那边派比尔曼去了……普列汉诺夫已经让莫雷利去找了……还有列宁……”

“列宁是属于分裂派的。”里沙德莱嘟囔道。

雅克没有理睬他，继续说道：“明天伯赫姆会去巴黎，接下来的星期三、星期四会分别去布鲁塞尔和伦敦。我的主要任务就是跟您把情况说清楚……局势似乎发展得太快……我走的时候霍斯梅是这样跟我说的：‘把情况仔细地跟他们说清楚，如果让事态再这么自由地发展下去，可能不出两三个月，欧洲就会爆发一场大战……’”

“就仅仅因为一个王子被谋杀了？”里沙德莱问道。

“是因为王子是塞尔维亚人……而凶手是斯拉夫人。”雅克面对着他说，“刚开始，我也跟你一样，万万没有想到，一场谋杀会让事情变成这样。但等我去了那边，我就懂了……最起码我懂得了问题的症结所在……情况非常混乱复杂……”

他突然停住了，看了看周围坐着的人，最后看着梅奈斯特雷尔犹豫地问道：

“我是不是应该像霍斯梅跟我说的时候一样，从头开始说？”

“那是肯定的。”

雅克听后马上就津津有味地说起了：

“你们都听说过奥地利曾经千方百计地想成立一个新巴尔干联盟这件事吧？”刚说到这，伯赫姆就摇了摇他的椅子，雅克回头问道，“怎么了？”

“我觉得，为了让大家更好地弄清这件事，我们应该从历史源头说起。”伯赫姆说道。

雅克听见“源头”两个字就咧嘴笑了。他看向飞行员，似乎在征询他的意见。

“整整一夜的时间，够我们慢慢说了。”梅奈斯特雷尔一边笑着说，一边把那条受伤的腿伸直了。

“那好吧，”雅克转身对伯赫姆说，“你比我了解这件事的历史背景，你来给大家讲讲吧。”

“行。”伯赫姆一本正经地答道（阿尔弗蕾达听到他这么说，眼里闪过一丝狡黠的光）。

他非常小心地把风衣脱下放在地上，然后把鸭舌帽搁在风衣旁边。他坐在椅子的边缘，挺胸收腹，双膝并拢。他剃了个平顶头，使脑袋显得很圆。

他说："不好意思啊。开始的时候我可能要引用一下帝国主义的思想观点。这样才能把奥地利政策的本质讲得更清楚……"他在心里酝酿了下，继续说道，"首先，我们来分析下南部斯拉夫人为什么要刺杀…"

"就是那个包括塞尔维亚、门的内哥罗、波斯尼亚和黑塞哥维那以及匈牙利在内的斯拉夫人。"米特尔格忍不住打断说道。

梅奈斯特雷听得很认真，点点头表示同意。

伯赫姆继续道：

"半个世纪以来，这些南部斯拉夫人都在试图集结起来反抗。他们之中以塞尔维亚人反抗最为激烈。他们企图在塞尔维亚附近成立一个南斯拉夫自治国。俄国在这方面还给他们提供了一些帮助。俄国的泛斯拉夫主义和奥匈帝国在一八七八年的柏林代表大会上就结下了深仇大恨，一直斗得你死我活的。泛斯拉夫主义在俄国处于领导地位，但我也不敢肯定俄国有没有参加这次的事件。现在我只想单纯地说下我的国家——奥地利，在此次事件中所处的位置。帝国主义政府有句话说得对，如果南部斯拉夫人在塞尔维亚附近结成联盟，那么问题就严重了。斯拉夫人目前是奥地利的附属国，一旦他们在边境上成立一个自治国，我们就结束了对人数众多的斯拉夫人长达数年的统治。"

"那是。"梅奈斯特雷尔不经思考地接道。

他意识到自己随口打断了别人的说话，轻轻咳了几声来掩饰自己的尴尬。

"在一九〇三年之前，塞尔维亚已经完全沦为了奥地利的殖民地。"伯赫姆接着说，"但是，到一九〇三年，塞尔维亚就宣布独立了。

那年塞尔维亚爆发了一场民族主义革命，卡拉乔治维奇[①]被推上了王位。奥地利一直在寻找报仇雪恨的机会。直到一九〇八年，在我们利用日本狠狠打击俄国之际，用武力让波斯尼亚和黑塞哥维那成了我们管辖的一个省份。德国和意大利对此没有什么意见。塞尔维亚虽然很气愤，但他们不敢公然挑起战争。奥地利就这么堂而皇之地取得了成功……

“在一九一二年，巴尔干第一次战争的时候，奥地利又铤而走险了，结果再一次被它取得了成功。它在塞尔维亚进军亚得里亚海的道路上设立了一个叫阿尔巴尼亚的自治区，成功地阻止了塞尔维亚对亚得里亚海港口的占领。经过这一次，塞尔维亚和奥地利的关系就变得更差了……由此就引发了第二次巴尔干战争。你们还记得去年塞尔维亚收复马其顿的时候，奥地利又想提出反对这件事吗？前两次铤而走险的成功让它这次又想重操旧业了。但这次却没有得到意大利和德国的支持，因此塞尔维亚最终才能得以收复领土……只不过，祸根也因此埋下了。奥地利有很强的民族自豪感，失败之后，它觉得自己受到了羞辱，一直在等待报仇的时机。我们的参谋部和外交机构都在筹划着怎样一雪前耻、报仇雪恨。……至于刚刚蒂博说的新巴尔干联盟则是我国今年的一个重要计划。具体内容就是让奥地利、保加利亚和罗马尼亚结成联盟。这个联盟就叫作新的巴尔干联盟，他们准备用这个联盟将所有的南部斯拉夫人一网打尽……你明白这么做的原因吗？从某种意义上来说，这也是针对俄国的！”

他说完想了想，看看有没有少说什么，然后看着雅克，似乎在询问还要补充些什么。

①1908——1921年任塞尔维亚的国王，卡拉诺尔维奇家族中的彼得一世。

阿尔弗蕾达把头靠在帕泰尔松肩膀上，忍不住打了一个哈欠，似乎很无聊。她觉得这个奥地利人太死板了，把这些本来就枯燥无味的历史讲得更加无趣了。

雅克补充道："人们一说到奥地利，就自然而然地想起了奥德集团……它和德国都极力反对英国的'海上扩张'计划，德国的经济贸易在本土发展遇到了瓶颈，它急需扩张海外市场……德国的向东方进军的计划……以及它对土耳其的觊觎……把俄国的海上运输切断了……包括巴格达的铁路以及波斯湾、英国通往印度的石油运输道路……把这一切联系到一起……我们就可以清楚地看到，自始至终都是两大资本主义强国之间的对峙冲突！"

"分析得对。"梅奈斯特雷尔说。

伯赫姆也表示同意这个说法。

一时谁也没有说话。

奥地利人看着飞行员，认真地问道：

"这样说，大家都明白了吗？"

"嗯，说得非常好，明白了！"梅奈斯特雷尔毫不犹豫地回答。

平常要想得到飞行员的赞扬很难，因此在场的除了伯赫姆自己，大家都觉得很惊讶。阿尔弗蕾达马上对这个奥地利人有所改观，认真地观察了下他。

"现在，"梅奈斯特雷尔靠在椅背上，面对着雅克说，"让我们现在来看看，霍斯梅都说了些什么，有没有什么新进展。"

"新进展？"雅克实话实说地道，"目前似乎只有这些，没什么新情况……"

他猛地坐起来，昏暗的灯关照在他的脸上，让人看不清他的表情，只能看到他显得忧虑忡忡的嘴角：

“从目前种种迹象来看，我觉得短期内的情况应该是可以预见的……简单地说，塞尔维亚这边呢，人们可能会随着民族自豪感一而再，再而三地受到侮辱，深深地被激怒了……而俄国这边呢，民声是倾向于支持斯拉夫人的；在王子被谋杀以后，俄国的政府就完全由参谋部和民族主义分子控制着。各国大使透露，俄国会是塞尔维亚最坚实的后盾。据来自伦敦的情报，霍斯梅知道了这件事……奥地利那边由于上次反对失败，政府人员都觉得受到了奇耻大辱，同时觉得前途堪忧。霍斯梅说得对，仇恨、愤怒、野心，会把我们推向一条不归路……一切好像从六月二十八日的萨拉热窝事件之后，就脱离了掌控……萨拉热窝曾是波斯尼亚的首府……六年前被奥地利侵占了。但一直到现在，那里的人民还是对塞尔维亚忠心耿耿的……霍斯梅个人倾向于认为，这次的谋杀事件，塞尔维亚的高层多多少少是有参与的。但这无从考证……对奥地利政府来说，这是一次千载难逢的好机会。因为谋杀，整个欧洲的舆论都偏向了奥地利。揪住塞尔维亚的小尾巴，给它来一次致命性的打击，让奥地利重振雄风，与此同时建立新巴尔干联盟，以巩固奥地利在中欧的霸主地位。我们必须承认，这些对政客来说太有诱惑力了！因此，维也纳政府没有任何迟疑，马上就制订了一个行动方案。”

“首先，要找出证据，证明塞尔维亚是这次谋杀事件的同谋。因此，维也纳当局马上采取行动，不惜一切代价对贝尔格莱德和塞尔维亚王国进行全面调查，并找出有效证据。但至今为止，这个计划可以说是惨败，除了找到了几个塞尔维亚军官的名字，甚至没有找到任何迹象表明塞尔维亚参与了波斯尼亚的反奥地利运动。尽管事情十万火急，但仍然没有找到塞尔维亚政府有罪的证据。最终，他们把讨论的报告秘密地藏了起来，谨慎地不让走漏一点风声。霍斯梅经过多方努力，终于拿到了那份报告。现在就放在这个信封里。”他用手敲了敲放在桌子上的厚信封。在昏暗的灯光下，隐约可以看见上面的红漆印。

梅奈斯特雷尔看着信封沉思了一会儿，然后向雅克投去询问的目光。雅克接着说道：

“奥地利政府又采取了什么措施呢？放任它自由发展。这足以说明，它想达到一个不可告人的秘密。它想给人们造成一个假象，让人们相信塞尔维亚就是同谋的身份。官方报纸不断地在混淆视听，而暗杀事件也很容易拿来做文章。米特尔格和伯赫姆都说，在奥地利人民的心中，储君是神一般的存在。导致现在，所有的奥地利人和匈牙利人都深信，塞尔维亚政府参与了这次谋杀事件的密谋，也许俄国政府也凑了一脚，他们的目的在于阻止奥地利政府对波斯尼亚的合并；所有人都觉得受到了莫大的欺辱，无不希望一雪前耻。这样的效果正是领导阶级所期望的。事实上，自从暗杀发生后，就有某些人千方百计地去煽动民众。”

“某些人？是指哪些人？”梅奈斯特雷尔问。

“就是那些领导阶级。也就是以外交大臣贝尔希托德为首的那些人。”

伯赫姆打断了他说话，然后做了个鬼脸，意味深长地说道：“只有像我们这样非常熟悉他的人，才能明白贝尔希托德这个名字所代表的含义！你考虑下，他是想借助摧毁塞尔维亚的力量，成为奥地利的俾斯麦！之前已经有两次功败垂成的经验了，但这次是一个不可多得的复仇好机会，不可能让它白白地从指缝溜走！”

“但是，贝尔希托德终究不能代表整个奥地利。”里沙德莱反驳道。

他微笑着用尖鼻子对着伯赫姆。从他的声音中，我们可以感觉到，他知识渊博充满自信背后的平静心境。

“唉！”伯赫姆反驳道，“整个奥地利都已经是他的囊中之物了！从参谋部到皇帝……”

里沙德莱不赞同地摇摇头：

“弗朗索瓦·约瑟夫[①]？让人无法相信……他今年多大高龄了？”

“已经八十多岁了。”伯赫姆说。

“一个八十多岁的老头子，经历了多少残酷的战争，难道在他统治的末年还希望发生战争吗？”

“他是个老人没错，但你忽略了他另一个身份——君王，”米特尔格大声说，“作为一个老人，他应该安享晚年；但作为一个君王，他很在意他死的时候头上是否还戴着皇冠！他现在很明显地感觉到他的地位受到了威胁。”

雅克从座位上站起来：

“里沙德莱，你不要忘了奥地利的内部并不稳定……这个国家是由八九个彼此不团结，甚至敌对的民族组成的。中央集权正在日益削弱，总有一天会被瓦解的。像塞尔维亚人、罗马尼亚人、意大利人，都不是自愿加入奥地利帝国的，他们都在磨刀霍霍，等待时机，一举摆脱枷锁！我从那边刚回来，所有的政界人员都觉得只有战争才能避免国家解体！贝尔希托德那帮人是这么认为的，那些将军自然也是这么想的！”

伯赫姆说道：“那个杀千刀的孔拉德·丰·赫岑多夫将军。在他担任参谋长的八年里，一直公开煽动我们跟最凶恶的斯拉夫人的战争！”

里沙德莱听完他们两人说完似乎很不以为然。他双手环抱放在胸前，用一双充满怀疑的目光来回看着说话的两个人。

雅克停止了说话，重新回到座位上，然后看着梅奈斯特雷尔说：

“对奥地利的统治阶级来说，这只是一场预防国家解体的战争。这场战争可以达到防止政党分裂、民族分离的效果；可以让奥地利经济恢复繁荣；可以保证整个巴尔干市场不被斯拉夫人夺走……他们有信心在两三个星期内就打败塞尔维亚，那又有什么风险可言呢？”

“这要实际情况实际分析！”梅奈斯特雷尔插话道。

大家齐刷刷地看向他。他面无表情，茫然地看着阿尔弗蕾达那边。

“等等，我还有话说！”雅克急忙说道。

“我们似乎忘了俄国的存在呢！”里沙德莱打断道，“何况，还有个德国！我们来假设下，仅仅只是假设下，如果奥地利真的跟塞尔维亚打起来了，俄国就有可能干涉。继俄国之后，德国跟法国就有可能紧接着加入。整个联盟系统就会自动运行起来……也就是说，本来只是奥地利与塞尔维亚的战争极有可能会发展成一场大规模的战争。”他微笑看着雅克说，“但是，我的朋友，你想想，我们都知道的情况，德国会想不到？他会冒着发生欧洲大战的危险，任凭奥地利政府为所欲为？我想不会，你仔细考虑一下……这冒的风险太大了，德国不会同意奥地利进行战争的。”

雅克脸上没有一丝笑容，很严肃。

“等等，我还有话说！”他又说了一遍，“这一点正好可以说明

---

①1830——1916年任奥地利及匈牙利国王。

霍斯梅的提醒是有道理的，因为有足够的迹象表明德国已经支持奥地利了。”

梅奈斯特雷尔惊得一抖，死死地盯着雅克。

雅克接着往下说："霍斯梅觉得事态很可能按这样的情况往下发展……在暗杀之后，维也纳紧接着举行的几次会议上，贝尔希托德遭到了两个人的阻挠，一个是匈牙利大臣蒂斯查，这个人审慎小心，反对暴力手段，另一个就是皇帝。对，表面看来弗朗索瓦·约瑟夫一直都在同意与不同意之间徘徊，他只是想先看看威廉二世①是什么态度。但是，凯塞尔去外地视察了，现在正在紧锣密鼓地联系他。不出意外的话，贝尔希托德很可能在七月初与凯塞尔和他的首相见面协商，以期望得到他的支持。”

"这些都是我们假设的，并没有得到证实……"里沙德莱说。

"这是肯定的，"雅克接着说，"但是，维也纳最近五天来发生的事，也恰恰符合了这些假设呢。你们看啊，在上星期一的时候，贝尔希托德身边的人都还显得犹疑不定，无论是皇帝还是贝尔希托德都很明显地害怕德国坚决不同意。突然一夜之间（上星期二是7月7日），似乎一切都变得有些不同了。那一天（是上星期二），召开了一场紧急政府议会，从某种意义上而言，这是一次真正的军事会议。人们仿佛所有的顾虑都没有了……这次议会的具体内容是完全保密的，在开始的两天内谁也没有打听到什么。然而，从昨天傍晚开始，就有各种会议内容被不断传出来。因此，知道的人也就多了。霍斯梅在维也纳有一个非常完备的情报系统，因此他总能第一时间掌握一切最新消息……贝尔希托德在这次会议上的态度与以前截然不同：

①威廉二世（1859——1941），普鲁士国王兼德国皇帝，1918年退位。

就好像德国已经给了他明确的答复，完全支持他远征塞尔维亚似的。他一声不响地把一份作战计划递交给了他的官员。整个作战计划只有蒂斯查提出了反对。之所以说贝尔希托德计划是一个真正的作战计划，是因为蒂斯查曾提议稍微给塞尔维亚一点警告就好，他觉得通过外交手段取得胜利更好。但是遭到了所有人的反对。最后，他只能同意大家的想法……霍斯梅进一步证明了这个消息的正确性。他说当天早上，大臣们还在讨论，是不是应该马上下令动员。最后没有马上实施，是因为他们觉得到最后一刻再暴露自己的目的，更占有主动性。但有一点可以肯定，贝尔希托德和参谋部的作战计划最后是通过了……虽然具体细节无从打听了，但多少还是知道一点。例如，已经秘密下令开始做一些作战准备：已有部队驻扎在奥地利与塞尔维亚的边境上，只要有借口，几小时就可以把贝尔格莱德占领！”他烦躁地挠了挠头，继续说，“最后，用一句参谋长同志——赫岑多夫的话，虽然这句话可能说得有点狂妄，但也充分说明了奥地利统治阶级目前的精神状态。他跟他的好朋友说：‘也许某一天醒来，欧洲就变了个样。’”

11

雅克不说话了，所有人都看着飞行员。

他环抱着双臂，一动也不动地坐着，炯炯有神的眼睛凝视着前方。

过了好久，都没有人说话，大家的脸上都有着同样的焦躁不安。

最后，米特尔格突然打破了沉默：

“真让人无法相信。”

说完屋里又恢复了安静。

紧接着里沙德莱小声说道：

“要是德国真的在幕后支持……”

飞行员犀利的目光朝他扫了过来，但似乎又像穿过他看向别处。飞行员抿着嘴唇，说了一句只有一直看着他的阿尔弗蕾达才能明白的话：

“还太早了！”

她听后不由自主地打了一个冷战，本能地往帕泰尔松身边靠了靠。

英国人赶紧看向少妇。但她已经把头低了下来，避开一切询问的目光。

如果帕泰尔松问她为什么打冷战，她一定不知道怎么解释。很显然，今晚，是她第一次这么真真切切地感受到战争，而且是以一幅血淋淋的画面呈现在她的眼前。不是雅克所说的让她打冷战，而是梅奈斯特雷尔那一句“还太早了”。这是为什么呢？战争对她来说并不陌生。她能理解飞行员的想法：“只有强大的危机才能孕育出革命；在目前看来，欧洲最可能产生危机的就是这场一触即发的战争；但是现在无产阶级准备还不充分，不足以把帝国主义战争转变成革命。”既然无产阶级还没有做好准备，那么这场战争不就是单纯的大屠杀吗？难道正是这一点让她感到恐慌吗？还是飞行员的那句“还太早了”的语气让她激动？这种语气能说明什么呢？她不是一直都知道飞行员的态度吗？（曾经有一次，她很惊讶地告诉他：“你对待战争的态度，就像一个基督徒对待死亡的态度；眼睁睁地看着死亡来临，却忘记了临死前的恐惧……”他听后咧嘴笑了：“小姑娘，对医生来说，阵痛是分娩的必经过程。”）虽然有时她无法认同这样的态度，但她还是很欣赏他这种看透一切的超然。这是一个人经过长期磨炼才能拥有的。而她比谁都清楚，他也有着一般人的弱点；怎么说呢，说是优点更为恰当，因为正是这些缺点，让他更像一个人。她有时候想，从整体来看，这骇人听闻的“非人情化”是可以给人一种高度人性的动力，这样做的目的是更好地为人类服务；更好地促进社会发展，建立美好明天……那她刚刚为什么打冷战呢？她自己也搞不明白……她抬起头，看向帕泰尔松后面的梅奈斯特雷尔，心里对自己说：“再等会儿，他还没有说什么。他马上就会说了，所有的一切都会变得理所当然了！”

“奥地利和德国的军国主义分子都很希望发生战争，这一点毋庸置疑，”米特尔格摇了摇他那乱糟糟的脑袋，接着说，“军国主义里面有很多是日耳曼高层，都是些大工业家、克虏伯家族以及‘东进’的支持者，对，我相信这些人是渴望战争的。但不是所有的资产阶级都同意这么做的！有些人还是害怕死亡！而这些人的实力也是不容小觑的。他们会阻止事情的发展，他们会对政府说：‘一群疯子，快停手，一旦点燃炸药，大家都会死！’”

雅克说：“但是，米特尔格，一旦国家领导者跟军方达成一致，任何人反对都是没有用的。他们是不是真的达成了协议，据霍斯梅的情报显示……”

里沙德莱生生地把雅克的话打断了：“任何人都不怀疑这些情报的真实性。但是，现在也只能说有战争的可能。仅此而已……那么在这种可能下，谁又知道真实情况是怎样呢？真的要发动战争，还仅仅是日耳曼政府的造谣？”

帕泰尔松冷漠地说：“我不认为能打起来。你们忽略了一个国家——古老的英国！它不可能愿意看到三国同盟[①]在欧洲称霸……”他笑着说，“是不是最近它太安静了，以至于你们都把它给忽略了。但它一直在看，在听，在警惕着；一旦有什么触犯它利益的情况出现，它就会马上跳出来！……它虽然古老，但它的实力还是相当强的！它坚持每天练兵，这可是很好的习惯……”

雅克听得有点烦躁，不耐烦地道：

“事实就是这样！无论打还是不打，明天的欧洲都有可能面对比较大的威胁！到那时，我们又应该怎么面对呢？我跟霍斯梅的想法相同。不管面对什么情况，我们都应该尽早做好准备，严守我们的阵地。”

“对，对，我也是这样想的！”米特尔格说道。

雅克本想征求一下梅奈斯特雷尔的想法，但一直无法和他的目光相遇，因此，只好用目光询问下里沙德莱的看法，里沙德莱点了点头道：

“赞成！”

里沙德莱虽然不认为能爆发战争，但他并不否认，这突如其来的威胁已经把整个欧洲都搅得人人自危了；他还是马上看出，国际工人协会应该充分地利用这混乱的场面，联合一切可以联合的力量，促进革命思想的发展。

雅克接着说：

“我把霍斯梅的话跟大家再说一遍。这次可能引发全欧洲战争的事件，给了我们一个新的机遇，让我们有了更精准的新目标。我们的首要任务就是把两年前制定的关于巴尔干战争的起草纲领重新启

①德、奥、意大签订盟约，共同对抗英、法、俄，史称三国同盟。

用，并进一步完善它……第一，我们要想办法，看能不能让维也纳代表大会提前召开。第二，我们要立即在各国掀起运动狂潮！第三，我们要同时在帝国议会、法国议会以及俄国的杜马会议上发表声明，给各国外交部部长施加压力！……同时，利用媒体制造舆论，呼吁人民进行示威！”

“在各国进行罢工！”里沙德莱说。

“……去破坏军事工厂！”米特尔格激动地嚷道，“如同意大利大罢工一样，把火车头炸毁，把铁轨破坏！”

大家像心有灵犀一样，彼此交换了一个眼神，像在说“这个时刻终于到了”。

雅克又朝飞行员看去，一丝冷漠的微笑像探照灯光一样在他的脸上稍纵即逝。雅克觉得飞行员这种态度就是默认同意了他的说法。突然，他就像受到了莫大的鼓舞一样，又激动地说：

“对，罢工，同时进行大罢工！罢工就是我们最有力的武器……霍斯梅之前还在担心，这个问题在维也纳代表大会上会不会还一直停留在理论上。我们必须换一个角度看这个问题，让其从理论走向实践！根据各国的国情，决定各国应该采取什么措施！不要像上次巴尔干代表大会那样，尽做一些无意义的行动！我们最后要达成一个具体的实施方案。这样说，对吗，飞行员？霍斯梅为了想清除障碍，甚至希望在正式召开大会之前，组织这些领导者开一次预备会议。这同时也是为了让各国政府能清楚地知道，无产阶级自此站起来了，要团结一致反对侵略政策了！”

米特尔格有点讽刺地说道：

“哦！那些领导者！你认为他们能采取什么行动呢？他们说罢工

也不是一天两天的事了。你觉得，就凭在维也纳这几天，他们能做出什么有效的决定？”

“现在形势不一样了！”雅克说，“有发生欧洲大战的危险！”

“不要再跟我提你那些领导和那些讲话了！我们要讲群众行动，对，就是群众行动，我的同志！”

“群众行动当然是必需的！”雅克激动地反驳道，“但是，当务之急不是应该先让领导者肯定这个行动吗？你想想，米特尔格，领导的肯定对群众来说是多大的鼓舞啊！……呀！飞行员，我们要是有一份独创的国际性报纸就好了！”

“做白日梦呢！”米特尔格嚷道，“我跟你说，你就别指望你的那些领导者去动员群众了！就拿德国的领导者来说，你认为他们会同意罢工吗？我想不会！他们只会把上次在巴尔干大会上说的那一套再重复一遍：‘由于俄国什么什么的，罢工是不可能的。’”

“这么说的话问题就有点严重了，”里沙德莱指出，“非常严重……从现在分析来看，所有的一切都要取决于德国跟社会民主党的态度了……”

“不管怎么说，两年前，他们就已经表过态了，如果需要的话，他们会站出来反对战争的！要不是有他们的存在，巴尔干事件早已经在全欧洲点燃战火了！”雅克插话道。

“别提什么‘要不是有他们的存在’，”米特尔格嘀咕道，“要是没有群众，他们能做什么……他们只不过跟着群众走走罢了！”

“但是，如果没有领导者，谁来组织群众示威呢？”雅克反驳道。

伯赫姆摇摇头说：

“俄国的无产阶级者还不到两百万，却有千百万的农民。因此，俄国无产阶级还不足以跟政府对抗；但对德国来说，沙皇的军国主义却是真正的威胁；在这种情况下，德国的社会民主党是不可能同意罢工的……米特尔格有句话说得很正确，社会民主党在维也纳代表大会上也只可能像在巴尔代表大会上一样，从理论上赞成罢工而已！”

“哼！别再提你们那什么代表大会了。”米特尔格怒气冲冲地说，“我说，群众行动才是关键，领导者只会跟着走……我们必须把奥地利、德国、法国和其他所有国家的无产阶级者发动起来，让他们去起义，不要光等着领导者们下命令！我们必须组织一切可以组织的力量，在铁路、兵工厂、武器库等地方制造破坏！用这种方法逼迫领导者和工会行动起来！我们要使全欧洲的所有革命组织同时活跃起来！我相信飞行员会同意我的想法！……在奥地利最容易四处制造混乱了！是不是这样，伯赫姆？我们还要把所有的民族密谋集团也发动起来。例如，波兰人、捷克人、匈牙利人以及罗马尼亚人！……所有的地方都这样行动起来！……我们可以在意大利掀起新一轮的罢工，也就可以在俄国掀起罢工……要是所有的群众都行动起来了，领导者们能不前进吗？”他向梅奈斯特雷尔问道，“对吧，飞行员？”

梅奈斯特雷尔听见有人喊他，把头抬了起来。用犀利的眼神看了看米特尔格，又看了看雅克，最后茫然地看着坐在床上的阿尔弗蕾达。

“喂！飞行员，”雅克大声喊道，“如果我们这次行动成功了，我们的力量将会得到质的提升。”

“那是肯定的！”梅奈斯特雷尔说。

嘴角闪过一丝稍纵即逝的嘲讽，只被一直注意着他的阿尔弗蕾达看见了。

根据霍斯梅所说的事实，再结合德国可能支持奥地利的种种迹象来看，梅奈斯特雷尔不难想象："战事将近了！至少有百分之七十以上的可能性……但我们现在还没有准备好……欧洲的任何一个国家都没有夺取政权的希望，那应该怎么办呢？……"他立刻打定主意："至于要采取哪种策略，毋庸置疑就是充分发挥群众的和平主义精神。到目前为止，这种策略是我们控制群众的最佳策略。对付战争最有效的方法就是以牙还牙！如果爆发了战争，我们必须让所有的士兵在出征的时候坚信战争是资本主义挑起的，危害到了无产阶级的意志和利益；是资本家为了达到某种不可告人的秘密，才把他们卷入了这残酷的战争。不管结果如何，我们都不会一无所获……最佳战斗策略，就是借助帝国主义的力量去毁灭帝国主义！这也是暴露我们官员的最佳时机，逼迫他们完全加入战争中，从而让他们在政府眼里的名誉一败涂地……好好干吧，兄弟们！把和平主义的号角吹起来吧！……你们所盼望的不正是这些吗？这些就够你们忙活的了。"他在心里偷笑着，他之前就已经想过和平主义者和倾向社会党的人的各种强强联合；官方讲坛上男高音颤抖的假嗓子似乎已经在他的耳边响起了……"关于我们，"他接着想，"关于我自己……"他没有继续再想，也不愿意再想了。

他轻声嘀咕道：

"这要视情况而定。"

他和阿尔弗蕾达那执着的目光相遇时，发觉大家都在看着他不说话，似乎还在等着他说些什么。他茫然地又重复了一遍：

"这要视情况而定。"

接着，他有点神经质地把腿放到了椅子下面，小声咳嗽着：

“我说完了，没有什么别的要说了……我跟你们大家的想法一样，包括跟霍斯梅、蒂博以及米特尔格……”

他擦了擦脑门上的冷汗，突然站了起来。

他在这摆满椅子的低矮房间里显得非常高大。他随意地在桌子、床和众人的腿脚之间来回走了几步。他把在场的所有人都扫视了一遍，似乎并不是看某一个人。

他安静地踱了一会儿步，然后停了下来。他的思绪仿佛从遥远的地方收了回来。大家都以为他要重新回来坐下，然后继续阐述行动计划，继续投入那种激动、却又有点晦涩难懂的即兴演讲中去，大家都已经习惯了他的这种说话方式。结果他只是又嘀咕了一句：

“这要视情况而定……”他面带微笑地看着地面，接着快速地说道，“距离目标又近了一步。”

他绕过桌子，来到窗前，猛地把两扇百叶窗推开，窗外一片漆黑。他稍微转过头，朝后面的阿尔弗蕾达说道：

“能给我们弄点清凉的饮料喝吗，小姑娘？”

阿尔弗蕾达什么都没说，就走进了厨房里。

房间里的气氛似乎有点尴尬。

坐在床上的帕泰尔松和里沙德莱正轻声讨论着。

两个奥地利人正站在房间中央的吊灯底下用德语讨论着。伯赫姆从口袋里拿出一根半截的雪茄，点燃了。他那殷红湿润的下嘴唇很显眼，为那张平淡无奇的脸增添了一丝和善的色彩，却又有一点与众不同，带有一点庸俗的肉感。

梅奈斯特雷尔双手撑着桌子，站在灯下，把霍斯梅的信又来回看了一遍。灯光照亮了他的脸，短短的胡须在灯光下显得越发黑亮，皮肤显得分外白皙；眉头轻轻皱了起来，眼睛几乎全被眼皮盖住了。

雅克轻轻推了下他的胳膊：

“控制局势的时刻终于到了，似乎比您预计要早哦，飞行员！”

梅奈斯特雷尔点了点头，看也不看雅克，继续摆着一副冷漠的表情，用毫无起伏的声调说：

“那是肯定的。”

他又不说话了，接着看他的信。

突然，雅克的脑海里闪过一个无法接受的想法：从今晚飞行员的神情以及对他的态度来看，他觉得有某种东西似乎跟想象的不一样。

由于伯赫姆要赶明早的火车，所以提出先走。

大家都相继告辞，似乎都觉得松了一口气。

梅奈斯特雷尔把他们送到了楼下，并帮他们打开了楼门。

12

阿尔弗蕾达靠在栏杆上，直到听不见说话的声音才回到屋里。她本想收拾收拾，但奈何心情很沉重……她跑到黑不啦唧的厨房里，手撑在窗台上，瞪着一双大眼，静静地看着窗外的黑夜。

“你在想什么呢，小姑娘？”

梅奈斯特雷尔用那粗糙、温暖的手拍了拍她的肩膀。她打了个冷战，突然，像孩子般脆弱，轻声问道：

“真的要开战了吗？”

她看到他笑了，觉得应该是真的要发生战争了。

“但是我们……”

“我们吗？我们还未做好准备呢！”

“还未做好准备？”她没有听明白，一整晚她都在想如何阻止战争，“你真觉得没有任何办法能阻止……”

他插话道：

“对，肯定是没有的！”大家都认为现在只有无产阶级能阻止这场战争的爆发，他觉得这种想法是毫无根据的。

她能想象出他隐藏在黑暗中的微笑和冒着光的双眼。一想到这，她不由自主地又打了一个冷战。两人相对无言，静静地站了会儿。

“但是，帕特也说过，如果我们真的无力招架，说不定那古老英国……”

“英国所能做的也只不过是拖延时间罢了，说不定连这点都做不到呢！”

不知道飞行员是不是觉察到了她身上这不同寻常的抵触情绪，说得更大声了：

“可是这并不是问题的所在！我们首要的并不是阻止战争！”

她稍微有了点精神：

“那你怎么没有告诉他们？”

“那是由于到目前为止，这与任何人都没有关系！而今天是从实际出发，也应该这样做！”

她不说话了。今晚她觉得深深地被他伤害了，以前从来没有过这种情况。她不由自主地对他起了反抗之心。她记得他们刚在一起的时候，有一天，他耸耸肩膀，摇着头说：“爱情对我们这些人来说是无关紧要的！”

“对他来说，什么才是重要的呢？”她心想，“应该是除了革命，其他都不重要了吧。”她破天荒地第一次认真思考，“他的眼里除了革命别无他物。包括我以及我作为一个女人该有的生活！……或许他连自己本身都不在乎的吧。他觉得自己不是一个人而只是一个东西。”她第一次没有觉得他比一般人优越，而是想“完全就不是个人……”

梅奈斯特雷尔讽刺地继续说：

“用战争来阻止战争，小姑娘！让他们去折腾吧！是要游行示威，还是要发生暴动，又或者要罢工，他们想怎么做就怎么做！一路引歌高唱，摇旗呐喊着前进！要是有能耐，让他们去把耶利索的城墙给推倒吧[①]！”

他突然转身走开，从牙缝里挤出几个字：

“但是，这个城墙不是他们吹吹喇叭就能吹倒的，小姑娘，这得用炸弹才能炸开。”

他一瘸一拐地走回了房间，脸上闪过一丝笑容。虽然很短暂，但这样的笑容还是让她的心变得拔凉拔凉的。

她呆呆地站在窗前，久久没有动，茫然地看着黑夜。

了无人烟的码头，只有河水在轻轻地拍打着河岸。两岸的房屋连最后的几盏灯光也慢慢熄灭了。

她站着不动。“在想什么吗？”——“什么都没有想。”她应该这样回答。她的眼睛里充满了泪水，模糊了她的双眼。

13

司机开着车穿过军人养老院广场，无声地行驶在大学路上。这是个酷暑难耐的星期天下午，街上空无一人，强烈的阳光烤得整个大地都显得昏昏欲睡，街上只有车轮跟路面摩擦的声音。在这个万籁俱寂的街上，十字路口微弱的喇叭声，都显得那么刺耳。

汽车行驶在巴克路上，安娜·德·巴坦库将蜷缩在座位上睡觉的金黄色哈巴狗抱到腿上，然后用太阳伞戳了戳漠然坐在前座的司机。司机是个黑白混血儿，今天穿了身白色的防尘外衣。

“约[①]，就在这停吧，我想下去走走。”

车子靠边停了下来，约下车打开了车门。一双比天上星星还要亮的眼睛，正在帽舌下骨碌骨碌地转。

安娜有点拿不定主意了。在这了无人烟的街上，等下她能找到出租车吗？在他父亲去世之后，昂图瓦纳就不顾她的劝告，搬到这树林边来住了！……她怀里抱着那只狗，步履轻松地跳下了车。最终还是想要自由的愿望战胜了一切：

“约，今晚你不需要跟着我了……你自己先回家吧……”

地面热得有点烫脚，连树荫处都这样。空中没有一丁点风。屋顶上面蒙上了一层薄薄的水汽，挡住了天空。强烈的阳光照得安娜连眼睛都睁不开，她沿着静悄悄的街道向前走去，身后跟着无精打采的哈巴狗费罗。街上连个鬼影都没有。平常星期天天气好的时候，在街上总能看见几个扎着羊角辫瘦瘦的小女孩，她们孤独地待在囚禁她们的牢笼里跳跳蹦蹦。安娜突然有一种想收养她们一段时间的念头，想带她们去吃多维尔塞的奶油蛋糕，想让她们呼吸下新鲜空气。而今天却一个都没有看见。门卫像看门狗一样，白天在屋里睡觉，只有到了傍晚天气凉了，才拿把椅子坐在门口乘凉。巴黎一周狂欢

①据《圣经》记载，叙利亚城市耶利索的城墙在喇叭声中倒塌了。

刚结束，大家都很累，所以趁星期天大家都在家休息。

从很远的地方就能看见蒂博家的那幢楼。楼的正面正搭着脚手架在刷石灰，由于还没有完工，显得有点斑斑驳驳，等刷完了才能焕然一新。栅栏上贴满了各种各样的广告招牌，把一楼的光线都挡住了，使人行道也显得更窄了。

安娜提起裙边，带着小狗，穿梭在入口处的一堆沙袋、厚木板和石灰渣中间。楼道里弥漫着一股阴暗潮湿的气味，中间还夹杂着一些新炼石膏的湿气，就像吸满水的海绵贴在身上一样，很不舒服。费罗停了下来，用它那黑色的小鼻子不停地嗅着这股奇怪的气味。安娜好笑地把它抱了起来，拥在胸前。远远地看去就像抱着一个球。

穿过前厅的玻璃门，就能看见里面已经装修好的样子。红色的地毯从入口处一直铺到电梯前。安娜上次来的时候都还没有。

她乘电梯来到了三楼，虽然知道昂图瓦纳不在家，但还是习惯性地在按门铃之前补一下妆。

按了很久的门铃，门才不情愿地被打开了。开门的是莱翁，好半天他才从门后走了出来，他只穿了一件条纹背心，胡子刮得干干净净的脸上覆盖了一层绒毛，面无表情。这副形象让人觉得又呆又狡猾——他几乎是条件反射般地弯着眉毛、撇着嘴、耷拉着眼皮、下垂着鼻子，审视着安娜。他迅速地看了一眼她带花的帽子以及淡紫色的装束，像全身扫描一样，一点都不放过，然后才退到一边，让她进来。

“今天大夫不在家……”

“我知道。”她一边说，一边把抱在怀里的小狗放在地板上。

---

①约瑟夫的昵称。

“他应该在楼下跟那些先生在一起……”

安娜咬着嘴唇不说话。在星期二昂图瓦纳送她上贝尔克的火车时，告诉她，这个星期天下午他要去巴黎出诊，整个下午都不在家。自他们交往的这半年多以来，她经常像这样时不时地发现一些他的小秘密。这些小秘密在他周围筑建了一条无法逾越的鸿沟。

“不用麻烦了，”她一边说，一边把太阳伞递了过去。“我留个字条，等他回来你交给他就好了。”

她穿过仆人，径直走向那个铺满褐色割绒毯的房间。现在蒂博先生的所有房间都铺上这种割绒毯。哈巴狗停在了昂图瓦纳的书房前。安娜先进去，然后把狗抱了进去，把门关上了。

房间里窗户紧闭，拉着窗帘。新地毯和新刷的油漆散发着一股味道，中间夹杂着一股画的油墨味。她快速走到书桌前，双手扶着椅背，目光严厉地站在那里扫视着整个房间，面孔因扭曲变得很难看，眼睛贪婪地看着房间里的一切，企图找出一点蛛丝马迹，让她了解一下她不在的时候，昂图瓦纳所过的生活。

然而，这奢华的大房间空洞而冷清。昂图瓦纳除了看病以外从来不使用这儿。半边墙壁都摆满了书柜，可以想象在这蒙着中国绸缎的玻璃后面，有很多书架是空的。屋子的中间放着一张很气派的书桌，桌面是一块没有锡边的玻璃做成的。这张书桌几乎没有人用过，桌面只放着一排摩洛哥皮的文具，包括文件夹、带吸墨纸的垫板以及吸墨水的文具，每个东西上面都刻有花体缩写签名。桌子上没有任何文件和信，唯一的一本电话簿放在上面。一个像装饰品的塑料听诊器靠着水晶空墨水瓶放着，房间里也就这个东西稍微跟主人的职业有关。但是，这个东西貌似还不是昂图瓦纳用来看病的家伙，而是不知道谁为了好看摆在这的。

费罗进门后就四脚朝天地躺在地板上了，金黄色长毛与地毯融合在了一起。安娜用充满爱怜的目光看了它一眼，然后在椅背上坐了下来。昂图瓦纳每个星期至少有三天要坐在这张椅子上为大家看病。她把自己想象成是他，这让她感受到了少许安慰，自己在他的生活中所占的位置很少，这也算是个小小的报复吧。

她从文件夹中抽出一本昂图瓦纳平时用来写处方的本子。然后从随身带着的包里拿出一支笔，写道：

“亲爱的，我已经有五天没有看见你了，这是我最大的极限了。我乘今天早上的第一班火车过来的。现在是四点，我先到我们的家，等你下班回来。记得早点回来哦。

安。”

我把晚上要吃的东西顺便带回去，省得到时候再出门吃饭。”

她从抽屉里拿出一个信封，并摁了摁铃。

进来的是莱翁，他已经穿上了仆人的制服。他摸了摸躺在地上的小狗，然后走到安娜身边。

她正晃悠着腿坐在椅子背上，舔着信封边上的胶。她嘴巴很大，舌头虽然厚，但很灵活。房间里到处充满了她身上的香水味。看见仆人眼里闪过一丝光，她什么都没有说，只是笑了笑。

“好啦，给你，”她把信往桌上一扔，手腕上的手链发出了清脆的响声，“他一回来，马上把信给他。”

私底下，她有时非常自然地以你来称呼莱翁，莱翁也不觉得有什么不妥的地方。他们之间达成了一种默契。有时她来等昂图瓦纳下班一起吃晚饭的时候，就很喜欢跟莱翁聊天；她跟他在一起感觉很轻松，就像呼吸到家乡的空气一样。但他从来不逾越。跟他聊天的时候，他都用第三人称称呼她[①]；给他小费时，他都会眨眨眼睛表示感谢，心里并没有什么阶级仇恨。

她拉了拉腿上的丝袜，然后从椅子上跳了下来：

“好啦，我要回去啦。把我的太阳伞拿来吧。”

要想搭出租车，最好的办法就是往前走，穿过教皇路到大街上去。街上依旧还是空荡荡的。她与一个年轻人擦肩而过，他们相互看了一眼，就各自走开了，似乎谁也没有想起他们曾经见过。也不怪他们认不出对方。雅克跟四年前完全不一样：无论从哪方面来看，这个又矮又壮、满面愁容的年轻人都无法与四年前那个在都兰参加她婚礼的少年重合。虽然他在婚礼上因为好奇观察过新娘，但谁又能从这浓妆艳抹的脸上认出她就是他朋友西蒙所娶的那个寡妇呢——况且还被伞遮住了半边脸。

“去瓦格拉姆林荫路。”安娜对司机说道。

他们就住在瓦格拉姆林荫路的一套带家具的单身公寓里，这是昂图瓦纳在他们开始交往的时候租下来的。公寓坐落于林荫路和一条死胡同的交叉口上，入口很隐秘，可以避开门卫的眼睛。

安娜住在树林旁边的斯蓬提尼路的小旅馆里，昂图瓦纳从来不肯跟她一起住。她自己一个人十分自由地在那边住了好几个月（昂图瓦纳曾给她提过一个建议，在给盖特打上石膏之后带她住在海边。因此安娜决定跟丈夫在贝尔克租一座房子，一直住到治好孩子的病。为了这个决定，他们花了很大的代价，但安娜并没有坚持多久。西

①在法国，仆人都以第三人称尊敬地称男女主人为“先生”“夫人”；用第二人称，即使用“您”也不太尊敬。但现在似乎没有这么严格了。

蒙对巴黎并没有什么好感，所以事实上只有他跟他的养女和那个英国女家庭教师待在那边。他喜欢拍照，有时会画点画，搞搞音乐。漫漫长夜，他有时会想起他当神学生时候的生活，会读几本新教的书籍。安娜每个月在贝尔克最多只会待五六天，她总会找各种借口往巴黎跑。母爱这东西就从没过多地在她身上体现过。以前，她天天看见这个十三四岁的大姑娘在她面前晃悠，就觉得堵得慌。如今，她看见被玛丽小姐推到沙滩上晒太阳的轮椅，就在厌恶中又加了一丝低人一等的感觉。有时候，她甚至想收养几个患萎黄病的小姑娘，可她却对自己的孩子不闻不问。一到巴黎，她就把盖特和西蒙抛之脑后了）。

在安娜想起要买晚上吃的东西的时候，汽车都快开到瓦格拉姆林荫路了。商店差不多都已经关门了。泰尔纳路有一家食品店，星期天也不关门。于是，她让司机把车开到了那里，然后付了钱下车。

买东西似乎很有意思！她抱着哈巴狗，穿梭在各种卖吃的摊位前。她先为昂图瓦纳挑选了一些喜欢吃的东西：一块黑荞麦面包，一罐咸黄油、一块熏鹅胸肉以及一篮子草莓。然后又为费罗挑了一罐奶油干奶酪。

“再来一个这个。”她指向一钵很普通的猪肝泥。她很喜欢吃这个。除了偶尔在外地旅行吃不到以外，她是经常吃这个的。她还在当店员的时候，经常将几块殷红、肥得滴油的猪肝泥和一些丁香、肉豆蔻拌在一起，然后抹在一片新鲜面包上，她非常喜欢这样吃……她曾经在歌剧院林荫道上当过店员，那时候她经常一个人独自坐在杜伊勒里宫前的长凳上啃着冰冷的午餐，和鸽子、麻雀为伍。吃得口渴了也没有饮料可以喝，最奢侈的时候也就是在人行道旁买一把甜樱桃。等到快要上班的时候，她会到圣罗什路咖啡酒吧里，靠着柜台喝上一小杯带甜味的黑啤酒，这酒有点烧喉咙而且还带着一股白铁皮和蜡味。

她呆呆地看着伙计在柜台前捆扎、算账。

即使那时候她还是独自一个人，但她总有一种预感，机会一定会来的。在机会来临之前，要做好一切准备：不乱嚼舌根、跟人保持距离、没有不良嗜好。时刻为突如其来的机遇准备着。以前在杜伊勒里有个经常背着篓子、摇着铃铛、卖烧饼和可卡因[①]的算命女人，曾经给她算过一卦，说她以后会变成左皮约太太，大老板的妻子！……现在真的应验了。虽然时隔多年，但现在想起来依然很清晰……

“好了，太太。”伙计把一袋包好的食品递给她。

安娜感觉到了这个伙计在看她的胸。她似乎很享受男人的追求。那个伙计还只是一个孩子，脸上有一层细细的绒毛，嘴唇很厚，而且裂开了，很难看。安娜用手指钩起袋子，抬起头朝伙计抛了一个媚眼，算作感谢吧。

买的食物并不多，拿着也不是很重。现在刚到五点，她有的是时间慢慢走回去。于是她把小狗放到地上，慢慢往家走去。

“费罗，我们要出发啦，加油啊……”

她骄傲地昂着头，大步往前走，柔软的胸脯随着她的走动有节奏地晃动着。每当她想起自己的生涯，便不由自主地感到得意。她觉得是她的意志改变了她的命运，她之所以会成功，全凭自己的努力。

当过了一段时间，她以一个旁观者的身份，回想自己是怎么一

①一种毒品，白色粉末状。

步一步走过来的时候，她感到很惊讶。她为自己的坚韧不拔感到骄傲，她好像有一种想摆脱底层社会的本能，从很小的时候就知道不断努力，就像一个人掉到河里，出于本能地要浮到水面上来。正是为了有一天能够出人头地，她才会在漫长的青年时期待在哥哥和当水管工人的父亲身边，小心翼翼地洁身自好。每当星期天的时候，父亲就会在巴黎旧城墙遗址那儿踢球，安娜就会跟哥哥以及几个朋友去万赛纳树林里散步。有一天晚上，她和哥哥的一个电工朋友散步回来，到楼下的时候，那个年轻的小伙子想吻她。那时候她已经十七岁了，而且她也蛮喜欢他的，但她还是扇了他一耳光，然后独自跑回家了。从此以后，无论哥哥怎么叫，她再也没有跟他一起出去玩了。星期天她就独自待在家里做缝纫。她对服装很感兴趣。邻近的一个服装店老板娘跟母亲很熟，就让她去当店员。但是这个服装店很寒酸，只有穷人才来这里买衣服……幸亏那时候“二十世纪百货商店”要在万赛纳的教堂广场开一个分店，正在招聘售货员，她就去应聘了，结果就被录取了。她成天摆弄着一匹一匹的天鹅绒和塔夫绸，来来往往的人总是有意无意地要蹭她一下。对于店员和领班的垂涎，她只能一笑而过。下班之后就乖乖地回家做饭，就这样过了两年。总的来说，这段回忆还是美好的。父亲死了之后，她就离开了家，来到巴黎市中心。在歌剧院林荫路的总店找到了一个合适的职位。那时这个总店还是归年老的古皮约管。从此以后，她就一直谨慎行事，直到结婚……到现在为止，“谨慎行事”依然是她的座右铭……她第一眼就看中了昂图瓦纳，然后慢慢地清除他的抵触，耐心地收服他。但是他一点都没有起疑，因为她十分聪明，很会利用男性自负的本性，让他们产生是自己主动的错觉。但是她的手段太高明了，她绝不会去明目张胆地运用手段来满足自己的虚荣心，而喜欢暗地里使用一些表面看起来无伤大雅的手段来达到自己的目的……

她就这样一路思考着走回了单身公寓。她走得出了一身汗。锁上门之后，房间里很安静、很凉快，她觉得非常舒适。她在房间的中央，就急忙把衣服脱了，跑进了盥洗间沐浴。

一丝不挂地站在镜子和磨砂玻璃之间，她觉得很好玩，镜子的反光让她的肌肤看起来更加有光泽。她侧着站在喷头下面，手掌不经意地臀部和胸脯之间来回移动。浴盆的水还没有放满，她就迫不及待地跨了进去。水温刚好，她舒服地躺了下去。

她看着挂在前面墙上的那条带蓝色条纹的白色浴巾，不自觉地笑了起来：有天晚上，昂图瓦纳正是围着它在笨拙地做晚饭。突然，她想起那天晚上他们之间发生的事：她问昂图瓦纳以前的生活以及他同拉雪尔的关系。他半高兴半恼怒地说："行……我把我的过去都告诉你，绝不隐瞒！"

其实，她几乎不跟他谈论自己。在他们刚开始来往的某天晚上，昂图瓦纳俯视着她眼睛说："……你的目光很有诱惑力，让人无法抗拒！"没有什么比这更让她高兴的了。这句话她永远都不会忘记。为了能让自己保持这种魅力，她对自己的过去只字不提。也许会聪明反被聪明误吧！谁知道昂图瓦纳有没有兴趣去挖掘她的过去呢，如果发现这个具有无限魅力的女人曾经是个女店员，会不会不高兴呢？她要好好地计划计划。知道症结点，才好对症下药。她用不着杜撰或说谎，她过去的生活经历很丰富，整理整理就可以找到想要的东西，只要稍微回忆下少女时代的生活以及那段作为多愁善感的女店员的日子……

只要一想起昂图瓦纳这个名字，她就禁不住开始思念。她爱他最真实的一面，包括他的自信和力量——虽然这种力量他已经意识到了……她爱他狂热，尽管有点儿粗暴，缺乏温柔……还有不到一小时的时间，他就来了……

她伸直腿，闭着眼睛躺在浴盆里。身上的疲劳像灰尘一样在水里消失于无形。全身被泡得酥软，舒服得不想动。偌大的房间里静悄悄的，没有其他的声音，只有偶尔传来的几声呼噜声，是小狗躺在地上睡着了。溜冰鞋与柏油地面发出的摩擦声远远地传了过来，还有时不时从水龙头滴落的水滴声。

14

雅克站在大学路的拐角处，远远地看了一下他家的老房子。屋顶上正搭着脚手架，已经面目全飞了。他心里想："昂图瓦纳真的筹备了很多不同的工程啊……"

自父亲死后，他来巴黎住过几次，但一直都没有来老家这一带看过，甚至没有把他的行踪告诉过哥哥。冬天的时候，他哥哥给他写过好几封言辞恳切的信，但他都以热情简短的明信片作为回信。甚至连那封财产继承的长信，他都没有破例。他只回了五行字，明确地表达了他不接受那份遗产，顺便告诉哥哥以后不要再跟他谈论"这类问题"了。

他是这个星期二来法国的。（梅奈斯特雷尔在开完会的第二天，就跑来跟他说："我需要你去巴黎待几天。目前我还说不好要你去干什么，你先去那边看看形势的发展；多注意法国左派的动向，尤其是《人道报》上说的若莱斯那一伙人……如果到星期一我还没有给你新指令，而且你也觉得没有再待在那边的必要了，那你就可以回来了。”）来法国好几天了，他都没有来看昂图瓦纳，与其说他忙没有时间，还不如说他没有勇气。但是，现在局势更严峻了，因此他决定来看看哥哥再回去。

他抬头看了看三楼一字排开的窗户，上面都挂着新买的窗帘。他想找到他小时候住的那间房的窗户……他应该有时间上去看一下的。他犹豫了一会儿，最终还是迈开脚步向对面的大门走去。

这里的变化很大，他几乎什么都不认识了。昔日贴满灰色百合花壁纸的墙壁，现今已经变成了人造大理石的了。回旋楼梯的栏杆也被改成了锻铁的。窗户也重新安装了，是那种宽敞的落地玻璃窗。如果硬要找出一种没有变的，那就是电梯。依然还是那种一按就会发出声响的老式电梯。站在里面总能听见链条的摩擦声和发动机的咕噜声。雅克每次听到这声音，都觉得揪心。好像又回到了小时候被打的时刻：每次他逃跑被逮回来……当哥哥把他推进这电梯时，他才真正感到被逮住了，无法改变了……他父亲，以前在教养院工作……现在加入了日内瓦的国际工人协会……可能战争就要发生了……

“你好，莱翁。变得都快不认识了！我哥哥呢？”

莱翁惊讶得都说不出话来了，一动不动地看着这个已经很久没有回来的人。他终于反应过来说：

“大夫吗？不在……但要是雅克先生问，那就另当别论了。他正在楼下办公室开会……你往下走到二楼，就能看见了……门是开着的，你直接进去就可以了。”

走到二楼的楼梯口，雅克就看见一块铜牌上写着：

“昂图瓦纳·奥斯卡·蒂博实验室”。

“把整幢楼都占用了吗？……”他想着，“怎么在姓上还加了奥斯卡……”

雅克拧开门走了进去。正对着前厅的是三扇一模一样的门。其中一扇后面有说话的声音传了出来。昂图瓦纳在星期天还要给人看病吗？雅克面带疑惑地往前走了几步。

“……根据生物统计学和在学生中进行的调查……”

说话的似乎并不是昂图瓦纳。突然，哥哥的声音就响了起来：

“首先，我们要把实验结果汇总并加以分类……这样，不管过多长时间，无论是谁都可以方便快捷地从这里找到……”

对，这正是昂图瓦纳说话的风格。直截了当，从不拖泥带水，说话的尾音似乎又带了点揶揄的味道……

“说话的语气都快跟父亲一样了。”雅克心里想。

他站在门边看着铺满地毯的地板，犹豫了好一会儿，有点想直接掉头离开的冲动。但莱翁已经看见过他了……何况，都走到这里了……他鼓起勇气，走到门口，就像大人打断孩子玩游戏那样，毫不犹豫地敲了敲门。

昂图瓦纳说话被打断了，有点生气地站起来把门打开一条缝：“什么事？不是说了不要来打扰我吗？是你！”他顿时高兴地叫道。

雅克也开心地笑了起来，一种手足亲情的感觉顿时涌上心头。每次回来，只要一看见哥哥那张精力旺盛的脸，那个方方正正的额头以及嘴巴，这种感情便不由自主地涌现了出来……

“不要站在门口，快进来啊！”昂图瓦纳目不转睛地盯着弟弟。

雅克回来了，而且就站在那里。一头深褐色的头发，炯炯有神的眼睛，脸上的笑容不禁让人想起了他小时候的模样……

里面的大桌子前坐着三个穿白大褂的男人。衣服的扣子都被解开了，也没有系领带，但还是满头大汗。桌子上放着玻璃杯、柠檬以及一桶冰，旁边是摊开的纸和图表。

“这是我弟弟，”昂图瓦纳很开心地跟大家介绍，又指着刚站起来的三个人对雅克介绍道：“伊萨克·斯蒂德莱尔……勒内·茹斯兰……马尼埃尔·罗瓦……”

“我是不是打搅你们谈正事了？”雅克尴尬地说。

“对！”昂图瓦纳看着同志，愉快地说，“很明显，你打断了我们的讨论，真是个鲁莽的家伙……不过来得正好，真是太让人意外了……你先坐会儿。”

雅克不吭声了，安静地观察着宽敞的房间。房间的四周都摆放着书架，书架子上摆满了带有编号的崭新的纸盒。

“看见什么让你这么惊讶啊？”昂图瓦纳看见弟弟的表情，扑哧一声乐了，“很明显，你现在站的地方是档案室……要喝点什么吗？威士忌？不喝？……那让罗瓦给你榨一杯柠檬汁吧。”他对三个人中最年轻的那一个说道。那个年轻人是巴黎的一个大学生，看起来就很聪明的样子，眼神非常狡黠，平时应该是爱好学习的好学生。

在罗瓦榨柠檬汁的时候，昂图瓦纳对斯蒂德莱尔说道：

“老伙计，今天我们就讨论到这吧，剩下的我们下星期天再继续……”

斯蒂德莱尔看起来比较年长，貌似比昂图瓦纳还要老。他长得人如其名。留着埃米尔式的小胡子、长着一双像东方占星家似的眼睛。

雅克觉得他有点眼熟，以前他们兄弟住一起的时候，应该见过他。

“茹斯兰过会儿把这些资料整理一下……”昂图瓦纳接着说，“不管怎样，在我们医院八月一日放假之前，我们都没有办法持续地工作……”

雅克安静地听着。八月……放假……不知道是不是他脸上的惊讶之色表现得太过明显，昂图瓦纳看着他解释道：

“是这样的，鉴于目前的情况，我们四个决定假期继续研究……”

“我懂。”雅克认真地表示赞成。

“你看，咱家的房子三个星期之前才装修好，也不可能马上让新部门运转起来。而且还有医院的事要处理，平时还要给病人看病，我根本抽不出时间来做这些研究。但接下来我们有两个月的假期，在重新开始工作之前，我们都可以专心做我们的研究。”

雅克错愕地看着他。能说这话的人，显然还没有意识到，在世界的某个角落正发生着一些事，这些事很可能会改变他平静的生活和对未来的信心。

“这让你很吃惊吗？”昂图瓦纳接着说，“这是因为你对我们的事根本不了解。我们可是很有理想抱负的哦！对吧，斯蒂德莱尔？……这些以后我再慢慢跟你说。晚上跟我一起吃饭，好吗？赶紧把柠檬汁喝掉。我先带你在我们装修过的新房子里转一转……然后我们上楼好好聊聊。”

“他还是以前的老样子，喜欢组织、领导一些活动……”雅克一边心里想着，一边乖乖地把柠檬汁喝完，然后放下杯子站了起来。昂图瓦纳已经走到门口等着了。

“我们到楼下的实验室看看。”他说。

一直到蒂博先生去世，昂图瓦纳都还是一个年轻有为的医生，过着普通的生活。他是一步一步通过考试当上办公室主任的，现在只等着医院颁发聘书了。有时候他也会私底下给人看看病。

父亲死后，留下了一笔不菲的遗产。这笔突如其来的财产让他拥有了意想不到的力量。他不是会白白浪费好机会的人。

他生活上没有什么负担，也没有乱花钱的坏习惯。唯一的爱好就是工作，唯一的理想就是成为一名优秀的医生。在他的眼里，现在的医院和病人都是他走向成功的垫脚石。他最注重研究的是儿童病理学。所以，自他拿到遗产的那一天起，他原本就很旺盛的热情就暴涨了十倍之多。在他的心里只有一个念头，那就是用他的财产来让他的事业更上一层楼。

他很快制订了他的工作计划。首先要建立一个完善的工作系统，保证物质充足便捷，比如实验室、图书馆以及助手。只要有钱，一切都好办了。甚至可以找到几个年轻有为、但并不富裕的医生，死心塌地地为他工作。他只要给他们够多的钱，就可以利用他们的能力来促进自己的研究，同时可以开展一些新的研究……他马上就想到了斯蒂德莱尔，他是埃凯医生的朋友兼校友，江湖人称“哈里发”。这个人思维缜密，为人正直，能吃苦耐劳，而且踏实肯干。之后他又选中了两个年轻点的医生：一个是马尼埃尔·罗瓦，在他的那个医院实习了好几年；另一个是勒内·茹斯兰，是个化学家，他对血清有着深入的研究。

不出几个月的时间，父亲的老房子就发生了大变样，这都是那些敢作敢为的建筑师的功劳啊。底楼跟二楼之间修了一条楼梯，被改装成了现代化实验室，里面摆着各种各样的现代化实验装置，面面俱到。施工一遇到阻碍，昂图瓦纳便毫不犹豫地从口袋里掏出支票簿 :“大概需要多少钱？”只要能完成计划，他不惜花费一切人力物力。他的公证人和经纪人，看到他这么挥霍父辈们苦心经营才留下来的财产，都觉得惶恐不安。但他依然我行我素，继续托关系把一大批证券都卖掉了，还嘲笑经纪人太胆小。然而，他也有自己的理财计划。他准备把大笔的花销除去，将剩下的钱投资到国外。根据他的外交官朋友吕梅尔的建议，他准备重点投资俄国矿业部门。他希望拿这所剩不多的钱去投资，去把花掉的钱挣回来。他的目标是挣得不能比蒂博先生留下的少，当年蒂博先生只买了一些无风险但利润小的证券，在保持本金不变的基础上，获取小额收益。

花了半个多钟头，才把底层逛完。昂图瓦纳没有放过任何一个小角落，甚至连几个旧地窖都拉着弟弟去参观参观。现在那些地窖已经被改建成一个宽敞的地下室了，墙壁刚用白石灰刷过。这几天茹斯兰在这里养了一群老鼠、豚鼠，旁边还有一大缸青蛙。这些动物都带着一丝气味。昂图瓦纳显得很得意，发出了爽朗的笑声。这笑声似乎憋在他心里很久了，今天终于被全部释放出来了。“真像个有钱人家的小孩子，到处炫耀他的玩具。”雅克心里想。

二楼有一间小手术室、三间办公室，还有档案室跟图书馆。

“等这些都准备妥当了，就可以开始研究工作了。”昂图瓦纳在他们往三楼走的过程中，认真地解释道，语气里充满了满意。“如果我要为后人留下些什么，三十三岁开始努力正好来得及！”他停下来看着雅克，用他那种特有的、带着点造作突兀的语气（特别是在跟弟弟说话的时候），接着说，“你知道吗，人要是真的想做某件事的时候，总能超常发挥，前提是这事是可以实现的——当然，我想做的都是挺靠谱的，可以实现的……真的，人要是下决心做什么时……”他把话说了一半，有点得意扬扬地继续向前走去。

“如今，你的考试情况如何了？”雅克没话找话，问道。

“去年冬天，我就通过了医院的联合考试。接下来就是要拿到高等院校的学位证了——如果要当教授，这个是必备的！……当然，要是当一个像菲力普那样优秀的儿科医生，也是很不错的，但我追求得更高，这你是知道的。这还不能让我大展拳脚……现代的医学将在精神领域跨出重要的一步……我想在这领域有所贡献，你懂吗？当我研究了这个领域，却不能在这个领域有所成就，我会很不甘心的。我在备考的时候，特别留意了一下语言发育迟缓症，这并不是偶然的……在我看来，儿童心理学还处在发展的初级阶段。抓住这个大好时机，在这个领域必然能有所成就。……因此，我明年准备就把儿童呼吸系统与思维活动关系的材料收集整理好……”他转过身来，脸上流露出伟人般的光芒，充满了智慧，使之很容易就能与那些平庸的普通人区别开来。他深深地盯住弟弟，不慌不忙地说道：“这方面还有很多事要做，还有很多事要去弄清……”然后慢慢地将钥匙插进锁孔，将门打开。

雅克闷不吭声。他很少被昂图瓦纳这种好像把一切都看清的态度所惹怒，但今天真的有点恼怒了。在昂图瓦纳眼里，似乎三十来岁的年纪正好具备了出人头地的条件，就好像把出海的工具都备齐了，就等着出海航行似的。在这样的人面前，他很无力地感觉到自己沉不住气了——更深层次来说，感觉整个世界都快受到暴风雨的威胁。

由于产生了这种敌对的情绪，接下来的参观让雅克觉得度日如年。昂图瓦纳漫步在这布置豪华的房间里，昂首挺胸的，像只骄傲的公鸡。隔板几乎都被拆掉了，房间的格局跟以前也完全不同。虽然重装之后显得很奢华，但还是蛮成功的。候诊室用高屏风隔成一个一个的小隔间，让每个病人有自己的独立空间。昂图瓦纳很满意这种格局。总体来看，整个布局就像是装饰性的展览会。不过，昂图瓦纳却说这样改装并不是为了外表的奢华，而是为了将病人进行分类，从而更好地节约时间。他说他本人并不重视表面上的排场。

洗手间设计得非常精巧，而且很舒适。昂图瓦纳把身上的白大褂脱了下来，得意地打开光滑的橱子门。

“把东西放在触手可及的地方，这样可以节约时间。”他又说了一遍。

他换上一件家常服。雅克发现他哥哥的衣着品味比以前高多了。黑色的丝绸外套；柔软的细麻布衬衫，雅致却不过分显眼，很适合他。衬托出他更年轻、更有活力，却又不失男人味。

雅克心里嘀咕道：“他好像很享受这种奢华的生活。跟父亲是一丘之貉，都有资产阶级贵族化的虚荣心！……说实话，他们认为有足够多的钱，享受高质量的生活，买奢华的产品就是高人一等。这些对他们来说，是他们的优势，可以为他们带来社会地位！他们认为自己应该受人敬仰！他们认为他们利用权势来压迫人们是理所当然的！对，他们认为占有的一切都是应该的，都是无可厚非的。法律保护他们不受那些一无所有的人觊觎也是应该的！他们大方吗？当然，只是这种慷慨又是奢华的另一种表现形式：慷慨的只是多余的罢了……”雅克想起他在瑞士的朋友，经常连温饱都无法满足，他们所有的东西都是必需的，但他们还是愿意拿来跟大家分享。他们愿意冒着自己下餐没有饭吃的风险去帮助别人。

当他看见大得像小游泳池一样、擦得干干净净的浴池时，他禁不住有点想下去洗个澡的冲动。他住的是三法郎一天的房间，环境很糟糕……在这样又闷又热的天气里，在这样的大浴池里洗个澡，该多舒服啊。

“这间是我给病人看病的诊室。”昂图瓦纳走到一间房的门口，边开门边说。

雅克站在窗前。

“改建以前，这里是客厅吧，对不？”

以前真的是客厅，客厅的光线忽明忽暗，保持着庄严肃穆的气氛，蒂博先生就在这有华盖的帷幕和厚厚的门帘之间，主持了三十五年的家庭会议。匠心独运的建筑师们，居然把它改建成了一间现代化的诊室，宽敞明亮，没有过多的装饰，严肃却不显得死板。有三扇装着透明玻璃的大窗户，让阳光照满了整个屋子。

昂图瓦纳并没有说话。他十分惊讶地看着书桌上那封安娜的信，他以为安娜还在贝尔克没有回来呢。他急忙拆开信，大概地浏览了一遍。看完之后就紧蹙着眉头。他仿佛看见安娜正穿着睡衣，半敞着胸，坐在他们那套单身公寓里……他不由自主地看了一眼墙上的钟，然后将信放进了口袋。来得真不是时候啊……算了！弟弟好不容易回来一次，就陪弟弟待一晚上吧。

“你说什么？”他没听清弟弟在问什么，“这里只是用来看病的，我工作的地方一直是我以前的那个房间……过来看看吧。”

莱翁从走廊那头迎面走来：

“先生，放在桌子上的信看见了吧？”

“嗯，看到了……往我书房送点喝的，好吗？”

这是整栋房子唯一一个有点生活气息的地方。但是，老实说并不能从这里感受到多少工作气息，更多感受到的是频繁而又凌乱的活动气息，但雅克似乎很喜欢这种凌乱的感觉。桌子上除了一小块能写字的地方，其他的地方堆满了纸、卡片、笔记本和从报纸上剪下来的文章，经常看的书都放在书架上随手可及的地方，书架上还摆着一些杂志，杂志里面都夹着书签。还有一些照片、小药瓶和药物样品杂乱无章地堆在书架上。

“行啦，我们坐下聊吧。”昂图瓦纳边说，边把雅克按在一张舒适的皮圈椅上。然后他就在沙发上垫了几个靠垫，顺便躺了下来（在他的眼里，只有两个姿势，要么躺着，要么站着，他认为坐着的都是办事员的姿势）。他注意到雅克的目光正落在装饰壁炉的佛像上。

“很漂亮，对吧？这是朗西博物馆的收藏品，是十一世纪的一个作品。”

他亲切地看着弟弟，转而试探性地问道：

“接下来说说你的近况吧。要来根烟吗？你回法国干什么呢？我猜是因为卡约案件[①]吧。”

雅克只是盯着佛像并不说话。一个金色的荷叶弯成贝壳形状，把佛像的脸藏在里面，散发着宁静安详的光辉。然后，他目光呆滞地看着哥哥，眼里带着一丝恐惧。他的面部表情非常严肃，这让昂图瓦纳感到一丝不安，马上联想到是不是他弟弟出了什么事，又或者是他的生活遇到了什么困难。

莱翁用托盘端着一些喝的进来，放在沙发旁边。

①法国政治家，1913年由于与德国银行家会谈，被人指责为有叛国嫌疑。

“你还没有回答我的问题，”昂图瓦纳说，“你为什么来法国？准备待多久离开？……喜欢喝什么？我还是老样子，喜欢喝凉茶……”

雅克不耐烦地挥了挥手，表示什么都不想喝。

“昂图瓦纳，”犹豫了一会儿，他又轻声说，“对于将要发生的事，你们在这儿似乎一点都没有察觉吧？”

昂图瓦纳倒了一杯茶捧在手上，然后躺回沙发上，在喝之前，深深地吸了一口混杂着柠檬和朗姆酒的茶香。雅克只能看见他的上半边脸以及漫不经心的眼神（此时，昂图瓦纳的脑袋里都是安娜在等他；要趁早打个电话跟她说一声……）

雅克看见他这个表情，就什么都不想再说了，站起来就往外走。

“将要发生什么大事？”昂图瓦纳动都没动，漫不经心地问道。他似乎很不情愿地看向弟弟。

他们沉默地看了彼此一会儿。

“战争。”雅克说话的声音有点沙哑。

远处的前厅突然响起了电话铃声。

“这样吗？”昂图瓦纳问道，眼睛似乎被烟熏得有点睁不开了，“又是由于那些可恶的巴尔干人吗？”

他每天早上都会粗略地看下当天的新闻，大概地知道当前的局势，这种紧张的局势经常周期性地出现在中欧各个国家。

他笑了起来：

“我们应该围绕巴尔干民族建立一条防疫线，然后让他们自相残杀，直到他们同归于尽！”

莱翁把门打开一条缝，神秘地说道：

“先生，有人电话找。”

“是安娜吗？”昂图瓦纳在心里想着。虽然离他不远处就放着一部电话，但他还是到诊室去接电话了。

雅克盯着哥哥走进去的那扇门半天没有动。突然，他好像下定决心似的：“我和他之间，横着一条永远跨不过去的鸿沟。”（在他下定决心时，心里似乎松了一口气，舒服了很多）。

昂图瓦纳走进诊室，马上拿起电话。

“喂……是你吗？”话筒里传来一个温柔而又热情的女低音，还带着一丝颤音。

尽管他们看不见彼此，但昂图瓦纳仍然面带微笑：

“亲爱的，我正准备给你打电话呢，刚好你就打过来了……真的不好意思……我弟弟雅克今天突然从日内瓦回来了……今晚，我要晚点才能过去……你在哪儿打的电话？”

电话里又传来了妩媚的声音：

“当然是在我们的家啊，托尼……我在家等你哦……”

“亲爱的，真的很抱歉……你能理解的，对吗？……我要陪他……”

那边沉默了，他又喊了一声：

“安娜……”

依旧没有声音。

“安娜！”他再次喊道。

他站在奢华的书桌前，低头听着电话，若有所思的目光不安地看着浅栗色的地毯、书柜的下部以及家具的脚。

“对，我能理解。”话筒里终于又传来了喃喃的说话声，接着又是一阵沉默，“他要在那边一直待到很晚吗？”

声音里透着一丝失落和难过，昂图瓦纳似乎也被感染了。

“应该不会，”他说，“有什么事吗？”

“托尼，如果今晚见不到你，你认为我会甘心回去吗？……我好想你哦！……所有的都准备就绪了……甚至连晚饭都准备好了……”

她听他笑出声也就跟着笑了：

“想知道我给你准备了什么晚餐吗？窗边放着一张独脚桌……上面放着我为你准备的满满一大色拉盆的小草莓……”犹豫了一下，她接着用喉音快速说道，“听我说，托尼，真的不能来吗，哪怕一小时也好？”

“亲爱的，真的不行……午夜之前肯定到不了的。你要理解我一下。”

“一会儿都不行？”

“你怎么就听不懂呢？”

“不，我懂，”她用略带忧郁的声音快速打断道，“我从大老远的地方跑来，却连面都没有见到……多遗憾！”她停了一会儿，轻声咳嗽了一下，“那你听好了……我等你。”她无可奈何地叹息道。昂图瓦纳似乎感觉到她花费了极大的努力来说服自己接受。

“亲爱的，我们晚上见吧……”

“嗯，好……你听着！”

“什么事？”

“哦，没事了！”

“稍后见！”

“稍后见，托尼！”

昂图瓦纳拿着话筒静静地听了一会儿。安娜在那边也舍不得挂。他快速看下四周没人，就从话筒里送出了一个响亮的吻，然后愉快地挂了电话。

15

直到昂图瓦纳接完电话回来，雅克还一直坐在椅子上没有动。他惊奇地发现哥哥接完电话后，似乎变得不一样了，脸上散发着异样的光辉，这是激动的痕迹，他隐约觉察出当中有股爱情的味道。昂图瓦纳的生活确实不一样了。

“不好意思……只要有这电话，就没办法一直清静。”

他拿起放在矮桌上的茶杯，喝了几口茶，然后又在沙发上躺了下来：“我们刚刚说到哪了？哦，对了，你告诉我：战争……”

他没有时间也不想关心什么政治。长期的科学研究，使得他的思维习惯于这样认为：无论是社会方面还是有机生物方面，都是相通的，所有的都是问题，而且还都是大难题；在任何领域，要想掌握真理，就必须勤奋、好学、掌握知识。他不认为政治与他所研究的领域有什么关联。除此之外，还是因为他天生对那些不敏感。整部国家史有着很多不可告人的秘密，他一直相信实施权力的同时，必然会带着某种不道德行为；至少作为医生的他，已经习惯于认为，在政治领域中，正直老实的人并不常见，或许根本就是不必要的存在。所以他总是抱着一副漠然、狐疑的态度看待政治的发展，甚至并没有比他看待邮政或桥梁公路工程局的工作的热情高。有时候在吸烟室讨论——比如在他的朋友吕梅尔家里，他也会跟大家一样，尝试着评论一下某位身居高位的部长的所作所为，他的观点总是简单却又不失准确性、很切合实际的：就像坐在公交车上的乘客，对司机是赞扬还是批评，关键是看司机有没有掌握好方向盘。

既然雅克貌似很想谈这，那他就欧洲的政治说说自己的看法吧。

他真心希望能打破雅克的沉默，于是问道：

“你认为巴尔干人真的会发起一场新战争吗？”

雅克凝视着他的哥哥：

“你们在巴黎难道就没有对最近几个星期发生的事进行一番了解吗？战争的征兆越来越明显了……这已经从单纯的巴尔干人之间的小规模战争发展到全欧洲战争了！你们却什么都没有觉察到，照旧生活。”

“啧……啧……”昂图瓦纳万分怀疑，咂咂嘴。

突然，他想起了去年冬天的某个早晨发生的事，那时他正好要出门去医院上班，碰巧这时候来了个警官，说是要让他改动身份证上动员入伍的类别。他记得他当时改完之后连看都没有看，就直接扔进了抽屉里——他貌似现在连扔在哪个抽屉都忘了……

“你貌似还不明白现在的形势，昂图瓦纳……事情已经发展到了草木皆兵的时候，如果大家都跟你一样，对事情不闻不问，任由其恶化，战争就必然会发生的……现在，任何一件小事，比如仅仅愚蠢地在奥地利和塞尔维亚边境开一声空枪，都有可能引发战争……”

昂图瓦纳似乎是受打击了，沉默不说话，脸上突然涌上一股火烧火燎的热气。雅克的这些话，正好戳中了他心里的某个秘密点，一个到目前为止，他自己也搞不清楚的地方。在一九一四年的这个夏天，他好像跟大家一样，无可避免地被空气中流动的有传染性的狂热所支配着——也许是全球性的。一时之间，他的心里不由自主地被要出事了这个念头占据了。他马上把这毫无缘由的不安压制了下去，努力振作起来的后果就是像往常一样无意识地去反驳弟弟的话，但语气似乎没有了火药味：

“当然，在这方面我了解的内容不如你了解得多……但是你也不能否认我的观点有一定的道理，以西欧现在的文明程度，要爆发大规模的冲突几乎是不可能的！不管怎样，只有来个观点大转变，才有可能会发生这样的冲突！……而这样观点的转变需要时间，有可能是几个月，也有可能是几年……在转变的过程中会出现很多变数，这些变数可能会把现在的不好因素清除……”

他笑了起来，完全被自己的这番推论说服了：

“你知道，这种事也没什么稀奇的了，在十二年前就已经发生过类似的了。那时我还在卢昂服兵役，那些热衷于预言不幸的预言家总是抓住一切机会去预言战争或革命……最让人奇怪的是，那些预言家所说的种种迹象总是跟现实很符合，这就让人不得不相信了。然而，可能忽略了某个因素，又或者对它的估计不充分，事实向预期情况不同的方向去发展了，一切都相安无事，日子也就还是这样凑合着过……世界依然和平。”

雅克缩着脑袋，一绺头发耷拉在脑门上，听得有点不耐烦。

“昂图瓦纳，这次情况不同以往，局势非常严峻……”

“你说什么？是奥地利跟塞尔维亚之间发生了不合吗？”

“这只是整个事件的导火索，随即暴乱就会被挑动起来……然而，近几年来，欧洲超武装在幕后一直想挑起冲突。你貌似还一直认为资本主义社会的地位坚不可摧，但事实上它已经千疮百孔了，早已失去了控制能力……”

“事实不是一直是这样的吗？”

“不是！……也许可以这么说……但是……”

“我知道了，”昂图瓦纳插话道，“这个杀千刀的普鲁士军国主义，让整个欧洲武装力量得到了发展，甚至连牙齿都被武装了……”

雅克叫道："不光普鲁士有军国主义，所有的民族都有，他们都是以自己的利益为出发点的。"

昂图瓦纳摇摇头：

"利益竞争当然会有的。但是不管利益竞争有多激烈，又或者可能无期限地竞争下去，但是不会引发战争！我坚信和平，不过我也坚信，斗争是生活的条件。对人民来说，现在的斗争形式仅限于武器屠杀！这些很有益于巴尔干人！……各实力强悍的国家政府——即使是在军事上投资最多的国家，也都公开同意'战争是最坏的一种结果'。我只是把那些统治者的话复述了一遍。"

"事实上，他们只是在面对人民时，口头上说说罢了！而他们多数人都认为战争是不可避免的政治手段，具有周期性。必要的时候从中获取最大的利益。在任何时候，利益都是万恶之源！"

昂图瓦纳还在想着怎么反驳的时候，雅克又接着说下去了：

"你看吧，现在，欧洲的领导者有很多都是打着'爱国者'口号的阴险家，在参谋部唆使下，迫不及待地想让自己的国家走向战争。这一点我们必须要搞清楚！……这些厚颜无耻的人很清楚他们需要什么：他们私下里一直磨刀霍霍，想要引发战争。他们坚信战争是对他们有利的。现在很明显可以看出奥地利的贝尔希托德就是这样。伊斯沃斯基①和彼得堡的萨左诺夫②也不例外……剩下的人都不希望战争，或者说他们惧怕战争。但是，他们一听到要爆发战争，都任其发展。在他们的观念里战争是无法避免的。如果'战争不可避免'的这个想法在政治家的头脑里根深蒂固，那就很危险了！他们想的

①伊斯沃斯基，俄国人，1910——1917年期间任驻法大使。

②萨左诺夫，1910——1916年期间任俄国外交大臣。

不是怎么阻止战争，而是只想着怎么增加在战争中的胜算。他们跟随前人的脚步，所有用来保卫和平的活动，都用来准备战争了。凯塞尔和他的大臣现在就是这样的状况。英国政府和法国的普安卡雷①肯定也是如此。”

突然，昂图瓦纳耸了耸肩：

“对于贝尔希托德和萨左诺夫我没有办法说什么，因为除了他们的名字，我一无所知。至于普安卡雷呢？……你简直是疯了！在法因，除了像德卢莱德那样的几个疯子之外，谁想通过战争追求名利呢？法国的所有人，所有社会阶层本质上都是爱好和平的！如果最终我们逼不得已被卷进了这场欧洲冲突，但有一件事是毋庸置疑的：那就是法国不需要为这场战争负任何责任，没有人能够说由于法国做了什么引起了这场战争。”

雅克蹦起来了：

“你这样的观点怎么可能成立？”

昂图瓦纳自信而有感染力的目光凝视着弟弟，这是他用来安抚病人的目光（这样的目光总能让病人毫不保留地相信他，似乎这样自信的眼神是不会诊断出错的标志）。

雅克站着不动，仔细地打量哥哥一会儿。

“你天真得让人汗颜！……你真应该去把新修改的共和国历史从头到尾地重新看一遍！……你以为有谁会相信，法国这四十年多年来，实施的是爱好和平的民族政策呢？有谁会认为法国有权指责别人滥用武力呢？……你觉得殖民主义最根本的贪婪本性，尤其是我们对非洲的觊觎，没有促使别国的野心的形成吗？没有给别国留下

①普安卡雷，1913——1920年的法国总统。

一个吞并他国的坏榜样吗？”

“不要激动！”昂图瓦纳说，“根据我了解的情况，法国进入摩洛哥并不带有什么非法的性质。我记得阿尔热西拉会议[①]完全是欧洲列强给我们的委托——委托法国和西班牙共同平定摩洛哥的暴乱。”

“这是我们用武力强行夺来的委托。而愿意把这个委托给我们的列强，都希望能拿到这个委托。它们已经在别的地方效仿这样的做法了。例如，你觉得要是没有我们远征摩洛哥的先例，会有意大利侵略的黎波里以及奥地利占领波斯尼亚这样的事发生吗？”

昂图瓦纳撇了撇嘴，他对这些不是很了解，所以没有办法反驳。

雅克继续滔滔不绝地说道：

“至于我们的同盟国？难道法国是为了说明自己有和平的意向，才跟俄国签订军事条约的吗？大家都知道，俄国之所以愿意跟进行了大革命的法国结成联盟，完全是为了把我们拖进反对奥地利和日耳曼的阵营中去！你不会天真地认为，英国外交大臣德尔卡塞极力想把德国包围起来，全是因为和平事业吧？可事情的结果就是，你刚刚所说的普鲁士军国主义发动骚动、实力得到了大大的提高；在全欧洲，战事不断升级，争相修筑防御堡垒，建立海军，铺设战术铁路……而法国近四年来在军事战略上的花费将近一百亿！而德国也花费了将近八十亿法郎！法国贷款六亿给了俄国，使其去建造能够向日耳曼运输军队的铁路！”

“未来发生什么谁又说得准呢？”昂图瓦纳嘀咕道，“可能有一天会发生……但离这一天的来临还早呢……”

---

①阿尔热西拉，西班牙城市，1906年的国际会议就是在这里举行的，会议主要是决定让法国去接管摩洛哥的内政外交。

“整个大陆，都在花费数十亿来竞相扩充军备力量，而这些钱本应拿来造福人民的……大家都疯狂地竞相赛跑，朝战争的深渊奔跑过去。而我们法国是要为这事负很大一部分责任的。但是我们并没有停止！难道是为了让世界认同他所做的都是为了和平，法国才让爱国人士洛林人当选总统吗？每一个民族主义反动派都把他的当政看成是好战的一种象征，他的当选在法国又掀起了复仇的狂潮，也同时给了英国商人希望，如果能把德国镇压下去，他们岂不更开心？还唤醒了俄国帝国主义分子的欲望，他们一直希望有一天能把君士坦丁堡据为己有？”

昂图瓦纳看着雅克抑制不住的激动，笑了起来。昂图瓦纳发挥自己的好脾气，决定不再纠缠这个问题。他不想把这次谈话变成一次思想辩论赛或者是一局棋，而棋子是假想敌。

他调侃般指了指弟弟刚刚坐的椅子：

“你还是坐下说吧……”

雅克攥紧拳头，狠狠瞪了哥哥一眼，不情愿地坐回扶手椅中。停了一会儿，雅克接着说：

“我想说的是，从我在日内瓦加入的那个国际社团来看，国与国之间的差异已经没有了，换个角度就能把欧洲政治的总路线尽收眼底了。在那边可以将法国的战争走向看得清清楚楚。在这样的发展趋势中，无论你有什么想法，普安卡雷当选为共和国总统，都会是一个关键的转折点。”

昂图瓦纳一直微笑着：

“怎么又是普安卡雷！”他戏谑地说道，“很明显，我只听说过这个人……听说他在波旁宫①这样苛刻的地方还得到了大家的一致尊敬……同样在奥尔赛码头[2]也是如此。他的内阁成员吕梅尔认为他是一个心存善念、做人认真严谨、做事兢兢业业的好部长，是一个正直的政治家，遵守一切秩序，反对冒险。如果这样的人还信不过，还有谁能相信呢……”

“停，停！……”雅克赶紧打断道。他激动地用手挠了挠头，显然他在努力地压制自己的情绪。过了好一会儿，他闭了闭眼，然后抬起来头：

“我不知道从何说起，要说的太多了……对于普安卡雷这个人……你必须把他的为人跟他的政策区分开。但是为了更好地明白他的政策，首先要来深入地了解下这个人……完完整整的一个人！他曾经是轻步兵的低级军官，你们不要把这茬给忘了。他虽然喜欢逞凶好斗，但也有军官的品质，非常结实强壮，对军事行动有着莫大的兴趣……遵守秩序，为人善良……这一点毋庸置疑。做人诚实守信，是绝对的忠实。从某种意义上来说，他确实很善良。他所写的绝大部分信件的落款都是：‘您最忠实的朋友’，这对他来说并不只是一个尊称，而是他真的愿意为你效犬马之劳；他一直都为不公、不义而战。”

“嗯，这所有的品质都让人很有好感的啊！”昂图瓦纳说。

“停！”雅克有点不耐烦地打断道，“对于普安卡雷这个人，我以前仔细地研究过，还写过一篇文章发表在《信号灯》上……首先这个人非常霸道，不会迁就别人，而且绝不让步……当然他很聪明！……思维清晰，逻辑能力强，但视野不开阔，没有才能……而

①波旁宫，位于巴黎，是法国国民议会的会址，建于1722年。

②奥尔赛，法国外交部所在的街名。

且固执得让人无法想象！虽然思路敏捷，但鼠目寸光；记忆力非常好，却只用来记一些无关紧要的琐事……从这些特点来看，他能成为一名优秀的律师，而不是一个政治家——他更擅长摆弄字句，而不是思想……”

昂图瓦纳并不同意，反驳道：

“如果他真的像你说的那样，不过如此，那又怎么解释他在政治上平步青云呢？”

“那是因为他的工作能力和理财能力在议会里并不多见。”

“毫无疑问，在那样的政坛环境中，他还能保持这样公正不阿的品质，实属不易，让人敬佩……”

雅克接着说：“能取得这样的成功，可能也出乎他的意料吧。正因为这样，也一步一步挑起了他的野心。因此他最终变得野心勃勃。无数的迹象表明，如果今天让他在历史上扮演一个角色，他会很乐意的。换句话说，他非常愿意成为法国历史上的转折点人物，非常乐意让法国重扬国威，让人们一想到法国就能想起他……让人无法接受的是他的民族荣誉观点：爱国主义中带着宗教的色彩……这可以从他籍贯解释起，他是洛林人的籍贯，从小就生活在被割裂的领土上……多年来，这个地区的这一代人，都渴望报仇雪恨，收复失地……”

“这一点我同意，”昂图瓦纳退一步说道，“但也不能仅凭这个，就说他谋求政权是为来发动战争吧！……”

“停，”雅克接着说，“听我说完……两年半以前，他当选了政府总理——尤其是一年半以前，他入住了爱丽舍宫，要是这时有人问他：‘您是想法国走向战争吗？’他肯定会暴跳如雷，他这时是真的生气了而不是装的。但你好好想想，在一九一二年一月，他是怎么当上政府首脑的？又是把谁挤下去的？是卡约……那时候卡约刚刚阻止了一场法国和德国的战争；他甚至签下了法德永不互相侵犯的条约。正因为他主张和平的政策，才会被民族主义者赶下了台。我并不是说普安卡雷代替卡约的位置，就是想打仗，但还是有人对他抱有期许，希望他能对德国采取一些民族态度，换句话说，就是采取一些与卡约完全不同的态度。最好的证据就是他立马恢复了主张'包围'政策的老德尔卡塞的职位，并在一年后任命其为驻俄国大使！……再看，普安卡雷是依靠哪一阶级当选共和国总统的？是资产阶级者的支持：他们之中的大多数人都跟约瑟夫·德·梅斯特尔[①]抱有同样的观点，他们认为战争就是一种必不可少的生理需求，自然而然地就发生了，虽然让人觉得很遗憾，但这是每隔一段时间必会出现的。毫无疑问，这些人不会主动去挑衅引起复仇的战争；但仅仅是这样想想，就让他们觉得很激动。一旦有机会，他们会很乐意承担这种风险的。小时候在父亲的晚宴上，我就近距离地接触过这些反动资产者的老古董！……这些想法还是没有加那些表面归顺，实质上私底下却有自己打算的法国右翼老党派[②]的想法。他们认为一场成功的战争可以使获胜国获得独裁的权力，可以阻挠社会主义的发展，甚至可以让共和宣传消失。他们做梦都想建立一个军事化、纪律化的法西斯国家，一个战无不胜攻无不克、统治整个殖民地的法西斯国家，让整个大陆都对它言听计从……这对那些所谓的'爱国主义者'来说，

①约瑟夫·德·梅斯特尔不主张革命，提倡帝王和教会权力高于一切，是法国的哲学家兼作家。

②指当时还存在的帝制党和政党。

这是何等的美梦啊！”

“但是自普安卡雷当政以来，”昂图瓦纳试探性地辩驳道，“他一直在不间断地宣布和平的意愿……”

“哼，”雅克说，“我倒是很想相信他是真的想要和平——但是有些和平扩张目标要是不能通过外交手段来实现，马上就会演变成战争目标。这个必须要考虑到,后果是不堪设想的。经过长时间的观察，大家都心知肚明，普安卡雷有两个盲目信奉的信念。第一个就是德国和英国之间必然会发生冲突……”

“这个你貌似你已经说过了。”

“不。我之前没有说过必然。我说的是极有可能这样……第二个就是德国很想进攻法国，特别是阿加第尔掌权以后，德国一直在做着准备。这就是他坚定不移地信奉着的两个想法，谁都无法改变。而且，他坚信只有足够强大的武力才能让别人服从，才能真正保证和平。由此可见，他从中总结出的结论就是：法国只有变得更强大，才能免遭德国的攻击。所以，一定要全副武装起来，表现出嚣张的气焰，让大家觉得你并不好惹……人们一旦看透了这一点，之前所有的事都会变得明朗了。那么自一九一二年以来，普安卡雷所实施的内政外交方面的政策，就都可以解释得通了。”

昂图瓦纳安静地躺在垫子上，自顾自地吸着烟。雅克的激动让他感到有点吃惊，但他还是做了一个很好的倾听者。雅克的声音慢慢平稳了下来，就像喧嚣的海浪退回到了河床。这个话题他比哥哥熟悉，让他暂时觉得他处于优势，他显得游刃有余，努力笑着说：

“这貌似有点搞笑，我就像在给你上课一样。”

昂图瓦纳亲切地瞅了他一眼：

“哪有的事，继续往下说……”

“我刚刚提到内政外交两方面的政策，那就先来谈谈外交政策吧。为了防止有人故意挑起战争，比如，法俄两国的关系。德国对法俄两国签订的条约很不满意是吗？不用管它。普安卡雷认为要是德国入侵法国，俄国必定会给予我们援助；为了不用顾及德国的态度，我们干脆光明正大地结成了法俄联盟！这可是要冒着巨大的危险，因为这正中泛斯拉夫主义的下怀，而泛斯拉夫主义已经公开地把战争的意图指向奥地利和德国了。这些普安卡雷都不管不顾！他宁可冒着被卷入意外战争的危险，也不想失去这唯一的盟友。为了让这个政策得以实行，他找到了俄国的外交大臣萨左诺夫以及沙皇驻巴黎大使伊斯沃斯基来合作。他把跟自己志同道合的朋友——德尔卡塞派到彼得堡当大使，给他的指令就是，与俄国始终保持紧密联系，让俄国始终保持紧急备战状态，从而达到实施武力政策的目的。所有事都考虑得面面俱到，没有一丝遗漏。我们在各地都有很完善的情报系统，据日内瓦传来的可靠的消息来看，早在两年前，普安卡雷刚当上总理那会儿，就已经首次出访了彼得堡，那时候就没有对俄国侵略他国的政策提出异议。而前不久，他再次出访了俄国，而这次出访却具有非常可怕的意义。因为事态已经发展到了一定的地步，他出访的目的无疑是想到俄国的高层实地考察下，看看一切是否已经准备就绪了，是不是一发出信号，条约就能立马生效！”

昂图瓦纳用一只胳膊撑起上身：

“唉，这所有的都是我们的假设，并没有得到证实！”

“错，很多我们都得以证实了……普安卡雷是被俄国骗了，还是跟俄国同流合污了？这都不重要。实话实说，虽然普安卡雷对俄国的政策让人感到不安，但这也符合他的逻辑，因为他始终坚信洛林会发生战争，始终认为法国需要俄军援助……还有一点我们必须搞清楚，伊斯沃斯莲在这中间扮演什么角色——虽然普安卡雷没有鼓励和怂恿他去巴黎，但至少默认了他的行为！你知道俄国为了在法国宣扬战争，秘密地往法国新闻界拨了多少资金吗？你能想象到俄国花几百万卢布来收买法国舆论界这事，法国政府不仅点头同意了，还跟他合作了吗？”

“真的有这样的事？”昂图瓦纳不确定地问道。

“听我慢慢跟你说。俄国拨款到法国新闻界，那么这笔资金又是谁分配给法国各大报社的呢？事实上是由我们的财政部长亲自分配的！……目前，这件事我们已经在日内瓦找到了确切的证据了。有个叫霍斯梅的奥地利人，对欧洲的情况了解得很透彻，一直在跟我们说，自从前几次巴尔干战争发生以后，几乎所有的西欧报纸都刊登了关于各列强在战争中利害关系的报道！所以，这些国家的公众舆论对中欧和巴尔干人之间的罪恶对抗全不知情，经过两年的对抗，有识之士都能看出来，这场战争已经箭在弦上不得不发了！……事情远远不止于此，我们先把报纸的事暂且放在一边……唉，一说起普安卡雷，话就说不完了！……我没有办法把所有的事都跟你解释清楚……接下来我们说说对内政策吧。对内政策和对外政策一样，同样符合普安卡雷的思维逻辑。第一步是要扩充军备，目的是要给权势强大的冶金界带来巨额利润……服兵役的时间改为三年……你有注意过议会辩论的情况吗？或者有听过若莱斯的演讲吗？第二步是采取一些精神方面的措施。你之前说过：‘法国人都不再追求赫赫战功了……’那是因为你没有看到那些爱国主义者的好战热情。这种情绪在几个月内已经风靡整个法国社会了，特别是在青少年之间尤为泛滥。这个我真的不夸张……普安卡雷一手造成了现在的这种状况！他很清楚地知道自己需要做什么：他明白，在总动员那一天，政府需要的不仅是强大的公众舆论的赞成和支持，而且还需要公众舆论的推波助澜……自一九〇〇年的德雷福斯事件之后，法国就处于低迷时期。人们习惯了安稳，不再对军队抱有热情，军队的威信也不复存在。因此，必须唤醒人民的忧患意识。年轻人，尤其是资产阶级年轻人，他们是沙文主义最好的播种土壤。结果不是不言而喻了吗？”

“我不否认有信奉民族主义的青年存在，”昂图瓦纳插话道，他脑海里浮现了他的同志马尼埃尔·罗瓦的身影，“但这样的青年还是极少数的。”

“这个少数群体的人数每天都在增加！他们要是真的被组织起来，像退役军人那样，编成一支统一的队伍，那么他们的战斗力量将是不可估量的！现在，只要有借口，他们便到贞德塑像和斯特拉斯堡塑像前游行示威。没有什么比这更具有感染力的了！人们——像小职员、小商人很容易受这样景象的影响……特别是被政府掌控的舆论，直接影响人们的思想……这些舆论使法国人民慢慢坚信自己的人身安全受到了威胁，自己拳头的力量决定了它的安全等级，应该让所有人都知道自己的力量，加紧军事备战。这样在国内就形成你们医生所说的精神病；战争的精神病……如果唤醒一个民族的集体不安全感之后，再想把这个民族推到无法想象的疯狂行动中就轻而易举了！”

“这就是我总结出来的结论。我并不是说普安卡雷一朝一夕就能向德国宣战，普安卡雷跟贝尔希托德不是同一类人。为了维护和平，首先必须要相信一切皆有可能……而普安卡雷是从战争无法避免的角度来考虑的，所以他制定政策是不可能避免战争的，执行这样的政策只会加大战争爆发的可能性！我们联合俄国时备战，柏林害怕也是情理之中的。德国也找到借口，趁机加速军事准备。德国害怕法俄联盟的加强对之形成‘包围’也是合情合理的。所以德国的将军公然声称，不通过战争只有死路一条，甚至有些人说要先发制人！……从某种程度上来说，这样的情况也是普安卡雷直接造成的。伊斯沃斯基—普安卡雷政策的最坏结果就是使德国变成一个像普安卡雷想的那样的民族：贪婪好战、逞凶斗狠。我们就处在一个恶性循环之中。如果三个月之后，法国投入一场酝酿已久欧洲大战中——也许是德国为了便于利用有利时机，而任其爆发的战争——普安卡雷就会以胜利者的姿势大喊大叫道：‘你们看，这对我们的威胁多么大啊！你们看，我之前想要建立一支更强大的军队和更可靠的盟友是多么有先见之明啊！’他是不会想到，自己就是这场战争的罪魁祸首之一。正是由于他错误的心理分析，与俄国结成的同盟以及他以悲观的预言为依据而制定的政策，促使了这场战争的爆发。”

昂图瓦纳任他弟弟滔滔不绝地说着不停，也不打断。但在心里已经将这些不是很严谨的抨击评论了一番。他顺便把几处不合理之处找了出来。整体来看，这番议论是空洞没有说服力的，整体架构混乱。对富有逻辑、讲究实事求是的他来说，是无法认同他的观点的。他甚至要下定论认为弟弟没什么才能，他还是一如既往地认为弟弟很幼稚，看问题只会看表面。认为雅克徒有激情，而缺乏真才实干……如果真的有战争的迹象出现，始终处于优势地位的普安卡雷，完全可以及时避开。人们完全可以把一切交给他：他保证过会做出合理正确的政策。他还得到了吕梅尔的赞赏。认为头脑冷静的普安卡雷会希望爆发复仇战争，是多么荒谬的想法；认为他本质上并不希望战争爆发，只是知道可能会爆发战争又或者认为战争是无法避免的，才会故意加速战争的到来，有这种想法的人同样是幼稚可笑的！有一点常识的人都知道，普安卡雷和法国所有的政治家都在做着不懈的努力，不惜一切代价，使法国避免一场战争。有成百上千个理由可以证明。第一，吕梅尔曾经说过，普安卡雷比任何人都清楚，无论俄国还是法国，目前都还没有绝对的把握能赢这局牌。俄国目前缺乏运输能力和战略公路，这点雅克自己也是同意的。正是为了弥补这缺陷，俄国才会缔约借款六亿。而法国实施三年服兵役的法令是为了赶上德军的数目。虽然目前已经通过了，但还没起到任何作用……不过，昂图瓦纳并没有准备充分的材料，来按照他的想法把弟弟的观点全部推翻。因此，还是不说话的好。随着事态的发展自然会证明雅克和那些影响他的瑞士侨民是错的，这些预言就会不攻自破了。

雅克停住不说了，拿出手绢擦擦脸和脖子，他的神态说不出地疲乏不堪。

他清楚地知道，这仅凭一腔热血而进行即兴演讲是无法说服哥哥的。他也知道自己刚刚说得乱七八糟，没有条理。只知道一股脑地把各种各样政治的、和平主义的、革命的论据往外抛——而很大一部分论据只是根据“聚会地点”闲谈的内容拼凑起来的。这时，他感到很痛苦，好像知道昂图瓦纳在心里说他无能一样。

来巴黎的一个星期里，他只注意了法国社会党人的思想状况，以及他们在面对即将爆发的战争时，有什么反应。几乎没有留意谁该对欧洲局势负责的问题。

他眼神飘忽不定，在房间里飘来飘去，显得很心虚。最终他看向了哥哥，昂图瓦纳双手枕在脑后，一动不动地看着天花板。

雅克结结巴巴地说道："虽然，我说不清为什么……很明显，我有很多重要的东西要说，只是我不知道该怎么说出来……也许，我对普安卡雷的评价不完全正确……也把法国应负的责任夸大了……但重点不在这里，重要的是战争已经迫在眉睫了。我们应该不惜一切代价来阻止战争的爆发。"

昂图瓦纳不信任地看着他微笑，这彻底激怒了他。

"啊，你们这些人啊！"他喊了出来，"你们只认为自己是安全的，这种信任真是很有罪！等到资产阶级的那些人真正地面对事实，看到事物本来面目的那一天，说不准为时已晚了！事态在快速地发展变化。你看看今天，也就是七月十九日的《晨报》，上面谈到了卡约案件，谈到了假期，谈到了海水浴以及当今物价。你会在第一版看到一篇文章，这篇文章并不是偶然发表的，开头的几个字充斥着火药味：'战争一旦爆发……'而我们却处在这样的局势下！西方好像一个军火库，万一擦出火花……而像你这样的人却用刚才那种口气说：'战争？'……在你们的眼里，战争只不过是嘴上的一句口头禅而已！你们口中所谓的'战争'，没有人会想到这是'绝无仅有的屠杀'……'这可是几百万无辜的受害者啊！只要你们的思想有一会儿的时间摆脱一下这种麻痹状态，你们就会一起站起来，而你将是第一个挺身而出的，趁现在时间还来得及，做点贡献，奋力战斗！"

"不。"昂图瓦纳冷静地说。

过了很久，他沉默着，无动于衷。

“不！”他又冒出来一句，连头都没有转过来，“我不干。”

不管弟弟刚才提出的问题使他多么惊慌，他就是不愿意让这种不安的情绪扰乱他的心，打乱他那已经为自己安排好的充实生活，他那平衡且赖以生存的生活。

他稍微抬起了身子，双手环抱着手臂，微笑中带点执着，说：“不！不！不！我才不是这种人，不是这种站起来干预世界事态的人！我有固定的事要做。我每天早上八点要去医院上班。这个月四日是患蜂窝织炎的患者，九日是腹膜炎的患者……每天我都要面对那二十个不幸的孩子，我所面临的问题就是让他们从困境中摆脱出来！所以我对其他的一切都会拒绝，有职业的人不该不专心，不应该掺和到他不了解的事情中，而我有自己的职业。我要在我自己的能力限度之内，解决一些具体的确定的问题，而对某个人来说，他的一生，有时决定一个家的未来，而这个未来往往跟这些问题有很大的联系。你知道了吧！我不会去插手欧洲的事，因为我还有其他的事要做！”

其实，他的心里的确也是这样认为的，那些承担公共事务的人，也就是解决国际问题的专家，像他这样对此无可奈何的人，只有盲目地信任他们。他对法国政府的信任，同样可以延伸到其他国家的领导人，对专家，他有种与生俱来的崇敬。

雅克重新开始认真地审视着自己的哥哥。雅克心里突然想道，昂图瓦纳那著名的平衡理论，他从前总是认为哥哥是理智，是由于精神战胜了现实的矛盾，而正因为如此，他总是既愤怒又羡慕，而这不过是那些既懒惰又活跃的人的护身符罢了，从某个角度来说，他们的行为，仅仅是一种表现——只是为了更好地向自己证明自身价值！或者更准确地说，昂图瓦纳的这种平衡是不是一种限定——总之是有限度的，是他自己给自己设定的一种限制，而这则是在这个领域内得到幸运帮助的结果。

“你说，战争癖。”昂图瓦纳又开了口，“哎哟，我不像你那样看重这些心理因素。在本质上来说，政治属于具体事物范围，而在这个范围内，敏感的心爆发出的冲动却远远不如别的领域重要……即便你揭露的危险是确实存在的，我们也无能为力。绝对无能为力。不管是你、是我，还是其他人，都无能为力！”

雅克忽地站了起来：

“你错了！”这次他忍不住了，他极度愤怒地叫道。

“怎么！面对眼前的威胁，你却不能做些什么！只能委曲求全地继续做着自己那点事，等待灾难降临，真是难以想象！对人民来说，对你们这些人来说，还好有人很警惕，如果有需要，有些人会在明天毫不犹豫地献出生命，为了使欧洲免于灾难……”

昂图瓦纳转过身，惊讶地问道：“谁？会是谁？难道是你？”

雅克走近沙发。他的愤怒已经平息。他俯视着哥哥，眼睛里闪烁着自豪和自信。他缓慢地说着，额头却沁满了汗珠。

“你知道世界上还有一千二百万等待年薪的劳动者吗？你知道国际社会主义运动在战斗与团结中已经发展十五个年头了吗？如今，在欧洲各国议会中都有重要的社会主义团体吗？而这将近一千二百万的拥护者分布在世界各地达二十多个不同的国家吗？二十多个社会主义党在全球范围内形成一条巨大的锁链，这样就能使这些社会党团很自然地团结友爱起来吗？它们的领导思想，联合的纽带就是对军国主义的仇恨，顽强勇敢地反对战争，不管面临什么样的战争，不管战争在哪爆发。而战争总是资本主义的伎俩，人们对他……”

“晚饭已经好了。”莱翁推开门说。

雅克不说话了，擦拭着额头，转身坐在了扶椅上。仆人一离开，他又像总结似的小声地说道：“现在，昂图瓦纳，也许你明白了我要回法国的目的……”

沉默了一会儿，昂图瓦纳眼睛盯着弟弟，没有说什么。他弯弯的眉毛，在他那专注的目光之上，绷紧成一条杠，表明他在集中精力思考问题。他终于用令人匪夷所思的声音说：“我完全懂。”

稍微停了一下，昂图瓦纳挪了一下腿，从沙发上坐了起来，用手撑住沙发，眼睛向下看。他稍微地耸了耸肩，微笑着站起来说：“我们还是先去吃晚饭吧。”

雅克没有说话，默默地跟在哥哥的后面。

他汗水淋漓。走在过道里的时候，他想到冲澡。这个欲望让他没有犹豫。

“听我说，”他猛地开口，像个孩子似的红了脸，“真是的，我真的好想洗个澡啊。现在就去洗，在吃饭前洗，行吗？”“当然行！”昂图瓦纳兴奋地说。（他很荒唐地感觉到，好像报复了一下）“盆浴、淋浴，随便你选，去洗吧。”

雅克泡在浴盆里，而昂图瓦纳则回了书房，从兜里掏出安娜写给他的信。他又阅读了一遍，然后撕掉了这封信，他从来不保留女人写给他的信。他心里是高兴的，而脸上却没有显露出来。他重新躺下，点燃一根香烟，在垫子里一动不动。

他在思考。不是思考战争，也不是思考雅克的话，甚至也不是思考安娜，他在思考自己。

“很可悲，我确实被自己的职业束缚着，这就是现实。我从来没有时间去思考，不是思考我的病人，也不是思考医学，而是思考这个世界，我没有这个闲工夫，而且我会认为这是在占用我的工作时间。这样认为是对是错呢？对我来说，职业真的就是我的生活吗？甚至职业是我生活的全部吗？不确定，身为一名大夫，我感觉到我的身体里还有另一个我，这个我被隐藏得快要窒息。这个时间很长，也许是从我通过我的第一次医学考试开始。我曾经仅仅是一个普通人，一个未成为医生的那个普通人，可是现在毕竟还是一个人，却好像一个深埋地下的胚芽，早就不能再生长。是的，是从我第一次通过考试开始。我的同志统统和我一样，也许所有在忙碌的人都和我一样正是最优异的。因为最优异的人总是会选择牺牲自己，接受职业所带来的贪婪需求。我们在一定程度上和那些出卖自身自由的人没有区别。”

他的手放在裤兜里，摆弄着兜里的小记事本，那本他总是随身携带着的笔记本。他顺手掏了出来，漫不经心地浏览着明天的事情，也就是写着七月二十日的那一页，上面画满了名字和记号。

“别再想来想去的了。”他突然想道，“我已经答应泰里维埃明天去苏城给他的孩子复诊，在两点的时候我还有门诊。”

他把烟蒂掐灭在烟灰缸里，伸了伸懒腰，笑着说：

“蒂博大夫又出现了。毕竟动起来的才是生活。这并不是发表哲学言论，而是对生活的思索。何必呢？生活就是如此，美好的事情中往往也掺杂着不少烦心的事，辩论能轻易地终结它……生活不一定经常去找些问题出来。”

他挺了挺腰，抬起了身子，站了起来，走了几步，来到了窗子前面。

“行动起来才是生活……”他又说了一遍，还漫不经心地看着窗外空寂的街道。街道上的店铺死气沉沉的，夕阳在一个个西斜的房顶上投下烟囱的影子。他在口袋里摆弄着记事本。“明天是星期一，我们会牺牲第十三号豚鼠……接种后呈阳性的可能性很大……这事很麻烦。十五岁的时候就失去一只肾……还有泰里维埃那个难缠的鬼孩子……今年碰到这些感染链球菌的胸膜炎，真是运气不好……还有两天的时间，如果不行，就得摘掉肋骨……怎么会这样？”他放下纱窗帘，突然说，“认认真真地做好本职工作，难道还不好吗？……就这样让生活继续下去吧！”他又回到了房子里面，又点燃了另一支烟。这种和谐的氛围让他感觉很好，他开始哼唱起来，就像唱复调一样：

“就这样让生活继续下去吧……让雅克高谈阔论……就这样让生活继续下去吧……”

16

晚餐的第一道菜是一碗凉的清炖肉汤，兄弟俩沉默地喝着，而莱翁穿着侍者的白外套，在大理石的餐具桌上庄重地切开一个西瓜。

“应该来一条鱼、一些凉肉和一些色拉，”昂图瓦纳说，“你看行不行？”

他们坐在新的餐厅里，护墙板光秃秃的，四面装上了镜子，窗户的墙下摆着一个长长的餐具桌。餐厅里感觉很华贵，但又显得阴沉沉的，有点空旷。

昂图瓦纳貌似很适应这种庄严肃穆的氛围，这时他的脸上显露出很真诚的好意。他由衷地接待着弟弟，满心欢喜地期待着重新开始对话。

但雅克并没有说话。房间里没有那种和谐的气氛，他很拘束，两副餐具，被这张可以坐十二个客人的餐桌分开得很远，样子很搞笑。仆人的在场让氛围变得更加尴尬：每次莱翁换碟子，就得在桌子和餐具橱之间来回两次，得穿过半个餐厅；雅克的眼睛自觉地跟着这个白色幽灵在地摊上来来回回地移动。他希望莱翁在上完西瓜后就退下。但是仆人并没有退下，而是接着不停地倒酒。雅克心里想："这应该是新的习惯。"（以前，哥哥喜欢自己来拿菜倒酒，很难习惯别人在旁边伺候着吃饭）"这是一九〇四年的墨苏酒。"昂图瓦纳说，同时，举起酒杯，端详着那像琥珀一样透明的颜色。"这种酒配鱼非常好，我在地窖里找到了五十多瓶，父亲几乎没有窖藏的酒了……"

他偷偷地仔细观察着弟弟，很想问他一个问题，但还是忍住没有问。雅克心不在焉地透过开着的窗户看着外面。房顶上面，天空反射出螺钿般的玫瑰色彩。在他小的时候，曾多少次，就是在这样的黄昏，就是像这样凝望，凝望着这些楼房、屋顶、关着的百叶窗、黑乎乎的窗帘，还有阳台上摆放的盆栽！

"雅克，跟我说说……"昂图瓦纳随便一问，"最近怎么样？过得好吗？"

雅克不禁感到很惊愕，看着哥哥，不知所措。

"对啊，"昂图瓦纳满含柔情地说，"不管怎样，应该很幸福吧？"雅克勉强露出一丝笑容，他轻声地说："噢，你应该知道，幸福来得并不容易……这需要能力，我想，我应该没有这种能力……"

他看到了哥哥的目光，那是一种职业大夫的目光。他低下眼睛，盯着盘子，不再说话。

他不愿继续刚才被打断的讨论，但是思想还是集中在那上面。

莱翁用父亲椭圆形的银餐具盛上鱼，又拿上古灯形状的调味汁杯，递给他。眼前的场景让他想起以前的家庭聚餐。

“吉丝呢？”他突然问道，好像忘了好几个月，突然想了起来。

昂图瓦纳看准了这个时机：“吉丝？她一直在那边，应该过得很幸福。她有时候会给我写信。复活节的时候还回来了三天……父亲留给她的那部分遗产，差不多能让她过上相对独立的生活。”

既然已经说到了蒂博先生的遗产，他也模糊地想谈到这个问题。他从来没有把弟弟拒绝遗产当回事。他已经和公证人谈妥，将遗产平均分成两份，并委托自己的经纪人保管属于雅克的那部分，等待弟弟收回那个荒谬的决定。

但是这个问题，雅克压根不会去想。

他问：“她一直在那个修道院待着？”

“不，她离开伦敦了。现在住在不远的金斯伯利，是修道院的分院。如果我没理解错，也是一种寄宿学校，那里有很多和她差不多的女孩子。”

雅克很后悔莽撞地提到这个话题，想起吉丝是会引起他内心的不安。因为他知道，对于这个姑娘的离家出走，自己是有责任的。她的出走是为了远离过去，远离这个充满回忆、希望破碎的地方。

昂图瓦纳带着笑容，宽容地说：

“你知道她是怎样一个人吗……她需要的只是一种纯粹的生活，有具体形式的集体生活，没有很严明的纪律，可以一边进行宗教活动，一边运动……”他用那带着一丝不易察觉的犹豫，重复地说，“看来她过得很好。”

雅克赶紧把哥哥从这个话题上转移开：

“老小姐呢？”

（冬天，在一封信里，昂图瓦纳已经得知上了年纪的老小姐住进了养老院。）

“关于老小姐，不瞒你说，我只间接地从阿德丽爱娜和克洛蒂德那才知道的。”

“她们两个一直在这？”

“是啊……是我把她们留下的，因为她们和莱翁关系不错……她们每月的第一个星期天都会按时去养老院探望老小姐。”

“在哪？”

“在潘度茹。你还记得‘高龄养老院’吗？沙斯勒就是为了把他专横跋扈的母亲送到那才搞得倾家荡产的。你不记得吗？这可是可笑的沙斯勒先生身上最搞笑的事……”

“沙斯勒先生现在怎么样？”雅克情不自禁地问道。

“沙斯勒？他过得很好！他在金字塔路开了一家搞发明的商店。据说这还是他在婴儿时就想要做的事……说实话，他好像做得挺好的……如果你经过那，可以去看看。他和他的搭档，两人真是绝配，狄更斯肯定会对他们感兴趣……”

两个人不由自主地笑了，在这时候，他们才找到了那种久违的手足情深。

“至于老小姐……”停了一会儿，昂图瓦纳接着说。他好像很难启齿，却又很想向雅克说清来龙去脉。他的语气很温和，让雅克感觉很新鲜。“你要知道，我从来没有想过老小姐会离开这里直到终老……莱翁，把色拉盆子放在桌子上就行，我们过一会儿再吃……这是水田芥色拉，”他对雅克说，等仆人都走了出去，他继续说，“和凉肉一起吃还是吃完凉肉再说？”

“吃完凉肉吧。”

等屋里就剩他们两个人了，昂图瓦纳便说：“我对你坦白地说吧，我从来不会做让老小姐离开的事。但是我不得不承认，是她执意要走的，我当然不能说不让她走。她如果在这，我对新生活的安排也就不那么容易了……当知道吉丝决定留在英国的养老院后，她也打算进养老院。吉丝曾想过带她的姑妈回英国，和自己在一起……可是这样不行，她只有一个想法，就是进养老院……每天吃过饭，她就将瘦骨嶙峋的手交叉放在桌子上，晃着小脑袋，唠叨起来：‘我又不是没给你说过，昂图瓦纳……我现在的状况……不想成为别人的负担……我都已经六十八岁了，就像在这种情况……’你能想象出来那种情形吗？背差不多快弯成直角，下巴贴着桌布，满是皱纹的手扫着桌子上的面包渣，声音颤抖：‘像我现在这种状况……’我只能回答她：‘好的，好的，这事以后再说……’况且，也的确如此——为什么都不说清楚呢？——这样的话，事情会变简单很多……终于，我妥协了……你不会认为我做得不对，是吗？……我特别留心将一切尽可能安排好……首先，我交了好多钱，是最高级别的待遇，让她能尽可能地过得舒服。我专门亲自给她挑选了两间相连的房间，又重新装修过，还将她以前房子里的家具搬了进去，尽可能减少她的陌生感。在这种生活条件下，她就不是被扔到养老院，没人管没人问了，你说是吗？她就像生活在家庭公寓里，还领着充足的养老金……”

他凝视着弟弟。雅克露出赞同的目光，这让他的心理负担减轻了不少，他马上高兴地说："确实如此。我不想欺骗别人也不想欺骗自己，她走之后，我确实感到如释重负，轻松了很多！"

他停下不说话了，又拿起了叉子。他已经好大一会儿没有吃东西，光顾着说话了。

这时，他低下了头，灵活地撕开一只鸭腿。虽然他神情很专注，但是很明显，他的注意力并不在手指上，而是在其他什么地方。

17

"我在想你刚才提到的那一千两百万个劳动者。"昂图瓦纳突然说，"怎么？你现在要加入社会党吗？"

他一直低着头，直到打量弟弟的时候，才抬起了头。雅克点了下头，算是给了一个明确的答复（其实，他也是在前几天才刚刚领到党员证。只不过是因为，现在的欧洲遇到了威胁，他才不得不放弃了独立的地位。他认为只有社会党才是唯一积极而又人数众多的活动，只有这样才能有效地反对战争）。

昂图瓦纳把色拉盆递给他，故作随意地问道：

"亲爱的，你知道自己，在当前这种政治圈子里生活，真的是你的理智的需要，真的能发挥你的文学功底，还是适合你的性格？"

雅克猛地把色拉盆子放在桌子上，心里想：

"真是的，他说话的语气越来越像父亲了，平庸又自负……"

昂图瓦纳显然在很努力地保持一种公正又漠然的语调。他犹豫了一下，终于明确地开口问道：

“说实话，你真的认为自己生下来就是当革命者的料？”

雅克望着哥哥，苦笑了一下，并没有立刻回答，只是把脸渐渐地沉了下来。

“我选择成为革命者的原因，”他的嘴唇在颤抖，最后终于说，“是因为我出生在这里，在这个家长大，是一个资产者的儿子……从小就耳濡目染，目击在这个特权世界赖以存在的各种不公平……小的时候，我就有种同流合污、共同犯罪的感觉！不错，我的确深刻地感受到了，虽然我憎恨这样的社会，但我还是利用了它！”

昂图瓦纳想要说什么，但被雅克用手势打住了：

“早在没有真正了解资本主义之前，甚至在还不认得这个字之前，也就是十二三岁，你还记得吧，我反抗我自己，反抗我的同学和老师们生活的这个社会……父亲存在的社会和他那个事业机构的社会！”

昂图瓦纳思考着什么，手里不停地搅拌着色拉。他带着嘲讽的意味承认道：

“我的老天爷，我先承认这个社会有它本身结构上的不足。但是由于习惯，无论这个社会怎样，他还是会一如既往地围绕着轴心旋转……不能太过苛刻……其实这个社会还是有道德、有责任和伟大的地方……以及它便利的地方！”他又加上了这句话，脸上一副老好人的样子，这要比那些话本身更让他弟弟感到不高兴。

“不，不对，”雅克的嗓音颤抖着，说道，“资本主义社会是不值得辩护的！它建立在人与人之间荒诞又毫无人性的关系之上！……在这个社会里，所有的价值观变得扭曲，人与人之间的尊重已经烟消云散，只有利益才是唯一的动力，人人都梦想着赚大钱！在这个社会里，掌握金钱的人拥有可怕的权力，他们收买媒体为其制造虚假舆论，奴役着这个国家！在这个社会里，个人和普通劳动者被打压在生活的底层！这个社会……”

“那么，”昂图瓦纳也生气了，打断了他的话，“照你这么说，劳动者是不会从这个现代社会得到一点好处了？”

“他们得到的好处能有多少？不！唯一得到好处的只是那些老板和股东，还有那些大银行家和工业大亨……”

“那你就认为，他们整天无所事事，游手好闲，依靠压榨人民的血汗过活，只知道泡妞喝酒？”

雅克很不屑地耸了耸肩。

“不！我在很公正地评价他们……至少他们中间优秀的人，就是这样。他们并不是无所事事，正好相反！如果说他们享受生活，这倒是真的！他们的生活，既忙碌又富裕——他们很乐于工作，同时又极其有钱。那是一种相当充实的生活，因为他们的生活充满了各种享受：脑力劳动和同行者所进行的体力竞争，再加上阴谋、赌博和成功带来的快乐。这种满足感是从生理和高阶层的社会地位，以及对他人的支配中得到的。一句话，这个社会是权力者的天下……你不能否认吧？”

昂图瓦纳没有说话，心里抱怨道：“真是的，嘴上像开了机关炮似的！真是蠢啊，在这里说了这么多！……不光说得多，还觉得自己说得很有道理！……”虽然他觉着很气愤，但是这种气愤会影响他公正的心态，弟弟话中提到的这些现象是不容忽视的。他想：“事实上，这些问题要比雅克这种思想简单的人想的要难很多……这些很复杂的问题，并不是那些人道主义的空想家所能解决的，而是需要学者，那些有清醒的头脑、有科学方法的学者，才能解决的……”

雅克狠狠地看了一眼他，下结似的地说：

“资本主义？毋庸置疑，它曾经是一个进步的工具……可是，在今天，由于无限度的发展，它俨然成了一种挑战，一种常理的挑战，一种正义的挑战，一种人类尊严的挑战！”

“哦！”昂图瓦纳说，“说完啦？还有吗？”

沉默了片刻。莱翁走进来换盘子。

“给我们上点奶酪和水果，”昂图瓦纳说，“我们现在就吃……瑞士干奶酪还是荷兰干奶酪？”他问道，同时把脸转向弟弟，故意表现出一副不在乎的样子。

“两个都不想要，谢谢。”

“那就来个桃子？”

“来一个吧。”

“等一下，我去给你挑一个。”

他故意用这种很热情的语气说。停了一会儿，他接着又用稍显缓和的语调说：

“那现在我们来严肃地谈一下。你知道资本主义是什么吗？这个我得告诉你，我不相信那种百搭的词语，尤其是像‘主义’这种虚幻的词……”

他以为自己说的那些难住了弟弟，但是雅克很平静地抬起了头。心里的愤怒好像平息了很多，嘴角上也呈现出了一丝微笑。他看了下四周，将目光停留在了那扇开着的窗户上。在这个时间，天色开始渐渐地暗了下来，灰色的楼房上面，天空逐渐褪去光芒。

“对我来说，”他试图解释，“我口中所说的‘资本主义’，它的定义是很明确的：就是分配这个社会中的财富，以及如何使用这些财富。”

昂图瓦纳沉思了一下，点了点头，表示赞同。两个人似乎都舒了一口气，谈话的气氛也不像刚才那样紧张了。

“桃子熟吗？要不要加点糖？”

“你知道吗？”雅克并没有理他，“你知道我最痛恨资本主义什么吗？因为它无情地剥夺了工人身上那些称之为人的东西。他通过工业集中化，剥夺工人们的家乡，他们的家庭，以及他们生活中有关于人的一切东西，迫使他们背井离乡，资本主义带走的不仅仅是这些，同时还有工人们对职业的享受。工人们变得就像群居的蚂蚁，在工厂这个蚁穴中不停地劳作！你能想象在这种非人的劳动组织中，劳动是怎么划分的吗？它不仅包括体力劳动、机械劳动，甚至还有脑力劳动！你能想象出工人们的体力劳动和机械劳动是什么样吗？怎么说呢？你能想象出工人们每天是怎样劳作的吗？你能想象出他们是怎样被当作愚钝的奴隶使唤的吗？……以前，工人们拥有纯熟的技巧，热爱自己的工作，十分在乎自己的小作坊。而如今，他们却一无所有，没有任何成就。这些工人的价值也仅仅在于一个齿轮，一个由千万零件组成的机器上的齿轮。而他们自己，却不知道这些机器是如何运作的，只是重复地进行属于自己的那部分活计。这些机器的秘密仅仅是少数人知道的，这些少数人就是——厂主、工程师……”

“当然了，受过教育有能力的人只占少数部分嘛！”

“工人们被剥夺了人格，昂图瓦纳……这就是资本主义的罪恶所在！他把工人们变成操纵的机器！有时甚至还不如机器！他们只是机器的奴隶！”

“冷静点，冷静点，”昂图瓦纳打断他说，“首先，我们要弄清楚，这不是资本主义，这仅仅是机器的广泛使用所带来的影响，我们不应该把这两者混为一谈……其次，我要告诉你，我觉得你极大地夸张了事实！我根本不相信工人和工程师之间存在这么大的隔阂。相反，在他们之间存在的是一种怜惜，相互配合与协作。很少有工人认为自己的机器是个秘密。工人们很可能不会发明，制造机器，但是他们非常了解机器是如何运转的，也经常对机器进行技术上的改造。不管怎么说，工人们喜欢自己的机器，他们为自己的机器感到骄傲和自豪，他们精心照料机器，关心机器的运转……斯蒂德莱尔去过美国，他曾经饶有兴趣地谈到了‘工业热’，控制了那里的工人阶级……我也曾考虑到医院。总之一句话，两者没有什么太大的区别……医院里也有领导阶层和工作阶层，也有脑力劳动和体力劳动之分。对我自己而言，我属于领导阶层。但是，我可以拍着胸脯向你保证，在我手下工作的人，哪怕是底层的杂工，都不是仆人。我们只有一个共同的目标，那就是治好我们的病人。我们每一个人，都竭尽自己所能。当我们在一起，共同努力，战胜病魔和险情的时候，你真的没有见过我们是多么高兴！”

“他说得总是很有道理。”雅克心里愤愤地想。

然而，雅克却认识到，自己对资本主义的批判，仅仅在于劳动组织以及劳动分配的层面，这样争论是很愚蠢的。

他努力让自己平静下来，接着说：

“资本主义让人最痛恨的地方，并不仅仅是它的劳动性质，而是强加在工人身上的劳动条件。当然，这指的并不是对于机器的广泛使用，而是拥有社会特权的人，利用这一条件牟取私利。如果简单地划分一下社会结构，那就应该是这样的：一小部分是精选出的资产阶级富豪，他们拥有大量的财富，其中，有些人勤奋努力，有才能，有些人整天游手好闲，无所事事；这些富豪拥有一切，掌控一切，占据一切有利的领导地位，独占利益却丝毫不与群众分享；另一部分，则是人民，是真正从事劳动的人，是被剥削的人，是人数众多的奴隶……”

昂图瓦纳笑了，耸了耸肩：

“他们是奴隶？”

“是的。”

“不，他们不是奴隶……”昂图瓦纳心平气和地说，“他们是公民……在法律面前，他们和厂主、工程师拥有同样的权利；他们也可以像那些厂主和工程师一样去投票，行使自己的选举权；没有人能够强迫他们做任何事情。他们可以根据自己的需要，选择工作或者不工作；他们也可以根据自己的需要，选择自己所想要从事的事业或工厂；他们也可以更换自己的职业和工作地点……虽然会受到合同的约束，但这些合同并不是强迫他们签订的，而是经过讨论和协商，自愿的……这也能叫奴隶？要真是这么说，他们是谁的奴隶？他们又是什么样的奴隶？”

“他们是贫困的奴隶！你说的这些话，就像是一个演说家在蛊惑人心，兄弟，你所谓的自由，仅仅是表面现象。实际上，工人们享受不到任何自由和独立。贫困，是贫困把他们牢牢地锁在这里！他们去努力工作挣钱，只是为了不挨饿受冻。所以，他们迫不得已被捆住手脚，将自己交给那些少数的资产者，那些掌握着工作、决定着报酬的少数资产者！你说：受过教育，掌握技术的人只占少数部分……我很清楚这一点。我说的并不是这些能力……不过，你来看一看实际情况：只要厂主乐意，他就愿意赏给工人们一口饭吃，虽然，他会支付给工人们工资，但这工资却只占工人劳动所创造出财富的一小部分，微乎其微的一部分。而剩余的大部分收益，都被厂主和股东们掠夺了去……”

“他们并不是掠夺的！剩余的这部分是他们合作应该得到的收益！”

“不错。从理论上来说，剩余的这部分确实是厂主领导工人们生产所应该得到的，也是股东们出谋划策，投资金钱所应该得到的分红。这一点我们一会儿再讨论……我们首先来比较一下数字。算一下工资和利润各有多少！……事实上，剩余部分才是最大的，很明显，同他们的合作并不成比例！最大的剩余部分都被资产者用来巩固他们的权力了！那些不用来享受和挥霍的钱，就又成了他们的资本，投入他们的事业中，就这样，像滚雪球似的。他们从劳动者那掠夺来的财富成为他们的资本，经过好几代人的积累，形成了资产阶级那至高无上、无可替代的权力，这种力利建立在那些可怕的不义之财之上……因为——我刚才想说的就是这一点——最大不义，还在于资本者因为投资而得到的最大的利润与劳动者们受苦受累，辛勤劳动所拿的工资不成比例。这个事实，才是最大的不义：金钱效力于金钱的拥有者，这些拥有者却不会动一下手指头，他们的财富就会给他们带来财富！……你有想过这些吗，昂图瓦纳？那些获利者由于发明了可怕的银行，以此为借口和托词，购买奴隶，让这些奴隶为他们努力地卖命！这些奴隶，拼命地为这些资产者干活卖命，却常常受到冷落，而那些资本家以距离远为借口，不管他们的死活，假装不知道这些奴隶的生活是多么悲惨，还硬说自己问心无愧……这才是最大的不公正：利用最虚伪、最狡猾、最不道德的手段，榨取工人们血汗，剥削他们所创造的利润！”

昂图瓦纳把椅子挪开，离桌子远些点，然后点着了一根烟，盘起了手臂。夜幕突然降临，雅克已经看不清哥哥脸上的表情。

“那能怎么样？”昂图瓦纳问，“难道你们的革命，就可以像魔术棒那样，挥一挥，就能够改变这一切？”

话语中，字字犀利。雅克推开盘子，把胳膊舒服地支在桌子上，在昏暗中盯着哥哥的眼睛。

“的确。从目前来看，劳动者是孤立无援的，生活窘迫，没有一点反抗和自卫的能力。但是，我们革命的第一把火就是给予他们最基本的政治权利。到那个时候，他们就能改变社会基础。他们也就会建立一个新的体制机构，一部新的法律。看到了吧，就是这种人剥削人，才是最大的罪恶。所以，首要的就是要建立一个没有剥削的社会。在这样的社会中，像你这样的大企业、大银行的寄生机构，就会将以前利用不正当手段积累起的财富，为了整个社会共享而重新流通。今天，数以万计劳动的穷人，连最低的生活保障都没有，他们哪来的时间和精力甚至兴趣，去学习和探索怎样发挥人的主观能动性？我们所说的消灭无产阶级在状况的革命，就是这个意思。真正的革命的人认为，革命并不仅仅是保证生产者拥有更广阔、更保障、更幸福的生活，首先，革命，要改变的就是劳动者在进行生产实践中的条件和环境，使劳动本身更人性化，使劳动不再是使人愚钝的奴役。工人们应该有自己可以支配的时间，不应该从早到晚，像工具似的劳作。他们也应该有时间思考，为自己考虑，应该根据自身的优点和能力，最大限度地发挥出来。在一定的限度内——而这个限度，并不像人们想象的那么窄——只是成为真正意义上的人……”

当他说到“而这个限度，并不像人们想象的那么窄”的时候，声音铿锵有力，很有说服力。虽然很轻，略带些沙哑，那些比他哥哥更具洞察力、更善于观察的人，或许会听出其中包含的疑虑。

昂图瓦纳并没有注意到，他在思考，最后终于让步，说：

“我还是很乐意……假设这一切能实现，但是什么方法才合适呢？”

“除了革命，没有其他的方法。”

“也就是一种新的无产阶级专政？”

“对，是一种专政……也必须从这开始。”雅克若有所思地说，“更恰当地说，是劳动阶级的专政……‘无产阶级’这个词，已经被人们滥用了。即使是在革命者的圈子里，大家也都努力摆脱在一八四八年像人道主义和自由主义这样老掉牙的词……”

“并不是这样的。”他这样思考着，他心里想到的是自己的词还有在组织里闲扯的那些。“但是必须这样走。”

昂图瓦纳没有说话，他并没有听清楚弟弟最后几句话到底是什么意思。他心里在想：“专政……”乍一听说，他觉着无产阶级专政并不像自己想象的那么难，他甚至很轻松地就可以想象出要是在其他的国家会是什么样，例如在德国，若是进行无产阶级专政会是什么样。但是他觉得在法国是不可能实现的。他认为：“只改变方向，是不可能建立起稳固的专政，要想一直保持这种专政的胜利状态，就必须有时间先巩固自己，创造雄厚的经济实力，这样才能真正地根植于子孙后代中。要是这样的话，没有十年八年是不可能完成的，甚至有可能会长达十五年，要持续地反对专制和暴政，不断进行斗争，镇压剥夺，直至一贫如洗。对于法国这个国家，它的公民，大部分是投石党人，是崇尚自由权利的个人主义者，他们看中个人，热爱自由，很多人都是靠着少量的救助金在生活。在这个国家里，一般的革命者都还或多或少地保留着小生产者身上的那种风俗和习惯——法国能够连续十年忍受这样严明的纪律吗？这样想的人大概都是发疯了吧。”

然而，雅克还在不停地抱怨着：

“在资本主义制度的笼罩下，对整个人类生活的奴役和剥削，只能随着资本主义一起被铲除。剥削者的占有欲就像个无底洞。近五十年来工业的发展，仅仅增加了这些剥削者的权威。他们觊觎世界上所有的财富！他们需要不断掠取和对外扩张，所以，对资本主义来说，要想让他们联合起来统治世界，却是不可能的。他们只会顾自己的发展，发展他们自己最重要的利益，就像是一家的几个儿子，为了争夺遗产，打得头破血流！……火烧眉毛的战争就会因此爆发……”（不管他怎么说，话题最终总是会回到战争）“但这次，他们是会遇到一股不可思议的力量的！感谢上苍，此时此刻的无产阶级已经不再像以前那样消极被动了！无产阶级是不会同意任何人，由于自己的贪婪和分裂而把他们拖向灾难的深渊。他们不想再一次成为失败者，现在革命正在走向第二步，首要任务就是，不惜一切代价阻止战争，然后……”

“然后？”

“然后，明确的目标也是必需的！……现在紧要的事就是充分利用各人民政党的胜利，利用高涨的反对帝国主义的舆论，进行强有力的反击，夺取政权……到那个时候，就有可能在世界范围内建立一个合情合理的生产组织，是在全世界范围内，你懂吗？”

昂圈瓦纳认真地听着。他点了点头，表示明白。但是他那似笑非笑的表情，也表明他心里还有别的想法。

雅克接着说：“但是，我很清楚地知道，革命的形势刻不容缓。为了达到革命的目的，革命者们需要立刻行动起来。”他借用了梅奈斯特雷尔的话，甚至还有他那斩钉截铁的语调，“这一局是很棘手的，但是，我们也不得不打这一局，因为它就要开始了。要不然，劳动人民还得再等半个世纪才能获得解放……”

沉默了一会儿。

“那么，你们有足够的人来实现这个宏伟的计划吗？”昂图瓦纳问道。

他尽量不使争论变得激烈，保持着思索的态度。他试图向弟弟表明自己的诚意，崇尚自由、刚正不阿的精神。雅克却不领情，态度很坚决。令人吃惊的是，这种不紧不慢的语调却惹恼了他。他并不傻，没有被蒙骗。

昂图瓦纳一直在同弟弟争论，争论的过程中始终带着自信和嘲讽的语气，这倒提醒了雅克，昂图瓦纳总是在以一种兄长的身份，一直以为自己经验丰富，更加聪明。

“人？是的，我们拥有足够的人，”他骄傲地回答道，“但是，那些伟大的实践者，那些天才领导者，往往并不像人们所期待的那样，他们总是会随着时代的发展，应运而生。”

他稍微停顿了一下，继续思考着，然后又不紧不慢地说：

“这所有的事情并不是天方夜谭，昂图瓦纳……朝着社会主义的发展将是最终的发展趋势。这是显而易见的。要想取得最后的胜利是很艰难的，唉，说不定也实现不了！不经过流血的动乱，也就实现不了最后的胜利。从现在的情况就能看出来，这个胜利是无法取代、不可避免的……到最后，总会建立一项遍及全球的制度，这也是显而易见的……”

“一个没有阶级的世界。”昂图瓦纳摇着头，带着讽刺地说道。

雅克装作没听见，继续说：

“……一个崭新的社会制度，同样也会带来很多我们无法想象的问题，但是，它起码解决了那些可怜的人现在所面临的经济问题。面对现在的情况，我们至少可以心怀希望！”雅克的热情，还有他坚定的信念，在暮色中显得更加鼓舞人心，但是，这一切反而加深了昂图瓦纳的怀疑。

他想：“起义。那就多谢了！……历史赤裸裸地摆在面前！我们努力，为了可以过上更加和谐的生活，是要付出多大的代价啊！……况且这种努力，是不可能持久地改善！要花招，急于破坏，急于新陈代谢，但是，后来就会慢慢发现这种新的制度带来了新的弊端。并且，言而总之，就像医学上一样，总是急于采用新的治疗方法……”

即使他不像弟弟那样，总是很严厉地看待当今世界，不管是天生就适应社会主义也好，还是漠不关心也好，总的来说，他很适应这个社会（也是因为，他对于那些专家有着一种极其的信赖）。到那时，他从来就不认为这个社会是完美无缺的。他想：“我相当乐意……相当乐意……所有的一切都能日趋完美。这不仅是文明的规律，还是生活的规律……但也是需要一点一点、一步一步地来！”

“为了走到这一步，”他说，“你觉得真的有必要革命？”

“就目前来说，是这样的……我认为就必须得革命，”雅克肯定又坦白地说，“我完全了解你心里是怎么想的。我也曾经花了很长时间思考，我也希望能说服自己，不需要革命，只需要改良就可以，仅仅对目前这种状况进行改良……但是现在我不这样想了。”

“但是，你口中的社会主义不也是一步一步、一年一年实现的吗？到处都是这样子，即使是在君主专制的国家，就像德国？”

“不。你所说的例子倒是能说明这一点！这些改良仅仅在表面上缓解某些现象，但是却不能从根本上解决问题！这是很自然的。那些崇尚改良的人，不管他们的改良拥有多么好的心愿，但是他们的目的，始终只有一个，那就是维护他们那些恰巧应该被打倒的政治和经济体制。我们不能奢望资本主义自我毁灭，自取灭亡！每当他们感觉自己被自己制造的混乱逼得无路可走的时候，他们就会从社会主义中择取一些改良的方式……仅此而已。”

昂图瓦纳仍然坚持己见：

“要是真的明智，就应该接受改良！这些局部的改良还是很符合你所谓的理想社会的。”

“这些胜利是虚无缥缈的，是被迫同意又没有丝毫意义的让步，这些事情根本就不会改变本质。在你所说的那些国家，仅仅依靠改良，能带来什么重要的改变吗？那些被金钱所统治的权力，没有受到丝毫的影响，他们继续掌控着广大劳动人民，继续将他们掌控在自己的魔爪之下，他们继续操控着新闻媒体，腐蚀或恫吓着政治当局。所以，想要触及事物的本质，就必须挖掘它的制度根基，就必须全面地实施社会主义！要想让贫民窟就此消失，就必须推倒一切建筑物，重新建设……”他感叹道，“现在我很相信，只有革命，只有从底层发出撼动内部，重新定义一切的大动乱，才能彻底地铲除掉资本主义这个大毒瘤……歌德认为，要是在不义和混乱中选一个，他宁可抛弃混乱而选择不义。我却不这样认为！因为没有正义，哪来真正的秩序！我认为任何事情都比不义强很多……不管是什么！”他突然放低自己的声音，说，“甚至也包括动荡的革命！”

他心里想：“要是米特尔格听到我的话，他肯定会感到很高兴的……”

他又思考了半天。

“我唯一希望的就是，不要所有的国家都必须经过流血牺牲才可以革命……为了让‘八九年原则’传播到世界各地，并受之影响，没有必要在所有的国家，都竖起像一七九三年那样的断头台：法国已经打开了第一个通道，世界各国人民都可以利用这个通道……所以，毋庸置疑，只需要一个民族，或许是德国？——付出自己血与肉的代价，就可以建立新的秩序，而其他国家就会纷纷效仿，事情就会徐徐地向前演变……”

“如果这个国家是德国，动乱就动乱，由他去吧！”昂图瓦纳讽刺地说道，“可是，”他变得很严肃，接着说，“在你们建设新世界的时候，我对你们是很有信心的。不管你们采取什么样的方法，都是要在相同的基础上，利用同样的材料建造。这种基础是很难改变的，那就是人性！”

雅克唰地变白了，为了掩饰自己的慌乱，他把脸转了过去。

昂图瓦纳并没有发现，他刚才所说的触动了弟弟心底的创伤，一种无法治愈的创伤……这些人对于未来的信心，才是革命能够存在的真正原因，这是一切革命激情的真实跳板。可是，让人心寒的是，这种信念只在雅克的脑海中一闪而过，只是短暂的一瞬间，只是暂时的感染而已，他从未发自肺腑地将这一信念认定是自己的。他对人类怀有无比的怜悯，他向人类浮现出了自己所有的爱，但不管他付出了多少，这些都是枉费，没有任何效果。他满怀真挚的热情和信心，不断地重复着那个学说，却始终对人的精神抱有怀疑的态度。在他的内心深处，他始终认为拒绝是感人的：他不相信，也不能真正地相信人类的精神是始终进步的这个教条主义。进行彻底的改变，建立一个新的制度，重新组建一个组织，更好地完善人的生活条件，这些都是好的想法。但是，要是相信这个社会产生的新的秩序会产生更好的人类，这点还是不能相信的。每次认识到自己这种发自内心的疑心时，他的心里就充满了内疚、羞愧和绝望。

“我并不幻想人的本性可以达到完美，”他变了下音调，承认道，“但是，我可以看到，现在的人深受当今社会制度的影响，他们变得沉沦。在这种制度的压迫下，他们变得卑微，道德精神上变得匮乏，他们仅仅由最本能的东西支配着，而且他们身上那些可能得以提升的本能，也被压抑得将要窒息。同时，我并不否认，这些卑劣的本能，是蕴藏在他们身体里的。我也只是这样想想——我倒宁愿这样想，并不仅仅只是拥有这些本能。在我看来，我们现在所处的经济文化正在阻碍着人的本能朝着好的方向发展，阻挡着善良战胜一切。另一方面，我有权利认为，只要人们心中美好因素得以发扬光大，以后，人们也会有一种截然不同的面貌……”

莱翁把门稍微打开了一点，他等雅克把话说完，声音沙哑地说道：

“咖啡已经煮好了，在书房里面。”

昂图瓦纳转过了身子：

“还是端到这边来吧……把灯打开……开天花板的那一盏灯就行了……”

灯亮了起来，亮光照在整个房间里，十分温柔。

“小心点。”昂图瓦纳心里想道，他根本就没有想到，在这一方面，他和弟弟差不多能有一致意见。“在这里，我们谈到了关键问题……在天真的人看来，人们身上的那些弊端、那些不完美，都由这个社会造成的。所以，他们自然而然地将那些希望疯狂地寄托在革命上。如果他们能够按照原来的态度去看待问题……他们就会明白，人，本来就是肮脏、下贱的动物，没有办法，仅此而已……不管是什么样的社会制度，都会倒映出人性中，无可救药的缺陷……那么，冒险掀起动乱又有什么好处呢？”

“在现在这个世界，那些混乱层出不穷，不仅仅局限在物质方面……”雅克又操着沙哑的嗓音说。

莱翁端着放咖啡的盘子走了进来，打断了他们两个人之间的谈话。

“放两块糖？”昂图瓦纳问。

“一块就行。谢谢。”

两个人又沉默了一会儿。

“这所有的一切……一切……”昂图瓦纳面带微笑，嘴里嘀咕着，“亲爱的，你想听实话吗？这所有的一切都只是乌——托——邦！”

雅克看着他，心里想：“他刚才竟然说‘亲爱的’，语气和父亲一模一样。”瞬间，他感到怒火涌上了心头，那就索性把这股火发出来吧，发火，也可以摆脱心中的烦恼。

“乌托邦？”他大声地喊道，“你大概没有想过，在你口中所说的‘乌托邦’，对千千万万个认真思考过的人来说，这是他们经过深思熟虑，用心思考而得来的纲领，只要时机合适，这些都可以应用于实践！……”（他想到了日内瓦的梅奈斯特雷尔、俄国的理论家若莱斯）“或许我们有幸可以活到那一天，那一天，我们可以看到在地球的某一个角落，实现这个乌托邦，可以由这个乌托邦产生一个新的社会！”

“到那个时候，人也仅仅是人，”昂图瓦纳嘟囔道，“还是会有强者和弱者之分……虽然人与人是不一样的，但事实就是这样。强者的权力会建立在别的机构上，由一种不同于我们的法规建立的机构……他们将会想成一个新的由强者统治的阶级，而他们则是这个阶级的受益人……这就是规则……同时，尽管我们的文明有很多优秀的方面，但这又能怎么样？”

“是啊，”雅克好像在自言自语，忧郁低沉的声调让哥哥感到很吃惊，“人们只能以丰富的经验来回答你们这些人提出的问题……你们的地位是很好的！当今世界所有感到自己的地位很好的人，都会想尽一切办法来维持现在的状态，保住现在的地位！”

昂图瓦纳突然猛地放下杯子。

“但是我却时刻准备着接受另一种地位！”他大声地说。这让雅克感到很高兴。

雅克心里想：“有自己的信念，而这种信念却不隶属于他所拥有的生活，这已经很好了……”

昂图瓦纳继续说：“你根本无法想象，我觉得自己整个人都是自由的，游离在社会之外，没有任何束缚！仅仅就是一个公民！……

我有自己的职业，这也是我唯一忠实的事情。除此之外，你们在哪组织一个全新的世界都行，但是要在我的诊室之外！如果你们认为，自己可以建立一个巩固的社会，在这个社会中没有贫穷，没有浪费，没有低级趣味和卑鄙欲望的社会；在这个社会中，没有不公平，没有腐败，没有特权，到那个时候，弱肉强食的生存法则已不再有用武之地，人与人之间再不会互相吞噬——那你们就放手做吧！……赶紧去做！……我根本不会为资本主义说话。资本主义，在我出生之前它就是这样存在的，我已经在这里面浮沉了三十年了，我早已经习惯了，我也已经接受了它，如果有必要，我还会利用它……但与此同时，我时刻准备着接受其他新的事物！如果你们觉得自己找到了好的东西，那真的皆大欢喜！……对我自己而言呢，只要求能做自己天生就擅长的东西。你们愿意怎样就怎样，只要不剥夺我做人的职责就行……但是，”他又充满激情地说，“不管你们的制度多么趋于完美，即使你们能让博爱成为一种普遍的现象，你们也不可能保证所有的人都是健康的……病人还是会有的，所以医生的存在也是必需的。所以，我认为，我跟别人的关系也不会在根本上发生什么变化……希望……”他眨了眨眼，“在你所说的社会里，你能让我有种……”

前厅的门铃突然响了起来。

昂图瓦纳一惊，竖起了耳朵。

他没有理会，接着说：

“我想要的是某种自由，嗯，这是不可或缺的条件，自由是指某种职业的自由。我想说的是，这种自由不仅是思想上的自由，更是职业上的自由……同时也包括不可避免的风险……当然，还有责任……”

他闭上了嘴，仔细地听着门外的动静。

莱翁打开了楼梯的门，门外传来了一个女人的声音。

昂图瓦纳把手按在了桌子上，准备站起来，脸上已经恢复了往日职业医生的神情。

莱翁站在了门口。

他还没有来得及说话，有个女人从他的后面匆匆地跑了过来。雅克身体一哆嗦。脸突然变得煞白，他认出了这个女人，她就是贞妮·德·丰塔南。

18

贞妮没有认出雅克。也许她的注意力没有在他身上，没有看到他。她慌慌张张地径直走近昂图瓦纳，着急地说：

“快去看看吧……爸爸受伤了……”

“受伤了？”昂图瓦纳问，“严重吗？伤到哪里了？”

她用手指了指太阳穴那个位置。

从她慌乱的神情，还有那动作，加上他对热罗姆·德·丰塔南的生活为数不多的了解，这使作为医生的他敏感地想到，或许发生了惨剧。这是他杀，还是自杀？

“他现在在哪？”

“在一家旅馆里……我知道在哪，我有地址……妈妈也在那，她在那等您……快点去吧……”

“莱翁，”昂图瓦纳喊道，“快去通知维克多……让他准备好汽车，快点！”

他又转向那个女人，问道：

“在旅馆？为什么会在旅馆？……受伤多久了？”

她没有说话，却把目光投向了坐在那里吃饭的那位客人——那是雅克！

他耷拉着脑袋，感觉到贞妮灼热的目光刺痛了他的脸。

自从那个夏天在拉菲特别墅区分别之后，他们就再也没有见过面，这一别就是四年！

“快点带上我的医药箱。”昂图瓦纳说完这句话，就向门外冲去。

这个时候，贞妮独自面对着雅克，身体不由自主地哆嗦起来。她紧紧地盯着地毯，嘴角开始微微地颤抖。雅克屏住呼吸，心潮澎湃，如果是在一分钟之前，他不会想到现在自己会紧张甚至慌乱。他们两个同时抬起头，四目相对，两个人的表情是同样的诧异、同样的紧张，两个人的眼睛都睁得大大的。贞妮的眼睛里还闪现着一丝惊恐，但她又立刻垂下眼睛，遮住了那些惊恐。

雅克木讷地向前走了一步：

“坐下吧……”他结结巴巴地说，挪了一张椅子过去。

贞妮并没有说话，还是笔直地站着，站在从天花板上落下的灯光里，脸颊上闪动着睫毛洒下的阴影。她身穿单色的衣服，紧紧地包住身体，显得很高挑。

昂图瓦纳突然冲了进来，他已经穿好了要出门的衣服，帽子也已经戴好了。莱翁跟在他的身后，手里提着两个急救箱。昂图瓦纳把桌子上的餐具和食物推开，打开了急救箱。

“那，你向我说下具体情况……汽车还要一会儿才能准备好……

这到底是怎么回事，怎么会受伤？怎么受伤的？莱翁，快点，帮我拿一盒敷料纱布……”

他一边说话，一边从箱子里拿出一把小镊子和两个药瓶，放进了另一个箱子里。他动作虽然迅速，却非常熟练、准确。

“我也不清楚……”贞妮说话结结巴巴，昂图瓦纳一回来，她便很快地凑了过去，“他受的是枪伤……”

“啊！”昂图瓦纳惊讶地喊道，身子却没有转过来。

“我们甚至都不知道他在巴黎……妈妈以为他还在维也纳……”

她的声音有点低，还上气不接下气，但是字字铿锵有力。即使是在这种慌乱中，她还能表现得坚强勇敢。

“半小时之前……他住的那个旅店有人来告诉我们……我们就找了一辆车……妈妈顺路把我送到这。她不愿意再等了，但是……”

她还没有把话说完，莱翁这时候就拿了一只镀镍盒走了进来。

“好了，”昂图瓦纳说，“那我们现在就走吧……旅馆离这很远吗？”

“弗里德兰林荫路，二十七号乙。”

“你和我们一起去！”昂图瓦纳对雅克说。口气并不是征求意见，而是命令。他又接着说：“在那边，我们可能会用到你。”

雅克眼睛盯着贞妮，不说一句话。贞妮也没有说一句话，但是她感觉他是愿意去的。

“我们走吧。”昂图瓦纳说。

汽车还没有开出车库，车灯却照亮了整个院子。维克多匆匆关上汽车引擎盖，昂图瓦纳已经让贞妮先上了车。

“我坐在前面。”雅克坐在了副驾驶的位置。

车子一直开，直到协和广场，车速很快。但在香榭丽舍大道，来往的车辆很多，司机只能放慢速度。

昂图瓦纳坐在后面的座位上，靠近贞妮，一句话也不说，他不想打破这种平静。他尽情地享受着平静的气氛，就是这种静静等待的时候，在这种精力还没有被耗尽的时候，他准备着一会儿就大展手脚。他漫无目的地看着窗外。

贞妮缩在车角落里，尽可能地远离一切，却还止不住地浑身哆嗦，就像是桌子上震动着的水晶杯。

在这个旅馆的伙计因为不怎么熟悉，所以满怀戒备地走了进来，高声地说："住在九号房间的那位先生，朝着自己的脑袋开了一枪。"

从这个时候开始，贞妮就捏着手，没有说一句话，也没有流泪，只是浑身颤抖地坐在出租车上。在到大学路的这一路上，她的全部心思都仅仅集中在那个受伤的人身上。直到她看到了雅克，便把父亲的事抛在了脑后……现在那个人，活生生地坐在她的面前，那宽厚的肩膀一如从前，她尽量避免自己的目光落在他的身上，可是，没有办法，这宽厚肩膀，把她的全部注意力都被紧紧地抓住了……她紧紧地咬着牙齿，用左臂使劲地压住胸膛，她想就此按捺住那想要跳出来的心，她倔强地继续低着头。这个时候的她，已经没有心思去想为什么现在的自己内心会这么混乱。有时候，她只能眼睁睁地看着生活的悲剧再一次把自己笼罩，却无能为力，她曾因此差点丧命，曾经她以为自己已经从那个阴霾中摆脱了出来，但在这个时候，这一切，又重新涌上心头，这是多么残忍啊。

这时候，紧急的刹车才让她抬起了头。汽车在圆形的广场上不得不停住，给回军营的军队让路。

"真是急死人！"昂图瓦纳把头转向贞妮，说道。

一队年轻的军人，排成了密集的队形，手里挥动着三角帽，紧紧地跟在乐队的后面，步履坚定又整齐，扯开嗓子高唱着进行曲。马路的两旁站着密密麻麻的围观者，有很多纠察在维持秩序，聚集的人们冲着军队大声喊叫着，并向军旗脱帽致敬。

司机看到雅克没有摘掉帽子，也就放心地继续戴着自己的鸭舌帽。

他口无遮拦地说："当然……在这地方，是他们的天下……"雅克耸了耸肩，像是在支持他，他又接着说，"要是在我们贝尔维尔，他们才不可能像这样叫嚷！每次到最后都会发展成混战……"

还好队伍是朝着协和广场去的，往左拐，安丹大街人就很少。

几分钟之后，汽车加大了马力，爬上了斜坡，开进了费里德兰林荫路。

昂图瓦纳已经早早地打开了车门，准备下车。当汽车一停，他就立马跳下了车。贞妮也一使劲从座位上挣扎着站了起来，她躲开了昂图瓦纳伸给她的手，站到了人行道上。在这一瞬间，投射到人行道的旅馆门口的灯光刺得她的眼睛有点晕头转向，险些摔倒。

"跟着我，"昂图瓦纳轻轻地拍了拍她的肩膀，说道，"我在前面走。"

她鼓足了勇气，站直了身子，跟了上去，问道："他在哪？"

她还在想，没有勇气转过头（即使在这种情况下，在这个时候，她心里想的也不是父亲）。

韦斯特明斯特旅馆是一家专门接待外国人的地方，有很多的旅馆分布在这个星形广场附近。小小的门厅灯火辉煌。最里面是一道玻璃门，隔着这扇门可以看到里面还有一道回廊，三五个人坐在那里一边抽着烟，一边打着扑克。一架被绿色植物掩盖的钢琴，不断地传出阵阵琴声。

昂图瓦纳对前台说了几句话，然后看到门房朝着一位身穿黑色绸缎的胖女人示意。这个女人立刻从收款处站了起来，一句话也不说，吊着个脸，满脸的不高兴，急急忙忙把他们带到了电梯门口。直到栅栏门关上，贞妮才松了一口气，她发现雅克并没有跟他们一起上楼。

她还没来得及使自己镇定下来，就在楼梯的平台上遇到了母亲。

丰塔南太太面容略显憔悴，但是憔悴中还透着一丝镇定。贞妮早就注意到了母亲的帽子斜戴着，这种一反常态的现象比母亲那忧虑的眼神更触动她的心。

丰塔南太太的手里捏着一个信封，她紧紧地抓住昂图瓦纳的手臂：

“他在那边……您跟我来……”

她匆匆地拖着昂图瓦纳，往走廊走去：

“警察刚走……他还活着……一定要把他救活……旅馆的医生说不能移动他……”

她把脸转向贞妮，她不想让自己的女儿看到父亲受枪伤的样子。

“你在那边等着，不要过来，亲爱的。”

她将手里拿着的信封递给了贞妮。这封信是别人在手枪旁边的地板上发现的。捡到信的人，看了信封后，就立马派人赶到天文台林荫路去报信。

贞妮独自一人站在楼梯的平台上，她想借着天花板上昏暗的灯光看清父亲写的信。在信的最后几行，是她的名字，“贞妮”，映入她的眼帘：

希望我亲爱的贞妮能够原谅我。原谅我没有机会向她表达我对她的爱……

她双手颤抖。这种颤抖通过神经抑制传到指尖，她试图用伸缩四肢来压抑这种颤抖，但是没有效果；她尽量坚持着，把信看完：

苔蕾丝！请不要责怪我。您要是能够体会我走这一条路的时候多么痛苦，该多好啊！您一直对我那么宽容。朋友，我给您带来了那么多痛苦！您是多么善良，多么正直啊！我心里很内疚。对您，我一直以怨报德。然而，我还是一如既往地爱您，我的朋友。您知道就行了。我爱您，您是我唯一爱过的人。

信上的每一个字，都戳中她的眼睛，眼睛开始变得干涩、灼热。她的目光不时地从信上挪开，朝楼梯口不安地张望。她总是有一种感觉，她觉得雅克就在附近，离她不远。她非常害怕雅克出现，以致不能把注意力集中在信中哀伤的句子上。这是她的父亲，在开枪之前，用铅笔在纸上歪歪扭扭地写的，留下了他对自己四年的感情：

“希望我亲爱的贞妮能够原谅我……”

她四处张望着，想找到一个可以藏身的地方，可是找不到。那边角落里有一张长凳，她晃晃悠悠地走了过去，坐在凳子上。她不想知道现在自己是什么感觉，她只是觉着很累。她多想现在就死去，就此解脱。

但是，她无法控制自己的思绪。往事一幕幕地出现在脑海中，历历在目，就像过电影似的，那么真实……其实，对贞妮来说，真正不可理喻的事，要从一九一〇年夏末开始，还在拉菲特别墅区。

那个时候，她就发现雅克喜欢上了她，这种喜欢与日俱增，执着地想要征服她。那时的她也惊慌地发现自己对他的爱恋慢慢加深，但突然之间，他没有跟她再说一句话，没有再给她写过一封信，也没有任何的行动来减轻这种冒犯的态度，他不再出现……直到后来的一个晚上，昂图瓦纳打电话给达尼埃尔：雅克失踪了！对于她，开始经受爱情的折磨，整天在想，他为什么要逃走？或者更坏：为什么要自杀？这个孤僻的孩子是不是带着什么秘密，就这样一走了之？……从一九一〇年十月，一天又一天，她周围的人没有发现她的痛苦，甚至她的母亲也没有察觉，她焦虑地关注着昂图瓦纳和达尼埃尔的寻找，寻找着逃跑人的蛛丝马迹，但是一直没有结果……这种状态一直持续了好几个月……她一直都在沉默，一直都在焦虑，甚至连宗教支撑都没有，只是独自一人经受着这种令人窒息的气氛。她不仅坚持着隐藏自己的绝望，还有隐藏身体上的痛苦。在这样的打击下，身体开始变得虚弱……就这样，贞妮独自一人默默地忍受了一年，情况有时好有时坏，到最后，精神终于趋于好转，只需要好好地调养身体。医生让她去山里度过夏天，等天气凉了，就到南方去……直到去年秋天，她在普罗旺斯看到了达尼埃尔写给母亲的信，才知道有了雅克的消息。他住在瑞士，还回了巴黎参加了蒂博先生的葬礼。有几个星期，她感到自己原本平静的心开始变得心烦意乱，不过，很快就平静了下来，直到现在，她才发现，心里的创伤已经被时间愈合，不，她和雅克之间已经没有任何关系了，一切都已经结束，再也没有什么关系……没有任何瓜葛，她一直这样认为！但是在今晚，这个在她一生中都很悲惨的晚上，他又出现了，还是那样灵动的眼睛、冷淡的面孔！

她坐在长椅上，俯身向前望去，眼神惶恐。她的思想还在驰骋……他会怎么样呢？难道，这次短暂的相遇，短暂的四目相对，就能卷起往事的尘埃，仅仅一小时就能打破她用一年时间换来的平静吗？

雅克听从哥哥的话，待在前厅。

那个穿黑色绸缎的胖女人又回到了收款台，不时地透过眼镜向他投来敌意。雅克透过玻璃门，不时地看到，在远处，由一架钢琴和一把小提琴组成的乐队，很努力地在演奏着一曲探戈，一个舞者在独舞。在餐厅里，来得很晚的人也已经吃完了晚饭，可以听见从食器间传来锅碗瓢盆碰撞的声音。几个服务员，托着托盘来回走动，不时地走到柜台前，轻声地说："三号，一瓶埃维昂矿泉水。""十号结账。""二十七号两杯咖啡。"

一名侍女从楼上跑下来。穿黑色绸缎的女人用笔尖指了指雅克。

她递上了昂图瓦纳写的字条：

"给埃凯大夫打电话，让他赶紧过来。帕西 09-13。"

雅克问了问哪儿有电话。他听出了接电话的是尼科尔，但是他并没有说出自己的姓名。

埃凯在家，他马上过来听电话：

"我这就去。十分钟之后到。"

账房太太在电话间的门口等着。只要是跟"九号那个傻瓜"有关的一切事情，她都觉得很可疑。生病的人，在旅馆里已经是不受欢迎的了，更何况是来自杀的人！

"您应该明白，这种事，在我们这样的小旅馆……我们不可能……也绝对不可能……必须立刻……"

这时候，昂图瓦纳出现在楼梯上。他没有戴帽子，身边也没有别人。雅克赶紧迎上去，问道：

“情况怎么样？”

“他还处在昏迷中……电话你打过了吗？”

“埃凯马上就到。”

穿黑色绸缎的女人坚决地朝他们走过来。

“您应该是家庭医生吧？”

“是的。”

“我们不能留他在这里，您应该理解……我们这样的小旅馆……必须得把他送到医院去……”

昂图瓦纳并没有理会她，领雅克来到前厅的另一头。

“到底是为什么？”雅克问，“他为什么要自杀？”

“我也不知道。”

“他是自己一个人住在这里？”

“我觉得是。”

“你要马上上楼？”

“不。我得在下边等凯特，我有话要对他说……我们先坐下吧。”

刚坐下他又站起来：

“哪里有电话？”他突然想起了安娜，“盯着门口，我一会儿就回来。”

安娜躺在沙发上，开着窗户，没有打开灯，她拉上了窗帘。这时候，电话铃声响起了，她有种不好的预感，昂图瓦纳不会来这了。她拿着听筒，听他解释，却都没听到心里，搞不懂他说话的重点是什么。

“您听懂了吗？”他很惊讶为什么她不说话。

她不知道说什么，喉咙哽咽着，非常难受，透不过气来。她强忍着，振作起来，低声地说：

“……你别骗我啊，托尼，这是真的吗？”

声音变得很低，声调都变了，他强忍着，最终忍不住了，发起火来：“你说什么？还问是不是真的？我不是告诉你了……他现在昏迷不醒！我得在这等外科医生！”

她恼怒地握着话筒，不敢再开口说话，害怕自己哭出来。

他没有挂电话，还在等着。

“那你现在在哪？”她终于开口问道。

“在一个旅馆……在星形广场附近……”

她像回声一样，声音微弱地重复：

“星形广场？”听了好大一会儿，“就在附近啊……你离我很近的，托尼！”

他笑了笑，说：

“是啊，离得不远……”

她从他的声音中听出来，他在笑，心里也慢慢燃起了希望。

“我知道你在想什么，”他依旧笑着，“但是，我还要说的是，我要一整夜都留在这里……你最好还是赶紧回家，这才是明智的。”“不！”她快速却又声音低沉地说，“不，我才不要挪地方！”她又停顿了一下，又声音很小地说，“我在这等你……”

她仰下上身，耳朵离开了听筒，深呼吸。她远远地听到话筒里含含糊糊的声音：

“……我要是能脱身这是最好的……但是别抱太大希望……早点睡觉吧，晚安，亲爱的……”

她慌忙将话筒靠近耳朵。

昂图瓦纳却已经挂了电话。

然后，她又重新躺回了沙发里，目光呆滞，身体绷得很直，两条腿并在一起，紧紧地把听筒贴在脸上。

“不用说，丰塔南太太确实是个了不起的女人。”昂图瓦纳默默地回到了雅克的身边，坐下说。过了一会儿，他又接着说：“你一直都没见过贞妮？”他突然想到当年弟弟不辞而别，还有他以前看过《小妹妹》这个故事曾有过的感受。

雅克吊起了脸，摇了摇头。

一辆车停在了旅馆的门口。埃凯出现在门口的台阶上，身后跟着的是他的妻子。尼科尔一直都没有原谅自己的姨夫热罗姆。她认为，姨夫应该为母亲的不检点行为负责任，这个让人厌恶的结局在她看来就是上帝对她的惩罚。但是在这种悲伤的时候，她不想让自己的姨妈苔蕾丝和贞妮独自去承担这一切。

埃凯在门口稍微停了一会儿，夹鼻眼镜后面的眼睛，仔细环视着前厅。他看到昂图瓦纳正在朝他们走过来。雅克刻意地站在了一边，没有认出来他。

在那个小女孩死的那个晚上之后，昂图瓦纳就从未见过尼科尔（他后来才知道，不久前，尼科尔生下了一个死胎，也是难产，这对她来说，不仅是身体上的伤痛，更是精神上的伤痛）。她瘦了很多，以往的那种青春焕发、满脸自信的笑容已经不再出现在她的脸上。她向他伸出了手，两个人四目相对，这让尼科尔的脸稍微地抽搐了一下，昂图瓦纳总是与她痛苦的回忆有联系，今晚也是一样，他又出现在她痛苦的时候，又处在这种悲伤的气氛中……

昂图瓦纳一边和外面的外科医生在耳语着什么，一边来到电梯。

在他们走进那个玻璃门之前，雅克远远地看到哥哥用手指指了指太阳穴的地方。

那个穿黑色绸缎衣服的女人从收银台后面跳了起来。

“这是个亲戚？”

“他是外科大夫。”

“我觉着，不应该在这里动手术吧！”

雅克转过了身，不再理会她。

大厅里的音乐早已经停止了，餐厅里的灯也熄灭了。火车站的大旅行客车送来了一对年轻的夫妇，他们大概是英国人，话不多，拉着很漂亮的旅行箱。

十几分钟过去，女仆又送来了昂图瓦纳写的字条：

“以埃凯名义给贝特朗诊所打电话，纳伊利五四零三号，让他们马上送来一辆可以容纳病人躺着的救护车，再准备好一间手术室，准备手术。”

他立马出去打电话。

打完电话，出来电话室的时候，他遇到了账房太太，她站在门口，面带微笑，一脸的和气。他看见昂图瓦纳和埃凯两个人穿过了前厅，而外科大夫独自一人钻进了汽车里。

昂图瓦纳转过身，朝着雅克走过来。

“埃凯想在今晚把子弹取出来。这是唯一的机会……”

雅克用疑惑的目光看着他。昂图瓦纳噘了下嘴。

“子弹陷进头颅很深。能够取出来的话，也是个奇迹……你现在听我说，”他向走廊的尽头放着通信录的地方走去，“丰塔南太太想把这件事告诉在吕内维尔的达尼埃尔。你得找一家通宵营业的邮局，比如在广场附近的那家邮电局。”

“人家会准给他假吗？”雅克反问道。他心里想:“在这种情况下，而且他又在边防……”

“当然会的……为什么不会准假呢？”昂图瓦纳没有明白雅克什么意思。

他已经坐下，开始准备起草电报。但是他突然改变了主意，把纸揉成了一团。

“不行……最好的方法就是给上校打电话。”他又重新拿起一张纸，边写，嘴里边念道，“……请您马上……准许丰塔南……告假……他父亲……”写完后，他终于站了起来。

雅克听话地接过了电报：

“发完电报我是去诊所找你？诊所在哪？”

“……你自己看着办，地址是比诺大街十四号……但是，这又有什么用呢？”他想了一下说，“我的弟弟，你还是回去休息吧……（他差一点就问了出来：‘你要住在哪里？愿意住在大学街吗？’但是他没有说出来）明天早上八点之前给我打一个电话，到时候我会告诉你情况。”

雅克正要离开，他又把弟弟叫住：

“不管怎么样，你还是要给达尼埃尔发个电报，再把诊所的地址告诉他。”

19

当雅克从交易所广场的邮局出来后，已是午夜了。

他想到达尼埃尔，想象着当他拆开刚才自己发出的电报，以“蒂博医生”署名的电报。他呆呆地站在人行道边上，心里乱作一团麻，空旷无人的广场上，灯火通明，但他却感觉什么都看不到。他觉得四肢很难受，像发烧了似的灼热；脑袋也跟着昏昏沉沉的，心里想道：“我这是怎么啦？”

他一挺腰，站直了身子，穿过人行横道。虽然有微微的凉风吹过，但这时候的夜晚还是很闷热。他没有目的地向前走着。“我到底怎么啦？”他心里又想道，“贞妮？”一个穿着蓝色罩衫的姑娘，那苗条又苍白的身影，就像当年一样突然出现在他的眼前。就仅仅只是在一瞬间。他立马把这个影子赶走，不费吹灰之力。

他走过维也纳路来到了普瓦索尼埃尔大街，停住了脚步。在这个夏天又是星期天晚上，以往这个时候路上都是空荡荡的，没有一个人，但在这个时候，街上却热闹了起来：电影正好散场，咖啡馆的露天座椅上开始坐满了人。一辆辆敞篷汽车风驰电掣地朝着歌剧院开去。人行道上，人们也开始向四面八方走去。几个戴着插花宽边帽的妓女，体态轻盈，逆着人流向前走去，不停地打量着一些单身的男人。

雅克站在街角，依靠在一家店的门上，看着这些人熙熙攘攘地走在大街上。像昂图瓦纳那样盲目的人是很多的。在这些边说边笑走在马路上的人，有谁能意识到自己所在的欧洲已经陷入危机？……雅克从没有过这种感同身受的痛苦：成千上万无忧无虑的人，他们的命运却掌握在几个偶然被选择出来的人手中，而各国人民为了维护自身的安全，更是荒唐地将希望都寄托在这几个人的身上。

一个卖报的趿拉着一双破鞋，有气无力地叫喊：

“关注第二版……《自由报》……《新闻报》[①]……”

雅克买了一份报纸，站在路灯下阅读：“卡约事件……普安卡雷先生的访问……游泳穿过巴黎……美国和墨西哥……由嫉妒引发的惨剧……自行车穿越法兰西比赛……杜伊勒里宫气球大赛……财政通报……”除此之外，什么都没有。

他又重新想到了贞妮。他突然决定提前两天离开：

“我打算明天就回日内瓦去。”这个决定让他感到无比轻松，这让他很意外。

“我是不是应该到人道报报社看一看？”他心里想道。于是，他脚步轻盈地踏上了克罗瓦桑路。

在这个时候，大部分要在明天销售的报纸都在街区开始印刷，这里已经开始热闹起来了。雅克在熙攘的街上穿行。路两边的酒吧和咖啡馆都灯火辉煌，热闹非凡，里面的嘈杂声透过开着的窗户，传到了大街上。

人道报报社的门口，有一小伙人堵住了门口。雅克和几个人握了下手。人们在讨论刚才拉尔盖斯特刚刚交给老板的新闻：前几天，法兰西银行存入了一大笔钱，是价值四十亿的黄金，人们把它叫作“战争储备”。

过了一会儿，人群开始散开。有几个人提议到“前进咖啡馆”坐坐，打发掉这个夜晚。咖啡馆在小道路上，走路的话，也就几分钟的时间，那些想打听消息的社会党人，总是有可能在那碰上几个报社里的编辑。

（那些不经常去“前进咖啡馆”的人，就会去蒙马特尔路上的“新月咖啡馆”，或者是在费陀路的“啤酒杯咖啡馆”。）

有人也邀请雅克去“前进咖啡馆”坐坐。这些可以聚会的地方他也去过，也总能在那看到一些朋友。在那的人都知道他从瑞士来，也是有事而来，都很尊重他，都向他打听事情，也都向他提供帮助，帮他完成任务。虽然，很多人都很信任雅克，对他很好，但是他们大都出身于工人家庭，他们把雅克看作是“知识分子”，是“同情者”，而不是和自己一样的人，只因为他们的出身不同。

在“前进咖啡馆”，他们在二楼选了一间宽敞的房间。经理已经入党，如果不是熟悉的人，他是不会让进的。今天晚上有二十多个人，年龄参差不齐，大家聚在一起，围绕着一张发黏了的大理石桌子，空气中弥漫着香烟和啤酒的味道。大家都在议论着若莱斯的那篇文章，论述着战争一旦爆发后，国际工人协会将会发挥着什么样的作用。

这些人里有卡蒂厄、马克·勒伏瓦尔、斯特法尼、贝尔泰和拉布。他们围着一个留着大胡子的高个子，他的脸红红的，头发是金黄色的，他的名字是塔茨莱尔，是德国社会党人，和雅克在柏林的时候就已经认识。塔茨莱尔认定，这篇文章将会被德国所有的报纸转载并加以评论。在他看来，若莱斯近几天在议会发表的演说，说明法国的社会党拒绝为出访俄国的总统拨款是正确的，若莱斯还声称，法国没有踏入这个旋涡的意愿——这句话，在莱茵河两畔引起深刻的反响。

“在法国也是一样的。”拉布说道，他从前是高等技校的学生，留着大胡子，脑门很怪异地向外隆起，“正是因为这篇文章，塞纳的社会党决定并通过了，一旦战争爆发，就举行全体罢工的决议。”

卡蒂厄问道：“你们德国的工人准备好了没有？一旦你们的社会民主党接受了这个提议，挑战并接受战争……在动员令下达的时候，

---

①《自由报》与基督教社会党关系密切，《新闻报》创刊于1836年，比较保守。

他们会毫无争议地就发动罢工吗？”

塔茨莱尔面容很自信，笑着说：“我也问你同样的问题。在动员的那一天，你们法国的工人是否会有组织有纪律地发动罢工呢？”

“在我看来，这在很大的程度上取决于德国无产阶级的态度。”雅克说。

“我可以很确定地告诉你，没有问题！”卡蒂厄接过话说。

“那也不一定！”拉布说，“要是我的话，我不会说得那么肯定。”

卡蒂厄耸了耸肩，表示无奈。

（他的个头很高，身材也很瘦，做事情也不是很利索。在哪都能遇到他，在各个分部、委员会、劳动交易所、总工会、编辑室，甚至是政府各部的楼梯口，他总是那么忙，跑这跑那的，总是一转眼就不见了。一般在门口才能碰到他，客户到了想找他的时候，总是不见他的踪影。他就是这样，只有在他离开后，才能认出来他。）

塔茨莱尔抿着嘴，笑了：“这到底是还是不是呢……反正，在德国，对我们来说，都是一样的！你们知道这是为什么吗？”他转动着自己的大眼睛，突然说，“在德国，人们普遍对普安卡雷访问沙皇感到非常不安！”

“当然！”拉布嘀咕道，“这可真不是时候！站在世界的立场上来看，我们好像给了泛斯拉夫主义一些鼓励！”

雅克说：

“特别是当别人翻看我们的报纸时，就会看到法国所有的报纸对这次出访的评论都带着讽刺的意味，语气强烈，让人无法容忍。”

“你们知道这又是为什么吗？”塔茨莱尔接着说，“因为当时外交部部长维维亚尼[①]也在场，这就让人很容易想到，在彼得堡，他们也在讨论采取外交的方式反对日耳曼主义……在我的国家，每个人都知道，是俄国强迫法国规定兵役为三年的。他这样做的目的何在？泛斯拉夫主义也在越来越深刻地影响着德国和奥地利！”

“不过，在俄国，情况也不是很乐观，”米拉诺夫说道，他刚刚走进来就坐在了雅克的身旁。“这里的报纸对这件事绝口不提。但是，普拉兹诺夫斯基刚刚从俄国回来，他带来的消息说，罢工是从普蒂洛夫的工厂开始的，并以很快的速度蔓延。前天，也就是星期五，仅仅在圣彼得堡这个地方就有将近六万五千名的工人罢工！并在街道上发生了枪战！警察开枪打死了很多人，甚至还有妇女和儿童！”

贞妮身着蓝色开衫的身影，出现在雅克的眼前但是很快又消失了。他想开口说话，希望以此能够驱赶让他心烦意乱的影像，便问俄国人：

“普拉兹诺夫斯基也在巴黎？”

“他是今天早晨才到的巴黎。他和老板两个人关上门在房间里密谈了已经有一小时了……我在等他出来……你也想见他吗？”

“不。”雅克说。他开始觉着自己烦躁起来了，浑身难受。一直待在这个满是烟雾的房间里谈论着同样的问题，他受不了了。“不早了，我也该走了。”

雅克来到了外边，但是黑夜的寂静和孤独要比那房间里的嘈杂声更不能让人忍受。他加快了脚步，朝着自己住的旅馆走去。他住的地方在贝那丹路和图奈尔码头的拐角处，在塞纳河的另一个岸边，靠近莫贝尔广场的那一边。那是一个带家具出租的房间，旅馆是范赫德的老朋友，一个比利时社会党人开的。他无心欣赏夜景，匆忙

①维维亚尼，1906年与社会党关系破裂，加入共和党，1914年6月至8月任议长。

穿过闹哄哄的夜市，来到广阔而寂静的市政府广场。广场上的大钟指针指着两点差一刻。这个时间是很暧昧的时刻，那些深夜不回家的男女，就像发春的狗一样，四处寻觅，遇到时就相互嗅来嗅去……

他又热又渴。这个时候，酒吧都已经打烊了。他低着头，拖着沉重的脚步，朝着码头走去，迫不及待地想让自己睡去，忘掉旧事。这时的贞妮，肯定也守护在父亲的床前。他不想再让自己想下去。

他自言自语道："明天的这个时候，我早已经离开这了！"

他在黑暗中摸索着上楼，终于来到了自己的房间，捧着水壶喝了一大口温水，还没来得及脱掉衣服，便躺在床上，昏昏睡去。

20

手术期间，昂图瓦纳也在场，手术没有完成。埃凯切开了伤口，拿掉那些被打碎的骨头，有些碎骨深深地陷到了脑髓里。他们打算尝试着穿颅，但是病人的情况不允许他们这样做，两个医生不得不放弃了取出子弹的想法。他们商量着把病人的情况告诉丰塔南太太。但是，他们也满怀好意地说，手术后病人还有一丝生还的可能性，但这也不是百分之百的；如果病人的情况有所好转，还可以考虑在此期间将子弹取出来（他们没有如实说，这种情况发生的概率是很小的）。

当埃凯和妻子决定离开诊所的时候，已经是凌晨两点了。丰塔南太太执意让尼科尔和她的丈夫去她家住下。

热罗姆被送到三楼的一个病房里，由一位女护士照看着。

为了不让这对母女孤零零地待着，昂图瓦纳主动提出要留在这里陪她们一起过夜。他们三个来到病房隔壁的一间小客厅，客厅的门窗都开着，四周笼罩着医院特殊的阴森的气氛。每一堵墙的后面，仿佛都可以看到一个病人呻吟着，一小时接着一小时地熬着，没法拖延。

贞妮坐在远处，在屋子里最靠里面的长靠背椅上。双手叠放着，搭在裙子上，身子挺直，脖子也挺得很直。眼睛闭着，好像睡着了一样。

丰塔南太太把扶手椅挪到靠近昂图瓦纳座椅的地方。她大概也有一年多的时间没有见过他了。但是，当她知道自己的丈夫自杀的时候，她脑子里的第一反应就是求助于蒂博医生。确实，他来了。他总是这样，有事的时候，一叫就来，奋不顾身，精力充沛，老实可靠。

她突然说：

“自从在您父亲的葬礼上我就没有见过您。我能体会您当时经历了多么痛苦的煎熬……我一直都惦记着您。我也经常为您的父亲祈祷……”她突然停住了，她想起了两个孩子逃跑后，她第一次拜访蒂博先生的时候。当时的他，是多么粗鲁，多么不讲道理！……她低声地说：“希望他能得到安息……”

昂图瓦纳不说话，就这样沉默着。

小虫子绕着灯飞舞着，昏暗的灯光照在那些仿豪华家具上面。座椅上装饰着涂金的蜗形图案，桌子上摆放着一个蓝色的瓷盆，瓷盆中栽培着一棵病恹恹的绿色植物，并用绸带装饰着，走廊的尽头不时地传来一阵颤巍巍却又低沉的铃声。接着就听到护士在地板上走过，然后，一扇门被慢慢地打开，传来病人的呻吟声，还有瓷器碰撞发出的叮当声，然后，一切又开始恢复那种寂静。

丰塔南太太向昂图瓦纳俯过身去，用胖乎乎的手挡住那让人眩晕的灯光，还有她那满是疲惫的眼睛。

她低声地谈起了热罗姆，用不连贯的语句向他解释着有关自己丈夫的那些纠缠不清的事情。她不需要消耗什么力气，就可以很轻松地说出来，就像自言自语一样轻松，在昂图瓦纳的身边，她总是感到很安心。

昂图瓦纳也俯着身子仔细地听着，也不时地抬起头。两个人会意地交换着略显严肃的目光。他心里想道："她是多么善良啊。"他很欣赏她，在这种痛苦的情况下，还能保持着沉着和冷静，也很感激她在种种刚强的品质中还包含着一种自然的魅力。

"她的父亲只不过是一个资产者，而她，却应该算得上是个贵妇。"

她说的话，他没有落下一个字，都听了进去。他一点点地拼凑出丰塔南自杀前过的那种传奇的生活。

大概一年半以来，热罗姆都在一家英国公司工作，那家公司在伦敦，经营着开发匈牙利森林的生意。那是一家很靠谱的公司，有好几个月，丰塔南太太都认为自己的丈夫有了一份稳定的工作。说真的，她从来就不知道热罗姆具体的工作是什么。他的大部分时间是在维也纳和伦敦之间穿梭，在巴黎只是很短暂地落下脚。那个时候，他就在一个晚上来过天文台林荫路，他随身携带着一个装得鼓鼓的皮包，里面装满了文件，满面春光，但是风度翩翩，幽默又勤快，对家里的人非常关心，无微不至（这个可怜的女人却绝口不提，从种种迹象表明，她的丈夫确实包养着两个开销很大的情妇，一个在奥地利，一个在英国）。不管怎样，他看起来很能挣钱，生活还是很宽裕的。他甚至让人觉着他还会过得更好，不久以后，他还会挣很多钱照顾自己妻子和孩子。因为近几年，丰塔南太太和贞妮的生活完全依靠着达尼埃尔（她这样说，表明丰塔南太太心里很明显地在纠结，一方面她埋怨自己的丈夫对自己不闻不问，另一方面又为自己的儿子顾家孝顺而感到骄傲）。

幸亏达尼埃尔能和吕德韦格松的艺术杂志合作，从而获得可观的报酬。但到了达尼埃尔不得不去服兵役的时候，事情变得一团糟。还好吕德韦格松宽容大度，又有远见，为了能让他的伙伴在服完兵役后还能回来这里工作，他主动提出在服兵役期间还照旧给达尼埃尔工资，只不过给得不像以前那么多。就这样，丰塔南太太和贞妮也不会挨饿受冻。对这一切，热罗姆不是什么都不知道，他甚至还会不时地提起这件事。因为，他已经习惯了对家里的事充耳不闻，安心地让儿子照顾这个家，还假惺惺地要求妻子将家里的各种开销的数目告诉他，他总是抓住一切机会向达尼埃尔表示感谢。他假装把这些物质的帮助当作向儿子借的，还表示一有钱就会还上。他说，为了方便到时候结账，他宁愿将这些借的钱凑成一个整数；他仔细地计算着这些债，有时候还会将一式两份的清单交给苔蕾丝和达尼埃尔，而且是机器打印的，甚至还将利息算得很高……看着丰塔南太太诉说这些事情时，脸上天真却又看破的样子，他很难分辨出她是否已经看穿热罗姆欺骗的手段。

这时候，昂图瓦纳抬起了眼睛，遇到了贞妮注视自己的目光。这目光中充满着复杂的内心活动，含蓄却又显着孤独，每次看到这种目光，他都会感到浑身不自在。他从来都没有忘记几年前的那一天，他来向贞妮打听关于哥哥逃走的事情，那是他第一次遇到这种目光。

年轻的姑娘突然站了起来。

“我快要闷死了。”她边对母亲说，边用已经在手里揉成一团的手绢擦着额头。

“我想去花园透透气……”

丰塔南太太点了点头，同意了，看着她消失在自己的视野中，然后又重新回过身子面对着昂图瓦纳。贞妮的离开并没有让她感到生气。她说了这么多，可是还没有说明为什么热罗姆要突然自杀。这个时候，应该要说到最痛苦、最难以启齿的部分了。

热罗姆原本在维也纳就认识了一些人，去年冬天，他“不在意地”将自己的名字和称号——他在奥地利的时候就用热罗姆·德·丰塔南伯爵的称号——借用给奥地利一家公司的董事长，那是一家经营彩色壁纸的公司。公司只经营了几个月，就灰溜溜地宣布破产了。现在正在进行公司账目的清理，奥地利的司法机关也在尽力追究责任。

又在今年春天，这家壁纸公司在特里埃斯特展览会上，摆了一个特别吸引人眼球的展柜，却一直没有交付租金，展览会管理机构便向上提起诉讼，这使得事情变得更加复杂。热罗姆却又特别在乎这个展览会，在去年六月的时候，英国公司给了他一个月的假期，这样他就在特里埃斯特度过了一个非常愉快的假期。这家壁纸公司好几次都交与了他数目比较大的款项，他却不能说出这些钱都用来做什么了。所以，独任推事就向法院指控丰塔南伯爵将壁纸公司的钱挥霍在了特里埃斯特，却不支付那些展台的租金。不管怎么样，现在热罗姆是被作为一家破产公司的董事长而受到指控。据说，这家壁纸公司为了能用他的名字来做挂名董事长，还无偿地给了他一笔股票。

可是，丰塔南太太是怎么知道这些事情的？直到最近几个星期，她还什么都不知道，也没有疑心过什么。后来，她曾收到过一封热罗姆写的信，信上说得很含糊，却又很急迫，他恳求丰塔南太太再一次用别墅去做抵押，因为别墅的所有权都在她的手里（以前，她已经为了他拿部分别墅做了抵押）。她向她的公证人咨询，她的公证人很快就去了奥地利进行调查，丰塔南太太才知道了丈夫被司法机关追查的事情。

最近的几天到底发生了什么事？发生了什么样的事情可以逼得热罗姆做出这样绝望的举动？丰塔南太太想了很多种可能。因为她知道，特里埃斯特的一些债主，天天都在地方报纸上辱骂她的丈夫。他们揭发的事是真的吗？热罗姆或许感觉到自己的前途已经毁了，事情已经到了无可挽回的地步。纵然他能摆脱奥地利司法机关的追查，但是发生了这样丢人的事情，他也不可能再保持自己在英国公司的地位了。他没有办法挽回，形势也变得愈加紧迫，没有办法，除了死没有更好的办法了？

丰塔南太太沉默了下来。她的眼睛盯着前方，茫然的目光中带着一丝疑问，那些没有说出口的话应该是："我是不是应该为了他倾尽自己所能做的一切？如果他像以前那样，感觉到我一直待在他的身边的话，他是不是就不会走到这一步？"这个问题让她感觉到心里痛苦不堪，没有办法解决……

她努力振作起来精神，说：

"贞妮在哪？我怕她在外面睡着，会着凉的……"

昂图瓦纳站起来说：

"您先坐着吧，我出去看看。"

21

贞妮没有勇气去楼下的花园，她只想逃离那个客厅，只想离昂图瓦纳远远的。

她一只手扶着贴着瓷砖的墙面，随意地在走廊里走了几步。虽然每个窗户都打开着，但是空气仍旧闷得让人窒息。从楼下的手术室里，传来的让人恶心的乙醚味道，漫过楼梯，渐渐扩散到楼上来，混合到从上到下的热气中。

她父亲所在的那间房的门半开着。房间里灯光幽暗，只有一盏很小的灯开着。女护士坐在一张椅子上织着毛衣，依稀地可以看到被子下纹丝不动的身体，他的双臂平放在床上，头侧躺在枕头上。脑袋上缠绕的绷带遮住了额角。他的嘴半张开着，形成一个黑窟窿，从里面发出了均匀却又沉重的喘息声。

贞妮透过这扇半开着的门，看着那张嘴，听着那沉重的喘息声，心里很平静，平静得近乎冷漠，她自己也不觉得惊恐。父亲要去世了，她心里很清楚，也一直在重复地告诉自己，可她还是摆脱不了混乱思想中吓人的想法：她认为父亲的死，是必定的，让人深信不疑的，他的死和她有着密切的关系。她感到很烦躁，心也变得狠了。虽然父亲的生活很不检点，但是她还是爱着他的。她记得自己小的时候，父亲生了一场大病，她靠在床边，看着父亲痛苦不堪又憔悴的脸，她心里疼得要命。可是，现在的她怎么会这样冷漠？……她强迫自己站在那里，双手下垂，眼睛盯着床上那个受着伤却犯过错的人。她也很吃惊自己怎么会这样冷漠无情。她想把目光转向别处，她想忘掉这样悲惨的画面，却又和忘掉的这种想法做着斗争……好像就是在今天晚上，父亲突如其来的去世，剥夺了她拥有幸福的最后机会……

最后，她想稍微凉快一下，挪开了倚靠在门框上的肩膀，走到了靠近走廊的窗户。窗户的旁边有一张椅，她坐了下来，将双臂支在栏杆上，双手托着额头。

她恨雅克！他是一个卑鄙顽劣的家伙，或许他是个不负责任的家伙……也许，他是个疯子……

在楼下，是一个寂静的花园，悄无声息地被闷热的黑暗笼罩。她看清了一簇浓黑色的树荫，绕着草坪，一条条弯弯曲曲又发白的小路向前延伸。臭椿，散发着它那独特的气味，污浊着空气，久久不能散去。透过树木望去，林荫道两旁的路灯星星点点，街道上，拉菜的农夫驾驶着马车从路上晃晃悠悠地走过，路面上发出吱吱嘎嘎的研磨声。小汽车不时地从马路上开过，马达的轰轰声盖过了马车的吱嘎声，车灯就像划过天空的流星，掠过树梢，消失在黑夜之中。

“别在这睡着了。”昂图瓦纳附在她的耳边，轻声地说。

她被吓了一跳，差一点就喊出声来，就像是他碰到了她似的。

“您需要我搬张扶手椅吗？”

她摇了摇头，挺直身子站了起来，跟着他走回小客厅。

“病情并没有恶化，”他边走边小声地说道，“他的脉搏有所好转。还有一些症状表明昏迷的情况已经减轻了。”

丰塔南太太在客厅里站着，看到他们回来就迎面走过去，焦急地向昂图瓦纳说：

“我突然想起来一件事。我本来应该早通知詹姆士！……格雷戈里牧师，是一个朋友……”

她一边说话，一边顺手把贞妮搂过来，靠住自己的肩膀，显得很热情，但眼神还是有点迷离。就这样，两张脸相互依偎着，显露出不同的愁容。

昂图瓦纳点了点头，表示他也记得这位牧师。他突然想到，这不就是个很好的机会让我离开这嘛！……离开这个诊所，哪怕只有一小时也好……或许还有时间去一趟瓦格拉姆林荫路？……安娜的影子出现在他的眼前：她躺在长椅上，身上穿着白色睡衣，睡着了。

“这好说！”他说，声音中不由自主地暴露了他内心的激动，“把地址给我吧……我去通知他！”

丰塔南太太不好意思地说：

“很远的……要在奥斯特利茨火车站！……”

“我的车就停在楼下！晚上车少，还可以开得快点……还有，”他又接着说了一句，语气很坦然，“我可以顺便回家一趟，看看昨天晚上我的病人来没来过电话……差不多一小时我就可以回来。”

他都快走到门口了，才模模糊糊地听到丰塔南太太说出那个牧师的地址还有激动的感谢声。

“他是多么热心啊！因为有他，我们才会这么幸运！”他一走开，她就忍不住地夸赞道。

“我烦他。”贞妮沉默了一会儿，小声地说。

丰塔南太太惊奇地看着自己的女儿，没有说话。

她让女儿待在小客厅里，自己一人走进了热罗姆的病房里。

丰塔南太太摆摆手示意护士不要动，自己悄悄地坐在了病床的一头。

她已经不抱任何希望了，一动不动地盯着那缠绕着绷带的可怜的头，不知不觉地眼泪落在了脸颊上。

“他真帅。”她心里想着，眼睛没有离开一下。

头上裹着棉花和纱布，遮住了那些银色的头发，但仍没能掩盖住他东方男人特有的脸形，细腻又精致的轮廓，他脸上静止不动的笑容，既有男性的英俊，又有一丝柔美，让人不禁想到年轻的法老面孔。因为皮肉有稍微的肿胀，脸上没有了憔悴和皱纹，在房间里昏暗灯光的映照下，他的脸显得格外年轻。光滑的脸颊稍微地向下凹，突出的颧骨，一直到下颌，呈现出一条帅气有型的曲线。绷带拉紧了额角的皱纹，使得紧闭着的眼线向两鬓延伸。嘴唇因为打过麻药，所以略微肿胀，很诱人。他现在就像年轻的时候那么漂亮，那时候，她早上醒来，就会俯着身子，看着他睡觉……

她控制不住自己这时爆发的绝望和柔情，眼里噙着泪水，注视着热罗姆所留下的：他是她这一生中唯一且伟大的爱情。

在热罗姆三十岁时……他站在她的面前，身体柔媚又灵活，微微挺着胸，浅棕色的皮肤，还有他那迷人的笑容、献媚的眼神……“他是我的印度王子。”她那个时候常常这样说——她也觉得被他爱着很骄傲！……她好像又听见了他的笑声，很清晰的三个字：“哈，哈，哈！”他总是抬起头，昂起脖子字字清晰地笑出来……他的高兴，还有一如既往的好心情……他喜欢说谎！因为他生活在谎言的生活中，好像这是生活中很自然的一种元素：快乐，无所顾虑，没有愧疚地骗人……

热罗姆……他的女人这一生中所经历的爱情全都在这里了，在这张床上……很多年前她就认为，自己的爱情已经成为过去式了！可是现在，她突然明白，自己从没有停止过期望……就是现在，就是在今夜，一切都要结束，永远地结束。

她用双手捂着脸，向神灵祷告，但是没有用。她的心里充满了对人世间的感叹，她觉得自己被上帝抛弃了，她沉浸在这种不纯净的怨恨中……她心里满是羞愧，她想起了自己的爱情……那是在别墅区的时候……在拉菲特别墅区的那幢别墅里，在诺艾米死后，她把热罗姆从阿姆斯特丹带回来……那天晚上，他卑微地溜到她的房里，请求她的原谅。他需要她的怜悯和疼爱。他在黑暗里缩成一个团，紧紧地靠着她。她抱住他，就像抱着一个孩子。那时候同样是一个夏天，就像今天一样……窗户面朝着森林开着……一直到早上，她都没有睡意，她抱着他，她守护着他，他就像一个孩子一样深深地睡着……那是夏天的一个晚上，天气很温和，就像今天一样……

丰塔南太太突然抬起头，眼睛里透着一丝迷乱……她有一种很强烈的感觉：她想赶走这个护士，她想躺在他的身边，最后一次紧紧地抱住他，最后一次紧紧地依偎在他的温暖中；既然他要这样永远地睡着，那她就最后一次哄他入睡……“就像孩子一样……像我的孩子一样……”

在她面前，一只矫健有力的手垂放在被单上，就像模型一样，有着美丽的线条，他手指上戴的那枚玛瑙戒指，就像一块暗斑。这只右手曾经抛弃一切，拿起手枪……“为什么那个时候我不在你的身边？”她充满绝望地想着。或许，在他举起这只手，朝着太阳穴开枪的时候，心里曾经呼唤过她？如果在他这样绝望的时候，她要是陪在他的身边，在上帝为她这一生指定的，即使有千万怨恨也不容许她离开的这个人的身旁，他是绝对不会做出这样的举动……

她闭上了眼睛。几分钟过去了，她的心里不知不觉恢复了平静。

她赶走了回忆，她的心理重新恢复了宗教似的宁静。她重新感觉到，她同宇宙中普遍的力量相结合了，而这对她来说，已经成为了她内心持久的、不可缺少的安慰。

她现在已经可以从不同的角度接受上帝对她的考验。度过这种突如其来的、打击得她快要直不起腰的不幸，她现在竭尽所能去了解那种至高无上的、隐藏很深的必然，那命中注定的法则。她感觉自己终于走进了那平静的领域……走进了那种摒弃一切痛苦的终极世界，那种安详与平和。

“希望你的愿望能实现。”她双手合十默默地说。

22

汽车打开了车上所有的玻璃窗，快速地穿梭在没有人影，只有轰隆作响的城市街道，短暂的夏夜即将过去，白天即将来临。昂图瓦纳坐在车子的后边，手脚都伸开，嘴里叼着烟卷，正在思考问题。像平时一样，熬夜的疲劳并没有把他打垮，反而让他越来越兴奋。

“大约三点半。”在车子经过普雷尔广场的大钟前面时，他心里想道。

“四点的时候，我要叫醒那个宗教狂的牧师，让他赶去诊所，这样我就有空了……很有可能，那个人会在我不在的时候断气……不过，再活二十四小时的可能也不是没有……”他觉得心安理得，他回想刚才手术的几个阶段，“一切可能的方法都试过了。”他再往前回想，想起了贞妮的到来，还有和雅克一起度过的晚上。经过这几小时的职业活动，同弟弟之间的争论，他更觉得无所谓了。

“我只是个医生，我还有自己的事要做，而且我正在做着自己的事，他们还想怎么样？”

他口中的他们指的是雅克，他没有工作，整天无所事事，只是在空喊，只是在说空话；同时，指的也是雅克身后那群政治革命的鼓动家。昨天晚上，他就好像听见他们像暴乱一样的喊叫。

“不平等？没有公道？……当然！他们以为自己创造了什么？……可是这又有什么办法呢？……现在的文明只是一个定数而已，去他的吧！那就从这儿开始。为何要重新审视这一切呢？”他小声说，“他们摆在我面前太多糟糕的局面！把一切都摊开，重新开始，就像小孩子堆积木一样！真是白痴！还是脚踏实地地做自己的事吧！……不要去埋怨社会的弊端，拒绝合作。恰恰相反，你们还不如依附于某个东西，生活在现实的环境和时代中，像我们一样努力工作！没有必要谋划做大事，况且好处还没有表现出来，最好还是利用短暂的人生，在自己平凡的岗位上，尽量做一些相对有用的事！”

他对这段内心独白非常满意，就像是下定决心似的又加了一句：“就是这样，先生们！”

“这就好像遗产继承问题，”他突然变得很愤怒，“现在，关于财产拥有的问题就是建立在剥削别人的基础之上！……真是太笨了！……我不为遗产继承的原则说好话……不，我才不会为它辩护……我和你一样，知道别人会说什么……但是，可恶，既然现在就是这种情况！既然生活就是这样子！我们又能怎么办呢？”

“我们现在要把矛头指向什么？”他心里想道，脸上带着微笑，“好像我要反对的东西正是我所捍卫的东西啊……”

但是，他马上又变得激动起来，仿佛在心里要说服那个反对者：

“但是我还是觉得，继承的好处还是很多的……我发现，遗产继承的话，十之八九可以使生活变得更加美好——我的意思就是，这会对人类的生活更有利……”

“在如今，难道穷就是犯罪吗？”他突然环抱着手臂说。

他模模糊糊地感觉到自己有点弄虚作假。这时，他意识到，这个问题应该这样问：“难道不是通过自己的劳动而获得的财富就是犯罪吗？”他不想在这个细节上纠缠太多，耸耸肩，好像要摒弃这种罪恶的想法。

“去年冬天，他写信告诉我：‘我不想利用这笔遗产……真是傻！‘利用！’那现在别人都会说我在‘利用’遗产了吧？话说回来，我重新开我的诊所，重新安排我的工作，这就是利用吗？是我吗？……是的，就是我自己。”他很诚实，“但我要说的是，只有自己一个人在‘利用’吗？……说到底，要是别人也处在我的位置上，难道不会为自己的利益着想，不为大家的利益考虑吗？”

这时，汽车在塞纳河上驶过。河水、码头，还有远处的桥梁，都沉浸在这玫瑰色的雾霭中。

他将烟头扔出窗外，接着又点燃了一根：

“其实你跟我没什么两样，笨蛋。”他得意地笑了笑，“你就是天生的资本家，老弟，就像你的红棕色的头发一样！虽然你的头发变成了棕色，但还是掩盖不住本来的红棕色，你没有一点办法……你那资本家的能力呢？我没有太大的把握……你继承下来的思想、你所接受的教育，甚至于你的兴趣爱好，都在束缚着你……等着看吧，等你到四十岁的时候，你会变得比我更资本家！”

汽车放慢了速度。维克多从车内探出头，数着门牌号。

最终，汽车在一道铁栅栏前停了下来。

“不管怎样，即便他是资本家，我还是很爱他。”昂图瓦纳一边开车门，一边想。

这时，他心里又开始责怪自己，在弟弟来的时候，没有表现得很热情。

23

一年来，格雷戈里牧师一直住在一个很破的公寓里，这个地方住的差不多都是阿美尼亚的普通工人，牧师就在这里向他们传道。

昂图瓦纳好不容易才把看门人叫醒，这是一个邋遢的地中海东岸人，每天晚上都带着衣服睡在走廊的软座长椅上。

“是的，先生……格雷戈里牧师，对。跟我上楼吧，先生……”

格雷戈里牧师住在五楼。七月炎热的天气，让这个拥挤的贫民窟里散发着一阵阵垃圾箱的腐臭味和让人恶心的汗臭味，就像是走在阿拉伯酸臭的小巷子里。

听到守门人小心翼翼的敲门声，格雷戈里从床上跳了下来。

“这人睡得很警觉啊。”昂图瓦纳想。

门上的插销被慢慢地拉出，牧师出来了，手里提着一盏小油灯。

格雷戈里出现的情景让人感到很吃惊，他身上穿着一件到脚踝的睡衣，因为他要压住肝部才能睡得着，所以他用一条褐色的法兰绒带子束在腰上，使得睡衣的下半部分鼓出来，就像裙子一样。他没有穿鞋，脸上没有表情，像幽灵一样，身材很消瘦，头发蓬乱着，眼色也很奇怪，就像《一千零一夜》里的巫师。

他一开始没弄懂什么事，但是昂图瓦纳一开口说话，他就什么都明白了。昂图瓦纳站在门口，把事情的来龙去脉都告诉了他，他没有说一句话，抓紧一切时间，把身上的腰带解下来，挂在了铁床上，动作很快地系好那条四厘米长的带子，越卷越快，像转陀螺一样。

昂图瓦纳努力保持着脸上的严肃，向他解释外科手术，说明子弹取出来的困难性。“哦！……哦！……”缠着腰带的传教士气喘吁吁，表示反对，“别管那把手枪了！……也别管那颗子弹了！现在重要的是让他有生存下去的希望！”

他一边比画着，一边转动着不满的眼睛。最后，他脱下了睡衣，把瘦骨嶙峋的、长得歪斜的脸凑到昂图瓦纳眼前，他的眉毛还在不自然地抖动着。接着，心里满满的都是笑容，声音温柔地说道：

“亲爱的好大夫，以前你是有胡子的！你认为自己是在治病，其实你们才是这些病的来源，因为你们弑渎神灵，因为你们预言这些疾病的存在！……不！……我要告诉你：应该让阳光照进来！基督才是这个世界上无可替代的医生！你知道是谁治好拉撒路的吗？你可以吗，你这可怜又愚昧的医生？”

昂图瓦纳觉着这一切很搞笑，但表面上却没露出任何异样。但是，牧师皱了下眉，好像看出了他眼里露出的一丝鄙夷，猛地把头转了过去。他没有穿内衣，衬衫鼓囊囊地耷拉在屁股上，在阁楼里来回踱步，找寻着白天穿的内衣和衣服。

昂图瓦纳一动不动，静静地等着牧师。

“人是神圣的！”格雷戈里靠在墙上，穿着袜子，胸部向前倾着。“基督心里都知道，他知道人是神圣的！我知道，大家也都知道！我们都知道人是神圣的！”他把脚伸进一双大大的黑色鞋子里，鞋子的鞋带还是系着的。“不是有人说过‘法律是杀人’的吗？基督就是被法律杀死的，那些人只是记住了这些条条框框的法律条文。没有一座教堂是按照基督的意思所建造的。那些教堂只不过是建立在基督那所谓的比喻上罢了！”

他一直在自己说自己的，来回走着找东西，却又很笨拙，很像那些神经质的人：

“上帝是一切的一切！……上帝是光和热的中心来源！”他猛地往下一拽，取下挂在插销上的裤子。他的每一个动作都很迅猛，就像闪电。

“上帝就是一切！”他提高了声音，又重复了一遍，因为要系裤子的扣子，所以把脸面向了墙面。

穿好裤子，他又转过头，挑战似的看了一下昂图瓦纳，严厉地说：“上帝才是一切，在上帝那里没有恶这一个说法！听我说，可怜的医生，在万物的主宰那里，没有一丁点的罪恶和狡诈！”

他穿上黑色的驼羊毛大衣，又戴上很可笑的卷边小毡帽。好像是因为穿戴好了而感到很高兴，他一边碰帽致敬，彬彬有礼，一边用让人意想不到的快乐，朝着天花板，喊了一句：

“光辉是属于上帝的！”

他低下头，朝昂图瓦纳漫不经心地看了一眼，突然小声地嘟囔：“可怜啊，可怜的亲爱的苔蕾丝太太……”他的眼睛里有泪水在打转。好像直到这个时候，他才意识到，正是因为她家出了事，昂图瓦纳才来找他的。“可怜又亲爱的热罗姆，”他叹气道，“迟钝的心真可怜，你被打败了？做出让步了？但又不能躲避‘否定’？……噢，基督，请赐予他力量吧，帮助他摒弃满是黑暗的职业，把光明当作自己的武器吧！……我来到你的身边，有罪的人！我在向你走来！走吧，”他走近昂图瓦纳说，“把我带到他那儿去！”

他从外衣的下摆中掏出一根蜡烛，点燃后，吹灭了灯，然后打开门，说：“你在前面走！”

昂图瓦纳照着他说的去做。格雷戈里伸长胳膊，举起蜡烛，试图将楼梯照亮：“基督曾经说过：将蜡烛放在高高的桌子上，才能给大家带来光明！是基督，是他点亮了我们心中的蜡烛！……可怜的蜡烛啊，它常常在矮处被点亮，摇曳着烛火，燃烧出呛人的烟……令人可悲的物质！还有我们这些可怜的人啊！……向基督祷告吧，让他那虽小却很亮的烛火点亮，驱赶走黑暗中的物质！”

昂图瓦纳扶着栏杆，走下楼梯，牧师还在像驱鬼似的，用越来越不清楚的声音，嘟囔着什么，那些有关“物质”和“黑暗”的词又从他的嘴里蹦出来。

等他们都来到了院子里，昂图瓦纳说：

“我这有汽车，可以送您去诊所……至于我，得在一小时后才能去诊所，到时候我去找您……”

格雷戈里没有说话，表示赞同。但是在上车之前，他向昂图瓦纳瞥了一眼，好像知道他想去干什么，昂图瓦纳不由得脸红了，心里想道：“他不会知道我去哪的。”

他看着汽车消失在泛白的曙色中，心里感到很轻松。

从路口刮来一阵凉爽的风，大概是哪个地方下雨了吧。昂图瓦纳喜滋滋地朝着瓦吕贝广场跑去，就像逃离禁闭的孩子一样欢乐。他招了招手，拦了一辆出租车。

“去瓦格拉姆林荫路！”

他坐在车上，突然感觉自己很累，但是这种刺激神经的疲倦让他的欲望更加强烈。

他让司机把车停在了离家五十米远的地方，匆匆地下车，走进那条胡同，悄无声息地打开房门。

刚一进屋，他就豁然开朗，那是安娜的香味……那是一种撩人的香味，不像是花香，更像是树脂的香味，浓郁又有积淀感，直冲人的喉咙；或者说，这并不是一种香味，而是一种芳香的升华——是他非常喜欢的味道。

“我注定喜欢这种诱人的味道。”他突然想起来拉雪尔戴的那个灰色的琥珀项链。

他像小偷一样，悄悄地潜入浴室，乳白色的晨光已经充满这个屋子。他匆匆地脱下衣服，站在浴缸里，用一块大海绵擦拭着脖子和背，浑身凉快起来。水在他的身上滑过，冒出热热的蒸汽，就像从炽热的金属上滑过一样，冒出烟雾。全身的疲惫都被水流给带走了，精神抖擞。他低下头去喝了口喷出来的凉水，然后轻手轻脚地走进房间。

他听见地板上传来轻微的、有节奏的哈欠声，他想起来费罗在这里。他感觉到凉丝丝的鼻子和丝绸般柔顺的耳朵，在他的脚踝处磨蹭着。

房间里的窗帘都拉开了，床头灯像日出的光芒一样，在房间里照出朦朦胧胧的玫瑰色。刚才车子穿过塞纳河的桥上时，就是这种颜色，他很喜欢。安娜躺在大大的床上，脸朝着墙壁，睡得很熟，头枕在自己赤裸的胳膊上。地毯上都是时装杂志。小桌子上的烟灰缸里，还残留着冒着烟的烟蒂。

昂图瓦纳静静地站在床前，一动不动地注视着安娜浓密的长发，注视着她的脖子、肩膀，还有裹着被单的大腿，线条很优美。“这一次，她是毫无防备了。”他心里想。安娜很少能够唤起他心中的温柔和怜爱。从前，他只是怀着运动员般的热情去接受安娜对他狂热的激情。他等待了很长时间，尽量延长这种心旷神怡的感觉，拖长他现在就拥有的欢乐，这时候，不管是雅克、热罗姆还是格雷戈里，在这个世界上没有谁能够将他从这一切中拉离。

他很想将自己埋在她的秀发里，将她温热又有弹性的背搂在怀里，将自己紧紧地贴在她的身上。他的这种欲望变得越来越强烈，连笑容都凝住了。他小心翼翼地屏住呼吸，轻轻地掀开被单，一躬身子，慢慢地顺着她钻进被窝。她压制住短促又喑哑的喊叫声，一扭腰转过身子，摆脱睡意，投入他的怀抱。

24

雅克一大早醒来，觉得精神抖擞。

跳下床，他心里想着 :“我要是坐下午五点半的火车，就得抓紧时间。”但是，当他站起身来，才觉得心里并不是了无牵挂，昨天的事还在脑子里盘旋着。

他赶紧穿好衣服，走到楼下，给昂图瓦纳打电话。

丰塔南还没有死，但还会一直昏迷，或许是二十四小时，或许还要更长时间。不过，生还的希望还是渺茫。

他告诉哥哥，他们不会再见面了，因为他下午就要回瑞士。然后他又去付房费，又把行李存在里昂车站。

整整一天，他都在东奔西跑，做着离开前的准备：要拜访六个人，都是“必须得拜访的人”，里沙德莱已经给了他地址。

在左翼的圈子里，正在酝酿着一场大的运动，这场运动是为了阻止战争的威胁。

各个党派之间似乎达成了一致，形成了一个联盟。这一点，很让人感到安心。

但是，当他自己一个人的时候，心里的不安又慢慢地溢上心头。他感觉到一种无以言表的疲倦。他穿梭在整个巴黎，不断地改变想法，不断地东走西走，减少谈话的时间，临时决定要去拜访谁，到最后却又改变主意，他都已经走了半小时了。他觉着街道、楼房，还有路上的行人，都变了，变得满怀敌意。他感觉自己就像一头困兽，不管走到哪，都会碰壁。有好几次，他感觉身体有点不舒服，昏昏沉沉地想要睡去，双手没有知觉，胸部好像被什么紧紧地压住，他不得不使劲挣扎，摆脱这种突如其来的、让他快要窒息的恐惧感……

“我这是怎么了？”他心里想。

到了下午四点，最要紧的事都解决了，他可以动身去火车站了。他有点迫不及待想回到日内瓦，同时，又有一种离开巴黎的恐惧感。

“如果我坐晚上的火车，我就有时间去一趟人道报报社，还可以到‘新月咖啡馆’和‘前进咖啡馆’，还可以到克利希林荫路，打听一下有关海军兵工厂的事……”他心里想。

（六点的时候，在克利希林荫路的酒吧里，开会的是海军工会联合会，雅克知道，在那儿肯定会碰到一些领导人，第二天他们要去西部的港口，那里正在组织罢工的事。雅克很愿意打听这方面的确切消息。)

还有一个想法，从早晨就出现在他的心里：达尼埃尔回来了。当然在回日内瓦之前也可以不见他，但是，不用说，达尼埃尔就知道雅克在巴黎。“要是我去诊所见他呢……”他就这样突然打定主意，“我就坐晚上的火车吧。吃过晚饭，我就去趟纳伊利，在那可以见到达尼埃尔。而且，现在我不大可能碰到她……”

八点半，他按照自己的计划走出了咖啡馆。他是在参加过在克利希林荫路召开的会后，不知不觉地走到“前进咖啡馆”的，又在这很巧地遇到了比罗，他是《人道报》的编辑，负责收集一切有关西部海军兵工厂的资料。

剩下的事，就是去诊所见纳伊利了。“明天我就回到日内瓦了。”他心里这样想，信心更加坚定了。

他从咖啡馆连接二楼的螺旋式小楼梯走下的时候，有只手拍在了他的肩膀上：

“你在巴黎啊，小淘气？”

雅克在这昏暗的灯光下，凭借着低沉的郊区口音，辨认出了他是穆尔朗。他是个黑黑的老头，长得像基督，头发长长的，不管是冬天还是夏天，他总是穿着一件印刷工人的工作服。

穆尔朗在德雷福斯事件发生的那些日子里，创建了一份战报，油印出版，风靡了好几个星期，大家都互相传阅。后来，《旗帜报》就演变成了一份小小的革命机关报，还有几个合作者，都在义务帮助穆尔朗创办着这份报纸。雅克有时候还会给他寄一些报道或者翻译一些文章。这家报纸的主旨就是不拘泥于形式，主张不妥协的态度，这让雅克感到很对味。穆尔朗赞成不妥协的社会主义学说，在报纸上抨击当时的领导人，尤其是若莱斯那些人：穆尔朗称他们是“主张社会的机会主义者”。

他对雅克很有兴趣。他喜欢年轻人，总是叫他们“小淘气”，他喜欢他们身上的热情和不屈不挠。虽然他没有接受过多少的教育，但是他却很有智慧，也有很强的辩论能力，再加上他那正宗的巴黎老工人口音，会使得他说话更加具有幽默感。这些年来，他总是自己一个人，或者说，几乎是一个人维持着这份杂志。大家都很崇拜他，他的身后有正统的学说，有着全心全意奉献于革命事业的决心，还有着丰富穷苦者的生活经验，他毫不保留地讨伐党的活动家们。他揭露他们的罪恶行径，将他们的妥协暴露在阳光下，并总能打得他们落花流水。被他抨击过的人，总是散布他的流言蜚语，打击报复。有一段时间，他在圣安东尼郊区开了家书店，专门出售有关社会主义的书籍，他的仇人指责他出售的书大部分是淫秽书籍。这样说他，也不是没有证据。他的私生活一向招惹非议，成为别人的话柄。《旗帜报》的编辑设在罗盖特的一间小房子里，在那里总是能看到一些不三不四的女人出出进进，她们都好像住在拉普路的贫民窟里。他喜欢吃甜食，她们就给他带来些糖果。她们在那大声地说话，争吵不断，甚至还出手打架，于是，这个基督就放下手里的烟斗，抓住那些发疯的女人，一把就将她们扔到楼梯里，然后回来继续刚才的谈话。

看上去，他今天心里有事，他和雅克来到人行道上。

“现在穷得要命啊，一个子都没有了，”他还掏出来衣兜，解释道，“要是到星期四，我还筹不到足够的钱，下一星期的刊物就不能出版了。”

“可是，我看到印刷的份数增加了啊。”雅克说。

“客户倒是都往我这来，可是，都是不付钱的……难道我就不给他们送刊物了吗？如果我是在经营一家公司，那我就会毫不犹豫地停止给他们送货。我的目的是什么？只是做宣传。那该怎么办？压缩开支吗？现在我什么事都是自己亲自动手啊！刚开始的时候，我一个月只抽取一百法郎，而且，从来不敢一次性就拿一百……我就像一个流浪汉在混日子。身上背了满满的债，都已经这样过了十八年了……我们说点正经的吧，”他又接着说，“瑞士人是怎么看待这些坏消息的？……我是个老油条了，什么事都不能让我感到很奇怪……什么我没见过呀……想想一八八三年的时候，那时候我才二十岁，都已经在看《反抗报》[①]了……你知道《反抗报》吗？……你也许不知道，一八八三年那会儿，英国、德国、奥地利，还有罗马尼亚，这四个贱人想利用法国当时的孤立状态，发动一场欧洲战争反对俄国……就差那么一点……到最后什么也没改变！……还是老一套方法……那时他们都已经在说什么祖国啊，说什么民族荣誉什么啊……但是，本质上却是什么呀？还不是那些工业竞争，输出权利，大金融家的各种阴谋诡计……什么都没变，只有一点，我们再也没有克鲁泡特金了……在一八八三年那会儿，克鲁泡特金就像活动得很厉害……他猛攻那些大的兵工厂，就像昂赞、克虏伯、阿姆斯特朗[②]和整个的集团——他们想收购整个欧洲的报业，想一举成名……克鲁泡特金狠狠地批判他们！……我也看过他写的文章……还是什么都没有改变！在下一期我要发表他的三篇文章……克鲁泡

①俄国无党派人士克鲁泡特金于1883年在瑞士创办，在巴黎刊发。

②昂赞是法国北部重要城市，建有大兵工厂，克虏伯是德国大军火集团，阿姆斯特朗是英国工程师，领导了一个大炮、装甲车工厂。

特金的文章！……你也要看一下，小淘气，你们都应该向他学习！”

他的眼睛向外冒着光，就像一名老战士那样咧着嘴笑。他已经忘了为了下一期的杂志，他要筹集三百八十法郎，可他现在连一块钱都没有。

雅克走开了。他心里盘算着：“应该把《旗帜报》列入反战计划中。”他决心回到日内瓦，就去提议一下，如果可以的话，就给穆尔朗寄一点经费。

到这个时候，他还没有吃晚饭。再去交易所那边乘地铁之前，他去了趟“新月咖啡馆”，在那吃了一个三明治。很多《人道报》编辑，也学他们的老板，喜欢到这个咖啡馆饭店来坐坐。

若莱斯还是坐在那个他经常坐的角落里，和他的三个朋友一起吃饭。雅克走过去，打了声招呼，但是老板低着头吃饭，没有看见。他脸色不好看，脖子缩在两肩里，连胡子都快要挨着胸口了。他任凭旁边的人聊得多么开心，自己却不屑一顾，只顾埋头吃着自己的那份菜豆羊腿。他随身携带的公文包，鼓囊囊地装满了文件，放在桌子上，触手可及。皮包上还堆放着报纸、小册子，还有一本摊开的杂志。雅克知道若莱斯是个一读书就不知道疲倦的人。他还记得斯特法尼前天给他讲的一件事，斯特法尼还是从马里于斯·穆泰那里知道的。穆泰最近曾和若莱斯一起出去玩，他很惊讶地看到若莱斯在很认真地看书……他看的竟然是一本俄语语法，若莱斯却觉得这很正常，解释道：“对啊，应该尽快地学会俄语。或许俄国会在将来的欧洲巨变中发挥重要的作用！”

雅克坐在很远的地方，看着他，心里想：“他在听别人说话吗？”他已经好几次都在思考这个问题了。当若莱斯不说话时，他就在静静地思考，好像只是专注地聆听自己内心世界的旋律。突然，雅克看到他抬起头来，擦了擦嘴，开口说话。他的眼睛隐藏在低矮的脑门下，却又麻利灵活地转动着。他的嘴角向下垂，张着的嘴两旁全是胡子，就像是喇叭筒，又像是古代面具上的黑窟窿。看来，他不像是在针对某一个人说话，更像是在自言自语，像是在诉说自己的所思所想，在争论和思索中游刃有余，好像只有争论才能带来活跃的思维。听不清他在说什么，因为他的声音很小，就像是那些演说家从胸腔里发出的低沉声音，像铜锣那样响亮。——因为他的声音很特殊，所以在大厅喧闹的环境中，雅克还是很清楚地分辨出了他的声音:大厅中轰轰的声响，就像是加了的颤声，在乐池中发出声响，像伴奏一样，衬托出了若莱斯有节奏又爽朗的声音。这熟悉的声音唤起了雅克成百上千种回忆：大会上的狂热、滔滔不绝的辩论、激荡人心的总结、人群里爆发的热烈欢呼……若莱斯的即兴演讲，越发地有感觉，他推开前面还盛着菜的盘子，向前俯着身子，摆出来一种进攻的姿势，就像是向前冲的水牛。他紧握着双拳，像是要加强说话的节奏，他把手按在桌子上，耸起身子，接着又慢慢地坐下来，像机械锤子一样，起起落落。时间不早了，雅克不得已打算离开大厅。这时的若莱斯还在滔滔不绝地说着，并用拳头敲打着大理石桌面。

这使人振奋的场景加强了他的勇气，他一直走到比诺大街的铁栅前，那种振奋的场景还历历在目。

这里就是贝特朗诊所了……

天已经很黑了。雅克快速地穿过花园，都没来得及看一眼大门。

门房老太太用颤抖的声音告诉他，那位可怜的先生还活着，他的儿子在黄昏的时候赶了过来。雅克请她帮忙去找达尼埃尔。但是门房太太要一直待在门房里，不能走开，她说："楼上的护士会去叫他的。您直接去三楼就行了。"

他有些犹豫，但是不得不这样做。

二楼的楼梯口，一个人也没有：粉白色的长廊里，充满了柔和的灯光，静悄悄的。三楼也一样，长长的回廊，灯光照得很亮，像是没有尽头，也看不到有人在。雅克必须找到护士。他等了一会儿，走进了长廊。他不再感到焦躁不安，相反，他心里充满了好奇，好奇心驱使着他勇敢地向前走去。

他一开始没有发现，窗户的旁边有一个黑影。当他靠近的时候，这个黑影突然转过身来，站了起来。这个黑影就是贞妮。

难道雅克期待这次的见面？"我们又遇到了。"他心里想道，没有任何惊讶。但是他很快就意识到，贞妮像以前一样，没有戴帽子……

这个女孩的第一反应就是用手整理头发，她知道这时候自己的头发已经很乱了。她的额头完全裸露着，如果不能称赞为柔美的话，那应该算得上是纯洁了。

好大一会儿，两个人就这样四目相对，心怦怦跳个不停。

最后，雅克开口说话，可能是由于激动，说话声音有点急促：

"不好意思……门房太太让我……"

这时候的贞妮，脸色苍白，嘴唇没有一点血色，鼻子开始抽搐。雅克看到后，心里有点感动。她的眼睛紧紧地盯着他，显着很紧张，像是心里下定了决心，就这样倔强地站着，就这样倔强地不回头。

"我只是来打听一下消息……"

贞妮无奈地摆了摆手，像是在说："没有希望。"

"……还有，我来，还想见见达尼埃尔。"他补充说。

她颤抖了一下，嘴里费劲地挤出三个含糊不清的字，就急急忙忙地跑上了楼。雅克跟在她的后面走了几步，却在过道中间停下了。贞妮推开了门，雅克以为她要把达尼埃尔叫出来，谁知她却开着门，向他半转着身子，脸绷着，眼睛盯着地板，一动不动。

“我本来……没打算……打扰……”雅克向前走了一步，说话支支吾吾的。

她没有回答，也没有抬起眼睛。他一进门，她就关上了门，好像迫不及待地想要他进去。

丰塔南太太坐在屋里最里面的长椅上，旁边还站着一位年轻的士兵。地上放着一顶军帽、一条武装带，还有一把军刀。

“是你啊！”

达尼埃尔站了起来，又惊讶又高兴。他注视着眼前昔日的伙伴，一动不动，现在的他是宽肩阔腮，和以前大不相同，差点就认不出来。雅克也站在原地，一动也不动，盯着眼前这位短发铜肤，高大的下级军官；达尼埃尔终于笨拙地向他走来，马刺和靴子发出意想不到的声音。

达尼埃尔拉住伙伴的胳膊，拖向母亲。丰塔南太太表现得既不惊奇也没有不高兴，只是抬起了疲惫的眼睛，向雅克伸过手。她好像昨天就见过雅克似的，语调平淡，目光冷淡：

“你好，雅克。”

达尼埃尔向丰塔南太太俯下身，彬彬有礼，像他的父亲那样：

“对不起，妈妈……我同雅克下去一会儿……行吗？”雅克一惊。现在他才整体地认识达尼埃尔，他的声音、他微笑时左边嘴角向上翘起，还有他字字清晰喊出的“妈——妈”既温柔又很尊敬……

丰塔南太太用充满慈爱的目光看着两个年轻人，轻轻地点了点头：

“好的，孩子，去吧……我这里没有什么事……”

“我们去花园吧。”达尼埃尔建议，他的手一直搂着雅克的肩膀。

他的姿势不知不觉地变成了以前的样子，他们两个人的身高不一，这样的动作倒很合适。以前，他就比雅克高，现在穿上军装就更显得魁梧了。身上穿着白领子的深色军装，更显得笔挺有型，再加上腿上裹着绑腿，更是显得十分灵活。鞋底上有钉子，所以走在瓷砖上有点滑。这位军人的脚步已经打破整个楼房的寂静，他好像也注意到了，很尴尬地不说话，他靠着朋友，免得滑倒。

“贞妮去哪了？”雅克心里想。这时，他又感觉到胸口很闷，就像恐惧充满了整个胸腔。他向前走，挺直了脖子，眼睛盯着地面。两个人来到楼梯时，他不禁地转过头，回顾着整个走廊，像是在寻找什么。走廊里空荡荡的，一阵失望和怨恨，慢慢涌进了他的心里。

达尼埃尔刚下了一阶楼梯，就停下来说：

“你在巴黎住下来了？”

他欢快的声音更衬托出了他脸上的忧愁。

“贞妮没有向他说起过我。”雅克心里想。

“我该走了，”他焦急地说，“一会儿我还要赶火车。”

达尼埃尔显得很失望，说：“为了能见到你，我已经推迟了行程……明天我就要回日内瓦去。”

达尼埃尔疑惑地看着他，若有所思，还有一丝胆怯。去日内瓦？……雅克的生活还是那么神秘、那么刺激。他不敢接着问，他朋友的保留让他不敢刨根问底。他不再坚持，把手缩了回来，扶着楼梯，向楼下走去，愉快的心情瞬间烟消云散。既然雅克要走，既然又要再一次地离开他，那么这一次的不期而遇，刚刚想要诉说的强烈愿望，又有什么用呢？

花园里刚刚浇过水，没有一个人，空气很清新，还有挂在树上随处可见的灯泡在亮着。

“你抽烟吗？”达尼埃尔问。

他从兜里掏出一根烟，贪婪地抽上了。点烟的一刹那，火光照亮了他的脸。他最大的变化，因为长期的野外生活，皮肤不再苍白无色，这正好和他的黑头发、黑眼睛还有嘴角的黑色胡茬形成了对照。

他们两个人默默地走在花园的小道上，小道的尽头，有一圈白色的座椅。

“想坐下来吗？”还没等回应，他就重重地坐了下来。“这次的行程让我腰酸背疼，非常难受……”他还陷在对于今天的回忆中，他一整天都坐在闷热的车厢里，晃来晃去，没有离开过座位，一根接一根地抽着烟，望着窗外掠过的风景，想着各种各样的假设，每一种假设都让人很烦，而远方正在发生着不可预料的事情。他又重复道：“很难受……”然后，用夹着香烟的手指，指着他父亲昏迷的房间窗户，阴沉地说：“早知道就会出现这样的结果……”花坛里的土壤很湿润，散发出一种清香的气息；微风像呼吸般轻柔，带来一阵既苦又甜的味道，像是药的味道，但不是从诊所的药房里传出来的，而是一棵在远处花丛的小臭椿。

雅克站在达尼埃尔的身边，那身军装，让他感到了战争的气息，他问：

“你请假很容易吗？”

“很容易。怎么啦？”看到雅克默不作声，他又接着说：

“他们给了我四天的假期，还可以延长。不过，已经不需要了……我到的时候，你哥哥已经在这了，他告诉我，没有什么希望了。”

他停了一下，接着又说：

“这样也好。”他又用手指了指那个房间，“这件事很让人害怕，但事已至此，谁都不可能让他活下来。我知道，即使他死了，也于事无补。”他的表情很严肃，“不管怎样，他死了，那场官司也就结束了；如果他不死，事情发展下去，结果会更可怕……对妈妈来说……对他自己来说……对我们来说……结果都是很可怕的。”他把脸略微地转向雅克，“我父亲很快就会被抓起来。”他一边说着，还一边生硬地哽咽着，有点咄咄逼人的架势。他闭上眼睛，向后仰着脖子。一盏灯透过树梢照亮了他的额头。额头上形成两个半圆，被中分的头发正好分开。雅克想说点什么，但是长期独自一人的生活，和自己的政治立场，让他已经不习惯去吐露自己的真实感情。他向达尼埃尔伸出手，摸着他的手臂。他的手掌感受到了军装的粗糙。一股羊毛、烤热的皮革，还有烟草和马的古怪的味道从达尼埃尔身上散发出来，他一动，这股怪味就和花园里的香味混合在一起。

雅克已经有四年没有见到这位朋友了。尽管在蒂博先生去世后，他们还保持着书信来往，而且达尼埃尔屡次邀请，雅克都没能下定决心到吕内维尔去一趟。他害怕见面，他觉得两个人不见面，只有通信，才适合现在的情况，只有这样，才能维持他们的友谊。这种友谊根深蒂固，强烈地渗入骨子里。达尼埃尔和昂图瓦纳之间的关系是真诚的，雅克以前也有过如此诚挚的友谊，但只是在过去。他不能再承受事情重复上演，他也在竭力摆脱过去的阴影。

为了打破这一僵局，雅克问道："在吕内维尔，大家都没有谈到战争吗？"

达尼埃尔并不怎么吃惊。

"当然谈！军官们每天都在谈战争……这些人就是为了这个……特别是在东部地区！"他脸上带着笑容，"至于我，我每天都在数日子，还有七十三天，也可以说是七十二天，到明天还有七十一天……其他的事我一概不在乎，到九月，我就自由了。"

这个时候，又一束灯光照在他的脸上。不，达尼埃尔并没有变化很大。他椭圆的脸上，有一丝纯洁，匀称的线条显出一种军人的庄严（尤其是在今晚，一整天的疲劳和忧愁让他的脸色更加阴沉），他的微笑还是和以前一样，他的微笑，发自内心的微笑，微微上斜的嘴角，还有那一排整洁的牙齿……那是一种胆怯却又无所顾忌的笑容……在小的时候，雅克都不由自主地期待看到他朋友露出这种微笑，这种微笑让人无法抗拒，直到现在，一看到这种微笑，雅克的心里还是暖洋洋的。

"军营生活一定很难熬吧！"他模糊地说。

"不……其实还好……"

两个人就这样有一句没一句地聊着，时而会陷入沉默，就像水手在船上抛缆索，十有八九接不住，掉入水里。

停了好大一会儿，达尼埃尔重复道：

"其实并不难熬……开始的时候不怎么好过，要值班，要打扫马厩、厕所还有痰盂……即使现在我是下级军官，还是得去看看，因为那有我的好朋友、我的马儿，还有我的同志……总的来说，我也很高兴经历过这样的事。"

雅克盯着他，眼睛里是冷漠、是轻蔑，达尼埃尔快要生气了。雅克高傲的态度，还有他的沉默、询问的问题，都好像比别人要高级，这让达尼埃尔的自尊心深深地受到打击。但是，达尼埃尔还是很看重友情的，他和朋友之间的隔阂，并不是表面上的不了解，这一点，在长时间的不联系中就可以看出来。事实是，他原本就不了解雅克，在他们逃学时就是这样不了解他。

……必须要得到雅克的信任……他突然伸了伸懒腰，换了个语气，用一种温柔恳切的语调，就像是在请求重新得到原来的友情，轻轻地叫了声："雅克……"

很明显，他想要得到一种回应，哪怕只是一个动作，但是雅克本能地向后一仰，像是故意躲开他。但是，达尼埃尔没有理会，继续说下去："告诉我啊！四年前到底发生了什么事？"

"你应该知道。"

"不！我不知道！你为什么要逃走？你为什么也不告诉我一声？哪怕要我帮你保守秘密也行啊……为什么这么多年一点消息都没有？"

雅克低着头，耸了耸肩，一脸的执着。他看了看达尼埃尔，做了一个很厌烦的手势：

"都过去了，为什么还要提呢？"

达尼埃尔握住他的手腕：

"雅克！"

"别这样。"

"怎么？难道你真的想让我一辈子都不知道你为什么会这样做吗？"

“啊！算了。”雅克说着，甩开了他的手。

达尼埃尔没有再说话，慢慢地站了起来。

“以后吧，以后再说吧……”雅克低声嘟囔着，冷漠得无法控制。他突然提高了声音，好像生气了，“这样的事！说真的，怎么不说我犯罪了呢！……”他一口气说着，“这件事就那么需要一个解释吗？难道你们真的不理解，有一天，一个人决定要断绝一切关系，除了自己，不想让任何人知道，远走高飞？……你，你真的不理解吗？你不明白一个人不甘心让别人堵住嘴巴，永远受别人摆布？他要在生活中自己掌握自己，有勇气展现出自己原来的样子，深度剖析自己，挖掘出被隐藏的那些不被人赏识，最受人轻视的东西，能够很勇敢地喊出来，这就是我最本质的东西！有勇气对别人说，我不需要你们！……你不明白吗？你真的不明白吗？”

“明白，我当然明白……”达尼埃尔弱弱地说。一开始，他还在为听到雅克痛苦而激烈的嗓音感到高兴，他以为自己又看到了原来的雅克。可是，一会儿他就发现，这种爆发的冲动里有种做作的东西，这也只是雅克想要摆脱困境才故意显露的。于是，他才明白，雅克永远不会为了让彼此心里好受，而坦白地说明一切。他只得放弃追问，只得放弃他们之间的友谊，他一直认为骄傲的友谊。他更加确信这一点，心里更加难受。可是，今晚他已经承受很多痛苦的事了……

两个人好大一会儿就这样面对面坐着，一句话也不说，也一动不动，甚至都不看对方一眼。最后，达尼埃尔把原来伸直的腿缩了回来，摸着额头，说：

“我该上楼了。”他的声音有点不对劲。

“对啊，”雅克也立刻站起身，“我也该走了。”

达尼埃尔也站了起来 ：

“谢谢你来看我。”

“替我向你母亲说声抱歉，耽误了你这么长时间……”

两个人都没有动，都在等待着对方迈出第一步。

“几点的火车？”

“二十三点五十分。”

“是巴黎—里昂—地中海那条线？”

“是的。”

“能打到出租车吗？”

“没事……到车站可以坐有轨电车……”

两个人都不再说话，像这样没话找话，气氛很尴尬。

“那我送你到门口吧。”达尼埃尔说着，便走到了小路上。

两个人没再说一句话，就这样安静地走出花园。

他们走到大街上，这时正好有一辆出租车停在了门口。一个没戴帽子的年轻女人先下了车，然后是一位年长的老先生跟着下了车。两个人的神情很慌张，匆忙地从他们身边走过。雅克和达尼埃尔注视着这两个人，是为了掩饰尴尬，而不是因为好奇。

雅克想决绝地离开，伸出手来表示就此分别，达尼埃尔默不作声地握住了他的手。两个人相互看了一眼，把手握得更紧了。达尼埃尔怯生生地笑了一下，雅克也勉强笑了一下。他急忙走出大门，穿过宽阔又明亮的人行道，在马路中间，他停下了，回头看了看，达尼埃尔还站在原地，目送着他。雅克看见他挥了挥手，转过身，在黑暗的树丛中消失不见了。

透过浓密的树叶，还可以看到远处亮着灯的窗户……贞妮……

于是，雅克不再等电车了，大步向巴黎市中心走去，向着火车站走去，向着日内瓦走去。他几乎是奔跑着的，好像逃命一样。

25

巴坦库太太打着哈欠，坐在摆放着漆器屏风的大客厅里（昂图瓦纳曾吩咐过莱翁，任何人都不许到他的书房去）。

窗户敞开着，天色渐渐暗下来，没有一丝风。安娜摆了摆上身，将薄披风脱在扶手椅上。

“他让我们等着，可怜的费罗。”她小声说。

哈巴狗趴在地毯上，懒洋洋的，两只耳朵不时地抖动两下。安娜是在一九〇〇年的一次展览会上买下的这头像金丝球一样的狗。安娜不管走到哪，都带着它，虽然它已经很老了，但是脾气还是很暴躁，喜欢乱咬东西。

费罗突然抬起了头，安娜也跟着站起身来，他们一起听出了昂图瓦纳的脚步声和开关门的声音，显得很急促。

果然是他，脸上带着医生特有的沉重表情。

他走过来，轻吻着安娜的头发，又顺势吻了她的脖子，这使得安娜不禁颤抖了一下。她抬起胳膊，轻柔地抚摸着他棱角分明的额头、突起的眉骨，还有双鬓和脸颊。然后，她托起昂图瓦纳的下巴，那是蒂博家特有的宽大下巴，让她既爱又怕的下巴。最后，她抬起头，微笑着站起身，说：

“看看我呀，昂图瓦纳，不，你的眼睛虽然看着我，但是你的目光却在看着别的地方。我不喜欢你这样，自己就像是一个大人物一样！”

他两只手搂过她的肩膀，把她抱在怀里，拍了拍肩胛骨突出的地方，向后退了一步，手还停留在那个地方，用一种占有者的身份上下打量着安娜。安娜最让他着迷的地方，不是她现在风采依旧，而是那种明显就是为爱而生的感觉。

她任凭他打量着自己，用充满活力和快乐的目光看着他。

“我去换下衣服,马上回来。”他说完,将她轻轻推开,示意她坐下。

现在，他在晚上也都穿着礼服，用不了五分钟，他就洗完澡，刮好胡子，穿上上了光的衬衫和白背心还有事先准备好的衣服。

莱翁低着头，笨拙地把衣服一件一件地递给他。

“草帽还有开车的手套。”他小声说。

在离开房间之前，他对着镜子仔细看了下这身穿着，往上拉了拉袖子。不久前他养成这种习惯，注意一些小的细节，精致的内衣、整洁的衬衫，还有时尚的外套，这些都能带来好的心情和舒适的感觉。忙碌了一天，多花点时间和金钱在这样闲散的晚上，他觉得是很值得的，这样有益身体健康。他很乐意同安娜一起分享这种欢愉，即便是自己一个人享受。

“你要带我去哪吃饭呢，昂图瓦纳？”她问，这时昂图瓦纳已经帮她穿好披风，并匆匆地在她裸露的脖子上吻了一下。“我们不在巴黎,这里天太热,我们去马尔利、普拉特怎么样？或者去‘公鸡餐馆’？那里更热闹些。”

“那里很远啊……”

“这又怎么了？过了凡尔赛，那条路都已经修好了。”

她用自己独特的语调抑扬顿挫地说：“我们坐这个？”“我们去

哪？”声音是那样娇媚，眼神是那么暧昧，还有着一丝疲倦；她天真地提出一些稀奇古怪的建议，没有考虑时间、地点，或者疲倦，甚至是昂图瓦纳的喜好，更没有考虑到这些的开销。

“那我们就去‘公鸡餐馆’吧！”昂图瓦纳高兴地说，“来，费罗！”他低下身子，抱起狗来，打开门，站在一边，让安娜先走。

她停下脚步。深蓝色的披风，奶白色的连衣裙，衬托着屏风上的黑漆，让她的皮肤发出幽暗的颜色。她向他转过身，没有一丝顾虑地看着他，小声地说：“我的托尼……”声音低得好像不是在向任何人说话。

“走吧！”昂图瓦纳说。

“走吧……”她叹息地说，好像去这个离巴黎有四十五公里的餐馆是对这个大男子主义的男人的妥协。她抬着头，脚步很有节奏，塔夫塔绸的裙子窸窣有声，轻快地走出门口。

“你走路的样子，就像是最精锐的驱逐舰出海一样……”昂图瓦纳在她耳边轻声地说。

虽然汽车的马力很足，但是开起来也是很惬意。昂图瓦纳没有驾驶汽车的兴趣，但是他很清楚地知道，安娜很喜欢这种没有司机的远游。

夕阳西下，傍晚还是很热。在穿过布洛涅森林的时候，昂图瓦纳没有走大路，而是选择了一条没有人的林荫小道。透过开着的窗户，一股树木的清新气息飘进车内。

安娜在不停地说话，她提到了最近一次到贝尔克的行程，她还说到了自己的丈夫，这倒是很少见的。

“你想，他不让我走！他求我！还威胁我！他很是烦人！他还送我到车站。他的样子就像是一个受难者。在站台上，车要开的时候，他还假装很淡定地对我说：‘你永远不会变了吗？’于是，我就在车上对他说了一个字，‘不’！这句话里有很多可怕的意思！……是的，我不会变的，我讨厌他，这也是没办法的事！”

昂图瓦纳微笑着，他并没有因为安娜发火而生气。有时候，他还会对她说：“我很喜欢看你生气瞪眼的样子！”他想起了她的丈夫——西蒙·德·巴坦库，他是达尼埃尔和雅克的朋友，长着一个羊羔鼻子，头发是褐色的，深情温和，有点虚伪，总之，让人很反感。

“但是话又说过来，我还曾经对这个家伙动过真情，”安娜继续说，“也许就是因为动过真情，才会……”

“才会什么？”

“才会因为他的愚蠢，他的生活中没有激情，才会吸引我，让我感觉这是一个机会，让我改变，让我重新开始生活……唉，人有的时候是多么愚蠢啊！”

她记得自己曾经下定决心要多说说自己，多说说自己的过去，现在这是个机会，错过就不再回来了。她把头靠在昂图瓦纳的肩上，想让自己坐得更舒服些，她的眼睛盯着前方的道路，深深地陷在对过去的回忆中：

“我在都兰纳打猎的时候好几次都遇到了他。我知道他看到了我，但他没有和我说话。有一次，晚上我回家，在树林里遇到了他，他一个人，也不知道为什么没有坐车。但是我也是一个人，我就把车停下，提议让他上车，捎他回都尔，他的脸就红了，上车后，也不说一句话。天渐渐黑下来了，在收费处不远的地方，突然……”

昂图瓦纳漫不经心地说着，注意力全集中在道路和马达的声音上。

安娜，在他们两个分手之后，还会爱上别的人！她经历过，知道自己的命运。他不知道他们的关系还能维持多久。他心想："真是很奇怪，我总是对这种放荡不羁、风尘的女人有很大的兴趣……"他有时候也很纳闷，自己所满足的是跟这些女人保持着爱情的暧昧，这也许是一种不完整的爱情吧，或许是一种爱情贫乏的表现。有一次，斯蒂德莱尔对他说："你现在是将爱情和同居混为一谈了。"不去管它完美与否，这是他自己的方式，而且自我感觉良好。这种爱恋的状态，让他这种勤奋的男人可以无拘无束，他需要的就是自由，用不着顾虑什么，就可以全心全意地投入工作中。他脑海里又想起了不久前和斯蒂德莱尔的谈话。这个哈里发引用了一位年轻作家的话，名叫佩吉，说："爱情，就是让犯错误的人也有道理。"

这句话让昂图瓦纳十分不爽。爱情总是会在这种吞噬一切、狂乱的、在让人盲目的形势下，让人产生惊愕、惶恐，甚至是某种厌恶……

汽车行驶到了桥上，穿过塞纳河，轻快地爬上苏雷斯纳山丘。

"在那里有一个小饭店，可以吃到油炸的东西。"安娜突然伸出手臂说。

（前一段时间，德洛姆经常带她去那——德洛姆以前是一名医学院的学生，后来在布洛涅做药剂师，几年来都一直向安娜提供吗啡，算是为了报答这个他意外遇到情妇的垂爱，直到这个冬天她才摆脱麻醉剂的束缚。）

她有点担心昂图瓦纳会向她问一些问题，不安地笑着说：

"那个老板娘挺值得一看，她总是戴着头发夹子，袜子一直卷到脚踝上……要是我，宁愿光着脚，也不会这样穿袜子！你呢？"

“那我们找个星期天来吧。”昂图瓦纳建议。

“不，不要到星期天。你知道，每到星期天，虽说是休息但是街上挤满了人，我不喜欢！”

“不管怎样，七天中六天都用来工作，还有一天可以休息也是不错的啊。”昂图瓦纳话语中有点讽刺。

安娜没有听出来他话语中责怪意味，笑着说：

“头发夹子！我挺喜欢这个词。从嘴里说出来就像打响板一样。等我再养一条狗，我就叫它头发夹子……可是我是不会再养一条狗的，”她很严肃地说，“等费罗老了，我就把它毒死，也不会换一条狗的。”

昂图瓦纳笑着，并没有扭过头，说：

“你舍得把它毒死吗？”

“舍得，”她回答得很干脆，“但是这要等到它彻底老了，不行的时候。”

他看了她一眼，想起来有关古皮约死的原因，这事被传得很玄。他不由自主就想到了这个传言，也常常觉得很好笑。不过，安娜有时候挺让他感到害怕的。“她可是什么事都能做得出来。”他想，“真的是什么事都能干出来，甚至会毒死她那老得不中用的丈夫……”

他问：

“你知道用什么药吗？士的宁还是氰化物？”

“都不用，只要巴比妥酸剂就行……最好加点乙二醛。但这些药都是属于 B 类的，必须有处方才能买到……到时候我们就用点普通的二醛就行！是吧，费罗？”

昂图瓦纳勉强地笑了笑：

“用多少量可不是那么好掌握……多一两克或少一两克便达不到

效果……”

“对付一只还不足三公斤的狗就要用一两克？你真是一点都不懂啊医生！”她快速地算了算，很正经地说，“不，对费罗来说，只要二十五厘克就行，最多二十八厘克，就足以……”

她不说话了，他也沉默着不说话。他们两个是在想同一件事吗？不是的，因为她在小声地嘟囔：

“我永远不会把费罗换掉的……永远都不会……你觉得奇怪吗？”她重新靠近他，“因为我忠贞不贰，托尼，你知道的……忠贞不贰……”

汽车减慢了速度，转过一个弯，驶上了一个平整的交道口。

安娜眼睛盯着前面的道路，不由自主地微笑着。

“总的来说，托尼，我天生就是一个只能拥有一次伟大爱情的女人……虽然我过去的生活是那样的，但那并不是我的错……”她接着努力地解释，“不过，有一点是让我骄傲的，我从来没有委曲求全，降低自己的身份……”（她说这句话是认真的，因为她早已把德洛姆忘得一干二净）“没有什么可以让我后悔的。”她总结道。

她又沉默了好长时间，太阳穴靠在昂图瓦纳的肩膀上，看着漆黑的灌木丛，还有被汽车惊飞的小虫子。

“这真的很奇怪，”她接着说，“我过得越是幸福，我就越善良……有时候，我恨不得把全部精力奉献给某一个人、某一件事！”

她伤感的语气让他感到很心疼。他明白她是认真的：她奢华的生活还有在上流社会中的地位，都是她这十五年来耍手段、盘算所得来的，但是这一切却没有给她带来她想要的那种平静的生活和幸福。

她感叹道：

“你知道，去年冬天我就想着开始另一种生活……一种严肃，有意义的生活……你必须得帮帮我，托尼，好吗？”

她在谈话中经常提到这个计划，昂图瓦纳也认为她能够完全改变生活。她的脾气虽然很古怪，但是品质确实很好。她的思想非常灵活，也非常实际，也有很强的理解能力，有韧性，可以经受住任何考验。但是，她的身边需要有人为她指路，避免她身上的缺点坏事，才能坚持下来，取得成功。去年冬天，他意识到自己对安娜有很强的影响力，所以他让她考虑戒掉吗啡。他为了让她答应，还让她到圣日耳曼诊疗所去做戒毒治疗，时间长达八个星期，当她回来的时候，虽然筋疲力尽，但是她做到了，以后也没有再注射过吗啡。很明显，只要他肯花时间，肯花精力，他完全可以引导她，将她那从未使用过的精力放到正经事上来。只要他稍微努力，安娜的未来就会改变……可是，他没有这个想法。他知道，像这样的“拯救行为”，会有很多纠缠不休的事情接踵而至，会给自己带来很多麻烦，会束缚自己，没办法脱身。……然而，他还是要有自己的生活，要有自己的自由。在这方面，他不会做出一点让步。但是，每次他一想到这件事，就觉得很激动、很难过，就好像他看到一个溺水的人向他伸出手，他却扭过头，不管不问……

出乎意料，这天晚上“公鸡餐馆”没怎么有人。

汽车刚停下，餐馆的老板、伙计和管侍候饮料的，就开始忙着招呼两位这么晚过来的顾客，他们礼貌地领着他俩走过一片片树丛。

在绿树丛中，掩藏着一个小型的弦乐队，他们在轻轻地演奏着。每个人脸上就像他们演奏的乐曲一样，祥和而宁静。昂图瓦纳走在安娜的后面，脚步轻盈自然，就像一个演员要登台表演他的拿手好戏一样。

桌子和桌子之间小心翼翼地用一丛丛女贞树和花坛仔细地分开。最后，安娜选了一个桌子，第一件事，就是把小狗放在靠垫上，这个靠垫是经历细心又殷勤地放在地上的（那是一个红色印花布的靠垫，这个餐馆的一切，包括那一小丛海棠花坛、遮阳伞，还有挂在树上的灯泡，都是红色的）。

安娜站着很仔细地研究着菜单，她可以表现出对美食有很大的兴趣。老板的周围环绕着几个伙计，都站在一旁，一句话也不说，嘴上叼着铅笔，就这样静静地等着。昂图瓦纳也等着她坐下。安娜终于向他转过身来，摘掉手套，指着菜单上的几个菜。她以为他担心失去自己的特权，他不喜欢她直接和侍者说话——她这样想，也不是完全的错误。

昂图瓦纳在这种场合惯用的坚定又亲和的口吻传达了一遍安娜点的菜。餐馆的老板记下了，并赞许似的点了点头。昂图瓦纳看着他的毕恭毕敬，别人的卑躬屈膝，他感觉很赏心悦目，他觉着这样很好，甚至快要天真地以为大家都是爱他的。

“噢，可爱的小猫咪！”安娜叫道，伸手指向一只黑色的猫咪。这只猫咪刚刚跳到餐桌上，吓到了周围的伙计们，赶忙挥动着餐巾驱赶它。这只猫咪瘦得可怜，刚生下来六周，浑身都是黑色的，肚子鼓鼓的，眼睛绿得吓人，深深地嵌在大大的头里。

安娜双手抓着它，笑着把它捧到自己的脸上。

昂图瓦纳有些不高兴了，但还是微笑着说：

“快放下这个满是跳蚤的家伙吧，安娜，小心被它抓到。”

“不，你才不是……不，你只是只可爱的小猫咪。”安娜反驳道，一边将这只肮脏的小猫抱在怀里，一边用下巴碰它的额头。“看它的肚子，就像是路易十五时期的柜子！还有它的大脑袋！真的很像一头发芽的蒜……你还没注意到吧，托尼，发芽的蒜真的很搞笑！”

昂图瓦纳还是保持着微笑，但是这种微笑有点勉强。他很少这样子，他听到自己笑也很吃惊。突然，他听出来这笑声中的特殊音调，心里不禁拧了一下：“看吧，我刚才的笑就像父亲……”昂图瓦纳平时没有注意到蒂博先生的笑是什么样子，但是在今晚，他突然发现了这个笑声，而且是从自己的嘴里发出的。

安娜很想把这个小家伙强行按在自己的膝上，哪怕是弄脏她那奶白色的塔夫塔绸。

“哎哟，小家伙！”她高兴地说，“打呼噜吧，贝泽布特先生……看……它什么都懂……我敢肯定它是有灵魂的，”她非常严肃地说，“你得给我买下来它，托尼……我要把它当作我们的幸运猫！我觉得只要它和我们在一起，什么坏事就不会发生在我们的身上了！”“被我抓到了吧，”昂图瓦纳嘲笑道，“你还一直说自己不迷信！”在这一方面，他给她开过玩笑。她曾经对他说过，晚上的时候，她经常自己在房间里瞎转悠，一直在考虑要不要上床睡觉，因为她觉着，一上床就会有什么不幸的事发生。她就会打开放着纪念品的抽屉，拿出一本旧的纸牌算命直到睡着。

“你说得对，”她突然说，“我就是很笨。”

她把猫放下，看着它蹒跚地跳了两三下，轻轻地叫了两声，消失在树丛里。当只有他们两个人的时候，她盯住昂图瓦纳的眼睛，温柔地说：

“教育我吧，我喜欢这样……我会听话的，你也会看到我的努力的……我要改变自己……你想让我变成什么样的我就变成什么样的……”

他心里想着，或许她爱他的程度都要比他所期望的爱还要深，他就开心地笑了，示意她喝汤。而她，低着眼睛，就像个孩子。

过了一会儿，她又开始说起别的事，她想留在巴黎度假，想离昂图瓦纳近点；然后又说起那则带有桃色性质的政治新闻，这几天的报纸栏目登的全是这件事的细节：

“这是多么大的胆子啊！我也想做出这种惊天动地的事来！为了你！杀死一个想害你的人！”远处，两把小提琴、一把大提琴还有一把中提琴开始演奏一曲《小步舞曲》。她这会儿，好像沉浸在了深思中，过了一会儿，用柔和的声音，沉着地说：“为了爱情去杀人……”

“你现在的样子好像你做过似的。”昂图瓦纳微笑地说。她刚要回答，这时侍者端来烤乳鸽，递在她的面前让她过目，然后切开，这盘菜就像一鼎燃烧着的香炉一样，冒着烤野味的香气。

昂图瓦纳发现她的睫毛上闪动着点点泪光，他用疑问的眼光看着她，难道是自己不小心让她伤心了？

这时的她并没有看他，而是叹了下气，说道：“这种事也许要比你想象得更加真实、更加可靠……”她说话的声音有点古怪，这让他不禁再一次想到了古皮约。

“什么更真实可靠？”他很好奇。

昂图瓦纳的声音让安娜吓了一跳，她抬起了头，看到了他慌乱的神情，一开始她不知道这是怎么了。突然，她想起来刚才有关毒品的话题，还有就是她丈夫死后的那些流言蜚语，这些她并不是一点都不知道：乌亚兹的一份报纸甚至刊登了很明确的暗示，终于在那个地方就这样流传着关于这位老百万富翁的事，说他娶了一个年轻貌美的女冒险家，还把她软禁在家里，终于在一个晚上死掉了，还不知道是什么原因。

昂图瓦纳努力控制住自己的声音，又问了一遍：

“什么更真实可靠？”

“就是说我有歌剧中女主角的那种潜质。”她冷漠地回答，因为她不想让他知道自己已经猜出了他的心思。她从自己的小包里掏出来一面小镜子，若无其事地看着自己的脸，说：“看……看我这张脸像正常死去的样子吗？才不会！我的结局应该是很戏剧性的，你会看到的！人们会在早上发现我横躺在卧室的地上，是被人杀死的，身上还插着那把刀，就这样赤裸着躺在地上……是被人用刀杀死的！……我看到过，好多书里叫安娜的人，总是会被刺死的……”她的眼睛始终没有离开镜子，继续说着，“你知道吗，我非常担心死的时候样子很丑，死人的嘴是多么苍白、多么吓人啊……要是我，我非常愿意在我死后给我化化妆，而且，我已经把这一条加在了我的遗嘱上。”

她这时候话说得很快，比往常要快很多，还有点清浊音不分，像是害怕了。她用手帕的一角，小心地擦掉挂在睫毛上的泪水，然后又扑了几下粉底，接着把所有的东西又塞进了包里，啪的一声扣上了包。

“不管怎么说，要是说我长得像轻松歌剧里女主角我也不会觉得很讨厌……”她又接着说（她说得这样坦白，那原本美丽的次女低音的嗓子发出了很庸俗的声音）。

她终于转过脸来面对着昂图瓦纳，她发现他在盯着自己看。于是，便露出勉强的微笑，好像已经打定了主意：

“我的容貌已经给我造成了不好的影响，”她叹息地说，“你知道吗？我已经被当成了那个下毒的人了。”

昂图瓦纳犹豫了一会儿，眼皮跳动着，他开口说道：

“我知道。”

她把胳膊放在桌子上，撑住身体，看着眼前的这位情人，拉长声音，说：

“你相信我能做出这种事来吗？”

她把声调故意提得很高，语速放得很慢，但是目光却躲躲闪闪，很迷茫的样子。

“为什么不能呢？”他开玩笑似的说，但是又有点严肃。

她不说话，沉默了一会儿，眼睛看着桌布。她的脑子里突然闪出这样一个念头，兴许这样的疑问可以让昂图瓦纳对她更加迷恋、更加刺激，所以她想就这样诱惑着他，让他就这样一直半信半疑。但是，当她的目光重新遇到他时，刚才这种诱惑的想法瞬间烟消云散。

“不是，”她激动地说，“事实并不是这样的……并不是很浪漫。发现古皮约死的那天晚上，碰巧了，只有我和他在一起，这没有错，但是他的死，和我没有任何关系。”

昂图瓦纳的沉默，还有他聆听的方式，都像是在等她继续将事情的经过详细地说出来。她推开面前的餐盘，菜也没有吃一口，从包里掏出一根烟，昂图瓦纳没有动，由着她自己将烟点着。她经常抽这种加了茶叶的香烟，这是她从纽约弄来的，混杂了茶叶的香烟散发出枯草般苦涩又让人眩晕的气味。她吐了几口烟，吐出的烟雾在她面前久久散不去，然后她小声地、厌倦地说：

“这些过去好长时间的事，你感兴趣？”

“是的。”他说，脸上有种他不愿意表现出来的焦急。

她笑了笑，耸了耸肩，好像很无奈地面对一种无关紧要的任性。

昂图瓦纳的脑子在不停地转动着。有一天，安娜是不是对他说过：

“在生活中，她为了保护自己，已经养成了说谎的习惯，如果你发现我说谎了，就马上指出来，但是也不要责怪我……”他感到很茫然，不知道该怎么办。他突然又想道，以前的时候，他曾经发现安娜和小于盖特的家庭女教师玛丽小姐之间的亲密很过分。这种亲昵会是一种什么样的关系，他十分相信自己没有搞错。后来，他笑着向安娜问了几个问题，她不仅回避，不想回答，而且显得很慌乱又很厌烦他提出的问题。

“不！不能给它骨头！你这样会把它卡死的！”

餐馆的一个伙计放了一盆狗食在费罗的前面，而且，他为了让狗吃得更快，又准备在里面放一些鸽子骨头。

老板闻声跑了过来：

“怎么了，太太？”

“没怎么，没怎么……”昂图瓦纳不高兴地说。

哈巴狗站了起来，嗅了嗅盆子，伸了伸懒腰，摇了摇耳朵，吸了几口气，昂起扁平的嘴脸，朝着主人显出一副失望的样子。

“怎么啦，我的小费罗？”安娜关切地问道。

“怎么啦，小费罗……”老板像回声一样重复。

“让我看看。”安娜对伙计说。她用手摸了摸盆子：“天哪，你给的狗食冰凉冰凉的！我嘱咐过你，要热的，还不能有肥肉，”她用手指着狗食里面的一小块肥肉，严厉地说，“就要一点米饭，加上点胡萝卜，还有些瘦肉，这并不难啊！”

“拿走！”老板命令地说。

伙计端起盆子，看了一会儿盆子里的狗食，然后听话地走回厨房。但是在走之前，他抬头看了下桌子，昂图瓦纳看到了他瞥过来的目光。

在老板和伙计都走后，昂图瓦纳用责备的口吻对安娜说：“亲爱的，你不觉得费罗先生有点不好伺候吗……”

“这个伙计笨！”安娜生气地打断他的话，“你刚才看到了吗？他就像根木头一样站在盆子前面！”

昂图瓦纳声音平静又柔和地说：

“也许他在想，这个时候，在郊外的某一栋阁楼里，他的妻子和孩子也坐在桌子前，摆在他们面前的是……”

安娜慌忙把自己温热颤抖的手放在他的手上：

“我的托尼，真的，你这样说真的很吓人……不过，话说回来，你是不希望费罗生病的吧？”她好像真的不知道该怎么办了，“现在您笑什么？听着，托尼，您得给这个可怜的伙计一点小费……就给他自己……可以多给些……就当是替费罗给的……”

她想了一会儿，突然又接着说：

“你也知道，我弟弟一开始也只是个餐厅的伙计……对，只是个伙计，在万赛纳的一个小饭店里。”

“我还不知道你有个弟弟，”昂图瓦纳说。（他说话的声调还有表情又好像有种弦外之音：“关于你的事，我知道得太少了……”）

“噢，他在很远的地方……如果现在他还活着……就应该去了印度，加入殖民军了……他现在在那边有自己的生活。我却从来没有过他的消息……”她的声音渐渐地低了下来，发低声的时候也没有显得很激动。她又加了一句：“真蠢，本来我是可以帮他的……”然后她就沉默了，不再说话。

“那么，”昂图瓦纳沉默了一会儿，突然问，“他死的时候，你不在吗？”

“谁？”她眨了眨眼睛。他这样的打破砂锅问到底让她感到很奇怪，但是，她又因为昂图瓦纳对这些感兴趣，感到十分欣喜。

她突然笑了起来，出人意料，但又富有感染力。

“你想想，最愚蠢的就是，那些人指责我的事恰恰是我没有做过的事，也许是我永远没有勇气去做的事，但是，也没有任何人想过我真正做过有罪的事。我告诉你，我怀疑古皮约也起草了另一份遗书，在他后来糊涂的两年里，博韦的一个公证人帮助我，让我从古皮约的手里弄到了一份委托书，然后我就这样轻松地拥有了他大部分财产。但是，这些都没有什么用，因为遗嘱本来就对我很有利。给盖特的，只是法律上要求的那些。可是，在我看来，我经历过七年的地狱般生活，我有权利为自己考虑，有权利为自己做点事情。”

她不笑了，满怀深情地说：

“托尼，这些事我从来没有告诉过别人，你是第一个。”

她突然打了个哆嗦。

“冷？”昂图瓦纳一边问，一边用眼睛寻找着她的披风。夜晚已经变得很凉了，天也不早了。

“不冷，我有点渴了。”她把酒杯举到冰镇着香槟的酒桶旁。

他给她倒了点酒，她一下子就喝完了，接着又点燃一根烟，还是那有点苦味的烟，站起来，穿上了披风。她坐下时，把椅子挪了挪，离得昂图瓦纳更近了。

“你明白吗？”她说。

一些蛾子围绕着油灯飞舞着，不时地撞到遮阳伞上。乐队已经撤了，没有了声音。旅馆里的窗户，大部分都已经熄灭了灯。

“这儿挺好的，但我还知道另一个更好的地方……”她说着，眼睛里充满了许诺。

他没有说话，她握住了他的手腕，将他的手反扣在桌子上。他以为她要给他看手相，就把手挣脱开。“不。”（他很讨厌被那些人预言未来，他觉得，再好的预言，都不如自己给自己安排好的未来更可靠）

“你真傻！”她笑着说，但没有松开他的手腕，“看吧，我想做的就是这个……”她突然低下头，将嘴唇贴在他的手心里，就这样一动不动，待了好长时间。

他用那只空着的手，轻轻地抚摸着她的脖子，将安娜对自己那种深沉的爱和自己对她的那种有尺度的爱相比较。

这时，仿佛是直觉告诉她，安娜轻轻地抬起了头：

“我真的不要求你能像我爱你这样爱我，但是我只要求你能够让我爱你……”

26

范赫德准备出门，他像以往一样，每天早上都会在煤油炉上煮上一杯咖啡。雅克还没将行李放在地上，就开始迫不及待地去敲范赫德的门。

“日内瓦有什么新的消息吗？”他高兴地说，将行李放在了地上。这个患白化病的人站在房间的最里面，眯着眼睛看着进来的人，他认出了来人是谁。

“蒂博，你回来啦？”

他朝着雅克走过去，像孩子一样伸出手，打量着这位刚出远门回来的人。

“气色还行啊。”

“对啊，”雅克承认说，“还行！”

这倒是真的，出乎人的意料，这一夜的旅行感觉非常好，舒适极了。车厢的隔间里只有他自己一个人，可以躺着睡觉，而且睡得很香。他这一觉一直睡到居洛兹，经过一夜的休息，他的精力很充沛，感觉非常高兴，就像是终于从什么中解脱了似的。

他站在车门口，大口大口地呼吸着早上新鲜的空气，这时候，太阳已经升起来了，阳光驱散了峡谷深处夜晚残留的黑暗。

他思考着，他在想，为什么今天早上会这样高兴？他想：“或许是因为再也不用在乱成一团麻的各种思想和学说里挣扎了，现在已经有了明确的目标，而且这个目标即将实现，那就是直接采取行动，反对战争。”现在的形势非常严峻，也决定了现在是决定性的时刻。但是，当他总结巴黎的形势时，法国社会党人的立场很坚定，形成了以若莱斯为核心的领导圈子，并达成了一致的意见，工会和党之间的联系异常紧密，这就进一步加强了他对国际工人协会的信心，更加认为他们可以战无不胜。

“您坐这吧，”范赫德叠好了床上的被子，又将凌乱的床单扯平（他从来不能下决心用第二人称“你”来称呼雅克）。“喝杯咖啡吧……一切都顺利吗？跟我说说，那边的人都是什么样的态度？”

“巴黎吗？这个得到时候再说……在群众方面，还没有人知道。

让人感到惊奇的是，当地的报纸只关注卡约案件，普安卡雷出访俄国取得成功，竟然还谈到放暑假的事！就像是上头给法国的报纸界下了个命令，不许报道巴尔干事件，以免吸引大家的注意力，使得外交事务变得被动、变得复杂……但是党内都在秘密地进行着活动，好像是有什么大事要做！总罢工的问题已经放在了首位。这也将成为大会在维也纳的总纲领，很明显，现在需要担心的是德国的社会民主党会采取什么样的立场，虽然他们在原则上同意重新考虑这个问题，但是……”

“那奥地利方面的消息呢？”范赫德问，并用一个刷牙的杯子倒满了咖啡，放在了堆得全是书的床头柜上。

“是啊，如果消息可靠的话，那倒算是一个好消息。昨天晚上在人道报报社，看上去大家都很相信，奥地利给塞尔维亚的照会，没有盛气凌人的气势。”

“蒂博，”范赫德突然说，“见到你我很高兴，我很高兴你回来了。”他笑了笑，算是为了打断他说话而感到抱歉，接着又说：

“布尔曼来过这里了，他说了一些事，他从维也纳首相府办公室听到了，证明事实是相反的，奥地利的意图很阴险……他早就预谋好了……一切糟糕透了！”

“详细给我说一下，小范赫德。”雅克说。他的声音并没有太多的惊奇，倒是很多对范赫德的关心和在乎，范赫德大概也感觉到了，笑着走过来，靠近雅克坐在了床上：

“好像去年冬天，有几个医生被召到弗朗索瓦·约瑟夫身边，让他们帮着治疗一种呼吸系统的疾病……那个病不好治……非常严重，好像不行了，奥皇肯定会在年末的时候死掉。”

“那好呀，那就愿他安息吧！”雅克说话声音很小，此时，他没有心思去仔细考虑那些问题。他怕烫手，就用手帕裹住玻璃杯，小心地品着范赫德给他煮的满是咖啡粒子的饮料。他越过玻璃杯，看着范赫德那蓬乱的头发和苍白的脸，眼神有点关心，也有点怀疑。

“等一等，”范赫德又接着说，“现在事情变得更加复杂了……病情的诊断结果将会很快告知首相……贝尔希托德在他的府邸会见了各方面的首脑，他们开了一个会，进行了秘密会谈，好像是商量王位继承的事。”

“哦，哦。”雅克顿时感到很有意思。

“会见的这些人里有蒂斯查、福尔加希和参谋长赫岑多夫——他们大概是这样猜测的：根据现在的状况，奥皇的死很可能会在国内掀起一场政治灾难。即使是维持双重君主制，奥地利的势力也会长期得到削弱，只好长期放弃攻打塞尔维亚的计划，可是为了帝国的未来，攻打塞尔维亚是必需的，这该怎么办？”

“那就在这个老头子死之前，抓紧时间去攻打塞尔维亚？”雅克这样说，他听得越来越专心了。

“是啊……但是有的人走得更远……”

雅克看着范赫德这样说话，看着他那像天使一样的脸庞，又一次非常感动。他虽然外表柔弱，但是别人不知道的是，在这张苍白的脸背后，还隐藏着很坚强的一面，就像硬核一样强韧。“这个小范赫德。”他脸上带着微笑，回忆起星期天，在湖边的一个旅店里，在多次的激烈争论中，这个白化病患者突然离开桌子，很气愤地说：“这太卑鄙了！一切都糟糕透了！”自己离开后，像个孩子一样，自己一个人去荡会儿秋千。

“……有些人走得会更远，”范赫德用高调的声音继续说，“我听他们说，萨拉热窝的暗杀是由一些破坏分子组织的，而且他们是受到贝尔希托德的指使，目的是制造他们所期望的机会！他们说，贝尔希托德这个方法可以说是一箭双雕：一方面，他解决了让人不安，过分爱好和平的人继承王位；另一方面，又可以赶在皇帝死之前，挑起对塞尔维亚的战争。”

雅克笑了起来，说：

“你给我说的这些事，简直就是一部传奇的强盗故事……”

“蒂博，您不信？”

“是这样，”雅克一本正经地说，“在我看来，一个充满了野心的，在政治圈里打拼了这么多年的人，一旦他完全地掌握了全部权力，他将会为所欲为，肆无忌惮地做那些他想做的事！回想那些历史，这样的事多得数不过来……但是，我的小范赫德，我一直坚信的是，不管这个阴谋是多么诡计多端，一旦遇到渴望和平的人民，瞬间就会土崩瓦解！”

“您觉得飞行员们也是这样想的吗？”范赫德摇着头，疑问地说。

雅克询问似的看着他。

“我觉得……”比利时人犹豫不决地说，“飞行员们是不会反对的……但是，他们好像并不是真正地相信这种反抗，并不是真正地相信人们的这种意愿。”

雅克的脸色开始阴沉下来，他很清楚地知道，梅奈斯特雷尔在有些地方跟他的态度是不一样的。这些不同，让他感觉很不好，他本能地避开这些话题。

“我的小范赫德，这种意愿是值得相信的！”他说的每一个字，都掷地有声，“我刚刚从巴黎回来，对此我有信心。现在，不仅仅是在法国，更是在欧洲的各个地方，在那些可以被发动的人里，可以说在每一百个人里，别说十个，就是五个愿意打仗的人都没有！”

“但是其余的九十五个人，大部分都是消极被动的，他们对战争是逆来顺受的，蒂博！”

“这个情况我知道。但是，你想想，在这九十五个人里，只要有十二个，即使只有六个，他们意识到了战争的危险，他们必然会揭竿而起，这样就形成了一支强大的反抗军，各国的政府就不敢小看了！……我们现在所面临的问题就是要去接触，去组织这些人起来反抗。这种情况不是不可能发生的。现在，欧洲各国的革命者也正在为此努力着！”

他站了起来。

“现在几点了？”他看了下手腕上的表，小声地说，“我现在要去看看梅奈斯特雷尔。”

“今天上午就别去了，”范赫德说，“飞行员同里沙德莱一起去洛桑了。”

“真不巧……你确定吗？”

“他们九点的时候要开个会，好像是代表大会的事，在中午之前他们是不会回来的。”

雅克显得很不高兴。

“那好吧，我就等到中午吧，那今天上午你做什么？”

“我本来打算去图书馆的，可是……”

“那你跟我一起去萨弗里奥家吧，我们可以边走边说，我这有一封信要给他。我在巴黎的时候见过奈格罗托……”他拿起自己的行李，向门口走去，“你先等我十分钟，我想先刮刮胡子，你待会儿下楼的时候叫我。”

萨弗里奥自己一个人住在大教堂区，是在佩利斯里路三楼的一间小破屋子里，他开的铺子就在楼下。

大家对萨弗里奥的过去不怎么了解，但是大家都很喜欢他，因为他的脾气很好，而且很热心肠。在他到瑞士之前，就已经加入了意大利社会党，七年来，他一直经营着药品生意。他是因为婚姻的不幸，才决定离开意大利的。关于他的不幸婚姻，他经常提起，但从不说得很详细，有人说，他还曾经因为这种不幸想去杀人。

雅克和范赫德走进铺子里，里面没有一个人。门铃响了，萨弗里奥从里面的门里走出来。他漂亮的黑色眼珠子里闪烁着热情的光芒。

“你们好！”

他脸上带着笑容，晃着脑袋，粗壮的肩膀一高一低，双手张开，殷勤的态度像极了意大利旅店的老板。

“在我这儿还有两个同胞，”他附在雅克的耳朵旁，轻声地说，“跟我来吧。”

他随时为那些被瑞士政府下令驱逐的意大利人提供一个容身之所（瑞士的警方平时很好说话，但是每隔一段时间，他们就会心血来潮，不合时宜地将一批不守法的外国革命者驱逐出境。这种情况一般要持续一周。在这期间，那些不怎么听话的人只得离开自己的地方，到其他同志的家里避下风头，等风头过了，再出来。萨弗里奥便是这样一个乐意做这种事的人）。

雅克和范赫德在后面跟着他。

店铺门面的后面是一间用来存放食物的储藏室，和门面之间只隔着一间很小的厨房。这间储藏室就像一间囚室：房顶是拱形的，只有一个通气孔，装着铁的栅栏，窗外是一个人也没有的院子，光线从这个窗户上照进来。但是，正是这样的一间储藏室，成了一间容纳所，可以容纳很多人。有时候梅奈斯特雷尔也会把这当作召开小型会议的秘密地点。储藏室的一整面墙都安放着木板，上面堆着各种各样的旧药瓶、小玻璃瓶，还有空的短颈大口瓶和一些没有用的研钵。木架的最高一层放着一幅卡尔·马克思的石版画，画框上面的玻璃已经裂开，而且上面布满了灰尘。

屋里果然坐着两个意大利人，其中的一个长得很英俊、很年轻，但是穿得很破，就像乞丐。他一个人坐在桌子前面，吃着一盘番茄冷通心粉，他用刀尖挑起来抹在面包上。他抬起来头，目光就像是一头受伤的野兽一样柔和，接着又吃着自己的东西。

另一个年纪稍微大点，穿得稍微好点。他站在那里，手里拿着几份报纸，朝着雅克他们迎面走过来，原来这人是雷莫·杜蒂，是几份意大利报纸的记者，雅克早在柏林就认识他了。他个子不怎么高，长得有点像个女人，但是目光却充满了热情和智慧。

萨弗里奥用手指着杜蒂说：

“雷莫是昨天才从利伏诺过来的。”

“我刚从巴黎回来，”雅克一边对萨弗里奥说，一边从皮包里掏出来一封信，“我还在巴黎见到了一个人，他还让我交给你一封信，你猜他是谁。”

“奈格罗托！”意大利人喊出来，高兴地接过信来。

雅克坐下来，面朝着杜蒂：

“奈格罗托告诉我，这半个月来，意大利政府以军事演习为借口，征召了八万后备军，并给他们配备武器，这是真的吗？”

“不管怎样，五六万的后备军倒是有的……是的……但是奈格罗托不知道的是，现在军队中出现了很严重的骚乱。尤其是在北部的驻军里，发生了很多不守纪律的动作！领导们无法控制，索性就甩手不管了。”

范赫德好听的声音打破了寂静的气氛：

“对了！可以采取以柔克刚的形式！这样地球上就不会再有杀戮了……”

大家都笑了，除了范赫德。他的脸红了起来，两只小手交叉着，沉默不语。

“既然这样，”雅克说，“要是在你们的国家进行全体动员，这样的事也就不会独自发展了吧？”

“你放心吧！”杜蒂坚定地说。

萨弗里奥抬起了看信的眼睛：

“在你们的国家，只要是有人想搞军国主义，别说是社会党人了，全体人民都会站起来反对的！”

“我们比你们的经验要多点，”杜蒂解释说，他法语说得很地道，“对我们来说，当时远征的波里的事还历历在目，人民已经接受了教训，把政权交给军人是要付出很大代价的！……我说的人民不仅仅指的是那些去打仗的人，还有那些瘟疫，使整个国家陷入混乱：歪曲事实，大肆宣传民族主义，遏制自由，抬高物价，对利益的贪得无厌……意大利刚刚走过这条路，还记得很清楚。在我们国家，要组织起来一次新的‘红色周’，也是很容易的！”

萨弗里奥仔细地将信折好，放在了衬衫贴身的口袋里，眯起自己漂亮的眼睛，把浅棕色的脸凑到雅克面前：

“谢谢啊。”

储藏室里面的那个年轻人站了起来，拿起桌子上盛着凉水的多孔陶土高颈瓶，两只手捧着，大口大口地喝了很多水。

“别再喝了！”萨弗里奥笑着说。他向年轻人走去，友好地摸着年轻人的脖子：“现在你去楼上休息会儿吧，同志。”那个意大利人听了后，乖乖地跟着他走向厨房，走的时候还不忘向别人优雅地点头示意。

萨弗里奥在出门之前，转身对雅克说：

“放心吧，我们在墨索里尼发表在《先锋报》上的警告，已经引起了很大的反响！国王和整个政府现在都已经知道，人民不再像以前那样支持他们好战政策了！”

他们上楼了，还可以听到脚踩在木楼梯上的吱嘎声。雅克沉默着，心里在想些什么。他抬起头看了看杜蒂：

“就是应该让别人明白——我不是说的那些领导人，他们要比我们看得透，要比我们知道得多——我指的是德国和奥地利的那些民族主义者，他们还对三国联盟存在着一些希望，正是因为这样，国家政府才会想到冒险……你一直在柏林工作吗？”

“不。”杜蒂说得简单明了。他的目光和眼神都神秘地透露着很明确的意思：“问也没用……我做的是秘密工作……”

萨弗里奥刚走进来，就摇着头微笑着说：

“这些小家伙，唉！”他对范赫德坦白地说，“他们太轻信别人了！又有一个年轻人被破坏分子给盯上了……还好他跑得快，还知道萨弗里奥的地址！”

他笑嘻嘻地转向雅克：

“那么，蒂博，你刚从巴黎回来，对那边的情况有信心吗？”

雅克笑了笑：

“好得不能再好了！”他高兴地说。

范赫德换了把椅子，靠近雅克坐了下来，背着光，因为他一对着光就像夜鸟一样，难受得要命。

“在巴黎，我不仅见到了法国人，”雅克继续说，“我还见到了来自比利时来自德国来自俄国的人……革命圈里都行动了起来。大家都已经很清楚，威胁很严重。各地都已经组织了起来，一起寻找一个共同纲领。反战运动已经开始酝酿，并在趋于一致，并在继续扩大之中。

反战运动正在进行筹划，并在建立统一战线——这些用了还不到一周的时间——真的很振奋人心！从这件事中我们也可以看出，只要是愿意去做，国际工人协会就可以动员起来多么大的力量。最近几天在各国首都发生的那些独立的战斗，跟这些计划比起来，是多么微不足道！下星期，国际工人协会的各位领导要在布鲁塞尔召开会议……”

“是的，是的……”杜蒂和萨弗里奥异口同声地说，两个人的目光很激动，都盯着雅克那张激动的脸。

那个患白化病的人，也眯起眼睛，弓着背，看着离自己很近的雅克。他将胳膊搭在雅克的椅子上，手按在他的肩膀上。他的手很轻，雅克几乎感觉不到分量。

“若莱斯和他的那一伙人非常重视这个会议，”雅克继续说，“他们是来自二十二个不同国家的代表！这些人不仅仅代表一千二百万入会的工人，实际上，他们还代表成千上百万的普通人：那些同情者、那些犹豫不决的人，甚至还有那些在敌人的阵营里，明白只有国际工人协会才能表现并且实现群众所期望的和平的人……在布鲁塞尔，我们将会度过极其有意义的一个星期。在整个历史上，这是人民的声音，也是大多数人的声音第一次爆发出来，并迫使比尔尼言听计从！”

萨弗里奥在椅子上坐不住了，转来转去：

“太好了！太好了！”

“但是我们还需要将眼光放得更加长远。”雅克接着说。他很高兴他能将自己的想法表达出来，而这种表达更坚定了自己的信心。“如果我们最终取得了胜利，那我们就不是仅仅在战争这一方面赢了，而且，这个胜利还会给国际工人协会带来……”这时，雅克感觉到范赫德将重心都放在了他身上，因为他的手开始不自觉地颤抖起来。他将头转向这位白化病患者，拍了拍他的膝盖，说：“是的，我的小范赫德！这一切都还在准备之中，也许，不使用没有好处的暴力，社会主义就会取得在全世界范围的胜利！……我们现在要做的是，”他突然挺直了腰，站了起来，接着说，“去看看飞行员回来了没有！”

梅奈斯特雷尔还是没有回来，时间还很早。

“我们去‘葡萄架咖啡馆’坐坐吧……”雅克建议道，并拉着白化病患者的手。

但是范赫德摇了摇头，因为他逛够了。

自从他跟随雅克来到日内瓦后，就不再为别人打字了，而是专心从事关于历史的研究。虽然这个工作的报酬很少，但至少自己可以做主。最近两个月，莱比锡的一个出版商需要他整理资料，编纂一本《新教资料集》，因为一直忙于这个，他的视力下降得很厉害。雅克陪他去了图书馆，然后自己一个人走进了“朗多尔咖啡馆”（这家咖啡馆和“格吕特利咖啡馆”一样，深得崇尚社会主义的青年们青睐）。

他在这里遇到了帕泰尔松，这让他很吃惊。这个英国人穿着一条网球裤，正在专心致志地挂着他的画布。他要举行一次画展，咖啡馆的老板也同意他在此举办画展。

帕泰尔松看起来心情很好。他刚刚拒绝了一桩不错的生意。那是一个美国人，名叫萨克斯通·克莱格。他的妻子早已经去世，看中了他的一幅静物画，拿着一张明信片大小的黑白照片，想以五十美元的价格请他为自己的太太画一幅与萨克斯通·克莱格太太一样大小的全身像。他的妻子在普莱峰[①]的灾难中丧生。这位鳏夫非常伤心难过，但是他有一个很苛刻的要求：他希望画中的萨克斯通·克莱格太太穿着巴黎最时尚的衣服。帕泰尔松很幽默地将这件事有点夸张地说出来。

“在我们中，恐怕只有帕特尔松是唯一开朗坦诚的人了，他的坦诚是发自内心的，是油然而生的。”雅克看着这位年轻的英国人，心里这样想着，嘴上露出了笑容。

“让我陪你走一会儿吧，亲爱的。”帕泰尔松知道雅克要去梅奈斯特雷尔家后，说，“最近几天，我收到几封很有意思的信，是从英国寄来的。信上说，在伦敦，赫尔戴恩[②]不动声色地组织了一支精锐的远征军。他想做好一切准备面对可能发生的所有情况……整个舰队都处在备战状态……关于这个舰队，你看过报纸的报道吗？你看

①普莱峰是一座火山，在1902年爆发，毁灭了圣彼得城。

②赫尔戴恩，1905—1912年期间任英国国防大臣，1912—1914年担任首相。

到过《斯派莱德》杂志上报道的检阅情况吗？欧洲各国的海陆军官全都被邀请来参加检阅，整整六小时啊，悬挂着英国国旗的战舰一艘接着一艘从眼前走过，就像是春天里的毛虫一样，排着队……这真是相当有吸引力的炫耀，对不对？……简直是虚张声势！虚张声势！”他说完，耸了耸肩膀。

但是，他那讽刺的语气中，还带着一些自豪。雅克暗地里觉着很搞笑：

“即使是一名社会党人，但是作为一名英国人，面对着海军耀武扬威的检阅，也不能没有一点反应啊。”

“我们的肖像怎么办？”雅克正要离开的时候，帕泰尔松问道，“亲爱的，这幅肖像真的没有什么好的运气！只要再花两个早晨就可以了。不会比这个时间长了。我以自己的名誉起誓！只要两个早晨的时间……但是，具体什么时候呢？”

雅克谅解英国人的这种执着，还不如早早地让步，让这事尽早结束。

“明天吧，如果你有时间的话，那就明天十一点？”

“行！你才是我真正的好朋友啊雅克！”

房间里只有阿尔弗蕾达自己一个人。她穿着印有大花图案的和服，留着黑如亮漆的齐刘海，睫毛长长的，像极了远东的娃娃玩偶，让人很想拥有。屋里有苍蝇，在百叶窗透过的阳光中飞舞着，嗡嗡作响。厨房里咕嘟嘟地煮着一个菜花，不好闻的气味充满了整个房间。

她看到雅克的到来，好像特别高兴：

“对的，飞行员已经回来了。但是他刚才让莫尼埃给我捎了个信，说有一些新的情况出现了，他要去和里沙德莱碰头，密谈事情。他还要我带上打字机去找他……你先跟我一起吃饭吧。”她的脸突然就严肃起来了，接着说，“吃过饭，我们一起走……”

她的眼睛很好看，柔美的眼光中还带着一丝野性。他隐隐约约地感觉到，她这样慷慨地邀请他，并不仅仅因为好客，或许她有些话要说？或许有些问题要问？……他一点都不想和这位少妇倾心交谈，更何况，他还要急于找到梅奈斯特雷尔。

所以，他拒绝了她的邀请。

飞行员和里沙德莱一起在碰头的一间小办公室里忙碌着。

屋子里只有他们两个人，梅奈斯特雷尔在里沙德莱的后面站着，而里沙德莱坐在桌旁，两个人都俯身看着桌子上摊开的文件。

梅奈斯特雷尔看到了雅克，眼睛里透露出了友好又惊讶的目光。接着，他那尖锐的眼神随即便凝住不动了，因为在他的脑海里突然闪现出一个这样的念头。他带着询问的神情弓下腰，朝着里沙德莱努了努嘴，示意指的是雅克：

“说实话，既然他已经回来了，为什么不带上他？”

“我们当然得带上他了。”里沙德莱同意地说。

“先坐下吧，”梅奈斯特雷尔说，“我们马上就完了。”接着又对里沙德莱说，“接着写吧……这是给瑞士党的。”

他用干巴巴、没有一丝感情的嗓音说着：

“我们的问题提得不好。关键问题不在这。马克思和恩格斯在他们的那个时代，可以选择支持这个或者那个民族，可是，我们却不行。我们，作为一九一四年的社会党人，对于整个欧洲的国家，没有必要做任何的区别。即便将来面对的是一场帝国主义战争。这场战争的目的除了获得金融资本主义的利益就再没有别的了，在这一点上，所有的民族面对的都是一样的，所以大家应该团结起来，同仇敌忾。无产阶级的革命者的目标，唯一目标就应该是，没有地域区别地将一切帝国主义打垮。我现在的要求就是：保持中立——加强口号——让资本主义列强相互残杀。我们的战略计划就是要让他们相互残杀，并促使他们相互残杀——不。去掉最后一句话——充分利用事态的发展。我们的动力是左翼。少数的革命者要在危机期间努力增强这种动力，做好准备，以便在时机到来的时候，能打开缺口，并通过革命的力量将这个缺口越扩越大。”

他停了一会儿。

“阿尔弗蕾达怎么还不来？”他话说得很快。

他从桌子上拿起来一个小本，在纸上简短地写了几句话，接着递给了里沙德莱，说：“这个是给委员会的……这个是给伯尔尼和巴尔的……这个是给苏黎世的……”

说完，他站了起来，向雅克走来：

“那么，你回来了？”

“您曾经对我说过：如果星期天或者星期一，你还没有收到我的信……”

“是这样的。我当时所安放的眼线还没有探听出什么情况。我还正要给你写信，让你留在巴黎。”

巴黎……雅克突然有一种意想不到的感觉涌上心头，让他来不及去想这是为什么。他有点无所谓，仿佛放弃挣扎，任其自然发展，好像把一切都推给了别人。他突然想道：“原来他们早就打算让我一直留在巴黎。”

梅奈斯特雷尔接着说：

“这个时候，在那边有个人还是比较有利的。你寄回来的材料还是很有用的，这可以帮助我了解那边的社会情况。你在那边要多把注意力放在《人道报》那些人身上，关于法国总工会，就少上点心。关于法国总工会，我们有另外的消息来源……比如，你可以看看若莱斯和社会民主党的关系、和英国人的关系，还有他对法国外交部的影响，他和法苏关系……最后，我都已经把一切都告诉你了……你是今天早上才到的吧？累不累？”

“不累。”

“你还能动身吗？”

“现在吗？”

“今天晚上。”

“如果有必要的话，那是可以的！让我去巴黎吗？”

梅奈斯特雷尔笑了笑，说：

“不。你先绕个圈，先去趟布鲁塞尔、安特卫普……里沙德莱会给你具体说明情况……”他又小声地说了一句，“她吃过饭后马上就过来！”

里沙德莱合上列车时刻表，朝着雅克抬起了他那尖尖的下巴：

“今晚十九点一刻有一趟车，列车凌晨两点左右就可以到达巴尔，明天中午才能到达布鲁塞尔。然后你再到安特卫普去。明天是星期三，深夜三点以前，你必须赶到那里……有项任务要交给你，你必须小心谨慎才能完成。在那里，你需要找到克尼亚布罗夫斯基，他正受到严密的监视……你认识他吗？”

“克尼亚布罗夫斯基吗？是的，我俩很熟。”

雅克在见到这个人以前，就已经在很多革命社会团体中听到过他的名字。那时候弗拉基米尔·克尼亚布罗夫斯基在俄国的监狱中服刑，在期满结束后，就积极投身到动员的工作中去了。冬天的时候，雅克也在日内瓦见过他，那时候，在兹拉夫斯基的帮助下，雅克还为瑞士的好几家报纸翻译了一些克尼亚布罗夫斯基在狱中创作的著作。

"你小心点就是了，"里沙德莱说，"现在他很机警，他已经将胡子刮掉了，容貌改变了很多，看来那么长时间的铁窗生活确实让他改变了很多啊。"

他弓着背站着，嘴上呈现出他特有的微笑，用聪慧又自信的目光看着雅克。

梅奈斯特雷尔双手背在后面，满面愁容地在狭窄的房间里走来走去，想让僵硬的双腿重新恢复点活力，突然，他把头转向雅克：

"听说，在巴黎，人们都像疯了似的相信奥地利的态度有所缓和，对吗？"

"是的。昨天我在人道报报社听到，有人说奥地利的照会都没有规定期限……"

梅奈斯特雷尔朝着窗户走了两步，看了看院子里，接着向雅克走过来，说："这个还得再好好研究研究……"

"啊？"雅克小声地说了句。身上有点打寒战，额头也跟着渗出了冷汗。

里沙德莱表情冰冷地说：

"霍斯梅早就预料到了，现在事情发展得很快。"

就这样沉默了一会儿，飞行员开始走来走去，很明显，他心里很烦躁，"这是因为奥地利方面导致的，还是因为阿尔弗蕾达不在这？”雅克心里琢磨着。

“瓦扬和若莱斯说的是正确的，”雅克说，“现在各国政府要放弃一切幻想，幻想让群众接受他们的战争策略。而这必须迫使群众罢工来威胁他们！您也知道的，一个星期以前，在法国的党代大会上，议案已经被大多数的票认可。几乎所有的人都赞成这个原则。但是在巴黎，他们还没有完全说服德国人，让他们和我们一样表明决心，有个明确的态度。”

里沙德莱摇了摇头说：

“这都是白费工夫……反正他们早晚都会拒绝的。德国方面的论据也是强有力的——主要就是普列汉诺夫和李卜克内西的那些以前的论据，他们认为，在两种社会化程度不同的民族之间，要是罢工的话，就会使社会化程度高的民族受制于程度低的民族。这种现象是显而易见的。”

“德国是被俄国的威胁给镇住了……”

“这个也是可以理解的！唉，要是俄国的社会化程度再向前发展一点，让两个国家的罢工同时进行，那就好了……”

雅克还是没有让步，说：

“首先，我们现在不能再像以前那样肯定俄国不发动罢工，因为，至少像普蒂洛夫那样的局部罢工，也是很有力的，也是可以影响到其他地区，从而还是很可能极大地阻碍着军事集团的行动……现在，我们先不说俄国，先把它放一边。这里有一个很有用的论据，可以用来对付社会民主党那种踌躇不前的态度。那就是对他们说：即使在总动员那天，就提出总罢工的口号，对德国来说，也是很危险的。那么要是进行预防性的罢工呢？也就是说，在外交危机的初级阶段，在总罢工之前，就开始发动罢工呢？那么，这就会在国民生活中造成混乱，构成威胁，如果这种混乱、这种威胁很严重的话，就会迫使政府要求仲裁……在这个论据的面前，德国人的反驳就会不攻而破。我认为，这就是法国革命党在布鲁塞尔的会议上想要采取的纲领。”

梅奈斯特雷尔站在桌子的前面，低着头看着桌子上的文件一点也没有关心这场辩论的样子。他挺直身子，走到雅克和里沙德莱中间。脸上掠过一丝狡黠的微笑，说：

“孩子们，你们现在走吧。我还有别的事要做，以后再说吧……你俩下午四点的时候再过来吧。”他又朝着打开的窗户看了一眼，显得很不安，“我不明白，阿尔弗蕾达为什么……”然后，又对里沙德莱说，“第一，你要向雅克详细介绍一下那边的情况，方便与克尼亚布罗夫斯基的见面。第二，跟他估算下需要的资金，因为他要在那待两三个星期……”

他一边说，一边把他们往门外推去，并关上了门。

27

天气晴朗的午后，烈日炎炎，这时候的安特卫普城炽热难耐，就像是西班牙的城市一样。

雅克在炙热的空气中，眯起了眼睛，走上了马路，他看了一眼车站的大钟表：三点十分。去往阿姆斯特丹的那趟火车要在三点二十三分才能到站，他想：“我最好还是不要在车站露面了。”

雅克一面穿过马路，一面快速地看了下对面啤酒店里露天座椅上的人。那边还有一张空着的桌子，他显然是放心了，才向那张桌子走去，要了杯啤酒，坐了下来。虽然这个时候这里应该是热闹的，但是这边的人却不多。走在路上的人们，为了不离开阴凉的人行道，绕着弯在赶路，就像蚂蚁一样。从城市四面八方赶来的有轨电车，拖着黑色的影子，在十字路口不断地穿梭着，转弯的时候，灼热的车轮碰撞在突起的铁轨上，吱嘎作响。

三点二十分了。雅克从座位上站了起来，从侧门走进车站。车站的候车厅里，没有几个人。一个比利时老头，穿着破烂的衣服，戴着一顶军帽，拿着一把喷壶在满是灰尘的石板上弯弯曲曲地洒着水。

在那上面，火车到达了月台。

雅克一边看着报纸，一边走到大楼梯底下旅客的出站口，不经意地观察着来来往往的旅客。

一个五十多岁的男人，戴着一顶鸭舌帽从他身边走过，身上穿着一件灰布衣，胳肢窝下夹着一捆旧报纸。人来人往的，一会儿，就剩下了走得很慢的几个人，那是些老太太，很缓慢地走下楼梯。好像他等的人还没有来，雅克转过了身，步履缓慢地走出车站。只有十分敏感的警察才能注意到，他在离开人行道之前，回过头来瞥了一眼。

他走上了凯塞尔林荫路，然后一直走就来到了法兰西林荫路，他就像一名迷路的游客，在辨认方向，接着向右拐去，走过抒情剧院，他停下来，仔细看了会剧院前面挂着的海报，然后又不紧不慢地拐进了法院前面的一个小街心花园。看到前面有一张空着的长凳子，他走过去，坐在了上面，擦了擦脑门的汗。

在那边的一条小路上，一群小孩子在玩着球，也没有把这炎热的天当回事。雅克从口袋里掏出来折好的报纸，放在了身边的长凳上，接着点燃了一根香烟。这时候，孩子们玩的球滚到了他的脚边，他笑着把球捡了起来。孩子们围着他嚷嚷着。他把球还给了那些孩子，跟他们一起玩了起来。

几分钟过后，有一个人走了过来，在长凳的另一端坐了下来。他手里拿着几张打开的报纸，他肯定是个外国人，那就是斯拉夫人没错了。他将鸭舌帽压得很低，盖住了额头，阳光在他的脸上照出了两个亮点。他的脸上没有胡子，显得年纪很大，满脸都是皱纹，皮肤也暗淡无光，但是看上去精力很充沛。经太阳长时间暴晒后的皮肤呈现出烤面包的颜色，这倒也和他的眼睛搭配了起来。睫毛的阴影让人不容易分辨出他眼睛的颜色，只觉得是蓝色或者灰色，这双眼睛清澈得出奇，又很明亮。

这个人从口袋里掏出一根雪茄，把身子转向了雅克，用手碰了碰帽檐，显得彬彬有礼。为了借用雅克的香烟点燃手中的雪茄，他不得不俯下身子，用拿着那捆报纸的手扶着身边的长凳。两个人四目相对。那个人挺直了身子，把手里的报纸放在了膝盖上，接着很自然地把原本放在长椅上的报纸拿了起来，把自己的报纸放在了雅克的身边。接着雅克很不经意地，将手放在了靠近自己的报纸上。

那人的眼睛看着远处，嘴唇一动也没动，就只能听见声音——就像是在用腹语交谈。在监狱中，人们就是用这种方法相互告知秘密：

“信被夹在了报纸里……还有最近几期的《真理报》……”

雅克没有什么回应，他继续很自然地陪着那些孩子一起玩耍，他把球扔得很远，孩子们追着球蜂拥而去，争先恐后地抢夺着球，最后，拿到球的孩子兴高采烈地把球抱回来，于是，游戏重新开始了。

那个人也跟着笑了，好像在这游戏中也感到了快乐。一会儿，那些孩子把球扔给了他，他接过球，扔了出去，比雅克扔得还要远。这时候，只剩下这两个成年人在一起，克尼亚布罗夫斯基抓紧这个时机开始说话，他并没有张嘴，只是从牙缝中挤出来几个字，都是些很短的句子，断断续续的，但是他滔滔不绝地在说着，声音很低：

“在彼得堡……星期一将近十四万人参加罢工……十四万……到时候好几个街区都会戒严……电话不通，也没有电车……会有近卫骑兵……整整四个团，都备有机枪……是哥萨克团队，隶属……”

这时候，孩子们一窝蜂地跑了回来，围住长凳，打断了他说话，他只好在一阵咳嗽中结束话语。

“可是那些警察，还有军官一点办法都没有……”他把孩子们捡来的球扔到了草坪中间，然后接着说，“骚动一阵接着一阵……政府为了迎接普安卡雷，分发了很多法国国旗，妇女们拿来改成了红旗。骑兵们向前冲，不停地拼杀……我目睹了维波尔格区的一场战斗……十分可怕……另一场战斗是在华沙车站……还有一次是在斯塔加拉—德尔弗尼亚车站……另一次是在半夜，在……”

孩子们又回来了，他又不说话了。突然，他很急切慈爱地抱起一个最小的孩子……有四五岁，金黄色的头发……他一边笑，一边将孩子放在自己的膝上摇晃着，重重地亲了一下这个孩子，然后放下了这个受宠若惊的孩子，捡起了球，扔到了远处。

“罢工的人们手里没有武器……只有些铺路石、瓶子、油罐……他们为了阻挡敌人的攻击，就将房子点着了……我看见桑索尼耶夫斯基桥被点燃了……大火整整烧了一个晚上……上百人被烧死……还有几百人，几百人被抓进了警察局……人人都被怀疑……所有的报纸从星期一就被禁止发行了……我们报纸的编辑也被抓了进去……这是革命……也是时候了，如果没有革命，迎接我们的就只有战争了……你的普安卡雷在我的国家做了很多坏事,很多坏事……”

他把脸转向在草坪上玩耍、乱作一团的孩子们，他想笑出来，但是脸上只呈现了一种孤寂无奈的笑容。

“现在，我是时候离开了！”他声音低沉地说，“再见。”

“好的。”雅克叹了口气，轻轻地说。虽然这个地方来往的人很少,但是长时间的面谈也是没有必要的。他感到很不安,轻声地问道：“你要……去那边吗？”克尼亚布罗夫斯基没有立马回答他。他向前倾着身子，将双臂支在大腿上，歪着肩膀，看着鞋子之间小路上的沙土。他浑身肌肉放松，好像已经筋疲力尽。雅克看到了他在经历过这些挫折后，嘴两边多了很多皱纹，或者是因为天长日久的生活，在耐心等待中增添的皱纹。

“是啊，我要去那边了。”克尼亚布罗夫斯基抬起头说。他的眼睛没有停留在一处，他的目光掠过前面的空地，掠过花园，掠过远处的建筑还有蔚蓝的天空，飘忽不定，却又很坚决，好像随时准备着做出一些疯狂的举动。

“我可以走海路……再经过汉堡……我有个十分稳妥的办法回去……但是那边的情况,你也知道,我们的事情是越来越难办了……”

他站起来，不慌不忙地说：

“相当难……”

最后,他的目光又重新回到了雅克的身上,有礼貌地碰了碰帽檐,就像是和一个偶然相遇的人告别一样。他们的目光相遇,暗含着忧郁,彼此表示友好，就此告别。

“祝你好运！”在离开之前，他小声地说。

顽童们的笑声、喊叫声此起彼伏，一直到他走出了街心花园的铁栅栏。雅克目送着他走出去。等这个俄国人走出去后，他将长凳上的报纸塞进了自己的口袋里，站了起来，很平静地继续散步。

当天晚上，雅克就把克尼亚布罗夫斯基给他的信缝在了外套的里面，在布鲁塞尔搭坐上了去巴黎的火车。

第二天，也就是星期四，在凌晨一点的时候，他将信交给了舍纳逢，晚上的时候，他还要回到日内瓦。

28

这一天是星期四，也是二十三日，雅克一大早就去了“前进咖啡馆”，想在那里看看报纸。他选择坐在了大厅里，目的是避开楼上的“闲谈”。

几乎所有报纸的头条都是关于卡约太太的案件。还有的报纸用第二或者第三版对这一案件进行了简单介绍，还有些报纸说道，彼得堡有些工厂进行了罢工，但是工人的骚动很快就被警察给制止了。在另一方面，报纸大篇幅报道的就是沙皇盛宴款待普安卡雷先生。

至于奥地利和塞尔维亚的“口角”，报纸宁愿选择含糊其词。有一家报纸显然是官方的意见，然后各家报纸争先跟着报道，说已经被证实，在俄国的政府机构里的人们普遍认为，通过外交途径，两国的关系可以得到一些缓和。还有大多数的报纸开始恭敬地表明态度说开始信任德国，因为德国在巴尔干危机期间一直劝告其盟友奥地利要进行节制。

只有一家报纸公开表明对此很不安，那就是《法兰西行动报》[①]。

这也正是一个很好的机会，可以用来批判共和政府的外交政策软弱无力，还可以痛斥左翼政党的反护国主义，这尤其猛烈地斥责了社会党人。沙尔·莫拉斯好像已经厌倦了近几年来一直在做的事情，在报纸上一遍又一遍地辱骂若莱斯是受雇于德国的卖国贼。他利用《人道报》一直重申国际和平的主张，在今天，他的行为简直像极了若莱斯描述的沙洛特·柯尔戴[②]那样凶恶的拯救者。他言辞谨慎却又厚颜无耻地在报纸上写："我们绝对不容许任何人进行政治谋杀。那就让若莱斯先生瑟瑟发抖吧！他这样写的文章会使得一些狂热的人产生一种美好的愿望，那就是或许让若莱斯先生也遭遇同卡尔梅特先生一样的命运，那些不可战胜的社会秩序是不是还会纹丝不动？"

卡蒂厄下了楼，像一阵风似的走了过来，问道：

"你不去楼上吗？现在楼上的争论非常激烈……也非常有趣：那有个来自奥地利的人，是来执行任务的，伯赫姆同志，从维也纳来……他说，奥地利的照会将在今晚转至贝尔格莱德……现在就等着普安卡雷离开彼得堡了。"

"伯赫姆现在在巴黎？"雅克马上站了起来，因为能够见到这个奥地利人，心里非常高兴。

他走上了那道螺旋上升的小楼梯，推开门，果然看到伯赫姆同志安静地坐在那里，面前还摆着一杯啤酒，黄色的雨衣折叠着放在膝盖上。大约有十五个活动分子将他围住，不停地向他问问题。他有条不紊地回答着，嘴上还叼着根半截雪茄。

---

①《法兰西行动报》创刊于1908年，1914年被禁止，是保王党及民族主义者的报纸。

②沙洛特·柯尔戴，是刺杀法国革命者马拉的疯狂女人。

他友好地朝着雅克眨了眨眼睛，和昨天分手时一样，这也就算是对他的迎接了。

他带来维也纳好战的准备和奥匈帝国舆论已经沸腾的消息，在这里似乎引起了大家的普遍愤怒和不安。奥地利很有可能气势汹汹地向塞尔维亚下达最后通牒，而就目前的情况来说，将会导致局势变得更加复杂，因为塞尔维亚部长会议主席帕希契[①]，不久前已经向欧洲各国政府发出了预防性照会，提醒各国列强，不应该对塞尔维亚抱有太多消极态度，塞尔维亚已经决定反对一切有损其尊严的要求。

伯赫姆没有为自己国家的冒险政策辩解的意思，他只是极力地在解释为什么奥地利要这么强烈地反对塞尔维亚（还有俄国），那是因为这个整天惹是生非的小国家，凭借俄国的支持和鼓动，不断地伤害奥地利人们的民族自尊心。

他说："霍斯梅曾经给我看过一份非常秘密的外交照会，是在几年前由彼得堡的大臣萨左诺夫写给俄国驻塞尔维亚大使的。萨左诺夫在里面特别提到，俄国已经答应，将会把奥地利的一块领土分给塞尔维亚。这是一份极其重要又机密的文件，"他补充说，"因为这份文件证明了塞尔维亚的背后主使者是俄国，而这两个国家的的确确会对奥地利的安全构成长期的威胁！"

"资本主义的政策总是会做这种坏事！"桌子的另一端一个老工人大声地说，他身上穿着蓝色工装裤。"欧洲的各国政府，不管是不是主张民主制的，都在秘密地进行外交，不受人民的监督，都成了国际金融集团利用的工具……这四十年来，虽然欧洲避免了大战，但这仅仅因为那些金融家更喜欢长期备战中的和平，因为在这期间，

①帕希契，1912—1918年期间任塞尔维亚部长会议主席。

他们可以背负更多的债务……但是，要是有一天，战争就此爆发，他们还是会从中获益！……”

大家吵吵嚷嚷地表示赞同，一点也不关心这段打断的话和伯赫姆谈论的问题有什么样的联系。

那里有个青年，雅克也曾经见过他，他的目光很专注，充满了炙热，脸色就像是得了肺病一样，突然他不再保持沉默，用深沉又洪亮的声音引述着若莱斯论述秘密外交是如何危险的一段话。

雅克趁着这时候的喧闹，走近伯赫姆，约好了一起吃午饭。然后雅克走开了，奥地利人又咬着那半截雪茄，继续耐心执着地陈述着自己的意见。

雅克同伯赫姆共进了午餐，又在人道报的办公室里和一些人说了些话，然后又办了一些里沙德莱让他到巴黎后要做的一些事，晚上又去了勒瓦洛亚参加了一个欢迎伯赫姆的集会，并在会上发了言，介绍了一下他所知道的关于彼得堡动乱的情形——雅克再次回到巴黎的第一天，被这些事占得满满的，他还没有时间想到丰塔南一家。虽然有两三回，他想过给比诺大街的诊所打个电话，问一下热罗姆是不是还活着。但是他不说自己的名字，人家会告诉他情况吗？最后决定还是不问了。他不想让别人知道他又回到了巴黎。可是，晚上当他回到图内尔码头的小房间里，睡觉之前，他的心里还是不能静下来，他不得不承认，这种一概不知的状态要比知道准确的消息更让他感到烦躁不安。

星期五早上，刚一醒来，他心里就想着给昂图瓦纳打个电话。但是，他转念一想：“干吗要这样呢？和我有什么关系？”他看了看表，“七点二十分……如果我想在他去医院之前找到他的话，现在还是有时间的！”他没有犹豫，一下子就起了床。

昂图瓦纳听到了弟弟的声音，感到十分吃惊。他告诉雅克，丰塔南先生在诊所整整弥留了三天，昨天晚上才撒手而寰，在此之前，一直没有清醒过来。“葬礼准备在明天举行，也就是星期天。那时候你还在巴黎吗？……达尼埃尔，”他接着说，“还没有离开诊所，无论什么时候你想见他的话，都可以在那找到他……”昂图瓦纳好像没有怀疑自己的弟弟还会想见到达尼埃尔。“你来跟我一起吃午饭吗？”他建议道。

雅克不耐烦地摆了摆手，把话筒从脸上拿开，挂上了电话。

二十四日的报纸报道说，奥地利方面又向塞尔维亚递发了一份照会。大多数的报纸仅仅进行了一些含糊其词的评论，很明显是遵照上面的命令做的。

若莱斯今天的评论文章说的是俄国的罢工，语气很庄重：

“这对于欧洲列强是多么严重的警告啊！革命就像是雨后春笋，不停地破土而出。如若沙皇现在发动一场战争或者任凭欧洲一国发动战争，那也是多么鲁莽啊！如若奥匈帝国就此屈服于教会和军方的疯狂而又盲目的行动，在它和塞尔维亚之间无端地制造是非，造成无法弥补的局面，那一样也是很不谨慎的！……普安卡雷先生的出访的记录册上已经由于俄国工人的血迹而增添了十分混乱的一页，这是个多么悲惨的警告！”

在《人道报》的各个编辑室里面，他们对照会的语气已经深信不疑，这个照令完完全全是一种命令的性质，人们担心的是还会发生更加严重的情况。大家都在紧张兮兮地等待着若莱斯的回来，因为在今天早上，老板突然决定去趟奥尔赛码头，以个人的身份去找边弗尼·马丹先生，进行单方面的斗争，因为在维维亚尼先生不在的时候，是由边弗尼·马丹先生掌事。

报纸的编辑们显得特别紧张，情绪很慌乱。他们在不安地揣测着欧洲各国对此的反应会是什么样的。加洛是很悲观的，他说昨天晚上来自德国和意大利两个国家的消息让人很担心，这两个国家的一般舆论、报纸，还有一些左翼政党都选择赞同奥地利的这次行动。斯特法尼和若莱斯的观点一样，他们都认为在柏林，社会民主党人的愤怒将会通过一种很激烈的方式表现出来，这种行动不仅在德国爆发，而且将会超出德国，在境外产生巨大的影响。

中午的时候，编辑的办公室都走空了。今天轮到斯特法尼值班，雅克主动提出来要陪他，目的是了解一下，下周在布鲁塞尔召开的国际执行局集体会议的文件内容。大家都对这次会议寄予了很大的期望。斯特法尼知道，瓦扬、凯尔·哈代[①]和其他党的领袖，都打算一旦战争爆发，就将罢工的时间提上日程。外国社会党人，尤其是英国和德国的社会党人，他们对这个问题将会抱有什么样的态度呢？

到了中午一点了，若莱斯还没有来。雅克走下了楼，他想去“新月咖啡馆”吃点东西。他还想着，在那是不是会遇到老板？

他没在咖啡馆里。

雅克想找一个没有人的空角落坐下来，这个时候有个年轻的德国人，名叫基尔肯布拉特，叫住了他。这个年轻人是他在德国柏林遇到的，然后又在日内瓦见过几面。基尔肯布拉特在和一位同志一起吃着饭，他坚持要求雅克和他们坐在一起。这位雅克不认识的同志，

①瓦扬，法国社会主义者，第二国际的领袖人物之一，沙文主义的执行者。凯尔·哈代，英国右翼社会主义者，工党的创建人之一。

也是一位德国人，名叫瓦克斯，这两个人一点也不一样。雅克心里想："这两个人也就象征着德国东部两种不同的类型吧，一个是领导，一个是被领导。"瓦克斯以前是个冶金工人，大约四十岁，样子长得很粗犷，稍微有点斯拉夫人的样子，颧骨宽宽的，嘴巴不大也不小，眼睛明亮有神，充满着坚毅和庄重。他的两只大手摊开着，就像是备用的工具。他很仔细地在听别人说话，有时候也点头表示赞同，但是并不怎么说话。在他的身上所表现出的一切，都显示出了他宁静没有烦恼的心灵，沉稳又勇敢，有毅力，遵守纪律，对人忠诚。

基尔肯布拉特要比他年轻很多，他的脑袋小小的、圆圆的，就这样顶在瘦小的脖颈上面，很容易让人想到鸟头。他的脸和瓦克斯的正好相反，并不宽，只是在眼窝下突出了两个尖尖的凸块。他的脸平时都很严肃认真，有时候会有种不安的笑容，这种笑容拉长了他的嘴角，眼皮上也有了皱纹，双鬓也跟着皱了起来，嘴唇张开着，露出了牙齿。所以，他的眼中闪现出的眼神就像是狼狗在嬉戏，残忍又好色，还露着獠牙。他是东普鲁士人，是一个教授的儿子，也是个有教养的德国人，是尼采的忠实信徒，就像雅克在德国进步的政治界遇到的那些人一样。对他们来说，法律是不存在的。他们对于荣誉有种特殊的感情，有种骑士的浪漫精神，还有对开放危险生活的爱好，让他们形成一种意识，让他们认识到自己是属于贵族阶层的。基尔肯布拉特很反感那个给予他很多精神熏陶的社会制度，虽然他生活在国际政党的边缘上，但他实际上是个彻头彻尾的无政府主义者，所以他现在会毫无保留地参加社会主义运动，但是他又讨厌那些民主主义和平均主义的言论，这是出于他的本能，这就像是受到了德意志帝国残存的封建特权的影响。

他们之间用德语交谈，因为瓦克斯的法语很烂，他们的谈话内容一下子转向了柏林政府对奥地利政策的态度上了。基尔肯布拉特好像特别了解那些帝国高级官员的心理动向。他刚刚得知，德皇凯塞尔的兄弟赋予亨利亲王特殊的使命，被派往伦敦觐见英国国王。在这种情况下，采用这种非正式的行动，表明威廉二世有着自己的想法，他想让乔治五世同意他关于奥地利和塞尔维亚之间争端的看法。

“有什么样的看法？”雅克问，“这才是问题的关键……在帝国政府的态度中，有多少部分是讹诈性的？我是在日内瓦认识特劳坦巴赫的，他说，根据可靠的情报，对凯塞尔个人而言，他是不会考虑战争的。然而，要是没有德国方面在后面支持，维也纳也不会像这样胆大妄为。”

“是啊，”基尔肯布拉特说，“我认为，现在凯塞尔极有可能已经接受并同意了奥地利的要求。甚至他还会催促维也纳尽快地采取行动，促使欧洲尽快接受并且面对既成的事实，总的来说，这倒是一种很奇妙的和平主义……”他狡狯地笑了笑，“对的！因为这也是避免俄国采取反对行动的最好办法！加速奥地利和塞尔维亚之间的战争爆发，从而拯救欧洲的和平！……”他突然又变得严肃起来，“同样，可以很明显地得知，凯塞尔当然会听取别人的意见，权衡过这种风险的严重性。也很可能冒着被俄国否决的危险，爆发一场大战的危险。但是，实际上，他也很可能认为这种危险爆发的可能性很小。他这样想是对的吗？这才是现在问题的关键……”他的脸皱成了魔鬼般的面孔，还带着笑容，“现在，凯塞尔在我眼里就像是一个赌徒，手里拿着一把好牌，面对胆小如鼠的赌友。当然，他也考虑过，如果自己拿的牌不好，也会输掉……但是，话说回来，怎么能因为担心自己的运气不好会输掉而放弃手里的一把好牌呢？”从他高傲的声音和爽快的笑容中可以看出，基尔肯布拉特凭借以往的经验可以感觉到，自己的手中有一把好牌，要大胆地下赌注意味着什么。

29

按照诊所以往的惯例，热罗姆·德·丰塔南的遗体一大清早入殓。然后灵柩就会被抬到花园尽头的一栋小楼房里，那里是诊所规定存放遗体的地方，因为这样可以尽可能地远离活着的病人。

丰塔南太太在丈夫昏睡不醒的几天里，几乎没有离开过他的病房。现在她也陪着自己的丈夫待在地下室的停尸间。这里只有她自己，贞妮刚刚出去。丰塔南太太让她回去天文台林荫路拿两件黑色的衣服，她们要在明天葬礼上穿。达尼埃尔陪着妹妹走到了栅栏边，自己留在花园里抽了根烟。

丰塔南太太光着背坐在草垫椅子上，头顶上的通气孔透过的亮光照亮了整个地下室，她打算在这度过这一天。她的眼睛盯着灵柩，装着自己丈夫的灵柩，灵柩光秃秃地放在房间的中央，用两条黑色的长凳子撑着。逝者的身份刻在一条长方形的铜牌上，挂在了灵柩上：

热罗姆 埃利·德·丰塔南
1857年5月11日—1914年7月23日

她觉得自己现在心里很踏实，也很平静，就像处在上帝的庇护之下。头一天晚上，这个悲剧突然降临，她觉得天旋地转，但是现在已经过去了。她的心里现在只有一种审视性的忧虑，没有一丝伤痛。

她这一生已经习惯了和那个支配着生命的永恒力量一起生活，同宇宙万物在一起，终究会有一天，同这个短暂的躯体分离。所以，她现在一点都不畏惧死亡。甚至当她还是个孩子的时候，面对着父亲的尸体，她也没有感到害怕，她也从来没有怀疑过，在她憧憬的这位向导的肉体。小时候，他的精神还是会一直存在的。实际上也是如此，她从未摒弃过这个向导，并且在这一个星期也可以证明这一点。上帝不断地渗入她的生活中，影响着她的心理斗争，不断指导着她的思想，并帮助她下决心……

同样，在热罗姆死去的今天，她也不能认为这就是他的终结。任何东西都不会就这样永远死去，万物都是在变化的。四季变更，永不停歇。她眼前的这副灵柩将腐败物永远地封存起来，她不自觉地有种赞美之情，就像是她在自己的别墅花园里感受到的一样：在那里，她看到在春天里发出嫩芽的叶子一片一片地掉落，却撼动不了树干里那种神秘的力量。树干饱含汁液，让生命恒久不灭。在她看来，死亡仅仅是一种很自然的生命现象，而毫无恐惧地认为，这是不可避免地重归于永恒的萌芽中，这也正是谦卑的上帝所拥有的伟大力量。

阴森森的地下室透着一股凉气，贞妮放在灵柩上的玫瑰花散发出一种让人作呕的香味。丰塔南太太下意识地将右手指甲放在自己的左手里摩擦着（她有个习惯，每天早上梳洗完毕后，就会坐在窗前静坐几分钟，一边磨着自己的指甲，一边沉思着。她把这当作清晨的祷告。而她也在磨指甲与祷告之间和上帝建立了一种反射似的关系，她已经把这当作了一种习惯）。

在热罗姆在世的时候，即使远离家乡，不在她身边，她也在心底默默地希望，希望有一天她所崇尚的伟大爱情可以经得住时间的考验，希望有一天能够得到回报，终究会有一天，热罗姆会回到她的身边，改过自新，从此循规蹈矩；也许他们两个会忘掉从前，不再分开，就这样度过下半生。就在她不得不放弃她一直坚持的等待后，她才发现自己一直的等待都已经成空。尽管如此，她一想到过去，心里还是止不住地疼，现在她从这里面解脱了出来，感到轻松也就不足为奇了。现在他的死去也就结束了她的痛苦的唯一源头，这种痛苦长期毒化着她的生活。就像是经过了长期的奴役生活，然后不自觉地伸展身体。这也无可厚非，合情合理，她感到很宽慰。原本她会为此感到彷徨无奈的，但是由于她对宗教的盲目信仰，让她不能用清晰的目光来剖析自己的内心世界。她把维护自己当作上帝赐予的一种本能，她就此感谢上帝给予了她隐忍的心境、平静的内心，让她自己没有内疚地沉浸在这种轻松的状态中。

今天她的心情尤其舒畅，因为对她来说，在灵柩前守夜只不过是在那些疲倦和搏斗的日子到来之前短暂的歇息。明天，也就是星期六，要下葬，然后回家，达尼埃尔也要动身回去了。然后，从星期天开始，她又要开始担负起日常紧迫又繁重的任务；为了孩子们的姓氏免受玷污，她还要赶到特里埃斯特和维也纳，把丈夫的事情处理清楚。她没有将这件事告诉孩子们，因为她已经想到儿子会反对此事，她的决心已定，她选择推迟这种商讨无功的时间。她认为这个计划是神灵启发自己的，因为她一想到这个大胆的计划，就能感觉到内心的激动和某种来自神灵的强烈冲动，这一点，她没有办法去怀疑……如果可以的话，她就在星期天动身去奥地利，最晚也要在星期一；会在那里待上半个月，三个星期，如果真的有必要，整个月也会在那待着。她要在那和独任推事见面；她要和那些破产企业的董事一步步地商讨……她对自己的成功没有一点怀疑，只要去到那，亲自出面进行斡旋，面对面的施加影响（在这方面，她的直觉是不会欺骗她的。已经有好几次，在面对困难的时候，她就发现了自己的这种才华。但是，很自然地，她没有想过这一切都是因为她的个人魅力。现在的她看不到别的，她只觉着这一切都是归功于上帝，是上帝让她发出光芒）。

她去维也纳，还有一件很尴尬的事要做：她想认识一下威廉敏娜这个女人。她在热罗姆的手提箱里发现了她写给自己丈夫的一些信，信的内容天真又温情，让她很感动……

只有在热罗姆闭上眼睛后，她才同意整理他的行李。前一天晚上她就决定了，她要自己一个人行动，为的是让他的秘密永远不让孩子们知道。她花费在整理文件上的时间是最多的，那些文件凌乱地叠放在衣服中。整整一小时的时间，她都在用手整理着这些奢侈却又可怜的私人物品，热罗姆留下的遗物就像是遇难船的碎片一样。已经穿破了的衬衫，磨出纬纱但做工精巧的衣服，还带着酸酸的清香味——那是薰衣草的香味、香草的味道以及柠檬的味道混合而来的一种香味。热罗姆喜欢这种味道，二十年来，他一如既往地用着这款香水。对她来说，这种香味还像往常一样，扰乱了她平静的心……连鞋子和梳洗工具里塞的都是没有付款的账单，有银行的、糖果店的、鞋店的、花店的、首饰店的，还有医生的。还有一些让人匪夷所思的账单：一个来自新债券街的中国修脚师傅的账单，和平路的一家皮货店的账单，买的是一个镀金的银盒子，都没有付款。还有一张来自特里埃斯特当铺的收据，说明他曾经拿着一个领子上的珍珠和一件水獭皮领子的皮大衣当了一笔可观的钱。一个印有伯爵冠冕字样的皮包里，装着一张丰塔南太太、达尼埃尔和贞妮的照片，和一个维也纳歌女的照片放在了一起。最后，在绘有隐晦木刻的德文小册子中，丰塔南太太发现一本袖珍《圣经》，已经用得很破了，她感到很惊讶……她很乐意地回忆这本袖珍《圣经》……曾有多少次，热罗姆都会巧言令色地为自己辩解，为自己的放荡行为解释，他大声喊着："您对我的评价太苛刻了，朋友……我并没有像您说的那样坏！……"是的。只有上帝才知道每个人的秘密，只有上帝才知道一个人的命运如何曲折离奇，将会走向什么样的结果，将会怎样走向自己的完美人生……

丰塔南太太眼里噙满了泪水，眼睛盯着灵柩，上面的玫瑰花已经枯萎了。

"不，"她从心底里这样说，"不，你还没有那么坏，你还是很好的……"

达尼埃尔陪着尼科尔·埃凯走了进来，打断了她的沉思。

尼科尔美得让人眩晕，身上穿的丧服更加衬托出她皮肤光亮。她的眼睛炯炯有神，眉毛向上挑起，很自然地向前伸着脸，她的样子让人看起来总是很乐意献出青春，也像赶来帮忙的。她俯下身子亲吻着姨妈，丰塔南太太心里十分感激她，但是没有说些敷衍的话打破这时的宁静。

然后，她随着尼科尔走近灵柩。她直直地在那里站了好几分钟，手臂向下垂着，手掌合十。丰塔南太太看着她。她在祷告吗？她是在回忆童年吗？在她的童年里充满着耻辱，热罗姆姨父也在她的童年里占据了很重要的地方……少妇的行为让人捉摸不透，她站在那里一动不动，过了一会儿才重新回到了姨妈的身边，抱了下姨妈，亲吻着她的额头，然后走出了房间。达尼埃尔跟在她的身后。在她默哀的时候，他一直站在了母亲的身后。

他们俩来到了走廊，尼科尔停住了脚，问道：

“明天几点？”

“我们十一点从这里出发，送葬的车将会直接开到墓园。”只有他们两个人站在小楼门口的阴影里。他们前面的花园里，阳光灿烂，一些病人穿着浅色的睡衣躺在草坪上。下午的气温很高，阳光也很耀眼，在这凝滞不动的空气里，夏天好像就此停住了脚步，踌躇不前。达尼埃尔解释说：

“格雷戈里牧师要在坟前做一个简短的祷告。除此之外，妈妈不想有任何的宗教仪式。”

尼科尔若有所思地听着，喃喃地说：

“苔蕾丝姨妈真好啊。她还是像以往一样有勇气，像以前一样沉着，完美至极……”

达尼埃尔友好地笑了笑，算是感谢她了。她的眼睛不再稚气，但是蓝色的瞳孔还像以往清澈，她那慵懒娇媚的神态还像以前一样让他心动。

“我已经好长时间没有见到你了！”他说，“尼科尔，你现在还算幸福吧？”

少妇的目光凝视着远处的树木，在那兜了一个大圈子，才回到了达尼埃尔身上；她的脸上的表情好像很痛苦，他以为她要哭了。

“我知道……”他有点伤心地说，“可怜的尼科尔，你也曾经有过伤心和忧伤……”

在这时，他才注意到她的样子变了很多。脸的下边胖了很多。在脸颊上不引人注意的粉色胭脂和人工打造的红润下面，隐隐约约地可以看到憔悴和衰老的迹象。

“不过，尼科尔，你现在还很年轻，你的面前还有一大段的路要走！你会幸福的！”

“幸福？”她怀疑地耸了耸肩，重复了一遍。

他惊讶地看着她：

“是啊，你会幸福的。怎么不会呢？”

少妇的眼睛又看向了花园里的阳光。停了一会儿，她没有回头，说：

“生活是很奇怪的……你没感觉到吗？我现在才二十五岁，就已经觉得自己老得不行了……”她犹豫了下，接着说，“……自己这样孤独……”

“孤独？”

“是啊，”她的眼睛一直盯着远处，“我母亲，我过去的生活，我年轻的时候，这一切对我来说都是那么遥远，遥远……我没有孩子，永远不会有孩子了，完了，我永远不会有孩子了……”

她的声音很温柔，但是没有绝望的意思。

“你有丈夫的……”达尼埃尔很冒昧地说。

“是啊，我有丈夫……我们之间的感情很好，彼此忠心……他既聪明又善良……他竭尽所有让我生活得美好。”

达尼埃尔沉默着，没有说话。

她向前走了一步，靠着墙壁。她微微地抬起头，没有提高声音，也不想注意措辞，好像打算全盘托出，她说得很干脆：

“可是这样又能怎么样呢？不管怎样，你又不是不知道，费利克斯和我，我们之间没有什么共同语言……他比我大十三岁，从来没有平等地对待过我……不管对谁，只要是女人，他都是这样慈祥，就像父亲一样，也有点像对待病人，屈尊迁就……”

达尼埃尔的眼前出现了埃凯的形象，就这样活生生地出现在他面前：双鬓灰白，眼角布满了皱纹，他的眼睛有点近视，却很机警，举止行为谨慎淡定。可是他为什么要娶尼科尔呢？就像是顺手采摘下的果子？或者说，他这样做是为了在他忙碌的生活中增添一些青春的活力和自然的风韵，他是缺少这些东西吗？

“另外，”尼科尔接着说，“他有他自己的生活，作为一名外科大夫的生活。你也是知道他这种情况的：他从早忙到晚，时间从不属于自己……大部分的时间，他都不跟我在一起吃饭……不过这样也好：因为我俩在一起的时候，也没有什么想说的话，没有什么东西向对方分享，也没有相同的兴趣爱好，没有过去的共同回忆……噢！我们从来没有拌过嘴，也没有一点的不愉快！……”她笑了笑，“只要他一提出什么要求，不管是什么要求，我都表示赞同……他想做什么事，我事先都已经想好了……”她不笑了，话说得也很慢，“反正对我来说，什么都无所谓！”

她缓慢地离开了墙壁，不自觉地向前走着，漫不经心地走下台阶。达尼埃尔还是不说一句话，紧紧地跟在她的身后。她很自觉地转过身来，笑着说：

“我对你说吧！去年冬天，他想在小客厅加一个新书架，但是没有足够的地方，所以他决定卖掉一张桃花心木书桌。这个家具是我母亲留下的，但是我并不在乎，因为我什么都没有，我也不把任何东西放在心上。但是，这个书桌里面的东西要拿出来，里面全是些纸啊什么的，是我父母之间的书信、一些旧账本、祖母的信、通知书，还有一些朋友的信……可我却从来没有看过。那是我过去的全部生活，雷纳路、罗瓦亚、比亚里兹……那一大堆旧东西、那些已经被人遗忘的历史，还有已经去世的亲人……我一行接一行地看着，把它们全都看完了，然后就一把火全烧了……我整整哭了半个月，就因为这……”她又笑了起来，“那半个月……多么有意思啊！……费利克斯什么也没有注意到，即便是注意到，他也不会理解的，他不会理解我的任何事情，包括我的童年、我的回忆……”

他俩缓缓地穿过花园。从病人前面走过的时候，她放低了声音：“现在的生活还算过得去……但是有时候，我害怕以后……你知道，现在，我们俩都各有各的事，他有他的医院，预约还有病人，而我，总是要跑来跑去的，到处拜访人，还有，我又重新开始学习小提琴了，有时候跟一些女性朋友演奏点音乐；晚上的时候，我们都在城里面吃饭，一星期有好几天都这样。费利克斯现在的情况是，要保持上流社会的生活作风……可是以后呢？等他不再行医的时候呢？等我们晚上都不出门的时候呢？这才是我所担心的……到时候，我们变老了，成了一对老夫妻，整晚地面对面坐在火炉边呆坐的时候呢？我们该怎么办？”

“你说的这些确实很可怕，我可怜的尼科尔。”达尼埃尔小声说。她又接着大笑了起来，好像她沉睡的青春活力就此苏醒。

“你真蠢，”她说，“我并不是抱怨，这就是生活，仅此而已。别人的生活也并不见得有多好。恰恰相反，我才是最幸福的人……只是，在小的时候，总是会有些幻想……幻想着自己以后的生活会像童话故事那样……”

他俩走近了栅栏门。

“看到你我很高兴，”她说，“你穿军装很帅！……什么时候服完兵役？”

“十月。”

“那不是很快了吗？”

他笑了笑说：

“在你看来，是很短的时间！”

她停下了脚步。阳光照出的斑点阴影在她的脸上跳动着，照得她的牙齿闪闪发亮，头发像极了半透明的金色鱼鳞。

“再见了，”她向他伸出手，友好地说，“转告贞妮，没有见到她，我感到很遗憾……今年冬天，你再回到巴黎的时候，要常常来看我……就像做好事一样……我们一起聊聊天，像老朋友那样在一起玩玩，回忆下往事……好像越老就越怀念过去，这真有意思……到时候你来吗？说定了？”

他注视着那双漂亮的大眼睛，她的眼睛稍微有点大，有点圆，但却像水一样，清澈透明。

“就这么说定了。”他似乎很庄重地说。

30

星期天以来，贞妮这是第一次走出诊所。前几天，她只是和达尼埃尔在一起，在花园里走走，就算是短暂的散步了。在这个终日与死神做伴的地方，她感到很陌生，在刚刚过去的四天里，时间过得很慢，她就像一个影子一样活在别人中间，周围发生的一切好像都和她没有关系。所以，当哥哥把她送上车，自己一个人来到这阳光普照的大街上的时候，她不自觉地有种解脱的感觉。但是这种解脱感只存在了那么一刹那就烟消云散了，小汽车还没有来到尚佩雷门，她就已经感觉到四天来一直折磨她的那种难以诉说的心烦意乱又回来了。她甚至觉得，在诊所里，周围人的存在恰好压抑住了她的胡乱情绪，可是现在，当她自己一个人的时候，这种心烦意乱的感觉愈演愈烈。

出租车把她送到家门口的时候，已经是一点了。

她尽可能地保持平静，在听完女门房的询问和安慰之后，快速地跑上了楼。

家里凌乱不堪，所有的房间门都开着，就像是仓皇而逃的景象。在丰塔南太太的房里，床上堆着的全是衣服，鞋子也都在地上随意地放着，抽屉都被打开了，就像是遭到了抢劫。两年来，母女两个人都没有女仆伺候着，两人都是在独脚圆桌上匆匆吃完饭，现在桌子上还摆着吃剩的晚饭。她必须把这一切都收拾干净，不能让母亲第二天从墓地回来后看到眼前这种混乱的场景，再想起来那天早上残酷的现实。

贞妮的心情很压抑，她不知道该从什么地方开始收拾，就先回到了自己的房间。那天走的时候，很显然忘记了关上窗子，昨晚的一场大雨淋湿了地板，将信纸吹得满桌子都是，花瓶也被吹翻了，花瓣落了一地。

她呆呆地站在那里，看着眼前的一片混乱，缓慢地摘下手套，竭尽全力使自己振作起来。母亲曾经很详细地嘱咐过她，先在书桌里取出钥匙，在套房的里面有一间放杂物的房间，打开门，在里面的壁橱里找一找、翻一翻，找出一个绿色的盒子，里面放着两条黑纱和黑披肩。她机械地拿下早上做家务时穿的罩衣，穿戴完毕后，不得不坐在了床沿上，因为她感觉力不从心。整个房间里的寂静都压在了她的肩膀上。

“我怎么会这么累呢？”她假装不知道地问着自己。

上个星期，她还这样在几个房间里走来走去，很有活力。就只有一个星期，甚至还不到，也就是四天，难道就这么容易地打破了自己付出这么多才换来的平衡吗?

她懒懒地坐在那里，弯着腰弓着背，就像是背负了很沉的重担。也许哭一场可以好点。但是，这种属于弱者良药，她一直很抵触。即使在她很小的时候，即使很烦恼，她也不会哭泣，只是深深地藏在心里，用冷漠面对……她的眼睛是干涩的。没有泪的眼睛扫视着家里散乱的信纸、家具、放在壁橱上的小东西，最后落在了镜子上，镜子上反射着太阳炫目的光芒。突然，在这炫目的光芒中，一眨眼的工夫出现了雅克的样子。她焦急地站起来，关上了百叶窗和窗户，收拾好桌子上的信纸和花瓣，走出了房间，来到了过道里。杂物间的空气很闷，让人想要窒息。炎热的天气加重了毛织物、灰尘、樟脑、太阳晒黄的旧报混合在一起的刺鼻气味。她使劲爬上了小梯子，打开了窗户。外面的空气和刺眼的光线一起涌进了整个小房间，这样更显示出了堆积物的寒碜和丑陋。那里堆放着一个空瘪的行李箱、废弃的被子、煤油灯、课本、落满灰尘和死苍蝇的纸盒子。为了把堆放着箱子的角落打扫干净，她拦腰抱起一具用棉花填充的人体模型，模型的头上还顶着一只古灯罩，它衣服上的皱边是用闪光的亮片做成的，又用紫罗兰的花束衬托在外面。这个挺立的模型一直伫立在客厅的钢琴上，伴随了她整个童年，她心里不禁有点反感。然后，她又鼓足勇气接着收拾起来，她打开箱子，一点点地找寻着，她将装好樟脑球的袋子重新放好，一股刺鼻的气味直冲上来，让她瞬间感到很恶心。她出了一身汗，没有一点劲，但是她还硬撑着，挣扎在心里疲倦的斗志中，她坚持着全心全意收拾东西，至少这样可以转移她的注意力。

但是，有时候突然有一种思想出现在她的脑海中，就像一道锐利的光芒刺破浓雾，直接冲击她心里最敏感的地方，让她蓦地停下手里的活："我什么都没有失去……一切还是有希望的……"是啊，她还年轻，还有一段很长的路要走，那条路她从来没有走过，从来没有经历过。她的整个生活，就像一个永不枯竭的源泉！……

这些想法虽然很平常，但是对她来说，里面的含义却是如此新颖、如此危险，她一时接受不了，感觉头很晕。她突然想明白了，当时雅克不辞而别之后，能够自我疗伤，能够控制自己，恰恰是因为当时的她，有机会抛弃心里那一点的希望。

"难道我重新开始期待着什么了吗？"

她的回答是肯定的，这让她不由自主地颤抖起来，她不得不将肩膀靠在壁橱的柱子上才能站稳。她就这样一动不动地待了好长时间，眼睛向下垂着，整个人处在麻木迟钝的状态，没有一点知觉。脑海里不断地浮现出一些关于雅克的幻象：雅克在别墅打完网球后，挨着她坐在长凳上，她能够很清楚地看到他额角渗出的汗珠；只有她和雅克两个人走在靠近停车场的树林里的大路上，在那里目睹了一只老狗被轧死；她好像又听到了雅克惆怅的声音，问道："你常常想到死吗？”他在花园的小门边上，用嘴唇去亲吻被月光映在墙上贞妮的影子；好像她还能听到雅克在晚上，踏着草坪跑开的脚步声……

她靠着壁橱门站着，虽然天很热，但是她还止不住地打战，心里却是出奇地安宁平静。城市里的嘈杂声从高高的窗口传到屋子里，像是从另一个世界传来的。现在的她该怎样才能熄灭心中关于雅克、关于幸福的狂热念想呢？四天前的相遇，让她心里重新燃起了这种期望，她很清楚，这是一种新的病痛，而这场病痛将会一直持续下去……这次，她无法自我治愈，她也不想治愈，其实最痛苦的事，莫过于自己一个人，一个人孤零零的……

达尼埃尔呢？他倒是对自己很关心，照顾得无微不至。就在今天早上，他们在诊所的待客室里吃早饭，他感觉到了妹妹贞妮的神情很恍惚，他感到很吃惊，就握住她的手，很担心地小声问道：“你怎么了，妹妹？”她躲闪地将手抽了回来，摇了摇头……唉！这也是一种痛苦吧。这个哥哥多么爱她，可她却找不出什么话要对他说，找不出什么东西让他们的生活、他们的脾气性格有共同的点，也许就是这种手足之情横在两个人之间，就像是一道障壁。不是的，没有任何一个人能够让她放心地倾诉，没有任何一个人可以听明白她，也没有谁能真正地了解她……也许只有他……或许有一天？……在她心里深处有一个神秘的声音，小声地温柔念道：“雅克，我的雅克……”她的脸变得通红。

她感到浑身无力，也没有精神，或许用凉水冲冲会舒服点……

她像个瞎子似的，扶着墙，小心翼翼地迈着碎步，走到了厨房。厨房洗碗槽的水很凉，她把手浸到了水里，又用手弄湿了额头，顺便洗了洗眼睛，身上好像有点劲了。还是再耐心地等等吧……她打开了窗户，两只胳膊撑在了窗棂上。阳光照耀下的水汽，好像是由无数分子在颤动，在屋顶上飞舞着。卢森堡火车站里，一辆列车呼啸而过。最近的几个星期里，就在像今天这样的下午，趁着烧热水的工夫，她就这样撑在这里，可是说是很快乐的，嘴里甚至还会哼上一小段！……于是，她不禁对今年春天的那个贞妮，那个心伤已经愈合、心里恢复平静的贞妮，有一点怀念。她轻声地问自己："明天，后天、还有以后的日子，我应该去哪找寻生活下去的勇气呢？"然而，她说的这些话，只不过是表现一种习以为常的想法罢了，并没有真实地反映出她心里的秘密。自从有了希望，她又心甘情愿地去接受痛苦了……突然，没有笑过的她，仿佛照镜子一样，清楚地看到嘴角有一丝很微妙的笑容浮现。

31

整整一上午，甚至在和两个德国人吃午饭的时候，雅克的心里就在想："我应该去看看达尼埃尔吗？"但是，每次他都否定地回答自己，"不。我有什么理由要去呢？"

快三点的时候，他和基尔肯布拉特刚刚走出餐厅，穿过交易所广场，经过地下铁车站时，他突然想道："沃吉拉的会议要在五点才开始，如果现在去诊所的话，还有时间……"一时间，他停下了，不知道该怎么办了，"至少，去见了这一次，我就不会再想这件事了……"他毫不犹豫地同那个德国人告别，走上了去往地下铁的楼梯。

走到比诺大街，在诊所门口，他认出了哥哥的司机维克多。当时，他站在人行道的边上，靠着汽车抽烟。雅克想到见到达尼埃尔的时候昂图瓦纳也在场，他心里想：“这样也好。”

但是，当他正要走进花园的时候，就瞧见了哥哥迎面向他走来。

“要是你早来一会儿的话，我就把你捎进城了。可是现在我还有别的事。今天晚上你有时间和我一起吃晚饭吗？行吗？什么时候？”

雅克没有正面回答他：

“我想见见达尼埃尔，怎样才能见到他？我想只见他一个人。”

“很简单……丰塔南太太现在不在地下室，贞妮也不在。”

“不在吗？”

“你看到树后面的那座灰色的房子了吗？那就是停放尸体的地方。达尼埃尔就在那里。守门人可以去通知他。”

“贞妮不在这？”

“不在。她母亲让她回去天文台林荫路拿点东西……你在巴黎待的时间长吗？最后，你会给我打电话吗？”

他走出了铁栅栏，钻进了小汽车里。

雅克继续朝着那栋灰色的楼走去，但是他的脚步突然放慢了，脑子里闪现出一个荒谬的想法……他转过身，走到铁栅栏那，叫了一辆出租车：

“快，”他的声音有点沙哑，“去天文台林荫路！”

他紧紧地盯着窗外一闪而过的行人、树木，还有汽车。他没有想太多。因为他知道，只要自己再多想一分钟，就不会做出现在这种荒唐的事，好像有种力量在拉扯着他，驱使他这样去做。他去那里干什么呢？他不知道。他自己解释道，他不想再做一个犯错误的人！他必须结束这种状况，他要去解释清楚，他要永远地结束这一切！

他让出租车停在了卢森堡公园的铁栅边，步行穿过了马路，他几乎是跑着走完剩下的路的，他忍着，控制着自己不去看那个阳台，那几扇窗户，那个他曾经多少回从远处眺望过的地方。他一下子跑进了楼里，像箭一样从门房那跑过去，生怕贞妮告诉过门房不让他来。

什么都没有改变。他同达尼埃尔常常一边闲谈，一边上楼的楼梯……那时的达尼埃尔穿着短裤，胳肢窝里夹着课本……他从赛马场回来的那个晚上，他第一次看到丰塔南太太站在那个楼梯的平台上，她俯下身子看着面前两个逃跑的孩子，没有一句责备，只是很严肃地笑着……什么也没有变，真的一点都没有变，甚至连房间的电铃声还响彻在他的记忆深处……

她就要出来了。我要对她说什么呢？

他紧紧地抓住栏杆，手在不停地颤抖着，他弯下腰仔细地听……房门口没有任何声音，也没有脚步声……她在做什么呢？

他等了几分钟，接着很小心地重新按了下门铃。

还是没有任何声音。

于是他飞快地跑下楼，来到门房那里：

“贞妮小姐在家，是吗？”

“不在……先生知道吗？可怜的丰塔南先生……”

“是的。但我知道小姐她是在楼上的。我有很重要的话要对她说……”“小姐午饭后确实回来过，但又出去了。已经出去一刻钟了。”“啊！”雅克说，“她又走了啊？”

他目瞪口呆地盯着眼前的这位老女人，心里不知道是什么滋味：是大大地舒了口气，还是很伤心、很失望？

五点的时候沃吉拉要召开会议。现在就去吗？可他一点都不想去了。这是第一次有种东西出现在他同自己的斗争中——某种很隐私的东西——就这样朦朦胧胧地出现了。

他突然下定决心，他要到纳伊利去。只要贞妮还有事要做，他就很有可能超过她，在铁栅栏前等她……这是一个荒谬的计划，也是个冒险的计划……可是，他宁愿尝试，也不能就这样错过！

他从没想到事情会这样巧。他刚从电车上走下来，来到诊所前面正在考虑接下来怎么办的时候，他听到后面有人叫他：

"雅克！"

原来达尼埃尔在街对面的人行道等电车，看见了雅克，很惊讶地穿过马路：

"是你？你怎么还在巴黎？"

"昨天刚刚回来，"雅克结结巴巴地说，"昂图瓦纳已经把事情告诉我了……"

"他死了，一直没有醒过来。"达尼埃尔简单地说。

他看起来比雅克还要拘束、还要尴尬。他小声地说：

"我还有个约会，是不能向后推的。因为我主动向吕德韦格松提出卖给他几幅画，我们现在需要钱；他说今天要去我的画室……要是我早知道今天能够遇到你就好了……现在该怎么办呢？你能陪我去一趟吗？在画室等吕德韦格松的时候，我们可以说说话……"

"你愿意的话，就听你的吧。"雅克说，就这样一下子放弃了已经计划好的一切。

达尼埃尔感谢地冲他笑了笑。

"我们可以先走一会儿，到了旧城墙我们再坐出租车。"

他们面前的环城马路视野很开阔，阳光明媚。人行道上很阴凉，适合散步。达尼埃尔头上戴着闪闪发光的军帽，长发在风中飘逸，显得很精神，又有点好笑。他的军刀不停地拍打着腿部，碰撞着马刺，显得脚步声更加威风，也像极了战争的节奏。雅克心里还想着战争的事，心不在焉地听着朋友说话。有的时候，他差点打断达尼埃尔说话，抓住朋友的手臂，喊道："你这个不幸的人，你难道都不看看你将面对的是什么吗？"这时候，脑海正出现的一个吓人的想法，一下子制止了他：万一国际工人协会不能就此拯救和平，那眼前这个在洛林边境当值的英俊前锋骑兵，第一天就会被杀……他的心很难受地揪了起来，把刚才想说的话咽回了肚子里。

达尼埃尔接着说：

"吕德韦格松告诉我他要在五点的时候来。在他来之前，我要挑选一下那些画……你知道的，我父亲留下的只是些债务，而我要想方设法还清。"

他怪异地笑了笑。他的笑容，还有颤抖却又急促的嗓音都显示出他很紧张，这不像是他的风格。今天下午他这样紧张不是没有原因的，当他再一次看到雅克的时候，让他想到了当初第一次见面时候的情景，心里有些许的心酸。他想找回从前交谈时的那种语气和气氛，他想用自己的推心置腹来换回同伴的再次信赖。还有他被幽禁了四天守着父亲直到他死去，现在好不容易出来了，确实很享受两个人这样的漫步。

雅克没有想到在自己的名下，还有一份他从没有使用过的财产，也就没有想到这样可以帮到自己的朋友。达尼埃尔也没有想到，要不然，他也不会向雅克提到现在的困境了。

“他留下的只有债务……还有破败了的姓氏，”达尼埃尔继续很忧郁地说，“即便是他死了，他还是会来破坏我们的生活！……今天早上我看了一封信，是从英国寄来的，一个女人写给他的信，他还答应要给这个女人钱……他往来于伦敦和维也纳之间，就像列车上的列车员一样，就这样两边都有家……唉！”他急忙接着说，“他生活这样荒唐，我都不在乎！可我在乎的是其他的事。”

雅克模棱两可地点了点头。

“我说的这些你很惊讶吧？”达尼埃尔说，“我恨透我父亲了。但是，我恨他并不是因为他在外面找女人。不！我可以说是正好相反……这样很奇怪，是不是？他现在死了，我们之间没有任何的交流，也没有说过什么知心话。要是说我们两个之间有什么是紧密相连的话，那就只有这唯一一个基础了：女人、爱情……也许我在这方面很像他吧，”他小声地说，“简直就是一模一样，没有办法抵御这种冲动，甚至都没有后悔的理由。”他犹豫一下，接着说，“你不是这样吧？”

四年的时间里，雅克也或多或少地向自己内心的冲动屈服，但是从来没有后悔过。在他自己的内心深处最隐蔽的某个角落里，他从来没有意识到有种东西存在，那是关于“纯洁”和“污浊”的区分。从前他与达尼埃尔也经常因为区分这两者而发生争论。

“不是，”他说，“我从来就没有过这种勇气……没有接受现实，迁就别人的勇气。”

“这是勇气吗？这应该是种弱点吧……或者说是种虚荣……你想怎么形容都行……我相信，对某些人的性格来说，就比如我，从一种欲望到另一种欲望，算得上是一个非常正常的生活习惯，这种生活习惯是与生俱来的。对于那些投怀送抱的机会我从来不会拒绝！”他说话的语调激情昂扬，就像在重复内心的誓词。

“他还好，长得比较帅气，才会有如此好的运气，”雅克一边想，一边打量着军帽下那张刚毅坚强的侧脸。“他能够这样自信地谈论欲望，可见他一定有种不可抵御的魅力，必须习惯于自己唤醒欲望……或许他必须有着和我截然不同的经历……”他突然想到了金色头发的李斯贝特。那是一位多愁善感的阿尔萨斯姑娘，也是弗吕琳大妈的侄女。在她的怀抱里，自己获得了第一次的爱情经历。达尼埃尔要比他还要早，在那个赛马的夜晚，那位很有经验的姑娘和他上了床，让他体会到了快乐的滋味。两个人的开始是如此截然不同，但这也许给他们留下了深深的印象。他想：“是不是一个人的第一次就会主宰着以后？或者正好相反，这种第一次是受着某种秘密的规律所支配，而以后的事都会顺着这个法则？”

达尼埃尔好像看穿了雅克的心思，提高了声音，大声地说：

“我们有种很可悲的想法，这会将问题复杂化。爱情是什么？我的兄弟，这应该是身体上的事情，既是精神上的，也是身体上的。对我来说，我会毫无保留地接受雅各对此做出的定义，你还记得是什么吗？这仅仅是血液的冲动和意志的应允……是啊，爱情就应该是这样的，不应该是别的什么，它就是精神的冲动……雅各对此解释得很好，‘这仅仅是血液的冲动和意志的应允’。”

“你总是喜欢引用一些英文的句子。”雅克笑着说，一点也不想关于爱情争论什么……他看了看手表。在人道报报社，各通讯社的电讯在四点半到五点之前是不会来的……

达尼埃尔看到了他在看表，说：

“哦！还是有时间的，我们可以去画室聊会儿天。”

他招手拦住了一辆出租车。

两个人坐在车里，达尼埃尔为了让谈话继续下去，接着说着自己的一些事情。他聊着自己在吕内维尔和南锡运气多么好，吹嘘着自己那些没有好结果的冒险多么美妙：“你老是看着我干吗？”他突然感到很尴尬，“一直都是我说个不停……你在想什么呢？”

雅克被惊到了，身体不自觉地哆嗦了一下。他又一次想和达尼埃尔谈谈正在困扰着自己的问题，但是他又一次闭口不提：

“我在想什么？……我想的就是你说的这些啊！”

然后两个人都沉默了，心情很沉重，各自在脑子里想着对方的形象，猜测着羞怯是不是还符合现状。

“走塞纳路吧，”达尼埃尔对司机大声地说，然后把头转向雅克，“我刚刚想到，你还不知道我的画室在哪吧？”

达尼埃尔在服役前的那一年把这间画室租了下来（由吕德韦格松来付租金，他还表示，达尼埃尔可以把那些关于艺术杂志的卷宗放在画室），那是在一个铺满石子的院子最里面，那里有一栋装着很高的窗子的楼房，楼顶上就是他的画室。

石头做成的楼梯很黑，有的地方坑坑洼洼的，散发着难闻的味道，显得很破，却十分宽敞，还装着制作精细的栏杆。达尼埃尔从门房那拿了一把很沉的钥匙，打开了画室的门，门上还有像监狱那样的小窗口。

雅克跟在他的后面，走进了这个宽敞的阁楼。房间里有一个大大的玻璃天窗，灰蒙蒙的，上面布满了尘土。达尼埃尔忙的时候，雅克很好奇地观察着整个房间的布局。房间的整个墙壁是单一的颜色，淡灰褐色，没有别的色调的变化。屋子最里面凹进去了两个小隔间，用半拉着的帘子挡住，一间被刷成了白色，用作盥洗室。另一间挂着红色的壁毯，用作卧室，放了一张又大又矮的床。房间的角落里，支着一张建筑师用的桌子，上面摆满了书、画册还有一些杂志，顶上还挂着一个绿色反泛光灯。达尼埃尔匆忙拿掉几块罩布，下面堆放着一些带轮子的画架和几张大小不一的凳子。一个靠墙放着的白箱子里，是些画框和硬纸板，能够看见摆得很整齐。

达尼埃尔把磨破了的皮扶手椅子推给了雅克。

“你先坐……我去洗下手。”

雅克坐了下去，椅子上的弹簧吱嘎作响。他抬起头看了看窗口，窗外的屋顶沐浴在夕阳的光辉中。他认出了圆屋顶的是法兰西研究院，尖屋顶是圣日耳曼德普雷教堂，那个钟楼则是圣舒尔皮斯教堂。

他转过身来看着盥洗室，达尼埃尔站在半开半掩的帘子后面。他已经换下了军装，穿上了一件浅蓝色的上衣。他面带微笑，坐在镜子前面，很用心地在用手整理着头发。雅克感到很惊奇，好像发现了一个很大的秘密。达尼埃尔其实是很帅气漂亮的，而他却对此一无所知，他的侧面很好看，线条很优美，保留着男性的直爽，他从来没有想过自己的朋友会坐在镜子前面自我欣赏。达尼埃尔收拾完毕走向雅克，这让雅克突然想到了贞妮。兄妹两个人长得并不像，但都从他们的父亲那继承了优美的身材，身材很高又很柔软，两个人的行为举止显露出了不可否认的血缘关系。

雅克突然站起来，走向放画框的木箱子。达尼埃尔也走过去说：

“这个地方是放那些老作品的……都是一九一一年的……那一年我画的画都是根据一些模糊的记忆画出来的……你知道这句话有一

种很可怕的意思吗？这应该是惠斯勒论伯恩·琼斯的一句话：画是来源于一些美好又相似的东西……还不如看看这些，”他拿出来几幅画，画的是同一个部位的裸体，“这些都是我去服役之前画的……这些画在很大程度上帮我了解……”

雅克没有明白这句话是什么意思。

“了解什么？”

“看……这是背，这是肩膀……在我看来，选择一种坚实有力的东西当作目标来画是很重要的，就像这肩膀、这背，需要不断地练习，才能看到他原来的朴素面貌……我相信，只要刻苦地去练习，最终一定会看穿其中的奥秘……能够解决很多问题……最终找到解决问题的诀窍……所以，这肩膀、这背……”

这肩膀、这背……雅克想到的是战争，是整个欧洲。

“我所学到的一切，”达尼埃尔继续说，“都是在同一个模特身上不停地画，不停地研究中学到的……为什么要不停地换模特呢？只要继续坚持下去，继续回到原来的出发点，就会从中学到很多东西；而且，只要重新开始，朝着原来的方向不断前进，就会走得更远……假如我是个小说家，我不会写一本书就换一个人物，我会一直抓住一个人物，深入地进行了解……”

雅克沉默着没有说话，他对此不屑一顾。这些美学的东西对他来说，是多么做作，毫无用处，不切实际！……他不明白像达尼埃尔这样的人，生活的目的是什么。他在心里想：“这要是在日内瓦，大家会怎样看他呢？”他为自己的朋友感到羞愧。

达尼埃尔拿起一幅一幅的画，对着阳光，眯起眼睛，看了看，然后又放回原来的地方。他不时地将其中的一幅画，放在另一边，那个靠近画架脚的地方，嘴里说着："这是给吕德韦格松的。"

他耸了耸肩，在牙缝里嘀咕着：

"话说到底，虽然天赋这个东西，是必不可少的，但是没有的话也不是什么大问题！……工作才是重要的。要是不勤奋，只能像烟火一样，绚烂一时，却留不下什么。"他好像很不舍得，把一幅一幅的画，放在旁边，叹了口气说，"要是能够不把这些画卖给他就好了，这辈子就这样除了工作还是工作。"

雅克继续看着他，说：

"你还像以前一样那么热爱绘画吗？"

达尼埃尔觉听出来了，雅克的话里带着惊讶和鄙视。

"那又能怎样？"他的语气很随和，"不是所有的人都可以主动去做的。"

出于谨慎的考虑，他把自己真实的想法掩盖了起来。他觉得，世界上已经有太多的行动者造福人类；也正是为了这种集体的利益，那些像雅克一样的人，他们很幸运地培养自己的天赋，后来成为艺术家。他们应该把活动的领域让给那些没有天赋的人。他认为，没有什么好说的，雅克确实是辜负了自己与生俱来的使命。他青年的伙伴那种倔强、气愤的态度就已经证明了他的判断是正确的。这也正是一种迹象，表明雅克他们这种人心里的愧疚之情，他们很尴尬地意识到自己并没有应有的使命，但是他们却又在无谓和蔑视的外表下掩饰着自己不能承认自己的背弃。

雅克的表情变得沉重起来，说："你看，达尼埃尔，"他低下头，压抑着自己的声音，"你一直封闭在自己的世界里，好像对其他的事、对其他的人一无所知……"

达尼埃尔把手中的画放下，问道：

“人？”

“人是种不幸的动物，”雅克继续说，“受苦受难、忍受折磨的动物……只有将视线从这些苦痛中转移，或许，才有可能像你这样生活。但是，一旦接受这种苦难，然后，再去过这种艺术家的生活，这就是不可能的了……你明白吗？”

“明白。”达尼埃尔慢慢地说，他走到玻璃天窗前，盯着窗外的屋顶看了好长时间。

他心里想：“是啊，他说得当然有道理……当然是苦难……但是又能怎样呢？一切还不是照样处在绝望之中……除了艺术之外的一切！”他现在要比以往任何时候的感觉都要强烈，他要一直依附在这个美好的栖身场所里，他有权利在这里按照自己的意愿安排生活。“我为什么要把这个世界上的作恶和不幸都扛到自己的身上呢？那样的话，我的创造力就会毁灭，我的天赋就会被扼杀，这样对任何一个人都没有好处。我生下来就不是一个使徒……况且，即便我是一个魔鬼，但是我一直坚信自己能够得到幸福！”的确，他从小的时候就在奋不顾身地保卫着自己的幸福。他这种想法虽然有点天真、有点幼稚，但却是很有道理的，他觉着这样才是对自己负责任。然而，即便是这样的责任也需要长久的注意力，一旦有所松懈，不幸就会马上降临……然而，他要的幸福，独立是前提条件，他明白，要想献身于集体事业，首先牺牲的就是自己的自由……但是，这些事不能向雅克说，他只有保持沉默，承受着来自朋友的鄙视和轻蔑。

他转过身，用疑问的目光注视着雅克，并朝他走过去。

“你总是说自己是幸福的，但这些都是说的白话，”他说（雅克从来没有说过这样的话），“相反，看看你……是多么忧郁……烦恼！……”

雅克挺了挺身子。这次，他要开口说话了，就像是忍耐了很久，终于做出一个决定，眼神十分严肃。达尼埃尔默默地看着他。这时候，门铃响了，把他们吓了一跳。

“是吕德韦格松。”达尼埃尔说。

“那好吧，”雅克想，“我何必和他见面呢？”

“时间不会很长的，你就待在这。”达尼埃尔小声说，“然后，我再送你……”

雅克摇了摇头，表示拒绝。

达尼埃尔恳求道：

“你不会现在就要走吧？”

“是啊，我马上就走。”

他的脸木讷，没有一点表情。

达尼埃尔失望地看着他，感觉到再怎么坚持也是没用的，便丧气地摆了摆手，就去开门了。

吕德韦格松身上穿着一件乳白柞丝绸蓝色海岸的外套，穿着非常合身，身上还别着一朵小玫瑰花，很吸引人的眼球。他的大脑袋就像是用白色塑料做成的，长在双下巴上面，在低矮的衣领中显得很悠然自得。他的脑门长得很尖，两只眼角还有些许的鱼尾纹，颧骨平平的。他的嘴巴很大很长，就像是个陷阱。

显然，他开始时想的是在私底下和达尼埃尔讨价还价的，但是对现在有另一个人在场，他感到了一些惊讶，但是并没有显露出来。他有礼貌地向雅克走过去，他很快就认出，他曾经见过眼前的这个人。

"很高兴，"他把卷舌音拖得很长，"四年前，在俄国芭蕾舞中间休息的时候，我有幸同您说过几句话，对吧？那个时候您说是要准备考高等师范学校，是吧？"

"确实是这样的，"雅克说，"您的记忆力真好。"

"确实是，"吕德韦格松边说，边垂下了他那像青蛙似的眼皮，好像很赞同雅克对他的夸奖，然后转过身，对达尼埃尔说："您的朋友，蒂博先生曾经对我说过，在古希腊——在一个叫作忒拜的地方，要是我没记错的话——那些想做官的人，要至少十年不能做生意……很让人匪夷所思，是吧？我怎么都不会忘记……"这次他转向雅克，说，"那天晚上，您还曾经对我说过，在法国的旧制度下，必须得在二十年以上，才能有权利保持贵族的头衔，到底应该怎么说来着？是拥有贵族领地，是吧？"他颇有风度地鞠了一个躬，下结论似的说，"能跟有学问的人交谈，我感到无比荣幸……"

雅克笑了笑，表示回敬。他赶紧向吕德韦格松告辞，准备动身离开。

"那么，"达尼埃尔不舍地送他到门口，结结巴巴地说，"真的不想再等等了吗？"

"不等了。现在我已经迟到了……"

他的眼睛不敢看自己的朋友。那种可怕的幻想又让他心里纠结得难受，达尼埃尔首当其冲……

吕德韦格松的存在，让两个人都很拘束，只是简单地握了下手，就算是告别了。

雅克自己打开了沉重的门，小声地说了声："再见。"边走向了黑暗的楼梯。

他站在人行道上，深吸了一口气，看了下手上的表，这时候沃吉拉的会已经结束了。

他觉着自己很饿，便走进了一家面包店，买了两个月牙形的面包，还有一块巧克力，便朝着交易所走去。

32

七月二十四日，星期五，当天晚上，在人道报报社加洛和斯特法尼的办公室里进行的谈话是很伤感的。所有接近老板的人，心里都充满了不安。在交易所里突然发生的恐慌，使得三厘的公债利息降到八十法郎，甚至一会儿之后，就降到了七十八法郎。自一八七一年以来，公债利率从没有像这样低过。从德国发来的电讯说，玻璃的交易所也同样受到了恐慌。

若莱斯下午又去了趟奥尔赛码头，回来的时候忧心忡忡的。他把自己关在办公室里，任何人都不见。第二天要发表在报纸上的文章已经写好。大家都只知道个题目，但这个题目却意味深长：《维护和平的最后机遇》。他曾经对斯特法尼说过："奥地利照会的口气很强硬。但是现在主要的问题是维也纳会不会发动突然袭击，迫使列强没有预防的可能……"

其实，所有的一切都好像是得到了预谋，恶毒地聚在了一起，试图在欧洲引起一定的恐慌。在三十一日之前，法国的首脑还不能回到国内，他们大概是在俄国和瑞典两国的海上得知消息的，不能同法国部长和盟国的政府进行商讨（经过贝尔布托德的活动，沙皇是在总统离开之后才得知照会的内容，很明显，他是害怕普安卡雷会提出不和谐的见解）。凯塞尔当时也在海上，由于距离很远，即使他有这个意图，也不可能立刻给弗朗索瓦·约瑟夫一些缓解局势的见解。另一方面，俄国的罢工进行得如火如荼，使得俄国的政府不能自由地行动；同时，在爱尔兰境内爆发的内战也在一定程度上限制了英国政府的手脚。还有，近几天塞尔维亚的政府处在选举的混乱之中，大部分的部长也都到外省参加竞选了，甚至在奥地利照会提交的时候，塞尔维亚的总理帕希契都不在贝尔格莱德。

关于这个照会，现在已经有了一些确切的消息。昨天晚上塞尔维亚已经收到了具体的文件，今天，列强们都已经得到了消息。虽然，奥地利方面已经好几次表示一些和解的保证（贝尔希托德向俄国和法国大使保证奥地利方面提出的要求还是很容易被接受的），照会显然具有最后通牒的性质，因为塞尔维亚政府也会全盘接受他们的条件,并且规定了回复的限制期限——这个期限短得让人不敢相信：只有四十八小时！——很显然，这样做是为了防止列强干预，去庇护塞尔维亚。奥地利外交部搜集到一个很秘密的情报：霍斯梅派出了一个维也纳社会党人给若莱斯。这份情报很有力地证明了恐慌不是没有道理的。奥地利驻贝尔格莱德的大使吉斯尔男爵，在收到提交照会命令的同时也接到另一项命令，断绝外交关系。如果第二天，也就是星期二晚上，塞尔维亚政府还没有接受奥地利的要求的话，就立即撤离塞尔维亚，与之断绝外交关系。这个指示，很容易让人想到，写在最后通牒上的话咄咄逼人，让人很难接受，从而迫使维也纳迅速发动战争。还有一些其他的消息也证实了这个悲观的假设。参谋长赫岑多夫在收到电报后，也立刻中断了在蒂罗尔的休假，匆忙赶回奥地利的首都。在贝尔赫特斯加登休假的德国驻法国大使舍恩先生，也突然回到了巴黎。贝尔希托德伯爵和德皇在伊施尔商讨之后，决定在萨尔茨堡绕一圈，去跟德国总理贝特曼·霍尔维格见面。

一切情况就这样汇总，让人觉得其中隐藏着一个巨大的、精心策划的阴谋。德国会采取什么样的态度呢？亲德派把责任归咎于俄国人，说俄国人已经开始得知进行军事准备的重要意义，以此来为德国的态度做辩解。在德国，柏林政府统一口径，认为，在如今，德国领导人对奥地利的要求一点也不知道，只是在与其他国家进行交流的时候才得知了一些情况。据说，国务秘书雅戈夫在威廉大街上曾向英国大使证实过这一点。但是，人们知道，照会的原文已经在两天前就送到了柏林。

是不是就可以从中得出结论，德国是大力支持奥地利，渴望这场战争的爆发呢？特劳坦巴赫刚刚从柏林回来，雅克就在斯特法尼的办公室见到了他，他很反对这种太过于简单化的推论。他说：德国的态度可以从柏林军方那得知，他们还在认为俄国并没有做好准备。如果他的估计是正确的，俄国就不得不采取行动，到那个时候，日耳曼帝国就能为所欲为，那么他们的胜利就没有了任何悬念。问题的关键就在于行动要迅速，并且要强有力。奥地利军队必须赶在三个国家联合还来不及干预，慎重考虑之前就得驻扎进贝尔格莱德。到了这个时候，德国就可以顺利地进入这个舞台：既没有勾结预谋的嫌疑，提出调停的意见，把矛盾变得局域化，并且倡议进行谈判解决冲突。到时候欧洲各国为了拯救和平，就会急迫地接受德国各种蛮横的要求，这样就不用多费口舌，就可以牺牲塞尔维亚的利益。由于德国的出面，一切都会重新恢复正常，这样最终受益的就会是日耳曼两个帝国。这样双重君主制既可以长期巩固，三国同盟又可以建立史无前例的外交关系。亲意大利驻柏林使馆的人传来的消息也证实了德国的这个秘密计划的猜想。

斯特法尼被老板叫走了，雅克也带特劳坦巴赫去了“前进咖啡馆”。

咖啡馆小厅里乱哄哄一片。《人道报》编辑带来的消息，还有各大报纸刊登的消息都已经引起了对立且激烈的争论。

到了九点的时候，才有了一丝乐观的氛围。帕热斯在老板那待了也就几分钟，他发现老板并没有那么不安和忧伤。若莱斯对他说："在某些情况下，那些不幸也未必是不幸……奥地利的行动会让欧洲的人民从麻木的状态中摆脱出来。”另一方面，最新电讯也很多次证明了，国际工人没有闲着，也在进行着一些活动。比利时、意大利、德国、奥地利、英国和俄国的社会党同法国社会党保持着不断的联系，准备进行一次大规模的示威。同时，德国社会党也做出了保证，担保本国政府会采取崇尚和平的态度。贝特曼、雅戈夫，尤其是凯塞尔，都非常赞同社会民主党的意见，都不同意参与这次战争。因此，就可以完全指望德国进行强有力的有效干预。

从俄国方面也传来了振奋人心的消息。在收到奥地利的照会之后，沙皇匆忙召开主持了一次内阁会议，会议决定对奥地利政府采取紧急交涉，要求延长给予塞尔维亚的期限。这个要求提得很巧妙：他们不提争论的主要内容，只是对于期限这个次要的问题进行交涉，看来这样是为了不至于遭到维也纳的拒绝。即使仅仅延长两三天，也能给欧洲争取一些商讨的时间，想出一个共同行动的路线。更何况，俄国外交部长并没有闲着，已经与驻彼得堡的各国大使进行了具体的协商探讨，而这必将获得一些成效。几乎同时从伦敦发来的一份电报也证实了这些第一批让人满怀希望的消息，说英国外交大臣爱德华·格雷决定采取行动，全力支持俄国要求延长期限的举动。另外，他还匆匆准备了一份计划，打算联合德国、意大利、法国和英国——这四个与冲突没有直接利益关系的四大强国。这个计划已经考虑得很充分，应该不会遭到拒绝。因为在仲裁的会议上，大家都势均力敌，并且各有代表：一方是德国和意大利，他们维护奥地利的利益；另一方是法国和英国，他们代表塞尔维亚和斯拉夫人的利益。

但从十一点起，天色伴随着恼人的征兆黑了下来。首先有传闻说，即使德国接受了爱德华·格雷制订的计划，但也只是有所保留地接受，德国并不会将自己的调停行动同其他强国联合在一起。接着，人们又从刚从奥尔赛码头回来的马尔克 · 勒伏瓦那得知，奥地利已经很果断地拒绝了俄国关于延长期限的要求，这样就很清楚地暴露了他们的侵略意图。

在将近凌晨一点的时候，大部分的活动分子已经离开，雅克又重新回到了人道报报社。

在大厅的入口处，加洛正在和两位社会党议员进行告别。他们从若莱斯的办公室里出来。他们带来了一个令人不安的秘密消息：就在今天，正当各国政府都指望柏林可以进行干预，息事宁人的时候，德国大使舍恩先生刚回到巴黎，就去了奥尔赛码头，为了向代理部长边弗尼 · 马丹先生宣读本国政府的声明。出乎意料的是，文件的口气很强硬，甚至是警告、威胁。德国厚颜无耻地宣称，不管是内容上还是形式上，它都赞同奥地利的照会，还表示，欧洲各国对此没有权力过问此事，说这个冲突应局限在奥地利和塞尔维亚之间，任何第三方国家，都不应该进行干涉，否则，将会产生极其严重的后果，让人担忧。这也就是清楚地表明：我们决定支持奥地利，要是俄国进行干预，我们会被迫采取行动，那么，双方的联盟就会自动生效，法国和俄国就会面临同三国同盟开战的危险。舍恩的这个行动，似乎一下子很明确地揭露德国帝国主义偏袒一方的好战态度和恫吓的意图,这是个不好的预兆。面对这种几乎就是挑衅的行动，法国将采取什么样的行动呢?

加洛和雅克站在大厅的入口处，雅克正要离开的时候，一扇门蓦地打开了，若莱斯出现在了门里，他的额角布满了汗珠，草帽戴在了脑后，双肩向下耷拉着，眼睛深陷，短小的胳膊下夹着一个装满文件的皮包。他用不经意的眼光看了下这两个人，机械地回应了他们的招呼，用沉重的步子穿过大厅，消失不见了。

33

丰塔南太太和达尼埃尔，在灵柩旁边的两张椅子上守了整整一夜。贞妮经不住哥哥的一再劝说，去休息了几小时。

早上将近七点的时候，姑娘们来找他们，达尼埃尔走近母亲，轻轻地拍了下她的肩膀：

“妈妈你过来……让贞妮留在这，我们去喝点茶。”

他的声音很温柔，但是很坚定。丰塔南太太那张疲倦的脸向达尼埃尔转过来，她觉得坚持也是没用的，心想：“那我就趁这个机会跟他说说，我去奥地利的事。”她向灵柩看了一眼，站起来，顺从地跟在儿子的后面。

他们两个的早餐安排在侧楼的一个房间里，也是贞妮休息的那个房间。窗户朝着花园开着。看到闪闪发光的餐具，黄油和蜂蜜都盛在了杯子里，丰塔南太太的脸上不自觉地荡漾着质朴的笑容。不管在什么时候，对她来说，在大早上能够和孩子们一起吃早餐都是一件很幸福、很快乐的事。每当这个时候，她乐观的态度就显露无遗。

“我还真是饿了，”她一边承认，一边走到桌子的旁边，“你呢，我的孩子？”

她坐在椅子上，开始在面包上机械地抹着黄油。达尼埃尔微笑地看着她，在明亮的光线下，他又看到了母亲又白又胖的小手，看着她能够很细心地完成这种每天都要做的动作，心里十分激动，因为这些动作都和他童年的早晨有着密切的联系。

面对眼前这个盛满食物的托盘，丰塔南太太的思绪开始了想象，她小声地说：

“最近在你演习的期间，我很多次都想到了你，我的孩子。你们能吃饱饭吗？……晚上，我一想到你有可能穿着被雨打湿的衣服，躺在麦秆上睡觉，我躺在床上就很羞愧，就睡不着。”

他俯躬下身子，把手扶在母亲的手臂上：

“你想的都是什么啊，妈妈！正好相反，我们都在军营里待了好几个月了，对我们来说，打仗只不过是一种娱乐方式罢了……”他一边说，一边俯下身子，摆弄着他母亲手上戴的金镯子，接着说，“你也知道，在演习期间，士官是很容易在老百姓家的床上借宿的！”

他的这些话说得有点唐突，他脑子里想到了在宿营期间好几次的艳遇，那是些很尴尬的经历。丰塔南太太好像感觉到了什么，转移目光，尽量不去看儿子。

就这样沉默了一会儿，她小心翼翼地问道：

“什么时候走？”

“晚上八点……我请的假是到午夜，但是我只要在明天早上点名的时候赶到就行了。”

她想，葬礼在下午一点半的时候就可以结束，两点之前他们还是回不了家的，同达尼埃尔在一起的最后一天时间很短啊……

好像他也在想同样的事，说：

“下午的时候我还要出去一趟，还有件事需要办……”

她从他的声音中，感觉到了他好像在隐瞒着什么。但是她却猜错了他隐藏的是什么。因为以前，他总是用这种含糊、太过于不关心的口吻。以前晚上的时候，他跟妈妈待在壁炉前，也就一小时，他就站起来说：“别怪我，妈妈，我还和伙伴们有约会。”

他隐隐约约地感觉到了母亲对他的怀疑，想马上清除这个误会：

“我去兑换一张支票……吕德韦格松给的一张支票。”

他说的这是实话。在没有把钱留给母亲之前，他是不会离开巴黎的。她好像没有听见他说的话，像往常一样，默不作声，小口地喝着滚烫的茶，虽然杯子很热，她却没有把杯子放下，眼睛里蒙着一层水汽。她想，达尼埃尔就要走了，心里很难过，暂时忘掉了一会儿就要举行的葬礼。但是，她却没有理由抱怨什么，在儿子离开的这几个月里，她过得非常痛苦，现在，这种痛苦就快结束了。到了十月，达尼埃尔就会回来。到了十月，他们就可以在一起重新生活。一想到这，她的眼前就浮现出了那种平静的生活。虽然她不肯承认，但是热罗姆的死确实让他们的生活充满了光明。从此以后，她的生活就变得自由，自由自在地生活在两个孩子中间……

达尼埃尔带着期待的眼神，关心地问道：

“夏天的这几个月，你们两个在巴黎打算做什么呢？”

（因为确实需要钱，丰塔南太太把拉菲特别墅区的房子按季租给了外国人。）

“该和他谈谈我要出门的事了。”她想。

“别担心，孩子……首先，还有好多家务事要处理，我也会很忙的。”

他打断她说话：

“我担心的是贞妮，妈妈……”

虽然他早就习惯了妹妹的沉默，但是最近几天，贞妮憔悴的脸，还有她灼热的目光，还是让他很吃惊。

“她的情况确实不好，她很需要些新鲜空气。”他说。

丰塔南太太没有说话，将茶杯放回了托盘。她从女儿的脸上也看出了一些异样，她的神态总是很迷乱，像着了魔，这种状态不应该是因为她父亲的去世造成的。但是，她和达尼埃尔的看法却不一样。

“她的性格天生就是这样忧伤，”她感叹道，又动人地说，“她不知道对生活要有信心……”

接着，她又用那种谈论问题时需要的谦恭有礼的语气说：

“你看，在每个人的心里，都会有纠缠和挣扎……”

“这倒是真的，”达尼埃尔同意说，不想让她继续说下去，“不过话说回来，要是贞妮今年夏天能够在山里或者海上小住一段时间的话……”

“在山上住也好，在海上住也罢，对她都毫无作用，”丰塔南太太摇了摇头，语气温和，却又很固执地说，“贞妮病的不是身体。不管是谁，都对她无能为力，相信我吧……每一个人都是独自战斗，就像上天注定的那样，死的时候也是孤独地死去……”她想到了热罗姆是一个人孤独地死去，眼睛里就充满了泪水。过了一会儿，她好像在自言自语，小声地说：“一个人，同上帝在一起。”

“又是这种原则！”达尼埃尔说，因为愤怒，他的声音有点颤抖。他从烟盒里掏出了一根香烟，不再说话。

“这种原则？”丰塔南太太惊奇地问。

她看着儿子啪的一声关上烟盒，将香烟在手背上轻轻敲了几下，塞进了嘴里。她想：“和他父亲一样的动作，和他父亲一样的手……”如今达尼埃尔的无名指上，戴着他父亲的戒指，就使得两个人如此相像。那是丰塔南太太从热罗姆的手指上亲自摘下来的戒指，然后，她把热罗姆的手指永远地交叉在一起。这颗大宝石戒指总是让她想起那双细腻却很有力的双手，生动地出现在她的脑海里，这让她很痛苦。只要一想到热罗姆的任何事，她的心，就会像二十岁时那样，扑通扑通跳个不停……但是儿子和父亲如此相像，总是让她轻微地激动，同时也会忐忑不安。

“这些原则？”她重复道。

“我想说的是……”他停了一下，皱着眉头，思考着怎么用词：

“你总是坚持这些原则……总是让别人……单纯地相信命运，却从不干涉——即使是他们走的路明显不正确——即使所谓的命运给他们的生活……和你的生活带来的只有痛苦的时候！”

她感受到了一种痛苦向她袭来，但是她不想弄清楚，装着微笑说：

“你现在是在责备我给你太多的自由吗？”

达尼埃尔也笑了，他俯下身子，把手放在母亲的手上，说：

“我没有责备你，我永远都不会责备你什么的，你应该很清楚的，妈妈，”他的目光里满是柔情，不由自主固执地说，“你也应该很清楚，我说的不是我自己……”

“哦，孩子，”她猛地站了起来，气愤地说，“这样很不好！……”

她像是受到了严重的伤害，“你总是在找机会指责你的父亲！”

这个时候，这次争论，距葬礼只有几小时了，非常不合时宜。虽然达尼埃尔已经感觉到了，他后悔说了这样的话，但是他感觉言犹未尽，这使得他又继续，甚至变本加厉地说了些更加愚蠢的话：

“就说你，我可怜的妈妈，你从来都只是一味地袒护他，他却把你忘得一干二净，甚至你都不记得他还留给我们无法摆脱的困难！”

虽然，她很有理由也像达尼埃尔那样想，但是她一心想的只是维护他父亲的名声，反而对儿子更加严厉：

“啊，达尼埃尔，你这样对他不公平！”她喊道，声音里带着一些哭腔。“你根本就没有真正地了解你的父亲！”人们只是为一些没有理由争辩的事进行辩解，从而变得更加偏执，她也是这样：“对你父亲，别人还没有什么严重的事去指责他！一点都没有！……他有着骑士风度，性格又太豪爽，容易相信别人，这样就使得他在生意场上很难成功！这才是他的错！他从来不会对别人置之不理，所以才受到了他们愚弄！这才是他的过错，唯一的过错！这一点我能证明！也许他犯了一些不检点的小错误，就像斯泰林先生曾经当面对我说的那样，‘只不过是有点遗憾的轻浮罢了’，仅此而已！让人遗憾的轻浮！”

达尼埃尔控制自己不去看母亲，嘴唇不由自主地哆嗦了一下，耸了耸肩，控制住了自己，没有说话。就这样，尽管两个人之间有着血肉联系，也都很想开诚布公地谈谈心，但最终还是没有做到。刚一接触，两个人的内心思想就开始相互排斥，甚至都不能再沉默，矛盾就这样变得激化……他低下了头，一动不动地看着地面。

丰塔南太太沉默了，不再说话。从一开始，这场争论就不对劲，再继续争论下去还有什么意思呢？她本来想告诉儿子，关于他父亲的诉讼会牵连到别人，她想让达尼埃尔明白，她多么急迫地想去维也纳一趟。但是，现在达尼埃尔的态度是那么严厉，这让她很生气，这时候也就只有一个想法了：为热罗姆辩解——这也使得这次去维也纳的理由变得不怎么充分了。她想："算了吧，到时候我写信再告诉他。"

这样尴尬的沉默持续了几分钟。

达尼埃尔把脸转向了窗口，看着窗外的天空和树梢，装着很悠闲地吸烟，他的母亲和他一样，知道他是在装腔作势。

"八点了。"丰塔南太太听到了诊所的钟声，小声地说。她收拾起落在裙子上的面包屑，扫在了窗台上，准备喂鸟。她依偎在窗棂上，声音很平静地说：

"我要去那边了。"

达尼埃尔站了起来，他感到很羞愧，就像以前一样，每次看到母亲那种盲目不堪的柔情，他对父亲的怨恨就会越来越深。一种说也说不清楚的感情，总是在驱使着他去伤害这种过分宽容的爱情……他扔掉手里的烟蒂，带着不自然的微笑走向母亲，他像往常那样俯下身子，在她早已长出了很多白发的额角吻了一下。他的嘴唇已经习惯了吻这个地方，他的鼻孔也已经熟悉了她皮肤的温度。她向后轻微地仰了下脖子，将他的脸捧在了手心里，她没有说一句话，只是冲着他微笑，直视着他的眼睛。她的目光和微笑里，没有丝毫的责备，好像在说："忘掉那些吧，不要怪我太冲动，对你给我的痛苦也不要放在心上。"他很明白母亲的沉默是什么意思，他眨了两下眼睛，表示赞同。她挺直身子，他扶着她，帮她站起来。

她还是没有说一句话，扶着他的手臂，走下楼向地下室走去。

他帮她打开门，让她自己进去。

迎面扑来的是地下室清凉的气息，还掺杂着灵柩上枯萎玫瑰花的香味。

贞妮一动不动地坐在那里，两只手垂放在膝盖上。

丰塔南太太重新坐在女儿身边的沙发上，从挂在椅子上的手提包里拿出来一本《圣经》，随意地翻开，看着（至少，她把这叫作“随意”，其实，这本书有一个断裂的地方，每次她翻开，总是会翻到这个地方，这个让她一如既往地汲取养分的地方）。她读道：

……谁能在邪恶中还能保持纯洁呢？没有人。

人生命的长短是确定的，他的月岁掌握在你的手中，一旦你给他限定时间，他绝对不会逾越。

只能希望你能离开他，让他可以稍微放松一下，就像雇工结束一天的工作那样。

她抬起了头，沉思了一会儿，然后把书放在了膝盖的裙子上。她很小心地打开《圣经》，又合上，这种方式是她独有的，既虔诚又怀有感恩的心。

这个时候，她的心里已经完全恢复了平静。

34

昨天晚上，雅克看到若莱斯上了一辆出租车，消失在夜幕中。他便来到经常在晚间聚会的那些活动分子中间，这些人经常在“啤酒杯咖啡馆”里待到一点。费陀路那里的一家咖啡馆专门给那些社会党人留了一个大厅，只在院子里有一个出入口，在咖啡馆打烊后，院子的出入口仍然通行。当晚的争论很激烈，一直持续到深夜，雅克是在早上三点才离开那里的。时间已经很晚了，他没有精神回到莫贝尔广场那边休息了，就在交易所附近的一家旅馆找了个房间睡觉了。他一躺到床上，就呼呼睡去了，即便是这个人口聚集的街区清晨时的嘈杂声也没能把他叫醒。

当他一觉醒来的时候，已经是大中午了。

他简单地洗漱了一下，便下楼来到大街上买了几份报纸，在街角的一家露天咖啡馆里坐着看起了报纸。

这一次，报纸界开始下决心进行警告了。卡约的审讯已经被搁放到了第二版。各大报纸都开始在头条上宣告现在局势很紧迫，他们把奥地利的照会称作“最后通牒”，把奥地利的行为称作“无耻挑衅”。《费加罗报》在最近的一个星期以来，接连用全文报道有关卡约案件的辩论，在今天，却在头版用大字刊登出：《奥地利的威胁》，整整用一个版来报道现在外交的紧张局面：真的要打仗了吗？半官方的报纸《晨报》，用好战的口吻报道：“在法国总统访问俄国的时候，两国就已经关于奥塞之间的冲突进行了商讨，两国结成的联盟，绝不是出其不意就可以结成的……”克莱孟梭在他的《自由人报》上写道：“自从一八七〇年以来，欧洲还没有像现在这样如此地接近战争冲突，而且人们无法衡量这次战争的规模。”《巴黎回声报》也报道了舍恩先生去往奥尔赛码头拜访的结果：“继奥地利发布限令之后，德国的威胁接踵而来……”文章中用这样的警告作为结束：“若是塞尔维亚还不让步，战争就可能在今晚爆发。”当然，这也仅仅指的是奥地利和塞尔维亚之间的战争。但是，又有谁能保证这场战火仅仅局限于这两个国家呢？……若莱斯在发表在头条的文章中毫不掩饰地指出，现在争取和平的最大机会，就是塞尔维亚能够忍气吞声、低声下气地接受奥地利的要求。从《报刊摘要》来看，外国的报纸对此也持有悲观的态度。今天就是七月二十五日了，距离奥地利给塞尔维亚的期限只有十二小时了，整个欧洲（根据两个星期之前，雅克在维也纳收集到的有关奥地利将军的预言）突然就在惊慌不安中醒了过来。

雅克推开摊放在桌子上的那些报纸，喝掉了已经凉了的咖啡。报纸上写的那些东西，只不过是他已经知道了的那些内容，但是，这些报纸一致表示不安这倒使得这个局面有了新的悲剧性的调子。他还呆坐在那里，只是神情很沮丧，眼睛看着从公共汽车上走下来的那些劳动者和公职人员，他们还像往常那样奔赴自己的工作岗位，只是手里拿着一份报纸，脸孔比平时更加严肃。他觉得一阵眩晕，孤独感压抑得他难以承受。他想起来，今天上午贞妮、达尼埃尔还要参加葬礼。

他着急地站了起来，朝着蒙马特尔所在的方向走过去。他想走到当库尔广场，去趟极端自由者报报社。现在的他急于投身到战斗的气氛中。

在奥赛尔路已经聚集了十多个来打听消息的人。大家在激烈地讨论着左翼报纸的不同态度。《红帽子》周刊的头版就报道了俄国工人罢工的情况。对大部分的革命者来说，彼得堡工人的骚动，其重要性在于这是俄国采取中立态度的保证，也是将冲突局限在巴尔干半岛的可靠保证。在极端自由者报报社，大家一致批判国际工人协会的软弱，批判那些领导者向各国政府妥协，难道这个时候还不能进行一次狠狠的反击吗？难道现在不是千方百计鼓动其他国家发动罢工，迫使欧洲各国政府瘫痪的很好时机吗？这次是掀起大规模起义的唯一机会，这不仅可以排除当前所面临的威胁，而且可以提前数十年爆发革命！

雅克在一旁听着他们的争论，在考虑是否要发表自己的意见。在他看来，俄国工人罢工确实是一把双刃剑，虽然可以使参谋部的好战想法粉碎，但是也能使处境不好的政府突然觉得现在有机可图，以危险的战争作为借口，下令戒严，无情地镇压工人的起义。

当他走到皮加尔广场时，广场上的时钟正好指着十点。他心里想着："今天上午十一点的时候，我要做什么？"他想不起来了，星期六，十一点……他突然觉得十分不安，努力地想着要做什么事。去参加丰塔南的葬礼？可是他从来没有想过要去参加……他低着头，向前走着，不知道该怎么办……"我现在这个样子……还没有刮胡子……要是混在人群中……还好说……这儿离蒙马特尔墓地很近……要是我下决心去的话，五分钟就可以在理发店理个发……到时候我会和达尼埃尔握下手，也算是礼节周到了……礼节做到了，对我也没什么用……"他的眼睛已经开始在路两边寻找理发店了。

当他来到墓地的时候，门口的看门人告诉他，送葬的队伍已经进去了，并向他指了下方向。

穿过一群墓碑，他就在一小群人聚集的很小的祭台前面：

丰塔南家族

他仅仅从背影上认出了达尼埃尔和格雷戈里。

一会儿，寂静声中响起了牧师沙哑的声音：

"上帝对摩西说：'我将与你同在！'因此，罪人，即使你在黑暗的阴影中行走，也不要害怕，因为上帝与你同在！”雅克绕了一圈，走到前面，想从正面看看参加葬礼的都有哪些人。达尼埃尔没戴帽子，灿烂的阳光照着他的脑门，脑袋要比别人高出很多。他的身边站着三个女人，都遮着黑色的面纱，第一个是丰塔南太太，但剩下的两个，哪一个才是贞妮呢？

牧师站着，头发很乱，但是目光却很有神，两只胳膊向上举起，教训着那个放在墓穴旁边的黄木灵柩，阳光密集地照射在上面。

“可怜啊，可怜的罪人！属于你的太阳在入夜之前就会西沉了！但是我们不会向你哭泣，把你当作毫无希望的人！虽然你离开了人们可见的领域，是我们这种物质的眼睛看不见的，只不过是你可憎的躯体虚幻的形式罢了！今天的你，闪着光芒，被基督召唤到他的身边，从事伟大而光荣的事业！你赶在我们之前，享受到升天的快乐！……在这儿的兄弟们，大家都在我周围一起祈祷吧，祈祷你们的心变得更加坚定！因为基督的降临对每个人来说都是一样近！……主啊，我将我们的灵魂交与你的手中！阿门。”

现在，有几个人抬起了棺材，摇摇晃晃地，吊在绳子上，不磕不碰地降落到坟墓的低端。丰塔南太太由达尼埃尔搀扶着，朝着敞开的洞穴俯下身子。不用说，贞妮得跟在她的身后吧？在尼科尔·埃凯的旁边吗？……随后，这三个女人在一名殡仪馆职员的带领下，小心翼翼地走着，来到在路旁等待的灵柩车，她们上车后，灵柩车就慢慢地开走了。

达尼埃尔独自一人站在小路的尽头，他的军帽在腋下被太阳照得闪闪发亮。他的样子威武帅气，身材修长，优雅从容，悠然自得，他的姿态很是端庄，站在那里接受着前来吊唁的来宾从他面前走过。

雅克就这样看着他，仅仅这样在远处看着他，雅克的心里就会像以前那样，感到温暖，像是一股暖流划过心间。

达尼埃尔已经认出了在远处的雅克，他一边同别人握手，一边不时地看着他，很吃惊，也很感动。

“谢谢你来了，”他犹豫了一下，接着说，“今天晚上我就要走了……再见到你一次，我真的很高兴！”

看到自己的朋友，雅克想到的是战争，想到的是突击队，想到的是第一批牺牲的人……

他问道：“你看报纸了吗？”

达尼埃尔看着他，不明白是什么意思。

“报纸？没看啊，怎么了？”然后，他的声音不再像以前那样显得坚持，问道：

“今天晚上你会来东站送我吗？”

“几点？”

达尼埃尔显得很激动，说：

“九点半的火车……我九点的时候在车站的酒吧等你，行吗？”

“我一定会去的。”

两个人相互对视了一会儿，握了握手。

达尼埃尔小声地说了句：“谢谢。”

雅克头也没有回地离开了。

35

整整一上午，雅克好几次都在想，现在政治局势这样严重，哥哥昂图瓦纳会有什么样的反应呢？他还是有点希望，能在葬礼上遇到哥哥。

他决定赶紧吃完午饭，然后去一趟大学路。

“先生现在还在用餐，”莱翁领着雅克朝餐厅走去，“不过，我刚送过去水果。”

雅克一进门，就看到伊萨克·斯蒂德莱尔、茹斯兰和年轻的罗瓦跟哥哥坐在一起用餐，心里就有些生气。他不知道，这些人天天在哥哥这里吃午饭（其实，是昂图瓦纳这样要求的，因为对他来说，早上要在医院待着，下午还要看病人，只有在中午的时候才有时间和他的合作者接触，这样对他们三个单身汉来说，这是一个既省钱又可以节省时间的好方法）。

“你过来吃午饭？”昂图瓦纳问。

“谢谢，我已经吃过了。”

他围着长餐桌绕了一圈，跟每个人握了下手，在坐下之前，问大家：

“你们都看过报纸了吗？”

昂图瓦纳没有回答，先是看了下弟弟，好像承认：

“也许你说的是对的。”

“看过了，”他还想再想些什么，“我们都已经看过报纸了。”

“从一开始吃饭，我们就在说这件事了。”斯蒂德莱尔一边捋着黑胡子，一边说。

昂图瓦纳十分小心，他不想让别人看出来他心中的不安。整整一上午，他都感到一种隐藏的气愤。他需要的是，周围的社会是一个有组织，安排稳妥的，正如他需要的家是一个一切都安排妥当，井井有条的，物质方面不需要他想办法，需要有一个办事认真、有责任心的人来帮他。制度上的一些弊端，他是可以容忍的，议会里的一些丑闻，他也是可以不提的，就像对于莱翁的浪费和克洛蒂德的贪小便宜，他都是可以睁一只眼闭一只眼的，都没有什么太大的关系。但是，对他来说，法国的命运，不能比配菜室和厨房更让他操心。他一想到政府动乱将会妨碍到他的生活，将会威胁到他原本的工作，就很难忍受。

他说：

“我并不认为我们有必要惶恐不安。这种东西，人们见得多了……很显然，今天的报纸报道了那些出乎意料的事情，战争的号角即将吹响……这让人非常不愉快……”

马尼埃尔·罗瓦听到后面的那些话，朝着昂图瓦纳抬起了他那对黑黑的眼睛：

“战争的号角，老师，是从国境线以外的地方传来的。这肯定会吓坏那些贪婪的邻国的！”

茹斯兰本来还在低头吃着东西，听到他们的谈话，抬起了头，看了下罗瓦。然后，继续吃着他的东西，他小心翼翼地用叉子和刀尖剥去桃子的皮。

“这还都说不准呢。”斯蒂德莱尔说。

“不管怎么说，这是很有可能的。”昂图瓦纳说，“也许，这也是必不可少的。”

“这个就要视情况而定了，”斯蒂德莱尔说，“恐吓政府总是危险重重的，结果往往是激怒对方，却不能让它陷入瘫痪状态。在我看来，政府这样说，战争的号角即将吹响，却是犯了一个严重的错误！”

“要是站在领导人的位置，这也是很难办的。”昂图瓦纳很冷静地说。

“我看重的领导人，首先是要谨慎小心，”斯蒂德莱尔接着说，“好战的态度就是第一个不谨慎的表现。另外，让人相信这种态度是必不可少的，这就是第二个不谨慎。让人民群众相信我们正承受着战争的威胁，甚至相信，战争一触即发……即将爆发的战争，对和平来说，没有什么比这更危险了！”

雅克沉默着。

“至于我自己，”昂图瓦纳没有看他弟弟，接着说，“我完全理解，一个堂堂部长，只身一人谴责战争，但是，因为他的职务关系，也不得不采取一些备战措施。就是因为，他现在在台上执政。一个人站在国家领导人的地位，是要为国家的安全负责任的，如果他对现实很敏感，如果他能感觉到邻国确实奉行着威胁政策……”

罗瓦打断他说话：“这个先别说，除此之外，人们不能相信，一个政治家仅仅因为感情用事，就不惜一切代价去避免战争的爆发！作为一个国家的领导人，而且这个国家在世界上占有一定的地位，拥有自己的领土和殖民地，现实主义的看法是必不可少的。即使是一个热爱和平的人，一旦站在这个位置上，就会很快意识到，如果一个国家没有强大的军队，受人尊敬，并不时地可以发出军刀的声音，就不会保存好自己的财富，不使自己的领土受到邻国的觊觎，哪怕仅仅是让其他的国家知道，这个国家是确实存在的也好！”

“保存财富，”雅克心里想着，“这算是说到点子上了！在保留自己财富的同时，找准机会，把邻国的财富霸占过来，据为已有！这就是资本主义的政治实质——不管是个人，还是一个国家……都会为了自己的利益去争斗，为了自己的民族争夺市场、领土和港口而争斗！就好像，除此之外，人类就再无任何生存法则……”

斯蒂德莱尔说 ：“不幸的是，不管明天情况如何发展，战争对法国内外的政策都会引起可怕的后果。”

他一边说，一边向着雅克躬下身来，好像是在征求他的意见。他的眼神，没精打采的，让人感到很不安，让人不得不躲开。

茹斯兰又抬起头来，看了看斯蒂德莱尔，然后，又依次看了看后边的其他人。他长着一头金黄色的头发，脸上的皮肤很细腻，神情温柔，一个长鹰钩鼻子显得很阴沉，嘴巴长得很长，但是很精巧，很容易就露出笑容，眼睛也是长长的，淡灰色的，显得有点怪。

他不经意地轻声说道 ：“你们好像很健忘，没有人喜欢战争！没有一个人！”

“你确定？”斯蒂德莱尔说。

“也就几个年老的人吧。”昂图瓦纳退一步说。

“就那几个整天说大话的危险老头，”斯蒂德莱尔又说，“他们只知道，打仗的时候，他们可以躲在后方悠然自得，不冒任何危险……”

“危险，”雅克开口说话，昂图瓦纳注意到他话说得很谨慎，“主要就在于，全欧洲的领导权几乎都掌握在这些老人手里……”

罗瓦脸上露着笑容，看着斯蒂德莱尔 ：

“哈里发，您是不惧怕新思想的，你可以首先提出这个想法，先发制人，一旦总动员起来，先上战场的就是那些老朽的阶层和那些老人！”

“他们不会这么蠢的。”斯蒂德莱尔小声地嘟囔。

就这样沉默了一会儿，莱翁端进来了咖啡。

“但是，还是有一个方法的，也是唯一的方法，几乎就可以避免战争，”斯蒂德莱尔阴沉地说，“一个可以在欧洲彻底实施的方法。”

“什么方法？”

“要求全体公民投票！”

只有雅克一个人点了点头，表示赞同。

斯蒂德莱尔得到了鼓励，继续说道：

“像我们这种崇尚民主的国家，却将掌控战争的主动权交给了各国政府，这难道不很荒谬，很不符合逻辑吗？……茹斯兰说：‘没有一个人是喜欢战争的。’这句话是很正确的，那么，任何国家，任何一个政府，都没有权力违反大多数公民的意愿，去接受战争！在关系到人生死的时候，最低限度就是，向公民征求意见，这是合情合理的，并且一定要征求人民群众的意见。”

他只要一激动，鹰钩鼻就开始颤抖，脸上的斑点变得更深，马眼一样的大眼睛就开始有点充血。

“这也不是虚幻，没有显示依据的，”他又接着说，“只要各国人民迫使各自的统治者在宪法中添加几条修正案就可以了，未经全体人民投票决定，并以百分之七十五以上的多数票通过，任何人不得发布动员令，不得爆发战争。为了阻止新的战争的爆发，这是唯一的方法，也是万无一失、一劳永逸的方法……在和平时期，我们可以将一个奉行好战政策的人选举进入政府——法国就采取过这样的方法。喜欢往枪口上撞的人也有很多，但是，这个人在动员之前，得不到那些让他站上这个位置的那些人的同意，那么，他就再也找不到任何人可以赋予他发动战争的权力了！”

罗瓦安静地笑着。

昂图瓦纳站了起来，拍了拍他的肩膀，说：

“给我一根火柴，小马尼埃尔，你对此有什么看法？要是你们的报纸，怎么看待这个问题呢？”

罗瓦抬起他明亮的眼睛，像个好学的学生那样看着昂图瓦纳，眼神中带着平静。他继续微笑着，像是在挑战。

昂图瓦纳转过头，向弟弟解释说：“马尼埃尔是《法兰西行动报》的忠实读者。”

“我也每天都看这个报纸，”雅克一边说，一边打量着这个年轻的医生，同时，这个医生也在打量着他，“在那里，有一群很出色的辩论家，他们经常想出一些让人招架不住的论点，简直无懈可击。但是，不幸的是——但至少我认为——他们所依据的材料总是错误的。”

“您是这样想的啊？”罗瓦嘟囔着。

他脸上还是带着微笑，很大胆，很骄傲。他好像不愿意降低自己的身份，同外行讨论那些让他很惆怅的事。他的神情，就像是一个孩子，很想保守住自己的秘密。从他的目光里，不时地掠过一丝傲慢的神情。好像雅克的话，让他下决心摆脱他那种慎重的态度，他向昂图瓦纳迈了一大步，突然说：

“老师，实话告诉您吧，我早就看透了法国和德国之间的问题！我和我的父辈这两代人，已经被这个沉重的包袱，压了将近四十年了。我们都受够了。要是一场战争能够对此做一个了结，那好，那就打仗吧！既然这一步非走不可，那还犹豫什么呢？既然没有办法避免，那为什么还要往后拖呢？”

昂图瓦纳笑着说：“把这场战争无限期地拖延下去，那这不就是和平吗？”

“我倒是宁愿一劳永逸地解决这件事。因为，这样来说，至少有一件事是肯定的，那就是——打过这一仗，我们很有可能胜利，且说我们打败仗——反正问题是解决了，不是这样就是那样地解决了，也就没有了法德这个问题了！……”他的脸变得更加庄重、严肃，接着说，“更何况，就现在的状况，一次大的流血战争对我们来说是有好处的。四十年的和平，就像一潭死水，并没有解决好国家问题。如果真的能够用一次战争来重新振作法兰西的精神，上帝保佑，我们宁愿为此牺牲！”

他说的这些话，没有一点夸夸其谈的样子。罗瓦的真诚很明显，每个人都感觉到了。他们面前的这个人，是一个充满自信的人，已经做好了准备，随时为自己所信仰的真理献出生命。

昂图瓦纳就站在那里，嘴上叼着一根烟，眯起了眼睛，听着他说话，一句话也没有说，只是注视着这个年轻人，眼神里充满了友好、严肃和忧郁。他喜欢勇敢的人。随后，他呆呆地盯着手里的烟卷。

茹斯兰向着斯蒂德莱尔走过来，用指尖发黄的食指戳了下哈里发的胸脯，说：

“您看吧，最终还是要回到这个区别上来，那就是精神分裂的和精神正常的，还有接受生活的人和拒绝生活的人……”

罗瓦大声地笑了起来：

“那么，我呢，我是个接受生活的人吗？”

“是的，你是个接受生活的人。而哈里发则是个拒绝生活的人。这一点，你们两个人永远不会变。”

昂图瓦纳向雅克转过身来，看了下手表，微笑着说：

“那个拒绝生活的人，你现在不忙吧！……到我的办公室来一下吧……”

“我是非常喜欢小罗瓦的，”他打开小办公室的门，侧了身子，让弟弟先进去，接着说，“他的性格很好，很豪爽……率真……但是，我也承认，他有些狭隘。”他看到雅克还是一如既往地沉默，他接着说，“坐下吧，抽烟吗？……我想，他应该让你有点生气吗？你应该认识他、了解他。他做事基本上是光明磊落的，他喜欢下结论，但他总是很爽快、很愉快地接受事实，不愿意接受分析思考所带来的好处，即便是他不缺乏批判精神。但是，至少他在工作中，还是存在批判精神的。但是，他出于本能，不愿意去怀疑，恰好，怀疑是一大障碍，束缚着人们的手脚。也许，他是对的，因为在他看来，生活中是不应该有这种喋喋不休的辩论的。像这种‘应该怎么想？’的话，他从来不随便说话，但一开口，说的总是：‘应该怎么做？怎样才能有效地行动起来？’我很清楚他的怪脾气，但是，这只不过是年轻人的缺点罢了，以后会消失不见的。你注意到他的声音了吗？有时候，他会像个大孩子，声音正在发生变化，于是，他就故意压低嗓门，像大人那样发浊重的声音。”

雅克坐了下来，他在听着他说的话，但是没有表示赞同。

“相对来说，我更喜欢另外两个人，”他开诚布公地说，“尤其是那个茹斯兰，我挺喜欢他的。”

“啊！”昂图瓦纳笑了笑，说，“这个家伙啊，永远生活在他一成不变的童话中，但是他确实拥有发明家的气质。他的整个生活充斥着幻想和现实，全是那些可能事和不可能的事。像他这种拥有着聪明的头脑，生活在半真实的领域里，有的时候，是会发现什么的。

这个家伙是会有一些发现的，甚至有时候，还是会有一些很重要的发现。等我们有时间了，我会仔细跟你说说……罗瓦一说到他，就会很有趣，他说茹斯兰只希望能够看到长着三条腿的牛，但是，一旦他看到了一条长着四条腿的牛，他就像发现了奇迹似的，到处宣扬：'你们知道吗，还有长着四条腿的牛呢！'"

他把两条腿伸直，搭在了沙发上，两只手交叉，枕在了脖子后面。

"你看，我在这儿给自己创建了一支很好的队伍……这三个人彼此不同，但是在精神上却能取长补短，相互弥补……你早就认识哈里发了。他帮了我很大的忙。他很有天赋！我可以这么说，他的天赋就是他的特点。同时，他还很有力量，做事又很有分寸。他总是很容易就可以接受新的事物，不费什么劲，就可以理解，好像新的知识到了他的脑子里，就像是已经准备好了框架，占上了位置，所以，他的脑子从来没有混乱过。但是，我总是觉得，在他的身上，有一种无法定格的怪东西，也是，这是他从家族中遗传得来的……我也说不清……好像他的脑子从来不属于自己，没有和本人真正地合为一体。这真是奇怪极了。他的脑子好像不是长在自己身上的，就像是一种工具，是他从别人那里借来的工具……"

他一边滔滔不绝地说着，一边看着时间，懒洋洋地把腿从沙发上抽回来。

"他可是看过报纸的，"雅克心里想，"难道他还不明白战争的威胁，不明白这种事的严重性？或者说是，他现在这样滔滔不绝地说话，是为了避免关于战争的话题？"

"你要去哪个方向？"昂图瓦纳站起来，问道，"要不要我用汽车送你？我要去趟奥尔赛码头。"

“啊？”雅克很奇怪，他也不想掩盖自己的惊讶。

“我要去看看吕梅尔，”昂图瓦纳没等雅克问，就解释说，“噢！我不是去谈政治的……我是去给他打针，我每两天给他打一针。平常的时候，他是到我这来打针，但是，今天他打电话过来，说他工作很忙，离不开办公室。”

“他对现在的时局是什么态度？”雅克鼓足了勇气，问道。

“我还不知道。但是我想问问他……你今天晚上再过来，我再告诉你……或者你可以陪我走一趟？我只要在那待十分钟就够了，你可以在车里面等我。”

雅克心动了，想了一下，点头答应了。

昂图瓦纳在出门之前，锁上了书桌上的抽屉，小声地说：

“你知道刚才我回家的时候干什么了吗？我去找了下我的军籍簿，我想看看我的动员证……”他脸上没有了笑容，很平静地说，“要去孔皮埃涅……而且是动员的第一天！……”

两兄弟交换了下眼神，没有说话，雅克犹豫了下，严肃地说：

“我可以肯定地说，从今天早晨起，整个欧洲会有成千上万的人像你一样……”

他们下楼的时候，昂图瓦纳说：“可怜的吕梅尔，整个冬天都在工作，太累了，这两天本来是要去度假的。但是，最近发生的这些事，贝尔特洛要求放弃度假，他来找我，说让我帮他坚持下去。我就开始为他治疗，希望能有效果。”

雅克没有听哥哥在说什么。他刚刚发现，不知道为什么，今天他对昂图瓦纳重新有了兄弟间的情义，感觉还很强烈，但是，还是夹杂着一些苛求和不满。

“啊！昂图瓦纳，”雅克情不自禁地说，“如果你能够进一步了解那些人，那些受苦的群众和人民，你就会变得大不相同！”（他说这些话的意思就是：“你就会变得更好……你离我就会很近了……能够爱你多好啊……”）

昂图瓦纳在前面走着，突然很生气地转过了头：

“你以为我不了解他们吗？我在医院待了十五年了！难道你忘了，这十五年来，每天上午三小时，我看到的全是那些人……生活在各个阶层的人：工厂的工人、生活在郊区的人……我作为一名医生，在我眼里，那些都是赤裸裸的人，由于生病的痛苦，把身上所有伪装都剥去的赤裸裸的人！你觉得这种经验不如你吗？”

“不，”雅克还是很执着并愤怒地想道，“不，这根本不是一回事。”

二十分钟以后，昂图瓦纳从部里出来，向着汽车走过来。雅克在车里等他。他脸上带着愁容，嘴里嘟囔着：

“里面可真热。各种人来来往往，都像疯了似的……各国大使纷纷发来电报……他们都在焦虑地等待着塞尔维亚在今晚要做出的回应……”他没有理睬弟弟无声的询问，只是问道，“现在你去哪？”

雅克差一点就说出来：“去人道报报社。”但是，他只是说，“去交易所广场。”

“我不能送你去了，要不然我会迟到。但是，要是你愿意的话，我可以把你送到歌剧院广场。”

昂图瓦纳刚坐下，就开口说：

“吕梅尔看起来很烦躁……今天早上，在部长的办公室里，大家围在一起对德国大使馆送来的半官方备忘录进行汇总讨论，上面说，奥地利照会不是最后的通牒，只不过是一个在短期必须回复的要求罢了。这么看来，在外交术语里，有着很多的含义：一方面，德国注重减轻这次奥地利行动所带来的严重性；另一方面，奥地利是不会拒绝同塞尔维亚谈话的……”

“竟然可以这样想？”雅克说，“竟然这样诡辩？”“除此之外，塞尔维亚好像打算直接缴械，就不进行任何争辩了。总之，直到今天上午，人们还是抱有一丝希望的。”

“可是……”雅克不耐烦地说。

“但是，就在刚才，人们得知塞尔维亚动员了三十万人，塞尔维亚政府担心贝尔格莱德离边境太近，不安全，所以准备在今晚躲到中间地区去避难。由此看来，塞尔维亚的答复并不是像人们期待的那样投降，他们认为塞尔维亚有理由预防突然袭击……”

“那法国呢？它是不是想行动起来，主动采取一些行动呢？”

“当然，吕梅尔是不能什么都说的。但是根据我现在所掌握的情况来看，今天政府里的大多数成员认为，必须表现出坚决的态度，有必要的话，就要公开加紧战争准备。”

“又是恫吓政策！”

“吕梅尔还说，现在可以感觉到，这时候的口号应该是‘在目前的状况下，法国和俄国只有在所有的方面都表现出坚决的态度，才有机会遏制住中欧这两个帝国，他说：‘只要我们两国中，有一方退出，那么战争就会爆发。’”

“当然，他们只是在私底下这样想：‘只要我们保持恐吓的态度，战争一旦爆发，我们已经做好准备，就会有一定的优势。’”

“这是明摆着的。我觉得这倒是很有道理的。”

“但是，”雅克声音很大地说，“大概中欧帝国也是这样想的吧！

那么事态将会往哪方面发展呢？……斯蒂德莱尔说的是有道理的：这种好战政策是极其危险的！”

“应该把这事推给那些政治家，”昂图瓦纳激动地说，“他们应该比我们更清楚什么事是应该做的。”

雅克耸了耸肩，没有说话。

汽车已经开进了歌剧院。

“什么时候我能再见到你？”昂图瓦纳问道，“你还会在巴黎待着吗？”

雅克做了一个手势，表示模棱两可：

“我也不清楚……”

他已经打开了车门，想要下车，昂图瓦纳拉住了他的胳臂：

“我说……”他犹豫了一下，在考虑怎么用词，“你应该知道——或者可能你不知道——现在，每隔一星期的星期天下午，我都会接待几个朋友……明天下午三点，吕梅尔要来打针，他已经答应我留下来参加聚会，哪怕只是待一小会儿。如果你有兴趣的话，我欢迎你过来。在当前这种情况下，他说的话可能会有用。”

“明天三点？”雅克不确定地说，“我可能会去……我会尽量去的……多谢了。”

36

在人道报报社里的人，知道的事情并不比雅克从昂图瓦纳和吕梅尔那里知道的多。若莱斯离开已经二十四小时了，他要到罗纳河那一片去，去那里支持他的一个朋友马里于斯·穆泰的竞选。在这个很严峻的时刻，老板不在家，虽然编辑部里出现了一些混乱，但是总体来说，气氛还是很乐观的。大家都在等待着最后的答案，但没有显得过分不安。大家都认为，塞尔维亚在强国的压力下，态度会变得缓和点，奥地利就不会有任何借口说自己受到了威胁。大家尤其看重德国社会党对法国社会党做出的重复保证：在面对共同危险的时候，好像是达成了完全的谅解。除此之外，国际和平主义运动也不时传来振奋人心的好消息。各地的反战游行都进行得如火如荼。欧洲各个社会党都在积极地交换着自己的见解，准备采取一致的有利行动。这样看来，进行预防性总罢工的设想越来越靠谱了。

雅克刚从斯特法尼的办公室走出来，就迎面遇到了打探消息的穆尔朗。两个人就现在的局势交谈了一下想法，这个老革命家就把雅克拉到了角落，问道：

“你现在住在哪啊，小鬼？你是知道的，现在那些警察在到处检查……热尔韦不久前刚遇到了麻烦，克拉博尔也是。”

雅克不是不知道，他在图奈尔码头租下的那间带家具的房子，那家的房东很可疑，虽然他的各种证件都很齐全，但他还是有些担心，不喜欢和警察打交道。

“相信我，”穆尔朗告诫地说，“别再等了！今天晚上就搬走。”

“今天晚上？”

这个事情是可以办到的，现在刚过七点半，九点的时候才去和达尼埃尔约会。可是，现在的问题是，搬到哪去？

穆尔朗倒是有个想法。他有一个朋友在《旗帜报》，在做旅行推销方面的工作，正好有一个星期不在家。他的房子租了一年，就在圣于斯塔仆门的前面，靠近市场的一栋楼房的顶层，那是一栋很安静的楼房，重要的是，它没有被警察列入名单中。

“我们先去那吧，很近的，没有几步路。”穆尔朗说。

正好那个同志现在在家，问题很快就解决了。不到一小时的时间，雅克拿了他那简单的行李就来了。

当他赶到东站的时候，时钟指示的时间也就九点刚过几分钟。

达尼埃尔已经在酒吧的门口等着他了。他一看到雅克，就很难为情地迎了上来。

“贞妮也在这。”他立刻说。

雅克听到后，脸变得很红，嘴半张半合着，好不容易发出了很难辨认的“啊……”就在一瞬间，他的脑海中掠过几个相互矛盾的打算，他赶忙扭过了头去，试图掩饰自己的慌乱。

达尼埃尔却以为雅克在寻找贞妮。

“她现在在月台上，”他解释说，然后，又像是抱歉似的说，“她想送我上火车……我要是对她说了我们的约会，这样显得很不好，要不她就不敢来了。我也只是刚刚告诉她。”

雅克平静了下来：

“那我先走了，”他着急地说，“我只是想来跟你握手道别……”他笑了笑，说，“好了，我就先走了。”

“啊，别！”达尼埃尔说，“我还有很多事要告诉你……”他立即接着说，“我又看过报纸了。”

雅克抬起了头，但是没有说什么。

达尼埃尔问道：“要是战争爆发了，你怎么办呢？”

“我吗？”（他摇了摇头，好像在说：“这个说来话长，一时也解释不清楚。”）

他沉默了一会儿，最后很有信心地说：

“战争不会爆发的。”

达尼埃尔仔细地看着他。雅克没有管他，接着说：

“现在我还不能把酝酿着的事全部告诉你。但是，我只希望你能相信我。我说的话是算数的。在整个欧洲，各阶层的民众掀起了广泛的舆论，同时，各国的社会力量也已经统一了起来，所以，任何一国政府现在都不敢肯定，凭借自身的权威可以把人民卷入战争中。”

“是吗？”达尼埃尔问得很小声，显然，他有点不相信。

雅克把眼睛垂了一会儿，整个局势都呈现在他的脑海里，就像一幅很清晰的图画。他很清楚地看到，各国的社会党已经分成了两股势力：左翼势力激烈地反对政府，想方设法地鼓动群众，从而达到起义的目的。相反，那些右翼势力，主张改良，他们相信使馆的能力，竭尽全力同政府合作……他突然觉得很担心，有一丝疑惑掠过心间。他抬起了眼睛，但还是接着说了下去，他的声音还是带着信心，这让达尼埃尔十分感动：

“是的！……我认为，你还不了解，也想象不出国际工人协会现在的势力到底有多强！一切都已经预料到了，也已经做好了充足的准备。现在，在法国、德国、比利时、意大利……只要有一点爆发战争的苗头，起义就会一触即发！”

“也许，这比战争更吓人。”达尼埃尔小声地说，显得有些害怕。

雅克的脸变得阴沉了，他稍停了会儿，接着承认说：

“我从来没有主张过暴力。但是，在全欧洲爆发战争和举行反战起义之间，选择的时候怎么能够犹豫呢？……若是必须有几千人死在壁垒上，才能阻止几百万的人因为战争而死亡，那么，在整个欧洲，将会有许许多多的社会党人像我一样，义不容辞……”

“贞妮现在在做什么？”他心里想着，“要是她哥哥还不过去的话，她肯定会过来寻找的……”

“雅克，”达尼埃尔突然很大声地喊住了他，“你要答应我……”他停下了，不敢说出自己内心的想法，“我有点担心你。”他结结巴巴地说。

“他要比我危险一百倍，但是他从来没有为自己想过。”这让雅克很感动，他还是强忍着，面带笑容地说：

“我再说一遍：战争是不会爆发的！……只不过，到时候，局势会变得很紧张，我只希望通过这次，全国人民可以明白这个警告……如果你愿意的话，等有时间我们再好好地聊一聊……现在我要走了……再见。”

“不！先别走。为什么这么快就走呢？”

“还有人……在里面等你。”雅克很勉强地小声说，同时，还用手胡乱地往车站里面指了指。

“但是，至少你也得送我上车啊，”达尼埃尔很郁闷地说，“你也得向贞妮打个招呼啊。”

雅克身体不自觉地打了个寒战，感到很出乎意料，他呆呆地看着自己的朋友。

“跟我来吧，”达尼埃尔很友好地抓住他的胳膊，并从自己的口袋里掏出一张站台票，说，“看，我都已经把站台票给你准备好了……”

“我不应该像这样被他拉着走的，”雅克心里想着，“这真蠢……我应该拒绝他……或者直接离开……”但是，在他的内心深处，有一种很模糊的意愿，促使他就这样跟着自己的朋友。

车站的候车大厅里挤满了士兵、旅客，还有搬行李的小推车。今天是星期六下午，对很多人来说，是假期开始的时间。一大群人拥挤在入口处，熙熙攘攘，吵吵闹闹。两个人走到了月台的栅栏前，在巨大的玻璃天棚的遮挡下，月台显得更加幽暗，烟雾腾腾，噪声很大。人们匆匆忙忙地朝着各个方向走去。

“在贞妮面前，不要提战争。”达尼埃尔在雅克的耳边说。

少女大老远地就看到了他们，但很快又转过身去，假装没有看见。她只觉着自己的嗓子开始发干，脖子变得僵硬不堪，感觉那两个人越走越近。最后，她感觉到哥哥拍了下她的肩膀。她还有力气转过身来，假装见到他们很惊讶。达尼埃尔看到妹妹的脸色煞白，也感到很吃惊。也许是因为这两天太过劳累，再加上就要与哥哥分别，才会这样的吧？或许是因为她身上穿着黑色的丧服，衬托得脸才这样苍白的吧？

她的眼睛没有看雅克，只是微微地点了点头，就算是打招呼了，因为哥哥在，所以她不敢把手伸出来。她继续结结巴巴地说：

“那我就先走一步了，你们两个在这吧。”

“不，别走！”雅克着急地说，“应该我走……而且，我不该再待在这了……十点之前……我还要赶到很远的地方去……在河的左岸……”

他们旁边的一节车厢，火车向外喷着气，一大团白烟包围了他们，同时发出很大的噪声，让他们彼此听不到说话声。

“就这样吧，老朋友，再见了。”雅克拍了拍朋友的胳膊说。

达尼埃尔的嘴唇动了动，他这是在说话吗？只是嘴角露出一丝怪异的微笑，在军帽阴影的遮盖下，他的眼睛显得很有神，却又是绝望的。他紧紧地握住了雅克的手，然后，他弯了弯腰，笨拙地抱住了他，吻了一下他的胸膛。这是他们生平第一次。

“再见了。”雅克又说了一遍。他并不知道自己在做什么，为什么这样做，他挣脱达尼埃尔的拥抱，朝贞妮看了一眼，点了点头，就算是告别了，他又朝着达尼埃尔很忧郁地笑了笑，便很快地离开了。

但是当他从车站走出来的时候，有一股不知名的力量驱使他在人行道上停了下来。

在昏暗的暮色中，路上的车辆来来回回，整个广场笼罩在电灯的光芒下，雅克看得很清楚，这就像是两个完全不同的世界的分界线。在那边，战斗者的生活已经做好控制他的准备，在向他挥手，等待他的同时，还有孤独；而这边，只要他留下，在这个车站停下，迎接他的将是另一种完全不同的生活。是什么样的生活呢？他也不清楚，也不愿意弄清楚。但是，他觉着现在自己只要穿过这个广场，就拒绝了命运安排的一次机会，也就永远放弃了这个绝佳的机会。

他感到很害怕，只觉着两腿发软，迟疑着不敢做出决定。好多搬行李的空车靠着墙摆了一排，他选了一辆，坐在了上面。是为了好好地想想吗？不。现在他已经不能够思考了，身体开始变得麻木，心里变得很紧张。他弯下腰，弓着背，将两只胳膊垂放在膝盖上，帽子也扣在了脖子上，两只眼睛紧紧地盯着地面，大口大口地喘着气，脑子里什么都没想。

也许——如果没有特殊情况的话，他会一直呆坐在那里，一动不动，等到休息时间够长，他就会重新振作起来，重新投入那狂热的生活中去。他也许会去人道报报社，去那了解下塞尔维亚的回复……就这样，一个可能出现的新世界就这样永远地在他面前消失了……但是，事情的变化总是那么快，这时候有个搬运工要用搬运车。雅克站了起来，看了看这个人，又看了下手上的表，然后，奇怪地笑了笑。

好像是不大情愿屈服于偶然事情的驱使，他不情愿地，慢慢地回到了火车站，重新买了一张站台票，穿过大厅，来到了车开动的月台上。

37

去往斯特拉斯堡的火车还没有离站，列车后面的三节货车还亮着灯，一动不动地停在那里。但是达尼埃尔和贞妮已经消失在人群中，看不到了。

现在是九点二十八分。火车九点三十分开车。月台上的人群像蚂蚁一样熙熙攘攘。火车的最后几扇门砰地一下子关上了，火车头也开始鸣笛。火车喷出来的团团白气在弧光灯的灯光中慢慢上升到头顶上的玻璃天棚。连接在一起的车厢，灯火辉煌，火车一抖动，就吱嘎吱嘎地响了起来，同时还发出来沉重的碰撞声。雅克停住了脚步，站在那里看着火车装行李的那节车厢，这个时候，火车还没有开动，忽然，火车慢慢地颤抖了起来。货车尾部的三盏灯渐渐地远去，露出了铁轨。带走达尼埃尔的这辆车，慢慢地消失在黑暗的夜色中。

“现在我该怎么办？”雅克思考着，真心地还在为自己下一步做什么犹豫着。

他向前走着，一直走到了月台的尽头，眼看列车就要开走，月台的人们开始向着出口走来，向他拥来。一张张面孔在灯光底下掠过，突然间变得有些烦躁，然后又消失在了人群中。

那人是贞妮……

雅克老远地就认出来了她，不等贞妮看到他，他就想着要逃走，躲起来。但是，羞愧并不是他心中最强烈的感情，相反，他向着她迎面走过去，挡住了她的去路。

她脸上带着离别的忧伤，什么都没注意到，她的脚步很快，径直向他走了过来。

突然，在离他只有两米的时候，贞妮发现了雅克。雅克看到她的脸突然变得很扭曲，就像在昂图瓦纳那里的那天晚上一样，眼睛睁得很大，露出很惊讶的目光。

最初，她没有想到，雅克会有这么大的勇气站在这等她，她以为他站在这只不过是有别的事要做。她只想转过眼睛，避开他，不看他。但是，拥挤的人流让她不能转身，她只好硬着头皮从他面前走过。她感觉到雅克在目不转睛地看着她，她才明白，他是专门在这等她的。当两个人相遇的时候，雅克机械地脱了下帽子，向她致敬，但是她并没有礼节性地回应，只是低着头，踉跄地向前走着，她只想赶紧追上前面的乘客，抓紧时间离开这儿，躲进地铁里，藏起来。

雅克转过身来，一直看着她，但是脚步没有移动半步。他又在想："我现在该怎么办？"这一次必须下定决心，这是最关键的时候……"不要让她消失不见才是最重要的！"

他赶紧追上去，跟在她的身后。

路上挤满了旅客、搬运工还有运输车，他不得不选择绕开蹲在地上看着行李的一家人，一不小心，撞在了自行车的轮胎上。他用眼睛寻找着贞妮，但是，已经看不到了她的踪影。他绕来绕去地跑起来，有时停下来，踮起脚尖仔细地看着，目光在一大群人中仔细地搜寻着。终于，在一群拥向出口的人群中，他奇迹般地找寻到了那个黑纱和瘦肩膀的贞妮……不要再把她跟丢了……要紧紧地看着她！

但是，她一直走在前面，离他还有一段很长的距离，而他，却被拥挤的人群困在了原地，寸步不得而行。他眼睁睁地看着贞妮走过狭廊，穿过大厅，向右拐，走进地铁。他着急坏了，用力地用胳膊推开周围拥挤的人，急速地穿过狭廊，来到通往地下的楼梯。她现在在哪？突然，他看到了在楼梯下面的贞妮，便三跳两跳地追上了她。

"现在该怎么办？"他又一次地在心里思考着。

现在的他已经离她很近了。再靠近她一点吗？他又向前迈了一大步，正好站在了她的身后，他气喘吁吁地喊出了她的名字：

"贞妮……"

她本以为自己已经摆脱了他，但是，这声呼唤就像是在她肩上拍了一下一样，让她不知所措，身体开始变得摇摇晃晃，快要站不稳了。

雅克又喊了一声：

"贞妮！"

她像是没有听见一样，加快了脚步。心里的恐慌驱使着她。她的心变得非常沉重，就像是在梦里担负着承受不住的负担，想摆脱也摆脱不了……

在这道走廊的尽头，是一段向下去的走廊，几乎没有人。她没有关心方向，冲了下去。楼梯中间有一道栏杆，将楼梯分成了两部分，宽度也缩小了一半。她看到，在楼梯的下面，有通向展台的门，检票员正在检票。她激动地用手去掏手提包，雅克看到了她的动作。她手里有票，但是他却没有！没有票是不让进那个旋转门的，如果她走进了站台门，他就再也追不上她了！他一点没有迟疑，一个箭步冲上去，赶上了她，走在了她的前面，转过头，挡住了她的路。

她明白自己现在已经是无路可退了，两条腿开始瑟瑟发抖，但她还是倔强地反抗着，眼睛看着他。

他站在路的中间，挡住了去路，头上戴着帽子，脸涨得通红，眼睛瞪着，目光显得放肆，整个神情就像是一个歹徒，要不就像是个疯子……

“我想跟您谈谈！”

“别说了！”

“不！”

她就这样看着他，没有一丝害怕。她的眼珠有点发白，向外扩张，只流露出愤怒和鄙视。

“请你走开！”她低声喊道，声音有点沙哑，气喘吁吁的。

两个人，就这样面对面，一动也不动，好像都激动得过了头，互相用激烈的目光看着对方。

但是，他们两个人堵住了狭窄的通道，匆匆走过的旅客，都在抱怨着，在两个人之间穿过，不时地回过头来，疑惑地看着这两个人。贞妮想，即使是向他让步，也不愿意像这样拖延时间……可是，他却能忍受她。贞妮想，即使是想争论一番，也不应该在这，在众目睽睽之下和他争执！她突然转过身去，走上了刚才那条楼梯，快步地跑了上去。

雅克也跟着她走了上去。

两个人很快走出了车站。

雅克心里盘算着："不管她是上了一辆出租车还是上了电车，我都要跟着她。"

广场的灯光很亮。贞妮大胆地冲进车流中。雅克也跟着冲了进去。他刚躲过一辆公共汽车，就听到了司机的咒骂声。他的眼睛紧紧盯着前面逃开的背影，连危险都顾不上了。他从来没有像现在这样自信。

她终于走到了人行道上，回过头来一看，他就在离她只有几米的地方。她想到自己是摆脱不了了，她已经下定决心。现在，她甚至希望能够将心里的不满和鄙视统统说出来，就在今天做一个了结。但是，在哪呢？反正是不能在这么多的人面前……

她对这一块不熟。在左边，有一条林荫大道，里面的人很多。她想都没想，就向着那个方向走去。

"她要去哪？"雅克心里想着，"真好笑……"

他心里的感情已经发生了变化，刚才的盲目冲动已经消失不见，取而代之的是惶惑和怜悯。

突然，她变得犹豫了。在她的左边是一条下场的通道，没有人，只有大楼的阴影覆盖在上面。她没有思考，毅然地走了进去。

他想要干什么？她感觉到他快要接近了。他想要说话……贞妮竖起了耳朵，神经绷得很紧，做好了准备，只要他一说话，就转过身，尽情发泄出来她心中的怒气。

"贞妮……请您原谅我……"

她没有想到他会说这句话！……他的声音谦逊又很醉人……她觉着自己就要窒息了。

她努力站住了脚，用手扶住墙，保持身体的平衡。她没有动，屏住呼吸，两眼紧闭着。

雅克也没有继续向前走，只是摘下了帽子。

“如果您叫我走的话……我马上就走，我保证不多说一句话。我向您保证……”

她虽然听到了雅克说的话，但是过了好大一会儿，她才明白过来那些话是什么意思。

“您想让我走吗？”他又小声地问道。

她心里想的是：“不！”但是，要是真的说出来，她还是没有勇气。

他没等她回答，便又小声地重复了几次：“贞妮……”

他的声音是那样温柔，是那样充满温情和怜悯，就像是最温存的真情流露。

她没有听错。在昏暗中，她偷偷地看了看那张脸，脸上满满的都是不安和坚决，一种幸福的感觉哽住了她的喉咙。

雅克又问道：

“您真的要我走吗？”

然而这次说话的声音却与上次完全不同，现在他很有把握，他知道贞妮是不会不听他说话，不会让他走的。

她耸了耸肩，脸上露出的冷漠和轻蔑只是出于本能，只有这样，才能让她的骄傲再保持一会儿。

“贞妮，您听我说……我必须要说明白……我请求您让我说完……然后我就会走……我们去教堂旁边的街心花园吧……在那里我们可以坐着说话……好吗？”

她感觉到雅克的目光一直在她身上，这种目光比他刚才的声音更让她感到紧张。看来，他决定要把自己的秘密全都说出来!

她好像已经没有说话的力气，只是挺起了身子，好像是迫不得已才行动起来似的，她的身体很僵硬地离开了依靠的墙壁，挺起胸，眼睛盯着前方，就像梦游似的向前走去。

他默默地跟在贞妮的身旁略微向后点。贞妮走过的地方，不时散发出阵阵幽香，还夹杂着夜晚的温热气息，雅克稍微地能闻得到。雅克贪婪地闻着，激动的同时还有一些愧疚，泪水盈满了眼眶。

只是在今天晚上，雅克才愿意承认，当贞妮再次出现在他面前的时候，他才肯低下头，一直萦绕在他心中的羞愧和愧疚，和那些要求原谅，重新获得爱情的想法，在暗中一直折磨得他多么痛苦。他要把这些都告诉她吗？她是不会相信的。以前，他只知道拿粗野和粗鲁对待贞妮……不管什么情况都不能弥补刚才对贞妮那种粗鲁的追逐了!

38

他们走进了位于圣万桑·德·保罗教堂大门前面的那个平台式的街心花园。在下边的拉法耶特广场上，只有几辆车从上面开过。这里的人很少，但整个广场却沐浴在夕阳的光照下，营造出一种神秘的氛围。

雅克最先走在前面，朝着一张最亮的长凳走去，贞妮跟在他的后面。她自觉地坐在了凳子上，好像下定了决心——殊不知，她的淡定却是假装出来的，因为她的腿已经开始发抖，快要站不住了。虽然他们周围的环境纷乱嘈杂，但是贞妮还是感觉到自己好像被包围在一种静谧的环境中，就像是暴风雨将要来临前的昏暗，充满雷电的环境，笼罩着一种沉重的、可怕的东西——那是一种她完全陌生的东西，完全不属于她自己的东西，甚至是不属于他的东西，好像瞬间就会爆发……

“贞妮……”

她突然觉得他的这种声音对自己来说就像一种解脱。他的声音很沉着，充满柔情，让人感到安慰。

他早已经把帽子扔在了长凳子上，离贞妮有一点距离的地方站着。他开始说话了。他会说些什么呢?

“……我从来就没有能够把您忘记！”

贞妮听到雅克说的话，一句话很自然地涌上了她的嘴边：“骗人！”但是，她没有说出来，眼睛紧紧地盯着地面。

“一直都不能。”然后，他停了下，停顿的时间还很长，接着又小声地补上了一句，“您一样！”

这一次，贞妮禁不住连连摆手，表示不同意。

他接着说，声音很忧郁：

“不！……您是恨我的，是的，这才是对的。我也恨过自己当时的行为！……但是，忘掉，却是不可能的，我们都在默默地彼此维护着、彼此抗拒着。”

她说不出话，但是为了不让他误会她的意思，她用尽全身力气，拼命地摇头。

他突然走到了她的跟前：

“您永远也不会相信我了。我不奢求您能原谅我。我只希望您能明白我说的话，相信我。我想看着您的眼睛说：四年前不辞而别，真的是迫不得已，我必须要那样做！”

说到最后的几个字，他不自觉地感到很轻松，就像是卸下了一担重负，声音也变得有些发颤。

她还是没有动，眼睛直直地看着地上的砂砾。

“过去的这几年，我发生了很大的变化……”他做了一个含糊不清的动作，“唉！我并不是要向您隐瞒什么。恰恰相反，我倒是希望，能把一切都告诉您，这一切……”

“我什么都不想知道。”她喊道。她说的这句话，声音很坚定，就像是很难让人接近。

沉默着。

“现在，我感觉您离我好遥远啊，”他叹息道，然后又停了下来，接着又是宽慰人心地表白道，“其实，我感觉我离您这么近，这么近……”

雅克的声音显得感人，又富有感情……贞妮突然感到很害怕，这才发现，原来自己一个人大晚上单独和雅克待在这个偏僻的地方。她一挺身，想要逃走。

“不，”他果断地拦住了她，“别走，先听我说。自从那件事之后，我就不敢再去您那看您。但是现在，您就在这，就在我的面前。七八天以来，我们又有机会碰在了一起……唉！要是今天晚上您就能看出来我心里的想法就好了！现在，对我来说，上次的不辞而别，一别就是四年，都已经变得不那么重要了……我对您说的那些话都太过奇怪，甚至我给您带来的痛苦，也都变得不重要了！是啊，这些跟我现在所面临的一切相比，都变得不重要了……对我来说，这一切都变得不重要了。贞妮，真的，这些都不算什么了，因为您，因为您现在就在我的面前，我终于可以和您说话了！您可能不知道，那天在我哥哥家见到您的时候，我的心里是什么样的想法……”

“还有我心里的想法！”贞妮不自觉地联想到了自己。但是此时此刻，她想到的是最近几天的心烦意乱都是因为自己的软弱，同时，也在否认自己的软弱。

雅克接着说：“您看，我不想对您撒谎，现在我跟您说话就像跟我自己说话一样，在一个星期之前，我是肯定不敢说，过去的四年里，我每天都在想您。也许，以前我都没有意识到，但现在我明白了，我明白我一直在忍受着一种痛苦，这种痛苦是由深深的思念所带来的，就像一种创伤……这就是……这就是因为您不在我的身边，我看不到您，我想念您。是我自己伤害了我的身体，什么药物都不能使它愈合。现在我明白了，由于您在我的生命中占据了很重要的地位，我的心里就有娱乐光明的一面，现在，我把这一切看得很清楚……”

她听不清雅克在说什么。头昏昏沉沉的，有点眩晕，血管跳动加快，使得她的脑袋嗡嗡作响。她感觉自己周围的一切，那些树木、房屋，都变得朦朦胧胧、摇摇晃晃。她抬起了头，正好和雅克的目光相对，但是，她还能直视着雅克，一点也不显得软弱。她还是沉默不说话，脸上的表情和头的姿势都好像在说：“您什么时候才能不让我痛苦？”

此时的寂静可以称得上是无声胜有声，雅克打破了这种寂静，说道：

“您什么话都不说，我根本就不知道您心里到底是怎么想的。是，这倒是真的，您怎么看我，对我来说都是一样的，这些对我来说都无所谓。因为我认为，只要您能听我说，我肯定能说服您的！这是一个再明显不过的事，难道您还否认吗？不管是早还是晚，早晚您会明白的。我认为自己有那种重新说服您的力量和耐心……我整个童年，都是围绕着您转的，我对自己前途的设想都是根据您来决定的——虽然您不乐意，就像今天晚上这样，不乐意。因为您总是对我……对我有点严厉，贞妮！我的性格、我所受过的教育，还有我的粗暴，甚至是我身上的一切，您都很反感。这么多年来，我不断地向您接近，但是您总是一副很反感的样子，这就使得我更加笨拙，更加让您反感我，对吗？”

“这倒是真的。”贞妮心里想。

“但是，即便是在那个时候，我不在乎您反感我……就和今天晚上一样……这怎么能和我心里的感情相比较呢？怎么能和这种强烈、专一……这样自然、这样执着的感情相比较呢？很长时间以来，我都不知道，也不能给这种感情下一个定义。”雅克的声音开始变得颤抖，也开始大口喘着气，“您还记得……记得那个美好的夏天吗……我们在别墅区度过的最后一个夏天！……难道现在您还不明白，那个夏天已经将某种命运带给了我们，想摆脱都摆脱不了吗？”每一个被唤醒的记忆，总是会牵扯出来别的记忆，这让贞妮的心乱得就像一团麻，她又想逃走，不想再听他说下去了。可是，她没有离开，依旧在听，而且没有漏掉一个字。她也像雅克那样，呼吸变得急促，她很努力地控制着自己的呼吸，想尽量不流露出自己内心的真实感情。

“贞妮，如果在两个人之间，发生了像我俩这种的情况——相互吸引，相互默认，对彼此抱有莫大的希望，别说是四年，就是十年，又能怎样呢？这一切也不会消失不见啊……不，不会就这样消失不见的。”他又很着急地说，声音变得很低，就像是在诉说心底隐藏的秘密，“它在这不断地增长，慢慢地生了根，而我自己都没有觉察出来！”

贞妮感觉到自己内心深处最秘密的地方被触动了，就像是被雅克剥开了一个一个痛点，这是一个很隐秘的痛处，连她自己都没有察觉到。她把头向后微微地仰起来，手撑在长凳上，挺直了手臂，好保持上身挺直。

“您在我心里永远是那个夏天的贞妮。我可以感觉得到，而且，我的感觉没有错。还是原来的那个贞妮，一模一样！还是像以前一样孤孤单单的。”雅克犹豫了一下，接着说，“还是像以前一样，并不幸福……我也一样，还是像以前一样孤独……唉！贞妮，我们两个孤独的人，在四年来都各自藏匿在自己的孤独中！现在，我们突然再次相遇！现在，完全可以……”

他停顿了一下，然后激动地说：

“您还记得九月的最后那一天吗？那时候，我像现在这样鼓足勇气，对您说：‘我必须得向您说。’您还记得那一天吗？那是快到中午的时候，我们在塞纳河的岸上，我们把自行车停在了前面的草丛里，您还记得吗？……也是像今晚这样，我们在一起，只有我自己说话……还是像今晚这样，您一句话都不说……但是，您还是来了，就像今晚这样，在听我说话……那个时候我就在猜想，您好像同意我的观点……我一停下来说话，我们就分手了，甚至都没相互看上一眼……唉！这种沉默多么让人悲伤！多么让人伤心！但是，这种悲伤却在闪耀着光芒，闪耀着希望的光芒！”

这一次，贞妮没有再沉默，她突然一转身，挺起胸膛大声地说：

“是啊……可是三个星期以后呢！你……”

她哽咽了一下，后面的话被咽了回去。但是，她还是在不自觉地用自己的愤怒来掩盖自己的眩晕。

听到这一句责备，雅克身上残存的那些恐惧和疑惑都被一扫而光，现在的他，有的只是兴奋和激动。他的声音颤抖着：

"唉！贞妮，关于那次突然离开家，我也是得向您解释的……噢！我并不是在给我自己找借口。当时的我，突然做了那种疯狂的举动。可是在当时，我是多么悲惨啊！那时候，我的学业、我的家庭，还有我父亲！……还有其他的一些事……"

他想到了吉丝。今天晚上就要说吗？……雅克就像是沿着悬崖，摸索着向前行走。

他又用很轻的声音说：

"还有一些别的事……这一切，我都会向您解释清楚的。我愿意向您坦诚，完完全全地坦诚。好难啊！每当说到自己的时候，不管怎样做都是白搭，总是不能将所有的事都说得清楚……我两次离家出走，就是想打破一切，获得我想要的自由，这是件很可怕的事，就像是疾病一样……我一生都在向往着那种平静和安宁！但是，我总觉着自己被人束缚着，我如果能够逃脱他们，在一个很远的地方，开始新的生活，就会得到我想要的那种宁静！贞妮，您听我说，今天我敢很肯定地说，要是这个世界上存在一个能够治愈我这种病的人，我想那就是您！"

她又一次转过身，还是很激动地说：

"难道四年前，我就留住您了吗？"

他感觉到自己好像碰到了什么坚硬的东西，那是一直存在贞妮身上的一种东西。即使在以前，当两个人不协调的时候，虽然这个时候很少，他也不断地碰到这个神秘隐藏着的强硬物。

“是的……但是……”他犹豫了一下，但还是接着说，“让我大胆地把我心里的想法说出来：在那个时候，您又做了什么事来留住我呢？”

“啊！”她突然想道，“要是那个时候我知道他要离开，我肯定会做些什么的！”

“您要明白，我这样说，并不是想减轻我的罪过！不是的。我只是想……”他脸上的笑容和温柔的声音，好像提前让别人原谅他接下来要说的话，“我从您那里得到了什么呢？真是少得可怜！……好的时候也只不过是，看我的眼神不再那么严厉，对我的态度不再那么不清晰，不再那么保留。有时候，有那么一两句话，让我感觉到您对我的依赖。仅此而已……但是，却有那么多次的欲言又止、态度反复无常，甚至直接拒绝！是不是？您给过我那种鼓励，让我能够抵销对未来的病态冲动吗？”

她天生就很正直，不能否认雅克说的话有道理。于是，现在，她倒感觉很轻松，因为现在她也可以责备自己了。但是，当雅克坐过来在她身边的时候，她突然挺直了身子。

“我还没有把全部的事情告诉您……”

他慢慢地说出了后面的那些话，声音变得沉重忧郁，但却很坚决，这让贞妮不由得颤抖起来。

“怎样才能向您解释这件事呢……但是今天，我一点也不愿意，我不愿意再向您保留任何秘密……在那个时候，我的生活中还存在另一个人。那是一个细腻又很迷人的姑娘，她的名字叫吉丝……”

她感觉到，心里像是有一把尖锥刺入。但是，她又想到，雅克向她承认了这件他本来不该说的事，这让她十分感动，几乎忘记了自己心里的痛苦。雅克什么都没有隐瞒她，这让她可以完完全全地信任他！她感到很高兴，她的直觉告诉她，自己终于可以解脱了，终于可以放下心中的那种几乎不近人情，让她快要窒息的抗拒心理了。

而雅克，在吉丝的名字来到嘴边的那一刹那，他不得不压抑了一下心里那种异样的呼唤和充满柔情的冲动，而这却是他认为早已经消失不见了的。但是，这只是一瞬间的事，就像是埋在灰烬下残存的一点火焰，到了今天，终于可以熄灭了。

他接着说：

"我应该怎么解释我对吉丝的感情呢？于是会使得这种感情歪曲……这是一种魅力、一种不自觉，在表面形成的魅力，主要是由儿时的记忆形成的……不，这样说还不明确，我不愿意否认什么，对于过去，我应该光明正大地说出来……她是我家唯一的快乐，她很优秀，这您也知道……她的内心炙热、无私……对我来说，她本应该像是我的妹妹……但是，"他接着说，但是，每句话的结束都好像嗓子堵住了似的，"贞妮，我要向您说出事实，那时候，我对她的感情……并不只是兄妹之情了……已经不再……纯洁！"他停住了说话，然后又很小声地说：

"那时候，我对您，只是一种兄妹之情。我爱您，就像爱一个妹妹一样……就像是爱一个妹妹！"

在今天晚上，这些回忆让人心碎，雅克的神经突然就承受不住了。他突然抽泣了起来，他没有料到会这样，也压抑不住，呜咽声就涌上了他的喉咙。他两只手捂着脸，向下低着头。

贞妮突然站了起来，向旁边跨了一步。雅克突如其来的软弱，既让她震惊，又让她激动。她第一次开始思考，这么长时间以来，她对雅克的恨意之中，会不会有误会。

雅克一开始没有发现贞妮站了起来，当他发现她已经离开长凳的时候，他以为她要躲避他而离开。但是，雅克却没有动，继续弯着腰哭泣着。在这个时候，他是不是觉着在这种意识时而消失时而存在的情况下，哭泣是一种很好的利用方式吗？

贞妮没有走远，只是默默地站在那里。她还是固执地坚持着自己的骄傲和自尊，但是，看到雅克这样，内心的怜悯让她不由自主地哆嗦起来。她绝望地和自己斗争着，终于她迈开了一步，离开了雅克。在膝盖那么高的地方，她看到雅克手捂着向下垂着的头。于是，她笨拙地伸出自己的手臂，指间触到了雅克的肩膀，她感觉到他的肩膀在颤抖。还没等她向后退，雅克的手就抓住了她的手，将眼前的这位姑娘留在了身边。然后，他轻轻地将额头靠在了她的裙子上，这一接触，对贞妮来说，就像是触了电一样。心里几乎听不到的一个声音在警告着她，她将坠入一个无底深渊，这是一个可怕的深渊，她不应该恋爱，不应该爱上面前的这个人……她的身体开始颤抖，强忍着撑在那里，但却没有后退。怀着恐惧和喜悦接受着眼前不可避免的事，接受着自己的命运。现在，任何东西都不能再让她回头。

他伸出手臂，像是要抱住她，但是他的手却紧紧地握着那双戴着黑色手套的手。她任凭他握着自己的手，他将她拉回了长凳，逼着她坐了下来。

“也只有您……只有您才能让我的心平静下来，这种感觉以前从没有过，但是，在今天，我在您这找到了……”

“我也是，”她心里想着，“我也是这样的……”

“或许已经有人向您说过，他爱您了，贞妮。”他的声音开始有点嘶哑。但是觉得，他的声音刚好能让她听到，这些话一直钻进她的心底，扰乱了她的心，让她又慌乱又惊喜。

“但是，我敢肯定，没有人能够像我这样给您这么深的感情：深沉、持久，又激烈，可以经受住任何的考验！”

贞妮还是没有说话，但是她已经激动得不行了，她感到自己筋疲力尽，她感觉到，他愈来愈强地征服了自己，同时，随着自己接受他的爱情，他也进一步属于自己，进一步依赖自己。

他又接着说：

“或许您还爱过别人？我对您的生活一无所知。”

于是，贞妮向着雅克抬起了她那浅色的眼睛，明亮的眼睛充满了惊讶，这使得雅克在此刻，想用任何牺牲收回刚才的话，连一点记忆都不留下。

他用一种坚定却又显得很幼稚的语气说——就像是发现一种毋庸置疑的物理现象那样——说道：

“除了您，没有任何人能够让我爱得这么深……”他稍微停了一下，接着说，“我感觉我的一生，只是为了等待今天晚上！”

贞妮没有马上接他的话，只是最后，她才用低沉的声音，断断续续地说：

“我也是，雅克。”

她靠在长椅上，一动不动，向后微微仰着脖子，看着黑色的天空。在这一小时里，她的改变比十年的经历还要大，因为，她确定自己被人所爱，这让她拥有了一个崭新的灵魂。

两个人相互感受到了对方的肩膀、手臂的温热，两个人都感到一种压抑，睫毛不断地跳动，心里乱得就像一团麻。他们沉默着不说话，像是害怕这种远离人群的孤独，陷入黑暗的恐惧，或许是害怕这突如其来的幸福，好像这幸福并不是胜利的果实，倒像是屈服于某种力量。

突然，在他们头顶上，在这寂静的空间里，教堂的大钟响了，一下又一下，打破了这沉默，充满了整个空间。

贞妮挣扎了一下，挺直了身子，想要站起来："已经十一点啦！"

"您不要马上离开我，贞妮！"

"妈妈要担心了。"她难过地说。

他没有想着把她留下来，她甚至都有一种新鲜的快乐，因为他替她考虑了，他准备放弃自己一开始追求的东西，只是为了她，将她留在自己的身边。

他俩肩并着肩走下台阶，没有说话，一直来到拉法耶特广场。刚走到人行道的时候，一辆流动着拉客的出租车停在了他们面前。

雅克说："至少，我应该送送您吧？"

"不要……"

贞妮的声音中带着忧伤，但是还有着坚定的柔和。突然，贞妮冲着雅克微微一笑，像是表示歉意。这么长时间以来，他是第一次看到她的笑容。

"在去看妈妈之前，我想自己一个人静一会儿……"

雅克心里想着："没关系。"这次，他能够这样洒脱地分手，他也感到很吃惊。

她的脸上不再有刚才的那种笑容，精巧的脸上甚至出现了烦恼不安的样子，好像在刚刚获得幸福的同时，还保留着昔日的痛苦。

她小声地问道：

“明天吗？”

“在什么地方？”

她想都没想，回答得很干脆：

“在家，我不出去，就在家等您。”

这样的回答让雅克感到很惊讶，但是，他转念一想，觉得很骄傲，两个人没有必要背着别人。

“好的，那就明天……在您家……”

她轻轻地从雅克手里抽出被他握得很紧的手，低着头，钻进了汽车里，隐藏在了车里的黑影中，然后，让司机开动了汽车。

这个时候，雅克突然想起：

“战争……”

就在这一刹那，整个天地瞬间没有了光彩，没有了温暖。他垂下了双手，眼睛盯着已经快要看不见的那辆汽车，心里在和激烈的恐惧感做着斗争。在今晚，整个欧洲笼罩着不安的情绪，好像就是等这个时候，等他没有什么事要做的时候，才向他袭来。

“不，不能发生战争！”他低着头，握紧了拳头，小声地说，“要革命！”

现在的他比以往任何时候都需要一个崭新的世界，一个公正、纯洁的世界，因为他要捍卫这个占据他整个生命的爱情。

39

雅克在梦中被吓醒。看着眼前这个简陋的房间……他觉着脑子像是突然空白了，他眨了眨眼睛，等待着记忆重新恢复。

他想到了贞妮……在教堂前的那个街心花园……还有杜伊勒里宫……在快要天亮的时候，他就来到了这个奥尔赛车站后边的简陋旅社里，住了下来。

他打了个哈欠，看了下手表："已经九点多了！"虽然还是感到有些疲惫，但是雅克还是下了床，在镜子前看了看疲倦的脸还有发光的眼睛，然后不自觉地笑了笑。

昨天大半个晚上，他都是在外面度过的，在快到午夜的时候，也不知怎么就来到了人道报报社前。但是他没有进去，只是上了几阶楼梯，也就半层楼吧，就转身下来了。在贞妮走后，他在路灯底下看了看今天的晚报，知道了最新的消息，但是，他没有勇气听同志们的那些政治讨论，没有勇气中断他早就想得到的休息，他不想让这悲剧性的事态打破他在今晚得到的快乐的信心，因为从今晚开始，他的生活开始变得更加美好……不！……于是，他在温热的夜里，漫无目的地走着，虽然脑子里嗡嗡作响，心里却是乐开了花。他想到，在这么大的巴黎，除了贞妮，没有人能够了解他心里的幸福。一想到这，他就更加激动了。也许这是他人生中第一次，卸掉了一直压在心里的孤独。他一直向前走着，脚步也变得轻盈，就像跳舞一样，好像此时此刻，只有奔跑的节奏才能表现出他心里的轻松。他不能控制自己不去想贞妮，在心里重复着她说过的话，这些话响彻整个内心，连心里最轻微的变化也能感受得清清楚楚。如果仅仅说，贞妮从来没有在他心里离开过，这样还不够充分，只能说贞妮一直活在他的心里，紧紧地缠住了他，就像是被超越了自己，使得那些事物的面貌还有天地的意义都变了，变得非凡脱俗……他到很晚的时候才来到马尔桑楼的旁边，这个地方，晚上还有一部分是对外开放的。这个时候，花园里几乎没人，是个非常幽静的栖身场所。他躺在一条长凳上。从草坪还有水池上，升起一股股夹杂着牵牛花和天竺葵香味的清凉气息。他害怕自己睡过去，不愿意中断他回味心里的欢喜。他在那里待了很长时间，一直到天空开始破晓，照出第一道光线。这个时候，他的脑子里没有什么特别的想法，只是看着天空，看着那渐渐消失的星辰。心里生出一种平静、博大的感情，那样纯净，那样恢宏，他记不起来，以前自己是不是有过类似的感情。

雅克刚走出旅馆，便开始找寻报亭。七月二十六日，星期天发行的所有报纸，都用愤慨的标题转载了阿瓦斯通讯社报道的关于塞尔维亚答复的电讯，并且一致谴责舍恩先生在奥尔赛码头采取的威胁行动，口气是如此一致，很显然就是受到了政府的命令。

刚印出来的报纸，还散发着油墨的香味，雅克看到醒目的头版标题，身上的斗志被唤醒了。他赶紧跳上一辆公共汽车，想要尽快赶到人道报报社。

尽管现在还是早上，但是人道报各个办公室里都笼罩着一种没有过的热烈气氛。加洛、帕热斯、斯特法尼都已经来到了自己的岗位上了。

他们也是刚刚收到关于巴尔干事件这个棘手的确切消息。昨天晚上，也是在最后通牒就要到期的时候，议会主席帕希契把塞尔维亚的答复交给了奥地利驻贝尔格莱德的大使吉斯尔男爵。这个答复，不仅仅是要和解，简直就像是一份投降书。因为塞尔维亚接受了所有的条件：同意公开谴责塞尔维亚反对奥匈帝国的宣传，并且答应将这份谴责刊登在塞尔维亚的《政府公报》上；还答应要解散主张民族主义的团体“保卫人民”社；甚至还要把军队中那些有反对奥地利嫌疑的军人开除出军队。塞尔维亚只是希望,在《政府公报》上,给那些负责指控有嫌疑的军官的法庭成员，做一个补充。这个保留，小得不能再小了，不能给对方造成任何不满。但是，奥地利公使团好像接到了命令，不管怎样都要切断外交关系，从而一定要进行军事制裁。所以，帕希契刚刚返回到外交部，就接到了吉斯尔的通知，这让人目瞪口呆：“塞尔维亚的答复，不令人满意，奥地利方面的使馆人员在当晚就会离开塞尔维亚领土。”塞尔维亚政府，在下午的时候，就已经开始着手进行动员工作，随即匆匆撤出贝尔格莱德，将政府机关迁至克拉古耶伐次。

这些事实已经很明显地告诉大家，不用再猜疑了，奥地利是铁了心要打仗。

战争即将爆发的威胁，并没有动摇聚集在人道报报社里的那些社会党人的决心，倒是更加强了他们对胜利、对和平的信心。加洛收集到的一些关于国际工人协会的行动，更使得这个希望有了现实的依据。无产阶级的反战运动也不断地紧张起来，现在，连那些无政府主义者也加入了这场运动：他们的代表将在一周后聚集在伦敦召开代表大会，他们也把对欧洲事件的讨论提上了日程，放在了其他辩论之前。在巴黎，总工会准备，近期在瓦格姆林荫路的各个聚集场所举行一场示威游行活动。总工会的非正式机关报《工会战斗》，也刚刚用很大的字刊登出，一旦战争爆发，总工会的代表们应该采取什么样态度的正式决定：不管是哪一方开始宣战，劳动者们必须毫不犹豫地以革命总工会的名义给予回答。除此之外，在欧洲各国的国际工人协会的重要领袖，经过不断地交流意见，将在这周在布鲁塞尔的人民公会召开紧急会议，积极筹备国际局的会议——这个会议的目的就是要把欧洲各国的反战运动联合起来，并采取积极有效的措施，使那些受到威胁的各国人民都在第一时间得到帮助，对各国政府的威胁决策表示彻底的反对。

所有的这一切，都好像是一个好的预兆。

在日耳曼国家，反对战争，希望和平那些反战运动显得特别有意义。今天早上，奥地利和德国的那些反党报纸已经送到，大家都相互传阅着，加洛把它们翻译了出来，并加上了一些鼓舞人心的评论。维也纳的《工人报》也刊登了一篇奥地利社会党刚发表的一份宣言，文章毫无保留地谴责了最后通牒，并以全体劳动者的名义要求召开和平会议："和平现在处于危急时刻……我们不接受这次战争，也不对这次战争负责！……"

德国的情况也是一样的，那里的左翼政党也站起来进行反对。《莱比锡人民报》和《前进报》也都发表了言辞激烈的文章，并催促德国政府要公开表态，反对奥地利进行战争的行为。二十八日，星期二，社会民主党在柏林召开了一次集体大会。大会上，宣读了一份言辞激烈的告全体公民的抗议书，书中直截了当地宣告：即使在巴尔干地区发生了战争，德国也应该保持中立。加洛认为，昨天领导委员会发表的宣言非常重要，他大声地念出了其中的几段：

"奥地利帝国主义所挑起的战争和对战争的狂热，正准备把死亡和毁灭散播到整个欧洲。如果，塞尔维亚的民族主义应该受到谴责的话，那么，奥匈政府的挑衅行为更应该受到强烈的指责。奥地利对一个完整的国家提出这样的要求，简直是无理至极。这样的要求，只能说明，他们的目的就是挑起战争。那些有觉悟的德国无产阶级，以人类和平和文明的名义坚决抗议战争贩子的罪恶行径，强烈要求德国政府向奥地利施加压力，从而维护和平。”这一小段宣言，在人群中引起了强烈的反响。

但是，雅克并不同意朋友们毫无保留的赞同。他觉着这个声明还是经过仔细斟酌用词的。让他感到遗憾的是，德国社会党人不敢将日耳曼政府勾结在一起的事实公开出来。他想要是社会民主党将贝尔希托德和贝特曼·霍尔韦格两个首相之间商定好的行动公布于众的话，肯定会激起德国各阶级的舆论联合起来反对政府。他十分坚信自己的观点，就相当尖锐地批判了德国社会党人采取的过于谨慎的立场（不用明说，通过批判德国社会党，同时也说到了法国社会党，尤其是那些议会小组的成员和《人道报》的社会党。因为最近几天，他经常发现《人道报》的社会党人开始缩手缩脚，太过于偏向政府，经常采用一些外交辞令，太过于民族主义）。加洛却引用若莱斯的观点来反驳雅克。若莱斯并不认为社会主义党人的坚定性开始出现了问题，也不认为他们的反对立场的效率低下。但是，对于雅克向加洛提出的问题，加洛也不得不承认，根据从柏林传来的情报，大多数的社会民主党的领袖认为，奥地利对塞尔维亚采取的军事行动，似乎已经不能避免，几乎开始支持威廉街的这种主张，要把战争仅仅局限在奥边塞境地区，并不危及其他国家。

加洛说：“根据奥地利现在所持的态度和所采取的行动，不管怎样，我们都应该认真考虑下——把战火控制在局部地区才是最明智和最理性的：为了整体利益而舍弃部分利益是必要的，这样可以防止冲突范围的扩大。”

雅克并不赞同他的观点：

"支持战争小范围进行，从某种意义上来说就是同意了——不说其他的——奥塞之战；同时也意味着许多国家会不约而同地拒绝参与到大国之间的较劲中。事情的严重性却不仅仅如此。一场战争，就算是小范围的，也会使俄国陷入进退两难的地步：要么自动认输投降，让塞尔维亚沦陷；要么伸出援助之手，一起攻打奥地利。当然，在这期间俄国帝国主义可能会抓住一些机遇，在战争中建立自己的威信，并号召人们，共同攻打奥地利。你看，如此一来事情将会如何发展：因为联盟本身具有牵一发而动全身的效果，一旦俄国调动兵力成功，便会引起一场大战……所以，无论是否考虑到这一点，如果战争真的局部化了，俄国就会被迫不得不加入战争中去！这样一来，平息战火的唯一方法，就不是英国之前所希望的那样了，不是使冲突小范围化，而是让这场冲突转变为欧洲各国之间的外交问题，并和所有大国都有直接关系，让所有的政府不得不尽力解决……"

在他说这些的时候，无一人插话，但他一说完，不赞成的意见就如潮水般涌来。大家的口气无比坚定："德国要……""俄国决心……"就好像每个人都已获得了帝国应对措施的高级军事机密似的。人们的言辞越来越激烈，这时卡蒂厄来了。他是陪同若莱斯和穆泰到韦兹从罗纳过来的，此刻他才下火车赶回来。

加洛看到他马上问：

"老板回来了吗？"

"还没。他下午才能回来，他在里昂约了一个丝绸老板，需要暂留一些时间……"卡蒂厄浅笑着说，"哦！我觉得这应该不算秘密……那个丝绸厂厂主是一个社会党工业家——其中有几个——也是维护社会和平者……应该是个有钱人……他答应立刻拿出自己的一些金钱，捐给国际局，作为宣传的经费！他的奉献行为让人很佩服……”

“要是所有富裕的社会党人都能捐款多好啊！……”茹默兰小声地嘀咕。

雅克不由自主地颤抖了一下，深深地看着茹默兰，眼睛眨都没眨。

在屋子中间的位置，卡蒂厄在继续说话。他兴高采烈地说着他旅程的见闻与昨天晚上的种种经历，说得很生动。“老板表现得比平时更为出色。”他在心里这样认为。他说若莱斯在演讲前半个钟头，先是收到了塞尔维亚投降、奥地利拒降的消息，之后又得知双方外交失败与两国调动兵力的消息。若莱斯情绪激动地走上讲坛。卡蒂厄接着道，“这真是他做过的最悲观的演讲！”当时若莱斯的灵感挡都挡不住地涌出来，随即给他们描绘了一幅生动的现代史画面。听得出他的话语里带着一丝指责的口气，逐一斥责了欧洲列国各自应负的责任。奥地利的责任在于，它多次意图明显，想让战争蔓延在整个欧洲土地；现在看来，是很明显的预谋；对塞尔维亚的挑衅，没有别的目的，主要是希望以自己的军事力量，再一次稳固已经不坚定的君主制王朝。德国的责任在于，在开始的几个星期里，它似乎不反对奥地利，没有对奥地利进行限制和牵制！似乎在纵容和支持这种行为。俄国的责任在于，一直坚持着将战争往南延伸，这些年以来，俄国希望发生一场巴尔干战争，能够让它既不失去本国尊严，又不需要付出损失，还能对其干涉，之后它就有借口攻击君士坦丁堡，夺得那几个海峡[1]！最后，法国的责任在于，因为它采取了殖民政策，特别是征服摩洛哥，完全不能理直气壮地反对其他国家的吞并行为，对于维护世界和平事业处于爱莫能助的地位。欧洲各国政府的政界

①指博斯普鲁斯海峡和达达尼尔海峡。

要人、各国外交人士也有责任，三十年来，他们一直在暗中致力于缔结和人民生活有关的秘密协定，仅仅致力于对进行战争阴谋与帝国主义征伐有利的危险联盟！他用响亮的声音说：“在我们面前，只有可怕的命运……只有一个维护和平的机会，那就是将无产阶级团结起来……我这种想法是有点悲观……”

雅克漫不经心地听着，当卡蒂埃说完，他就起身了。

一个瘦瘦高高的人从外面进来，看起来弱不禁风的样子，蓄着胡须，灰白的头发，脖子上扎着大花结领结，头上戴了一顶有着宽边的毡帽。他是儒勒·盖德[1]。

讨论得很热烈的人群立马安静了下来。盖德一来，他那一副总是愁眉苦脸的样子、冷漠没有人情世故的神情，经常让场面很尴尬。

雅克背靠着墙面，保持了一会儿后，突然，像决定了什么似的，瞄了瞄钟表，和加洛打了个手势表示有机会再见，然后就出了门。

一些比较活跃的人，三五成群地凑在一起，在楼梯上上上下下，全然不顾自己还在兴奋的讨论之中。楼下，一个身穿蓝色工装裤的老工人，两只手放在裤袋里，静静地靠在入口处的门框边上，看着街上穿梭的人群，好像在思考什么似的，声音空洞而低沉地唱起了一首古老的无政府主义者的歌曲（拉瓦肖尔[2]在断头台底下哼过的那首歌）：

如果你想得到幸福，

借上帝的名义，

①儒勒·盖德，法国工人运动的活动家，曾是第二国际中间派的社会党领袖之一，在爆发大战后，支持好战政策。生于1840年，卒于1922年。

②卒于1892年5月11日，是法国无政府主义者。

杀掉所有主……

雅克从门口路过时，仔细地看了看这纹丝不动的老工人。那是一张布满皱纹、棕褐色皮肤的脸，额头很宽且秃顶，如此高雅和粗俗、毅力和衰竭的混合，雅克从没有见过。他想起去年某个冬天的夜晚，在街上，走到罗盖特路的旗帜报报社的时候看到过他。穆尔朗跟他说起过，这个老工人从监狱出去后，在军营门口发一些反军国主义的传单给路人。

十一点，太阳好像躲在一层雾的后面，整个城市都笼罩着雷雨前的闷热。他一睁开眼，对贞妮的想念就如影随形般扑面而来，贞妮的模样在他的脑海里浮现：苗条美丽的身姿、微微下斜的肩膀、在面纱衬托下更加白皙的脖子……一抹甜蜜的笑容不自主地在他的嘴角绽放。不用问，贞妮一定会支持他刚做出的决定。

交易所的广场上，一群看起来很欢快的年轻人从他面前路过，他们骑着载满食物的自行车，很有可能是准备在森林里野餐。雅克一直看着他们的背影，目送着他们往塞纳河方向走去。他不急不慢地看着这一切，他打算去找他哥哥，不过他清楚昂图瓦纳午饭前不能到家。街上没有人影，显得很安静。刺鼻的柏油气味从路面上冒出。雅克只顾低头走路，随口哼起了一首曲子：

如果你想得到幸福，
借上帝的名义……

“大夫还没回来。”雅克来到大学路时，门卫这么对他说道。

他准备在路边等，隔着很远他就看到了那辆熟悉的小汽车。昂图瓦纳握着方向盘开了过来，看上去忧心忡忡。车还在行驶的时候，他就看到雅克了，边停边点了点头。

“今天早晨发生的事你怎么看？”雅克到车旁时，昂图瓦纳问道。然后指了指车里坐垫上的一沓报纸。

雅克对他扮了个鬼脸，就不说话了。

“去楼上吃中饭吗？”昂图瓦纳问道。

“不用了。我跟你说句话就走。”

“难道在这里的人行道上吗？”

“嗯。”

“上车来说吧。”

雅克上了车，坐在哥哥的旁边。

“有件关于钱的事要和你聊聊。”雅克的声音略显低沉。

“钱？”一瞬间，昂图瓦纳显得很惊讶。然后立刻用无所谓的语气说道：“这个没问题，你需要多少？”

雅克听后，恼怒地摆手打断了他的话。

“我不是来和你借钱的！……我是来跟你说说那封信的事，你清楚，父亲去世后……关于……”

“遗产？”

“对。”

因为不是自己说出这个字，他感到松了口气。

“你……你有新想法了？”昂图瓦纳谨慎地探问。

“应该是的。”

“行！”

昂图瓦纳淡淡地笑了。他此时的神情很让雅克愤怒，那是一种预言家以为自己很轻易就看穿别人后的表情。

“我不想责备你，”昂图瓦纳说，“只是那时候你是那样回答我的……”

雅克插话说：

“我只是想知道……”

“你的那一份财产后来怎样了？”

“对的。”

“还在等着你处理呢。”

“如果我打算……得到这份钱，会很麻烦吗？需要多久时间呢？”

“不麻烦。你只要去一趟公证人贝诺的事务所，要他向你汇报一下财产管理的情形。然后再去一趟经纪人荣库瓦那里，证书就存在他那里，你把自己的想法跟他说明就可以了。”

“这件事明天就可以办好吗？”

“如果不得不这么做的话……你很急吗？”

“对。”

“哦，”昂图瓦纳不想冒险提出别的疑问，“需要提前告诉公证人，你会去找他……今天午后你去不去我家看吕梅尔？”

“应该……会去。”

“那么，你不要担心了，我给你写封信，你明天见到贝诺亲自交给他。”

“好的，”雅克走下车说，“我先走了。谢谢。过些时候我过来拿信。”

昂图瓦纳一边脱下手套，一边抬头望着弟弟走远：“奇怪了！他居然没向我询问他那一笔钱到底有多少！”

他捡起那一沓报纸，把车停好在人行道旁边，一路沉思着走回家去。

“有人打电话来了。”莱翁低着头对他说。莱翁总是避免说出巴坦库太太的名字，昂图瓦纳从来没有主动决定跟他挑明。“有人交代，您一回来便给她回个电话。”

昂图瓦纳皱了皱眉头。真是个奇怪的毛病，总是要他回电话！……他还是一路朝着办公室走去，一把将电话机的话筒提起。他把扁扁的草帽推到了脑后，垂着手在电话机旁站了一小会儿，终是没拿起话筒，眼神不经意间瞄到了之前放在桌子上的报纸。突然，昂图瓦纳转身走了出去，轻声说道：

“都一边去。”

事实上，今天他的脑袋在想其他的事情。

雅克和昂图瓦纳谈话以后，心情稳定了很多，现在仅仅只是想快点看到贞妮。但是，因为丰塔南太太的原因，他没勇气在一点半与两点之间去天文台大街。

他在心底想着：“贞妮会和她母亲聊些什么呢？迎接我的将会是怎样的招待呢？”

他在奥台翁剧院附近找了一家大学生经常光顾的小饭店，慢慢地吃完午饭。然后，为打发时间，他走向了卢森堡公园。

大片乌云从西方涌过来，偶尔把太阳遮住了。

他想起以前在《法兰西行动报》看到过的一篇鼓动武力的文章，在心里说着：“首先，英国不会有所行动。英国会坚守中立的原则，一边等着仲裁，一边观战……而俄国需要用两个月的时间才能投入战斗……法国很快便会被击败……所以，就算是对一个民族主义者而言，仅有的合理的解决之道只会是和平！……这种文章真的是犯罪；

无论斯特法尼说什么，这类文章所暗示的力量是不得不承认的……庆幸的是，在群众之间存在着非常强烈的保守能力，不管怎样，还有惊人的现实感……”

偌大的公园里，四处都是阳光、阴影、树木、花草，孩子们在玩游戏。在花坛的拐角处，有一条空的长凳引起了他的注意。他在那里坐了下来。雅克心绪不宁，急得不能安心理清思路，想起很多很多的事，欧洲、贞妮、梅奈斯特雷尔、若莱斯、昂图瓦纳、遗产。法院的大钟敲了一刻，又敲了半点。他强迫自己再坐着等十分钟，最后终于坐不下去了，从凳子站了起来，大踏步地离开了。

贞妮不在家。

这是他唯一没有料想到的。她不是说过：“我一整天都在家的吗？”

他突然慌乱无措了，门卫连续说了好几次：“夫人要去外地旅行几天……小姐送她去火车站了，没交代什么时候回来。”

最后，他只好先走出小屋子，无精打采地走在街上。他心里很乱，甚至有一会儿想到，丰塔南太太毫无预兆地去旅行与贞妮昨夜回家之后可能跟母亲承认了些什么当中，会不会有些关联。荒谬地设想一下……不行，现在只能等贞妮回来，向她打听事情的前因后果了。他想起女门房说的话：“……夫人去外地旅行几天。”所以，最近这些天里，只有贞妮一个人留在巴黎？这确实对他很有帮助，他不由得没那么失望了。

但现在该怎么办呢？他把下午八点一十五之前的时间都留给自己支配——那时，斯特法尼要把他介绍给两位特别积极的革命者。一直到那时候之前，他都有其他事情。

脑海里又闪过哥哥的邀约。雅克决定先去昂图瓦纳那里，过一些时间再回来等贞妮。

40

此时已经有五六人等候在昂图瓦纳的大客厅里了。

雅克一进来就用眼睛四处搜寻哥哥的身影。马尼埃尔·罗瓦上前告诉他："昂图瓦纳过会儿就回来，现在他正与菲力普医生在诊疗室里。"

雅克和斯蒂德莱尔、勒内·茹斯兰、泰里维埃大夫握了手，泰里维留着胡须，心胸开朗，个子不高，在此之前，他们在蒂博先生的办公室已经见过面了。

一个高个子的年轻人，那张精力充沛、意气风发的脸很像年轻时候的波拿巴，他此刻正在壁炉前高谈阔论：

"确实，各国政府都用相似的声势和同样真诚的外表对外宣称，自己不要战争。它们怎么不表现得妥协一些，以此来证明它们不愿战争呢？它们只是大谈自己民族的荣誉啊、国家的威望啊、永远有效的权利、正当合理的要求……它们似乎都在说：'对，我要和平，不过我要的是对我有益的和平。'这种语言竟然没有使任何人感到气愤！又因为所有人都跟他们的政府一样，首先热衷于做一笔好买卖！……这事就严重了。买卖不可能对任何人都有利；没有彼此迁就，就没有办法维护和平……"

"他叫什么名字？"雅克问罗瓦。

"菲纳兹，眼科医生……科西嘉人……需要我为您介绍吗？"

"不用了，不用了……"雅克慌张地拒绝道。

罗瓦淡淡地笑着，将他拉到一旁，然后亲昵地挨着他坐下。

罗瓦对瑞士很熟悉，尤其是日内瓦，因为他曾经有好几个夏天在那里参加过划船比赛。他问雅克在那里都干些什么，雅克说了在忙个人的事业，是新闻业方面的工作。他决定谨慎一些，在这样的场合，不需要毫无保留地宣扬自己的观点。于是他马上将话题转移到了战争方面，从前些时候听他说的话来看，这位年轻医生的思想见解，很令雅克惊讶。

“我嘛，”罗瓦抬起手，用指尖梳理着自己纤细的褐色胡须说，“我十六岁时就在想战争了！那时我刚参加了第一次中学毕业会考，在斯塔尼学哲学……可是，这些都不是缘由：那年秋天，我深切地感觉到在我们这一代人面前，存在着德国人的威胁。很多和我一样的学生也感觉到了。我们不想发生战争，然而，从那时候开始，我们就着手准备了，仿佛战争的降临是件很自然而又不能避免的事。”

雅克挑了挑眉：

“自然？”

“确实是这样的：有一笔账要算清。若我们想要法国继续存在下去的话，那么总有一天不得不下定决心去算清！”

雅克看到斯蒂德莱尔很快转过身来，向他们两个走近，心里有些不高兴。他比较喜欢在没有第三者参与的情况下进行这种小规模的调查。他觉得自己的观点和罗瓦有对立关系，但是对罗瓦本人没有反感情绪。

“若是我们真心期望法国继续存在下去的话？”斯蒂德莱尔口气高傲地复述了一遍，然后对雅克说道，“会有比民族主义者的那种奇怪的态度更叫人生气的吗？民族主义者总是独自占有着爱国主义，总是试图利用爱国主义为幌子，来掩饰他们的好战目的。爱国主义的证书如同战争！”

“哈里发，我佩服你，”罗瓦嘲笑着说，“我们这一代人没有你那样的耐心，他们容易冲动发怒，不能再忍受德国的恶意挑衅了。”

雅克说：“到现在为止，还只是奥地利在挑衅，并且，不是冲我们来的！”

“那么，等到我们被挑衅的时候，您就愿意袖手旁观，眼睁睁地看着塞尔维亚被日耳曼人攻陷吗？”

雅克沉默了。

斯蒂德莱尔冷笑道：

“这是保护弱者吗？……可是，那时英国人卑鄙地抢夺小南非的金矿，法国又为何不挺身相助布尔人呢，那难道不是比塞尔维亚人还弱小的民族吗，甚至更加需要同情需要帮助的小民族？现在，我们为什么不向弱小的爱尔兰伸出援助之手呢？……您觉得，为了得到实现这些伟业后的荣耀，值得把全欧洲各国军队动员起来互相攻打吗？”

罗瓦听后淡淡地笑了，他很自然地转身对雅克说：

“哈里发算是这类勇敢的人，他们的敏锐神经令他们对于战争只想到些蠢事，绝对想不到战争是怎样形成的。”

“事实上？”斯蒂德莱尔插话说，“是什么？”

“是很多方面……首先，是自然规律；一种深深扎根在人类体内的本能，若要去除这种本能，是不得不引起损伤的。健康的人应当凭自己的力量去生活，这是人类的规律……其次，对人来说，这是发展许多好品德的机会，这些品德非同一般且十分美好……还有利于身心健康！”

“都有哪些品质呢？”雅克问道，口气尽量显得只是单纯的疑问。

罗瓦仰起他那圆圆的小脑袋说：“嗨，我最为重视的品质分别是：坚韧的毅力、冒险精神、责任感，说得更深入点就是：自我牺牲精神，为集体的、充满勇气的伟大行动，牺牲自己个人意志的……难道您还不懂，对一个受过锻炼的年轻的人来说，英雄主义具有很神奇的、令人无法抗拒的吸引力。”

“对。”雅克很坦率地说道。

“勇气是很好的美德！”罗瓦接着说，他的脸上绽放着迷人的笑容，使他的眼眸熠熠发光……“战争对我们这个年龄的人而言，是一场宏伟而又壮丽的运动！”

斯蒂德莱尔有些生气地低声道：“用生命作为代价的战争！”

罗瓦不假思索地说：“那又怎么样呢？人类的生殖能力不是很强的吗？若必要的话，还能每隔一段时间利用战争来减少一下人类数量？”

“必要？”

“对人类的健康而言，每隔一段时间放一次血是必要的事。和平的时间过于长久的话，世界会产生很多毒素，毒化人类的生活，需要把不能创造价值的人，清除出去。我觉得现在这时候，这样的一次放血，对清洁法国人的心灵来说很有必要。甚至对欧洲人的心灵也是如此。假如我们不愿意看到我们的西方文明沦落衰退和低劣的地步中，放血是必要的。”

“我觉得屈从于残酷和仇恨才是所谓的卑劣！”斯蒂德莱尔说。

“谁说到残酷行为？谁说到仇恨了？”罗瓦耸着肩抗议道，“总是这样老生常谈、这样可笑的陈词滥调！对我们这一代人而言，我向您担保，战争并不意味着残酷，更不是仇恨！战争不是人与人之间的争执，它超越了个人，它是民族之间的冒险……是一场优秀的冒险！仅仅是单纯的竞赛！战场如运动场，开仗的双方就是对立的两个队的运动员：他们其实不是敌人，而是对手！”

斯蒂德莱尔狂笑，像马嘶叫一样。他目不转睛地注视着这位年轻的角斗士，暗淡的瞳孔扩大，却没任何感情色彩，游走在似乳汁的眼白中。

罗瓦又温柔地说：“我有一个哥哥在摩洛哥，他是个上尉。您对军队不了解，哈里发！您无法猜透青年军官们的思想状态，他们对自己的生活要求很苛刻，他们有着崇高的道德修养！他们是勇敢无私，愿为崇高的理想而奉献的真实例子……你们这些社会党人真应该去那里学习学习！你们在那里就会看到有纪律的社会是怎样的，军队的每一个人都真正献身于集体，过着苦行僧修行般的生活，不允许有任何卑劣的野心。”

他向雅克俯身，似乎想要雅克做证似的。他用坦率的目光望着雅克，雅克觉得要是再继续沉默下去，似乎就有点不太礼貌了。

“我认为这一切都很对，”他掂量着每一个字的分量接着说，“至少，殖民军中的青年军官是这样子的……更让人感动的是为实现理想的无私奉献精神，无论那是怎样的理想……不过，我也觉得，这些英勇无畏的年轻人做了可怕的错误的牺牲品，他们诚心诚意认为自己是在献身于伟大的事业，事实上，只不过是在为资本主义贡献力量罢了……您刚才说到摩洛哥的殖民化……那么……”

斯蒂德莱尔打断他的话：“征服摩洛哥，这不是其他的什么，仅仅是一笔生意而已，一个很大阴谋罢了！……那些去那里征战的人都被骗了！他们不曾有任何怀疑，他们那是牺牲自己的血肉在掠夺！”

罗瓦用满是怒火的眼睛瞪了斯蒂德莱尔一眼，脸色发白。吼道：

“在我们现在这个落败腐朽的年代，只有军队仍然是一个神圣的庇护所，藏匿着高尚和……”

“啊，您哥哥来了。”斯蒂德莱尔说完，碰了碰雅克的手肘。

菲力普大夫走进来，后面跟着昂图瓦纳。

雅克没见过菲力普，不过听他哥哥谈论过他。他好奇地打量着这位长着山羊胡须的老大夫，他一蹦一跳地走过来，瘦削的肩膀上挂着一件宽大的羊驼毛男礼服，好像稻草人身上的破衣。他的小眼睛闪闪发光，好像长毛猎犬的眼睛一样，藏匿在浓密的眉毛之下，左右张望，不停留在任何一个人身上。

各处聚在一起讨论的声音都停了下来。所有人都一一上前来，跟大师致意，但大师淡漠地让那些人握着他柔软的手。

昂图瓦纳向他介绍了雅克。雅克感觉到他用探究的目光打量自己，那目光的大胆无礼后面可能藏着胆怯。

“啊，你弟弟……好……很好……”菲力普一边用鼻音说着，一边很感兴趣似的咬着下嘴唇，就好像他很清楚雅克的性格与生活中的每一个微小的片段一样。

他的眼睛一直看着雅克，又说道：

“听说，您时常去德国住一段时间……我也是的。这非常有趣。”

他边说边往前走，还将雅克往前推，不久，他们就来到了一扇窗户旁边。他继续说：

“无论何时，我都认为德国是一个谜……是不是？这是个无法预知而又极端的国家……在欧洲还有比德国更侈谈和平的国家吗？不会有……但是另一面，他们的血液里天生就有一股军国主义……"

"不过，德国的国际主义是欧洲最积极的。"雅克大胆地说。

"您认为是这样的？对……这很有趣……但是，和我的想法自始至终都是完全相反的，根据最近几天的时局来看，似乎……在奥尔赛码头，人们还觉得能寄希望于德国进行的调解。而现在却惊魂未定……您说，德国人的国际主义……"

"对……在德国，一旦不属于军界之内，就会发现人们普遍地瞧不上军队和民族主义。德国的国际调解协会是一个很有生命力的组织，很多知名的资产阶级大人物也在里面，这个团体的影响力胜于法国任何和平主义协会。不得不承认，德国是一个这样的国家：李卜克内西那样激进的活动家，曾因为散发反军国主义[①]传单而进了监狱，后来居然在普鲁士的邦议会当选，接着进入了帝国议会！在我们国家，反军国主义的知名人物能够被选入议会，还能在那里发表讲话吗？"

菲力普认真地接着说：

"好……很好……这些都很有趣……"他继续坦率地说，"很长一段时间，我以为资本、信贷、大企业的国际化能够令局部动乱的地区乃至整个世界一起行动，成为决定世界和平的新因素……"他浅笑着，摸了摸胡须。他神秘地下了个定义："这是一种思想论点。"

"若莱斯也这样认为。他现在还是这样觉得的。"菲力普做了个鬼脸：

①他在那本（1907）《军国主义与反军国主义》中明确地指出，反军国主义斗争是革命战争的精神支柱。

“若莱斯……若莱斯也希望利用群众的影响力来阻止战争……思想论点！……我们想象出一些好战的、好斗的群众运动……这些群众运动并不是那些保卫和平时不能缺失的运动，并不能体现思想素质、顽强的意志、克己的特性……”

停了一会儿，他又说：

“或许跟我一样讨厌战争的人，可能会由于特别的、个人的、生理结构的缘由……仅仅是从体质上单纯地忍耐……科学的思维能把破坏的本能看成天然的本能。这似乎已经获得了生物学家的证实了……你们看，”他转了话题，“滑稽的是，现在欧洲面临的真正需要耐心研究才能解决的急切问题中，我看不出来有那么一个、只有一个问题，人们能够利用一场战争就能够像解答难题那样利索地解决……如何？”

他微笑着。他说的话和之前说的或者听到的话都无任何关联。被眉毛挡住的眼睛散发出狡黠的光芒，他的神情就像自言自语地说着辛辣的话，独自在内心里品尝着酸甜苦辣。

他说道：“我父亲是一位军官。”他接着说，“他参加过第二次帝国的所有战役。我听了许多战争的故事。只要人们认真分析一下战争的根源，就会惊讶地发现，许多战争是没有必要发生的，很有趣……事后回头再看看，似乎没有一场战争是不可以避免的：只要有两三个有良知的政治家有和平意愿也就能避免了……不只是这些。大多数情况下，似乎战争中的两军都处在没有根据的不信任和恐惧中，彼此误解了对方的意图……可能就是恐惧，各国人民才互相杀戮……”他干咳了几声，笑了笑，马上止住。“就像胆小的夜行人，途中遇到人就会起疑心，然后就会你打我我打你，打了起来……由于每个人都以为会受到攻击……因为每个人都宁愿放手一搏也不愿再三犹豫，即使这很冒险……这真是太好笑了……看看如今的欧洲吧:欧洲成为幽灵的猎物了。每个国家都很惧怕。奥地利怕斯拉夫人，怕国家的威信受损。俄国怕日耳曼人，怕其他国家觉得它的被动是软弱无力、任人宰割。德国怕哥萨克人入侵，怕被围攻。法国害怕德国的扩充军事装备行动，然而德国由于担心，开始武装备战……每个国家都不愿意为了和平而退一步，因为他们都因担心而显得恐惧……”

雅克说：“帝国主义国家政府清楚地知道，畏惧心理对他们有利，因此他们就尽其所能保持这种心理！几个月以来，普安卡雷的政策，法国的对内政策，这些政策都可以看成是有步骤地在利用民族的恐惧……”

菲力普没听他说，依然继续说：

“最可恨的……”（他冷笑了一声）“不，是最滑稽是——各国政治家费尽心机地炫耀伟大崇高的思想与英勇无畏精神，是为了掩饰恐惧……”

他停住了不说话，看见昂图瓦纳向他们两个这边走了过来，旁边是莱翁刚引进来的一个四十多岁的人。

这人叫吕梅尔。

他的仪容外表似乎天生就适合官方场合。头很大，向后仰起，好像是被浓密花白的金发往后拉似的。又密又厚的短髭须两端高高翘起，使又肥又胖的扁平脸显得尤为突出。眼睛很小，陷在肉中；但蓝釉一般的眼珠转来转去，在这张古罗马气质的庄重的脸上燃起了两朵闪闪发光的火苗儿。整个人显得非常有特点，可以想象，有一天，要做专区区长胸像时，可以从他身上借鉴一下。

昂图瓦纳将吕梅尔介绍给菲力普，然后把雅克介绍给吕梅尔。外交官在老大夫面前就像在知名人物面前毕恭毕敬，之后和雅克礼貌握手，心想："一个平易近人的上流社会人物，自己又多了一张王牌。"

"亲爱的，不用告诉你我们刚才在谈些什么。"昂图瓦纳边说，边用手按了按吕梅尔的手肘，吕梅尔温和地笑着。

"先生，显然您知道一些我们不知道的材料，"菲力普说，目光嘲弄般地望着吕梅尔，"像我们这样的普通人民，应该承认，只看看报……"

外交官做了一个手势表示谨慎：

"教授先生，您不要觉得我知道得比您多……"他看到他的幽默话语让对方笑了，就接着说道，"这么说来，我并不赞同悲观地看问题，我们有权利认为，保持信心比悲观绝望的理由多。"

"太好了。"昂图瓦纳说。

他想办法使菲力普与吕梅尔离别的客人近一些，而且让他们坐到房子中间。

"信心？"哈里发怀疑地问道。

吕梅尔的蓝眼睛扫视了一圈围在他周围的人，最后目光停在了斯蒂德莱尔身上。

"情况确实很严峻，但也一点都不夸张。"他仰起头肯定地说，那官方的口气仿佛在激励一群毫无斗志的士兵，他十分明确地说，"如此考虑确实对，有利于维持和平的因素仍然占据大部分！"

"比如？"斯蒂德莱尔问。

吕梅尔微微皱了皱眉。对犹太人的固执很不高兴，他感觉到一股敌意。

“比如？”他再说了一次，仿佛他的例子多得数不胜数。

“那么，先看看英国的因素……中欧帝国从一开始，就在英国外交部遭遇到坚决有力的反对……”

“英国？”斯蒂德莱尔插话说，“贝尔法斯特的骚乱[①]，首都柏林的血腥暴动[②]，在白金汉宫爱尔兰的会议的失败[③]，爱尔兰开始的是一场真正的内战……是直插英国背部的箭，令它动弹不了！”

“那只不过是像脚跟上扎了一根刺，我向你保证！”

“先生，有人打电话找你。”莱翁在门口喊道。

“就说我在忙着。”昂图瓦纳有些恼火地说。

“英国发生过的事情可多了！”吕梅尔接着说，“如果你们和我一样清楚爱德华·格雷爵士[④]的镇静……他是一位很好的外交家，”他避开斯蒂德莱尔的眼睛，转身对菲力普和昂图瓦纳说，“是个乡村的老贵族，对国际关系的走势有特别的见解。他和欧洲各国同为外交家的关系不是官方关系，而是一位绅士与同等级的上流社会人士的关系。我很清楚，他自己对最后通牒的口气很恼怒。你们也看到了，他马上就很果断地采取了行动，一边指责奥地利，一边劝诫塞尔维亚保持淡定。欧洲的命运一样掌握在他手里，不会再有比他更好、更可靠的人了。”

---

①在这个爱尔兰的港口，由于1905年的革命影响，1907年码头的工人协力发动政治罢工。

②柏林是爱尔兰的首都，1913年，电车职工发动了持续五个月的罢工被军事镇压。

③白金汉宫在伦敦，英国君主被逼承认爱尔兰独立于此次会议。

④爱德华·格雷（1882—1938），1905年到1916年任职英国外交部部长。

“德国对他的拒绝……”斯蒂德莱尔又插话道。

吕梅尔抢先说：

“德国小心的、能理解的中立态度，使得英国调解的效果延迟了。不过爱德华·格雷爵士不认输。我不怕说出来了，反正报纸明天，或许今晚就发表了，英国外交部和奥尔赛码头又制订了一个新的计划，这个计划是决定解决和平纠纷的关键。爱德华·格雷爵士建议马上在伦敦召开德、意、法三国大使会议，商讨所有有争议的问题。”

“就在用冠冕堂皇的借口敷衍时，”斯蒂德莱尔说，“贝尔格莱德早已被奥地利军队占领了！”

吕梅尔挺直了背部，仿佛被什么蜇了一下。

“先生，在这件事情上面，恐怕您不完全了解情况！即使这样表面上看起来像要动武，但是到现在为止也无法证明，奥塞之间，不是演习，而是其他的……我不知道您是否对这个关键事实给予足够的重视，到现在还没有利用外交正式向欧洲各国政府宣战！不只这样，到今中午，塞驻奥大使仍在维也纳！为什么？因为两国交流意见的时候，他还需要在中间充当中介人。这是一个很好的象征。还在谈判，就好办了！……并且，即使断绝外交关系已经成为事实，即使奥地利下定决心宣战，我相信，塞尔维亚是会向明智的压力做出让步的，坚决不会加入三十万人与一百五十万人这种力量悬殊的战斗中去，退兵，不参与战斗……”他淡淡地笑着补充说，“不要忘了，只要还没正式开炮，就应该由外交官说话……”

昂图瓦纳和雅克的目光碰到了一起，他看到了雅克的眼神充满了不屑一顾。很明显，雅克对吕梅尔不服。

菲纳兹微笑着试探性地问道：“也许在德国的态度中，您更难寻觅到信心的缘由吧？”

“为什么呢，先生？”吕梅尔反问，向耳科大夫探寻地看了一眼，“我不否认在德国存在着好战势力，不过有其他更为强大的势力所镇压。德皇凯塞尔今晚匆忙赶回了基尔，这一行动看起来似乎能够改变最近几天的政治方向。你们也都清楚，德皇凯塞尔会把发生欧洲大战的风险坚决反对到底。他所有的亲密顾问都是坚决维护和平的人士。在他那群言听计从的朋友中，我就举例说出驻伦敦大使李希诺夫斯基亲王[①]，以前在柏林有幸结识过。他是一个深思熟虑、处事老成的人，现在，他是德国宫廷有着很大影响力的人物……你们懂的，战争风险对德国来说是件很严重的事情！边境一旦被封锁，德意志帝国的人就肯定会被饿死。德国人在俄国无法得到粮食与肉类的时候，他们是不可能用钢、煤和机床喂饱四百万军队和六千三百万居民的！”

“难道有人不许他们去其他地方买吗？”斯蒂德莱尔反驳。

“这样的话，先生，他们就不得不用黄金付款，因为外国很快之后就不接受德国纸钞了。那么，这个账就很简单了，德国黄金储备量每个人都知道，不用几个星期，德国就不能继续把他们日益急需的黄金运出国门了，这就意味着要挨饿了！”

菲力普大夫轻声地哼笑着。

“您不赞同这一观点吗，教授先生？”吕梅尔用礼貌的、惊讶的口气问道。

“赞同……赞同……”菲力普真诚地轻声说，“不过我不是很明白，这算不算一种……思想观点呢？”

---

①1905——1916年任职德国驻伦敦大使。

昂图瓦纳忍不住微笑了起来。很久以来，他就了解教授先生这种独特的表情，“这是思想观点”在他那里的另一种说法，“这太可笑了”。

吕梅尔充满信心地接着说道：“我为你们举的这些例子，所有的专家都已证实过了。甚至德国的经济学家也认同了，战争时期的粮食供应问题，德国是无法解决的。”

罗瓦马上插嘴道：

“那么，德国参谋部是不是公开表明，德国唯一获胜的机会，是以迅雷不及掩耳之势速战速决，快速取得胜利：每一个人都知道的，如果这胜利稍微推迟了几个星期才取得，德国——就不得不投降。”

“德国还很相信自己的盟国的！”泰里维埃大夫用沉闷重浊的嗓音说道，同时暗地里狡黠地嘲笑着，“可是意大利……”

“其实，意大利似乎真的坚决保持中立。”吕梅尔肯定地说。

“至于奥地利的军队！……”罗瓦说着，蔑视地撇了一下嘴，又举起手来，在肩膀上做了个嘲笑的手势。

“不是这样的，不是这样的，先生们，”吕梅尔说，不过他对这种你一言我一语的讨论场面感到很满意，“我重复一遍，我们不应该把危险夸大了……注意看，我觉得我还可以再跟你们透露一下，这应该不算是泄露国家机密，就在此刻的彼得堡，外交大臣萨左诺夫阁下正在与奥地利大使进行人们盼望已久的会谈。嘿！他们都愿意接受直接对话，这怎么会不是他们本身都有避免用战争显示武力的相同意愿呢？……除此之外，我们还知道，马上会有其他方面进行新的和平调解……比如美国的调解……再比如教皇的调解……”

“教皇？”菲力普不可置信地问道。

“对的，教皇！”年轻的罗瓦确定地答道，他反坐在椅子上，双手交叉，认真地听着吕梅尔的谈话，不漏过一个字。

菲力普还没决定是否笑出来，然而他那藏匿在黑暗里的目光早已散发着幽默的光芒。

“教皇进行干涉？”他再问了一遍。然后很平淡地说：“一样，我害怕这也是一种思想观点……”

“教授先生，您错了。问题的关键也正好在此处。只要教皇坚决否定，就足够让老皇帝弗朗索瓦·约瑟夫停止行动，让奥地利军队马上退入边境。这个是各国政府大使馆都清楚的。就在此时的梵蒂冈，正在进行着一场真正有影响力的战争。到底谁会获得胜利呢？难道那一部分战争鼓吹者能不被教皇指责吗？还是大部分的和平爱好者能让教皇决心干预？”

斯蒂德莱尔冷笑着说：

“可惜我们在梵蒂冈没设大使，他原本是有机会劝说教皇将福音书打开的……”

这一次，菲力普笑了。

“教授先生还在怀疑教皇的影响力。”吕梅尔用轻视的语气不悦地说道。

“教授是常抱有怀疑态度的人。”昂图瓦纳打趣道，另外又一边用表里不如一、满是尊敬的目光注视着老师。

菲力普转过身来，面对着他，眯起眼睛：

“我的朋友，我承认——不需要解释，也许这是我衰老严重的前兆——我逐渐变得不能判断事物了……我觉得，我听过的任何被证实了的事物，它的相反结论也是能用其他的一样明显的论据证实的。

这个可能就是你们所谓的怀疑态度吧？……在现在这个情况下，您绝对错了。我对吕梅尔先生的真才实学很佩服，他辩论力量的强大让我跟所有人一样，都深有感受……”

“不过……”昂图瓦纳笑着提醒道。

菲力普也笑了。

“但是，”菲力普用力地搓着双手，接着说道，“在我这个年龄段，基本不可能希望理智战胜……假如和平不再依靠其他，只依赖人们内心的良知，那就等于承认和平得了重病！……不过，”他立即说了下去，“这也不能成为袖手旁观的借口。我十分赞同外交家们的奔走。奔走总是必要的，仿佛仍然被事务缠身，还大有有所作为似的。在医学上，这正是我们的原则，不是吗，蒂博？”

罗瓦很恼火地用手指将髭须捋顺。再也没有比这位老教授的过时且反复不定的说法更让他生气了。

这样学院式的怀疑态度也让吕梅尔不悦起来了，他坚持一直望着昂图瓦纳那边；吕梅尔和昂图瓦纳的目光相遇，就对他示意自己来访的真正原因：“打针。”

这时，罗瓦很直接地跟吕梅尔说道：

“不得了的是，假如局势恶化，而法国没有做好应有的准备。唉！如果我们现在拥有一支无懈可击的军队……占据领先优势的军队……”

“谁说还没做好准备呢？”外交官起身反驳道。

“嘿！我觉得三个星期以前恩贝尔在参议院所做的揭发可是非常有把握的！”

“算了，算了，”吕梅尔微微耸着肩膀大着嗓门道，“参议员恩贝尔先生所揭发的那些事，和您说的一样，其实是众所周知的，并不具有某些报纸给它加上去的那样重要。不要那么天真地觉得，相信法国的士兵不得不光着脚丫去打仗，像共和二年[①]的士兵那样。

“我不只是想说军鞋……还有，比如说重炮……”

“您了解了吗？很多很有权威的专家，对德国军队迷恋的这种远程武器的作用都持相当否定的态度，如同那些机关枪，令他们的步兵行动迟缓……”

“机关枪是用来做什么的？”昂图瓦纳打断了他的谈话。

吕梅尔笑道：

“这是一种介乎步枪与菲埃斯希[①]制造的恐怖爆炸装置之间的东西，您清楚的，这个是被用来杀害路易·菲力普失败了的武器……在打靶场上，从理论上来说，是一种可怕的武器。但在实践中！仿佛只要有一颗沙子就会卡壳……”

他转身对着罗瓦，语气更加严峻地说：

“据专家们说，炮兵才是最重要的。德国的炮兵没有我们的多。我们拥有的七十五毫米的大炮比他们的十七毫米的大炮还多，不过我们拥有的七十五毫米大炮是他们七十七毫米大炮无可比拟的……不要担心，年轻人……实际上这三年来，法国付出了很大的努力。所有集中兵力、铁路调度与供应补给的问题如今都已得到了解决，假如不得不打仗的话，请相信我，法国一定处于优势地位，我们这边的各盟国都知道这一点！”

①共和二年是指1794年，在1793年9月24日的国民大会设立共和历。

②1790年出生于科希岛，法国密谋家，卒于1836年，曾用几支步枪捆绑在一起的爆炸装置谋杀路易·菲力普国王，后被处决。

“危险就在这里！”斯蒂德莱尔嘀咕着说道。

吕梅尔蔑视地挑起眉毛，似乎在他看来，哈里发的想法不能理解。雅克着重语气说：

“实际上，对我们而言，如果俄国现在对法国军队没那么大的信心，可能会更好！”

雅克原本是一直坚定自己的决心的，只在一边静静地听着。可是他终于忍不住了。有个问题——在他看来是最关键的：群众的反战——甚至还完全没有提到。他飞快地思考了一下。

确信自己能够控制自己，用纯属思辨的语气说话，在这里，这样的口吻似乎成了辩论的规矩。他向外交家转过身来，用很慎重的语气开始说道：

“您刚刚逐一说了关于充满信心的理由，您是不是会觉得，在维护和平的主要力量组成中，应该算上各个和平派别的反抗运动吗？”他的眼睛瞥了一眼昂图瓦纳的面孔，发觉哥哥面露不安神情，他又把目光投到吕梅尔身上。“现在，在欧洲，还是有一千万至一千二百万真实存在的国际主义者，万一逐渐加剧了威胁，他们一定要制止他们的政府走上战争这条阴谋路上……”

吕梅尔一动不动地听着，集中精神地望着雅克，他终是出声了，沉静安详的语气只掩饰住了一半的讽刺意味：

“我可能不完全和您一样，将下等民众的示威行为看得如此重要。需要格外强调的是，欧洲各国首都，热情的爱国运动，多于顽劣的抗议示威人数，起到更加重要的作用……昨天晚上，在柏林，一百万人在全城示威游行，朝着俄国大使馆大喊大叫，在王宫的窗户底下大唱《莱茵河上的禁卫军》[①]这首歌，在‘俾斯麦雕像下堆满了花……’我并不是在否定一些抗议示威活动的存在，但是，他们的行为可能起反面作用。”

“反面的？”斯蒂德莱尔喊道，“无论什么样的战争威胁，还未有过这样的在群众中引起如此大的反感！”

“您所说的反面是什么意思？”雅克从容地问。

“天哪，”吕梅尔假装斟酌句子的样子说，“我的意思是，您所说的那些反对一切战争的团体，他们人数不是很多，内部组织也没什么纪律，在国际上也不算很团结，在欧洲还没有形成一股值得重视的力量。”

“一千二百万！”雅克又说了一遍。

“可能有一千二百万，不过，其中大部分人只是普通的群众，就是那些‘交了会费的人’，您不要弄错了！能有多少真正积极的活动分子？而在这少有的积极成员中，还存在很大部分对爱国主义反响很敏感的人……在某些国家，这些革命派别也许会给他们的政府权威造成阻碍作用，但这些都只是理论上的障碍，不管怎样都只会是短暂的障碍，由于这样的反动派被限制了只能在政府允许的范围内进行活动。假如时局紧张，各国政府就只需把自由主义这颗螺丝拧紧一些，甚至不需要采取戒严的方式，就可以马上把这些捣乱分子清除掉……不……不管在任何地方，国际工人协会还没有成为能够阻止政府行动的有效力量。现在正是危急时刻，极端分子无法马上组织一个正规的反动派……”他淡淡地微笑着，“太迟了……这一次……”

“至少，”雅克抗议说，“在和平年代已经平静的这些反对力量，

①一首具有民族主义情调的德国歌。

在受到威胁时会马上活跃起来，一下子变成无法战胜的力量！……眼下，您有没有发觉俄国激烈的罢工示威行为有很大的可能束缚了沙皇政府？”

吕梅尔淡漠地说：“您错了。请允许我告诉您，您得到的消息至少晚了二十四小时……很幸运，最新得到的电讯说得十分明确：彼得堡的革命骚动终于被平定了，残酷地、彻底地。”

他仍然在笑，似乎对自己有根有据的谈话感到抱歉似的，接着，眼睛转向昂图瓦纳，故意炫耀似的高举起腕上的手表。

“亲爱的朋友……不幸的是，我的时间很紧张……”

“愿为您效劳。”昂图瓦纳边说边起身。

他很怕雅克有什么回应，很乐意提前结束这场争论。

吕梅尔礼貌地跟大家告别的时候，昂图瓦纳从口袋里摸出一封信，走到雅克面前：

“这个是写给公证人的。你自己把信封上吧……你认为吕梅尔如何？”他随口多问了句。

雅克只是微微笑了笑说：

“他长得很适合他自己的角色！”

昂图瓦纳似乎在想其他的事情，犹豫了一会儿是否要说出来。他扫视了周围一眼，确定不会有人听得到他们的谈话，于是压低声音，用假装随意的语调问道：

“对了……假如真打起来了，你准备怎么办？……你的应征检查没过，是不？……但是，如果是总动员呢？”

雅克在回答他之前，先认真地看了他一眼。（他心想：“贞妮肯定也会问我这个问题的。”）

他气愤地说：

“我不会让他们动员我的，永远都不会。”

昂图瓦纳若无其事地看着吕梅尔那边，就好像什么都没有听见似的。

两兄弟各自走开了，没再说任何话。

41

只剩下他们两个人的时候，吕梅尔马上说：“您打的针很有效。我明显感觉轻松多了。我站起来也不要费很大的劲了，吃得也比较多了……”

“晚上没发烧？没头昏？”

“没。”

“那就可以加大些药量了。”

他们进去的那间房间的隔壁是诊室，地板贴了白瓷砖，房间中央放了一张手术床，吕梅尔把衣服脱下了一半，乖乖地躺在那张床上。

昂图瓦纳在准备药剂，背对着他，在消毒蒸锅前站着。

“您说的话，很让人安心。”昂图瓦纳斟酌着说。

吕梅尔向他看了看，思忖着他的话到底是指治病还是政治方面。

昂图瓦纳接着说：“既然这样，什么原因让新闻报告继续用带有偏见的看法宣传德国的两面派行为和背后的挑衅目的呢？”

“其实不是‘让’新闻这样报道，反而是在鼓励这样做！不得不准备舆论，防止可能发生的一切……”

他的语调显得很是严肃。昂图瓦纳转过身去。吕梅尔脸上的神情已完全没有了之前那样骄傲的自信。他轻轻地摇了摇头，眼神呆滞无光、茫然。

“准备舆论？”昂图瓦纳说，“舆论一定不会同意为了塞尔维亚的利益而把我们卷入纷争的深渊中去的！”

“舆论？”吕梅尔如同一个熟知内情的人那样撇了撇嘴，“亲爱的，只需花一些手段，理智地将新闻审查一番，只要花三日时间，就能让舆论完全转换一个方向！……但是，大部分法国人民常对法俄联盟寄予很大的希望，再一次拨动这根弦是很容易的事。”

“这个需要看情况！”昂图瓦纳一边朝他走一边说。他用一块浸满乙醚的棉絮擦了擦打针的部位，快速地把针扎入肌肉里。他沉默了，看着注射器里的液面快速下降，随后他将针头拔出，接着说：

“法国人曾经很热情地迎接法俄联盟，不过现在他们第一次认真地想一想，这会让他们的未来怎样……您再躺一会儿……和俄国的那些条约是什么呢？没有人知道。”

问题是间接提出的，吕梅尔还是很愿意回答：

“我并不知道什么特别高级的机密，”他把一只手臂支撑着桌子，“我只清楚……这是大家从政府幕后得到的消息。一八九一年与一八九二年有两个预备性协议，之后制定了一个正式的同盟协议，然后由卡齐米尔[①]在一八九四年签署。我不清楚协议的整个文件内容，然而——这已经不算国家机密了——法俄约定，万一它们之中的谁被侵略，要给予对方军事援助……这个协议制定后便出现了德尔卡塞先生。还有普安卡雷先生，他还去俄国访问了。很明显，这一切更加确定了我们协议的分量。”

---

①卡齐米尔（1847—1907），1894年6月到1895年1月任职法西兰共和国总统。

昂图瓦纳强调说："那好，假如现在俄国干预了日耳曼人的政策，就等同于威胁了德国！这样的话，按照条约规定，我们将必须……"

吕梅尔怪模怪样地笑了一下，转瞬即逝。

"事情比这情况更加复杂，亲爱的……请假设一下，俄国作为南部斯拉夫人的忠实保卫者，明天就断绝与德国的外交关系，发动总动员，保卫塞尔维亚。一八七九年德奥缔结的条约限制了德国，很有可能致使总动员的发生，反抗俄国……但是，一旦德国动员，法国将被迫履行它对俄国的义务，马上动员起来成为反抗德国……这些都是自动进行的……"

昂图瓦纳忍不住气愤地摆摆手：

"如果这样的话，我们的外交家吹捧过的，用大代价的法俄友谊换来的安全保障，到如今却起到了相反的作用！已经不再是和平的保证了，而是战争的威胁了！"

"外交家们不会在乎的……您回忆一下一八九〇年法国在欧洲所处的境况吧。我们国家的外交家们宁可用锋利的武器武装国家，也不愿意解除武装，这难道没错吗？"

昂图瓦纳认为这样的说法好像是对的又好像是不对，不过他实在不知道该怎样来辩论，因为他对现代史不是很了解，而有些事只有在以后回顾历史的时候才有意义。

他又继续说："不管怎样，现在，如果我没有理解错的话，难道我们命运真的仅仅取决于俄国吗？或许可以说得更精确些，"他踌躇了一会儿，加上一句，"所有的难道就取决于我们是否忠于法俄条约吗？"

吕梅尔又苦恼地笑了笑：

"亲爱的，我们能否避免承受我们该承受的义务，这不是很重要。

现在是贝尔特洛先生掌握了我们的对外政策。只要他还在位，只要普安卡雷先生还在背后支持他，那就可以放心了，我们信守联盟就永远不会成为问题。”他犹豫了一下又说，“这似乎可以从内阁会议对舍恩卑劣建议的反应就可以清楚地知道……”

昂图瓦纳生气地高声说：“这样的话，假如我们不能从俄国的控制下挣脱出来，那就不得不迫使俄国保持中立！”

“用什么手段呢？”吕梅尔的蓝眼睛注视着昂图瓦纳，他低声说道，“有谁可以告诉我们，这不算晚？……”

停顿了一下，他继续说：

“俄国的军事力量很强大。俄日战争失败使得俄国参谋本部急于复仇；他们永远不堪忍受奥地利吞并波斯尼亚和黑塞哥维那带给他们的耻辱。像伊斯沃尔斯基这样的人——顺带提一下，他可能今天晚上会到达巴黎——他们从没掩饰过希望爆发一场欧洲战争，将俄国的边境推到君士坦丁堡的企图。他们原本是期望能把战争拖延到弗朗索瓦·约瑟夫死后，假如可以的话，要拖延到一九一七年。不过说真心话，如果在这以前出现机会……”

他的语速飞快，呼吸声急促，神情蓦地颓然起来。眉间出现了几道忧虑的纹路，他似乎把假面具卸了下来。

“对，亲爱的，坦白地说，我开始心灰意冷了……刚刚，当着您朋友们的面，我必须强作镇定。而事实上，情况很不好……外交部部长没有陪同总统到丹麦，而且还通知总统迅速返回法国……中午的电讯消息很不妙。德国不热衷赞助爱德华·格雷爵士的建议，反而反复无常，吹毛求疵，似乎想用尽手段暗地里破坏仲裁会议。德国是不是真的希望局势恶化？更准确地说，它是不是不赞成四国会议的建议，由于它事先了解到，因为奥意之间关系紧张，所以在这样的法庭上，奥地利肯定会以三票对一票遭受到谴责……这样的假设是最让人不悦、却又最符合情理的。但是就在这些事情发生的时候，局势急速下跌……到处都已经采取军事措施了……”

“军事措施？”

“这是必然的：各国理所当然会联想到总动员，而且，为了未雨绸缪，他们必然会打算这样做……如今的比利时，普落克维尔[①]主持了一场特别的会议，从发生的一切来看，这是一次备战会议：他们准备应征三批适龄人员入伍，为了组成十多万的队伍……在我们的国家，也是这样的情况，今天上午在奥尔赛码头，举行了内阁会议，会议上，为了达到有备无患的目的，应该研究备战的具体事项了。土伦和布列斯特舰队都在港内等待命令。已发电报至摩洛哥了，要求他们马上将五十营黑人部队装船运航，送达法国。……欧洲各国政府纷纷走上了这条路，正是因为这样，局势就慢慢地自己恶化了。因为参谋部里所有的技术专家都明白，只要全民动员起来，这可怕的机械也就自动地运转起来了，事实上，就无法降低备战速度，或者延迟等待了。这个时候，最信守和平的政府也就处于进退两难的境地了：宣布战争，唯一的原因只会是已经做好作战准备了。或者……”

“或者收回命令，开倒车，中断备战！”

“的确是这样的。但是，在这种情况下，我们必须有十分的把握，确定动员早就不需要了……”

“为什么呢？”

“原因就是——技术人员们始终坚信着一个格言——突然停止运

①普落克维尔（1860—1940），于1912—1917年任比利时首相。

转会令这部结构复杂的机器的所有齿轮坏掉，导致齿轮很长一段时间不再能使用。但是，在现在这种情况下，会有哪个国家的政府可以确定不需要动员了呢？”

昂图瓦纳没说话，他望着吕梅尔，情绪很是激动，最后低声说：

“确实让人惊讶……”

“亲爱的，最让人惊讶的其实是，在这一切表象底下，或许只是一场赌博！就在现在，欧洲发生的事，或许不是其他的，而是一场大规模的扑克牌赌博，人人都希望能用威吓获得胜利……就在奥地利想慢慢地杀戮忘恩负义的塞尔维亚的时候，它的盟友德国摆起了一副吓人的表情，可能没有什么其他的意图，大概仅仅是为了阻止俄国的干涉行动。就好比玩扑克牌，哪个最会吓人，吓唬的时间最长，哪个就会赢牌……但是，也和玩扑克一样，谁也不知道别人手里的牌。谁也不清楚现在在德国和俄国的态度里，会有多少成分是真正的侵略目的。一直到现在为止，俄国人始终纵容日耳曼的大胆妄为。很明显，德奥有理由这样认为：‘只要我们吓唬得有技巧，摆出一副无所不能的样子，俄国肯定会让步的。’不过，也可能会因为德国一直不让步，所以，这一次，它可能会真的拔出剑来扔到秤盘里①，参与战争……”

“确实让人惊讶……”昂图瓦纳又说了一次。

他气馁地把手里一直拿着的注射器放到蒸馏器的托盘上，踱了几步，走到窗户前。听完吕梅尔描绘欧洲政治的图景后，他感到内

①古罗马传说，高卢大首领布雷尼斯攻陷占领并且掠夺罗马，还将罗马年轻人避居的卡皮托利山丘给围攻了，过了七个月，答应用一千斤黄金作为撤离条件，称金子的时候，他却把自己的剑丢进秤盘里，喊道：“战败者活该倒霉！”

心一阵惶恐，就好像坐船的客人，当船只行走在暴风雨中猛然发现，掌舵的人已经失去理智了。

静默了一下。

吕梅尔已经站起来了，给自己系好背带，下意识地朝周围看了看，似乎在确定不会有人听到他说的话，然后走近昂图瓦纳。他将声音降低说道：

“你听着，蒂博。原本我是不应该泄密的，但是您是医生，您能保守秘密的，是吗？”

他直直地看着昂图瓦纳的脸。昂图瓦纳沉默地点头。

“唉……俄国发生那些事儿真让人不可置信！萨左诺夫阁下曾用某种途径向我们预先透露过，俄国政府不同意任何缓和局势的作为！……果然，我们从彼得堡获得了更为严重的消息：俄国的目的已经无法怀疑了，他们已经开始总动员了！每年例行的军事演习都已经停下了，部队急速赶回驻地，俄国四大军区，莫斯科、基辅、卡赞和敖德萨，正在进行动员！昨日，也就是二十五日，可能是前天的那次作战议会上，参谋部从沙皇那里得到书面指令，命令火速准备对奥的‘预防性的武力行动’……德国肯定得知了这一消息；从这里德国的态度就显而易见了。德国也暗地里动员起来了，唉，它更有理由加紧进行这一行动……今天，它还采取了一个更有意义的行动：公开告知彼得堡，假如俄国不中止备战，反而更加加速备战，那么德国将会被迫下令总动员起来；德国预测说，意味着将会发生一场大战……俄国会怎样答复呢？它的责任已经很沉重了，如果还不让步，将会被压垮……根本不太可能……它让步……”

“但是，在这些事情中我们已经泥足深陷了吗？”

“我们，亲爱的朋友？……我们？要怎么做呢？揭发俄国吗？或许在需要我们全力以赴之前，让我们国家舆论泄气？揭发俄国吗？把自己孤立起来？和自己仅有的几个盟友闹翻？惹恼英国的舆论，使它抛开法俄小团体，使得英国政府援助日耳曼人？……”

有人谨慎地敲了两下门，打断了他的讲话；走廊里响起了莱翁的声音：

“有人又给先生打电话了……”

昂图瓦纳很不耐烦地摆了摆手，高声说：

“就说我……不用了！我马上去！”对吕梅尔道歉说，“不好意思！”

“没事的，亲爱的。现在很晚了，我要走了……再见……”

昂图瓦纳迅速走到小办公室，将话筒提起：

“有事吗？”

电话的那一边，安娜听着这冷漠的语气，吓得弹了起来。

她像乞求似的说：“是的。周末！……可能你家里会有朋友……”

“有事吗？”他又说了一次。

“我只是想……我会不会打扰到您了？”

昂图瓦纳没说话。

“我……”

她猜想昂图瓦纳很急，又不知道该说什么，编个什么样的谎言才好。

想不到什么好主意，只好支支吾吾地说：

“今天晚上……”

“不可以，”他很快地打断，声音随即缓和了下来，“今天晚上不可以的，亲爱的……”

他忽然心生同情之心。安娜也察觉到了，这让她又欣慰又难堪。

“理智一点吧！”他说（安娜听见他在叹息），“首先，我今天真的没时间……就算有时间，这种时候，晚点也还要出去。”

“这时候怎么了？”

“安娜，您看报吗？您不会不知道发生什么事了吧？”

她耸了耸肩。报纸？政治？难道他就是为了这种事情冷落她的？她想：“他一定在撒谎。”

“今晚……在我们家？可以吗？”

“不行……不要再说了，我回来一定很晚了……我就跟你说吧，亲爱的……不要再坚持了……”他轻声细语地说，“可能是明天……如果可能的话，我会在明天给你打电话……再见，亲爱的！”

还没等她回话，他就挂断了电话。

42

雅克没有等到哥哥回来，就离开了。

天文台街看门的女人对他说，贞妮小姐已经回来一个多钟头了，这让他有点后悔在哥哥家耽误太久。

他大踏步地走上楼去，按了按铃，心跳加速，侧耳倾听门后贞妮的脚步声，却只听到她的声音在门里问：

“是谁？”

“雅克！”

随着门闩和链条声音响起，她打开了门。

“妈妈出远门了，”她对他解释大门紧锁的原因，“我刚送她上火车。”

她站在门框旁，似乎有点窘困要不要让他进来。他用坦率而愉悦的眼神注视着她的脸，这样的表情让她的惶恐一下子消失了。他来了！昨天的梦又接着演绎了！……

雅克突然温柔地向她伸出了双手。贞妮也毫不犹豫地直接将双手递给他，接着退后几步，手没有抽回去，却把他拉进了门。

“我在哪里招待他呢？”刚才她在边等他的时候，就边在考虑这个问题。客厅里的家具都蒙着布套。难道去她自己的卧室？那是她私密的地方，只属于她自己，谁都没有被带进去过，连达尼埃尔都不能经常去她的卧室。剩下就是达尼埃尔与丰塔南太太的卧室，她们母女两个人一般都在这两个地方。最后，贞妮决定去她哥哥的卧室。

她说：“去达尼埃尔的卧室吧。那是家里仅有的房间。”

她没穿那条质地轻盈的黑连衣裙，在家的时候她穿着一条夏天的白色旧连衣裙，领口敞开，看起来像个穿着春装的运动员。尽管她的胯骨狭窄，两腿笔直，但不能说她身段绵软，因为她出于本能地过于注意自己的肢体，故意显得动作僵硬；尽管她这样控制着自己，但她细长的肢体仍然掩饰不了青春的弹性。

雅克跟在她后面，却思绪分散，他忍不住激动地四处张望。这里的所有，他都认识：那个前厅，那个荷兰式衣柜，门上方的德尔夫特[①]制作的盘子；走廊的灰墙，丰塔南太太以前在灰墙上挂着她儿子最早的几幅木炭画；毫不起眼的角落里装着红玻璃，儿女们曾经

①德尔夫特，荷兰城市，因为盛产陶瓷而出名。

把那里当作照相的冲洗室，达尼埃尔的卧室，书架，白玉石老挂钟，两把石榴红丝绒小扶手椅，曾经多少次他坐在朋友的对面……

“母亲去外地旅行了。”贞妮一边解释着，一边把窗帘拉高，来掩藏起内心的胆怯。

“去哪里了？”

“维也纳、奥地利……您坐下吧。”她边说边转过身来，完全没看到雅克吃惊的表情（昨天晚上，和她预想的恰恰相反，很晚才回去，母亲什么都没问她。丰塔南太太在准备第二天的远行——她不能在达尼埃尔面前准备这些的——女儿不在家的时候，她甚至没有看几点了。因而需要解释的不是贞妮，反而是母亲慌乱地说要外出十几天，像瞒着什么似的，她说是去那里“处理一些事务”）。

“到维也纳去？”雅克又问了一遍，没坐下来，“您就这么允许她去了？”

她简要地跟他说明了事情的原委。她才刚提出反对，母亲就马上打断她的话，说只有亲自去维也纳才能结束她们的困境。

贞妮说这些的时候，他深情地凝视着她。她在达尼埃尔书桌前的一张椅子上坐着，上身挺直，表情严肃，态度骄矜。嘴边的纹路和抿紧的嘴唇显得忧虑和坚毅，他心想：“太习惯于沉默了。”姿态有些拘谨；目光像在探究，不过很有分寸。怀疑？骄傲？胆怯？都不是的。他对她还是很了解的，懂得这是天生的矜持，是性格的某些特征，故意显出的保守态度，这是一种精神状态。

雅克犹豫了一下，要不要告诉她这个时候去奥地利是多么不适合。他小心地问：

“您的哥哥知道您母亲这次的外出吗？”

“不知道。”

“啊，”他突然决定说出来，“达尼埃尔绝对不会赞成的，我可以肯定。丰塔南太太一定不知道奥地利已经在总动员了，边境都由军队守卫着。说不定维也纳明天也会全城戒备了。”

她听完，完全呆了。这一个星期之中，贞妮一直没时间关注报纸新闻。他两三句话就把时局告诉了她。

他说得很谨慎，尽力说出真实情况，又不让她感到焦虑。她提出了几个问题，说出了内心的困惑，看得出她平时对于政治并太关注。战争似乎就只像历史教科书里讲的那样，她一点都不觉得可怕。战争发生时，她根本没有想到达尼埃尔会立刻处于危险境地。贞妮只会想到母亲可能会遇到物质上的困窘。

雅克连忙说 ：“也许丰塔南太太在半路上会突然改变计划。您等等看她会不会回来吧。”

“您觉得会吗？”她着急地问，脸都急红了。

她很直接地告诉他，无论如何，她为妈妈去外地而感到暗自高兴，因为这样她就可以晚点再解释。她连忙又说，这不是怕母亲不同意。贞妮最怕的是要说到自己，要把自己的感情全部说出来。

“您应该懂的，雅克，”贞妮补充说，表情严肃地注视着他，“我希望别人能猜出来……”

“我也是这样。”雅克微笑着说。

谈话更加亲密了。他细问了一些贞妮的事情，坚持着要她明确回答，然后帮助她分析。她没有犹豫就答应了。对于他的提问，贞妮没有生气，甚至有些感谢雅克提出的这些问题，她第一次感到惊喜，因为从来没有人用这种热切的眼神俯视着她。也未曾有人如此真心真意而又不愿冒犯地和她说话，表现得那么地想要了解她。全身上下包围着从没有过的温暖，她似乎感觉在此刻之前，她的生活是封闭狭窄的，只有此时，无形的围墙才消失不见了，出现在她眼前的是一片意想不到的天空。

雅克经常无缘无故地微笑。他不只是在对贞妮微笑，更多的是在对着自己的幸福微笑。雅克有些恍惚了。他忘掉了欧洲，世界上什么都不复存在,只剩下贞妮与他。她说的那些话就算没有任何意义，雅克一样觉得很温暖、很缠绵，在他身上激起了感激的冲动。新的信念扎根在他的心里，他内心骄傲的是：他们的爱情不但很珍贵，而且是空前绝后、独一无二的遇见。“心灵”这个词常常不自觉地从他唇边吐出。每一次，说出这个模糊而又神秘的词时，都带有一种特殊的颤音，在他们心中同时回响，似乎这里面的奥妙是只有他们两个人才懂的魔法。

他忽然叫道：“您知道什么是我最惊讶的吗？其实没有什么令人惊奇的！我觉得，在我的心里深处从未对未来有过质疑！”

“我也这样认为！”

事实上，不管是对她或者对他而言，这话都是不真实。不过，他们越是往这方面这么想，就越会觉得，他们从来没有一天停止过期待。

雅克继续说道：“我觉得，站在这里感觉很自然……站在您旁边，我发觉自己终于找到适合自己的环境氛围！”

“我也这样觉得！”

（于他们而言，发觉两个人的思想很契合，在一切问题的见解上可以不谋而合，他们随时感受到这样的愉悦。）

她坐到了雅克对面，坐姿很是随意慵懒。爱情似乎改变了她的身姿：行为举止中不断地表现出来了，令她拥有了少见的优雅灵巧。他十分高兴地看着她身上的这些变化。他用充满爱意的眼神望着她随着呼吸起伏的胸脯，衣服底下肌肉的波动和呼吸的节奏。他很不满足地看着那双灵活的手：它们彼此寻觅，相互揉搓，打开又并拢，就像一对恩爱的鸽子。她的指甲很小，圆圆的，鼓鼓的，白白的——雅克内心想："好像半颗榛子。"

他把身子往前凑近：

"您猜一下，我都发现了什么美妙的东西……"

"是什么？"

为了更好地听到雅克的话，她把手臂放在椅子的扶手上，手掌托着下巴；手指的弯度正好紧贴着脸颊：食指伸出来，时而轻轻地揉摸着嘴唇，时而伸到鬓部。

雅克凑近去凝视着她说：

"白天的时候，您的眼珠子像两颗小蓝宝石一样发出光泽、散发出明亮的光辉……"

她害羞地笑着低下了头，随后她又像想起什么似的抬起头，像捉弄他一般，和他一样，凝视着他：

"我觉得您和昨天不一样了，雅克。"

"不一样？"

"对，变了很多。"

贞妮的神情令人捉摸不透。他一直追问着贞妮。她踌躇迟疑，语无伦次，断断续续，终于他懂了她想说而又不敢说的是什么了：自从他进来以后，贞妮就感觉到了：他有一件秘密的心事，这件事和他们的爱情无关。

雅克用手把搭在额头上的一缕头发捋上去，直接地说：

“听我说，我从昨天以来的经历。”

他将事情的原委详细地告诉了她，昨天在杜伊勒里宫的花园度过一夜，早晨经过了人道报报社，还去找了昂图瓦纳。他说得很详细，用小说家那种津津乐道的口气叙述着事情发生的地点、人物，转述斯特法尼、加洛、菲力普、吕梅尔说的话，说明自己的反应，并且将自己的焦虑和期望都告诉了贞妮，尽力使她明白他正在进行着反对战争威胁的斗争。

贞妮听着这些感到呼吸急促，恍恍惚惚，但没有漏掉一言半语。好像一瞬间不仅参与到了雅克的生活中心，并且似乎卷入了欧洲政治危机中。面对着她从未了解的可怕问题，她感觉社会大厦似乎有些摇摇欲坠。她惶恐起来了，就像地震的时候，周围的墙和屋顶原本可以给予庇护的、似乎无法摧毁的东西都塌陷了。

至于雅克昨天还在贞妮一无所知的另外世界里自由活动，她还不能充分理解这里面的意义；不过，为了完全证明自己的爱情是正确的，她必须将雅克放到很高很高的位置；她对他目的的崇高性毫不怀疑；他说起的那些人——梅奈斯特雷尔、斯特法尼、若莱斯——都是值得敬仰的。这些人的希望可能是合情合理的，因为雅克是和他们有着同样的希望。

他激动地不停地说着。她一直全神贯注地看着他，这让他感到陶醉，雅克说道：

“……我们都是革命者……”

贞妮仰起头，雅克看到她眼里流露着惊讶。

这是她第一次听到令人愉悦的声调，用对宗教一样虔诚的口气说出“革命者”这三个字，“革命者”原本在她印象里是面目可憎的人物：通常干的都是杀人放火的勾当，掠夺富人财产来满足卑劣的欲望；都是一些天不怕地不怕的家伙，炸弹被藏在衣襟下，社会对付他们的唯一方法，只能是放逐。

雅克开始谈起社会主义，说到他加入的国际工人协会。

“并不是出于豪侠天真的冲动，我才决定加入革命政党的。我是度过很长一段时间的质疑、苦闷与心灵孤寂，才走上这一步的。在您认识我的那时候，我愿意相信人间的博爱、相信真理、相信正义是能获得胜利的；我以为这胜利是很轻易就能得到的，是触手可及的。没多久我就发现这只是幻想，因而我心里变得很是灰暗了。在这段时间里我经历了一生中最不幸的时期。我沉沦了，直达底层……底层……是革命的理想把我救了出来，”他怀着感激的心情想起梅奈斯特雷尔。“是革命的理想扩大了我的眼界，点亮了我的前途，让我这个从小就倔强又对社会没用的人有了人生的意义……我懂了，以为正义能轻易获得胜利，且触手可及，这是荒谬至极的，不过灰心丧气更加显得荒谬无理，相当于犯罪！我尤其懂得了，坚信这个胜利的一个积极的办法！假如我自己能发自本能地抗议，和其他跟我一样反抗的人一起，将推动社会发展为己任，这样的话，我的反抗会变得有效！”

她默默地听着，没打断他的话。新教的祖传意识，也令她赞同这样的思想：社会不应该束缚于刻板的墨守成规，所以，一个人应该将这个作为己任，即发觉自己的个性，把想法付诸行动，获得最大的效果。雅克感觉到贞妮懂他。从她的沉默当中，雅克感受到了一种隐藏着的平衡而又健全的悟性在颤动，她还不习惯抽象的思辨，却可以自由地超越一切偏见；她丢不掉这种矜持，他感受到一种敏锐的感情在压力下跳动，打算为一个真正值得全部牺牲的伟大事业而献身。

但是，听见雅克如此肯定地说，贞妮在其中生活，但毫不觉得资本主义社会让人憎恶，对不能容忍的不公正是认同的，关于这个观点，她不禁怀疑地撇嘴，根本不承认。曾经，她没考虑很多，就认同了这种不平等的生活境地，认为它是天性素质不平等的必然结果。

“啊！”他叫道，“这受苦的世界，贞妮！我敢确切地说您是想象不到它的真实状况是怎样的！不然，您绝不会如此摇头……您不了解，就在您看不见的地方，有许多不幸的人，生活对他们来说，就是日复一日地受苦，累得压垮了脊梁，没有相对应的报酬，前程缥缈，没有一点希望！您知道吗，有人采煤，建造工厂，可是，您可曾想过那几百万人要一生都在黑暗的矿井里？有没有想起过其他那几百万人在工厂机器的轰隆声中筋疲力尽？还有农村靠运气吃饭的人们，他们每天掘地的工作量按季节分为十个、十二个、十四个钟头，付出血汗得到的农产品却卖给了那些欺骗他们的中间商人？人们的痛苦就是这样的！我夸张化了？当然不是！我说的全是亲眼所见到的……在汉堡，为了不让自己饿死，我必须和上百个与我一样被饥饿所迫的穷苦人民去做苦力：赚取面包。连续三个星期，从早到晚被工头指挥干粗活，他们像狱卒一样命令着：‘扛起这些大梁！背起这袋大包！推走这车沙子！’晚上，我们才能得到那可怜的报酬离开港口，奔向食物与酒，筋疲力尽，全身脏兮兮的，浑身无力，脑袋空白，疲乏得没力气反抗，然而这却不是最可怕的：在这些苦难者中，大部分人一点都没发觉社会的不公平，甚至不曾怀疑过！并且他们自己就是不公正的牺牲品之一，真不知道他们的力量是从哪里得来的，把这样可怕的犯人般的日子当作很自然的事情来承受！我能够逃出这地狱般的生活的原因，是我幸运地懂得几种语言，还稍微可以给报纸写点文章……然而他们呢？他们还得在那里继续干着苦力！这些事，贞妮，我们难道有理由让他们继续存在下去吗？纵容它继续下去，让它变成世界上的人们正常生活的条件吗？”

“哦，还有工厂，我曾干过一段时间，在菲于姆的一家纽扣工厂当过搬运工。我纯粹是一台机器的奴隶，每隔十秒钟我就得给它加一次料！一刻都不能停下……不停地重复同一个动作，这样持续几个钟头。其实不累人，但我宁愿劳累一些。我向您保证，干完工作后，这样愚蠢的劳动使我更加头昏脑涨，甚至比在汉堡连扛两个钟头的水泥袋，灰尘掉进眼睛，累得口干舌燥还要痛苦！……在意大利的一家肥皂厂，我亲眼看到那些女工的工作过程，每隔十分钟她们就要搬一次重八十斤的肥皂粉箱；其他的时间，她们就站在那里，摇着把，把柄很沉重，不得不弓着脚蹬墙才能摇起来。她们每日这样工作八个钟头……我完全没有丝毫的虚构！我还亲眼见过一个场景，在普鲁士一家皮货厂，那里的女工还是一些十七岁的小姑娘，她们每天从早上到晚上的工作就是刷皮毛；那些姑娘吸进去很多的毛，但不得不继续工作下去，必须每天去外面吐几次……只是为了得到那少得可怜的工资！因为不管哪里都是规定女工干一样累的工作，报酬却比男人们低……”

“这是什么原因？”贞妮问道。

“因为人们都以为她有父亲或者丈夫养活……”

“这倒是个说法。”贞妮说。

“唉，事实不是这样的！假如这些可怜的女人必须外出赚钱时，不就是表示我们现在的社会里，男人们赚不到足够的钱，无法养活他们的家人吗？

“我再给您说一下外国劳动人民的状况。不过，您只需要随便哪个早晨，去伊弗里、皮托、比朗库[①]看看……在七点以前，您将会看见妇女们纷纷出来了，先把自己的孩子送进托儿所，为了能够有空闲去车间做苦力。厂主建立起托儿所（工厂承担费用），可能会真心觉得自己是工人们的恩人……您可以试着想象一个母亲每天的生活是怎样的吗？每天做八个钟头的工作，早上五点的时候必须起床，煮咖啡，给自己的孩子们穿衣、整理屋子，七点钟得赶去上班。这样的生活不可怕吗？不过，这样的生活确实存在！资本主义社会就是用这些牺牲的生命建筑起来的！……真的，贞妮，我们能忍受下去吗？我们还能够容忍着，让资本主义社会用牺牲几百万人的生命作为代价来取得繁荣吗？不能！……但是要改变这全部的状况，就不得不改变政权：让无产者获得政权。现在您清楚了吗？看，就是那个似乎让您心生恐惧的词的含义，革命……不得不有一个完全不同的社会新组织，并且能够让人们生活下去！不得不还给工人们应得的报酬，还有他们的自由、闲暇和福利，如果他们没有这些，就不可能有尊严地取得更好的发展……”

“人的尊严……”贞妮思索着又说了一遍。

---

①都是巴黎周围的工人城镇。

贞妮忽然感觉到困窘——她已经二十岁了，然而丝毫不了解世界上的辛劳与贫苦。在劳动人民与她这样一个一九一四年的资产阶级女青年之间，阶级的制度非常森严，如同古代等级制度一样分隔得那么远……她单纯地想："可是我认识的那些有钱人似乎不全是恶魔。"她想起母亲参加慈善事业时，为贫困人家"施舍"……她迷惑得红了脸。慈善！她现在懂了，那些渴求给予的穷人，和一样被剥削的工人之间没有共同之处，工人要求生存权利、独立和"尊严"。而那哀求施舍的人并不是她单纯认为的那样，属于人民：他们仅仅是资产阶级社会的寄生虫；他们和那些去探望的做善事的太太一样，和雅克所说的工人社会毫无关系！雅克刚才对她解释了什么是无产阶级者。

"人的尊严。"贞妮又说了一遍。她的声调表明了她给予了这几个字它们原本的含义。

雅克说："噢！最开始的结果一定会是微不足道的……革命解放的劳动人民首先肯定是先满足自己的欲望，还可说是最低下的欲望……因为不得不先满足这些卑微的欲望，然后才能让自身得到进一步的提高……"他迟疑了一会儿，随后补充了一句，"……这样才能实现精神文化……"

他的声音有些含糊。那些让他不陌生的苦恼，堵住了他的喉咙。不过他还是接着说下去了：

"我们还是应该承认这种必然性：制度上的革命比风俗革命早很多年。不过不应该……不……我们没有权利怀疑人……人性的弱点，我很了解！但是我认为，不如说愿意认为，那些大多数的缺点是现在社会的必然产物，我愿意相信……应该反抗悲观主义的意图，应该做到相信人类！……在人身上应该有着、也应有着一种神秘的不可摧毁的意愿……我们要耐心地把掩埋在灰烬里的小炭火吹燃，使它燃烧起来……可能有一天它终会成为燎原之势。”

她忽然点头表示赞同。她的表情比平时更加坚定，目光非常严肃。

雅克愉快地笑着：

“社会改革是以后的事……目前最紧迫的就是如何阻止战争的爆发！”

他突然想起和斯特法尼的约会，瞄了一眼大理石挂钟。钟已经停了。他看了一眼手表，瞬间跳起来了：

“都八点了？”他说道，像从梦中惊醒似的，“我得在一刻钟之内赶到交易所！”

雅克突然又意识到，在他们的交谈中具有让人意外的严肃。他害怕让贞妮失望，想道个歉。

“不，不，”她立即打断了他的话，“我愿意了解您对所有事情的看法……我要了解您的生活……了解它……”贞妮急切的语气好像在说：“您如此自信，向我推心置腹袒露真情，这就是给予我温情的最好的凭证，是我最珍惜的！”

“明天，”他边向门口走去边说，“我早点来，好吗？吃了午饭就来。”

贞妮淡淡地笑了笑，眼睛亮晶晶的。她原本想回复：“行，一定要来，尽量待久一点……唯有您在这里的时候，我才会有活着的感觉！”

但是她的脸变得红红的，什么也不说，送雅克出了屋子。

到客厅门前面，他停下步子，客厅的门是半开着的：

“抱歉。这儿让我想起了很多事……”

百叶窗是关着的，她走到前面去把窗子打开，用她独有的步伐穿过房间，笔直地朝她的目的地走去，坚定不移却又不显得急躁，温顺而又柔和。

布料和蜡的气味从堆着的窗帘、卷成捆的地毯与地板蒸腾上来。他浅浅地微笑着环视四周。雅克回忆起第一次去看昂图瓦纳的场景……贞妮生气地走远，把手臂撑在阳台栏杆上；而他独自站在角落里，呆呆地站在玻璃门前。今天，他似乎不用揭开放下的窗帘，就可以再一次看到糖果盒、扇子、工笔画，这一切的小摆设，那次他还不急不缓地欣赏着，他又看到这么多年以后它们还在原来那个位置……这些年里贞妮各种各样的形象，依次浮现在他眼前，就如同一幅幅原画一样。他回忆起她小姑娘和少女时候的样子，生气时候的样子，他压抑着自己的冲动，莫名地脸就红了，有点欲盖弥彰的味道……

雅克微笑着对她转过身来。她猜得出他现在的想法吗？也许吧。但是她什么都不说。雅克静静地凝视了她一会儿。今日他又是在此间客厅与她相见，她还是和以前一样自制力很强，一点都不胆怯，但也不自暴自弃，目光率真、透露出些许严肃，光滑的面颊显得很是神秘……

“贞妮，我想去看看您母亲的房间，可以吗？”

“来吧。”对他这么要求贞妮似乎一点也不觉得惊讶。

雅克对这个房间的每个角落都很熟悉，整个墙上都挂着画像和相片，镂空花边的大床上铺着绿锦缎！以前达尼埃尔总是先敲敲门，让他进去。壁炉两边各摆着一把圈椅，丰塔南太太常常坐在其中一把椅子上，在玫瑰色的灯光下就着炉火阅读道德伦理或英国小说。

那个时候，她会把翻开的书放在膝盖上，微笑着容光焕发地欢迎他们两个，似乎再没有比他们的到来还能让她开心的事。她让雅克坐在她对面，眼神里流露出鼓励，问起他的生活和学习情况。如果达尼埃尔准备把塌下去的木柴重新堆好，他母亲就会用赌徒一样灵巧和熟稔的动作抢过他手里的钳子，微笑着说："别，别，还是我来吧，你不懂火的特性。"

他用了很大的力气，才把这些回忆甩掉。

"走啦。"他向门口走去。

她把他送到前厅。

他突然很认真地凝视着她，令她感到一股莫名的恐慌，贞妮把头低下去了。

"您在这里一直很幸福吗？真正感到幸福过吗？"

在回答这个问题之前，她仔细地回忆了一下过去，一瞬间就重温了一遍过去的岁月，恐慌的、忧虑重重的童年，沉默内向的、克制的童年。当然，在那单调乏味的日子里还是有些许光明的：母亲的慈爱，达尼埃尔的挚爱……但，这不是……幸福，真正的幸福？不，还未曾有过。

她抬起眼睛，摇了摇头。

她看到雅克做了个深呼吸，坚定地抬手弄了弄额头上的头发，突然微笑了。他沉默不语，不敢轻易地对她承诺什么幸福；只是一直不停地对她微笑着，凝视着她的眼睛，握住她的双手，和他刚来的时候一样，并把嘴唇贴了上去。她的眼睛一直看着他。她感觉到自己的心在扑通扑通地乱跳……

不过过了很久之后，她才明白，雅克现在的形象——就像此刻这样站立着，朝她弯下身子——此刻的一切都会深深地刻在她的记忆里；她一辈子都会清楚地记得这个额头，这垂在额前黑黝黝的短发，这深沉、固执与大胆的眼神，这因为许诺而亮亮的让人很是信任的微笑……

43

圣于斯塔什钟楼位于院子最里面，做圣事的钟声早早地将雅克吵醒了。他第一件事就是想起了贞妮。昨天晚上睡觉前，他多次想起天文台林大街的那次拜访，他总是在回忆里寻找新的细枝末节。他又在床上躺了一会儿，眼神淡漠地环视着他新住处的摆设。墙壁已经渗出了硝，天花板上的石灰像鱼鳞片一样一片一片地掉落下来，陌生的旧衣服挂在衣钩上，衣柜顶上堆放着很多包小册子和传单；白色的铁皮洗脸盆上面，有一个很便宜的脏兮兮的镜子在那里闪光。以前住在这里的人是怎样生活的？

窗子开了整整一个晚上，即使还是早晨，从院子里散发出来的恶臭气味已经很难闻了。

“周一、二十七日，”他在内心一边这样想着，一边翻看床头柜上的记事簿。“今天早上十点要去见法国总工会的人……之后要去处理那笔钱的事，得去见公证人与经纪人……还有下午一点的时候，我去她家里，和她一起度过！……再是下午四点半的时候，去沃吉拉参加一个欢迎克尼佩丹克的会议，……六点，要到达《极端自由主义者报》的报馆……晚上有游行活动……昨天晚上就已经有斗殴的情况发生了。今天也许真的会有什么事要发生……大马路经常会变成爱国主义者的世界！可能今夜的游行是件好事。到处都在张贴海报……建筑工会也已经开始呼吁会员们了……关键是，工会运动与党的运动有着密切的联系……”

他到走廊的水龙头旁，把水壶装满水，用冷水擦洗了身子。

雅克突然想到马尼埃尔·罗瓦，于是开始责备这位年轻的大夫："实际上，被你们说成不爱国的那些人，都是反对资本主义的人！难道就因为反抗你们的资本制度，就不是法国的好公民！你们所说的'祖国'，”他把脑袋放进水里，嘀咕着，“其实指的是'社会''阶级'！你们所说的保家卫国其实是挂羊头卖狗肉，保护自己的社会制度！”他双手抓紧毛巾的两头，一边用力地擦背，一边想象着未来的世界，那时候，各个国家将会像自治州一样存在，而且是在同一个无产阶级者组织形式下团结起来。

于是，他又想起工会活动：

“只有深入工会内部，才能干出一番大事业……”他的额角阴暗下去了。他是因为什么而来法国的？来的目的是收集情报，对的；他已经用了最大的努力完成任务：昨日，他还向日内瓦传送了一些简短的“报告”，不用说，梅奈斯特雷尔肯定用得着，不过他并不觉得情报员有多么重要。“要做有用的人，真正有用……得行动……”来巴黎的时候他就是抱着这个期望的。然而，到了这里他仍然只是个旁观者，主要就是做记录言论和新闻消息。总的来说，没有做什么重要的事——因无法发挥自己的才能而感到懊恼！因为个人力量和影响有限，所以他被限制行动。关于那些不在组织里的人，长期以来处于组织之外的人，不能有真正的影响。“个人在革命中的作用问题就在这里了，”他忽然灰心丧气地想，“由于逃跑的本能，我从资产阶级中跑了出来……是由于个人的抵抗精神，并不是阶级反抗……你所有的时间都用来照顾自己，探索自我了……你永远不可能成为一个好的革命者，我的同志……”他想起米特尔格对他的斥责以及一切从坚定的现实出发赞同流血革命是必要的那些人，他又觉得暴力这个烦人的问题堵在心口……“唉！真希望有一天能够解脱……献身……因为自己的献身从而得到解脱……”

他就在这种混乱、颓废和迷茫的情绪中洗漱好了，还好这个状态维持得不算久，很快就被外界鲜活的世界吸引住了。

“去打听一下情况吧。”他精神抖擞地思忖着。

只要一想到这个他就兴奋起来了。他把门锁上，快速地下楼，走到街上。

报纸也没为他提供什么大消息。右派报纸大肆宣扬爱国联盟[①]在特拉斯堡塑像前的示威游行。在大部分报纸上，正式的电讯被添加了很多多余又矛盾的评论。官方的指示似乎要慎重地轮流引起恐慌与期待。左派的机关报呼吁全部的和平主义者去共和国广场游行。《工会战斗报》在第一版登着：今天晚上，所有的人都到街上去！

十点的时候他得去邦蒂路赴约，去那里以前，雅克得先去人道报报社转悠一圈。

在加洛的办公室门口，一个上了年纪的女活动分子走近他，他经常在“进步咖啡馆”的聚会中见到她。她已经入党十五年了，是《自由妇女》的编辑。大家都叫她于丽大妈。而且她很受人们的喜欢，尽管大家都很小心地躲开她，生怕被她拉住就说个没完没了。她非常热情，爱好做善事，尽全力做事，热心地给人们互相介绍，即使

①1882年，德鲁莱德创建，1914年，巴雷斯主持，属于民族主义组织。

年纪很大了，又得了静脉曲张这一毛病，但还是不辞辛苦地到处奔走，只要能给那些失业人员找到工作，又或者是帮助别人走出困境。佩里奈得罪警察局的时候，她曾冒险把他留在自己家里。她是一个奇人。她的头发蓬乱又花白，让她在大会上看起来像一个放火的女人。但是她看起来还是很漂亮的样子。“她的姿色还在，”佩里奈用郊区的口音说，“擅长装扮……”她是绝对的素食主义者，她才刚组织了一个合作社不久，目标是在巴黎各个区都开设一个社会主义素食餐馆。她不管情况如何，都不放过任何招收信徒的机会，现在她就抓住了雅克的手肘，开始宣传起来：

“去了解一下吧，孩子！去问问卫生学家……假如你固执地给自己吃腐烂的食物，习惯吃死掉的动物，这样的话你的身体就会出现不适，大脑就发挥不了最大的作用……”

雅克用了很大的劲才把她甩掉，一个人去了加洛的办公室。

办公室里除了加洛还有他的秘书帕热斯。他正拿着一份名单给加洛看，加洛一边看一边拿着红笔做记号。他从堆满文件的桌子后面抬起头来，一边招呼雅克坐下，一边接着做记号。

雅克能看见他的侧脸，那红黝的侧面似乎仅有一些人的模样：额头与鼻子斜着抹向后面，构成了脸的全部。那线条隐藏在乱蓬蓬花白的头发里，下面是羽毛掸似的胡须，胡须底下有一张后缩的嘴与陷进去的下巴。雅克始终看着加洛，总是感觉惊讶与好奇，就好像非常碰巧地发现了一只刺猬，趁它还没有缩成一团之前，仔细端详。

门忽然被打开了，斯特法尼冒出来了，他没穿外套，衬衣袖子卷到肘部，手臂青筋暴露，鹰钩鼻上稳当地架着一副眼镜。他拿来了工会代表大会昨天在布鲁塞尔通过的日程。

加洛站了起来，随手拿起帕热斯给他的那份名单，小心地放进了文件夹。三人讨论了一下关于比利时来的文件，都没搭理雅克。之后，他们又交流了一下对今天新闻的看法。

不用多说，今早的气氛缓和了许多。欧洲中部散出的消息让人有了一些期望。奥地利军队最终还是没有越过多瑙河。奥地利加快了行动，和塞尔维亚断交之后，若莱斯却认为，这一个暂时得以喘息的时间具有深远的意义。塞尔维亚的回应明显含有的善意，列强大多表示愤慨，维也纳很显然还不敢开战。除此之外，昨天俄国被德国威胁要发动总动员，曾经让各国大公馆惶恐不安，总的来说，好像应该被认为是有益的局势：按照某些人的看法，这个行动只是故作强硬姿态，目的都是为了保卫和平。实际上，最近取得的成果还是比较不错的：塞尔维亚已经对德保证过，在奥地利的进攻不经战争就后退，这样就可以争取到时间，肯定可以找到调解的方法。

关于国际反战运动，雅克得到了很多令人振奋的消息。在意大利，社会党议员将会在米兰开会，讨论局势，并且确定意大利社会党的和平主义态度。在德国，政府的有力举措没有压制住反动派的力量，反动派们还在酝酿明日将在柏林进行大范围的反战示威。法国境内，社会党和工会分支机构都获得了指令，在研究区域性罢工的计划。

有人过来告诉斯特法尼，儒勒·盖德在等他。雅克赶着去赴约，便和他同时离开了房间，然后和他一同向办公室走去。

“区域性计划？”他问，“目的是在开战的时候参加总罢工吗？”

“总罢工，肯定是的。”斯特法尼回道。

但是，雅克从他的语气里听到不自信。

里亚尔托咖啡店在邦蒂大街。离总工会不是很远，所以这里变成了工会小组聚会的基地。雅克要在这里会见总工会的两个活跃分子，里沙德莱请他和他们两个人进行联系。他们一个是小学教师，另外一个曾经是冶金厂的监工。

他们谈了一个多钟头，雅克搜集到了有关总工会正与社会党研究以某种方式更紧密地统一行动共同反战的情报，他对这个情况很感兴趣，还想继续交谈，就在这个时候，咖啡馆的老板娘出现在留作后门的后厅门口，大声喊道：

“蒂博的电话。”

雅克犹豫着要不要站起来。不会有人想到来这里找他吧。可能是大厅里还有另一个叫蒂博的吧？……可是没有人站起来，因此他准备去看一下。

是帕热斯。雅克突然想起来了，走出加洛的办公室之前，他说过在邦蒂路有一个约会。

“真幸运找到你了！”帕热斯说，“我刚接待了一个瑞士人，他有事情想跟你说……他从昨天开始就在找你了。”

“他长什么样？”

“一个很矮的人，一头白发，得了白化病。”

“哦！我知道了……他是比利时人，不是瑞士人。他来巴黎了？……”

“我没跟他说你在什么地方。只是随口提议他一点钟的时候去新月咖啡馆去。”

“但是我还要去见贞妮！”雅克心想。

“不可以，”他立刻说，“一点钟的时候我还要去赴约，根本就不能……”

“你看着办吧，”帕热斯插话说，“但是，好像真有急事。他有话要跟你说，是梅奈斯特雷尔拜托他做的……反正我已经告诉你了。再见。”

“谢谢。”

梅奈斯特雷尔？很紧急的事？

雅克匆忙地走出里亚尔托咖啡店。不知道怎么办才好，他决定把去天文台大街的时间延缓，但是理智还是战胜了冲动。去找公证人之前，他急急忙忙地去了一趟邮局，写了一封信给贞妮，告诉她，他三点之前去不了她家里了。

贝诺的事务所在特隆舍路一座漂亮的房子里，位于二楼。

假如是在另外一个时间，看到公证人贝诺摆着那样一副严肃郑重的样子，这个地方、建筑与书生般的外表，阴森而尘封的、一堆堆文件沾满灰尘的阴郁气氛，雅克一定会觉得十分可笑。贝诺对他很是尊重。因为他是已经去世的蒂博先生的儿子、继承人，很自然会是未来的主顾。整个事务所从送信员到老板，对他所得的这份财产都有一种虔诚的敬重，工作人员请他在文件上签了字。因为雅克似乎急迫地要花这笔钱，公证人小心翼翼地询问他拿这笔钱做什么。

“很明显，”贝诺两只手抓住座椅扶手两端的狮子头说道，“在局势危急的情况下，交易所会出现让人想不到的机遇……这是对于懂得市场行情的人来说……不过，有风险……”

雅克没有继续让他说下去，提出了告辞。

在证券兑换的地方，室内的职员们非常忙碌。电话铃声响起。有人大喊着发出指挥。交易所开门的时间马上就到了，因为时局的严重有人担心会导致这场开盘发生动荡。有人发出抗议，这个时候，雅克要求见到荣库瓦先生本人。但是最后只见到了一个代理人。他刚一提出要把全部证券卖掉，代理人就马上告诉他，这个时期很不好，按照现在的交易情况，结算后他会损失一笔很大的财产。

“不要紧。”雅克说。

他的神情很坚定，这让代理人很是敬佩，做出这样疯狂不理智的事，还保持镇静，这位奇怪的顾客肯定有秘密的内部消息，因而策划了这个计谋。但是，还是需要两天时间，才可以完成证券全部脱手的任务。雅克站了起来，说他周三的时候再过来，那天，他要在经纪人的柜台上取得他全部的财产兑换成的现金。

代理人送他送到楼梯口。

范赫德一个人靠在门边的长板凳上，手肘撑在桌子上，手掌托着下巴，眯着眼睛查看从外面进来的人。他穿了一套卡其布西装，是殖民地那种款式奇特的西装，颜色很像他褪了色的头发，尽管在新月咖啡馆，人们都已经习惯看到奇装异服的人，不过，他还是非常引人注目的。见到雅克，他就起身站了起来，苍白的脸色突然变得绯红，半天也说不出话来。

“最终还是来了！”他感叹道。

“你也来巴黎了，小范赫德？”

“最终还是来了！”白化病患者又说了一次，嗓音有点发抖，“我已经非常害怕了，蒂博，您知道吗！”

“什么原因？发生什么事了？”

范赫德把手放在帽檐上，遮住眼睛小心翼翼地向桌子四周张望。

雅克有些惊讶地在他身旁坐下，侧过耳朵倾听。

"人们需要您做一件大事。"范赫德轻声说。

雅克的脑子里闪过贞妮的影子。他像神经质一般捋了捋额头上的头发，试探性地问：

"去日内瓦吗？"

范赫德摇了摇满是蓬乱头发的脑袋。他往口袋里掏了半天，最后从钱包里拿出一封粘好的信。上面没写收信人和地址，雅克急忙拆开，范赫德在一边轻声说：

"我还为您带来了其他的东西。是个身份证，名字是埃贝尔莱。"

信只有两页纸：第一张的正面有几行字，看笔迹是里沙德莱写的。还有一页什么都没写。

雅克读道：

"飞行员寄希望于你。随后还有信。周三我们在布鲁塞尔会合。

"致意！

"随后还有信……"雅克懂得这个暗语。那张空白的纸上用显影药水写了指示。

"我得马上回去看密信……"他急促地翻弄着信纸，继续问道，"假如你没找到我，怎么办？"

范赫德很可爱地微笑着：

"米特尔格和我在一起。如果找不到您，他会拆开信，代替您完成所有的任务……我们要在周三去和另外一些同志会合……您没住在贝尔纳丹路李贝特家里吗？"

"米特尔格现在在哪里？"

"他也到其他的地方找您去了。我会在三点的时候，去巴尔贝斯大街厄尔丁格家和他碰面，那是我们一个同胞的家，我们就住在那里。"

“你听清楚了，”雅克一边把信放进包里一边说道，“我不把你带到我家里，这样女门房就不会发现你了……四点一刻你和米特尔格去蒙帕纳斯火车站报刊亭那里等我，知道那个地方吗？然后我会带你们去志愿军大街，那里今天晚上会有一个很有趣的会议……吃过晚饭，我们一同去共和国广场，参加示威游行活动。”

过了半个钟头，雅克把自己关在房间里，读着洗出来的信：

“周二，二十八日，必须去柏林。

“十八点到达波茨坦广场的阿申格尔餐厅。到了那里就能找到Tr，他会给你明确的命令。

“一旦东西到手，就立刻坐火车去布鲁塞尔。

“千万要小心。只有范某给你带了一封信，别无其他。

“假如不幸被捕并被指控为间谍，找柏林的马克斯·克尔芬做辩护律师。

“东西是Tr与他的朋友们准备的。Tr非常想和你一起执行任务。”

“很好，”雅克轻声说，马上想起，“要做有用的人……那就行动起来吧！”

脸盆里发出显影液的碱性气味。他把手指擦干，往床上一坐。

他尽力保持冷静的思索：“柏林……明天晚上……明早的火车肯定是来不及赶上下午六点的约会了，所以我得坐今晚十二点的火车去那里……不管怎样，我还是有时间去看一下贞妮的……好……但是示威游行肯定是没时间参加了……”

他在思考，呼吸有些急促。行李箱打开放在地板上，里面放了一份火车时刻表。他拿出来，走到窗前。感觉有点热得透不过气来了。

“别无选择时，我还可以选择今晚十二点一刻的慢车。虽然时间长了点，但如此一来我就有时间参加晚上的示威游行了……”

隔壁屋子里传来一个女人尖锐的颤音，她可能正在熨衣服，烙铁碰到炉子的声音时常会打断她的歌声。

“Tr 一定就是特劳坦巴赫……不需要多说……他谋划了一些什么？为什么一定希望我去？”

他擦了擦脸上的汗珠。他因为这次行动的前景、任务的神秘性和他将要经历的风险而感到很兴奋，但要离开贞妮又让他感到一丝难过。

他想：“既然他们要我在周三的时候在布鲁塞尔参与会合，那么他们就不会妨碍我——假如事情进展得顺利——周四我就可以回巴黎……”

想到这些，他心里就好过多了。总的来说，也就离开了三天。

“我得立即告诉贞妮一声……时间正好还来得及，假如我想在四点一刻就到达蒙帕纳斯火车站……”

因为他不能确定离开之前还有没有时间回来一趟，所以就把文件夹里的所有文件都带上了，把个人证件打了个包，写了梅奈斯特雷尔的住址；防止意外，身上只带了范赫德给他的埃贝尔莱身份证。

接下来，他就往天文台林荫路走去。

44

门铃声一响起，贞妮就飞跑着来开门，就好像从昨天送他离开之后，她就一直在那里等他一样。

“有个坏的消息，”雅克轻声说，忘了跟她问好，“今天晚上我就得离开这里。”

她嗫嚅着问：

“离开？”

她的脸色变得苍白，呆呆地望着他。看着她难过，他也变得难过了，以致让她试图掩饰自己的失望。又要和雅克分开了，这个考验已经让她快承受不了了。

“周四我就会回来了，最迟到周五。”他连忙补充道。她低着头，做了个深呼吸，脸蛋上泛起了浅浅的红霞。“三天！”他勉强地笑着。“三天很快就过去了……可以幸福一辈子呢！”

她向他投去了害羞又满是疑问的眼神。

雅克说："不要问我去干什么。组织命令的任务，我必须去完成。"

听到“任务”这个词，贞妮的表情显得有一些担忧，尽管雅克自己都不知道去德国的目的是什么，但觉得还是应该让她放心：

“只是去和几个外国政治家谈论……因为我会流利地说一口他们的语言……”

她认真地注视着雅克。他马上停顿了，用手指了指前厅桌子上几张打开的报纸：

“您知道发生什么事情了吧？”

“对。”她干脆地说，那口气就像说现在她和他一样了解时局的危急。

他向她走近，牵住她的两只手，叠放在一起，亲吻着。

“到房里去，”她用手指了指达尼埃尔房间的方向，建议，“一分钟也不要浪费了！”

她最终笑了，率先往过道走去。

“有您妈妈的消息了吗？”

“还没，”她背对着雅克说道，“母亲应该是过了中午才会回到维也纳。我猜，只有到明天才可能有电报的。”

屋子里的东西已经全部准备好了。小窗帘低垂着，令光线也变得好客起来；屋子已打扫过了；窗帘也才熨过了，垂挂在窗子上；挂钟已经在走动了；书桌的边上放了一束香豌豆花。

贞妮立在房间的中央，眼神认真又忧虑地望着雅克。他浅浅地笑着，但是无法让她也笑起来。

“那么，”她有些怀疑地说着，“是真的吗？只剩几分钟了？”

他对她投去了温柔、含笑还有些呆滞的目光。这不是装作看不见的目光，反而是一种很明确的专注的目光，让贞妮感到有些不舒服。她记得，雅克回来后，还从未用过这种专注的眼神看过她，似乎要看进她的心里一样。

雅克发现贞妮的嘴唇在哆嗦。他拽住她的手，轻声说：

“别让我失去勇气……”

她把腰挺直了，对着雅克笑起来了。

“太棒了。”他说着并让她坐了下来。

他没有对自己思绪的衔接做任何解释，轻声地说：

“要自信，甚至是盲目得只相信自己，其他的什么都不信……只有清楚地知道自己的命运，并愿意为这付出所有的人，才会有一个强大的内心世界。”

“对。”她喃喃自语。

“感觉到自己的力量了吗？”他又补充说，似乎是说给自己听的，“听从它。假如这力量在别人看来是邪恶的，那就随它去吧……”

“对……”她又说了一遍，又把头低下去了。

在这几天里，她经常像现在这样想：“听他说一事，我不得不回想一下……考虑一下……才可以更深刻地理解……”有那么一瞬间她一动不动，睫毛低垂；那张低着的脸，显得忧心忡忡，雅克有些担心，沉默不再说话了。

随后，他尽量压抑着嗓音说：

“这是我的人生到现在为止最有意义的一天，现在我懂了，别人觉得我身上本应被摒弃的恐怖的成分，反而是我身上最优异、最真实的情感！”

她静静地听着，也懂了，脑袋有些昏涨还有些头晕眼花。这两天里，她内心世界的基石慢慢地动摇起来了：她的四周出现了一个个很深的坑，雅克的表述并无法将其填满。

突然，她发现雅克的表情开朗起来了。他依然笑着，但是神情和之前完全不同。这个想法刚冒出来，他就已经向贞妮投去了探寻的目光。

“让我说，贞妮……今晚既然您也是一个人……为什么不……和我随意找个地方共进晚餐呢？”

她注视着他，什么都没说，被这个简单的邀请——她感到很是特别——羞得不知道怎么办了。

“在七点半之前我还有事，”他解释说，“九点我要去共和国广场，您愿意和我一起度过这剩下的一个多钟头吗？”

“愿意。”

“她的说话方法很特别，”雅克心想，“肯定但又温和：‘对’，或‘不’……”

“谢谢！”他非常高兴地大声说，“我没有空来接您了。您能不能七点半之前到达交易所前面！”

贞妮点了点头。

他站了起来。

“我得马上走了。回见……”

她没有试图留住他，沉默着把他送到楼梯口。

他往楼下走去，最后转过身笑了笑，表示再见，她趴在栏杆上，忽然鼓起勇气说：

“我喜欢想象您在那些同志们中间的场景，比如在日内瓦，那里才是您该去的地方。……”

“您怎么说起这个了？”

她斟酌着说：“因为我看到的你，总感觉您有些——想想要怎么表达？——有些……背井离乡的感觉……”

雅克站立在楼梯上没动，抬起头，认真地望着她，激动地说：“您说错了，我在日内瓦……也是背井离乡！无论在哪里都是背井离乡。我常有背井离乡的感觉，因为我天生就是一个背井离乡的人！……”他笑了，又说，“但是在您身旁的时候，贞妮，这种背井离乡的感觉才会远离我……一些……”

笑容在他的脸上消失了，他似乎犹豫着要不要说其他的事情。他摆了一个模棱两可的手势，往楼下走去了。

“她非常地完美，”他心想着，“完美得让人挑不出缺点，不过让人看不透！”这不是责备。贞妮对于他一直充满吸引力，其中一些原因不就是因为她的神秘莫测吗？

贞妮回到房里，背靠在门板上很久，倾听着他远去的脚步声。

“啊，他真不简单！……”她突然醒悟到。这不算遗憾的叹息：贞妮爱他这个人，直到这迷蒙恐怖的感觉，在他身后的，像航迹，像脚印。

45

在志愿者路“加里波的咖啡馆”的内用厅正在召开沃吉拉会议。

经过雅克的一番介绍，范赫德与米特尔格在前排坐了下来，被当作瑞士社会党代表来招待。会议是由吉博安主持，克尼佩丁在演讲。他最有名的作品是用瑞典文写的，不过他的名字早已走出北欧国家了；最好的作品被翻译成各国语言，在座的很多人都拜读过。他说着一口标准的法语，个子很高，发色花白，信徒般的眼睛显得神采奕奕，使他的思想更有威望。他是信仰和平、保持中立的国家的人，那个地方，一些主要的列强过于冲动的民族主义早已导致恐慌与反对了。他严肃又清楚地分析了欧洲形势。他所说的都是有凭有据的，热烈又开放，其间的欢呼声就一直没有间断过。

雅克听得不是很认真，他一会儿想到贞妮，一会儿想起柏林。克尼佩丁的演讲以热情地呼吁反战结束，他还没等大家讨论，就起身了；他不愿意带范赫德和米特尔格到《极端自由主义者报》报社去，他约了他们晚上在游行的时候再见面。

法兰西剧院广场，他望了一下钟表，改变了计划。蒙马特尔距离太远了。就不去《极端自由主义者报》报馆了，走回《人道报》报社，打听下午的状况。

走在克罗瓦桑路的大街上，老穆尔朗穿着排字工人的外衣，和米拉诺夫同时离开报馆时被他看见了。雅克跟着他们走了一段距离。

雅克清楚，米拉诺夫和那个无政府主义的组织一直有关联；他问米拉诺夫周末去不去伦敦参加代表大会。

“没有好结果的。”米拉诺夫很干脆地回复。

穆尔朗说：“代表大会不是个好的兆头。现在没人想要引起其他人的注意。每个人都躲藏起来了不露面……在省政府，在内政部，他们早已做好收网的准备了：如此的话他们很快就要公布B册了。”

“是做什么的？”米拉诺夫问。

“其实就是黑名单。一旦状况不佳，就要把罗网准备好了……”

“那个楼上，他们会讨论些什么？”雅克用手指了指《人道报》报社的窗子，问道。

穆尔朗耸了耸肩。最近的消息总让人失望。

《泰晤士报》[①]报社的消息一直很灵通，因为这个驻彼得堡报社而得名，特派记者由于疏忽，被群众得知，沙皇已经允许驻扎在边境的十四个军对德国实行动员的回复。俄国丝毫没有像人们以前想象的那样被吓退，反而更加气势逼人：俄国政府恐吓马上下达命令——只要德国有一丁点的动员行动。但是，从来自柏林的电讯得知，凯塞尔政府已经不是那么地胆小害怕了，反而很主动地进行动员。仓促地把参谋长莫尔特克[②]召回来了。据官方消息，德国民众获悉战争已经是箭在弦上不得不发的事了。《柏林地方报》[③]登载了为奥地利最后通牒辩护的长篇大论，主张攻打塞尔维亚。在柏林的早晨，惊慌失措的赚取利息的人们就已经把银行窗口挤满了。

---

①创建于1785年，是当时保守派的喉舌。

②莫尔特克（1848—1916），从1906任职德国参谋长到1914年。

③于1871年创立的民族主义日报。

在法国，信贷银行一样被挤得水泄不通。在里昂、波尔多与里尔，支取现金致使银行引起诸多问题。今天下午，在巴黎交易所，发生了真正的打斗：有人指控一个奥地利场外证券经纪人导致利率下跌，被激烈的语言攻击："杀掉间谍！"警方正好过来协调，局长命令前厅的人都出去，警察费了好大劲才制止住这疯了的人群和受伤的经纪人。事情很滑稽，不过反映了人们内心的好战情绪。

"巴尔干的情况呢？"雅克问，"奥地利军队还没跨过塞尔维亚的边界吗？"

"没有。"

按照最新的电讯消息，拖延到现在的战争将会在夜晚发动。加洛据确切消息，甚至肯定，奥地利总动员实际上已经做好决定了，明天将会到达，三天之内付出实际行动。

穆尔朗说："我们国家，休假了的军官、准假了的战士们、原本在度假的铁路员工或邮政人员，都在刚才被召回岗位上了……普安卡雷以身作则，他马上回去，周三会到达敦刻尔克。"

"对于你们的普安卡雷……"米拉诺夫说。他讲述了一件很有趣的故事，这个在维也纳传开了：七月二十一日，在冬宫欢迎外交使节的招待会上，共和国总统用肯定的口吻说了一句震惊的话："塞尔维亚有非常热诚的朋友，但俄国有一位盟友——法国！"

"常用这种威胁的做法！"雅克轻声说，一边想起斯蒂德莱尔。

米拉诺夫建议去进步咖啡馆坐坐，在那里等待游行的队伍，不过不被穆尔朗赞同：

"今天晚上要聊的有很多。"他嗓音沙哑着说。

米拉诺夫和他还有雅克分别后，雅克跟他说："我想要您帮个忙。

在日子路我的卧室里有一个包好的包裹，里面放了我的个人证件。如果我在这几天里出了意外，您愿意帮我把包裹送到日内瓦给梅奈斯特雷尔吗？”

他笑了，没有说多余的话。穆尔朗注视了他一会儿。不过穆尔朗什么都没问，就点头答应了。他们告别的时候，穆尔郎拉住雅克的手好半天没放。

“为你祈祷好运……”穆尔朗说。

雅克回到报馆，距离与贞妮约会的时间还有半个钟头。

几个社会党人从若莱斯的办公室走出来，里面有卡蒂厄、孔佩尔—莫雷尔、瓦扬、桑巴[①]，雅克见到他们向加洛办公室走去。他转过身去敲斯特法尼的门，斯特法尼一个人站在那里，弯着身子看向那一桌子的外国报纸。

斯特法尼身材又高又瘦，胸部往里面陷进去，两肩瘦削。一张长脸搭配了一头黑发，不停地抖动着，有时会露出傻傻的表情。他是一个习惯运动的南方人（斯特法尼是阿维尼翁人），他已经获得了历史硕士学位，在参加革命前，去过其他省份做教师，只要听过他的课都会记得他。儒勒·盖德把他介绍到人道报报社。若莱斯体格强壮，所以远离体质孱弱的人，都很尊重他但不喜欢他；不过仍让他担任重要的职位，交给他艰难的任务。

今天下午，若莱斯格外要求他要与议会的社会党小组和党的执行委员会联系。若莱斯尝试让社会党议员正式抗议俄国的动员；他在奥尔赛码头走动很多次，防止巴黎和彼得堡有所联系，让他们保

①孔佩尔·莫雷尔，生于1872年，法国右翼社会党人，桑巴，法国改良派社会党人。

持单独行动，为了可以在欧洲充当和平仲裁的角色。

斯特法尼已经和老板说过了。他没有瞒着雅克，他感到若莱斯非常不正常。若莱斯已经打算好让《人道报》明天刊登这样的大字标题：《战争将在今天爆发》。

他和斯特法尼草拟了一份宣言草案，在草案中，社会党用法国全体劳动者的名义，向外国再一次申明要和平的愿望。斯特法尼将其中几个句子全记下了，一边用悦耳的声音背了出来，一边在小房子里面走来走去。他那小鸟一般的眼睛在眼镜后面转来转去，他那高耸着的鼻子像秃鹰一样突起来：

"社会党人呼吁全国反对暴力冲突……"他把手抬得高高地背诵着。今天晚上他像背诵祷告文一般，一次一次地说着这些让人心情振奋的宣言，觉得有再一次强化自信心的必要。这种需求明显而动人。

白天的时候报馆收到一份很相像的文本，是德国社会党人那边传来的。斯特法尼协助若莱斯，翻译了出来："即将发生冲突！我们拒绝发生战争！和平万岁！德国思想开放的无产者以人类文明的名义，表示抗议！……他急切地催促德国政府利用德国对奥地利的影响，维护和平。战争一发便不可收拾，它要求德国完全不参与！"

若莱斯命令把这两份宣言粘在对称的牌子上，复制了几千份，尽快传播到整个巴黎和全部城市；社会党的印刷厂从今晚开始就做这件事情了。

斯特法尼说："在意大利，各方面都在行动。社会党会议的成员在米兰会合，用投票表决会议，想要马上召开意大利特殊会议，使得政府不得不公开表示，意大利不会和三国同盟合谋。"他突然捡起桌子上的一页纸。

“是关于社会党宣言的译文，才在墨索里尼的《先锋报》[①]上发表‘只允许意大利保持中立！意大利无产阶级会同意再一次被拖进屠杀场吗？所以要一起呼吁：拒绝战争！不派一个战士！不花一分钱！’”

这份宣言的译文将会在明天登载在《人道报》的头版头条。

他接着说道：“周三在布鲁塞尔，不只是要召开社会党国际会议，并且在晚上将会举行一场抗议大会，由若莱斯、比利时那边的王德威尔德，德国那边的哈塞与莫尔肯布尔那边的英国基尔·哈迪，俄国那边的卢巴诺夫维奇[②]一同主持……场面很是壮观……所有的国家无所事事的活跃分子都被呼吁进行游行，让这次的大会变成欧洲的大型游行示威。必须指出，整个世界的无产者要奋不顾身，阻止各国政策的实行！”

他走来走去，眉头紧皱，额头褶皱横生，嘴角哆嗦着，一脸没有办法的样子，不过他还是能坚持住，没有崩溃掉。门被打开了，马克勒伏瓦走了进来。他脸涨得通红，情绪激动。刚进门，就马上瘫坐在椅子上：

“这需要思考一下，他们是不是愿意！”

“愿意战争？”

他从奥尔赛码头那里过来，带来了一个令人无法相信的新闻：据说舍恩先生会亲自来说，由于要给俄国一个冠冕堂皇的借口，局面不再僵持了，德国会给奥地利正式做出承诺，尊重塞尔维亚的领

①这份宣言发表于1914年7月19日，是意大利社会党中央委员会通过的。

②王德威尔德是比利时工人党领袖，第二国际领袖之一，是机会主义者；哈塞，1911—1914年任德国社会民族党中央委员；莫尔肯布尔是德国右翼社会党人；卢巴诺夫维奇（1880—1920），俄国“革命社会党”在国外的代表。

土完整。大使会给法国政府提出一个建议，通过报纸宣布，德法“完全团结一致，强烈希望不要破坏和平”的共同行动，对彼得堡表面保持中立的态度，但是，法国政府在贝尔特洛的影响下，会反对这个提议，坚决地拒绝和德国有任何团结的意向，害怕被俄国盟友怀疑。

勒伏瓦感慨地说：“无论德国说什么，奥尔赛码头都会理解成：‘这是陷阱！’这种现象早已持续了四十多年了！”

斯特法尼的那双小眼睛不安定地紧紧追随着勒伏瓦的身影。他那张土黄色的脸仿佛被拉长了，就好像脸颊两边的皮肉承受不起下颚的重量。

他轻声说道：“令人沮丧的是，想起它们在欧洲有七八个国家——可能是十个——它们要一起撰写这段历史……这让我想起《李尔王》里的台词：‘几个疯子给一群瞎子带路，如此时代真该诅咒[①]……’你来，”他将自己的手搭在勒伏瓦的肩上突然说，“这事应该报告给老板。”

雅克单独留了下来，他站了起来，要去见贞妮了。“明天晚上就能到柏林了……”他想到自己要去做的大事，每次都因为太激动而颤抖，还有一部分原因是担忧：害怕自己不能把别人寄予希望给他的大事完成。

46

交易所的大钟刚刚跳到七点半，贞妮就到了。雅克在很远的地方就看到她了，然后停住脚步。在过往的报贩和公汽里的职工中映

①莎士比亚《李尔王》第四幕第一场。

衬出她苗条的身姿。他久久地站在人行道旁，注视着她。见到她如此孤单，之前有过的激动似乎又回来了。以前，在拉菲特别墅区，为了可以看她一眼,他经常去丰塔南家的花园四周散步。在一个黄昏，他看到她穿了一条白色连衣裙，从枞树的树影里走了出来，走过一道阳光，阳光又正好把她包裹住了，她就像精灵一般。今晚，她没有蒙面纱。她穿了一身黑色的衣服，这使得她看起来很窈窕。她的穿着和她的行动很吻合，坚决不妥协于取悦别人的愿望。她只要自己愿意就可以了（她过于骄傲，不可能去考虑别人的判断，又过于谦虚，不会想到别人会费力讨论她）。她爱好实用、款式简单的衣服。但是得雅致，有板有眼的正式得体的雅致，特别要朴素又要自然。

当他走近她时，她颤抖起来了，笑眯眯地向他走了过来。由于她现在微笑起来毫不费力，或者更真实的是，不安定的颤抖使得她的嘴角也在哆嗦，在她明亮的眼睛底下，发出亮晶晶的光芒，雅克在光辉跳动的时候幸运地发现了——这些光芒每一次都让他的心被快乐占满。

他走到她身旁的时候开玩笑地说了一句话：

“您笑起来的时候很像布施的时候。”

“不会吧？”

她突然觉得自尊心被伤害了。不过，她立即想道，他没说错；她不禁想往深层次想一想：“我确实是不太适合笑，表情总是呆滞着……”不过她从来不会评论自己的。

“局势在不断地变糟，”他忽然叹了口气说，“各国政府坚持自己的看法，相互威胁……比的是谁更强硬……”

雅克一来，她便看到了他倦怠、担忧的神情。她用眼神询问他，要他把真实情况说出来。他坚决地摇摇头：

“不，不……我们不说这个了……没必要。够了……相反，在这期间，请帮助我忘掉这一件事……我提议，我们在这个街区吃晚饭，不要浪费时间了……我还没吃中饭，饿得不行了……来吧。”他把她拖走了。

贞妮跟在他后面。“如果妈妈与达尼埃尔现在看到我们呢？”她这样想。两人单独秘密地走出门，突然给他们俩的亲密关系——这还是个秘密——赋予了物质形式的认同，使得她就像犯了错的女孩那样惴惴不安。

“为什么不在那里？”他指了指两条街转弯的地方，那里有一家看起来很低档的餐饮店，店面大门朝着人行道打开，可以看到几张桌子上铺了白布。“那里会很静谧，不相信吗？”

他们一起走过马路，一同走进小店门口，店里很是凉快，空无一人。最里面可以从玻璃上看出那是两个女人的背影，她们在点了灯光的桌子上吃饭，没有掉转身子来。

雅克疲倦地把帽子丢到软垫长凳上，往里面让，他的轮廓变得古怪起来，她似乎看到的是一张陌生人的脸。她就如同做了一场噩梦，被诱骗儿童的人骗到一个阴暗的地方，这个地方恐惧万分……一刹那间感到头昏目眩；雅克从那边朝她走过来了，阴影的移动让他的面目清晰起来。

“您坐那里会舒服一些，”他说，要她移换到软垫长凳上。“别，我就坐这里，眼睛不会被晃到。”

男性的关怀照料，在她的经历里完全是一种新的感受，她幸福地沉浸在这里面。

厨房里，一个还算年轻的胖胖的女人穿着粉色内衣，额际线很低，牛犊般的额角露在外面，她最后还是站起来，朝他们这个方向走过来了，就像一头碰一下就要发火的野兽，刚要吃东西却被惊扰了那般模样。

“小姐，我们可以在这吃晚饭吗？”雅克笑着问道。姑娘仔细地看了看他：

“得看情况。”

雅克的目光很愉悦地从女招待身上转移到贞妮身上：

“这里应该有很多鸡蛋吧？对不对？大概可以来点冷肉？”

姑娘从胸部掏出一张纸：

“全在这里，”她的表情好像在说，“要不要，不要就算了。”

雅克还是保持着愉快的状态：

“太好了！”雅克高声读着菜单名，探寻的目光征求贞妮的意见。女招待沉默无语地转身走了。

“真是可爱的个性。”雅克低声说道。他微笑着在贞妮对面坐下。

他很快又站了起来，给贞妮脱掉紧腰上衣。

“我要不要把帽子脱掉呢？”她心想着，“不能，头发会被我弄乱的……”她马上又对这个过于在乎外表的想法而惭愧：她果断地脱下了帽子，甚至不去绾一下自己的乱发。

面色易怒的女招待过来了，手里端了冒着热气的大汤碗。

“太棒了，小姐！”雅克高声喊道，手里拽着大汤勺，“您没告诉我们有汤……香气扑鼻！”接着转过来面对贞妮，“要不要喝一点？”

他的愉快有些做作。这是第一次这么近地吃饭，仿佛就是对待少女一样，让他胆怯，并且令他不能忘掉白天的事。

贞妮的背后有一面绿莹莹的镜子，于是她的每一个动作都变成了两个，这使得他的眼睛越过她颤动的胸脯，看到她的肩部和头部优雅的影像。

贞妮觉察到雅克注视着自己，突然说：

“雅克……我猜想……您对我了解吗？真是太可怕了……您对我……该不会抱有很大的期望吧？”

她微笑着掩饰内心的不安，她默默地想着：“我会一直像他期待的那样优秀吗？我不会注定让他失望吧？”

雅克笑了：“假设我也问您，‘您对我了解吗？’您会怎么回答我呢？”

她想了一下：

“我觉得，我会说：‘不清楚。’”

“不过您也会想：‘其实也没关系。’是的，您这样想就对了。”他一直保持着笑容。

她点了点头，心想：“对，这并不重要……不会有阻碍的……这样的想法我们父母都有过，我也曾有过！”

“我们要有信心。”他坚决有力地说。

贞妮沉默了。雅克有些担忧地望着她。这个时候，她的脸上流露着幸福，这是最让人满意的回答。餐厅里有一股热黄油的香味在飘荡。

“是豪猪肉的味道。”他轻声说。

穿粉色内衣的女招员待端来一盆摊鸡蛋。

“肥肉片摊鸡蛋？”雅克声音很大地问道，“太好了！……小姐，是您亲自做的？”

“怎么样？”

“太棒了！”

姑娘淡淡地笑了一下，摆出一副谦逊的样子。

“嗯，您懂的，这里的晚餐很简便……最好在早晨的时候来。正午的时候，没有空余的桌子……但是，夜晚会很幽静……但不包括那些情侣……”

雅克和贞妮交流了一个有趣的眼神。能让这张呆板的脸展露笑颜，雅克松了一口气。

他把舌头嗒地一响，说：“真是一盘美味的摊鸡蛋啊！”

被赞扬了的女招待员，这次微笑了起来，弯下身子如同在说悄悄话一样轻声说：

“我啊，我掌勺根本不需要别人教。我只相信懂得的人。”

然后她将自己的手插到围裙兜里，扭着屁股走远了。

“要不要把这话当作小心谨慎的客气话？”他微笑着问道。

贞妮精神涣散，沉默冥想。这种小场面其实没什么特别的，但她从这里面发现了惊人的东西。他很明显地具有抒发热情的才能；言谈举止让人愉悦，利用对别人的关切，制造出一种温度，利于孕育信任与同情的温度。她是最了解他的人：在他旁边，最倔强、最内向的性格，终于摆脱自己的束缚，表现自己，笑颜展露。再没有比这个才能更让她惊讶的了！和雅克相比，达尼埃尔不同的是，贞妮对别人不会有任何好奇心。她一个人躲在自己的世界里。最先考虑到的是保持气氛的纯洁性，她甚至尽量和别人保持着距离，只留下一片不能磨损的平滑表面和世界接触。想起她哥哥的时候，贞妮心想：“好奇心促使雅克无论是接近谁，相反，会不会令他确定选择呢？”

“您的挚爱是什么？”她随口问道，“您会爱一个人，多于任何人吗？并且至死不渝？”

贞妮马上发觉自己问的话多么晦涩、笨拙。她的脸憋得绯红。

雅克诧异地望着她，试图看透她的想法；他在心底再回忆了一遍问题，想最好回答得光明磊落。因为他们似乎互相觉得，欺骗，就算一点点，也是对他们爱情的亵渎。

“我能挚爱一个人吗？”雅克几乎要脱口而出，“我对达尼埃尔的友谊呢？”这个比方不成立，因为这种爱逃脱不了时间。

“到现在为止，应该没有，”他有些干脆地承认，又直接问道，“怎么？怀疑我了？”

“我没怀疑。”贞妮马上回了一句。

她困恼的神情让他惊讶了。他意识到这种敏感需要非常的谨慎小心，不过已经迟了。他还想再说些什么，踌躇了一阵，女招待端来另一个菜，雅克对贞妮温柔一笑，表示要她原谅自己的鲁莽。

贞妮注意到他。从一个极端快速到达另一个极端，这让她讶然得像对待危险一般，但还是让她心醉，她说不出原因，可能她看到的是优秀的品质与力量吧？她又激动又自豪地想：“我的野小子……”于是她脸上的阴郁消散不见了，又恢复了甜蜜幸福的信心，这两日以来，这种信心令她浑身焕然一新。

等女招待员走远了，雅克说：

“您的信心还不够强大……”

他的语气里没有一点点责怪，只有遗憾，还有愧疚，由于他还没忘却，在贞妮看来，他以前的态度，让所有的怀疑都变得合情合理了。

贞妮马上猜到他的疑惑，尽力回避不愉快的回忆，赶忙说：

“您看，一定是我没有准备好，不够自信……我想不起有过……”(她在脑海里搜寻合适的词汇，但被雅克说出来了。)“心平气和。甚至小时候……我就成这样了……”她笑了：“或者至少我以前是这样的……”接着低下头，又小声地说，“我未曾在别人面前承认过这个。”她看了一眼那扇送菜要走过的门，然后把两只手从桌子上伸向雅克。这两只纤细、温热、裸露的手在颤抖着。她完全感受到自己是属于雅克的；她希望更加地投身、消失、融合到他怀里。

他轻声说：

“我和您一样……孤独，一直感觉孤独！并且总是不安！”

“我懂这个。”她温柔地把自己的手抽回去了。

“有时候我觉得自己高人一等，高傲得自得其乐。有时候又觉得自己愚昧、无知、丑陋、羞愧万分……”

“和我一模一样。”

“……常常和世界不合群。”

“和我一样。”

“……把自己封锁在自己的世界里……”

“我也是这样。不愿走出来，也不愿变成和他们一样……”

雅克突然冲动地说：“有一段时间，我对自己快绝望了，您知道是什么原因让我变成这样的吗？”

一瞬间，贞妮疯了一般地期待他说的事：“因为您。”不过他说：“是因为达尼埃尔！……我们之间的友谊依靠的是互相信任。是他的挚爱与信任把我解救出来了。”

“和我一模一样，”贞妮轻声说，“我也是这个原因！除了有达尼埃尔，我没有其他的朋友了。”

他们都不厌其烦地互相解释，对望着，眼神迷离沉醉、欣喜。他等待着两个人相互展露出笑容，就好像在等待吐露爱情、彼此融合得没有缝隙一般。被对方一眼看透，然后两个人这样不谋而合，让人诧异不已，这是十分美好的奇迹啊！他们互相觉得，现在没有比如此无休止地互诉衷肠、相互探索更加重要的了。

“对，我没有消沉，是因为达尼埃尔，也靠昂图瓦纳。”沉思了一下，他加了一句。

雅克立即发觉，贞妮脸上露出一些不自在的淡漠。他忍不住用眼神询问她。

“您对我哥哥很了解吗？”他还是问道，满怀信心地准备好沉浸到对昂图瓦纳的称赞里。

贞妮差点就说出：“我不喜欢他。”但她只是说：

“我讨厌他的眼睛。”

“他的眼睛？”

如何说出自己内心的想法，又不伤害到他吗？贞妮其实不想对雅克隐瞒什么，就算那让他不能接受。

雅克疑惑地坚持问着：

“您为什么不喜欢他的眼睛？”

她思索了一下：

“这么说……您哥哥的眼睛分不清好坏……”

奇怪的评价，让雅克不知道如何是好。他想到达尼埃尔在他面前，说起昂图瓦纳时的话：“你知道你哥哥给我留下的好印象是什么吗？就是他无拘无束的判断。”达尼埃尔很喜欢雅克哥哥这样的本领，可以很自然地考虑到自身的任何问题，就像在观察一件自动装置，杂念全无。这是一种对于格诺教徒的后裔来说很有吸引力的精神状态。

雅克的眼神似乎在要她解释。看到这种目光，她表情沉静、呆板，让他没有勇气再深问了。

他心想："不懂。"

穿粉色内衣的女招待员走过来把盆子端走。她问道：

"奶酪？或者水果？还是上等木哈咖啡？"

"都不要。"贞妮说。

"那么，就要一杯咖啡。"

他们在等待咖啡的时候，随意地接着聊天。雅克偷看了她一眼，他再一次发现，她的眼神和脸孔表情完全不一样，眼神明显比脸上的表情苍老，脸上的表情依然年轻有活力，似乎还未成年。

他弯身坚决地说：

"允许我看看您的眼睛，"雅克微笑着为自己的审察深表歉意，"我想记住您的眼睛……水灵灵的，纯净……蓝得透彻，蓝得寒冷……还有瞳孔！不停地运动着……不要动，太奇妙了。"

贞妮也在凝视着他，但没有笑容，有些累。

雅克接着说："看，您将注意力集中的时候，蓝色的虹膜就会开始收缩……瞳孔变小，变小……一直变成一个点，和锥孔一样圆润又清晰……您的眼睛很有毅力！"

因而他联想到，她会是一个很优秀的战友。很多的心事一下子全涌上心头。雅克呆滞地转身去看了一下挂在墙上的钟几点了。

注意到雅克的额角阴沉了，贞妮突然有些害怕了，咕哝着问：

"雅克，您在想什么呢？"

雅克蓦地弄了弄头发，不由自主地握紧了拳头：

“啊！我想，如今的欧洲，上百人观望着时局，为了拯救别人，他们拼命地奔走，但被拯救的人们又不能理解他们！真的是非常地荒诞又动人啊！我们可以让群众的麻木动摇吗？群众会准时懂得……”

雅克继续说着，她看起来是在倾听，但事实上贞妮根本没在听。从她看到雅克看钟的那一瞬间，她的注意力就分散了，她再也无法忍住心跳了。要分别三天！……她和自己的苦恼在作战，不顾一切地掩饰着不愿被他看出；见到他活生生地站在自己身旁，看着他每一个表情变化，颌骨的每一次收缩，眉毛的每一次紧蹙，眼睛的每一次闪光——毫不费劲地明白他的话，沉浸在字句与想法混合的响声中，就好像身处在一束束火花当中，就算再多待几分钟，她也会感受到苦味的快乐。

雅克忽然止住了说话：

“您没有在听我讲话！……”

贞妮眨了眨眼睛，脸涨得通红：

“没有……”

为了表示歉意，贞妮用可爱的姿势朝他伸出手。雅克捏了捏她的手，转过来，吻了吻她的掌心。

他立刻察觉到她整只手臂都在颤抖，雅克突然凌乱地发觉，她的手没有任凭他的操纵，反而热烈地反压他的嘴。

但是，时间紧迫，他还想说一说心里话：

“贞妮，有件事，今晚我一定要告诉您……去年，自从我父亲去世之后，我不愿意跟别人说起……遗产的事……我不愿意动用这笔财产里的一分钱……但昨天我改变了想法……”

雅克停止说下去。她把背挺直了，沉默无语，躲开他的眼睛，她不由自主地被浮现在脑海里的杂乱又矛盾的想法扰得烦乱不休。

“我打算把这笔钱拿回来，存到国际工人协会的金库里，即将用在反战斗争中。”

贞妮做了个深呼吸，血涌上了脸庞。她思索着：“他怎么要和我说这个？”

“您会赞成我的做法的，是吧？”

贞妮很自然地低下头去。雅克如此强调“赞成”这两个字，有什么特别的意思？他似乎要她给他决定……她胡乱地点了点头，胆怯地抬起头。雅克的表情依然在固执地探问着。

雅克接着说：“现在，我依靠写文章生存……节衣缩食……我在一群衣食担忧的人堆里，和他们相比，我其实还好。”

雅克深深地吁了一口气，疑惑让他的嗓音变得粗犷，雅克马上接着说：

“假如这样平淡的……日子……不会让您恐惧，贞妮……我就不会为咱们的以后忧虑了。”

这是他第一次暗示地谈到他们的未来生活。

贞妮又把头低下去了。激动与期望让她喘不过气来。

雅克待她把头抬起来，一瞥到她一脸幸福的笑容后，就短促地说：“谢谢。”

女招待把账单拿过来了。雅克买了单，抬头看了看挂钟。

“还有二十分钟就九点了。我甚至没有时间送您回家了。”

她还没等他说什么，就起身了。“雅克就要离开了，”贞妮很抑郁地想着，“他明天会在哪里？三天……漫长的三天。”

雅克帮她把紧腰身的外衣穿上，贞妮猛地转过身子，靠近凝视着他：

“雅克……不会有什么危险吧？”贞妮的声音微微地颤抖着。

“什么？”他问，他打算敷衍过去。

雅克脑海浮现出里沙德莱那封信的话语。一方面他不愿对她撒谎，另一方面他又不愿让她担忧。雅克尽力微笑着：

“危险？……我觉得应该不会吧。”

少女的眼眸里掠过害怕的光芒。贞妮急忙将眼皮垂下，但马上又勇敢地笑了起来。

“她是完美无缺的。”雅克心想。

他们都沉默不语，互相依偎着，走到桑蒂埃地铁站。

走到楼梯口时雅克停住了。她已经走到下一级阶梯上了，朝他转过身来。分别的时间到了……雅克把两只手搭在少女的肩膀上：

“周四……最晚周五再见。”

雅克用奇怪的眼神望着她。他甚至快要对她说：“你是我的……我们不要分别，和我一起走吧！”但想起路人和应该会发生的争吵，雅克立即轻声说：

“您走吧……再见……”

他用嘴唇做了个动作，不怎么像微笑，但绝对不是飞吻。雅克忽然抽回手，对她深情地看了一会儿，瞬间就不见了。

47

天空还是亮堂堂的，空气闷热，弥漫着雷雨前的湿气。

大街还是和往常一样：店铺全部把铁门帘子拉下来了，大部分咖啡馆已经关门了；按警察的指示，敞开门的咖啡店的露天座椅已经撤走了，避免桌椅会用来搭建临时筑街垒，而且让市卫队能自由执勤。人们好奇地涌来。小汽车数量骤减，还有几辆公汽在行驶着，喇叭鸣得震耳。

圣马丹大街、马让塔大街以及总工会周围，人口非常密集。很大一群男女从贝尔维尔高地下来。不同年龄的工人穿着工作服，从巴黎与郊区四面八方纷纷而来，聚集在一起，变成了愈来愈密密麻麻的人堆。在不起眼的角落，在建筑工地，在街角，一列一列的警队在市公共汽车——已经做好准备，只要一声令下就能来搬运——四周变成黑压压的一片。

范赫德和米特尔格在“寺院”郊区的一个零售店等待雅克。

共和国广场上，车水马龙，一拨走得匆促的人群被堵住了，不能向前走了。雅克与他的两位朋友使劲地用手竭尽全力地在人海里弄出一条出路，去和《人道报》的编辑们见面，他已经得知要在中心纪念碑[①]脚下见面。不过，根本不可能到达高台上了，示威游行的前列就在那里。

突然间，一阵像风儿一样的絮语，令人群躁动起来，五十多面旗帜，到现在全部隐匿不见了，一瞬间又在人群的上空飞扬着。示威人群里没有口号，也没用高歌，就如同爬行动物一般屈伸着环节似的贴在地面，缓缓地向圣马丹门方向挪动着。几分钟之内，人群就像熔岩似的流动着，占满了空旷的大街，道路旁边涌来的人流令队伍逐渐壮大，缓缓地往西流去。

①是莫里斯兄弟在1883年建立在共和国广场上的纪念碑。

雅克、范赫德和米特尔格挤在人堆里，闷热得透不过气来，手肘拉着手肘往前走，以免走散。他们挤在人群里，他们被人流里的喧嚣声淹没了，一会儿停滞不前，一会儿又被抬高，抛向左右，挤到阴森的房子正面；好奇的人们挤满了窗户边。黑夜来临的时候，灯光投向人群里的光芒很暗淡、阴森森的。

他沉醉在愉快与自豪里，心里暗想："啊！很有分量的警告！全国人民都挺身来反抗战争！群众了解了……他们响应着呼吁！……假如吕梅尔在这里看到这一切就好了！……"

人流将他们三个挤到吉姆纳兹剧院[①]的列柱，止步不前很久了。前面传来喊声。那边，在"鱼贩女人"街道进口不远，游行队伍的最前面似乎被阻挡了。

过了五分钟，然后是十分钟。他有些不耐烦了：

"你们都跟上来。"雅克扯住小范赫德。

他们艰难地往前挪动着，米特尔格尾随在后面。他们越过人群，朝着人群紧促的核心地方前进，七拐八拐的，但仍然是向前。

"是制止示威的军队！"有人回答说，"十字路口被护国者联盟挡住了！"

雅克把白化病患者范赫德放开，爬到一家店铺的柱子顶上去看。

旗帜在"鱼贩女人"郊区的路口与《晨报》的红色屋子底下停下了。两队人马的前几排发生争执，有谩骂声，有吼叫声。吵闹的面积不宽，不过很激烈：表情狰狞，高扬起拳头。警察被分成黑压压的一个一个小队，把人群控制住，待在原地不动，似乎任由争吵发展下去。一面像发送信号似的白旗子摇动起来了：护国者联盟唱起《马赛曲》；

①建于1820年。

与此同时，社会党人回以《国际歌》，整齐响亮的声音不断壮大，随之用其铿锵有力的节奏掩住了外面的吵嚷声。突然，好像是从海底掀起一股浪涌，将弱小的蚂蚁般的人群摇晃起来。从附近的街道两边，跑出一列列由治安军官带领的警队，倏地进入人群，想将十字路口疏通。争吵指数立刻升级。歌声戛然而止，突然又响起来了，中间还混合着口号声："去柏林！""法国万岁！""打倒战争！"警察走进乱糟糟的核心区域，攻打反抗战争的人们。呼哨此时不断响起。胳臂、竿子高高举着："母牛！……粪堆！"雅克看到两名警察朝一个反抗者跑去，那个人不停地挣扎着，他们两个在用乱拳揍打他，最后把他丢进一辆停在街角的警车里。

雅克隔得太远了，非常懊恼。顺着房子走，可能他还能到达十字路口？他及时想到自己要完成的任务和坐火车的时间……现在他没有选择余地了：他不能对自己的冲动妥协！

前面大街上传来嗡嗡的声音。那边，有一队戴着亮闪闪的头盔的市卫队，一路小跑着往游行队伍冲过来。

"他们会开枪的！"

"快跑啊！"

雅克旁边的人们害怕起来了，想找条路跑掉。不过人群在骑兵和游行队伍最后面的尾巴之间卡住了；在后头的人流将人群反顶回来，阻碍后退。他站在高高的柱顶上，似乎是站在风暴袭着的岭岩上，攀住铁护窗板，生怕跌落在他脚下沸腾的人潮里。他搜寻者自己同伴，没找到他们，心想："他们应该知道我会在哪里的。假如有必要的话，他们自己会来寻找我的……"他又后怕地想："还好没带她一起来……"

十字路口有马在踩踏着，过路的人跌倒在地。随着越来越多的人涌入，惊恐发怒的表情，被划出血迹的额头，浮现又隐匿。

发生什么事情了？根本没办法了解……如今，游行队伍中心在十字路口开始撤退。游行的人们只好让步于马队与警察的联合行动。马路中间全是竿子、帽子、碎肩，佩戴着银肩章的治安军官与几个平民般打扮的人在踱步，后面的大概是警察首脑。他们的周围，警队不断地往前扩大范围。不一会儿，街道的正路被警察封住了。

游行的人们就像被疯狗拖住了似的，到处乱跑乱踩了好几分钟，在原地转了个方向，转过身来，像龙卷风似的向斯特拉斯堡大街与塞瓦斯托波尔大街奔去：

"去德鲁奥十字路口会合！"

"一直在这里是不明智的。"雅克心想。(雅克又想到，假如被抓捕，他的兜里仅有一张日内瓦大学生让·塞巴斯蒂安·埃贝尔莱的身份证。)

雅克本来是能从上城路跑掉的。不过他一直犹豫。现在范赫德与米特尔格怎么样了？该怎么做？难道跑去德鲁奥路？还是又回头进入混乱之中？如果被抓到呢？又或者只是挤在人堆里，首尾都在激烈地打着，进退维谷，就这样耽误了火车时间？……什么时间了？还差五分钟就十一点了……最好的办法是，不顾一切代价，走出游行队伍，往北站奔去。

过了一会儿，雅克跑到拉法邵特广场，圣万桑德保罗教堂前面。雅克很想像朝圣般地往上爬，走到那张长长的凳子旁……但是，一队治安警察正在戒备中，把阶梯占据了。

雅克很口渴。他想起在"圣德尼郊区"路附近，他知道一个酒吧，敦刻尔克支部的社会党人经常在那里会合。他可以在那里待半个小时，再去赶火车。

后厅一般是那些活动分子聚会的地方，这个时候没有一个人。在柜台不远，在咖啡馆老板——一个老党员——附近，五六个客人在议论当地的新闻，这个地区不久之前发生了几次严重的斗殴事件。东站附近的一次反抗战争的游行示威被驱散了。游行队伍重新集结在总工会前；一场真正的示威游行在萌芽中就会被警队扼杀掉了；听说有很多人受伤了。区警察分局关满了抓捕到的游行者。流言传得沸沸扬扬：市警察局局长在街上指挥警队行动的时候，被砍了一刀。有一个客人是从帕西来的，说在协和广场亲眼见到斯特拉斯堡塑像被包上了三色旗面纱，被一群年轻的护国者保护着，他们在治安保卫队的保护下燃放着孟加拉烟火。还有一个客人是头发和胡须都灰白的老工人，这位客人要老板娘缝补着在战斗中被撕破的外衣，肯定地说大街上有几支示威队伍再一次在交易所前面会合，他们举着红旗，走到波旁宫，大声呼喊着："打倒战争！"

"打倒战争！"咖啡店老板轻轻地说。他亲眼看到过一八七〇年的场面；参与过公社运动。他很气愤地摇了摇头："高呼'打倒战争！'真是对的时间……就好像暴风雨将要来临，你大喊着'打倒下雨！'……"

眯着眼睛抽烟的老头儿生气得发火了：

"沙尔！永远不会太迟，假如你在八九点的时候在共和国广场看到这个场面，……有多么的拥挤！你会说那是鳀鱼群！"

"那时我在那里。"雅克走向前说。

"哦，假如你在那里，小家伙儿，你也会和我一样这样说的，也没看到过这样的情景。我看到过几次这样的游行了！大家反对处决费雷尔[①]的时候我也在那里：有十万人……群众反对设置军事监狱，赞成将卢塞放出来的时候我亲眼见到：一样十万人之多……在普雷·圣热尔韦不赞同三年服兵役法令[②]的时候，一定有十几万人……不过今天晚上啊！有三十万人？五十万？还是一百万？不会有人猜得到。从贝尔维尔到玛德莱娜，都是一大片人海，呼喊声一大片：'和平万岁！……'不，年轻人，如此一般的示威，我还从没见过，但我清楚！还好警察没有带武器，不然，这种争斗，阴沟里肯定有血！……今天晚上，我和你们说吧：当局如果硬撑，就一定会被打倒！把好机会丢掉了……在共和国广场，将旗帜举起来，说真的，沙尔，如果现在有人爬到高处大呼，你清楚的，我们大家就像一个人一样将会被他引领到哪里去呢？引到爱丽舍宫去闹革命！"

雅克开心地微笑起来了：

"先放一边去吧！这是明天要考虑的事儿，老爹！"

雅克开开心心地到达火车站，不费吹灰之力就买到了去柏林的三等车厢票。

在月台上，有一件出人意料的事情等待着他：范赫德和米特尔格已经到了那里了。他们清楚他出发的时间，想和他握手告别。范赫德的帽子弄丢了，脸色发白，好像有了很多愁苦的皱纹。相反，米特尔格的脸红通通的，情绪很是激动，两只手放在口袋里。他被抓到了，还挨了打，被拖到警车里，还好人群很拥塞，最后关头他抓住机会逃了出来。他用德法互掺的语句说着自己的经历，唾沫横飞，

①西班牙有名的共和党人，（1859—1909），1909年在巴塞罗那被枪决，在几个国家引起抗议游行。

②是1913年7月19日通过的法令，规定服役3年，后备役11年。

戴着眼镜的眼睛因愤怒睁得滚圆。

“不要待在这里,”雅克跟他们说,“三个人一起,不让别人注意到。”

范赫德双手抱着雅克的手。他那瞎子一样的脸上，没有颜色的长睫毛不正常似的乱眨着。他用关切的声调忠告道：

“万事小心，蒂博……”

雅克用微笑掩饰自己内心的担心：

“周三在布鲁塞尔见。”

这个时间，安娜在斯蓬蒂尼路二楼的小客厅里，穿着打扮好了，正打算出去，她双眼无神地站立着，把听筒贴在耳边。

昂图瓦纳那边已经关灯了，报纸都看完了，正要睡觉。晚上的时候莱翁将电话放在床头柜上，喑哑的铃声让昂图瓦纳一下子就坐起来了。

“托尼，是你吗？”电话那头轻柔地问。

“是的？怎么了？”

“没怎么……”

“一定是有事！说吧！”昂图瓦纳担忧地说。

“真没什么事，我发誓……没有任何事……就是想听一听你的声音……你是不是已经睡了？”

“对。”

“亲爱的，你进入梦乡了？”

“嗯……没，还没有……快了……是真的没有急事吗？”

她笑了：

“没，托尼……见你如此担心，真好……我跟你说吧，就是想听见你的声音……你呀，你不会懂这个的，人家就是忽然想，很想听到你的声音。”

手肘撑着自己，刺眼的光线晃着眼睛；他的头发又散又乱，表情怪异，有些不耐烦了。

“托尼……”

“怎么？”

“没什么，没什么……我爱你，我的托尼……今天晚上，现在，我好想就在你身旁……”

但是静默了一段时间，又好像没完没了的。

“算了，安娜，我早跟你解释过了……”

她打断他的话，赶紧说道。

“对，我清楚的，不要在乎……晚安，亲爱的！”

“晚安。”

他把电话挂断了。她只觉得那一声咔嗒好像钻进肉里了，生疼。她把眼睛闭上，过了好一会儿把话筒贴到耳朵上，幻想着发生奇迹。

“我真傻！”她终于大声地喊道。

她失去了理智，刚刚还期待——几乎快肯定——他会说：“快到我家里来……我想看到你。”

“太笨了！……太笨了！……太笨了！……”她一遍又一遍地说，把手提包、帽子、手套全丢到独脚小圆桌上。简单、隐秘与残忍的真相突然就这么摆在她的面前，她完全离不开他，但他完全不需要她！

48

早晨八点左右，雅克没有睡着，在哈姆火车站下车，买了几份德国报纸。

报纸全部在指责奥地利已经正式宣布和塞尔维亚处于“战争状态”。包括右翼报纸、泛日耳曼主义的《邮报》,还有克虏伯的喉舌《莱因导报》，都对奥地利过于强势的政策表示“遗憾”。大标题显眼地写着凯塞尔与王储[①]快速地撤回。特别奇怪的是，大部分报纸——关注着皇帝刚到波茨坦，就和首相还有陆军参谋长举行了很久的重要商谈——将维护和平的期望寄托于凯塞尔的影响上。

等到雅克回到他的隔间的时候，那一间的车友们也和他一样，看着这一天的报纸，谈论着最新消息。一起有三个人：一位年轻的牧师，一会儿沉思般地望着窗外，一会儿看着摆在腿上的报纸；还有一个胡须灰白的老头，可能是犹太人；另外一个五十多岁的人，胖乎乎的乐天派,脸上和脑袋的毛都被剃光了。他对着雅克展露笑容，举起手里翻开的《柏林人报》，用德语问：

“您也关心政治？不用说你是外国人了？”

“端士人。”

“瑞士人讲法语？”

“日内瓦人。”

“您比我们更加容易接触法国人。他们都很迷人，是吧？但为什么他们组成一个民族的时候，却如此让人厌恶？”

雅克不置可否地微笑着。

一个没完没了的德国人望了望牧师的眼睛，再看看犹太人的眼睛，接着说：

①奥地利王储查理一世（1887—1992），在1910年—1918年期间任职奥地利皇帝和匈牙利皇帝，在奥地利战败后退役。

“我常常去法国旅行并做生意。在那里我结识了很多朋友。很长一段时间我都觉得，德国的和平政策会战胜法国的抵抗，我们最后会被原谅。和脑袋发昏的人我们没有什么可做的，说到根本，他们只想着复仇。这也是可以从他们现今的政策得到解释的。”

雅克胆大地说：“假如德国真的如此爱好和平，那又是什么原因不对奥地利盟国直接实施调节行动，作为证明呢？”

“这就是德国正在做的……好好看一看新闻吧……如果法国不想战争，现在它又是为什么会支持俄国的政策呢？普安卡雷在彼得堡的演讲很有深意。正是因为法国掌握着和平还是战争这张牌。只要俄国今后不再依靠法军支援，就不得不和平谈判，并且一石双鸟，任何战争的危险都能避免！”

牧师点了点头表示同意。老头儿也觉得对；他曾经在斯特拉斯堡当过几年法律教授，很讨厌阿尔萨斯人。

雅克动作优雅地摆了摆手，不要香烟，也顾虑着不去参与讨论了，摆出一副认真读报的姿态。

教授开口说话了。对于俾斯麦在一八七〇年以后的政策，他的看法太表象与偏执了；他也许不清楚，又或许假装不清楚，老首相的意图再一次用军事力量打败法国；他似乎只愿回想帝国接近共和国的行动。因为他的引导，他们讨论到了历史方面。他们三人的看法一样，表达的也都是大部分德国人的思想。

他们觉得，一直到最近几年，德国很明显地不断向法兰西民族做出大度的接近。俾斯麦自己就将和解意愿展现出来了：他不谨慎地允许战败国快速复兴，但原本他是可以制止的，只要他把法国人战败后沾上的征服殖民地的狂热遏制掉就可以了。三国同盟呢？它不会胁迫谁。这以前不是一个军事同盟，反而是三国统治者都惧怕蔓延在整个欧洲的革命风潮，而后缔结的相互保护与支持的盟约。一八九四年到一九〇九之间，持续了十五年，甚至在法俄同盟之后，德国依然寻求法国的合作，解决政治问题，尤其是关于非洲的问题。一九〇四年和一九〇五年，威廉二世政府很有诚意地多次明确表示要和睦。法国一直不接受凯塞尔政府伸出的援助之手！它总是用蔑视的口气拒绝，或者用胁迫来回复很有吸引力的建议！假若三国同盟的性质变化了，应该归罪于法国，从沙皇政权不能理解的军事联盟，从部长们、特别是德尔卡塞的行动，很明确地说明了它在对外政策上还是反对德国的；它的意图是将日耳曼民族包围起来。三国同盟不得不变成自卫的武器，反抗协约三国的进展——在人们眼里，三国协约就好像是征服者的密谋。征服者啊！这个词语并不言过其实，在实际中的证明：因为三国协约，法国最终还是将摩洛哥领土[①]给占据了，因为三国协约，俄国最终组织了巴尔干联盟，令它终有一天能够无虞地进入君士坦丁堡；因为三国协约，英国终于让自己在海域的霸权巩固起来！对于这样放肆的帝国主义政策，仅有的阻碍是日耳曼集团。为了能让三国协约的霸权确立起来，就只能把这个集团瓦解掉。就会有机会了。法俄立刻抓住机遇：它们利用巴尔干人的动乱与维也纳不谨慎的运动，如今用尽力量唆使德国反对奥地利，期望柏林和它仅有的盟国闹翻，让十年的付出获得个好结果，将德国孤立起来，处于欧洲对立国家之间。

这是牧师与犹太教授的看法。大块头德国人觉得，三国协约的意图更加有侵略性：彼得堡想把德国打败，彼得堡支持战争。

①1904年法英协议允许法国侵占摩洛哥，反过来，法国承认英国对埃及的统治。

他说：“只要是聪明的德国人，都会慢慢地失去和平的信心。我们已经见到俄国在波兰不停地修建作战公路，法国增加兵力和武器，英国和俄国打算缔结海上协定。这一切的准备是什么目的，还不是协约三国意图取得军事胜利，保住能够抵抗三国同盟的力量？……我们躲避不了它们的战争……就算不是如今，也会在一九一六年，最晚在一九一七年……”他笑了，“不过，协约三国是在做梦！德军早已做好准备了！……和德国军事较量不得不承受处罚！”

老教授也笑嘻嘻的。牧师很严肃地点头赞同。关于最后的一点，他们三个满意地完全赞同。

雅克住在柏林很多天。

“我得在动物园站下，”他想，“在西城，我会遇到很多以前认识的人。”

在去波茨坦广场赴秘密约会之前，雅克大概还有两个小时可以用。他打算去卡尔·丰劳特家藏一下，丰劳特正好住在乌兰特大街。那是李卜克内西的朋友，是一个经历过很久考验，可托付的同志。他是一位牙科医生，雅克运气好，这个时候在他家找到了他。

丰劳特把他请到客厅，里面等了两个人：那是一个老太太与一个年轻的大学生。丰劳特把门打开了一些喊女大学生的时候，他匆忙地看了一眼雅克，什么都没说。

过了二十分钟，丰劳特又现身了，把大学生喊走了。他立即又一个人返回了：

“是你？”

尽管他还年轻，一绺就快要变白的额发将栗色头发隔开。他那褐色眼睛散发出亮晶晶的光芒，深深地陷了进去，眼睛里常常燃烧着始终如一的热情。

“有任务。”雅克轻声说，“我才下火车。我在这里等了一个小时。在此期间不能见其他人。”

“我要去告诉玛尔塔一声，”丰劳特说，一点也不感到惊讶。“过来。”

他将雅克带去一间房里，房里有一个三十多的女人靠着窗口背向着光缝着衣服。屋子很凉快。有两张并排在一起的床，其中一张摆满了书，一个土篓，里面放了一对雌雄暹罗猫。雅克突然想象着一个一样的房间，宁静，让人深思，里面是他与贞妮……

丰劳特太太不急不躁地将针插在活计上，起身站起来。她盘着金黄的发辫，有种坚毅与沉静的特别表情在她那张扁平的脸上流露着。雅克总是会在柏林的社会党人会议上遇见她，她经常陪伴着丈夫。

“你乐意待多久就待多久，”丰劳特说，“我先回去工作了。”

“您要不要来杯咖啡？”少妇问道。

她端过来一只托盘，摆在雅克面前：

“您请便……您是从日内瓦来的？”

“从巴黎来的。”

“啊！”她好奇地说，“李卜克内西觉得，如今，很多事情都是由法国决定的。他说，你们大部分无产阶级者都真的反对战争的，你们现在内阁还有一个社会党人，真是运气好。”

“维维亚尼？他曾经是社会党人……”

“只要法国愿意，他可以给欧洲做出巨大的榜样！”

雅克跟她叙述大街上的那次游行。没费多大的劲就明白了她说的话，不过用德语叙述得有点缓慢。

她说：“我们这里也发生了这样的事情，昨日，大街上就打了起来。受伤的有五百多人，还有五六百人被逮捕了。今天晚上还会再来一次……今天已经宣布会有五十多个反战的公众聚集……在每个区……九点，在勃兰登堡门[1]会有大规模的集会。”

雅克说：“在法国，我们还得抗议中等阶级不能想象的冷漠……”

丰劳特才走进来，就微笑着说：

“德国也这样……无处不在的漠然……你相信，就算危机就在眼前，国会里真会有人提出召开外交事务委员会吗？……民族主义者明明知道是被政府庇护的，他们的笔仗激烈不能想象！他们每天都要求将柏林戒严，全部的反对党领袖都要逮捕，不准建立和平集会！……没关系！他们根本不可能是最有力量的人……整个德国，无产阶级者出没在各个城市，到处是骚动、抗议，甚至危险……场面很壮观……这里又重现了一九一二年十月那样的时光，那时候，莱德布尔[2]，还有其他的人，我们号召群众一起大喊着‘向战争开战！……’那时候，政府知道，资本主义国家所有的大动乱，欧洲都会马上发生革命运动。政府有所惧怕，改变了一些政策。这次，我们依然会成功！”雅克起身准备离开，“你就要离开了吗？”

雅克点了点头，和少妇告别。

“向战争开战！”少妇面对着雅克说道，两眼散发着光芒。

“这一次我们还是要拯救和平，”丰劳特说，跟随着他走向前厅去。“可是，又能维持多久呢？最后，我也觉得，大战是无法避免的，我们不经过这一步，革命就不会成功……”

雅克没有问过丰劳特，对于自己最关心的一个问题的看法，是

①建于18世纪，在柏林东面的凯旋门。

②德国社会民族党老活动家，（1850—1947）。

不愿意离开他的。

他插话说：

“在你们国家，人们对于维也纳与柏林之间的融洽关系，有没有什么确切的意见？它们在欧洲要表演什么戏码？后台是什么呢？在你看来，它们有什么合谋？”

丰劳特狡猾地笑了：

“法国人哪！”

“法国人怎么了？”

“由于你说：‘有还是没有……这个，那个……’打算把所有的变成简单明了地说，这真是你们的奇怪的习惯！似乎懂得的想法原本就是正确的想法！……”

雅克呆住了，也笑了起来，他心想着：“这样的评论是依据什么？又是为什么用到我的身上？”

丰劳特又严肃起来了：“合谋？这要看情况……公众厚脸皮般地合谋，这还不确定。我要说的是：‘有和没有’……发出最后通牒那一天，我们的领导人满脸惊讶的表情，绝对大部分是伪装的。不过只是一部分而已。据说，我们的首相被奥地利的首相欺骗了，就像他骗欧洲各国政府那样，我们的贝特曼·霍尔韦格做事草率得不能原谅。还据说，威廉大街只收到了一份贝尔希托德语气温和的最后通牒的概要；为了能让德国对各国政府宣布其实已经支持奥地利的政策，他说了最后通牒会节制些。贝特曼相信了。德国毫无顾虑地行动了；也是莽撞行事……等贝特曼、雅戈夫和凯塞尔得到了准确的消息内容，得到这个真实消息，他们震惊了。”

“他们什么时候清楚的？”

“二十二日或二十三日。”

“这就是问题所在了！假如是在二十二日，就和我在巴黎的时候有人预测过的一样，威廉大街还有机会在送交最后通牒以前，给维也纳实施影响！但威廉大街却没有这么做！”

“确实没有，真的，蒂博，”丰劳特说，“我相信柏林没有足够的时间。就算在二十二日晚上，也来不及了；赶不上让维也纳将文本改变；赶不上向其他政府表示反对奥地利。就算德国愿意调解，仅有一个方法可以将尊严挽回：摆出强势的态度，恫吓欧洲，而且通过恐吓，让这场风险很大的外交获得胜利，那是会身不由已地卷入进去的……至少，这也是人们所见所说的……得到很确切的消息，一直到昨天早晨之前，凯塞尔自以为出了个绝妙的招数：他本以为，俄国会中立。”

“不可能是这样！柏林对彼得堡的侵略目的，不会一无所知！”

“有人绝对地说，才从昨天开始，政府刚发觉这是一个危险的死胡同……所以，”他接着说，脸上的笑容泛着活力，“今天晚上的示威游行是有着特别的意义的：对于一个没有主意的政府，人民的示威警告起着决定性作用！……你到‘菩提树下’大街[①]了吗？”

雅克摇了摇头，没有解释什么，就和丰劳特告别了。

他边下楼梯边想着：“法国人有怪癖？清楚的想法，对的想法……不，这不适合我……不……于我来说——无论是清楚还是模糊——唉，想法一直都只会是短暂的，这也正好是我的缺点……”

---

①是柏林的中心大街。

49

六点整，雅克去了波茨坦广场的“阿辛格尔饭店”——这种廉价饭店最重要的一间，在柏林各区都会有分店。

雅克看到特劳坦巴赫一个人坐在一张小桌旁边，面前摆了一份菜单。他好像在低头看着一份折了四下的报纸，那张报纸靠着水杯，不过他那雪亮的眼睛一直在偷看着大门口。他没有表现出一丁点惊讶。他们两个年轻人自然地握手，就好像是昨天才告别一样。雅克也坐在了桌前，点了一碗汤。

特劳坦巴赫来自犹太，体格非常健壮，一头黄得像红棕色的卷发，不过很短，像小公羊似的额角露出来了；一张白皙的脸上很多的雀斑；很厚的嘴唇翻卷着，有些许血色。

他轻声地用德语说：“我还生怕是安排了其他人来呢，我对瑞士人做事很不放心……还好是你来了。如果是明天的话就会晚了。”他故意笑得很是疲倦，摆弄着芥末瓶，如同在说一些不重要的事。“这是一项需要谨慎小心的行动——至少对我们来说是这样的，”他神秘地补充了一句，“你呢，你不用做什么。”

“不用做什么？”他觉得很落寞。

“就是我告诉你的那些事需要你做。”

特劳坦巴赫又轻声地一边说着一边嘿嘿地笑着，万一被人发现了，就可以掩饰一下不被听到，所以他就如此简单地把事情解释了下。

或许他与生俱来就适合领导某项国际情报这样的革命工作。几天之前，他得到消息，奥地利的一个军官斯托尔巴赫上校到了柏林，大家都觉得他一定是要来做一件秘密的任务，来找战争大臣；大家很有理由这样认为，他这次的来访，肯定是为了将德奥参谋部的合作确定好，已经确定好了偷取该军官的私密文件的冒险计划；因此，有两个内行的通知给予了他帮助——“两个熟谙这种任务的人，”他很有深意地笑了一下，“我就像相信自己一样信任的人”，雅克并没有惊讶于这最后一个细节。雅克了解特劳坦巴赫在柏林的贼窝里生活过很长一段时间，并且仍然和这个不法集团维持着联系，还利用过它为党的事业做过事。

斯托尔巴赫应该在天黑之前和大臣进行了最后一次洽谈。在他落脚的那家饭店，他说今天夜里就要出发去维也纳。所以，没有可以浪费的时间了，只能在上校告别大臣之后登上火车之前的这段时间里，将文件取得。雅克当然不用参与这次的窃取行动。(他没有讳言，他对这样的安排很满意。）雅克的任务就是接到文件后，马上带着离开德国，以最快速度把它交给梅奈斯特雷尔。特劳坦巴赫与梅奈斯特雷尔有着多年的交情。飞行员会依据文件的重要性大小，确定要不要通知明天在布鲁塞尔聚会的国际工人协会的领导人。他得先去买好去比利时的火车票，今天晚上十点半，到弗里德利希大街火车站的三等车候车室，睡在软垫子长凳上，像睡熟了那般。会放一个用报纸包好的包裹在他的脑袋边，那个放东西的人不会和他说什么，就马上走掉。这个动作会做两次。

“再喝一杯啤酒吧，”特劳坦巴赫说，“之后就开始行动了。”

雅克静静地听他说，他觉得有些恐惧。窃取文件——无论有多大的用处——他都无所谓。接受任务时，他没想到是做这样的任务。雅克首先反应的是，还好只是做无足轻重的事。同时，他又觉得很失望，也可以说是困惑苦恼，因为是做这样的接受与运送的被动角色……

在和他分别前，雅克问了那个对丰劳特提过的问题：德奥政府之间有无共谋？

“虽然我不清楚贝尔希托德和贝特曼他们有没有联合……但是，在奥地利参谋部与我国参谋部之间，应该有合谋。奥地利大臣与我国参谋部很可能同时将我们的首相耍了……”

雅克说：“啊！假如获得证据，证明德国军方和奥地利参谋部从一开始就串通好了！……若可以确定，你们的将军正在与维也纳的将军策划他们狡猾的行动，三周之内，控制了德国的政治，如今又促使德国回避英国仲裁提议，非常不错！……”（为了能将窃取文件变得道德又合法，他不由自主地不得不劝服自己，那些文件可以帮助党的事业。）

“我和你一样相信，这应该会有想象不到的结果……我们社会党领袖中最爱国的人，会果断站起来反抗政府。所以，关键是要得到斯托尔巴赫的文件！……你别动，”他起身补充了一句，“我先离开，十点半的时候去火车站见面。一定要自始至终保持冷静镇定，不要凑在一起。外面有警察……”

预告说晚上会有示威游行运动，不能阻挡战争的发生，大臣将最后一次具有决定性意义的长时间会议开到底；他很早以前就打算和奥地利参谋部的半官方使者、上校斯托尔巴赫·丰·布卢门费尔德伯爵会晤。

大概九点一刻的时候，会议在气氛非常热烈中结束。甚至大臣阁下还很给面子地把来客送到迎宾大阶梯的平台上。在那里，大臣在警卫与传令官面前，把手伸给斯托尔巴赫，而他弯身去和他握手。

他们都穿着平常的衣服，神色疲倦、严肃。他们用眼神交流了一下。之后，斯托尔巴赫夹着沉重的黄皮包，在传令官的引领下，走过铺着红地毯的宽阔台阶。到了台阶下，他转身回来。大臣阁下真是优渥有加，目送着他离开，表达了一个最后的友好。

在院子里，有一辆部里的小汽车在等着他，斯托尔巴赫点燃一根雪茄，稳坐到车座里，传令官俯身对着司机，叮嘱他不要经过游行那里，走安全路线把上校送回选帝侯大街的饭店。

夜晚又干燥又闷热。天空下着雨，不过这下得急迫的雨却没有让空气凉快一些，大街的地面上反而被蒸腾出一股热腾腾的水汽。知道会受到干扰，商店早已关灯关门，尽管还没有到十点，柏林已经戒备森严了，但平时只会到了半夜三更才会是这样的场景。斯托尔巴赫的眼睛不经意地巡视着首都宽广的景致。他很满意这次行动的真实成果，与第二天到维也纳向丰 · 赫 · 多夫将军呈上的报告。坐下后，他随手把皮包丢在旁边。他觉得有些不妥，又把皮包捡起来，放在膝盖上。很浅的黄褐色，搭扣镀镍；是正在流行的款式，中间鼓着，绝对有资格能进入部办公室；他是在选帝侯大街的皮革店买的，是为了去柏林执行任务才买的一个很漂亮的新皮包。

小汽车在饭店门口停下，门卫赶紧出来迎接，弯身致意，将斯托尔巴赫带到前厅入口。他在服务台前面停了下来，嘱咐服务人员给他送一份简单的食物来，并且给他开一张账单，因为他想坐晚上的快车。接着，虽然身体笨重，他迅速走到电梯那边，上楼了。

在宽阔、明亮、空荡荡的走廊，有个男招待在配膳室门口那张软垫长凳上坐着。他没见过他；这可能是刚来的招待。男招待立刻起身，朝着他走过来了，为他打开了门，打开电钮，把小百叶窗落下来。那是一间有两扇窗户的房，天花板很高，贴着金花黑壁纸，这间房连着蓝瓷盥洗间。

“上校先生还需要什么吗？”

“不用了。手提箱准备好了。我去洗个澡就好了。”

“您今天晚上出发吗？”

“对。”

招待早就看了一眼皮包，上校进了房间就把它放到了门旁边的椅子上。斯托尔巴赫把帽子丢到了床上，拿手帕擦了擦汗津津的光脖子，招待往盥洗间去了，拧开了水龙头。他返回房间的时候，奥地利参谋长的特派员穿了一条淡紫的绸短裤，鞋子已经脱掉了。招待把地上满是灰尘的鞋子捡了起来。

“等一会儿我会送回来的。”招待走出房间的时候说。

浴室和配膳室中间只有一块很薄的木板。男招待把耳朵贴在墙上，一边偷听动静，另一边还在用呢布擦鞋。他听见上校笨重的身体哗啦一声沉到水中时，绽放了笑容。然后他在壁橱掏出一个新皮包，也是黄褐色、搭扣镀镍，装满了旧文件，是用报纸包裹起来的，放在腋下，提起皮鞋，敲了敲门。

“请进！”上校说。

“完蛋了，”他脑海里立刻浮现这个想法。斯托尔巴赫要求把浴室的门打开，在房间那里可以看到浴盆的一头，浴盆的水里浮着一个粉红的脑袋。招待没有坚持已见，把皮鞋放在地上，夹着包裹走了。

温水一直浸到上校的下巴，他愉悦地在水里扑打着，就在这时候，灯光突然熄灭了。房间和盥洗室一起暗了下来，上校不急不躁地等了几分钟。见到一直没有接通电流，他在墙边摸索着，摸到电钮，用力地按下去了。

黑暗的屋子里传来了招待响亮的声音：

“上校先生在按铃？”

“发生什么事了？饭店出现了电流故障吗？”

“没有。配膳间的灯亮着……很明显，是房间里的保险丝烧了。我去修好……几分钟就能搞定。”

漫长的一分钟过去了。

“发生什么事了？”

“上校先生原谅我吧……我正在找故障的源头。我觉得是在门边。”

斯托尔巴赫把脑袋直直地浮在水面上，乱眨着眼睛，瞎瞅着黑乎乎的屋子，他听见招待在摸索的声音。还在说着：“我没找到。请上校先生原谅……我得去外面查看一下。短路的地方一定在过道里……”

招待快速地走出房间，跑到配电间，把上校的皮包稳当地放好，接着匆促把电流接上。

三刻钟后，当上校斯托尔巴赫·丰·布卢门费尔德伯爵细致地洗完澡，喷上香水，衣服穿好，喝完茶，再吃了些火腿与水果，把雪茄点上，他瞧了瞧手表。尽管时间还早——他不喜欢匆匆忙忙——他打电话给服务部，喊人来提他的手提箱。

“不用了，这个，我自己提。”他对那个提行李的招待说，提行李的人已经把放在门旁椅子上的黄皮包拿起来了。

上校一把夺了过来，检查了一下搭扣有没有扣紧，严肃又认真地夹在腋下，再看了看没有丢下什么，才离开。他习惯这样做事有条不紊。

在下楼之前，上校想给点小费给男招待。走廊没有一个人。上校把配膳室推开，也没看到人，他没在那里。

“他运气真是不好。”上校自言自语地说。他就要出发去坐开往维也纳的快车了。

差不多就在这个时候，日内瓦大学生埃贝尔莱（让·塞巴斯蒂安），在弗里德利希大街火车站，乘着开往布鲁塞尔的车。他身边没有携带任何物品，仅有一个皮包，非常像一本很厚的书。特劳坦巴赫很快把搭扣打开，用报纸把里面的文件包好，扔掉了黄皮包——它毫无用处，除了增添麻烦。

“假如在德国的时候我被抓住，腋下夹着这份文件……”雅克这样想着。他觉得，自己的“任务”带来的这一点危险太不值得一提了，他甚至认为很有趣味，不想遇到危险。他扫兴地想：“反而使贞妮担忧！”

走在途中的时候，他走到盥洗间把包裹打开，尽量把文件放到自己的衣袋里和衣服衬里，避免海关人员查询。经过德国最后几站时，有一回，他由于谨慎，去车下买烟，为了到了边境时可以有话说。

就算是这样，在海关检查时他有些不乐意。只有当地知道火车已经奔驰在去往比利时时，他才发现自己全身是汗。雅克把自己缩在角落里，两手抱臂，放在细心扣好的外套上，放松地进入梦乡。

50

布鲁塞尔的“人民之家”一共有七层，好像大胡蜂巢一样嗡嗡作响。早上开始，社会党国际执行局就在这里进行特殊会议。为了打击各国政府帝国主义政策做出的急切努力，在比利时首都不仅聚集了所有的欧洲社会党的领袖，并且还聚集了大批活动分子，他们来自五湖四海，决定在周三晚上，为了在国际上造成反响，在马戏团剧场进行抗议聚会。

因为梅奈斯特雷尔想办法给小组凑到了钱——（一直没有人知道，飞行员和里沙德莱是如何把碰头地点的秘密资金凑好的）——他们，十来个人来到布鲁塞尔，选的集合地点是市场路靠近昂斯帕大街的一片啤酒店“狮穴”。

雅克就在那里找到他的朋友们的，而且就在这里把斯托尔巴赫的文件包交给了梅奈斯特雷尔。（飞行员马上返回，把自己锁在住的地方，粗略浏览了下战利品。雅克晚一点再去见他。）

雅克一出来，就收到一片欢呼声。基勒夫先见到他，立马高声说着：

“蒂博！又见面了！……如何，嗯？热么！”

会合地点那里都是熟面孔：有梅奈斯特雷尔、阿尔弗蕾达、里沙德莱、帕泰尔松、米特尔格、范赫德、佩里内、药品杂货商萨弗里奥、谢尔盖·巴甫洛维奇·兹拉夫斯基、大肚子的小个老爹布瓦索尼与“爱思索的亚洲人”斯卡达；还有年轻的爱米莉·卡蒂埃，她带着护士面纱的脸蛋像基勒夫一样双颊粉红，头发是金黄色的，她出发后就打算将他逼回去，“因为太热”。

雅克微笑着面对着那些伸过来的手，很开心——超过自我想象的开心——那种和日内瓦聚会那般热烈的气氛又回来了，就在这间比利时啤酒店里。

基勒夫以为雅克是从法国那边赶回来的，问道：“那么，他们将卡约太太释放了？……要喝些什么？要他们那样的啤酒吗？”（他对这样的“北方佬的蹩脚啤酒”一直都看不上眼，总是只要酸味苦艾酒。）

基勒夫大咧咧地说话，反映了日内瓦在这几天里弥漫着的是乐观情绪。梅奈斯特雷尔很难得参与聚会，讨论的内容不离建立秘密国际的计划；并且激动地谈起欧洲的各种和平示威，就算是负面的消息也无法将他们的热情驱散。小组来到布鲁塞尔，第一次和欧洲其他各国代表团联系，领导人出席，反战的庄严联合，大部分小组对于这所有的事，就相当于获得胜利所必需的、国际里可靠的行动团结得到证明。奥地利向塞尔维亚宣战的消息是在早上的电讯上看到的，甚至还得知昨天晚上就开始轰炸贝尔格莱德的消息；不过小组的人依据奥地利照会的消息，轻易地就相信了城市中心只被抛了几颗炸弹，轰炸没有什么作用：更可以说是一种警告与动武象征，是发动战争的前兆。

佩里内要雅克坐到自己的旁边。上午的时间他都在“大西洋酒吧”，是法国代表团的聚会地点，佩里内带来了巴黎最新消息。他说，昨日，在若莱斯与儒勒·盖德领导下的社会党议工会小组，奥尔赛码头和代理部长进行了长谈会议。拜访后，党的议员们草拟了一份公开声明，果断宣称：只有法国才能主宰法国；无论怎样，国家不可以因为对隐秘的条约有些不理智的解释，因而发生可怕的战争。议员们另外强调，虽然议会已经休停了，在最短的时间里举行会议。法国社会党人打算在议会范围里进行斗争，代表团的热情、冷静与不能动摇的期望对于佩里内，有着很好的印象。若莱斯表现出来的信心比任何人都坚毅。人们乐意引用他最近的言语，他与旺德韦德说：“您会发现，就如同阿加蒂尔的状况一样。有起有落，不过事情不可能没有安排好。”为了将他的乐观豁达凸显出来，人们就说，老板在餐后那一个小时的空闲里，平静地走去博物馆观赏范埃克兄弟[①]的画作。

佩里内说："我看到过他，我发誓，他根本不可能是个颓废的人！他曾夹着笨重的皮包从我身旁走过，他的肩膀、狭边草帽还有黑礼服翘起来……他就好像一个教授去上课那般……他将手臂伸向一个我没见过的人。之后有人跟我说，那是哈塞，德国人……您将看见，……他们刚好走到我桌旁就停了下来，德国人停住了脚步，我听见他用不熟练的可笑的法语说：'凯塞尔拒绝战争。他不想战争。他惧怕后果！'因而若莱斯转过头，眼神闪烁，嘴角上扬，回应他说：'那么，就让凯塞尔政府对奥地利人实施有力量的影响。我们呢，留在法国，也会努力促使我们国家对俄国施加影响！'就在我的桌边……我听他们说话，就如同您现在听我说话一般。"

"是时候对俄国实施影响了！"里沙德莱自言自语般地说。

雅克和他的眼神相碰，他感觉：里沙德莱说的这些，很明显地反映出了梅奈斯特雷尔的内心世界，根本没有支持普遍的乐观。里沙德莱立刻就将这个想法证实了，由于他对雅克弯腰轻声地探问着：

"这几乎就是在考虑法国，还有法国的领袖——同意了俄国总动员，同意了俄国用挑衅回复奥地利的挑衅，最后拒绝接受回答德国的最后通牒——是不是就相当于同意了！"

"俄国只在部分动员。"雅克不肯定地纠正着。

"部分动员？和现在假装的一模一样？"

---

①他们是佛兰芒派画家，范埃克兄弟分别是于贝尔（卒于1426年）和让（卒于1441年）。

米特尔格在里面的软垫子长凳上坐着，挨着沙肖夫斯基与里沙德莱，语气激动地说着：

“俄国？俄国在动员，绝对没错！俄国在沙皇的军国主义的掌控中！今天，欧洲各国政府都同样受力量限制！所以，同志们！斯拉夫人的解放？只是一个借口罢了！斯拉夫人就是被沙皇制度给压迫了！在波兰将斯拉夫人踩在脚底下！在保加利亚的时候，看起来给了斯拉夫人自由，其实是为了以后更好地压迫与榨取。实际上，德奥彼此的军国主义，将促使爆发一场酝酿已久的战争！”

布瓦索尼、基勒夫、帕泰尔松与萨弗里奥在旁边的桌上，畅所欲言地猜测着柏林政府不能琢磨的目的。凯塞尔政府不停地发表维护和平的抗议，什么原因一再不接受调解，但只要有一些果断的提议，就能够令弗朗索瓦·约瑟夫对目前的外交成就满足？德国对于奥地利军队进攻塞尔维亚没有一点兴趣。假如和社会民主党人说的那样，柏林不愿战争，那么，又何必要德国与欧洲如此冒险？……帕泰尔松指出，英国的态度更难猜测。

布瓦索尼用责备的口吻说：“英国已经被欧洲人所注意了。因为奥地利宣战，令维也纳与彼得堡的双边会谈失败，只能要英国斡旋，才能将会谈继续下去。英国人不足为道的影响力就能增加重要性。”帕泰尔松刚到达布鲁塞尔，就去和社会党同胞见面，他肯定地说，在英国代表团那里，人们对外交部传言的消息很是担心：在格雷有部分大人物惶恐不安，因为他们想到一旦抗议中立态度，就会对中欧帝国的好战计划有利，据说，最后是他们令大臣下定决心；或者至少是对德国的警告，英国愿意中立，是在俄奥冲突的前提下，如果法德进行战争了，它就不可能还是保持中立了。英国社会党人坚持中立，唯恐格雷妥协于压力；特别是，如今这种声明已无法在英国公众舆论中得到和上周一样的谴责了。实际上，最后通牒没有过严肃残酷的口吻、奥地利固执己见地侵略塞尔维亚，海峡的另一边，对维也纳的不满也早已遍布各地了。

因为旅程过多，雅克感觉累了，听到这些讨论，他更加烦躁和倦怠。他和这些熟悉的朋友见面产生的愉快，消失得比他预料得还要快。

雅克起身，向小个子范赫德、兹拉夫斯基与斯卡达低声谈论的那一桌走去。

患了白化病的那位用动情的声音说着："现在，大家共同生活，但又如此自私，没有仁慈……得将这种状况改变，谢尔盖……最先要改的是人心……博爱，它实行的时候会与法律有关……"他微笑着望了望无形中的神灵，接着说，"没有它，就算可以实现社会主义制度。但实现社会主义是不可能，甚至无法开始！"

雅克走近了他，他还没注意到，突然看到雅克，停下了说话，满脸通红。斯卡达把拆散的几本书靠放在啤酒杯上。(他的袋里常常装了满满的期刊书籍。)雅克没刻意就看到了书名:《埃皮克泰特》[①]……《巴枯宁作品集》[②]第四卷……埃利泽·勒克吕[③]《无政府主义与教会》……

斯卡达弯身看向兹拉夫斯基。在那半厘米厚的镜片下，两只不一样大的眼睛，宛如瞪着的两只白煮蛋。

---

①古罗马苦行主义哲学家，公元一至二世纪。

②俄国无政府主义者，（1814—1876）。

③法国地理学家和社会学家，参加过巴黎公社，无政府主义理论家，（1830—1905）。

“我啊，我没有一点耐性，”他一边轻柔地解释道，一边像有怪癖似的不停地用指甲梳拢卷曲的短发，“我不是在给自己闹革命。再过二十、三十年，可能是五十年，也会爆发革命？我明白这是必然的！这也正是我期待与希望的，为了生活与行动……”

最里面的里沙德莱又讲话了。雅克竖起耳朵。通过里沙德莱预言般的判断，雅克在里面找寻着飞行员的想法：

“战争使得各国不得不贬值货币抵销债务。战争促使国家破产速度加快，另一方面令小有产者困苦：贫穷遍布；增加更多的反资本主义者，朝我们聚集；自动消灭……”

米特尔格打断了他。布瓦索尼、基勒夫、佩里内不约而同地插话。

雅克不再听了，他心想：“是我改变了？或者是他们改变了？……”雅克不清楚自己困惑苦恼的原因所在。“我们的小组被战争的威胁袭击了……它被肢解了……每个人根据自己的方式与气质做出回应……需要一种行动，对；普遍，强烈，我们任何人却都不能得到满足……我们的小组被孤立，远离中心，没有管理制度，无纪律……这是谁的错？可能是梅奈斯特雷尔的过错……梅奈斯特雷尔还在等着我。”他瞧了瞧时间。

阿尔弗蕾达在帕泰尔松身旁坐着，雅克走近她：

“我乘哪一路电车可以去你的旅馆？”

帕泰尔松起身道：“来吧，我和阿尔弗蕾达为你引路。”

他恰巧要去赴一个英国社会党人基尔·哈迪的约，就上前挽着雅克的手肘，将他拖出“狮穴酒吧”，阿尔弗蕾达跟在后面。帕泰尔松似乎激动异常。那位社会党人是伦敦的一名记者，跟帕泰尔松说起过爱尔兰为党的一份报纸做过的一次调查。假如事情确定好了，帕特尔松明早就会坐船去英国。要做的这件事令他非常激动：他还未曾去过海峡的那一边，这五年来一直住在大陆！

阳光灼灼，石子路被晒得发烫。风儿也吹不熄城市里燃烧着似的酷热。帕泰尔松一副牛津大学生旅游的模样，衬衫敞开着，外套没穿，嘴边叼着烟斗，头上戴着小鸭舌帽，白皙的脖颈露在外面，穿着一条法兰绒旧长裤。

阿尔弗蕾达在他们后面，穿着洗得发白的蓝布连衣裙，有着亚麻花一样的细腻色调，整个人看起来像邻家女孩子一样。她有着黑色的刘海，鼻子皱皱的，眼睛大得和布娃娃似的。她习惯于跟在后面只听着不说话，但是，这一次，她用颤动的嗓音问：

“你去了那里，还会回日内瓦吗？”

英国人的脸蓦地阴沉下来了：

“我不清楚。”

她抬起眼睛去看他，眼神游离不定，一会儿又立刻低下眼皮，动作敏捷，因而脸颊上闪动着眼睫毛的影子，她低声问：

“帕特，你还会回来吗？”

“会的，”他激动地说。他把雅克的手臂放下，向她走去，热切地将大手放在她肩上，“会回来的，亲爱的……绝——对——会——的！”

他们沉默无语地一路走着。

帕泰尔松把嘴上叼着的烟斗拿下来，脑袋往后仰，边走边注视着雅克，就如同在观察一样物品：

“我记起你的画像，蒂博……还画两遍……不用花多久时间就可以画完了……亲爱的！画布上就会走出一个恶鬼来。”

帕泰尔松突然发出爽朗的笑声。他们走过一个十字路口时，帕泰尔松向他转身过来，调皮地指了指小巷口一座不高的房子：

“仔细看看：那是年轻的威廉·斯坦利·帕泰尔松住的房子。我的卧室很大。亲爱的，如果你同意，我愿意和你分享一袋烟。”

雅克没有预订房间。他笑着说：

“我愿意。”

“就是二楼，窗子打开的那间……房号是二号。你记下了吗？”

阿尔弗蕾达没有走动，仰起头去看帕泰尔松的窗户。

“就在现在分别吧，”帕泰尔松对雅克说，“你知道火车站吗？飞行员住的那家旅馆的那条街就在后面。”

“要给我带路吗？”雅克问少妇，以为她会和自己一起去。她颤抖起来，凝视着他。她的瞳孔在放大，似乎装满了怜惜的犹豫。

静默不久。

“不。你先回去，”英国人疲倦地告辞，“亲爱的，再见。”

51

最近的两周里，梅奈斯特雷尔和碰头地点的同志们一样，激动愤慨地不断喊着“向战争开战！”无法将他的这个信念动摇，就是国际工人协会里的一切反战活动，也根本阻止不了他的行动，他和阿尔弗蕾达说：“必须爆发战争，最后拉开真正的革命的序幕。无人——肯定是这样的！——敢说，在这样的一种局势，又或是在下一场战争中，又或许是在另一种危机中产生革命。这得由具体情况决定……是由‘首先胜利’的实际情况决定。最先获胜的是谁？是日耳曼人还是法国或者俄国人？很难猜测……在我们看来，这不是问题的关键所在。目前行动的政策是这样的：似乎我们确定可以马上将帝国主义战争转变成无产阶级革命……费尽力气将这种革命趋势加强。也就是，将所有爱好和平主义者联合在一起，千方百计地促使动乱！尽最大力量将骚动挑起！尽最大努力让各国政府实施的计划受阻！”他在心里想着：“但是，前提是不能脱靶，尽量不使用过于极端的手腕，会将战争延缓的手段……”

梅奈斯特雷尔刚到达布鲁塞尔，就特别找了一家院子深处的小楼住宿，就在“正午”火车站后面，而且远离“狮穴酒吧”。

他把自己关在屋子里，用了两个钟头仔细阅读着斯托尔巴赫的文件，相信了那两个日耳曼人参谋部也一起参与了合谋：证据确凿！……雅克带回的战果，差不多只在斯托尔巴赫会晤时，一天连着一天构成的，在柏林，上校与参谋部首脑还有战争大臣召开过很多次会议，不须多解释，这些记事是用来为他在会后草拟发到维也纳的信件的材料。它们不但很明确地反映了两国参谋部会晤的情况，并且在几个地方对之前的事有所暗示，将维也纳与柏林在几周前的会谈过的事实透露出来了。对以前的事情的披露有着很大的吸引力，证实了梅奈斯特雷尔的猜测：这是维也纳社会党人霍斯梅嘱托过，托伯赫姆与雅克于七月十二日在日内瓦转告他的；这一切猜疑令他将这些真实状况联系到了一起。

在萨拉热窝暗杀事件发生后的几天，贝尔希托德与赫岑多夫殚思竭虑，终于说服老皇帝利用当前时局，马上发动总动员，用战争将塞尔维亚攻陷。不过弗朗索瓦·约瑟夫的态度十分强硬，他反驳说，凯塞尔政府会反攻意大利的武力较量。（“哈！哈！”梅奈斯特雷尔心里想道：“这正好反映出，他十分清楚俄国干预带来的后果与大战一场的后果！……”）想要顶回君主的反驳，贝尔希托德胆大地想，马上拍电报给在柏林办公室的主任亚历山大·霍乌奥斯，要他获得德国的同意，就好像预料之中那样，凯塞尔与首相是最先拒绝霍乌奥斯的；实际上，他们害怕的是俄国的回应，并不是在乎奥地利是否卷入到一场欧洲大战中。就在这时候，普鲁士军方介入。霍乌奥斯在德国军方找到一个以前预备好的得力帮手。自一九一三年二月开始，德国参谋部对斯拉夫人的威胁，对塞尔维亚与俄国合伙对付奥地利——也可以说是对付德国——的阴谋，有所耳闻。德国甚至怀疑彼得堡和贝尔格莱德合谋，间接参与了萨拉热窝的暗杀事件。德国的将军们宣扬得如同引格言一样，不管怎样，俄国是不愿立刻接受战争爆发的，在它没有准备好战争前是不愿卷入到可能超前两年的战争里的。因为有霍乌奥斯的推波助澜，德军首脑最终将威廉二世与贝特曼说服了，欧洲如今的状况是，俄国不太可能发动一场大战；日耳曼人会有不可失去的机遇，成功又完美地将自己的威信确定起来。霍乌奥斯最终还是得到了对奥地利行动的主权，承诺予维也纳，德国会毫不松弛地支持盟国的所有要求。最后这就将奥地利最近几周无法理解的政策解释清楚了。另外还证明，即刻起，凯塞尔与他身旁的人不明确地答应，将可能或者应该会引起一场大战。

梅奈斯特雷尔立刻想道：“还好清楚内情的只有我一个人。另外我险些就要把雅克与里沙德莱拉来助我一臂之力了！”

梅奈斯特雷尔俯身转向床上，因为没有空余的地方，只好将那些文件分成一小摞一小摞的，放在床上。他将右边的记事本拿起来，它们多多少少有援引往事与七月初的事件——梅奈斯特雷尔把它放进在一个信封里，把封口封上，写上一号字样。

接着他搬来一把椅子，坐下去。

“将这些都再看一遍，”他一边想着，一边将丢在左边的记事本扯过来，“这全部都是斯托尔巴赫朋友的任务……这一袋里都是奥地利的战役计划：战略，战术细节。都与我无关。全放二号信封里……好……让我有兴趣的是其他的……记事本早就标好日期了。很容易将会晤排序起来……这次任务的目的是什么？主要是促使德国总动员……在开头的这几天……他刚到达柏林，就和莫尔特克会晤……上校执意要德国参谋部加速军事准备……德国人回复：‘不行！首相不赞同，因为获得了凯塞尔的支持。’看吧！贝特曼为什么会反对！……他宣称：‘过早！’看看他的借口吧……一、内政关系：他强烈表达了对民众示威谴责与《前进报》的攻击……啊！啊！说到根本，社会民主党的反对让他恼火了！……二、外交政策关系：最先对德国保证中立国、关键是英国人的支持……接着是等着俄国的威胁加剧；由于帝国政府面对‘公开侵略的俄国’那天，将要把德国社会党人与欧洲一起说服，德国处于‘合理自卫的情况’，不得已要为‘由于谨慎’发动总动员……肯定啦！没有缺陷的逻辑！……斯托尔巴赫与德国将军们逼迫贝特曼接受的策略是哪样的呢？……这一切的记事会让人清楚，他们的合谋是如何形成的……问题在马上逼迫俄国对德国做出‘可看作敌对的行动……’‘例如迫使俄国总动员’，二十五日晚上斯托尔巴赫这样想着。老把戏！……关于这些，德国人回复说：‘的确是这样的。至此，有一个好办法，仅有的办法，这由奥地利决定：奥地利总动员……’他们不会傻到信任那些将军！他们清楚，假如弗朗索瓦·约瑟夫命令发全军动员——（这里斯托尔巴赫写道，这不但是对小小的塞尔维亚的威胁，并且是对地域宽广的俄国的威胁）沙皇最终将会被迫回以总动员。对于俄国的总动员，凯塞尔就不会又一次拒绝下令动员。首相也不会说什么：德国是因为俄国真正的威胁而直接导致的动员，大概是要强加于所有的人；内外都一样；对欧洲与德国舆论都一样，德国舆论早已令群情激奋，反抗俄国人；并且要强加于社会民主党人……这些都是正确的。苏德孔[①]及其随从一伙人，每当召开代表大会的时候，关于俄国威胁就会对我们说个没完没了的！[②]！从一九〇〇年开始，他宣称，对于俄国威胁，他就端起枪！社会党人将会马上揪住这句话。上当！……上自己的当！他们不可能——因为社会民主党人不可能不配合与政府合作，只要政府打算保护德国无产阶级，反对哥萨克帝国主义！……手段真高明！奥地利不用多久就会总动员！……这就是斯托尔巴赫朋友到达柏林的第三天，就不断地给赫岑多夫拍电报的缘由，促使奥地利直接向总动员的趋势发展……太棒了！柏林的将军们借助奥地利之手，给俄国设了个狠毒的陷阱！这段时间里，凯塞尔与首相安静地抽着大烟，绝对是一箭即中的！”

梅奈斯特雷尔习惯性地——用拇指与食指按住太阳穴，然后顺着两颊，手指灵巧地滑到胡子的尖端。

“太棒了，太棒了……直奔目标！并且速度飞快！”

他快速地将毯子上散乱的记事文件，放进第三个信封，低声念道：“还好清楚内情的仅有我一个人！”

---

①德国政客，第一次大战时坚持沙文主义态度，因而他的名字成为沙文主义的代名词，生于1871年卒年不详。

②德国社会民族党创始人之一，（1840—1913），马克思和恩格斯的学生，曾反对社会主义，但战前持中间派立场。

他在椅背上靠着，抱着手臂，好一会儿一动不动。

这些文件很明显地提供了价值无法估量的“新事实”。除了几个德国社会民主党人之外，全没有猜疑到维也纳与柏林的勾结。抨击帝制最激烈的人都不会觉得，柏林为了维护奥地利的威望，愚笨地用世界和平与帝国的未来冒险，他们同意官方的说法：他们觉得奥地利的最后通牒使得威廉大街“惊讶万分”；在之前，威廉大街又不清楚最后通牒真实内容，也不明白通牒的侵略性质，德国真心实意地尽力调停奥地利与它的敌对方面。最警觉的人，早已发觉维也纳与柏林的参谋部之间很有可能会有合谋。（早上，梅奈斯特雷尔遇到了德国派往布鲁塞尔的代表哈塞，哈塞告诉他，自己会在周末找政府交涉，用党的名义庄重阐明，日耳曼—奥地利联盟是严格自卫性质的；对于得到的回复让他恐慌了：“假如俄国先对我们的盟友发动战争？”但是，哈塞到现在还没想起，奥地利总动员设放了诱饵，德国军方试图将这诱饵丢给俄国！）斯托尔巴赫的记事透露的不容反驳的合谋明证，万一落到社会民主党领袖的手里，就会变成可怕的反战武器。到现在为止他们都激烈地攻击维也纳政府，就会立刻反击本国政府。

梅奈斯特雷尔心想：“说真的，假如很好地利用有着爆发力极强武器，结果很可能会出人意料……对：不管怎样假设都没问题——必要的话，甚至将令战争流产！……”

有好半天时间，他想象着，凯塞尔与首相亲眼看到这一证据被天下人所知——或者被报纸激烈地攻击，他将发动德国人民与世界舆论一起指责德国政府——这个时候会发生以下两种情况之一：或者开始逮捕全部的社会党领袖，公开对整个德国无产阶级与欧洲国际工人协会宣战（不太合理的猜测），或者受到社会党人的威胁主动投降，迅速撤退，不履行霍乌奥斯对奥地利援助的承诺。最后呢？那么，因为没有德国援助，奥地利肯定没勇气再坚持战争计划，不得不满足于外交讹诈……全部的资本主义国家的战争计划将会破灭。

“还得看情况！”他嘀咕着。

他起身在屋里踱步，喝了一杯水，再回到一堆文件那里坐着：

“如今，飞行员，不能犯策略错误！……有两个解决办法：将武器爆炸掉，或者把武器藏起来，留着以后用……一个设想就是：假如我将这些文件交到李卜克内西那里，将会爆发丑闻。可能会发生两种情况：丑闻没有阻止战争，或者将战争阻止了。——假如不能阻止战争，很有可能是这样，会有什么益处？很明显，无产阶级怀着受骗的心情去打仗……对于宣传内战有利……对，风朝相反方向吹：无处不是‘战争的精神状态’。这在布鲁塞尔是很受人注意的……需要明白的是，现在，社会民主党全部的领袖会不会同意让武器爆炸？不能确定……如果他们在《前进报》发表文件，报纸会被封杀；政府会胡乱地用谎言掩饰；德国人已经到了这一境界的精神状态，政府不承认，不用说，是比我们的指控更有分量……此刻设想，与所有的猜测相反，李卜克内西将人民的愤慨与举世责难挑起来，令凯塞尔政府退步，最后阻止了战争。很明显，国际工人协会的力量与群众的革命意识……对，不过……不过阻止了战争呢？我们最好的王牌！……”

好半天他才木木地站起来，明白了对于要负责任的严重性。

他低声道：“不能这样！不能这样！……能将战争阻止的概率仅百分之一，不须冒这个险！”

他又紧张地想了一下。

“不，不……无论从哪一方面思考……如今仅有一个解决方法：窃取武器……”

他低下身子，果断地从床底下拖出一只小箱子：

“将这所有的都锁起来。不告诉任何人……等待机会！”

他所要的时机，受到动员的群众最终被低落的士气所影响，那个时候，为了将士气加剧，令它愈加激烈，将对政府的诡计有决定性意义的证据拿出来，就能给它致命一击，这是一般人看不到的。

他邪邪地笑了笑：

“会发生多大的事情呢？战争、革命，可能在某种程度上被我手里这三个信封决定！”

他将信封拿起来掂了掂。

有人敲门。

“是弗蕾达吗？”

“我是蒂博。”

“啊！”

他慌忙将文件放进小箱里，加上锁，再去开门。

“弗蕾达没和你一同过来吗？”飞行员问，不由自主地做了个不悦、几乎是不安的动作，接着立刻掩饰住，“我就不请你坐了，”他玩笑般地说，指了指凌乱不堪的房间里，两张椅子上堆满了女人的衣服，“我马上要出去了。我要去人民之家看看他们在做什么……”

“……文件呢？”雅克问。

梅奈斯特雷尔一边说话，一边把小箱子往床下推。

他冷静地说：“我觉得，特劳坦巴赫绝对是白忙活，雅克你也是……”

“真的？”

雅克不是一般的惊讶，而是震惊地呆住了。他从未考虑到这些文件毫无用处，踌躇着再一次说出内心的疑问，他鼓起勇气问道：

“文件被您放在哪儿了？”

梅奈斯特雷尔用脚指了指小箱子。

“我还以为，您打算今晚将这些文件转交给执行局……给旺德韦德，给若莱斯？……”

飞行员渐渐冷笑：寒冷的气息更多地来自眼睛而不是嘴角；发白的一张脸，这眼里的笑意如此令人打冷战，如此缺乏人情味，雅克不由自主地低下眼眸。

梅奈斯特雷尔用假声说：“给若莱斯？给旺德韦德？这里面找不到他们要的材料，没有材料能用来多发表一次演讲！”见雅克明显不相信的态度，他不再用嘲笑的口吻，补充说，“我绝对要在日内瓦认真审阅这些记事之前，过一下目，毫无价值，一些战略上的详细情况，罗列人员……没有任何现在用得上的东西。”

梅奈斯特雷尔早已将外套穿上，戴好帽子：

“你和我一起走吗？我们边走边聊……太热了！布鲁塞尔的七月，我记起来了！……阿尔弗蕾达也许在那里。她说过，会来找我……你先走，我随后就来。”

这一路，梅奈斯特雷尔问了关于雅克在巴黎逗留的状况，未曾提到文件。

他比平常更加明显地跛着脚走路。他突兀地道歉。夏天，特别是劳累之后，腿部肌肉经常就像发生飞行事故的第二天那样疼痛。

他微笑着说道：“这真让人成了‘战争的残废者’，不久就会好起来的……”

到了人民之家门口那里，雅克准备走开时，飞行员忽然将雅克的胳膊抓住：

“你怎么了，我的小家伙儿？”

“怎么？”

“我觉得你变了。我也不清楚如何说……变了很多。”

他用严肃、黑亮、犀利的眼睛注视着雅克。

有一段时间贞妮的身影浮现在雅克的眼前。他早就脸红了。他克制住说谎，也压抑住没有为自己解释。雅克神秘地笑着转过了头。

“稍后见，”飞行员说，没有再坚持。“开会之前，我和弗蕾达去‘狮穴酒吧’吃晚饭。我们会给你留一个我们旁边的位置。”

52

自八点起，不但王家马戏剧场的五千个座位全部满座，就连梁木中间的空地也站满了示威者。外面，环绕着马戏剧场的小巷里也聚集了拥挤的人群，外面热情高涨的活跃分子已经有五六千人。

雅克及其他的朋友们费了好大劲才开出一条路，走进大厅。

国际执行局还在人民之家继续开会，停留在那里的“首脑人物”还没有来到。传说会议很是激烈，当然延迟了。基尔·哈迪与瓦扬尽力要全体出席的代表同意预防性总罢工的原则，而且要以党的名义，正式答应在各自国家积极地为这次罢工做好准备，确保国际工人协会在战争爆发的情况下，可以阻止各国政府的好战计划。若莱斯绝对赞同这个建议，从早上就将讨论艰难地持续下去。常常有两个针锋相对的论点。一些支持在爆发的时候，发动罢工的原则；而在自卫战争的情况下——因罢工瘫痪了的国家，肯定会遭到入侵者的侵占。他们同意受到攻击的人们有权、也有义务使用武器。大部分的是德国人，也有很多比利时人与法国人赞同，他们只满足于找寻对侵略国家做出不能否定与确切的定义。还有些人援引历史，在最近一些日子在法、德与俄报纸上刊登后具有倾向的反响，得到了具有说服力的论据，揭露合理的自卫战争的神话。他们说："坚持要把人民推入战争，当然得遭受攻击，哪怕做出一幅遭受攻击的样子假如想把这种谎言揭穿，必须做的一件事就是提前宣布反战罢工的原则，使得人民自动回答所有的战争威胁；这个原则现在必须让各国社会党领袖全体且坚决地接受，使得集体反战——仅有的反战办法是普遍停工法——当危险迫在眉睫的时候就发动。"人们还对这次争论的结果一无所知，欧洲的命运也许就被这次的争论决定了。

雅克感觉到有人在推他的手臂。是萨弗里奥发现了他，挤去他的旁边。

"我和你谈一下关于帕拉佐罗接受墨索里尼颁发的优秀文学奖的事。"他边说着，边从衬衫和胸脯里掏出几页折叠好的纸。

"这是我抄录下最好的一篇……《信号灯》被里沙德莱翻译得优美极了的文章。你会看到……"

周围过于喧闹，雅克必须把耳朵贴近萨弗里奥的嘴才能听见。

"我来念……前面是这样的，'资产阶级利用战争，令无产阶级面临可悲的抉择，或者反抗，或者参与杀戮。反抗会马上沉没于血泊中；屠杀会被掩饰在高尚的词汇中，例如职责、祖国等等后面。'你听见了吗？……贝尼托还写着，'民族之间的战争，是阶级合作最血腥的形式。无产阶级被资产阶级扼杀在祖国的祭坛上时，是万分的幸灾乐祸！……’另外，‘国际工人协会不可避免的是未来事件的终极……’对，”他的嗓音不住地战栗着，“他说得对！国际工人协会是目标！你瞧：它已经成长得可以拯救人民了！你瞧今夜这里的情景！各国无产阶级的联合，就是世界和平！”

他站直了，眼睛亮晶晶的。他接着说话，不过越来越大的喧哗声，令雅克很难听清他的话。

在这闷热空气中聚集的人群，有些骚动起来了。为了让人群分散注意力，比利时活跃分子想起了歌唱：“无产者，团结起来。”没一会儿，人群里传来合唱的歌声。开始的时候每个人的声音都很迟疑，靠着身旁的人的声音，最后终于有信心了；不但每个人是这样，每颗心也变得坚韧起来。这歌声似乎形成了一条纽带，变成响亮的具体的团结象征。

当翘首盼望的代表们终于现身于剧场最里面时，全场起立，欢呼声响起；欢乐、亲切、信赖的欢呼声。还没发出指示，《国际歌》的歌声不由自主地从每个胸膛发出来，将嘈杂的欢呼声掩盖了。在主持会议的王德威尔德做了一个手势之后，歌声戛然而止。整个场子变得寂静了，每个人都把脑袋转向这一堆领袖。因为各党报纸上的宣传，使得人人都记得他们的样子。人群里不断地指手画脚，低声说着他们的名字。没有任何人不回应呼吁。在大陆生活让人担忧的时刻，欧洲全部的工人就在这狭窄的台上体现出来了，成千上万的眼睛充满一样的持久与庄严的希望，聚集到那里。

王德威尔德的话让人们知道，按照德国党的提议，不久前执行局决定，自八月九日开始，会在巴黎召开社会党国际代表大会，这场盛大的大会原本定在二十三日在维也纳举行，这个时候，人们信心倍增如同被传染了一般。若莱斯与盖德以法国党的名义，接受了负责组织的工作；他们响应大家的热情，打算为这次名为“战争与无产阶级”的示威，激起异乎寻常的反响。

王德威尔德大声说：“就在两大国家的人民箭在弦上不得不发的时刻，其中一个国家，被四百万张选票推选出来的工会与工会小组代表，到达传说中敌国的地盘，表示友好，表明维护各国的和平意愿，那场面真是壮观呀。”

社会党国会议员哈赛在掌声中起身站着，他大着胆子说话，不容许人们对社会民主党人的合作诚意表示任何怀疑：

“奥地利的最后通牒是真正的挑衅……奥地利想战争……它希望得到德国的援助……不过德国社会党人不愿意接受这一点：无产阶级会受秘密条约的束缚……德国无产阶级宣布，德国不应该介入冲突，就算俄国介入了也一样。”

喝彩声将他的话打断了，这一声明响亮又有力，人们松了一口气。

最后他高声地喊道：“让我们的敌人小心点吧！各国人民忍受不了贫穷和压迫了，最终会觉醒的，团结起来建立起社会主义社会！”

意大利的莫尔加里[①]，英国的基尔·哈迪，俄国的卢巴诺夫斯基相继讲话。欧洲的无产阶级只有一个声音，谴责本国政府危险的帝国主义政策，提出要为维护和平让步。

当若莱斯上台演讲，欢呼声又愈加响亮。

他的行为举止比平常缓慢。忙碌了一天，他累了。脖子曲缩在两肩之间；额角的头发黏糊糊的，乱糟糟的。他慢慢地走向阶梯，

①意大利社会党人，都灵议员，生于1865年，卒年不详。

弯腰驼背，腿脚沉重，纹丝不动地站在大家面前，他仿佛就是一位强壮的巨人，弯腰驼背，一动不动，阻挡灾祸降临。

他喊了一声：

“公民们！”

每次他登上讲坛，似乎都像发生了奇迹一样，一瞬间他的声音就掩盖住了千千万万呼喊着的声音，安静得像在教堂里一样，又宛如森林雷雨前那般静谧。

他好像平息了一会儿，然后紧握拳头，蓦地把短臂收回到胸前。(“他似乎是头海豹在宣教得”帕泰尔松不由得说道。) 他不急不躁，开始并不激烈，看起来似乎毫不费劲地演讲起来；但是，刚说了几个字，他的发声器官就如同钟震响一般，回响在整个空间，大厅忽然像敲起了警钟一样。

雅克俯下身子，用拳头支着下巴，眼睛凝视着这张扬起的面孔——很像在望着其他的地方——不放过一个字。

若莱斯没有带消息来。他再一次揭露征服与威胁恐吓政策的危险，各国外交的软弱，沙文主义者的狂热，对战争的恐惧。他的思路很一般，词汇不多，也就属于最普通的鼓动效果。但是，那些平凡无奇的话语滔滔不绝，人群仿佛被高压电流通过了，——今晚其中就有雅克：在演讲人的领导下，人群被这电流弄得摇摆起来，为友爱或愤怒，气恼或希望而颤动着，像竖琴迎风颤动那样。若莱斯这般醉人的本领从何而来的呢？从不断的嘈杂中而来的吗？他能扩散或传递这股宽厚的音量给那几千张抬着头的面孔吗？从他对人的博爱来的吗？从他的信念来的吗？或者从心底的真情来的？从他鸣响交响乐的心灵来的吗？在他的心灵里，所有的都是神奇的和谐，其中就有冗长的思辨的偏好，正确对行动的直觉，历史学家的明晰，诗人的想象力，对秩序的爱好与革命意志。尤其是今夜，有种执着的信念直透进每个听众的肺腑，从他的话、他的声音、他的坚定里散发而来的信念；接近胜利的信念；各国人民的不支持使得各国政府犹豫的信念；战争的邪恶力量无法战胜和平力量的信念。

说完鼓舞人的结束语后，最后他走下讲坛，被神圣的热情弄得抽搐、扭曲、口吐白沫，这时全场起立，对他欢呼着。鼓掌、顿足，发出刺耳又响亮的声音，久久地回响在马戏剧场的圆壁上，甚至超过了雷声在山谷里的回响。高高举起的臂膀疯狂地挥动着帽子、手帕、报纸、手杖。就仿佛，一片麦田被暴风摇撼着。在这样臻于极点的时刻，只要若莱斯一声命令下，一挥手，这群热血的人就会追随他而去，奋身冲向任何巴士底狱。

不知不觉中，喧哗声变得有节奏起来了，变得和谐起来。为了甩掉自身的束缚，这些被压得透不过气来的胸膛一起，再一次求助于音乐与歌声：

起来，挨饿受冻的奴隶！

外面，几千个游行者进不来，不管警察的武力威胁，将周围的大小街道全堵塞了，然后唱起《国际歌》：

起来，挨饿受冻的奴隶……

得为真理而抗争！

53

大厅里的人渐渐地走空了。雅克被人流稍微托起，左右摇晃，但还是尽力护住小个子范赫德。范赫德如同落水的人那样，用力地抓住雅克。他一直关注着几米外的那几个人：梅奈斯特雷尔、米特尔格、里沙德莱、萨弗里奥、兹拉夫斯基、帕泰尔松与阿尔弗蕾达。该怎样到他们那里呢？他将白化病患者往前推，利用夹在他和朋友们之间的人群的推挤，最后他还是越过间隔着他们的那段路程。于是他没有再往人群里挤，随着人流往出口去了。

《国际歌》一会儿响得像铜管乐般轰响，一会儿像管弦乐般滑过，中间夹杂着尖厉的呼喊声："打倒战争！""社会共和国万岁！""和平万岁！"

"来呀，小姑娘，你快走丢了。"梅奈斯特雷尔说。

阿尔弗蕾达没听到，她牵住帕泰尔松的手，很想去看看前面发生什么事情了。

"稍等，亲爱的。"英国人轻声说道。

他双手紧紧地相互交叉，低下身子，给少妇做了个马蹬，她终于把脚踩到上面。

"嘿！"

梅奈斯特雷尔将腰用力挺直，把她抬高超过头。她在笑。为维持平衡，她把身子紧紧靠在帕泰尔松的胸前。她那双布娃娃般的眼睛睁得大大的，今夜闪着鬼火般的光。

"除了密密麻麻的旗帜，我什么都看不到。"她用甜腻腻的声音说道。

她还不急着下来。英国人被她的裙裾遮住了视线，踉踉跄跄地接着往前走着。

不知怎么地，他们到了外面。

街上的人潮比大厅里还要密集，喧嚣不止，几乎要震耳欲聋。好几分钟停顿不前，接着人流似乎选好了方向，挪动起来，淹没了警察的饰带，经过的地方，将聚集在人行道上好奇观望的人带走了，缓缓地向黑夜中流去。

“他们要把我们带到哪儿？”雅克问。

“分组走，同志们！”米特尔格大声地说着。他那张浮肿的脸红红的，似乎是刚从开水里捞出来一样肿胀。

“我觉得是要去政府各部前示威游行。”里沙德莱分析说。

“拒绝战争！要和平！和平！”米特尔格高声喊着。

兹拉夫斯基用喉音抑扬顿挫地喊：

“打倒战争！要和平！要和平！”

“弗蕾达在哪儿？”梅奈斯特雷尔嘀咕着。

雅克转过身去找少妇。在他后面的是抬头走着的里沙德莱，嘴角挂着平常的那种笑容，很放肆的那种。随后是范赫德，他夹在米特尔格与兹拉夫斯基中间，白化病患者将双手吊在他们两个人身上，似乎是被他们抬着走；他没喊口号，也没唱歌；苍白的面孔朝向天空，半睁着眼睛，神情痛苦，失神……再后面，是阿尔弗蕾达与帕泰尔松。雅克只能看到他们的脸，靠得那么近，两个人就像长到一起似的。

“她在哪儿？”梅奈斯特雷尔再一次焦灼不安地问。他就像盲人丢了导盲犬似的。

在这个闷热、阴晦、黑暗的夏夜，橱窗的灯全部熄了。很多窗户透出明亮的灯光，每家每户窗前都显现着人影。在通衢路口，一排电车歇火了，空晃晃的，摆在铁轨上。街上的行人就像云一样翻腾，人群不断壮大。大部分游行的人是城里和郊区的工人。从安特卫普、根特、列日、那慕尔还有所有矿业中心来的爱好和平的活跃分子，与布鲁塞尔的社会党人和外国代表团会合。今夜，布鲁塞尔仿佛成了欧洲和平之都。

“成了！”雅克心里暗想，“和平得救了，世界上没有哪股力量能掀翻这障碍！一旦这样的人潮阻挡，战争就无法通过。”

警察没有任何办法，只满足于保卫王宫、公园还有政府各部。站了四道配银饰带的警察，游行队伍的头列经过他们的面前，没有停足，走到王家广场，朝下面的城中心走去。走过庄严肃穆的宫殿前时，千万个声音在喊：“社会共和国万岁！”“打倒战争！”

前面，被分成一个个小组充满自豪地昂首阔步地走着，簇拥着火焰形旗帜。后面的人群杂乱无序，如同吵吵嚷嚷、鱼贯而过的主保瞻礼节情景；女人们攀住男人的胳膊，父亲肩膀上骑坐着睁着迷乱眼睛的孩子。人们都似乎感受到一股代表无产阶级的巨大力量。面色紧张，眼神呆滞，他们一路差不多什么都没说，停顿不前的时候，他们有节奏地踏着步。灯光下光着的额角发着光。在每张由于充满信心而沉醉，因为同样的意志而变得坚定的脸上，能看见这种信念：今晚，与各国政府较量的第一局胜了。《国际歌》被不断地演唱者，歌声飘荡在壮观的人群上空，铿锵有力，宛如每颗心脏的跳动。

雅克记得梅奈斯特雷尔多次想靠近他，似乎要对他说什么，可是每次都被再一次而来的拥挤或骚乱的人群阻止了。

“看，人们最终还是行动起来了！”雅克向他喊着。由于梅奈斯特雷尔还有对舆论的最后一些顾虑，只是尽力微笑着，然而他的眼睛却因狂喜而闪烁发光，这样的喜悦在每个人的眼里都流露着。

飞行员没说话。他的目光严峻，嘴角满是苦衷的纹路，雅克解释不了。

他们的前面，发生了一起乱糟糟的骚乱，示威人群忽然晃动起来。最前列可能受到阻碍了。雅克踮起脚尖，想知道骚乱的原因，他耳边响起了飞行员说话的声音，仅几个字，语速很快，用的还是让人听着不舒服的假声：

“小家伙儿，我觉得，今晚弗蕾达不……”

后半句话差点要被喧嚣声淹没了。雅克惊讶地转过身，他相信自己听见：“……不回旅馆了。”

他们的目光在空中相遇。梅奈斯特雷尔的脸藏匿在黑暗里；他的黑眼球如同一只猫眼那般没有表情，就好像动物的磷光闪闪发亮。

这会儿，他们那里波及一股拥挤的力量，这力量将他们一起带着往前走。

在正午大街的街口，有一小队民族主义者急促地集合在旗帜下，明目张胆地试图阻挡住示威的人群。吵闹了一番，这也不能将游行队伍阻止住。可是，这一停止，堵了几次，这足够将雅克与梅奈斯特雷尔还有他们的朋友们分隔开。

他被人流推到了右边，顶到房屋旁靠着，但在队伍中间，因为后面人群的推挤，产生一股巨大的人流，把梅奈斯特雷尔一伙往前推着走。突然，在雅克现在动弹不了的地方，他看到帕泰尔松的脸就在几米之外。他一直与阿尔弗蕾达在一块。他们经过时却没发现雅克，但雅克却有足够的时间观察他们。他们已经不像自己了……昏暗的灯光下衬托出突出的头骨，将帕泰尔松的脸勾勒得异常无比。他的眼睛平常都是灵活含笑的，散发着专注又疯狂的光芒。阿尔弗蕾达的脸色也变化了很多：她的面容被那种热烈、坚决、大胆追求肉欲的神态改变了，令她俗气起来了，如同一个妓女的脸，一个醉醺醺的妓女的脸。她把太阳穴靠在帕特尔松的肩上。她张着嘴唱着《国际歌》，声音喑哑，断断续续；她的表情仿佛在庆贺着自己的胜利，自身的解脱，本能的解放……梅奈斯特雷尔的话回响在雅克的耳边："我觉得，今晚弗蕾达不会回到……"

他有些惧怕了，不知道该和他们说什么，他本想挤进人堆里，追上他们。他高喊着："帕特尔松！"可是他被人群困住了，动都动不了。他白费力气，只好放弃。好一会儿，他还用眼睛追随着他们，直到一点都看不到他们，才颓然地随着人潮离去，人流此刻又将他往前推去。

他一个人被这集体传染的魔术般的现象所支配着。忘了时间和空间，意识消失了。他就如同麻木了一般，不知道为什么又返回了之前那个最中心的地方。他置身并被淹没于在这友爱流动着的人潮里，感觉脱离了肉体。他心里如同温泉涌动，这温泉未曾从地面喷出，他还是有些淡漠的意识，属于一个整体，大众、真理与力量的整体；他没深想。他接着走着，脑海一片空白，似乎有些醉了，睡着打盹儿那般。

这样舒适的状态维持了一个钟头，可能更久。他的脚被撞到人行道边上，令他从麻木中一下子惊醒了。他突然发现自己筋疲力尽。

游行队伍挤在了黑黝黝的建筑之间，一路缓慢地、不能阻止地挪动着向前。后面的队伍停下了唱歌。偶尔有一声粗野的冲出压抑着胸膛的呐喊："和平万岁！""国际工人协会万岁！"如同鸡啼般的喊声，随处响起了其他的喊声，之后恢复平静。几分钟内，仅仅只有微微的喘气声和脚踩地的声音。

雅克想办法挤去边上，挨着楼房。他顺着关了门的店铺跟随人流往前走着，寻找机会跑掉。途中的一条小巷，被区里的居民挤满了，堵在巷口观望，雅克转来转去地走着，走过一块空地，走到一个嵌进墙里的喷泉旁。泉水潺潺，清澈透明。他捧起来喝了几口，打湿额头，洗了洗手，好一会儿还在喘气。他的头顶上一片缀满繁星的夏夜天空。他想起前天巴黎的斗殴，还有昨日在柏林的斗殴。欧洲全部的城市，人民都愤然而起。拒绝没有意义的牺牲。在维也纳，在环形大街，在伦敦，在特拉法加广场[①]，在彼得堡，在纽斯基大街（哥萨克军刀闪闪，监视着游行的人），无处不响着一样的声音："和平！和平！和平！"劳动人民的手越过边境，相互伸向博爱的理想；整个欧洲爆发着一个口号。如何考虑未来呢？明天，人类丢下了烦恼，便可以全力缔造一个更好的命运……

未来！……贞妮……

少女的影像又浮现在心头，排斥一切，用热烈的柔情替代了今夜热烈的激动。

他站了起来，走进了黑夜。

睡觉……这是他现在最想做的事，无论在哪里，见到第一张长凳……他对这个城市不了解，尽力在这一带分辨方向。忽然间，他走到了一个没有一个人影的广场，他记起下午与帕泰尔松还有阿尔弗蕾达一同走过。他鼓起勇气……英国人住的旅馆应该离这不远……

果然，他毫不费力地就找到了那家旅馆。

他快速地脱掉了鞋子、外套与假领，半脱光地倒在床上。

---

①位于伦敦，它的名字来由是为了纪念1806年纳尔逊率领的英国舰队在特拉法加海打败法国舰队。

54

等他睁开眼的时候，房间亮得灯火通明。他待了半天，才返回到现实中。他见到一个跪在房子尽头的背影：是帕泰尔松……英国人急忙打理好几件衣服，放进地板上敞开着的手提箱里。他就要走了？什么时候了？

“帕特尔松，是你吗？”

帕泰尔松什么都没说，合上手提箱，把它靠在门旁，朝床走去。他苍白着一张脸，目光挑衅似的，冒出一句：

“我要带她走！”

他的嗓音颤抖着，含有威胁。

雅克呆呆地注视着他，两只眼睛因为疲倦而肿胀。

“别说话！”帕泰尔松嘀咕着，尽管雅克全身上下一动没动。“我知道！……只有这样！谁也不能改变！”

雅克恍然大悟。他如同梦中惊醒般的孩子，凝视着英国人。

“她就在楼下，在出租汽车里待着。她已经决定好了。我也是。她没跟他说什么，她恨他，不愿意和他说一句话，她几乎不想去拿自己的东西。我们马上就出发，她再也不会见他了。坐第一班到奥斯唐德去的火车。明晚到达伦敦……所有的都这样了结清楚了。对这事谁也阻止不了！……”

雅克坐了起来。他将脑袋靠在床板上，一言不发。他想：“杀人坯！”

“我呢，也有几个月了！”帕泰尔松接着说，就站在天花板那盏灯下，“但我从来不敢……就在今晚，我刚清楚她也……可怜的，亲爱的！你根本不清楚她和那人的生活……都不像一个人了，什么也不是！……噢，他要起到崇高的作用！他跟她说过。她什么都接受！她想做得到这样。她不了解……但是，她爱上我以后，不，就不值得牺牲了……不要指责她！”他忽然说，就仿佛他在雅克惊讶的面孔上看到了严厉的判决，“你不会了解那个人是如何的可恶！没有做不出来的事！什么也不信，什么也不会信，真让人无奈——甚至不信任自己——因为她自己什么都不是。”

雅克将手臂摊放在床上，头稍微后仰，灯光刺眼，他一动不动。窗户打开着，他的耳边有蚊子在嗡嗡地叫着，他也没有将它们赶跑。他如同失血过多的人一样，觉得恶心虚弱。

“人人有权选择生活！”帕泰尔松气愤地接着说，“你能求别人跳下水去救人，可是你不可以要求他始终将那人的头抬出水面，直到自己溺水而亡！……她想生活。那么，我在这里，我就要把她带走！……不要说话！”

“我没有一点责怪您的意思，”雅克轻声说，脑袋没有动，“只是我想到他……”

“你不了解他！无论任何事，他都做得出来！……他就是个魔鬼……真正的魔鬼！”

“他可能会因为这事死掉，帕特尔松。”

帕泰尔松半张着嘴巴，苍白的脸在抽搐，似乎被打击了一番。雅克望着他的脸受不了，他感觉这张脸突然变得丑恶。“杀人坯！”他再一次想，掉过头去，过了一会儿，又接着低声说：“我想到党。党需要领袖。比什么时候更需要……这是出卖，帕特尔松。双重的出卖。出卖一切计划。”

英国人已退到门口。他歪戴着鸭舌帽，苍白着一张脸，神色慌乱，张着嘴，令他的脸蓦地像个无赖。他神色慌张地弯腰抓起手提箱，他像一个偷盗者，而不是杀人犯。

“晚安！”他说，垂下眼睛，头也没抬就走了。

将门一关，雅克又想起贞妮，压抑不住地想，怎么又是贞妮？……他听见静谧的街道上传来小汽车发动的声音。他将脑袋靠在了床头板上很久很久，眼睛直视着关上的门，纹丝不动。一会儿是帕特尔松那张漂亮的脸，明亮的目光，金发歌舞演员的笑容，浮现在眼前；一会儿这张如同被炒了的仆人，像当场被抓住的小偷伪善的脸，这厚脸皮的脸浮现了……那是一张被情欲扭曲得丑陋的脸……不用说，在地铁过道里，他自己苦追贞妮时也是这张脸……哪天，他也会干出卑鄙、出卖的事吗？

六点半之后，雅克再也睡不着，跑去梅奈斯特雷尔那里。

包饭宿舍里，所有人都还在睡眠中。仅看到前厅里有个老女人在洗刷着方砖地板。雅克犹豫了半天：他是该离开，还是上楼？假如他想乘八点的火车，他不能将拜访时间延长了；经过晚上那一幕，他必须见朋友一面，再果断地离开布鲁塞尔。

他敲了飞行员的门好一会儿，没听到动静。难道是他走错房间了？没有，就是这里，十九号，他昨天还来过。梅奈斯特雷尔白等了一夜，可能睡熟了没醒来？……他正打算再次敲门，这时候他听到门边里赤脚急促走过来与钥匙锁里摸索着的声音。他脑海里闪过可怕疯狂的想法。他本能地抓住门把，转动着。门开了，正好面对着梅奈斯特雷尔，他正准备将门锁上。

两个人面面相觑，飞行员冷冷的面孔，看不出是什么表情，可能是怨恨的目光……他迟疑了一下。他要赶走来访者，再把门关上？

雅克内心很是困惑。他又一次和刚刚一样转动门把，向直觉让步，一抬肩推开门，走了进去。

第一眼他就发现，屋子变大了，似乎变大了。桌子、椅子全推到墙边，中间空出，对着大柜镜子。床没铺好，可是盖上了。房间看起来被布置过，要做什么大事。梅奈斯特雷尔也是如此：他穿了一件淡蓝的睡衣，烫过的折痕还清晰可辨。衣架上空空的没有衣服。盥洗盆上空无一物。每样物品似乎已经整理好，要打算出门，放在两个锁好的小箱子里，被放到窗前。但是，他不可能穿着睡衣、赤脚出门哪！……

雅克又把目光放到梅奈斯特雷尔身上。梅奈斯特雷尔呆呆地站在原地，瞪着雅克。他站着没动，又似乎站不稳。他让人联想到一个刚动过手术，脱离麻醉状态的，想起刚刚挣脱死亡线被抢救出来的病人。

“您打算干什么？”雅克讷讷地问。

“我？”梅奈斯特雷尔不由自主地垂下眼皮。他踉踉跄跄地退到了墙边，似乎没有听清，吞吞吐吐地说：

“我要干的事？……”

他挨着桌边坐下，两手捧着头。

就连桌上也摆得异常有条不紊。桌子上并排放着两封翻过来的信，信封是封好的，叠好的报纸上面一溜儿摆着个人用品：钢笔、皮夹、表、一串钥匙、比利时零币。

雅克半天不知道如何是好，没敢动弹，之后雅克向梅奈斯特雷尔走近，他立刻仰起头：

“嘘。”

他费力地起身站好，拖着脚走了几步，走回雅克身旁，语气迥然不同，再一次说：

“我要干的事？……那么！我要先穿上衣服，小家伙儿……随后我与你一同离开这里！”

他没看雅克，他将一只箱子打开，翻出衣物，散放在床上，在一张报纸里拿出一双灰溜溜的鞋子，穿着打扮起来，似乎房子里就他一个人。他打理好一切后，走到桌边，一直没有理会雅克，雅克坐着，沉默无语。梅奈斯特雷尔将那两封信撕碎，走到壁炉旁就扔了进去。

雅克一直用目光追随着他，这时他看到，壁炉里全是剩下的纸张与灰烬。他猜想着：“难道他真有那么多的记事本得烧掉？”蓦地反应过来：“难道是斯托尔巴赫的文件？”雅克往敞开着的箱子匆忙地瞄了一眼：箱子还未满，没看到文件。“也许他放在另一只小箱子里。”雅克这样想着，不愿让心头闪过的荒谬的怀疑一直停留着。

梅奈斯特雷尔走回桌边。他将钱、皮夹、钥匙，全部放进他的袋子里。

这时他才仿佛记起雅克也在场。他望了望雅克，向他走过来了。

“你来得正好，小家伙儿……谁知道？你可能帮了我一个大忙……”

飞行员的面孔很是平静，很奇怪地笑着。

“没有任何意义，你瞧……没有什么值得向往的，但是，也没什么值得让人害怕的……一点都没有……一点都没有……”

他出人意料地朝雅克伸出双手，雅克激动地抓住他的手，梅奈斯特雷尔一直在微笑着，轻声说：

“此刻，抓住我的手，为我引路……走吧！”他将双手抽出来。

他朝箱子走去，将一只提起。雅克立刻弯腰提起另一只：“不，那只箱子不是我的……我不带走。”

他含混的目光闪过转瞬即逝的笑意，既悲伤欲绝，又柔情寸断。

“他将文件销毁了。”雅克痴痴地想，然而他不敢再问任何问题了。

他们一同走出房间。梅奈斯特雷尔的腿拖得比以前还厉害。

在经过楼下办公室门口的时候，他没进去。雅克暗想：“他没记起要结账！”

“去日内瓦的快车……七点五十分，”梅奈斯特雷尔低声说，望着贴在前厅墙上的火车时刻表。“你呢？你坐八点的火车去巴黎？你还能送我上个火车……你看，一切安排得多好！……”

55

巴黎刚被一场热阵雨洗刷过，正午的太阳很毒辣，这个时候，雅克从比利时的火车下来。

他一脸愁容，不好的预兆越来越多。一路上，他看到的都是让人担忧的场面。火车上人员爆满。边境地区的居民中，弥漫着风声鹤唳的情绪。北部探亲的士兵与休假军官，都被电报召回部队。法国社会党人也坐同一列火车离开布鲁塞尔，雅克与他们告别，他那个隔间被北部的人挤满了，人数超过限额，他们其实都不认识，却都在谈论着，相互交换报纸，互通消息。他们惶恐评论着局势，惊讶、好奇和某种狐疑似乎多于不安。显然，大部分人对可能会发生战争这一猜想早已习惯。他们传播着法国政府采取谨慎措施的消息，让人深思。道路、桥梁、水渠、兵工厂，到处都有军队把守。一营士兵将科尔贝伊[①]的磨房占据了，磨坊主人被《法兰西行动报》指控为德军的后备役军官。军队守卫着巴黎的水塔与食物仓库。一个戴着勋带的先生用着工程师的专业用语，解释说要迅速在埃菲尔铁塔[②]施工，改善无线通信设备。一个巴黎人，小汽车的设计师，埋怨说，几百辆车偶然集中起来参加评比，若不是因为征用，至少留在原地，等候新的命令。

雅克在圣冈丹车站买了一份《人道报》，他既惊讶又气愤地从报上得知，在最后一刻，政府厚颜无耻地在昨天二十九日，也就是周三，在瓦格拉姆大厅组织的会议，巴黎及其郊区全部的工人组织都参与了群众示威。游行的人群到达泰尔纳区时，被用武力阻止。那晚争斗僵持了很长一段时间；一队队活跃分子来到内政部和爱丽舍宫。人们以为是因为普安卡雷归来，而使用这种民族主义的专横行动，这仿佛就是政府试图扼杀工人抗议热潮，而无视集会权利与最古老的共和自由。

火车晚点半个钟头。雅克在酒吧间里吃了三明治，从那里出来，雅克碰到了一个年纪比较大的新闻记者，他多次在“进步咖啡店”遇到过那个人，他叫作卢韦尔，是《社会战争报》[③]的编辑，住在克雷伊，每天下午都会来报馆打发时间。他们一起离开火车站。大院与广场的楼宇仍然插满旗帜：共和国总统昨日回来，引起巴黎的爱国热情暴涨，卢韦尔亲眼看到这个场面，用无法想象的激动语调说

①塞纳河上的小城。

②这座铁塔是1889年工程师埃菲尔创建的。

③1906年，居斯塔夫·埃尔韦（1871—1944）创办的日报，战争时期鼓吹沙文主义。

了起来。

“我知道，”雅克插话说，“报纸全部大篇幅地报道，真让人厌恶……我想，您对《社会战争报》没有附和吧？”

“附和《社会战争报》？你看了老板最近几天的文章没？”

“没。我从布鲁塞尔回来才不久。”

“你来晚了，我的老兄……”

“居斯塔夫·埃尔韦呢？”

“埃尔韦不是愚蠢的幻想家……他对待事物都符合实际……他已经明白战争是无法避免的事实有好几天了，他坚决反对，那将会是疯子，甚至是犯罪……你去找那份他周二的文章看看，就会看到……”

“埃尔韦，沙文主义者？”

“沙文主义者，随你说……干脆，是现实主义者！他勇敢地承认，不能指责政府采取挑衅行动。他总结说，法国不得不为自己的领土去战斗，在法国政治生活中的最近几周里，没有什么可以为无产阶级的背叛辩解。”

“埃尔韦这样说？”

“他甚至直接写，这会变成卖国行为！因为问题是要保卫国土，这毕竟是大革命的祖国！”

雅克停下脚步。他静静地望着卢韦尔。稍微地想了一下，他没那么惊讶了：他想到埃尔韦强烈地反对总罢工的想法，那是半个月前的法国代表大会上，瓦扬与若莱斯提交的讨论。

卢韦尔接着说：

“你来晚了，我的老兄；你来晚了……去听一听他们都是如何说的吧……例如去《小共和国报》[①]报馆……又或者去共和党[②]中心，昨天我在那里……遍地都是一样的警钟……到处人们的眼睛都睁不开了……不只是埃尔韦一个人清楚……各国人民的友爱是非常美好的。局势就摆在那里，不得不正视。你打算怎么办？”

“宁愿做其他的……”

“为了避免冲突而内战？从目前看来，所有人都在往前走，在外国侵略威胁的面前，所有的起义行动都是毫无意义的。虽然在工人中心和国际工人协会这个中心内，大多数人都和全体人民保持一致的信仰，就是保卫领土……对的，在原则上要把实行普天下的博爱放在第一位，可是，在目前看来，这已经被排到了第二位。在今天，人人感受到的是有限制的博爱：德国佬总是缠着我们，时间飘逝得很快，如果他们渴望来冒险……”

这时，广场上传来五六个边跑边喊的报贩的叫卖声：

“《巴黎午报》[③]！”

卢伟尔随即穿过马路买了一份报纸，雅克也很快跟在他的后面买了一份。就在这个时候一辆在寻找顾客的空出租汽车经过了他的身旁，他连忙喊了车并利索地跳了上去，他现在十万火急，因为他现在最急最重要的事就是以最快的速度跑到贞妮家里。

“埃尔韦……”他想到这里，就一阵恶心，“万一连这些人都抵抗不住的话，那些普通群众又怎能顶住呢？……我们有正义战争和非正义战争，每天早上报纸上都会出现这些，现在我们抵抗普鲁士

①创办于1875年，之后被若莱斯和密勒朗主持，作为社会党机关报。《人道报》创立后，赞同政府立场。

②共和党是法国社会党的分支，在1910之后支持帝国主义政策，其领导在议会组成“社会共和集团”。

③民族主义报纸，在午后出版。

帝国主义、坚持消灭泛日耳曼主义的战争，这是正义的战争且是神圣的战争，这些保卫民主自由的好战的人，也不可能抵得住的！……"

他走到天文台林荫路的时候，抬起头望了望丰塔南家的阳台。他看到，所有的窗户都是敞开着的。

他在想："或许他的母亲已经回来了吧？"

到了屋里，他看到屋里没有母亲，只有贞妮一个人。他第一眼就看到她苍白的脸，但是一看到他，她的脸一下子又红润了起来，内心充满欢喜地把门打开后，又走回到前厅的暗影处，看到这一切，他轻松地吐了口气。在充满忧伤和不安，但是又伴着温和的目光下，他情不自禁地走向了她，很自然地伸开了自己的双臂，能明显看出她全身都在颤抖。她紧张得闭上了眼睛，他深吸了一口气把她拥在了怀抱里。这是他俩的首次拥抱……不论是她还是他，都没有想到，仅仅只有几秒钟，刹那间，贞妮又好像意识到眼前的情况，逃脱出他的拥抱，不敢相信般用手指向了旁边桌上的一张摊开的报纸问道："这上面所说的一切是事实吗？"

"你说啥？"

"总动员！"

他把手伸向她指着的那张报纸，抓起来看了看，是在火车站广场上报贩叫卖的那份《巴黎午报》，在一刻钟内，这份报纸就在巴黎各个地区销售出了好几千份。而她手上的这份报纸是女门房刚刚神情恐慌地送来给她的。

顿时，血涌上了雅克的脸。

"就在昨天晚上在爱丽舍宫召开了军事会议……会议通知第三军团火速开往边境……第八军团各部在收到军用衣物、食品和战场装备后，静待命令出发……”

她的目光一直没有离开过他，她紧紧地看着他，整张面孔充满了焦急和不安，她终于鼓足了勇气，克服掉内心的恐惧和迟疑，马上说：

“如果打仗的话，雅克，您会冲上前线么？”

他已经等这个问题等了五天了。他慢慢地抬起眼睛，坚定地摇了摇头。

她说：“我猜到会这样。”她不想自己心烦意躁，努力避免着不应该有的尴尬，于是马上说道，“这是要有很大勇气的，不去前线的话。”

最后还是她打破沉静：

“来吧。”

她主动把他的手拉住。走到房间面前时，她稍微犹豫了下，但最终还是准许他进去了。他并没有东张西望，只是径直跟着她往前走。

“这也许就是假的，”他很感叹地说，“战争，从来没有预知，可能它在明天就会发生，如今它已经从四面把我们给围困住了。我们活动的范围日益缩小，俄国对此抱着很强硬的态度，德国亦是如此……可笑的是各国当局仍然坚决同意这样的提议，同样不做出让步，同样不同意……”

“不，”她思考过后，恍然大悟般说道，“这其实不是叫畏惧。他其实需要很大的勇气，而且头脑灵活，脑子很好用，他的行动不应该只是和别人一样，他不应该做出妥协，他不应该上前线。”

她沉默不语，慢慢地走近他，依偎在他的怀中。

“你是我的！”她突然这样想，但想到这儿的时候她的心猛地狂跳了一下。

雅克用双臂紧紧地抱住她，然后俯下身在她半遮半掩的脑门儿上印下了一个吻。被他这样紧紧地搂住，她感到全身无力，她不知道为什么，此刻，她想如果她能变得娇小轻盈该多好，这样他就可以抱起她带她走……她不敢开口问他此行怎么样，虽然她内心极度地想要知道。他的脸压了过来，小心地让她把头抬了起来，他的嘴唇就这样猝不及防地碰到了她光滑柔嫩的长脸颊，一直触到了嘴巴。她条件反射般地紧闭着嘴巴，但也没有躲开。她在他这坚定的吻下，似乎有些呼吸不畅。为了能呼吸，她在他们的脸孔之间用手隔出一条空隙，稍稍移动了下胸脯。她的脸显得很平静，但又庄重得让人感到惊讶和奇怪，她从未有过这样的清醒、自持和坚决。他反而变得更热烈，粗鲁地紧紧地拥着她。她不胆怯也不抗拒，就这样任他抱着。她只想就这样倚在他怀里一辈子。他俩脸贴脸彼此紧紧地抱着，坐在矮小的床铺上，瞬间床铺就变成了狭窄的沙发，面对着窗就这样默默地坐着，一动不动地坐了好几分钟。

“至今都一直没有收到妈妈的来信。”她小声地说。

“不……您母亲……”

一时间，她责怪他没有聆听一直以来困扰着她的恐惧不安。

“没有任何消息？”

“我收到一张从维也纳寄来的明信片，应该是在火车站写的。上面注明的日期是星期一，而且还附上了这样一句话：安全抵达。”

贞妮在星期三也就是在昨天收到的这张明信片。看到这张明信片后，她万分着急，却始终也没有等到邮差，不但没有信，也没电报……她开始胡思乱想起来。

他漫不经心地环视着这个他略有些陌生的房间，这个几天前看到会使他心潮澎湃的房间。这是一个小房间，明亮且井然有序，并且这个壁纸用的是蓝白线条的。一个壁炉用来充当梳妆台：上面有象牙刷子，一只针垫，几帧插在相框中的照片。一个被关上了的手提包立在桌上。除去有几张匆忙叠好的报纸，并没有其他东西。

他轻轻地在她耳边说：

“您的房间……”她没有作声，他又模糊不清地说:“我的确觉得，您的母亲不太会继续选择远行的了……”

“是您还没有完全了解她！妈妈从来不会半途而废的，只要下定决心要做的事就一定要坚持下去。她现在到了目的地，就希望把她脑子里想好的各种事情都做完……可是她能够做到么？您觉得呢？现在，在奥地利还安全吧？您怎么看？会有什么事发生吗？如果她延误了时间，她还回得来么？”

“我不清楚。”雅克很诚实地说。

“怎么办呢？我现在也没办法联系到他们，我没有她的地址，也没有任何她的消息又该怎么解释呢？我在想，假如她再次离开，她会打电话给我……或许她住在维也纳，那个时候肯定会写信给我，大概是在半路的时候丢失了……”她忧心地用手指了指在桌上放着的报纸，“看了报纸上写的事件，肯定全身哆嗦……”

贞妮是在这些报纸一来，就跑去买了，然后急忙跑到家里，为了在雅克回来的时候第一眼就看到她。整个上午，她一遍又一遍地看着报纸，雅克、母亲这两个珍爱的人身上的悬念和达尼埃尔头上的威胁围困着她。

“这有一封达尼埃尔写给我的信。”她站起来说。

她走到手提包前取出一封信，拿给了雅克。然后像一只温驯的猫一样，依偎在他的胸前。

达尼埃尔没有隐瞒，丰塔南太太出门使他产生忐忑。他怜悯贞妮的遭遇，在这兵荒马乱之际独自住在巴黎。他劝诫她去昂图瓦纳和埃凯夫妇那里串串门。并且叫她不要惶恐不安，所有事情都还有回旋的余地。信中他用“又及”提到他的师团现在处于警戒状态，夜间就要离开吕内维尔，他说以后很难有机会写信了。

贞妮把头靠在雅克的胸上，仰起眼睛注视着他读着信。读罢，他把信叠好并还给了她。他看得出，她很希望他能说句鼓励的话：

“达尼埃尔讲得很正确：所有的事情都还有回旋的余地……只要全国各族人民明白，且为此努力，坚持到最后一刻！”

他内心那固执的想法又占据了整个心头，他简短地讲了讲在巴黎、柏林、布鲁塞尔的游行，这些群众在柏林不顾一切地高呼和平，面对他们高涨的激情，他内心汹涌澎湃。突然，他觉得自己待在这里无比羞愧。他想起今天在社会党各支部组织的会议，想到同志们的活动，想到他自己的任务——他应该把钱取出来尽早交予党支部……他把头抬了起来，一边捋顺少女的头发，一边焦虑而又粗暴地说：

“我不能继续这样留在你这里，贞妮……还有太多的事等着我去做。”

她还是一动不动，看到她眼睛散发的绝望目光，他感觉到她在颤抖。他更用力地抱紧着她，吻遍她那张可怜又憔悴的脸。他怜悯她，但是他不知道怎么安慰她内心的痛，她所承担的无声痛苦，对于他而言，局势忽地就显得愈加严重起来。

“您不能和我一起去……”他轻声地说，又好像在跟自己说话。

她不禁颤抖了一下，鼓足勇气说：

“给我个不行的理由。”

他还没明白她要做什么，她就已经从他的手臂中挣脱掉了，把柜门打开，把帽子和手套拿了出来。

“贞妮！我已经说了，这是不可以的。我要去办事，有人要去看……我一定要去人道报报社、《极端内由主义者报》报馆，还要去别的地方，我今晚必须去蒙卢日……这些时间你做些什么？”

“我就在楼下待着，去街上……”她宣告般的声调连她自己都感到惊讶，这分别三天的时间使她变了样。“我会一直等你，无论多久……我绝不会妨碍你……您带上我，雅克，让我也承担一点你身上的担子……不，我不要求这样，我清楚地了解这不可能实现的……但是千万别把我留在这里和这些报纸待在一起！”

他从来没有见过贞妮这样，这般容易亲近，这是个新的贞妮，像个战斗姐妹！

“您跟我一起走！”他兴高采烈地说道，“我会向我的朋友们介绍您，今天晚上，我会带着您一起去参加蒙卢日会议。来，我们一起走！”

“现在最重要的是把这件遗产事件结束……”他俩走到外面，他随即就严肃地说道，“尔后，要弄清楚《巴黎午报》上的新闻是不是真的。”

少女在身边让他再次有了幸福生活的动力，他的声音欢快有力。他挽着贞妮的手，很快地带她前往卢森堡公园。

在经纪人那里（信贷机构分号、储蓄所、邮局也一样），营业窗口围满了人，准备将纸币兑换成硬币。两天来，人们在交易所紧张不安。经纪人和富有的场外证券经纪人尽力向政府获得延期支付的时间，不管怎样都要把七月的清理延迟到八月底。

“先生，您能这样说，您得到的消息都很正确，而且速度很快，”代理人很尊敬地眨了眨眼睛说，“有四十八小时之差，我们就不能按照你的吩咐去做！”

“我明白。”雅克面不改色地说。

过了几个小时，在蒂博先生遗留下的那些可观的财产中，其中一半，由于在短时间内无法清理完，除了二十五万属于南美证券的法郎，其他的都交给了斯特法尼，让他把这些交托到了很有声望且小心谨慎的人手里，就在一天前，他负责把这笔没有注明名字的捐款转给了国际执行局使用。

56

几乎就在同一时刻，昂图瓦纳要去帮吕梅尔打针，所以刚走上了奥尔赛码头的楼梯。这几天来，尤其是在部长回来后，这位外交官便日夜劳累。不能去大学路，因为疲劳过度的机体天天要受这无尽的折磨，医生答应按时到部里来。昂图瓦纳心甘情愿地做着这种事情：他会在吕梅尔办公室坐上二十分钟，在这里了解每时每刻的外交动态，他坚信他会因为这次难得的机遇，成为巴黎消息最灵通的人士之一。

在走廊里和旁边的小客厅里都有好几个人在等候接见，但是接待员跟医生熟悉，便带他从边门进去了。

“那就是，”昂图瓦纳把《巴黎午报》从兜里掏了出来说，“事情一直往不好的方向发展？”

“啐……”吕梅尔忽地从座位上站了起来，紧皱着眉头，“快把它给我撕了，我会马上阻止这些谣言，政府当即会追查这些毫无根据的谣言，警方也当即查封了所有剩下的报纸。”

“也就是说，这不是真的？”昂图瓦纳问，心头的石头已经彻底放下了。

“这是假的，不是真的。”

昂图瓦纳将药箱放在办公桌的一角之后，就抬头静静地看着吕梅尔，他神情疲惫不堪，缓缓地脱着衣服：

“昨晚我们确实戒备得过头了……”他的声音由于过度劳累而变得很微弱，昂图瓦纳觉得有点和原来不一样。“清晨四点，我们都没有睡觉，担心害怕……议会主席也出席了昨晚在爱丽舍宫紧急召开的会议，国防部长和海军部长也被紧急召到了会议室。在那里的两个小时，他们有真正考虑过用极端的措施。”

“……最后没有用么？”

“最后没有用。还没有……从今天早上开始，可以稍微放松一下顶班的工作。德国好意地正式告知我们，它没有采取行动；与此完全不一样的是，它正积极地与维也纳和彼得堡‘磋商’。目前看来，我们如果主动采用冒险行动是很艰难的……”

“德国人采取行动这是个好现象！”

吕梅尔的目光使他停止了说话：

“动作不是真的，亲爱的！碰巧是个假动作！这个稳当的行动，在于用尽心思的争取意大利参与到中欧帝国的大业中。这个行动事实上得不到任何结果：跟我们一样德国也清楚地知道这个道理，奥地利没有办法后退，而俄国也不想再后退。”

“您说的一切让人很惊讶……”

“既然不是奥地利，也不是俄国……但是也不是……亲爱的，正是由于这个局势得不到控制：各国政府几乎都表达出了想要和平的意思，但是，此时处处也表达了战争意思……在形式的逼迫下，在威胁行动能够实施的可能下，几乎每个政府都在思考：‘但这也是可以试一试的事情……或许就能抓住一个好的机会，也说不定！’对的！您清楚，曾经，每个欧洲民族都想从可能卷进去的战争中得到好处，从而达到额外的目的……”

“难道就连我们也是这样？”

“在我们国家，最热爱和平的领导人也开始在想：‘说到底，这有可能会成为德国结束纠纷的机会……是我们重新得到阿尔萨斯和洛林的机会。’德国正预谋冲破包围圈；英国也正想要消灭日耳曼人的海军，抢过德国人的贸易和殖民地。撇去不想怎么避免掉这次灾难。如果爆发这次灾难的话，每一个国家都能得到相当可观的利益。”

吕梅尔说话的声音单调而又低沉，似乎讲得疲惫了，没有力气地截住了话头。

“那然后怎么办呢？”昂图瓦纳很害怕等待和没有把握，此时，他几乎就想知道，如果爆发战争，是不是只有出发上前线。

“然后嘛……”吕梅尔没有继续说下去。他一言不发，手指缓缓穿过他浓密的卷发，双手紧紧抱住脑门。

因为半个月以来每日每夜都在谈论这些问题，并听别人讨论，他好像再也意识不到自己叙述的事情的严重性。他静静地站着，垂下眼睛，用双手拖住鬓角，嘴角扬起微笑。他的衬衫一直飘到腿部，肥胖的大腿，白净但长满金黄色的汗毛。他不是对着昂图瓦纳微笑。这微笑近乎难看，怪异且含糊：实在少有“雄狮”的味道。他虚肿的脸上和布满皱纹的土色脑门儿上流露出明显的疲惫，灰色的卷发被汗珠黏在脑门儿上。他在部里已经熬了两天两夜，这个星期戏剧性的变故，磨光了他所有的力气，他已经疲惫不堪了，就像是一条被打捞上来的鱼，放在没有水的岸上挣扎了半天，一副半死不活的样子。因为打针（而且每隔两个时辰嚼一个可乐果块[①]，虽然昂图瓦纳不准许），他还勉强能维持一些活力，不过已经快要到梦游病患者的状态了。修理过的机械还在运行，但他记得，某个主要部件就要脱落，现在机器已不再受控制了。

他很可怜。但昂图瓦纳迫切地想知道事情的来龙去脉，再一次说：

“还有呢？”

吕梅尔不禁颤抖了一下。他把头扬了起来，但是没有把手放下。他觉得脑袋在一阵阵作响，一旦触碰就会碎掉的那种。不，不能老是这样，不然到最后脑袋会炸裂的……这个时候，他希望在这人间留下他的一切，把自己的职业雄心牺牲掉，而因此得来半天的清闲和完全的休息一天，不论是在哪里，就算是在牢房我也愿意……

然而他的声音更加低沉，又说：

“而且，我们有这个消息：让告诉柏林彼得堡，俄国总动员一旦引发更严重的局势变化，德国就会马上下令开始总动员……一种最后通牒！”

“到底什么促使俄国发动总动员呢？”昂图瓦纳高声说。

---

①产于非洲，将果实压成块，是一种补药。

“昨天不是宣布，沙皇建议海牙法庭做仲裁[①]？”

“确实是这样：亲爱的，事实证明：俄国一边谈论仲裁，一边继续动员！”吕梅尔似乎是面无表情地说。“动员已经正式开始了，不但没有通知我们，还瞒着我们！……有人说是从二十四日开始的！奥地利宣战之前的四天！奥地利总动员之前五天！没有人清楚总动员是啥时开始的……萨左诺夫先生阁下昨天晚上清楚地给我们做出了表示，俄国正在努力地进行着军事准备。维维也尼先生愿意付出一切代价来阻止战争，我相信他比任何人都真诚。假如沙皇总动员今晚在彼得堡正式下达敕令，我们一点儿也不感到惊讶。也是由于昨晚才召开了军事会议……实际上，相比海牙法庭空泛的做仲裁建议，这种情况要严重得多了！甚至较凯塞尔和他的堂兄沙皇之间，常常往来的友爱书信更加严重！……由于普安卡雷先生一而再，再而三地小心重复，所以俄国才这样坚持挑衅。只有在德国采取军事抵制的环境下，俄国才能得到法国军事上的帮助么？人们抱着这样的想法……完全可以这样说，彼得堡是希望逼迫柏林采取入侵行动，再逼迫法国实施盟友的责任。”

他停止了说话，认真地看着膝盖，用双手拍着大腿。他在迟疑要不要说得更深入些？昂图瓦纳没有这样认为：今天的事他能记住，他可以说出来的这些和要保持沉默的事就连外交官也无法衡量。吕梅尔仍然低着头，继续说着：“普安卡雷先生很有魄力，很有魄力……请想一下：昨晚我国驻彼得堡的大使收到了电报指令，以法国的名义来反对俄国的总动员。”

“棒极了！”昂图瓦纳以为普安卡雷同意战争爆发，“我一直以

①在1899年和1907年的海牙会议建立了一个仲裁法庭，其作用是解决国际争端。

来都不是这样的人。”

吕梅尔没有立即说话。

“普安卡雷先生特别避开由我们承担的责任，”他低声说，突然咧嘴勉强地笑了笑，“此时你看的这封电报早晚都要放到档案中，让人相信法国又重新获得了荣誉……正是这个时候……很有魄力。”

在电话铃响的一瞬间，他一把抓起了电话。

“不可以……通知他，任何记者我现在都不方便接见……不，他也不可以！”

昂图瓦纳在思索，尔后说：“假如法国现在还坚决要阻止俄国总动员，那它有比正式反对更有效的方法么？按照您那天的说法，假如俄国在德国的前面动员，我们的条约将会迫使我们不得不去支持俄国人。这样的话，我们就要正式向萨左诺夫说清楚这点，让他慢慢准备，可能还是不够吧？”

吕梅尔亲切地耸了耸肩,好像是在答复一个多嘴多舌的顽童的话。

“亲爱的，先前的法国和俄国的条约还有些什么？历史将会给出证据表明有没有弄错，我深刻体会到，近两年来，尤其是在近几星期内，出于斯拉夫人长久不变的双重性的巧妙把戏，也许也出于我们的治理者不细心的豪爽，我们和俄国的联盟有了新的内容……法国早就把同盟友的所有军事行动联结了起来，这件事情不是我们的外交部部长做的……”他小声地添了一句。

“但维维亚尼和普安卡雷都是同意了的……”

“嗤，”吕梅尔说，“是的，他同意了，可是很明显……维维亚尼一直坚决地反对军人……您清楚，在担任议长之前，他也投票反对三年兵役制。昨天他一上岸，神情就像深信一切能安排好似的。但今天他会怎么想呢？经过昨晚的会议，他就变得不再像自己了，让人看了很难受……假如我们采取总动员，他就是辞职离开我也不会感到惊讶……”

他一边说话，一边走到长沙发，靠着沙发边躺了下来，把脸蒙在了靠垫之中。

“今天，”他用正言厉色的语调又说，“亲爱的，我相信是右腿，是不是？”

昂图瓦纳走过来打针。

好一阵没有说话。

“刚开始，”吕梅尔咕哝说，他的声音被靠垫拦住了，“好像是奥地利努力破坏他国维护和平的行动……”他一边穿着衣服，一边顺势站了起来，“所以，是俄国用不妥协的态度打败了英国调停的新努力。昨天，伦敦政府还对这件事情全力以赴地做出努力：英国把暂时接受占领贝尔格莱德的提议当作是一个事实，作为是对奥地利做出的一个简单的保证。但是相反又要奥地利在公众面前表明他的目的。这是进行会谈的基本前提。但是，一定要保证各个大国都同意。但是，俄国拒绝得毫无转圜的余地：作为绝对条件，要求必须停止对塞尔维亚的打击行动，从贝尔格莱德把奥地利军队撤掉看来，目前确实是要求奥地利进行无法接受的撤退！所有东西都再次碎裂……不，不，亲爱的，没有必要怀抱幻想。俄国会遵守无法挽回的决定，这决定不像是才决定的……俄国不希望再等待，再也不希望把能从中获取利益的战争放弃掉，我们无法摆脱他想把我们拖进这场舞蹈里的命运！”

他把外衣穿好，木讷地向着壁炉走去，想用镜子看看自己的领结是否打好了。但是到半路上，他就转过身子：

“您真的相信我们当中没有人知道事实么？假的消息比真的消息要多得多……怎样看出真假呢？亲爱的，你思考下，在这十五天以来，在各国外交部和参谋长的办公室，电话铃响个不停，要求马上给出答案，不可能让疲惫过度的负责人有任何思考和研究的时间！请思索下，在各国首相、部长、元首的桌上，时时刻刻都有堆积如山的电报，被译出来放在那儿。这些电报揭发了邻国的不为人知的意图！这些嘈杂的消息和互相矛盾的传言，一个比一个更严重更紧急！这样乱哄哄的怎么能分清楚？这种秘密情报是何等地机密，是由秘密行动的密探提供的，告诉了我们存在的无法预料的紧急危险，如果快速反击还能阻止这些危险。现在已经证实是不可能的了。万一我们已经决定采取反击的行动，而消息却不正确，我们先采取行动就会使局势更加严峻，可能会造成对方采取决定性的行动，导致即将结束的会议遭到破坏。可是，要是我们不采取应对的行动，但危险却是真实存在的呢？明天采取行动就太晚了……这些似真似假的消息像泰山一样压得欧洲活像一个喝醉的女人，左右摇摆……”

他在房间里走来走去，笨拙地用手整理着衣领，混乱不堪的思想也压得他像欧洲似的，已接近摇摇晃晃的了。

“这个内阁很悲催啊。”他若有所思地说道，“人人都把石头砸向它们，但也只有它们能拯救和平。假如它们会倾尽全力去辩驳，或许可以实现目标，但它们却在照顾人们和民族的自尊心上用尽了主要力量！真是很悲哀，很可怜，亲爱的……”

他站在昂图瓦纳的身边，昂图瓦纳一言不发地把药箱收拾起来。

“还有，”他接着说道，好像是他情不自禁地自言自语，“今天，这不单单是外交官和政府做的决定，在这儿，在奥尔赛码头，这些天来我们隐约记得，已经不是搞政治和外交的时候了，如今，每一个国家当中，都是某些人在说话，比如最有力量的军人：他们凭借国家安全的名义说话；所有民政权利在这面前毫无作用……是的，就连最不好打的国家，真正的权利也已落到了参谋部的手里。到了这地步，已经到了这一地步了，亲爱的。”他比画出了一个模棱两可的手势。嘴角扬起了怪异和难看的微笑。

电话铃响。

他盯着电话机看了一会儿。

他最终抬起头说：“一个活见鬼的齿轮部件。这个部件好像独自运转……我们向深渊滑去，就像失灵的刹车、靠着自身的重量前进，急速地下坡，速度逐渐变快，快得就像是一列让人头晕眼花的火车……此时的局势就像一匹脱缰的野马……在单独前进……连部长和国王都无法驾驭，应该也是没人想去驾驭吧。名字不为任何人所知……我们都还能记得，好像不受控制，像着了魔一样，缴械投降，被人玩弄……但不知道是什么原因，是被谁捉弄的……人人都做着他说过不会做的事，做着他前一天坚决不去做的事……好像所有领头人都变成了一个木偶——我不清楚——某些正在努力的和拥有看不见力量的玩偶，这力量使得赌局跌宕起伏……”

他已经把手压在了电话机上，仍然用迷茫的眼神盯着电话机。末了，他直起腰板。在接电话前，他用友好的声音对昂图瓦纳说道：

“明天见，亲爱的……不好意思，我不送您出去了。”